人生从这里走来

陈全林 著

团结出版社

图书在版编目(CIP)数据

人生从这里走来/陈全林著. —北京:团结出版社,2009.9
ISBN 978 – 7 – 80214 – 795 – 9

Ⅰ. 人… Ⅱ. 陈… Ⅲ. 名人 – 生平事迹 – 中国 Ⅳ. K820

中国版本图书馆 CIP 数据核字(2009)第 097607 号

出 版:团结出版社
　　　　(北京市东城区东皇城根南街 84 号　邮编:100006)
电 话:(010) 65228880　65244790
网 址:http://www. tjpress. com
E – mail:65244790@163. com
经 销:全国新华书店
印 刷:三河东方印刷厂
装 订:三河中门辛装订厂

开本:195 × 285 毫米　1/16
印张:26
字数:39 千字　　插 图:120
印数:7000
版次:2009 年 9 月　第 1 版
印次:2009 年 9 月　第 1 次印刷

书号:ISBN 978 – 7 – 80214 – 795 – 9/K・529
定价:38. 00 元(平)
　　　(如果有印装差错,请与本社联系)

人生从这里走来

——中国名人少年时代的经典训练

九源红色文化研究院丛书（一）

李上业主编　　陈全林编著

编委

董兆祥　焦成毅　吴贵军　陈全林　杨勇辉　邓丽君

弘扬传统文化　　培育民族精神

近百年来,中华传统文化屡遭创伤,形成了南怀瑾先生所谓的"中华文化断层"。因此南先生提倡儿童读经,提出"中国文化断层重整工程",这不仅事关中华文化复兴的大业,也是儿童智慧潜能开发的重要工作,是一种人文科学与自然科学结合的教育。

我们编辑此书,让您聆听叶圣陶、朱自清、张岱年、南怀瑾、牟钟鉴、冯天瑜、胡孚琛这些著名学者对"经典训练""复兴中华文化"的呼吁,这来自大师们、大学者们心智深处的声音,一定能震撼您的心灵。

我们编辑此书,让您了解中国近现代政治、经济、国学、文学、艺术、科学、宗教、医学、教育各界如毛泽东、陈寅恪、鲁迅、齐白石、钱学森、赵朴初、吕炳奎、蔡元培……上百位名垂青史人物的少年时代读经的故事,也让您了解中国"红色文化"的缔造者们从小是如何勤学国学经典、养成高尚人格的。愿您沿着他们求学的足迹,看清一群群中国脊梁们辉煌业绩的基石,就是他们少年时勤学苦积的中华传统文化。愿您走进历史与心灵深处,与名人对话,得到"经典训练"的启示。

我们编辑此书,愿您学习圣贤格言,使您能闻一言之善,拳拳服膺,终生受益。

我们编辑此书,愿您体会《弟子规》与《朱子治家格言》的修身价值,愿您读中华经典,作当代君子,修身齐家,经世致用,提升人生品位,培育民族精神,有道德的风范、做人的境界,有艺术的修养、事业的辉煌。

朋友,请接受"经典训练"的建议吧,用经典奠定人生的基础。

前　言

陈全林

一、编书缘起

2004 年 11 月末,浙江余姚梁弄的 86 岁老人石磊托我编印一本提倡中小学生、幼儿园学生诵读《三字经》、《千字文》、《弟子规》、《论语》、《老子》等中华传统经典的宣传小册子,想自费印赠当地的幼儿、中小学生。石磊老人原计划只收入我写的《把经典带回家》一文和从《南怀瑾先生侧记》之《重整中国文化断层的宏图大业》中选出的部分,两文不足 5000 字。他读了《南怀瑾先生侧记》,萌生编书的想法。石磊解放前读过私塾,学过经典,后来投身革命,参加过抗日战争、解放战争,晚年所关心的,除了养生,就是国学。我建议石磊老人,可以把内容编得更充分些,老人同意。2004 年 12 月,我同好友、北京 70 余岁的徐殿夯工程师谈起编书之事。徐先生建议书要公开出版,以广泛传播传统文化,并赞助出版。就这样,在业余花了半年时间,在 2005 年夏天编写成《把经典带回家》,今更名为《人生从这里开始——中国名人少年时代的经典训练》。

次年,石磊老人故去。我在中国社会科学院曾传辉博士、北大乔印伟博士、江凌博士、老科学家邹恩藤、北京军区某军师长王友英、团结出版社编辑韩金英、江西省图书馆研究员谭兆民等朋友的介绍下,前后找过中国社会科学出版社、文联出版社、民族出版社、北京大学出版社、贵州教育出版社、海豚出版社、21 世纪出版社、团结出版社等八家出版社,大都有出版意向,有的通过选题,准备出版,但最终因责任编辑和作者在某些认识上达不到一致,比如,有的出版社认为应该删去第一部分,现在国学热,用不着再呼吁重视经典;有的认为格言不能选佛道两家的,有的甚至认为不能选政治人物。书稿放到 2009 年 5 月 30 日,直到偶遇甘肃九源红色文化传播有限公司董事长、兰州红色文化研究院院长李上业先生,他正在筹划重走长征路之“情系长征路·红歌万里行”大型公益活动,并准备向长征沿途各中小学赠书,他相中本书稿,于是,我又找团结出版社,终于有了不删减的出版机会。

李上业先生认为,“长征精神”是中国“红色文化”的精髓。“红色文化”又是优秀传统文化内涵的延续和创新发展,是中华优秀文化的重要组成部分,随着时间的推移,“红色文化”不仅会变成传统文化,而且,今后会越来越有魅力,越来越有不断丰富和发展的内涵,不仅影响中国,而且,影响世界。因为,“红色文化”的内涵不再局限于政治,也不再局限于中国,而是一种追求人类大同的美好文化的象征,红色象征生命,象征光明,象征太阳,象征无私,象征积极进取,象征回报社会。人类一切的美好的文化都能够与"红色文化"融合,就像我们的党和国家领导人所说,要吸取一切人类优秀文化的精华而发展马列主义一样。"红色文化"的内涵也会随着社会的发展、民族的进步而扩展。李上业先生看到本书主题是宣扬传统文化,整理出许多中国"红色文化的缔造者"如毛泽东、周恩来、朱德、刘少奇、邓小平、陈毅、张闻天、任弼时、陈独秀、瞿秋白、李大钊从小学习传统文化的故事,很感兴趣,把这本书赠送给各革命老区的莘莘学子,一定能促进他们认识国学,学习国学,也有助于进一步认识"红色文化"。老一辈革命家大多熟读传统经典,有文人气质,毛泽东就是大诗人、大书法家,这便是"革命的浪漫主义"的源头活水。于是,他投资出书,发心赠书,建议把书名改为《人生从这里走来 -- 中国名人少年时代的经典训练》。书中所写的一百多位中国近现代政治、经济、学术、文学、艺术、科学、宗教、医学、教育各界的杰出人物如孙中山、毛泽东、周恩来、朱德、邓小平、陈寅恪、郭沫若、鲁迅、齐白石、钱学森、赵朴初、吕炳奎、蔡元培……都是中国的脊梁。鲁迅先生曾经指出:"我们从古以来,就有埋头苦干的人,有拼命硬干的人,有为民请命的人,有舍身求法的人……这就是中国的脊梁。"(《且介亭杂文·中国人失掉自信力了吗?》)

李上业生命中有深深的"红色文化情结"。在人生最迷茫的时候是"红色文化"给他信念,给他正义,给他光明,给他勇气,给他灵感,给他动力,给他责任。他不仅在生产经营中诚信守法,而且在社会生活中热心公益。创办的红色文化歌舞团、红色文化收藏馆,已成甘肃一景,也是甘肃有名的革命教育基地。作为民间人士,他从老一辈革命家身上学到了艰苦朴素、自强不息、坚持理想、不畏险阻、爱国爱党、永挑大任的精神,深深为当前国人道德教育的落后忧患,认为"红色文化"的精神内涵,结合传统的人文思想,有助于解决这些问题。这是他看重这本书的因缘。他在民间积极宣传、弘扬"红色文化"的义举得到了"全国红色旅游工作协调小组办公室"胡呈军副主任的支持。中国需要弘扬"红色文化",重铸民魂,中国更需要把"红色文化"与传统优秀文化结合的努力。"五四"新文化运动以来,我们在破传统文化的同时,立"红色文化"。如今构建和谐社会,需要反思我们的文化,重新构建新文化,把固有的优秀传统文化和新生的"红色文化"有机结合,对创建新时期社会主义新文化有重大意义。其实,传统文化与"红色文化",不是斗争的关系,两者有许多契合点,都是"中华大文化",站在"大文化、大国学"的境界看,传统文化和"红色文化"都能包含在"中华大文化"的概念之内;站在"大国学"的角度,以发展的眼光看,国学的发展不能固步自封,也要学习当代人所创造的先进文化,才能使国学与时俱进地发展。时代变了,毕竟不同于百年前,我们面对的是如何更好地建设我们的祖国。传统文化、"红色文化",本是同根生,要改变现状,走融合之路。

"情系长征路·红歌万里行"活动是甘肃九源红色文化传播有限公司和兰州红色文化研

究院举办的首次大型系列公益活动,作为共和国成立六十周年的大庆献礼和"民间红色文化研究者重走长征路"的生命体验,都具有重要意义。甘肃九源红色文化传播有限公司的主旨是研究、传播和发展以毛泽东思想为主导的"红色文化"和"红色艺术"的创作、演出。已经创办的红色实体有:中国大型红色文物收藏、展览中心、红色文化艺术歌舞团和以红色旅游为主的"华夏奇园旅游度假村"。目前正在建设中国最大的集红色文化、红色教育、红色艺术、红色展览和红色旅游于一体的红色文化基地。李先生敬仰革命先烈们坚强的意志,高尚的人格,爱国的情怀,喜欢革命先烈们大气的文章,渊博的学识,透彻的说理,清晰的论述,,他敬仰毛泽东的为人为学,读了本书中《少年毛泽东的经典训练》,要求增加些内容。我又阅读了大量的毛泽东青少年时代读书的资料,对原文作了补充,使本篇成全书之冠。

二、结构说明

本书五编,依我学习传统文化的经验编排。

第一编:各家论坛　　编选十余篇文章,阐述在当代学习传统经典的重要意义,指明什么是国学、中华元典,什么是"经典训练",读经典对人生有什么重要意义,经典于当代的社会价值。作者有老一辈名家朱自清、叶圣陶,有已故国学大师张岱年,有名学者冯天瑜、胡孚琛、牟钟鉴。你会认识到,作为中国人,不能不读老祖先留给我们的经典。选了一些社团、大学生组织对"儿童读经"、"大学生学经"的倡议书,有见地,有激情,读之,你也会自觉投身于"读经运动"大潮。我过去读了南怀瑾先生许多关于"为中华文化担大任"的论述,心潮澎湃,暗下决心:尽吾一生,弘扬国学。十余年来,我一直坚持学习、传播传统文化。

第二编:中国名人青少年时代的经典训练　　　　百年来,我们的民族诞生过多少伟大的人物啊。有开天辟地的革命导师孙中山、毛泽东、邓小平……;有文学大师鲁迅、郭沫若、茅盾、巴金、冰心、老舍……;有杰出的军事家彭德怀、陈赓;有政治家刘少奇、周恩来……;有国学大师陈寅恪、钱穆、钱钟书、冯友兰、季羡林、张岱年……;有大教育家蔡元培、黄炎培,大出版家张元济;有高僧弘一法师,道学巨子陈撄宁,中医泰斗吕炳奎;有大诗人闻一多、冯至、藏克家;有大书法家于右任、启功;有大画家徐悲鸿;有大科学家钱学森、李四光;有大美学家朱光潜,大史学家范文澜,大哲学家马一浮,有大翻译家傅雷;有大经济学家顾准、厉以宁,有商业巨子李嘉诚、曾宪梓,有……他们是中华民族的脊梁、中华文化的精英,他们大都学贯中西,博通今古,在童年、少年时代都打下过扎实的国学基础,这是那个时代的教育的必然结果。他们从小学习《四书》、《五经》,从小熟读唐诗宋词、古典小说,对中华元典、经典并不陌生,受益终生。他们的伟大成就中有国学之根,国学之源,他们的高尚人格受过中华先贤的熏陶,他们的经世文章有中华文化的底蕴。现代伟大的女物理学家吴健雄的父亲吴仲裔,兴趣广泛,热心革命与科学,熟读《四书》、《五经》,经常吟诵古典诗词,主张"新学",不忘"国学",

培养吴健雄对中华古籍的兴趣，教她念《论语》、《古文观止》等书，当时年幼的吴健雄不懂这些古书，父亲告诉她"待你长大成人后，就会慢慢懂得其中的道理"。吴健雄成人后，越发觉得中国古书里的许多为人处世之道非常深刻，对她产生过重要影响。如今，教育先进，科学昌明，为何难以培育出这样的人物呢？其中一个原因，是当代人的国学教育课停了，没有"经典训练"的童子功。《我的父亲邓小平》一书中，毛毛这样写道："小的时候背的东西往往可以记一辈子，而且背得多了，对一个人的文化功底甚至可以起到相当大的影响。现在的教学强调理解为主，不要'填鸭式'，但我认为第一古文读得少，第二背诵太少，所以很多孩子虽然读完中学、甚至大学，却仍然'文化很低'。"邓小平从小熟读《四书》、《五经》、《古文观止》，后来遍读古典"四大名著"、《二十四史》，难怪他女儿如此说。中华文化的根并没有断掉，但已形成文化断层。

我从150余部名人传记中整理出这一部分内容，要提醒当代人重视"经典训练"的重要作用。第一编"把经典带回家"讲"理"，第二编讲"事"，古人讲究"理事不二"、"知行合一"。有了近代各界伟人、名人的事例作证，当代人对学习经典会有信心，对于望子成龙的父母，更能引起关注与沉思。对于中小学生，乃至大学生，阅读这一部分，会增智开慧，更多地了解我国近现代史上一些杰出人物的部分求学、成长经历，这对当代青少年的成长会有启发的，可当作励志书来读；对中小学老师还可以当作教学参考。名人的学习方法、读书书目、人生经历、事业人品、功过得失、情感世界，对我们都有启发。读中华近现代名人传记时，我从他们身上看到了国学的光辉，看到了中华传统文化复兴的希望。尽管，这些出生于清末、民初的中国脊梁们，读经是"命中注定"的事，那个时代的读书人都走这条路子，但每个人的成就不同，毛泽东喜欢读《三国演义》、《水浒传》，从中读出了兵法，读出了"造反"的革命精神；张恨水同样迷恋这两本书，且成就了作家梦，成为中国现代文学史上著作最多、作品改变成电视剧最多的大作家；钱穆、季羡林同样喜欢这两本书，他们成了国学大师，季羡林还是散文名家。季羡林老人快一百岁了，还在写作。三位伟人的文章，文气文风不同，但都受益于古典文学的熏陶。当代青少年更关注美国、日本的动画片和韩寒、郭敬明等青春偶像作家的作品，很少去读《三国演义》、《水浒传》这些千古名著。读当代作家的作品，你能得到娱乐，但很难进入到灵魂里面，对你产生重大影响，就像《三国演义》、《水浒传》之于毛泽东、张恨水、钱穆、季羡林。经典的魅力在于此，经典里面所包含、所沉淀中华文化的丰富信息，是当代作家的作品无法企及、无法替代与超越的。许多孩子看过《西游记》电视剧和动画片，但没有看过《西游记》原作，所以，你依然没有和《西游记》"亲密接触"。同样是学习四书五经，这些中国脊梁们个个都有超然的成就。一部伟大的作品，竟然可以成就千千万万的人，这就是经典。写作中，我在探索这些中国脊梁的人格形成、事业成就的部分原因，以及他们的家世，他们的情怀，表达了我对国学的许多思考。

第三编:国学益生格言选读　格言警句对人生的教益,众人皆明。少年时代,我养成了抄写古代格言的习惯,格言在我做人、处世、治学、经营、写作多方面发挥着重要作用。伯父陈治邦先生解放前是乡村老师,二十年前曾说:"古人闻一言之善,拳拳服膺,终身受益,故多记取古人格言,当为人生大事。"于是我把伯父的《中国古代格言选》抄了一遍,之后的二十年中,手抄过格言不在一万条之下。阅读儒、释、道、中医、古典文学作品,遇格言佳句,手必抄,心必味,称之为"益生格言",取有益生活、有益人生、有益生存、有益生命、有益生态之意,"生生不息"乃大《易》精神,"益生"也是古人"有益群生"、"益生曰祥"之意。

常见的古代格言选本多从儒书、史书、名家著作中选格言,对佛家、道家的格言较少关注,或因佛、道二字的"宗教性"有意回避。其实佛家道家经典中有无数有益人生修养、社会安定的格言,都是古代先贤智慧的结晶,是人类文明的火花。近代伟人中,孙中山、毛泽东、周恩来、赵朴初、瞿秋白、鲁迅、李叔同、马一浮、吴宓、陈寅恪、张东荪、梁漱溟、范文澜、朱自清、顾毓琇都在青少年时广读佛经,佛学智慧对他们产生过重大影响。毛泽东晚年还从佛经中学习哲学,瞿秋白说"菩萨行的济世观"使他走上革命之路的。"菩萨行"的精神实质就是毛泽东提倡的"为人民服务"。吴宓从佛典中找到了"以养成深厚高远之人格"的道理。青少年时他读了《大乘无量寿经》后表示自己"诚能牺牲一己,以利群众,则恝然直前,无复顾虑。"这正是瞿秋白所谓"菩萨行的济世观"。当代青少年读些佛、道格言,有益无害。瞿秋白还说:"老庄是哲学,佛经里也有哲学,应该研究,知识不妨广泛,真理是探索出来的。"毛泽东"毫不利己,专门利人"的革命教导就源于佛教大乘思想,比如《大乘理趣波罗密多经》中说:"但利益彼,无念己身。"这也是"红色文化"的核心精神。毛泽东一生对《道德经》颇有研究,不仅掌握了老子所谓"以正治国,以奇用兵"的道学大本,更掌握了《道德经》里的自然辩证法,在文章、讲话中多次引用《道德经》格言,也同学者任继愈探讨《道德经》里的治国智慧。他的雄奇诗句"人间正道是沧桑"具有深刻的哲理,他的许多观点与老子相合。在同热心"红色文化"的李上业谈到这一问题时,见解相同,我赋诗一首相勉:

人间正道是沧桑,毛氏老聃语合章。

红色文化有根源,何非大道得弘扬?

这一编共选三百多条儒释道格言,分类归纳,如"论治学"、"论修德"、"论情操"、"论正气"、"论慈悲"、"论达观"、"论养生",对这些格言意译,读者认真读之、学之、用之,就会终生受益。希望读者藉此了解一些儒释道文化的基本观点、思想精华,前人有"以佛修心,以道养生,以儒治世"之说,了解这些国学知识很必要。弘一大师说:"暇可取古人格言读之,胸中必另有一番境界。"弘一大师(李叔同)幼年背过清人金缨编的《格言联璧》,终生受益,晚年于

《晚晴集》收录了儒释道格言近百则,包括《格言联璧》金句。原国家政协主席李瑞环先生总结说:"中华民族传统文化所包含的政治、经济、文艺、军事、哲学、道德等方面的理论和思想,在许多方面都反映了事物的客观规律,具有超越时空的意义,可以为我们所借鉴、利用。特别是其中关于改造自然、经邦济世、修身养性、成就事业等方面的观点、警句、格言,一旦赋予新意,便可以为现实服务。"

第四编:十儒家训 家训在中华文明史上是个奇观。汉民族很注重家教、家训、家规,像《严氏家训》这样的著作,从先秦赵鞅的《自为二书牍与二子》,到清代《曾国藩家书》,有名的家训有一百余部(篇)。陆林主编的《中华家训》(安徽人民出版社2000年出版)所收录的古人家训名篇很全面,可惜只有注释、点评,没有译文。正准备选十篇家训名篇译为白话时,我妻曹敬岩从旧书摊上购得《古代家训精华》(王人恩编著,文白对照,甘肃教育出版社1997年出版),译文颇佳,征得王先生和甘肃教育出版社的同意,直接从书中选了郑玄、诸葛亮、陶渊明、颜之推、元稹、欧阳修、朱熹、杨继盛、彭端淑、曾国藩十儒的十篇家训。家训家教是做人之本。我生于书香之家,太祖弟兄四人,老家有许多古字画,其中一幅太祖七十大寿时的"祝寿文"中说他"半日读书,半日养气"。写于民国辛酉年(1921年)的《陈舜卿先生述先戒后至言》至今悬挂老家中堂,刚劲的柳体正书,显示出先祖正气。全文如下:

子侄不才,是吾之罪,吾不忍坐视,因忆先考以庄公十至之戒、十德之劝,为汝等恳恳缕述之:

一戒:勿懒惰,懒惰荒废至。二戒:勿骄奢,骄奢穷饿至。三戒:勿淫荡,淫荡灾害至。四戒:勿刻薄,刻薄悖出至。五戒:勿吸烟,吸烟衰败至。六戒:勿贪茶,贪茶伤损至。七戒:勿赌博,赌博耻辱至。八戒:勿争讼,争讼终凶至。九戒:勿唆非,唆非天怒至。十戒:勿恃狠,恃狠人怨至。

惟以孝弟立本,忠恕存心,谦忍持身,勤俭处己,公直待人。总此十戒十德,遵而行之,则人人皆敬重尔,天地必眷顾尔,鬼神必福佑尔。否则,人人必贱恶尔,天地鬼神必不容尔。

噫,音容已渺,庭训在焉。故吾今为汝等恳恳缕述之。汝等敬听之,书之座右,触目警心,是奉是行,培植家风,庶几不负爱汝望汝之深心,以享用于无穷矣。

庄翁迩言垂戒,理至情至,舜卿承先启后,孝至慈至。嗣等是遵是训,心至行至,可知克昌厥后,必然之至。

辛酉中秋前三日,眷弟常士选赞并书。(注:克:能够。如成语"克勤克俭"。昌:昌盛。厥,代词,其,他的。)

从生活起居到做人处世、修身立德作了严格而高尚的规范。这篇家训使我从小懂得一些做人的道理。每当吟咏祖训,会感激祖先教化之德,以祖先"十戒"、"十德"严求自己。十多年前,伯父陈治邦将上文重书多幅,分赠族人,悬于庭堂,以作家训。如今,伯父仙逝多年,"噫,音容已渺,庭训在焉"。国学大师汤用彤先生教育其子汤一介(北大教授,当代哲学家)时说:"家风不可中断。"、"一个家族应该有他的家风,如果家风断了,那么,这个大家族也就衰落了。"重读古人经典家训,重立今人家教观念,培植家风,修身齐家,使家和万事兴,这是当代家长与教育者应关注的。孩子个性、人格的形成,家长、家训、家教起着至关重要的作用。

第五编:蒙学经典解读　蒙学经典如《三字经》、《百家姓》、《千字文》、《声律启蒙》、《千家诗》,乃至《论语》、《大学》都没有选,只选《弟子规》、《朱子治家格言》(南怀瑾先生建议选此篇)。《弟子规》更适合当今的孩子学习,一是三字韵文,朗朗上口,好记,二是文中讲尊老、做人、立品的行为规范仍有重要意义。这本经典是我少年时读的第一本蒙学书。小学五年级时,同桌张想义给我一本"文革"时代的《语文》,书中选有浩然的文章,也选过《弟子规》"大批判"。我喜欢《弟子规》,问我父亲为什么要批判?父亲说这是"批孔",拿过课本把《弟子规》熟练地念起来,他小时候跟我爷爷念过《弟子规》。许多年后,我系统学习传统经典,再读《弟子规》时,想起父亲编过自家的《弟子规》,经常教我二哥念,我偶尔听了几句:"好娃娃,爱听话。不打人,不骂人。好娃娃,爱家庭。帮大人,做事情……"通俗韵语,其格式文气颇似《弟子规》。据2005年10月18日《北京青年报》记者李维宁报导:东莞市一家传媒公司开出18万的年薪聘请客户总监,招聘会场人才川流不息,竟然无人应聘。原来其招聘海报对应聘者的要求第一条是熟背《弟子规》。公司何以要求员工熟背《弟子规》?该公司总经理赵先生表示,目前还找不到一本书像《弟子规》那样能有效规范员工的行为举止。入职该公司3个月的张姓员工告诉记者,他初来时也对要求背《弟子规》表示诧异,但经过一段时间的朗读,发现书中句句珠玑,他随口道出,"见人善,即思齐;见人恶,即内省";"唯德学,唯才艺,不如人,当自砺";"闻过怒,闻誉乐,损友来,益友却";"将加人,先问己,己不欲,即速已"等等,如果小时候能读到这些为人处世、待人接物的道理,相信自己长大后会少走弯路,由此也明白了公司要求员工诵读经典的良苦用心。

《朱子治家格言》对人之品格、行宜作了详细规范,像勤俭、节约、忠厚、公平、宽容、自省、无私、好学、守分、洁身、立志多方面的格言传颂三百余年,"一粥一饭,当思来处不易;半丝半缕,恒念物力维艰",这对"建立节约型社会"仍有重要意义。

书中所选古文,叙事、抒情、状物、言志,皆有可观。读之,体悟亲情,陶冶性情,增加才情,体会古文之美,感悟哲思之醇,沟通今古之道,积淀经世之才,不亦悦乎?康熙家传《庭训格言》中说:"人在幼稚,精神专一通利;长成以后,则思虑散逸外驰。是故应须早学,勿失机会。朕七八岁所读之经书,至今五六十年,犹不遗忘。至于二十以外所读经书,数月不温,即至荒疏矣。"《陆桴亭论小学》也说:"凡人有记性,有悟性,自十五岁以前,物欲未染,知识未开,多记性，少悟性。十五岁后，知识既开，物欲既染，则多悟性，少记性。故凡所当读书，皆当自十五岁前，使之熟读。"提倡儿童读经，造就一生品格，奠定一生学问，古今皆然。"读圣贤书，立君子品，做有德人，铸民族魂"是我们的读经理念，也是我编撰此书的宗旨，与李上业先生在民间弘扬"红色文化"的理念是一致的。

《人生从这里开始——中国名人少年时代的经典训练》是依我对传统文化的理解而编。读者群应该是中小学生、家长、教师，乃至大学生。全书的第三、第四、第五部分是格言与古文，对中小学生可能会是阅读上的难点。古文并不难学，我上小学四年级就开始背初中、高中学生才学的古文，到高中时，可以不借助工具书而直接阅读古文。高一时，已读完《四书》、《老子》、《庄子》。小时候，我三哥的一位李同学，父母是从城市来的"下乡知识青年"，爱读古文，李同学平时抱着《史记》原著看，读得津津有味，这时，他仅是小学五年级学生。年龄小的朋友不要怕古文，读着读着，会觉得很有趣味。有人说："经典是文化中的精华，不仅包含丰富的知识，而且蕴涵深刻的哲理，多读经典，可以开阔心胸、净化心灵。经典的语言都很优美，多读经典，可以培养语感，扩充词汇。我们熟知的许多伟人名人都是从小习读经典长大的。"愿以此语，与学习经典的朋友共勉。"经典一部，胜杂书万种"，让经典成为生命的血液、事业的基石、人生的指南，与经典同行，与圣贤为友，直到永远。

书中主要人物大多生活在民国，写故事时候引用了他们的二百多首诗作，大多含蓄隽永，读之，能陶冶性情，培养诗情。朋友陈浩望先生著有《民国诗话》一书，我想，本书在写人的同时插入二百多首民国诗作，数十则古今对联，也是"民国诗话"，前人注重"诗教"，本书中许多人物从小受到良好的"诗教"，中国号称"诗的国度"，如今读诗的人越来越少了。愿读者能在诗歌灵韵中体会人物的喜怒哀乐、人生境遇，通过感悟诗而感悟人，进入内心深处。

本书的编写，颇下苦功，许多人物的故事，我不仅要参考传记，还要参考其文集、诗集，以及别人的论文集，有的传记参考不同版本。工作之余抽空编撰、校对，始成此书。2005年6月8日，《余姚日报》刊发了记者古丽所撰写《八旬翁呼吁儿童读经》，对石磊老人倡导"儿童读经"作了报道：

"石磊从有关资料中获悉，处在记忆力最佳状态的儿童，如果不引导他们记住有价值的经典作品，他们也会去背诵广告词、流行歌曲。因为重点不在理解，而在记忆，所以'道可道，非常道，名可名，非常名'（《道德经》第一章）与'我爱你，爱着你，就像老鼠爱大米'的难易程度完全一样，而前者对文化生命而言更有意义。所以儿童读经，选择古代圣贤的智能精华是正确的。因为假以时日，读经的人多少都会受到经典的潜移默化，陶冶性情，使心性向善向上。石磊告诉记者，孩子在经典古诗文中吸取了做人的精神力量，气质也提高了，就是苏轼说的'腹有诗书气自华'。久而久之，孩子们会把诵读的内容举一反三地用于现实生活。……儿童'读经运动'，就是提倡十五六岁以前的孩子读书、背书、读诵经典，包括中国传统文化中儒家、道家很基本的一些书。这样背下去以后，一辈子都有用，一辈子都忘不掉。石磊希望能为儿童'读经'尽一份力。"

本书终于付梓了，先要感谢玉成此书的徐殿夯、张桂芳夫妇，感谢责任编辑韩金英女士，感谢对"红色文化"有执着追求、坚定信念的李上业先生，把此书赠送给革命老区和贫困地区的中小学生，以完成倡印者、赞助者"弘扬传统文化，造福当代孩子；传播红色文化，构建和谐社会"的愿望。

整个夏天，利用周六、周日，到处找名人传记，从中寻找名人读经的资料。去了京城许多大书店、旧书摊，购得150多本人物传记，赶紧撰写、校对、配图，差不多牺牲了整个夏天的周六、周日，工作之余，偷暇撰稿，历时三月，始得成书。感谢爱妻曹敬岩在酷暑难耐的夏天为我打稿，经常是我一边写，她一边录入，我随写随改，才有了本书的基本面貌。本书的出版，对于倡印者石磊老人成了"遗愿"。所幸的是，李上业先生是石磊老人的知己，石磊老人是老革命、新四军，参加过抗日战争、解放战争，是"红色文化"创造群体中的普通一员，他到晚年都保留着老军人的本色，本书由热爱"红色文化"的李上业投资出版，正得其人。石磊老人虽已辞世，但他的精神与浩气，长存天地。让我们记住最早倡印本书的石磊老人吧。

书中引用了一些作者的文章，事前没有和他们取得联系，希望能够谅解，参考了大量的人物传记资料，对原书作者表示崇高的敬意。甘肃教育出版社和王人恩先生同意我直接从该社出版的《古代家训精华》中选编《十儒家训》，南怀瑾先生秘书处同意从《南怀瑾先生侧记》中选编《重整中国文化断层的宏图大业》一文，并修订本书中《少年南怀瑾的经典训练》，牟钟鉴教授、胡孚琛教授同意选入他们的作品，中国社会科学出版社的陈彪先生曾对本书的内容、编排提出了不少宝贵意见，对文稿把关，这对玉成此书起到有益的作用。非常感谢各方面的支持。

2005年12月26日作，2009年5月31日修订

敬启

如果本文中所采用的部分文章、图片的作者主张自己的稿费，我们将依国家有关标准支付，请与我联系：北京市 100053——003 信箱，邮编 100053.陈全林。

电子邮箱：yishengwh@163.com

第一编　各家论坛

第二编　中国名人少年时代的经典训练

政治界

第三编　国学益生格言选读

第四编　十儒家训

第五编　蒙学经典解读

第一编　各家论坛

走进经典，亲近我们的祖先。

手捧经典，虔诚我们的情感。

诵读经典，让智光照亮心田。

学习经典，仰怀伟大的圣贤。

融入经典，畅游于智海灵山。

实践经典，让文明延续发展。

经典，经典，光明大道。

照耀天地，万古流传。

-- 白宝仓（甘肃著名表演艺术家）

把经典带回家

陈全林（《益生文化》主编）

"把经典带回家"，这原本是南怀瑾先生倡导的"中国文化断层重整工程"之"中国文化经典导读"活动，针对广大大学生而言的，大学生大半来自农村，把"经典带回家"，去影响家乡一方水土。"读经"活动目前多是针对少儿与大学生展开的。我希望中年人、老年人读经典，把经典带回家，使中年人明理达本，经世致用，获得人生的智能，完善品格，获得事业、家庭、修养的成功，使老年人在养生修身、精神寄托方面得大利益。同时，中年人把经典、美文、格言传给儿女，老年人用智能、人格、经典影响子孙，老、中、青、少都可以受到经典文化的熏陶，培植家风，世代受用，以至无穷。

我从小就背唐诗宋词，少儿时背过古文，抄过格言，临过《芥子园画传》，看过古典小说，这些都变成了国学源头，对人生境界、艺术悟性、文学水平、文字功底、哲学修养的提高非常有益。传世经典给我带来难以想象的福祉，使我懂得如何修身齐家，如何经世致用，如何修道悟真，如何自处处人。日常中我经常劝亲朋们读经典，用经典教育儿孙。

前几天我对中央党校的杨文霞博士说：为什么建国几十年来，我们没有培养出新一代国学大师？因为我们少了文化的积淀。大师不可能速成，传统文化的断层与政府的教育策略使得我们远离了经典，也就无法在短时期里培养出影响百年乃至影响数百年的文化巨人。古代的圣者先贤对文化的影响力不光是当时当世，而是影响千古而不衰，立足千古而不朽。试问今天的学人哪一个能立足三百年而不朽？一些知名学者文章很好，观点独到，学识渊博，可不能称之为大师，不可能立足三百年而不朽，他们人格有缺陷，他们有的是学识，缺少圣贤般的修养、淡泊名利的情怀、济世振民的品格。如果我们能身体力行，读经典、学经典、用经典，把智能、人格、境界体现在生命中，那么，"积德百年元气厚，读书三代雅人多"，三代中必有大德之人出，必有影响百年乃至立范千古的人物诞生，这就是文化积淀、经典培养之功。

目前，经南怀瑾、王财贵这些弘扬中华文化为使命的长者的推动，全国已有600多万儿童读经。专家们发现，儿童们读经，能增强记忆力、增加识字量、提高文学修养，培养读书兴趣，使作文水平和语言应用水平提高，带动了其它学科的成绩。儿童专一读经，使他们的注意力集中，培养孩子心不散乱的境界，能增加艺术修养，有助于儿童树立人生理想，从小学习为人处世的格言，培养君子风范。读千古美文，做少年君子，对净化世风有极好作用。孩子读经典，能提高心理素质，使人心向善，性格温和，自律敬人，举止文明。家长与孩子一起读经典，能增进亲情，老少咸益。专家认为少儿时期是人生记忆的黄金时期，一个人的文化储备愈雄厚,其发展潜力愈大,将来在事业上成功的可能性就愈大。诺贝尔物理奖的获得者、著名美籍华人科学家杨振宁先生自述道:"在我上小学一年级的时候,父亲教我背诵了几十首唐宋诗词。记得似乎是从'床前明月光'开始。有些诗句,例如'少小离家老大回','不教胡马度阴山',很容易懂。许多别的诗句不全懂,但是小孩子很容易就学会了背诵。七十多年来,在人生旅途中经历了多种阴晴圆缺、悲欢离合以后,才逐渐体会到'高处不胜寒'和'鸿飞那复计东西'等名句的真义,也才认识到'真堪托死生'和'犹恐相逢是梦中'是只有过来人才能真懂的诗句。"这就是从小诵读经典、影响其人一生的情况。南怀瑾先生感慨地说:"从儿童时期开始诵读历史经典名著,是我们一贯的基本教育方法。例如大家所熟悉的孙中山、毛泽东、周恩来、邓小平等诸位先生,又如吴大猷、苏步青等诸位先生,都是在幼年时期受过这种启蒙教育,有了中国文化的底子,然后又接受了新时代的科学思潮,才影响了这段历史。"近代的文化伟人、政治名家、艺术大师、科学巨匠,无不有着深厚的传统文化根基,所以,蔡元培才是蔡元培,鲁迅才是鲁迅,齐白石才是齐白石,钱学森才是钱学森。如今的国画家,大多有技巧而无文化底蕴。有些画家在绘画技巧上甚至超越了齐白石,可他们不是大师,不是影响中国画坛的人物。问题何在?没有文化底蕴,没有国学作为画魂。齐白石在书法、绘画、金石、诗文方面都达到艺术高峰,每一个方面都是大师境界,博通儒释道的经典与义理,才使艺术境界超越时代而立足千古。如今许多画家不读传世经典,儒释道、文史哲成了远去的背影,难怪李瑞环曾在讲话中感叹当代国画家中缺少大师。文学界如何?国学界如何?哲学界如何?

读书在明理,首先明做人之理。不论青年人治学创业,还是老年人修身养生,"明理"是基础。如今学习国学的人多了,养生之士随老龄化而涌出,可是有许多人不读经典,不从人格品德上训练自己,真是"空有好道之虚名,不见得道之实迹。"我们倡导读经典,小则益家,这个工作每个家庭、每个人都可做;大则益国,这就是为往圣继绝学,为万世开太平,为中华文化担大任,为人类和平做贡献。家家读经典,人人学经典,自然而然,能使每一个人拥有高尚的道德修养,深厚的文化底蕴,功在当代,利在千秋。对于家庭,子子孙孙,受益无穷。

武汉大学教授冯天瑜先生著有《中华元典精神》一书,元者,始也,他将《诗经》、《书经》、《礼记》《易经》、《春秋》、《老子》、《庄子》、《孟子》列为中华元典,是我们民族文化的根,是中国人的魂。中国社会科学院的胡孚琛教授还认为《黄帝内经》、《道德经》、《周易参同契》是中华文化史上的奇书,其哲学、科学水平西方文化至今没有超越。中国传世经典非常多,需要广读博学。我是传世经典的受益者,从小读经典,生命深处对传统文化产生爱,发愿尽此一生,以弘扬中华文化为己任。2001年我在北京创办《益生文化》以弘扬传统文化,提倡讲经典、听经典、读经典、背经典的"中华传世经典讲读工程",主要针对中年人、老年人,要有讲经典者,听经典者。我们虽说要弘扬传统文化,可是,我们没有国学馆,没有书院。季羡林先生说:"中国文化能够历经五千年而不断代地传承下来，是通过'官学'和民间书院两条渠道共同支撑的。民间书院对于传承恐怕起了更大的作用。近几十年来，民间文化衰微，这就等于少了一条文化传递的渠道。"我们办《益生文化》，搞"中华传世经典讲读工程"，是"把文化的种子播撒在民间，重振民间文化的有益尝试。"（季先生语）这个工作难度很大。大道隐于经史之中，隐于诗词之中，也隐于古典小说之中。对学道学佛者而言，你没有那种学养，包括文学的、哲学的境界，你如何体悟历代真人高僧丹经禅书之心要？希望读者，不管你年轻还是年老，不管你是事业有成的中年人，还是正在学府就读的博士生，或者是初学文化的中小学生，希望都能尽心读传世经典，把经典带回家，把经典融化进生命，把经典的精神、要义和光华体现在生活里、人格中。选几部中华经典，做人生厚重而坚实的基石。

让我们携手重振国学，再塑民魂，让《诗经》、《楚辞》、汉赋、唐诗、宋词、元曲、明清小说涵养慧命，让我们从《易经》、《老子》、《庄子》、《孟子》、《内经》、《参同契》、《太平经》、《黄庭经》、《心经》、《金刚经》、《坛经》、《悟真篇》……中汲取营养，使生命受到天地精华的滋养，重建中国人的人生信念，再塑中国人的道德风骨，展现有五千年文明史的文化大国的精神风貌。

朋友，请把经典带回家。（选自《益生文化》2005年第八期）

一位老人的呼吁

石　磊

诸位望子成龙的家长：

我倡印本书，倡导少儿读经，衷心祝愿少年儿童茁壮成长，并要求各位干部、家长、教师们共同携起手来做好这件有着深远意义的千秋大事。

号召少儿读经，学习祖国优秀的传统古文化，与我们中老年人要学习中华文化一样重要，而且更重要。我们是孩子的榜样，是启蒙老师。现在生活水平提高了，孩子又是独生，不少家长往往忽视德教，偏重给孩子丰富的营养，使孩子快快长大，五花八门的营养品甚至使有的孩子反而吃出毛病。不少宝贝孩子长到能上幼儿园时还不会自己吃饭，连筷子不会拿。我常看到孩子一路走着玩，大人捧着饭碗跟在屁股后面，要给孩子喂饭，不厌其烦，真是好耐心。可是让孩子学唐诗，背古文，家长们就缺乏耐心。还有这种反常现象：家长一面拼命给孩子补脑，一面不让孩子用脑。他们知不知道无数先贤、伟大的政治家、军事家、作家、科学家、学者，他们多数人出身贫苦，有的连饭也没有吃的，但他们从小都受过良好的品德教育、文化熏陶而成长，"孟母三迁"、"岳母刺字"等故事，流传千古，感人至深。我亲身体会到：从小的良好家教可以受用一生。党的十六大报告中英明指出："……发扬民族文化的优秀传统。"在新党章第16页明确规定："提高民族的思想道德素质、科学文化素质,弘扬民族的优秀传统文化。"党的这一号召极大地鼓舞我这个八旬老党员努力学习传统文化。

2001年7月我因后脊骨伤严重后遗症,两次住院,危及身心,几乎瘫痪,正在病床上有缘读到从北京寄给我的《益生文化》创刊号。这是本弘扬中华优秀传统文化的内刊。我如获至宝,如饥似渴地读之,受益非浅,连续几年的不断阅读中学到了不少有关儒、释、道、中医、《周易》、古典文学方面的知识,还有数千条传统修身、养生、治家、明心、悟道的格言警句,悔过迁善,省己明心,重德养生,教化儿孙,学习国学,再塑民魂。我还学到了流传几千年的养身理法,经过切身应用,都有疗效,有的立竿见影。身上的多年病痛四处求医无效,经实践传统养生方法,或好转或痊愈。为之,外地如江西、辽宁、山西、上海及本省温岭、诸暨等老战友老同事纷纷来信向我取经。尤其是近半个世纪,我一直多痰。曾在杭州车站不注意随地吐痰被罚两次,很惭愧。从去年七月学了已流传2500年的饮尿疗法,有病治病,无病健身,轻者咳嗽感冒,重者肿瘤癌症,都有疗效。我实行后,仅半个月不再吐痰了,从此告别伴我几十年的枕边痰盂。既有益健康,又省国家药费。总之多处病患的身体如今变得精神矍铄,腰板挺直,步履轻松。经《益生文化》介绍,我特别喜欢读国学大师南怀瑾的文章,他老人家倡导少儿读经运动,我很受感动。我认为对少儿德教是当务之急。《人民日报》刊文,2000—2002年全国未成年人犯罪经法院已判14万人,犯罪人数持续增长。我即于去年请《益生文化》主编陈全林先生代买少儿经典诵读丛书如《论语》、《孝经》、《弟子规》等200本,捐赠梁弄镇小学。这一微不足道的事却引起了《余姚日报》和电视台的报道,使我实感惭愧,要想满足自己宣传的要求,心有余而力不足。朝思暮想,只有依靠广大干部教师和群众,才能推广少儿读经。大家读了本书中文章就会心明眼亮,会教孩子尽早读经,提高智能和道德。在共产党的领导下,今天的孩子多么幸福,个个有书读,只要努力,都有进高等学府学习甚至出国留学深造的希望。

借此回忆自己少年时,读书求知识比登天难。因家贫只读了三年私塾就去当学徒,进过南货店、铜匠店、建筑公司,迫切追求知识。因战乱时期没有固定的补习夜校,碰到什么学习什么。往往一个晚上跑两处地方补习,到深更半夜才回工地。连小学文化程度没有,即去读英文、读俄文,连日语也要学几句,爹头娘脚什么没学好,但夜校蔡竹屏校长为我题词:"为学如逆水行舟,不进则退。"这是我一生的座右铭。多种学徒生涯将结束,对国学还是一窍不通,想想自己好可怜。但是祖母对我从小的教育一直鼓励着我。当时我年幼,父亲长年给人家当长工,母亲是从吃奶就抱来我家做童养媳,常给人家舂米,祖母对我负有专职教育,天天像念经一样说:"阿权,你要学做好人,跟好人,出好人;跟和尚,出道人。要读书懂道理,学在自己肚皮里的东西,别人偷不去,抢不走,火烧不掉,水冲不走。不吃烟酒,不学赌博,出门去受人喜欢。"我一生不怕吃苦,勤劳手巧,肯动脑筋,是我这位吃奶开始就做童养媳的母亲潜移默化地影响我成长。我今年已87岁高龄,更要从德修善,慎终追远,敬奠祖宗。

最后说明为何倡导编辑这本书。深知革命的教育依靠群众才能胜利,如果每位家长明白了以身作则,积极教育少儿读经的深远意义,就会以一包香烟钱给子女买经典,甚至手抄古诗,与孩子共读。大岚、梁弄是革命老区,人们有觉悟、有见识,尤其梁弄,千古名镇,孕育了一代又一代名人学士,国家重点保护的五桂楼,藏书万卷,建于宋代同朝为五官的黄氏五子。早在唐代就有讲学的先贤。在新中国,穷山区里的大学生、研究生、出国留学生等优秀人才如雨后春笋,老区人们都有望子成龙、从小德教的良好风气。非常感谢徐殿夯先生和陈全林先生,对我的愿望给予宝贵的支持。

87 岁四明山老人、新四军老兵　石磊 2005 年 6 月

读中外经典　做世纪英才

经典诵读工程倡议书

新的世纪已揭开了序幕,日新月异的时代步伐对人才的培养提出了更高的要求,知识创新的能力是我们这个时代人才的基本素质。面对奔涌而来的知识大潮,我们应如何把握时代的脉搏?如何从容取舍,以简驭繁?怎样才能成为学贯中西、锐意创新的世纪英才呢?有识之士认为,古今中外的经典是人类智能的源泉,诵读经典是开发潜能、学习语言、提高修养、开启智能的重要途径。历代圣贤原创性的智能成果、不拘一格的思维方式和划时代的人格魅力是人类文化的永恒灯塔,以其无尽的理性光辉指引我们在茫茫的历史长河中前进,他们虽然身处过去,但他们的智能却指向人类光辉的未来,而圣贤的智能就凝结于经典之中。

少年儿童处在记忆力发展的黄金时期,是不可错过的最为宝贵的学习阶段,应该因势利导,充分开发。古人云:"时过然后学,则勤苦而难成。"教育实践证明:儿童诵读经典,如同师从古今中外贤哲,从人生第一步就站在文化巨人的肩膀上,从高起点展开创造性的人生,不断在生活中体认、领悟、运用贤哲的创造精神,开发无尽潜能,完善个体本性,达到第一流名师指导下的自我学习、自我创造、自我成就的教育目的。儿童诵读经典,利于奠定坚实的人类文化功底,塑造仁慈忠厚、大智大勇的完美人格,更可达到激发潜能、开启智能、优化品行、开阔胸襟、提高效率、自觉自律的学习效果。

俯仰于历史与未来之间,我们不难发现,古圣贤的智能已超越了时间、地域、种族、语言的界限,成为人类最为宝贵的精神财富。十九世纪以来,人类社会物质文明的更新虽然一日

千里,但是人类的精神家园却显得有些荒芜,人文精神的缺失将成为人类社会持续发展的最大障碍。我们有责任重建人类的精神家园,摆脱迷信科学的阴霾。二十世纪最伟大的科学家爱因斯坦说:"科学不能给我们带来幸福和尊严。"任何科学技术如果没有人文精神的约束,都难免走向解放人类、造福民生的反面。因此,诵读经典,学习历史文化不仅属于儿童教育,也是社会教育、终身教育的重要内容。她能激发青年学生无尽的创造力,普遍提高民众的学识修养。

目前,在中国大陆、台湾、香港以及新加坡、马来西亚、美国等国家和地区,诵读中外经典的儿童已达数百万之多,得到越来越广泛的理解和支持。为了让更多的人们加入到这造福子孙、功在千秋的伟大事业,我们郑重推出"经典诵读工程",希望各界同仁以各种方式积极参与,同襄盛举。   (2001年1月24日,国家图书馆"经典诵读工程"启动仪式倡议书。)

让经典回到乡村　让民风回归淳厚

——为全国大学生"带经典回乡村"而倡议

敬爱的大学生朋友们!

当天之骄子的你们满怀激动的心情跨入校门之时,当你们意气风发为中华未来而发奋读书时,当希望的曙光照亮你们的未来道路时,蓦然回首!

你是否看到,那哺育了你的乡村,那散发着自然和谐之香的风土,那养育了无数中华儿女的大地,那积淀了古往今来无数英豪的泥土,那承载了几千年文化的——我们的精神家园,是否已经逐渐飘零了宁静、安详、孝敬、诚信、自然、淳朴的民风;你是否看到,风靡而起的是麻将长城、黄毒迷信、金钱至上、狂歌滥舞、道德滑坡;这些种种,是否曾经触动了你的心灵,引起了你灵魂的忧思?也是否麻木了你心灵的痛楚,将之弃落于个人追求中宁愿忘记?我们埋膝黄土,仰天长叹!"厚土! 厚土! 中国的家园!"

"耕读传家"是我国乡村的一贯传统,不仅依靠土地养育着人,更是用先贤"诗礼"陶冶做人。古人云:"十户之村,不废诵读",即使是偏远的山村,也可听到朗朗书声。宋代的范成大有诗道:"绿遍山原白满川,子规声里如雨烟。乡村四月闲人少,才了蚕桑又插田。"为我们描绘了一幅有耕有读,和谐美好的乡村生活图景。这些美好的画面,早已经逾越乡土的界限,永远存在于我们精神家园中,与泥土一起塑成我们的生命,世代启迪我们的文化自觉。这些世代传诵的经典,具有永恒的意义,绽放着永恒的光芒,是中国人立身立事智能之本,是一个民族的凝聚力与向心力的象征。宋儒张载云:"为天地立心,为生民立命,为往圣继绝学,为万世开太平"。新世纪的莘莘学子，肩负着民族复兴的文化责任，为民族的振兴、人类的进步做出自己的贡献！"学子带经典回乡村"，具有深远的意义，她对于中国文化断层的接续、对世界文化的重建、对振兴中华、世界和平都有着重要意义，也是历史交付我们的时代重任！

《弟子规》开篇云："弟子规，圣人训。首孝弟，次谨信；泛爱众，而亲仁；有余力，则学文。"这种注重家庭伦理、强调明礼诚信、承担社会责任、开展文治教化的传统经典教育精神，对敦厚风俗，净化社会风气、和谐人与自然具有永恒的价值。《大学》云："大学之道，在明明德，在亲民，在止于至善。"

陶冶自己、教育民众，是大学生本份之事。我们期望现代大学生在经典中陶冶自己，增强自己的人文素养，本着"修己以安人、修己以安百姓"的文化精神，由己及人，将经典诵读的活动带到乡村，带到华夏大地的每一个角落，唤醒我们民族人文精神。

在各地经典诵读教育蓬勃开展的同时，我们深切地关注着现代乡村人文教育的缺失，在推广和教学过程中，我们取得了丰富的成果和经验，总结出了简单易行、成效巨大、影响深远的教育方法，举办了多次教师培训，认为这项"文化导读教育"工程，是使成人与儿童共同受益、最适合于乡村文化教育的文化回乡工程，我们真诚希望与广大的青年学子一起将文化经典带回乡村，并为学子提供一切便利，为我们的家园、为乡村社会的厚风俗、正人心做出自己的贡献。

让我们与全国的大学生共同倡议——"带经典回乡村"！

让你我携手，让经典回到乡村，让民风回归淳厚！（选自《养正文化》2004 第一期）

儿童读经与潜能开发

林助雄（德国医学博士、台中市中港诊所医师）

近来，儿童读经风气渐开，参与者中不管老师、家长、学生都信誓旦旦、兴趣浓厚地为其效果庆贺，努力地义务推广。儿童读经之成果，在推广者和参与者来讲，只要见到读经儿童之记忆力改善、行为转好、学校功课进步……等等初期现象，就算成功。他们认为，社会风气之改善以及将来伦理道德之提升：将随这些未来社会中竖的成长自然地去达成。今从脑的科学观点就儿童读经如何透过潜能开发成就上述种种温馨的成果，尝做说明，充为共襄盛举。

为了应付考试或躲开师长责骂的死记硬背，这种传统填鸭式的教育法一直在压榨学生的左脑，同时忽略了右脑的开发，对于一位正在学习、成长的小孩来讲实在不理想。因此：近些年来，由于了解左右脑功能，在教学方面就出现更多合乎人性并具潜能开发价值的新观念、新做法来倡导,目的是要能达到左右脑平衡,以提升记忆力、理解力、创造力,使人类的智能得到最大的发挥。

儿童读经的方式,不求理解,只是背,表面上看来,还是左脑的训练而已,然而就因为在背经的过程当中,完全松懈、有趣,使脑波从 β 波转换至 α 波,也就是说,读经背经的小孩一而再、再而三地有机会舒解身心压力,并能在 α 波的脑与潜意识互动过程中加强了创造力、灵感、注意力、判断力及记忆力。

儿童读经背经的过程类似念唱,眼睛看经典文字为透过视觉作用刺激右脑,而念唱的律动也启动了右脑,至于仔细整理辨字以便记忆则是左脑的工作,所以,整个读经过程恰恰动用了左右脑功能,使左右脑运作得以同步。根据研究:左右脑能有同步效用时,学习能力可增加2至5倍。

其实,单从左右脑平衡的目的来讲,儿童不一定要读经,就是读其它的东西也有效果,只要把握住轻松并有韵律感地重复念唱即可。然而,一再重复的念唱,即使没有刻意去理解,所读唱之内容不只是会存入大脑记忆,它更会烙印在潜意识中,而潜意识的妙用就是无需经过意志的运作,能直接地、默默地、自然地影响了人类的思维与行为,所以儿童读经,选择古圣贤的智能精华是正确的。因为假以时日,有读经的人多少会受到经典的潜移默化、陶冶性情。多让左右脑平衡、多处在 α 波下会增进脑力开发,包括记忆力、注意力、理解力、创造力等,也就是让潜能更有机会发挥,所以儿童读经是被肯定的。至于透过经典潜移默化,使心性向善向上的边际效用则是今日社会风纪改坏、道德沦丧的根治妙方,基于此,全国上下都需重视并共同来推广儿童读经。(选自《养正文化》2004 第一期)

关于经典

叶圣陶(现代文学家、教育家)

出版社准备重印这本《经典常谈》,要我写篇序文,我才把它重新看一遍。朱先生(指朱自清先生,现代著名作家、诗人、学者,教育家。编者注)逝世已经三十二年,重看这本书,他的声音笑貌宛然在面前,表面在字里行间的他那种嚼饭哺人的孜孜不倦的精神,使我追怀不已,痛惜他死得太早了。

朱先生所说的经典,指的是我国文化遗产中用文字写记下来的东西。假如把准备接触这些文化遗产的人比做参观岩洞的游客,他就是给他们当个向导,先在洞外讲说一番,让他们心中有个数,不至于进了洞去感到迷糊。他可真是个好向导,自己在里边摸熟了,知道岩洞的成因和演变，因而能够按真际讲说，决不说这儿是双龙戏珠，那儿是八仙过海，是某高士某仙人塑造的。求真而并非猎奇的游客自然欢迎这样的好向导。

朱先生在这本书的序文里，认定"经典训练"是中等以上的教育里的必要项目之一。说"中等以上"，中等教育自然包括在内。他这样考虑的依据是1922年教育部制定的初中高中的《国文课程标准》。这本书出版之后不久，我写过一篇《读＜经典常谈＞》，也赞同他的考虑。

在三十多年之后的今天，我对朱先生和我自己的这样考虑——就是经典训练是中等教育里的必要项目之一——想有所修正了。第一，直接接触这些经典，不仅语言文字上的隔阂不少，风俗习惯典章制度上的疙瘩更多，马马虎虎地读吧，徒然耗费学生的精力和时间，认认真真地读它极少一部分吧，莫说初中，高中阶段恐怕也难以办到。因此，我想中学阶段只能间接接触，就是说阅读《经典常谈》这样的书就可以了。第二，当时所谓国文课就是现在的语文课，现在我想，就说跟经典间接接触，也不光是语文课的事，至少历史课应当分担责任，因为经典是文化遗产，历史课当然不能忽略文化遗产。第三，在高等教育阶段，学习文史哲的学生就必需有计划地直接跟经典接触，阅读某些经典的全部和另外一些经典的一部分。那一定要认认真真地读，得到比较深入的理解。

可惜不能像三十多年前同在成都时候那样，想到什么就跑到望江楼对面朱先生的寓所，跟他当面谈一谈。假如他如今还在，我早就把这三点意思跟他说了，无论他赞同或者驳斥，都是莫大的欢快。想到这一层，怅惘无极。

我又想，经典训练不限于学校教育的范围而推广到整个社会，是很有必要的。历史不能割断，文化遗产跟当今各条战线上的工作有直接或者间接的牵连，所以谁都一样，能够跟经典有所接触总比完全不接触好。朱先生在时还没有"古为今用"的提法，"批判地接受"的提法他有没有听到过，我不敢断言，而这两个提法正说明了各条战线上的人都该接触一些经典。因此，著作家和出版界要为人民服务，在这方面就有许多工作必得做。撰写像《经典常谈》模样的书，使广大读者间接接触经典，这一项工作就该做。朱先生在序文里提到"理想中一般人的经典读本"，他把编撰的办法说得非常具体。三十多年过去了，这样"理想中的读本"还非常之少，非共同努力，尽快多出这种读本不可。（选自《经典常谈·序》，中华书局2003年版。）

经典训练的意义

朱自清（现代著名作家、学者）

在中等以上的教育里，经典训练应该是一个必要的项目。经典训练的价值不在实用，而在文化。有一位外国教授说过，阅读经典的用处，就在教人见识经典一番。这是很明达的议论。再说做一个有相当教育的国民，至少对于本国的经典，也有接触的义务。本书所谓经典是广义的用法，包括群经、先秦诸子、几种史书、一些集部；要读懂这些书，特别是经、子，得懂"小学"，就是文字学，所以《说文解字》等书也是经典的一部分。我国旧日的教育，可以说整个儿是读经的教育。经典训练成为教育的唯一的项目，自然偏枯失调；况且从幼童时代就开始，学生食而不化，也徒然摧残了他们的精力和兴趣。新式教育施行以后，读经渐渐废止。民国以来虽然还有一两回中小学读经运动，可是都失败了，大家认为是开倒车。另一方面，教育部制定的初中国文课程标准里却有"使学生从本国语言文字上，了解固有文化"的话，高中的标准里更有"培养学生读解古书，欣赏中国文学名著之能力"的话。初高中的国文教材，从经典选录的也不少。可见读经的废止并不就是经典训练的废止，经典训练不但没有废止，而且扩大了范围，不以经为限，又按着学生程度选材，可以免掉他们囫囵吞枣的弊病。这实在是一种进步。

朱自清先生

我国经典，未经整理，读起来特别难，一般人往往望而生畏，结果是敬而远之。朱子似乎见到了这个，他注《四书》，一种作用就是使《四书》普及于一般人。他是成功的，他的《四书》注后来成了小学教科书。又如清初人选注的《史记菁华录》，价值和影响虽然远在《四书》注之下，可是也风行了几百年，帮助初学不少。但到了现在这时代，这些书都不适用了。我们知道清代"汉学家"对于经典的校勘和训诂贡献极大。我们理想中一般人的经典读本——有些该是全书，有些只该是选本节本——应该尽可能地采取他们的结论：一面将本文分段，仔细地标点，并用白话文作简要的注释。每种读本还得有一篇切实而浅明的白话文导言。这需要见解、学力和经验，不是一个人一个时期所能成就的。商务印书馆编印的一些《学生国学丛书》，似乎就是这番用意，但离我们理想的标准还远着呢。理想的经典读本既然一时不容易出现，有些人便想着先从治标下手。顾颉刚（现代著名历史学家，编者注。）先生用浅明的白话文译《尚书》，又用同样的文体写《汉代学术史略》，用意便在这里。这样办虽然不能教一般人直接亲近经典，却能启发他们的兴趣，引他们到经典的大路上去。这部小书也只是向这方面努力的工作。如果读者能把它当作一只船，航到经典的海里去，编撰者将自己庆幸，在经典训练上，尽了他做尖兵的一份儿。可是如果读者念了这部书，便以为已经受到了经典训练，不再想去见识经典，那就是以筌为鱼，未免辜负编撰者的本心了。（选自《经典常谈·序》中华书局，2003 年版）

关于中华元典

胡孚琛（中国社会科学院博士生导师、著名道学家）

我以为治中国传统文化之学，首先必须着力研究中国文化的原始经典。这种原始经典在文化发生上具有原创性，湖北的冯天瑜教授称之为"元典精神"。中国传统文化的原始经典有五种，包括《易经》、《书经》、《礼记》、《诗经》、《春秋经》，即所谓"五经"。显然，《易经》为中国巫史文化最早的元典，古有"诸子百家皆源于《易》"之说，它应包括《易经》、《易传》和近些年出土的《易》学古籍。《诗经》为中国文学的元典，《春秋》为中国史学的元典，《书经》和《礼记》是中国政治学、伦理学等学科的元典。中国文化古来经、传并传，老庄、孔孟相辅相成，故那些解经的传，辅翼老子、孔子的《庄子》、《孟子》，也是具有原创性的典籍。因之道学文化的元典有《老子》、《庄子》、《列子》、《文子》，儒学文化的元典有《论语》、《孟子》。此外推而广之，《黄帝内经》是中国医学的元典，《太平经》、《抱朴子内篇》是中国道教的元典，《周易参同契》、《悟真篇》是丹道学的元典。在中国浩瀚古籍中千人瞩目的奇书有三本，即《道德经》、《黄帝内经》、《周易参同契》，直到今天无论从哲学上还是从科学上，西方的历代哲人都没能达到这三本书的学术水平。《道德经》、《黄帝内经》和《周易参同契》中凝聚的中华民族数千年的智慧还远远没有发掘出来，这也是我赞成研究"参同学"的原因。（选自《元代参同学·序》曾传辉著，2004 年 9 月宗教文化出版社。）

科学人文 和而不同

杨叔子（中国科学院院士、华中科技大学原校长）

科学与人文，"本是同根生"，同源共生，存在着"交集"。其根、其源、其交都在实践之中，即杰出的科技大师与卓越的文艺大师，乃至出色的政治家、军事家、思想家，都是承认与尊重客观实际，提炼与抽取客观实际的本质，探索与揭示客观实际规律的科学固然如此，人文亦复如是！

科学与人文共生互动，相异互通。然而，科学毕竟是科学，人文毕竟是人文，既彼此密切相关，又相互明显区别，即"和而不同"。相关，表明可以互通，可以互补；区别，相异，表明应该互动，应该互补，以求共同和谐的发展，以求有利于高素质高级人才的培养。科学与人文正因为相异，就还需彼此互动互补，以求有利于创新人才的培养与成长。

从某一角度上看，科学是在讲"天道"，人文是在讲"人道"；固然，"天人合一"，在更深层的意义上是指"天道人道合一"；但从某一角度上看，也可指科学与人文的互动、互补、交融、合一。"天人合一"，是中华民族文化一大精华，特别在今天更为国内外一切有识者所公认。

历史表明：人是世间第一个可贵的因素，"人是生产力中最具有决定性的力量"；只看到科技，看到物，而没看到研究、开发、发展与运用科技的人，没看到人文，丢失了人，就丢失根本，就丢失一切，当然也丢失科技。

没有科学的人文是残缺的人文，人文有科学的基础与科学精髓。没有人文的科学是残缺的科学，科学有人文的精神与人文的内涵，一个国家、一个民族，没有现代科学，没有先进技术，就是落后，一打就垮，痛苦受人宰割；而没有民族传统，没有人文文化，就会异化，不打自垮，甘愿受人奴役。

我深信，特别是在今天，学习人文文化，加强人文陶冶，提高人文素养，对于一个科技工作者而言，是不同而和，至少有两大作用：第一、陶冶与纯洁思想感情，升华精神境界，树立对国家、对民族的高度责任感，此曰"钟情于爱国"，这就是大德；第二、活跃与完善思维能力，开启作为万物之灵的人的固有灵性，发挥人类进化五百万年来所形成的巨大潜力，此曰"极利于创新"，这就是人才。无才，寡用；无德，多害；富才缺德，灾难！富才厚德，大幸！爱国与创新，德与才，科学与人文，不可缺一。（选自内部资料《养正文化》2004 第一期）

谈谈"读经"

牟钟鉴（中央民族大学教授、博士生导师）

"五四"运动前后，先进的中国人都主张用西方的真理来救中国，对中国传统文化丧失了信心，甚至产生了仇恨，主张一概扫除，直到汉字。他们用来概括和批判封建社会旧文化的教育的话，便是"尊孔读经"四个字，必欲彻底扫除而后快。这当然有其合理性，是时势引出的必然。封建社会末期，尊孔尊到盲目神化的地步，读经读出僵化封闭的结果，社会的生机、人们的创造力都被它扼杀了。同时，由于种种原因，中国也濒临灭亡的边缘。在这个时候，不来一次激烈的批判运动，不造成一次思想解放，中国就没有希望，青年就没有前途。

几十年的批孔废经，确实收到了明显的成效，但也出现了新的问题。孔子的形象暗谈了，甚至被丑化了，经典学习渐渐废止，新一代的中国知识分子对传统文化的情感普遍冷淡，对民族文化典籍比较陌生，这究竟是福还是祸呢？不错，在半个多世纪中，中国新型知识分子向西方学习了许多救国真理和科学技术，推动了中国的现代化进程，知识分子的精神面貌也发生了巨大的变化。可是，现代知识的获得，现代思想的传播，是否一定需要以牺牲优秀民族文化传统为代价呢？"矫枉必须过正"是否是一个永恒的普遍的真理？"五四"大破旧文化之后并没有立起一个新文化；彻底否定传统，没有了根基，新文化缘何而立？"文革"则通过反传统来毁灭中国文化，让人们回到原始和野蛮。痛定思痛，人们不能不变得清醒一些和聪明一些。东亚四小龙在现代化过程中保存传统、转化现在日益感受到了民族精神、东方智慧和传统美德之丧失的太多的痛苦，逐渐醒悟到一个新的真理：断裂优秀文化传统是有害的，现代化事业需要也能够与优秀传统互补。中国人走到这一步，才开始踏上中庸之路。

"尊孔读经"不应该成为一种罪名。尊孔而不盲目，未必错误；读经而不教条，未必危险。中国人讲究尊师重道，一般老师尚且要尊，为什么作为世界文化名人和万世师表的孔子，就不能尊而敬之呢？中国人提倡读书成才，西方经典名著需要阅读，为什么中国经典名著就要排而弃之呢？污辱圣贤，数典忘祖，不以为耻，安之若素，能够算是一个合格的中国知识分子吗？我以为不够格。我这样说不是要挖苦什么人，责任在民族虚无主义思潮，这个思潮为时已久，流毒太深，需要认真加以清算。

书是社会文明的文字凝结，是传播思想、感情、知识的重要媒体，是人类智慧的汪洋大海，是各种文化传统赖以积累和继承的不可缺少的手段。现代信息传播媒介中，音像制品十分发达，但不能取代书的功能，知识分子还是要通过读书打好教养的基础。但书的种类和数量很多,增加得又快;现代人处在"书的爆炸时代",读书的时间反而越来越少,如何解决"吾生也有涯而知无涯"的矛盾呢?我以为唯一切实的办法就是有选择地读书。从读书的角度看,书可以分成三大类:一类是基础性的必读书,一类是专业性的参读书,一类是业余性的消遣书。在基础性的必读书之中,除了学校的教科书之外,主要是指中外古典名著,特别是经典。能称得上经典的书数量很少,因为它的标准很严格。我以为经典必须具备这样的几个条件:第一,它必须是大的文化体系创建时期的代表性作品,具有始祖性而不是流派性;第二,它包含着这一文化体系的基因,对该文化传统的形成,起着定型、导向的作用;第三,它是大悟性大智慧的结晶,故内涵丰富深厚,可以作无穷尽的解释发挥,所以不会过时;第四,它世代为广大范围的人群所奉读,在社会许多文化领域有普遍的影响,甚至成为一种共同性的文化语言。在中国,具备以上条件的经典,在儒家即是《四书》、《五经》,在道家即是《老子》、《庄子》,在佛教即是《心经》、《金刚经》、《坛经》,在诸子百家即是《孙子》、《韩非子》、《墨子》、《楚辞》等。中国的思想文化可以说是在这些基本经典的基础上,通过各家各派创造性的诠释和应用而发展起来的,这是客观存在的历史事实。不管你喜欢与否,经典已经在文化传统中形成了崇高的权威性和不可替代性,而且在今后很长时间内还将继续发挥思想宝库和智慧源泉的作用。这些经典,至少是其中最重要的几部如《论语》、《老子》、《周易》,应是中国知识分子的必读书,而且应该精读、熟读、反复读,百遍不嫌其多,百年不嫌其久,因为其中几乎每句话都广为流传,到处被引用,而人们在不同时期都会有不同的读书心得,无有已时。今天的人也许能说出比经典作家更精彩的话来,但是起不到经典那样的作用。而其他的书,有的可以不读,有的可以泛读,有的经过筛选,只精读其中必要的部分。如果是一位人文学科的知识分子,他的读书,应该一头抓经典,一头抓学术前沿,便是最聪明的做法,这是最有效的利用读书时间。当然,对经典不能迷信,除非是崇拜它的信徒。一般人从经典中找出谬误并非难事,天下哪有句句是真理的作品!所以读经要活读不要死读,要有分析有选择地思考,不要一概接受。不过要选择必先熟悉,即使要批判也须先下功夫读通它,了解它在文化史上巨大而复杂的根本缺陷不在读经,而在崇信不疑;从人的文化素质的培育来说,经典不能不读,只须改进方法,不宜废止读经。

一个新时期合格的知识分子,其文化素质的结构应该有这样几部分:道德品格、综合修养、专业知识技能、业余爱好。这四部分应当均衡发展,形成合理态势。道德品格是决定人的境界高低、人格尊卑的东西,是知识分子的灵魂。综合修养主要指文史哲的基本训练和积累,不论从事什么职业,都应该具有一定的人文素养。而现代教育只重专业知识训练,而忽视人文道德,职业教育成为主导性的;即使有人文课程,由于教学方式不当,结果起不到充实精神生命的作用,常成为取得学分和学位的工具,这是必须加以调整的。而要加强道德和综合文化训练，阅读经典是必要的途径。这是一个笨办法，难收立竿见影之效，但它是最有长效的办法，可使人一生受用不尽。经典中有哲学，有道德，有历史，有文学，有大圣大哲的睿智卓见，有为人处世的不移箴言，蕴含着真善美的精华，可以使人高雅、深厚，长才智，有文采。庄子说："水之积也不厚，则其负大舟也无力"（《逍遥游》），我们也可以说经典训练不实，则其做大事也无力。其人也许可成为专业人才，但难成为大方之家。我这样说是有历史见证的。在近现代中国知识分子中，不仅大思想家、大政治家、大艺术家、人文学科的大学者，都无一例外的接受过文化要典和国学的严格训练，即使是大的自然科学技术专家，也都有较深厚的国学功底，无不对本民族的经典相当熟悉。如华罗庚、苏步青、钱学森和美籍华裔科学家杨振宁、李政道等，都是学贯中西、文理双通的，故能有博深的见识，恢宏的气度。新一代的知识分子至少应该读一读《论语》、《老子》、《孟子》、《庄子》、《孙子》，不能再少了，否则往往比不上一个外国的科学家和学者所拥有的中国学知识，怎么样去走上国际学术舞台呢？

我们必须把经典学习的意义，提到世界文化发展的高度来认识。新的世界，决不如美国亨廷顿教授所预测的那样，将是东西文明冲突的时代，恰恰相反，它将是东西文明互补共进的时代。这个进程实际上早已经开始，目前正在加速。西方工业社会在取得工业文明的划时代和世界性的成就的同时，面临着生态失调、人际紧张、精神空虚、人性堕落等一系列深刻的危机，不得不做出重大的调整。一些有识之士看到了东方文明包含着补救西方文明弊病的超前内容，正加紧努力研究东方学术，钻研《论语》、《老子》、《周易》等经典，认真从中吸取智慧，促进西方在价值观和社会发展模式上有所改变。与此同时，东亚一些国家和中国，在努力复兴或保护东方文化传统的同时，已经或正在学习、引进西方发达国家的市场经济、管理经验和科学技术，以及其他先进学说，将两者结合起来，创造东方特有的现代化模式。由于东亚经济的迅速发展，作为发展背景的东方文化也相应地提高了国际地位。很明显，东西文化双向交流已经成为世界性的社会潮流，无论在理论上还是在实际上都富有成效，这是世界文明向更高阶段发展的必然趋势。东西文化之间当然有对立和冲突的一面，但那是次要的，互渗、互补和合流才是主要的。在这种国际性文化格局下，中国现代和未来的知识分子，必须兼有东西文化的素养，才能适应新时代文化国际化的需要，否则不仅会丧失民族风格，而且也跟不上西方文明发展的最新潮流。

中国中断经典教育为时很久，开初一段时间内，不觉得有什么不好，渐渐地，其不良后果陆续显露。由于新一代知识分子的国学根柢普遍浅陋，大师级的学者便难出现。学校教育没有经典训练，社会青年缺乏基本道德观念和基础性传统文化知识，于是造成社会道德滑坡和精神生活庸俗浅薄。所谓"中华是礼义之邦"早已是过去的事情，而今"礼义"二字竟在何处？目前社会道德风气的败落、社会行为的无序状态、拜金主义的猖獗横行、精神信仰的无所归依，已经达到很严重的程度，大家有目共睹，亲感身受。这种状况决不是靠短期内突击措施所能改变的，尽管这些临时措施不能不采用，归根到底还是要靠社会管理水平的大幅度提高和人的文化素质的普遍改善。这就与国民教育的战略有关，它的着眼点是二十一世纪，它的基础工程则是经典教育。必须从现在起，真正切实地把经典教育纳入大中小学的教学活动之中，按照由浅入深、循序渐进的原则，编写有关课本，选读或通读经典的篇章或全书，把经典课作为通识教育的必修课，聘请最优秀的老师担任教学，长期坚持下去，日后必有大效。大学以上文化程度的人，或者从事精神文化事业的人，还应当把读书的范围适当扩大，对国学要典有较多的接触。张岱年先生和我提出国学书目八十五部，它包括了儒佛道三教和诸子百家中最有代表性的在历史上影响深广的要典（见《中国思想文化典籍导引》，中共中央党校出版社，1994年3月出版）。这个书目也许太大，也许还需要补充调整，那么让社会人们共同参予研讨，加以改造。但总得有人先提出一个方案作为讨论的基础，而且我相信此书目的主要部分的必读性是无可怀疑的。张先生又从八十五部中选定十部书，作为必读之书。它们是：《周易》、《论语》、《孟子》、《老子》、《孙子》、《史记》、《纲鉴易知录》、《唐诗三百首》、《古文观止》、《幼学琼林》。这个书目是给青少年提供的，其实它对于成年人来说也似乎太多太高。但我们的目的是要树立一个理想目标，从培养跨世纪的全面发展的人才着眼，不能太迁就目前的水平，这是其一；读经典主要应在青少年打基础的时代，这一时期读书最快最牢，终生难忘，中年以后虽然理解能力大为增强，但记忆力差了，而且要挤出读书的时间很不容易，这是其二。所以社会要抓青少年经典训练，中年以后靠自觉。对于有志于从事人文学科事业的青年，不妨再多读几本书，例如儒家经典中，除了《易》、《论》、《孟》，要读《礼记》和《孝经》，不然很难了解中国的宗法制度和传统道德；道家经典中，除了《老子》，还要读《庄子》，你的心灵或由以而大开；佛教经典至少读《金刚经》、《心经》、《坛经》，由此领略佛家的精神；史书方面，除了前四史，应读《贞观政要》，这是一部高水平的政治教科书，治国经验皆荟萃其中；文学方面，唐诗之外，还要读点宋词，而《西游记》、《水浒传》、《三国演义》则是中小学生的读物，文科大学生则要加读《红楼梦》、《聊斋志异》和《金瓶梅》，它们会帮助我们知世、论人、增智、为文，其益莫大焉。

读经典作品，当然要读原典；今译今注只能作为参考，而不能依赖。读原典好比品尝丰美的饭菜，色香味俱可细细感受体验。读今译好比吃别人咀嚼过的饭菜，不仅味道差得多，而且加进了别人的分泌物，与原品不会一样。现在的障碍在文字上，一是文言表述方式，二是繁体书写，这给一般青年阅读原典带来困难。但是这个困难必须克服，也能够克服。所谓必须克服，是指原典具有无穷可诠释性，不可替代，不下功夫直接阅读，就达不到基础训练的目的。所谓能够克服，是指中国人闯古文繁字关有较好的条件。文言孕育出白话，两者本就相通，文言仍部分地活在白话之中，受到人们的喜爱，而经典的许多语句常成为座右铭流行在生活中，所以人们学起来有兴趣，有接受的能力。再说，今译今注逐渐增多，可以帮助人们理解原典。至于繁体字，它流行了两千年，形成六书的规则，只是笔划多一些，结构上有规律可寻，认识并不困难。古代典籍的简化字本仍是少数，多数是繁体字本，1956年以前所有的书刊皆用繁体字，大型史书、类书、丛书至今重印繁体字本。所以当代知识青年应该在"用简"的同时"识繁"，学会识繁这一本领，其中珍宝可任你选择。这至少跟学外语同等重要，而掌握这一本领，只要在小学认字时期适当加以训练就可以了，比学外语容易得多，因为繁体字毕竟是自己祖国的文字，接触机会又多，用不了太多时间就可以学会。我的想法是：不给学生以"识繁"的训练，等于剥夺新一代乃至后代直接阅读古典的权利，给民族文化的传承制造人为的障碍，谁能承当起这样重大的责任？我们有些人一看到繁体字在社会生活中出现便认作是文字使用上的混乱，急急忙忙加以扫除。繁体字是正正经经的中华民族的传统文字，如今古书出版还在使用，港台澳地区还在流行，并不是什么乱造的文字，何必要加以"横扫"？满街的英文为什么不"横扫"？我觉得繁体字的适当流行是一种社会需要，是好事不是坏事，它让人们在这种环境中更好地掌握"识繁"，以减少读古书及同港台交往的麻烦，有什么不好？我套用"一国两制"的话，可不可以在文字上实行"一语两体"？这是值得认真研究的。两体都有生命力，你要消灭一种不可能，问题在于印刷品如何统一，两岸三地人士可以坐下来讨论。回到读经的问题上来，我想强调的是：决不能把文化的传承寄托在少数专家翻译古书上面，这样局限性太大；与其化大气力组织专家搞今译本、印简体本，不如让青少年普通得到读文言、识繁体的技能，使他们能够直接面对原典，这样做的效用不知要扩大多少倍，费事又不大，何乐而不为呢？

最后，我说一段经历，我去韩国开会，看到那里的现代经济很发达，社会管理水平是先进的，同时韩国又大力提倡儒学，保持了尊孔读经的传统。他们向我们提供了一种传统与现代化相结合的成功经验，值得我们借鉴。我在汉城遇到一位毕业于北京大学哲学系的中国留学生，该生告诉我，在中国的大学没有学过《论语》、《孟子》，来到韩国，学校却要你认真学习，没曾想跑到外国来学中国的经典，于是感慨万千。我看到韩国人修身处世中表现出儒家道德很深的影响，青年人彬彬有礼，行有所循，社会风气很好。中国人应该认识到现在是"礼失而求诸邻"，要有惭愧之感，要借此激励自己，赶快把优良的传统恢复发扬起来。（选自《原道》第一辑，中国社会科学出版社1994年版。）

元典界说

冯天瑜（武汉大学教授、博士生导师）

《中华元典精神》这本书称中国古老而又影响深远的典籍——《诗经》、《易经》、《尚书》、《春秋》、三《礼》（三《礼》指《仪礼》、《周礼》、《礼记》三部典籍。）以及《论语》、《墨子》、《孟子》、《老子》、《庄子》、《荀子》等先秦书为"中华元典"，拟从文化学和文化史学角度对其扼要的文本（作为诠释学的基本概念，"文本"又称"本文"，指由书写固定下来的话语，构成诠释的对象和基础。泛义的"文本"指一切被诠释的对象，不限于"由书写固定下来的话语"，如一幅画、一首乐曲、一幢建筑也可以成为阐释的"文本"。）考查，进而用诠释学方法观照中华元典包藏的基本精神怎样在历史长河中被反复阐扬、重新刻勒，并考究中华元典精神遵循"文化重演律"，实现近代转换的辩证历程，以及这种转换着的元典精神在中国近代化运动中所发挥的功能。

在正式开展这些工作之前，当然必须对"元典"和"近代化"这两个基本概念加以界定，对"元典精神与近代化的相互关系"这一论题略事说明。

"元典"作为一个整词，系笔者创制，却并非生造。

"典"，原指置于架子上的简册。《说文解字》称："典，五帝之书也，从册在丌上，尊阁之也。""五帝"，一指黄帝、颛顼、帝喾、唐尧、虞舜（见《世本》、《大戴记》、《史记·五帝本纪》。），一指太皞（伏羲）、炎帝（神农）、黄帝、少皞、颛顼（见《礼记·月令》。），均为传说中的上古帝王，其时并未发明文字，当然不会有"书"。"五帝之书"约指传说中的《三坟》、《五典》之类，可泛解为很古老、很原始的书。"丌"是供奉贵重物品的几案，尊之于"丌"上的"册"，自然是尊贵、紧要的书籍。然而，并非一切古老、重要的书籍都可以视为"元典"。只是那些具有深刻而广阔的原创性意蕴，又在某一文明民族的历史上长期发挥精神支柱作用的书籍方可称之"元典"。

笔者曾以"原典"称呼此类特别文本，后经友人建议（湖北大学图书馆胡明想君听罢笔者关于文化原典的学术讲座以后，曾专门致函笔者，建议以"元典"代"原典"。胡君陈义甚高，笔者欣然接受，并特此感谢一字之师！），决定改作"元典"，因为"元典"更能表述本书所研讨的文本所具有的特性。

原典之"原"，主要有初原、原始含义；而元典之"元"，内蕴更丰，其中十义都切近我们所要论及的文本的性质。

第一，起始、开端。《说文解字》："元，始也。"《春秋元命苞》

（汉代流行的《春秋》纬书，已佚，有辑本。）："元，端也。"《易·乾》程传："元者，万物之始。"古称大化之始气为"元气"，始娶之妻为"元配"。

第二，首、头。《尔雅·释诂》："元，首也。"《礼记·曲礼下》注："元，头也。"《左传·昭公元年》疏："人之身体，头为元首，四肢为末。"古称帽子为"元服"，称丞相（首相）为"元相"，三军将帅之首为"元帅"，首恶为"元恶"、"元凶"，岁首之日为"元旦"。

第三，本、原。《正字通》："元，本也。"《春秋繁露·重政》："元，犹原也"，"元者为万物之本"。元、原二字相通，古书中"原则"亦作"元则"、"原始"亦作"元始"；元、本二字相通，元有"基本"意，如基本物质成分称"元素"。康有为在《礼运注》中说："元为万物之本"。

第四，长。《广雅·释诂四》："元，长也。"古称长孙为"元孙"。

第五，正嫡。《仪礼·士冠礼》注："元子，世子也。"世子即古代天子、诸侯的嫡长子。

第六，大。《正辽通》："元，大也。"古称大神为"元神"，大圣为"元圣"，大德为"元德"。

第七，善。《易·乾·文言》："元者，善之长也。"疏："元为施生之宗，故言元者善之长也。"《礼记·月令》注："元，善也。"

第八，美。《易·坤》注："上美为元。"

第九，上。《书·舜典》传："元，上也。"

第十，宝。《吕氏春秋·召类》："元，宝也。"

董仲舒《春秋繁露·重政》对"元"有一系统解释，强调了"元"的本始义：

"唯圣人能属万物于一而系之元也，终不及本所从来而承之，不能遂其功。是以《春秋》变一谓之元，元犹原也，其义以随天地终始也。"

把"元"看作万物所系的根本和本原，其恒久性与天地共始终。

综上所列，"元典"有始典、首典、基本之典、原典、长（长幼之"长"）典、正典、大典、善典、美典、上典、宝典等意蕴。

在汉字系统中，与"元典"含意切近的字汇是"经"。东汉许慎（约58—约147）说："经，织也。"清段玉裁（1735—1815）注："织之从丝谓之经。必先有经，而后有纬，是故三纲、五常、六艺谓之天地之常经。"（《说文解字注》。）

甲骨文无"经"字。经字始见于周代铜器铭文，意谓"经维四方"。自战国开始，"经"方含有经典之意，如《荀子·劝学》有"始于诵经，终乎读礼"之说；《庄子·天道》有孔子"繙十二经"之说。"经"本为书籍通称，两汉以后尊经，则专指"圣人之书"，所谓"经，径也，常典也，如径路无所不通，可常用也。"（《释名·释典艺》。）又谓"经也者，恒久之至道，不刊之鸿教也。"（《文心雕龙·宗经篇》。）经书不仅内容特别受人尊崇，其形式也格外盛大，所谓"六经之策长二尺四寸，《孝经》谦，半之，《论语》八寸。"（《论语集解序》。）六经简册较之其他书大两三倍，足见地位之崇高。

在汉字系统中，与"元典"含意近似的另一字汇是"藏"。"藏"指经典总汇，多卷本圣典，如佛教经典总称《大藏经》，道教经典总称《道藏》。西方学者把"藏"译成"正经"（Canon），其实并不十分确切。在西方，"正经"是《圣经》的专称。西方语汇中，与"元典"概念类似的是"经典"（Classics），指古希腊罗马主要典籍；另一相近概念是"圣典"（Scripture），指希伯莱圣书（《圣经》之类）。"元典"大约包涵"经典"亡佚（一说古时即无作为典籍的《乐》，乐是与诗、礼相配合的谱曲，已失传。），中华元典实为"五经"。某些先秦典籍也具有"元典"性质。如《论语》、《孟子》被儒家列为主要经典，是"九经"、"十三经"的组成部分，宋以后又与《礼记》中的《大学》、《中庸》并称"四书"，被宋元明清诸代中国人奉为"圣经"。《老子》、《庄子》则被道家和道教列为主要经典，分别称《道德经》和《南华经》；《墨子》被墨家视作经典。它们都在中华文化系统中享有"元典"之尊。此外，一些专科创始之作，也被该学科视作经典，如《孙子兵法》是军事学经典，有"兵学圣典"、"百世兵家之师"的美誉；此外，《黄帝内经》是医学经典，陆羽的《茶经》是茶学经典。此类典籍因其原创性而赢得不朽，其精义至今为相关专业所尊崇，成为取之不尽的灵感源泉。

需要指出的是，元典的崇高地位并不是与生俱来的。今天我们尊之为"经典"的那些书籍，在产生时往往并不具备特别贵重、特别神圣的意义，如《圣经·新约全书》成书之初，曾受到罗马统治者的贬抑排斥，只是作为非法抄本在下层人民中秘密流传；又如《尚书》不过是周代史官辑录的古代史料汇编；《春秋》不过是鲁国编年史，所谓"断烂朝报"（王安石语），即"流水账"；《诗经》则是周代"行人"和"遒人"等文化官员征集的各地诗歌的选本。它们本来都出自于"平凡"，并非什么"圣人作则"。然而，这些典籍成书久远，又经由众手修订、筛选，虽然文字简约，却保存了大量社会史的、思想史的原始材料，蕴含丰富，珍藏着各民族跨入文明门槛前后所积淀的精神财富，其间既保有氏族制时代原始民主及原始思维的遗存，又陈列着初级文明时代的社会风俗、历史事件、典章制度与观念形态，以后在特定的历史条件下，这些抽象的与具象的精神财富逐渐得到社会的崇奉，并通过不断的多角度诠释，其意义被发掘，被阐扬，以至达到出神入化境地。借用"接受美学"术语，元典作为"文本"，具有广阔的"不确定域"，经由历代解释者和阅读者的"具体化"和"重建"，构筑起愈益广大深厚的学说体系，方成为"高山仰止，景行行之"的圣书。即使在元典得以产生的经济基础、社会结构发生深刻异动的后世，元典因其内在精神的超越性和历代解释者的不断"重建"，而具有"历时愈久却光辉愈显"的不朽性。元典这种在诠释历程中不断被丰富、被放大和加深的现象是至关紧要的。元典在诸相关民族的历史生活中拥有的崇高地位，不仅由元典"文本"的内涵（"本义"）丰富性所导致，也由元典的不断被诠释（"引申义"）所强化。元典"文本"的自身性质与元典"文本"的被反复解释发挥的过程,共同铸造了元典的历史地位。因此,元典的诠释史研究与元典的文本研究同样重要。

作为一个民族原创性精神首次得以系统整理,并物化成后世长久奉为生活指针的典籍,元典是在多种条件同时会聚的特定时期创作出来的,我们可以把这种时期称作"元典创生期",它相当于人类文明史上的"轴心时代"(AxialAge),即公元前 6 世纪前后的几百年间。早于这个时期,该民族不可能涌现思想如此深刻、气势如此磅礴的"大典"、"善典"、"美典";迟于这个时期,则失去首创性机缘,算不得"始典"、"首典"、"原典"。

中华元典早已成为中华文化的标志。人们要想透视中华民族的灵魂,须藉助对这几部书提供的符号编码的破译,正如透过《吠陀》去了解印度人,透过《荷马史诗》、《理想国》、《形而上学》去了解希腊人,透过《圣经》去了解基督徒,透过《古兰经》去了解穆斯林一样。(选自《中华元典精神》上海人民出版社 1998 年版)

谈国学

张岱年(北京大学教授、博士生导师)

国学的名称起于近代。近代以来,西学东渐,为了区别于西学,于是称中国本有的学术为国学。清代学者论学术,将学分为三类:一为义理之学,二为考据之学,三为词章之学。义理之学即哲学,考据之学即史学,词章之学即文学。这是举其大略,详言之,词章之学包括文艺学、文字学、修辞学等。义理、考据、词章之外,尚有经世之学,即政治经济学说,以及军事学、农学、治水之学等。现在已到 21 世纪,我们的主要任务是发展学术研究、参加世界学术论坛;但是对于本国的学术传统亦应具备明确的认识,要正确全面地了解本国的学术传统,对于本国的学术成就有一定的理解。要想在参加世界学术竞争的同时对于本国的学术亦有明确的理解,研究本国的学术史,还是必要的。近百年来,许多学者对于本国学术的成就有较详的论述,写出一些关于国学的著作,这是值得注意的。其中一些学有所成的专家,将自己的所得融会贯通,写成内容深入浅出的小书,方便有兴趣的初学者,是青年学生研究国学很好的入门书。(《经典常谈·序》中华书局 2003 年版)

重整中国文化断层的宏图大业

——南怀瑾大师在全球推动儿童读经运动

魏承恩整理

一九九七年八月，金温铁路全线铺通。伟大的孙中山先生80年前的梦想、温州和周围16县1,500万父老的期盼终于实现了。这条铁路全长251公里，有隧道35公里，沿线地形复杂，施工艰难。从申请报批到竣工，总共投资近30亿人民币，费时十年。南怀瑾先生在投资推动完成这一艰巨的铁路工程后，分利不取，完全还路于民。他又提出新的目标：重整中国文化断层，推动儿童中国文化导读。

一、一个没有文化根基的民族是没有希望的

南怀瑾先生为什么要推动儿童中国文化导读？这首先基于他对近百年来中国文化出现断层的深刻危机感。无论是在著作中、讲堂上，还是在与学生或友人的言谈中，南先生都表达了对民族文化发展命运的深切关怀。他常说，一个国家，一个民族，亡国都不怕，最可怕的是一个国家和民族自己的根本文化都亡掉了。这就沦为万劫不复，永远不会翻身。我们只要看看犹太人就知道。自摩西出埃及，到现在二、三千年来，犹太人在世界上始终是第一等人。在几千年以后的现在又重新建国。犹太人几千年来的教育，自成一个独立的系统，始终保存他自己的文化。可是世界上的人忽视了这一点，尤其我们中国人更不注意。

南先生无限感慨地说："中华民族有着五千年的文化历史，如今却像个乞丐一样，向西方讨文化的饭吃。"这是因为中国历史进入近代后，经济、科技和军事等许多方面都落后于西方国家，遭受西方列强的欺负和侵略。一些知识分子寻找中国贫穷落后的原因，结果把账算到了文化传统的头上。他们以为是旧的文化、特别是孔子的儒家学说禁锢了中国人的思想，拖累了中国社会的进步。尤其是"五四"运动时的一班人，为了使中国走向现代化，提出打倒"孔家店"，推翻旧文化。可是，他们分不清什么是中国文化传统中经过几千年考验积累起来的精华，什么是后来人穿凿附会、肆意曲解，加进去的糟粕，结果就把精华与糟粕一起抛弃，就像倒洗澡水把小孩一起倒掉了。旧文化推翻了，新的中国文化是什么，并没有建立

起来,就这样把中国文化传统拦腰砍断。

他们彻底否定中国传统教育,提倡接受新的教育。传统教育以人格的养成为贯彻始终的精神。新的教育内容和方法,对于开启国民知识和普及教育的效果,的确迥非前代可比,但知识并非就是学问。人格的养成和国家民族文化的传承,并非有了知识就能成功。我们现在的教育大体上都是传授知识和技能,并没有真正顾及到国家民族承先启后的百年大计。现在的教科书变得只学语言,没有文化。小孩子上学读的是"小猫叫,小狗跳,猫叫狗跳好热闹",没有任何文化内涵。这种教育方法一直沿用到现在,造成的流弊与祸害是很大的。这一代的中国人变得没有文化根基,文化断层很严重。

南先生多次意味深长地说:一个没有文化根基的民族是没有希望的。没有自己的文化,一个民族就不会有凝聚力,始终像一盘散沙。没有自己的文化,一个民族就不会有创造力,只会跟在外国人屁股后面模仿。没有自己的文化,一个民族就不会有自信心,也不可能得到外人的尊重。其实,中国经过几千年考验形成的文化如果丢弃,绝对是人类的巨大损失。中国文化的繁荣发展,对人类进步都有巨大的积极意义。现在,西方国家在现代化过程中已出现很多社会病。这些社会问题依靠西方文化本身已很难克服。很多有识之士反而从中国传统文化、从东方文明中寻找解决的办法。而我们中国人反而妄自菲薄,看不起自己的文化,月亮也是西方的圆,这不是开放,而是浅薄。

二、寄希望于儿童,寄希望于未来

半个多世纪以来,从大陆到台湾,从美国到香港,南怀瑾先生一直苦心孤诣地为重整中国文化断层在奔走、在呼号。近年来,南先生更强调文化重建要从儿童抓起。他说:"像我们这个年龄层,七、八十岁的人快要死光了,将来要想靠我们承先启后、继往开来,把国家民族文化保存下来是几乎不可能的了。"而三、四十岁的人,从小就没有打好中国文化的基础,不中不西,不今不古,很难担当复兴民族文化的重任。这一代没有办法了,只有寄希望于儿童,寄希望于未来。趁我们接受过传统文化教育的老一辈还在,极力培养下一代,把中国文化的薪火传下去,使得命如悬丝、不绝如缕的文化传统得以保存,进而发扬光大。南先生经常动情地说:"我是看不到小树长成的那一天了,但我相信,小树是一定会成长起来的。"

每个民族的文化都有其宝贵的文化资产,这是传统得以代代相传的载体,也是这个民族始终保持创造力的活水源头。中国文化的优越性就在于由一批历代流传的经典构成了我们的文化资产。例如,印度也是一个文明古国,可惜他们的文化传统是靠一代代人口耳相传保存的。战争的浩劫,人口的迁移,民族的融合,口耳相传的历史文化很容易中断。因此,印度到现在就没有完整的历史记载。公元三到七世纪印度的许多历史面貌还是从西行取经的中国和尚,如法显、玄奘和义净的著作中知道的。即使有些国家保存了古代文献资料,但也未必能对后代产生影响。因为世界各国的语文，如英文、德文、法文，文字和语言是合一的。语言大约三十年一变，所以一百年前的英文、法文书籍到了今天，除非专家，否则是莫辨雌雄的。我们中国的老祖宗，晓得语言是要随时代变化的，所以把文字脱开了语言。只要用很短的时间，经过两、三年的训练就会写出来。这种文字，也就是文言文，单独成为一个系统，表达了思想。中华文化的宝库都在上下五千年的古典书籍里，古书都是用文言文写成的。文言文所保留下来几千年前的思想，对后人来说没有障碍。通过文言文，后人就能凭借这些经典与前人沟通，从前人的智能中吸取思想养料。中国的文化传统就这样一代代延续下来，但每一代人也不是墨守成规，总有自己的创造和贡献，使我们的文化充满生机。每一代人的文化创造力就是立基于这些经典之上的，经过融会贯通，推陈出新，转化出新的生命力。

然而，"五四"运动时，胡适一班人提倡白话文。这本来有益于普及文化，但他们却以废弃文言文为代价。于是，这一代知识分子不再能够使用文言文，基本上就读不懂古书，结果失去了民族文化发展的源泉，无法再从传统经典中吸取养料，产生出新的创造活力。相反，只得拾人牙慧，从欧美文化中一麟半爪地讨一点来卖弄。因此，如今提出重整中国文化断层，不是一句空洞的口号，而是有实际内容的，就是要培养熟悉中国古代文化经典的一代人，找回打开这个上下五千年文化宝库的钥匙，让传统重新成为文化创造的动力。

儿童中国文化导读，就是提倡教十五、六岁以前的孩子熟读经典、开发潜能。读诵的内容，主要是中国传统文化的经典著作。南先生说，不管四书五经，或是其它古书，任何一段，教小孩子像唱歌一样，很轻松愉快地背诵，不给他讲解，偶然稍稍讲一点。这样背下去以后，一辈子都有用，一辈子都忘不掉。不但中国文化要背，外文也可以背。教小孩子背书，这是中国人已丧失的基本教育方法，可以说西方人也忘记了。人类原始的教育方法，只有一个，就是背诵。尤其是读中国书，更要高声朗诵。朗读多了，音韵和字义等因素都会逐渐影响读者，书读百遍，其义自现，慢慢悟进去，将来长大后的学问就广博了。在中国古代，这是个普通的教育方法，但在二十世纪中国开始接受西方文化后，对儿童的教育，不再采取朗诵、背诵的方法，而着重知识的灌输和理解。这是受美国教育家杜威实用主义思想的影响。胡适等人将杜威"生活即教育"、"理解为教育前提"的理念引入国内之后，将背诵经典视为食古不化的传统积弊。他们主张：教材的选编要按照分类化原则，依儿童理解能力，按部就班，由浅入深，由易到难，他能懂的才教。教育目标遵循实用原则，儿童生活上有需要才教。教学方法要注意兴趣原则，也就是要顺应儿童的兴趣，有兴趣才学得好。结果儿童教育就变成了"小猫叫，小狗跳"。其实，背书的方法不但不妨碍社会发展，反而使社会文化更发达。背诵可以增强一个人的智力、记忆力、思考能力，使头脑更细腻，更精详。（选自《南怀瑾先生侧记》，刘雨虹编著，时事出版社 2001 年版）

阅读圣贤格言　提升心灵品味

陈全林（《益生文化》主编）

编《把经典带回家》（即《人生从这里走来——中国名人少年时代的经典训练》）一书时，专门选编了儒释道三家格言各一百则，分类而编，比如"论求知"、"论慈悲"、"论自然"、"论精进"、"论达观"、"论德性"。选编这部分内容，鉴于今人选编古代圣贤格言时大多只关注儒家经史子集中的格言，忽视佛家、道家至今非常有益的格言，不是宣传信仰宗教，而是将佛道经典中有益修身的格言选择一部分，希望能对人们的身心、生活、事业作出有益的引导。

心灵，可以理解为内在的真我。古代的圣贤们通过超凡脱俗、离情去欲的修证而了知宇宙人生的真理，他们传下来的著作以及格言，到今天仍然有着指引我们走上正道，过上和谐的生活，获得内心的安宁，提升灵性（或道德）品位的作用，他们所讲的戒律、道德规范，依然或隐或显地影响着我们的生活，不论你是否认可，时间已检验了传承数千年的佛道圣贤所写的经典及其格言，这是我们每一个人应该继承的财富。依圣言的教导，我们可以寻找到人生的真义，看清自我的面目，获得内在的安详。外在的物质财富虽然能满足我们不断增长的欲望，但很难使心灵得到永久的安宁。我们经常因为物质的欲望而烦恼而斗争而痛苦，圣贤经典用通达的智慧，完美的德范，高尚的戒律，藉着古老的箴言，培育我们纯洁善良、公平正真、慈悲为怀、乐施好善、追求真理、忘我无私的美德，培养我们内在灵性不致堕落。圣贤经典与格言会引导人们知道善恶的标准，行善必将引导我们走向光明、和谐、安全、幸福，而邪恶将导致深重的苦难与罪业。通过学习圣贤传承下来的修身、调心、养性的法门，我们可以获得人生最为宝贵的内在富足与安宁。学习了圣贤教导的人们，其言其行，优美高洁，其人能促进社会和谐。不只指学术界、政治家所公认的"宗教有有利于社会安定的一面"，我说的是圣贤智慧的引导所产生的作用，那种智慧对现代人心灵完善的功果，可以不涉及宗教信仰问题，因为，你可以不信仰任何宗教，但与宗教有关的圣贤有益世道人心的经典或格言应该学习，这是传统文化，这已经是在关注自我的心智健康，你会通过学习圣贤的内修教导，获得内在力量，明白一些微妙高深、通达真理的学问，能引导你走出人生的迷惘。圣贤的言教与法门包含真理的基因，像宇宙中生生不息的动力，推动着人类精神的进化。试想，少了佛陀、老子这样伟大圣哲的教导，人类生活的面貌会是什么样的呢？

圣贤之所以是圣贤，是超越了人类的贪欲、争斗、私心，他的心灵中，众生平等，故而他博爱万物，了知心灵与肉体的一切奥秘，明白人在宇宙中的位置，明白生与死的价值，他在人间致力于使众生过上美满和谐生活的工作，又超脱欲望、进入无我的内在的无限的幸福中，圣贤的经典与格言是这种幸福的体验自述。我们为什么不能通过学习圣贤的经典与格言,身体力行,变为自己的证量?佛道圣贤教导我们的格言,既有引导我们寻找真正的自我的力量,又饱含宇宙人生真理的激情,生理的保健、心智的开悟完美地结合在一起,使个体生命融入宇宙大化之中,生生不息,获得宇宙能量,提升生命力,提升灵性,提升生存品位。这种"圣贤教育"保存在我们的经典中,以及传承数千年而不朽的格言中。为什么不能破除我执而拥有灵性的自由?(选自《益生文化》2006 年第八期)

关于经典训练

陈全林(《益生文化》主编)

"经典训练"是 20 世纪 20 年代朱自清先生在名作《经典常谈》中提出的,朱先生序文中说:"在中等以上的教育里,经典训练应该是一个必要的项目。经典训练的价值不在实用,而在文化。一位外国教授说过,阅读经典的用处,就在教人见识经典一番。这是很明达的议论。再说做一个相当教育的国民,至少对于本国的经典,也有接触的义务。"《经典常谈》是向青年们介绍群经、先秦诸子、几种史书如《史记》、集部及《说文解字》的书,解放后再版过两次。

自民国初建,蔡元培先生任教育总长始,下令全国废除中小学生读经这一功课。时间过去了近百年,我们不得不重新认识"经典训练"这个问题。许多学者认为,当代中国人缺少了传统文化的教养,社会中出现的种种不如意的事,有许多与缺失传统有关。自南怀瑾、王财贵倡导"儿童读经运动"以来,儿童、青少年读经的事被人们重视,但儿童读经在全社会上没有真正开展,没有普遍意义,政府的教育主管部门没有在制度上、教学计划上作出相应部署或积极响应,儿童读经,只在民间,只在个人和社团中进行。《把经典带回家》(即《人生从这里走来——中国名人少年时代的经典训练》)专门编了"中国名人少年时代的经典训练"一编,分政治、经济、国学、文学、艺术、科学、宗教、医学、教育九类,选了百余名垂青史、影响时代、推动过民族发展、社会进步的人物少年时读经书的故事。每一个故事的标题都冠以"少年 XXX 的经典训练"。我很看重"经典训练"四字,也许,这四个字会代表 21 世纪国学复兴的希望与风尚。没有扎实的"经典训练"功底,如何弘扬传统文化?如何成为国学家?如何成为人文社科方面的优秀学者?我希望中老年人接受"经典训练"的观念,自己没有学好经典,就先训练自己;认可"经典训练"的理念,就请主动训练自家的小孩,不论是儿子、孙子,只要大人愿意主动引导,循循善诱,小孩子一定爱学,教学相长,大人与小孩同时受益。中国社会科学院的胡孚琛教授曾对我说:20 世纪初,鲁迅先生看到小孩子成天读儒家的书,那种陈旧的教育方式禁锢了人们的思想,所以他在《狂人日记》中发出了"救救孩子"的呼吁声。如今,更要"救救孩子",怎么救?就是教孩子们读经,重新学习、认识传统文化。如今强调孩子们学习经典,进行"经典训练",的确是为了"救救孩子"。现代人对传统文化,对我们国家和民族的根本文化患有"失忆症",忘了经典,忘了慧根,至今有不少学者还提倡"废除汉字论",认为英文比汉语好,甚至将研究汉字的行为批判为"伪科学"。南怀瑾先生曾说:"在心灵纯净的童年时期记诵下来的东西,如同每天的饮食,会变成营养,成为生命的一部分。长大之后学习、工作、待人接物中,自然运用出来。至于成年后再来读这些书,因为有了先入为主的观念,犹如脾胃不健康的人,即使面对丰盛的美食,也难以吸收其营养了。《礼记·学记篇》中所提到的'记问之学,不足为人师也'是这个道理。"南先生没有否定中老年人不可以学经典而为我所用,他是说成年人的"先入为主"的许多观念会影响你对传统文化精华的吸收,许多人一提到佛学、道学,马上想"这是封建迷信",一提到人体科学,马上说"这是伪科学"。有位学者在注解《朱子治家格言》时将"处世戒多言,言多必失"、"守分安命,顺时听天"这些观点,认为是消极的人生哲学,必须摒弃,而把"长幼内外,宜法肃辞严"看作今天行不通的、没有意义的。生活的经验告诉我们,一个人为人处世中,"言多必失"是经常的事,因言语而失和,因言语而生事,因言语而致祸,古今中外,比比皆是,教导人"慎言语"的格言怎么是消极的呢?古人讲的分、命、时、天,有着极高深的人生哲理的,修养不到,体会不出来。我读过许多注解古书的书,由于注者经常先入为主地、自以为"是"地下结论,结果使古人的思想精华面目全非。

对古代经典,先要有恭敬之心,学习之心,然后才是扬弃之思。1923 年,梁启超为清华学生列出 25 种最低限度之必读书目,包括《四书》、《易经》、《书经》、《老子》、《史记》、《李太白集》等,他说:"以上各书,无论学矿学、工程学……,皆须一读。若并此未读,真不能认为中国学人矣。"在梁启超看来,中国学者不读一些国学经典,就不能称"中国学人"。1924 年,国学大师章太炎给中学生开列国学书目,包括《吕氏春秋》、《颜氏家训》、《文中子》、《古诗源》等 39 部书,他说:"凡习国文,贵在知本达用,发越志趣。空理不足矜,浮文不足尚也。中学诸生,年在成童以上,记诵之力方强,博学笃志,将从此始。若导以侈奇,则终身无就"。章太炎倡导儿童读经之心也许与南怀瑾相近。希望中老年人抽空学习经典,以行动影响下一辈,接受"经典训练"的理念,训练自己,训练儿孙,益在现用,福在泽后。(选自《益生文化》2006 第 5 期)

中华传统文化的魅力

净空（当代高僧）

人，在世界上无论他是谁，面临的首要问题就是生存；并且谁也不能独立生存，都无法抗拒地与周围的人、事物有着密不可分的必然联系。如若想生存就必须了解、认识人们赖以生存的空间——世界。它包括人与宇宙、人与自然、人与社会、人与人等等诸多领域。如若想认识这个世界，就必须不断地在实践中获取文化知识。文化知识来源于实践，它是人类生存过程中经验转化的理念。为了更好地生存，中国的古圣先贤早在几千年前就建立了一套中华民族特有的传统文化，它是人类文明的象征，为世界所瞩目！

净空老法师

如果你要想生存得自在，生活得充实快乐，有一个完美的人生，就必须有与之相适应的文化理念，就必须继承和发展本民族的传统文化，这是一种必然，因为它凝聚和含融着本民族的精髓。宋代诗人黄庭坚说过："人胸中久不用古今之浇灌，则尘俗生其间，照镜觉面目可憎，对人亦语言无味。"这说明了学习和继承发展优秀的传统文化不仅可充实人们的内在，而且净化人的心灵。中国的传统文化告诉人们："上善若水，厚德载物"、"己所不欲，勿施于人"、"知恩图报"、"达则兼善天下，穷则独善其身"、"己欲立而立人，己欲达而达人"等充满智慧的至理名言。当今传媒中也盛赞孔子为："天下文官之首，历代帝王之师。卓然千秋，功垂青史。"我们中华民族有自己独有的灿烂文化，浩如烟海，博大精深。无论是《四书》、《五经》，诗词歌赋，还是孔子、孟子、老子、庄子等诸子百家，从四大发明到四大名著，无一不是对人类的巨大贡献，无一不为世人所称道。

中国的传统文化凝炼深邃，是人类文明的高度升华，浓缩着古圣先贤们的超凡智慧，引起了海内外许多国家的广泛关注。如英国、澳大利亚等国家已把中国的传统文化编入了学生教材之中，《孙子兵法》更是被许多国家及其要害部门所运用。综观风外，我们又何不"近水楼台先得月"呢？充分继承和发扬民族文化传统，为人为己大有裨益。

教育是立国之本，它关系到一个国家、一个民族的兴衰，乃至世界和平。时下的人们日益感到教育的重要，尤其是家长们对子女的成长和学习更是倍加关注，期望高远，望子成龙。但又都是行不得法,收效甚微。现行的教育侧重于单纯学业方面的培养,机械的学科传授,忽视心理成熟和素质教育、潜能的开发以及承受能力的训练。注重个性其结果导致有才无德,无有修养、自私自利、妄自尊大和人格的伤残。遇到挫折逆境悲观消沉,甚至轻生走向极端……

有识之士和家长们,其实最佳的教育方式和内容就在我们的民族传统文化之中。人类原始共有教育方法先是记诵。司马相如说:"能读千赋则善赋,能观千剑则善剑。"实践证明:儿童0—13岁是人生潜能开发的黄金时段,也是记忆能力最强的时期,此时读诵学习的古典文化精品,终生不忘。方法很简单,只要肯读就行,不必理解词义。古人云:"书读百遍,其义自见。"、"读书破万卷,下笔如有神。"故此提请大家一定珍惜少儿时光,机不可失啊!读诵的内容有《论语》、《大学》、《中庸》、《诗经》、《春秋》、《礼记》、《老子》、《孟子》、唐诗、宋词等等,诵能使孩子们的智慧超群。

读书明理。培根说过:"天资之改善须靠读书,常识之完善须靠实践。读书可使心智上各种障碍得以开豁。读史使人明智,读诗使人灵秀……"。读书背诵看似简单,其实潜运玄机。艺术大师齐白石老先生于读诵之中受益极为丰硕。公元1888年,24岁的齐白石还是个木匠,家境贫寒,被其恩师胡沁园老先生所赏识,激励资助齐白石修学书画。从此他便潜心钻研诗词书画,从学诗中提高文化素养,开发了想象力和创造力。不到半年,《唐诗三百首》、《孟子》、《春秋》、唐诗八大家的文章尽皆记了,遂成一代名家,使之辉煌的艺术及修养传遍了大江南北,五洲四海。苏步青读小学时天天背诵《左传》、《唐诗三百首》,毕业时全部会背。谢冰莹四岁识字时开始背诵,后来能背一千四百多首杜甫的诗及三十篇文章,致使在写《杜甫传》时不查资料,全凭记忆。严北溟五岁进私塾,后来能背唐诗宋词达三千首。张寿康四岁时能背《千家诗》,八十年后记忆犹新。恽逸群读私塾时旁听高班讲课,因此他能将全部的《幼学琼林》和《周易》背出来。中国的传统文化造就了无数的贤士、名家、俊才。由此,看出中国传统文化的臻纯高远。中国的经典,古文、诗词兼容,德智美育并有。文辞优美,意境朗阔,传神铸魂,是人类智慧的结晶,所载为常理、常道,其价值历久而弥新,跨越时空,随世永恒。实践证明:"儿童读诵经典一年,可有高中语文程度;二年可有大学语文程度,三年可有大学中文系的程度"。至于人格之陶冶,气质之变化,其效能更不可测度。读经典之人:"小则撑起个人、一个家庭;大则撑起一个社会、一个天下"。俗云:"教儿婴孩,教妇初来",儿童天性未染污前,善言易入,先入为主,及其长而不易变;故人之善心、信心须在幼小时培养;凡为人父母者,在其子女幼小时,即当教以读诵经典,以培养其根本智慧及定力;更晓以因果报应之理,敦伦尽分之道;若幼时不教,待其长大,则习性已成,无能为力矣!

《三字经》说:"养不教,父之过;教不严,师之惰。""教之道,贵以专。"而非博与杂;故一部经典,宜读诵百遍,苏东坡云:"旧书不厌百回读,熟读深思子自知。"现在教学,坏在博杂,且不重因果道德及学生读经、定力之培养,至有今日之苦果。企盼贤明父母师长,深体斯旨;此乃中华文化之命脉所系,中华子孙能否长享太平之关键,有慧眼者,当见於此。

仁人志士们,继承和发扬中国传统文化、学习古文诗词,是你明智的选择。它会使你有丰厚的收获。在此余苦于才学的庸浅,不能尽昭传统文化之完美大用。只为抛砖引玉,以期"千江有水千江月,万里无云万里天"之大观,世界和平,人人安乐,美好共享!愿世人皆知:真切切明悟身外无世界,坦荡荡了然心中有大千。

学习家训　培持家风

陈全林(《益生文化》主编)

家训、家教是中国文化的一大特色,中国人重视家庭、家谱,相应地就有了家训、家教、家戒。历史上,有名的家训著作有数百部,流传千古、影响后世的少说也有一百部(篇),像《颜氏家训》、《朱子治家格言》都是人们熟悉的名篇,有的人虽未读过这些书、文,但至少听说过有这样的作品。

现代人缺乏家训家教。古代,家训家教是做人之本。国学大师汤用彤先生教育其子汤一介(北大教授,当代哲学家)时说:"家风不可中断。"、"一个家族应该有他的家风,如果家风断了,那么,这个大家族也就衰落了。"重读古人经典家训,重立今人家教观念,培植家风,修身齐家,故曰:"家和万事兴,子孝人伦正。家风看世风,此淳彼亦淳。"这是家长与教育工作者们应关注的。孩子个性、人格的形成,家长、家训、家教起着至关重要的作用。如今的家长经常为孩子们不成器、不成材而烦恼不已,这时要扪心自问:你立了家训了吗?你家的家训合理吗?您曾用中华传统道德文化教育过子孙吗?《朱子治家格言》中说:"祖宗虽远,祭祀不可不诚;子孙虽愚,经书不可不读"。您让子孙读圣贤之书吗?家训、家教的目的,是为子孙"敦伦立品,修身树德。绍继家风,培育人才"。在子孙入世之前,完成他的人格教育,教他如何修德、守分、进学、处世、立业,从一篇篇家训中,可以看到先贤的苦心,真是为子孙作百代计。试问,如今的成人在走上社会前接受过来自家庭的家教吗?你的子女、孙辈走向社会前接受过来自家庭的家教吗?你的子女、孙辈走向社会前你对他们的人品作过专门的训导吗?我们弘扬传统文化,不能忽视极为珍贵的"家教文化",古代许多家训名篇中有不少宝贵的精神财富,可以与时俱进地发扬光大,赋予新的意义,让传承数千年的家训文化的灵魂在现代社会复活,让子孙后代有家训可传授,有先贤可学习,有远祖可追思,有家学可继承,不正是传统文化复兴之壮举吗?(选自《益生文化》2006年第七期)

第二编中国脊梁少年时代的经典训练

从儿童时期开始诵读历史经典名著,是我们一贯的基本教育方法。例如大家所熟悉的孙中山、毛泽东、周恩来、邓小平等诸位先生,又如吴大猷、苏步青等诸位先生,都是在幼年时期受过这种启蒙教育,有了中国文化的底子,然后又接受了新时代的科学思潮,才影响了这段历史。

—— 南怀瑾(国学大师)

在近现代中国知识分子中,不仅大思想家、大政治家、大艺术家、人文学科的大学者,都无一例外的接受过文化要典和国学的严格训练,即使是大的自然科学技术专家,也都有较深厚的国学功底,无不对本民族的经典相当熟悉。如华罗庚、苏步青、钱学森和美籍华裔科学家杨振宁、李政道等,都是学贯中西、文理双通的,故能有博深的见识,恢宏的气度。新一代的知识分子至少应该读一读《论语》《老子》《孟子》《庄子》《孙子》,不能再少了。

——牟钟鉴(中央民族大学教授)

四岁时便读父亲所作的诗。五、六岁上私塾还是读古文。大概在十一岁时,我已经能够自己看古文书了。我看《纲鉴易知录》,又看《御批通鉴辑览》,并点读《资治通鉴》。这便是我研究中国历史的第一步。

——《胡适四十自述》

少年孙中山的经典训练

作为近代伟大的民主主义革命者、中国两千年封建帝制的颠覆者，孙中山先生是改变中国历史的人物，被人喻为与毛泽东、邓小平并列的近代中国最伟大的人物，所谓"无孙必无民国，有史定有斯人"。孙中山是一位学贯中西的伟大学者，当代道学家胡孚琛先生认为当今要重新研究孙中山学说，其中有许多思想对 21 世纪中国的发展会起到很大作用。孙中山一生于儒释道的学问无不通达，对佛学的研究，众所周知，胡孚琛教授从孙中山的人格、学说里发现了中华道家的精神，比如"道济天下"、"功成身退"、"让王不争"，虽然孙中山先生当时的处境有他不得不如此的难处，但他身上体现了中华传统文化中的人格魅力。有的传记中为了张扬孙中山反清、反封建的思想，故意把孙中山说成是从小不爱读《四书》、《五经》的人。这是作家们的误解，少年孙中山和普通孩子一样，也是接受过正统的私塾教育的。

孙中山（1866——1925 年）的祖父与父母相信堪舆之道，以为依堪舆原理葬祖、建家，家中会出大人物。孙中山小时候用过"帝象"、"帝朱"等幼名。这种思想在中国并不奇怪，过去的人大都相信堪舆学。由于相信堪舆，两代人花去了大半家产，孙中山的父亲孙达成迷信此道，常年在家中养着一位来自嘉应州的堪舆先生，堪舆先生寻得灵穴后，对孙达成说：将达成之父葬于此，后十年，必生伟人。1854，孙中山的祖父孙敬贤安葬于斯，1866 年，13 年后，孙中山出世，果成伟人。这之间是否有堪舆的关系，姑且不论，这件事是真实的。孙达成当时是个贫苦的农民兼手工业者，不会想到儿子会是封建帝制的送葬者。依他的想法，将来儿子有出息，入仕拜相，在朝为官，这是中国老百姓"望子成龙"的基本愿望。孙达成不会超乎此，对儿子科举致仕之途下大功夫。致仕离不开《四书》、《五经》的教育。某些传记作家写孙中山从小反封建，不爱读《四书》、《五经》，是脱离现实、一厢情愿的推想。孙中山讲的"天下为公"出自儒家经典《礼记》。

孙中山在 5—13 岁上私塾时，他家的经济情况已有所好转，孙中山的长兄孙眉在海外经商，已有规模，经常寄钱回家，奉养父母，供养弟弟上学。孙眉的极力支持使孙中山一生受到完整的中、西教育，为他成为学贯中西的伟大人物打下基础。

达成公读书不多,但好学、勤劳、诚恳,得人敬重,他面修颧高,眉毛浓长,双目炯炯有神,穿着粗布衣服,留着长辫子,有长者风度,经常坐门前榕树下读书、沉思,给孙中山和他的伙伴讲历史掌故、所见所闻,笑吟吟地听孩子们在他面前背诵《大学》开篇:

"大学之道,在明明德,在亲民,在止于至善。知止而后有定,定而后能静,静而后能安,安而后能虑,虑而后能得。物有本末,事有终始,知所先后,则近道矣。古之欲明明德于天下者,先治其国;欲治其国者,先齐其家;欲齐其家者,先修其身;欲修其身者,先正其心;欲正其心者,先诚其意;欲诚其意者,先致其知。致知在格物,物格而后知至,知至而后意诚,意诚而后心正,心正而后身修,身修而后家齐,家齐而后国治,国治而后天下平。自天子以至于庶人,壹是皆以修身为本,其本乱而末治者否矣。其所厚者薄,而其所薄者厚,未之有也。此谓知本,此谓知之至也。"

看着儿子摇头晃脑地背诵《大学》的样子,达成公心里充满了喜悦,对儿子寄予厚望,希望他能光宗耀祖。孙中山小时候所读的书,不外《幼学琼林》、《论语》、《孟子》、《大学》、《中庸》,他聪明,好学,贪玩,胆子大,只要把书会背了,就会领着同学尽情玩。为此私塾先生很不高兴,孙中山依然故我。贪玩是孩子的天性,在这方面,私塾老夫子不会想得太多。因此,少年孙中山与私塾老师有些小矛盾。有一次,老师让他背诵《礼记•礼运》,不然,对他的淘气要处罚的。孙中山记忆力很好,父亲达成公喜欢儒家经书,经常坐在门前听儿子背书,博闻强记是孙中山从小养成的习惯,他轻轻松松地背诵:"孔子曰:大道之行也,与三代之英,丘未之逮也,而有志焉。大道之行也,天下为公。选贤与能,讲信修睦,故人不独亲其亲,不独子其子,使老有所终,壮有所用,幼有所长,矜寡孤独废疾者,皆有所养,男有分,女有归,货恶其弃于地也,不必藏于己,力恶其不出于身也,不必为己。是故谋闭而不兴,盗窃乱贼而不作,故外户而不闭,是谓大同。"后来,世界大同是他毕生的政治理想。

孙中山谱名"德明",入基督教时取名"日新",皆取意于儒家《大学》之"大学之道,在明明德"、"古之欲明明德于天下者,先治其国"、"苟日新,日日新,又日新"的圣贤教导。

孙中山生于清末乱世,家乡广东香山县与澳门、香港很近,是近代学术上、经济上"西风东渐"、"开埠通商"之地,香山县最有名的学者是清末著名的洋务派人物郑观应,比孙中山大24岁,又比孙中山早去世4年,是同时代人。郑观应著有《盛世危言》一书,主张变法维新,这本书少年孙中山认真拜读,对他思考人生、关注社会有很大影响。

对孙中山的影响最大的经典是儒家《礼记•礼运》中讲的"天下为公"的思想,《孟子》中"君轻民贵"的思想,以及《周易》中"天地革而四时成。汤武革命,顺乎天而应乎人,革之时大矣哉。"这些思想后来都融化到了孙中山"三民主义、五权宪法、社会革命"学说之中。

关于孙中山从小接受国学教育的详细情况,许多传记语焉不详,或一笔带过,但我们不能小看国学对孙中山的影响。

1879年，孙中山与母亲杨氏乘轮船来到太平洋上的岛国檀香山，使他眼界大开，"始见轮舟之奇，沧海之阔。自是有慕西学之心，穷天地之想。"在哥哥孙眉支持下，转入英国教会学校意奥兰尼男子中学读书，开始对西方文化的学习。1882年，孙中山在美国人办的奥阿厚学院就读，他才16岁，兄长孙眉认为弟弟所受西洋教育够用了，要他回国，再治国学。孙眉把家产分一半给弟弟，作为他回国求学、致仕的资金，而少年孙中山"志窥远大，性慕新奇"，对中西文化有自己的看法，这时他已逐渐产生了"改良祖国，拯救同群之愿"。

孙中山在檀香山的时候，不是只学西洋文化，不读中华典籍，他下过功夫学习中华文化，注重对农学与历史典籍的学习。这时，他尚无反清思想，对这个已近末落的大清王朝抱有改良理想，回国后给张之洞、李鸿章这些朝廷大员上过书。孙中山给张之洞的上书中称张之洞为"兄"，这位功高盖世的朝廷大员很不高兴，写了一个对联要孙中山对：

见一品官，拜一等侯，儒生岂可称兄弟？

孙中山见了，提笔写道：

读万卷书，行万里路，布衣亦敢傲王侯。

张之洞见句大惊，乃亲见之。孙中山学贯中西，平生所读，何止"万卷"？他平生著作，已近等身矣。孙中山在革命斗争中写了一些诗歌，充满英雄气概，如1907年所作《马上吟》：

感来意气不论功，魂梦忽惊怔马中。

漠漠东亚方万叠，铁鞭叱咤厉天风。

（陈全林据《孙中山》及其他资料编写，广东人民出版社2004年版，图片选自该书。）

少年廖仲恺、何香凝的经典训练

廖仲恺（1877—1925）、何香凝（1878—1972），近代伟大的革命情侣，二人追随孙中山先生，坚持革命，夫妇同心。当廖仲恺遭到国民党右派暗杀，而何香凝坚持孙中山、廖仲恺遗志，继续革命，与时俱进，为新中国的革命与建设作出了重大贡献。廖仲恺还是位诗人，生前出版过诗集，何香凝是位画家。

1877年4月23日，廖仲恺生于美国加利福尼亚州旧金山市的一位华侨家里，父亲廖竹宾，母亲梁氏,廖仲恺原名恩煦,又名夷白。次年 6 月,何香凝诞生于香港富商何炳桓家,取名谏,亦名瑞谏。

廖竹宾在美国旧金山汇丰银行任职,家甚富有,他不仅让儿子仲恺学习西方文化,还特意要他学习中华传统文化。廖竹宾早年在香港圣保罗书院读书,精通英语,精研汉典,在香港汇丰银行工作不久,被调往美国。何炳桓是中外闻名的茶商,西方人喜欢中国的茶叶,称之为"灵草"。何炳桓在香港还经营房地产,成了富商。廖竹宾虽远在国外,但教育子女,"辄以国学为先",教育子女学好汉语,热爱祖国。廖何两家祖籍广东,两位老人精通洋务,但都是受传统教育长大的。廖恩焘就师从举人陈伯陶读儒家经书,学好国学后,回国在清政府外交部门工作。廖仲恺八岁时,父亲送他到旧金山新办的华人子弟学校国学馆读书,老师都是国内秀才、举人,精通汉典。学校里,廖仲恺接受了系统的国学训练,除《四书》、《五经》外,用功最多的是唐诗与古文,他后来成了诗人,出版过《双清词草》,得益于在海外时对唐诗的研读。廖仲恺在国学馆里苦读八年,传统经典名著大都熟读,成了学贯中西的人才。

何香凝在家,不好玩牌,更不缠足,为了不缠足,她和父母斗争过几十次,双足被父母派人缠得死死的,她就用剪刀剪开。长到七岁时,要求和哥哥们一样在家族学馆读书,何炳桓持"女子无才便是德"的封建理论,不让她上学。何香凝天天嚷着要上学,何炳桓没办法,只好送女儿到邻近的"女馆"(女子学校)读书,学《女儿经》及《四书》等经典,她不满足,想学哥哥们所学的,于是,求人买回哥哥们所读的书本在屋中自学,遇到不认识的字就请教哥哥,或让女仆拿去问先生。她的学问是从自学开始的,自学《四书》、《五经》外,广读古典小说、诗词,后来,成了诗人,写了不少好诗。

1893 年,廖竹宾病逝,廖仲恺和家人护柩回国,寄住在叔父廖志岗家。叔父是洋务官衔长者,对廖仲恺一家人照顾得很周到,他以为"恃以为生者,读书一事耳",命仲恺在家乡学馆拜经学家梁缉嘏为师,刻苦攻读《四书》、《五经》、《史记》、《汉书》,以求科举,光宗耀祖。仲恺鸡鸣而起,研读经史策略之学,以备科考。1895 年,中日《马关条约》签订,引起康有为、梁启超等人"公车上书"事件,同年,孙中山领导的革命人士开始反清活动,廖仲恺省悟到单凭《四书》、《五经》救不了国,科举之心顿冷,要去香港转学西学,就这样,他来到了香港皇仁书院求学,孙中山先生早年曾在此院学习。在这里他系统地学习了西方文化。来到香港,有了与生长在香港的何香凝结合的机缘。廖仲恺 20 岁,公开宣布择偶条件是找个大脚妻子,娶没缠过足的女人为妻子,这是父亲廖竹宾的遗教。正好何家有个大脚小姐,何炳桓听了廖仲恺的宣言后,觉得何廖两家,门当户对,便应允了这门婚事。廖仲恺与何香凝结婚前未见过面,只是经人介绍,双方订了终身大事。

廖、何结婚后住在廖仲恺兄长恩焘的公馆里,在楼顶搭建一间斗室,仰可以对青天皓月,俯可以谈夫妻心语。居室名叫"双清楼",取"人月双清"之意,何香凝自号"双清楼主",她成为杰出的国画家后出版过《双清诗画集》。在学习方面,廖仲恺教何香凝学习国画,给她介绍专业画家伍乙庄先生,拜伍先生为师。平时,仲恺指导香凝读古今书籍,给她讲《史记》、《汉书》,使何香凝的国学根基更加深厚。

1910 年,在东北从事革命活动的廖仲恺思念日本留学的妻子,写了《菩萨蛮》词一阕:

> 春归腊照惊孤凤,年来年去愁迎送。
>
> 边冷雪如尘,随风猛扑人。
>
> 拥衾寻梦睡,梦也无处寻。
>
> 便许到家乡,楼头少靓妆。

远在异国的何香凝思念丈夫,写了《谒金门》词:

> 风已起,帘外柳花飞絮。
>
> 月照危栏人独倚,忽闻双燕语。
>
> 添我闲愁几许,回首故人何处?
>
> 更那堪云山万里,谙天涯情味。

他们诗词酬情相寄还有点像南宋的李清照与赵明诚。诗情融于爱情的古典美通过古体诗词表现出来。当年,月光下吟诗,双清楼中填词,心灵中沉淀了多少民族文化的精华啊,一直沉淀到他们的伟大人格之中。参加革命的斗争中,军阀陈炯明抓了廖仲恺,廖仲恺怕自己活不了,给何香凝写下诀别诗:

> 后事任君独任劳,莫教辜负女中豪。
>
> 我身独去明灵在,胜任屠门握杀刀。
>
> 生无足羡死奚悲?宇宙循环活杀机。
>
> 四十五年尘劫苦,好从解脱悟前非。

诗中充满佛教超越生死的睿智,和共产党早期领导人瞿秋白一样,都以博大的佛法化解面对死亡的世间情怀。何香凝读诗后积极营救出了丈夫,传为佳话。(陈全林据周兴梁著《廖仲恺和何香凝》河南人民出版社 1989 年版,及其陈浩望《民国诗话》,广西民族出版社 1996年版编写,图片选自周著。)

少年陈独秀的经典训练

陈独秀（1879—1942），安徽怀宁人。"五四运动"的"总司令"和中国共产党的主要创始人。他的功绩正在这两方面，一是创办《新青年》而作为"五四"运动的理论阵地，团结了一大批优秀人物为社会改革发挥了重要作用，当年胡适、鲁迅的一些重要作品就发表于《新青年》，胡适倡导"白话文运动"，鲁迅的小说《狂人日记》是中国现代文学史上的第一篇白话小说。"五四"运动提出的"民主"与"科学"，成了社会进步的推动力量。1920 年 8 月，陈独秀在上海发起、成立了中国共产党，并任书记，这在中国历史上是开天辟地的大事。陈独秀诗文俱佳，虽然反传统，但在传统文化，尤其在文字学、诗词方面都有过人成就。

陈独秀原名庆同，学名乾生，字仲甫。独秀是他在日本留学时于《甲寅杂志》发表文章时所用笔名。陈独秀三岁丧父，主要由祖父和长兄教他读书。从六岁开始，陈独秀跟祖父读书，大哥陈庆元和他一起读。祖父年老，家族中人称他为"白胡爹爹"，素以严厉出名，他教陈独秀读《四书》、《五经》，要求孙儿把经典全背下来，背不熟会打骂不已。陈独秀最怕读《左传》，觉得记起来太难，头绪太多。由于陈独秀有时背不全，没少挨祖父的打。祖父生气时对乡人说，这孩子太倔强，将来不成龙，就要成蛇。母亲查氏经常哭着对陈独秀说："你要好好用心读书，将来书读好了，中个举人，替你父亲争口气。"见到母亲流泪，陈独秀总会默默发誓，一定要把学习搞好。于是，读书更刻苦了。陈独秀在文章中说："母亲的眼泪，比祖父的板子，着实有威权，一直到现在，我还是不怕打，不怕杀，只怕人对我哭，尤其妇人哭。母亲的眼泪，是叫我用功读书之强有力的命令。"

陈独秀 11 岁时，祖父陈章旭病故，在这之后的二、三年中，母亲给陈独秀请了几位私塾老师，陈独秀都不太满意，母决定由陈独秀已考中秀才的哥哥陈庆元教他。陈庆元爱护弟弟，从不打骂，除帮弟弟温习《四书》、《五经》外，还教他《昭明文选》。《昭明文选》的文章主要是古文与诗赋，文学色彩很浓，是学习古典文学的入门书，《文选》在文彩上启发了陈独秀，也给他一些思想启迪。《文选》序中说："《易》曰：'观乎天文，以察时变；观乎人文，以化成天下。'文之时义,远矣哉。"《文选》特别推崇屈原之为人为诗,序中又说:"楚人屈原,含忠履洁,君非从流,臣进逆耳,深思远虑,遂放湘南。耿介之意既伤,抑郁之怀靡愬;临渊有'怀沙'之志,吟泽有'憔悴'之容。骚人之文,自兹而作。"陈独秀于是取屈原《楚辞》研习,后来,他的诗作明显地流露出屈原诗赋的古韵。熟读《昭明文选》,提高了陈独秀的文学素养,训练了他诗文写作能力。他的古诗文基础实根于此,毕生受益。

18岁时,陈独秀以第一名的成绩考取秀才,但内心看不起科举之业。19岁时,写出有名的《扬子江形势论略》,思想上支持康有为、梁启超的变法运动。这篇近万字的长文中表露了他对西方列强瓜分中国、强占海江之重要港口的忧患。次年,西方列强向清政府提出在中国长江沿岸、山东、东北、两广、福建、云南划分势力范围的无理要求。足见独秀的政治远见。

青年陈独秀喜欢作诗,曾和书法家、诗人沈尹默相聚饮酒,陈独秀有诗曰:

> 垂柳飞花村路香,酒旗风暖少年狂。
>
> 桥头日系青骢马,惆怅当年萧九娘。

一个"香"字,既写出了春天的芬芳,又写出了美酒的清香,香飘十里,萧九娘是古小说《施公案》中的侠义女子。

陈独秀写过豪气冲天的诗:

> 伯先京口夸醇酒,孟侠龙眠有老亲。
>
> 仗剑远游五岭外,碎身直蹈虎狼秦。

他也写过满含避世幽居情怀的诗:

> 山意不遮湖水白,钟声疏与暮云平。
>
> 月明远别碧天去,尘向丹台寂寞生。

雪中偕友人登吴山

> 春寒一夜雪,绕郡千山白。凄风敛微和,城郭暗朝赤。
>
> 相期素心人,寒空荡胸臆。登高失川原,乾坤莽一色。
>
> 骋心穷俯仰,万象眼中寂。屋瓦白如沙,层城没寒碛。
>
> 缤纷蔽远峰,冷色空林积。冻鸟西北来,下啄枯枝食。
>
> 感尔饥寒心,四顾天地窄。紫阳踞我前,积素明峭石。
>
> 上有鹿皮翁,浩歌清涧壁。饥来啮坚冰,荒岩坐晨夕。
>
> 不笑复不悲,雪上数人迹。炎威来千春,忍令肤寸磔。

这诗写得无烟火之气,有荒疏之意。陈独秀去逝前写过一首诗:

> 日白云黄欲暮天,更无多剩此残年。
>
> 病如垣雪销难尽,愁似池冰结愈坚。

最后，他贫病交加，寂寞而逝。由于种种历史的原因，一代伟人的光辉曾被偏见雾障遮蔽。直到 1993 年拍摄了历史故事片《开天辟地》，电影中陈独秀以正面人物形象出现，人们才想起陈独秀，这已是他病逝 50 年后的事。读他的诗，能理解他寂寞中坚持追求真理的心灵。

二十岁前陈独秀遍读中国古典小说如《今古奇观》、《聊斋志异》、《金瓶梅》、《红楼梦》，后来在"五四"时期提出"文学革命"口号。青年陈独秀不只研习过儒家经典，对于《墨子》、《庄子》、佛经都有深入研究，他之所以能在"五四"时代成为伟大的启蒙思想家，在于他对中国的社会现状、政治、经济、文化、军事各方面都有清醒的认识，这种认识一部分来自于社会，一部分来自读书。陈独秀的古体诗中引用的儒释道的典故极多。诗歌创作上也是大家。（陈全林据朱文华著《陈独秀评传》和其他资料编写 青岛出版社 2005 年 3 月版，图片选自该书。）

少年李大钊的经典训练

李大钊（1889——1927 年），中国共产党早期创建者之一、马克思主义在中国的最早传播者、"五四"新文化运动的主将。1927 年被东北军阀张作霖杀害于北京。李大钊不仅是渊博的学者，而且是杰出的战士，鲁迅先生说"他的遗文却将永住，因为这是先驱者的遗产，革命史上的丰碑。"一九一七年俄国十月社会主义革命的胜利使李大钊受到鼓舞。他逐步明确地站到马克思主义的立场上，成为中国最早的马克思主义者和共产主义者。在一九一七年到一九一九年，他发表了许多热情地宣传俄国革命和马克思主义的文章，并与资产阶级改良派胡适展开了"问题与主义"的论战，在思想界引起广泛强烈的反响。一九一八年担任北京大学图书馆主任，后兼任经济

学教授，参加《新青年》杂志编辑部。这年年底与陈独秀等创办《每周评论》，次年主编《晨报副刊》。他还协助北京大学学生创刊《国民》和《新潮》。随着李大钊等领导下的反帝反封建的"五四"爱国运动的发展，马克思主义的影响日益扩大。一九二〇年三月，李大钊在北京先后发起组织马克思学说研究会和共产主义小组。许多青年在他的影响下接受了马克思主义，其中有些成为中国共产党早期的著名活动家，如邓中夏、高君宇等。毛泽东和周恩来都受到过他的影响。

李大钊出生时，父亲李任荣因肺病而亡，他是遗腹子。李大钊 3 岁时，母亲也去世，李大

钊在祖父李如珍的哺育下成长。李任荣本是李如珍弟弟李如珠的儿子,李如珍到 40 岁时仅有一女,膝下无子,便将侄儿任荣过继给他。李任荣拜昌黎县名师赵魁斗为师,习科举业,不幸因病早逝。后来,赵魁斗做了李任荣之子李大钊的启蒙老师。

李如珍老伴崔氏不爱李大钊,加之她有臆病在身,哺育襁褓中的李大钊,全由李如珍一人承担。李如珍爱孙如命,祖孙相依为命。李如珍家的生活比较宽裕,李大钊的童年没有受过太多生活上的苦。李如珍四方大脸,膀大腰圆,知书达理,为人谦和,言传身教,李大钊从他身上感受到了热忱、豪爽的性格,学习到了传统美德。

大钊的家乡河北乐亭是靠近黄河的小县城,县民雅重读书,衣食稍足人家,无不令其子弟延请名师就学。李如珍爱这个父母双亡的孙子,怕他早夭,给他取名为"耆年",字"寿昌"。李家大院房子不少,李如珍怕孩子外出遇到不测,轻易不放他出门玩耍,养了一条狗、几只狸猫伴他玩。李如珍知书达礼,在关外做了半辈子行装商,为人正直、勤快、豪爽,很想让李大钊实现李任荣未实现的科举之梦,便将家中存放粮食的两间厢房腾出来作为寿昌书房。祖父对这个孙子疼爱而不溺爱,管得很严。从李大钊 4 岁起,李如珍就亲自教他识字背诗,《唐诗三百首》中佳作,不光教他背,还讲析精妙处,只要书背会了,就让他尽情玩耍,并不拘束。李大钊刚满 6 岁时,祖父将他关到本村谷家私塾接受启蒙教育,老师单子鳌。《百家姓》、《三字经》这些书祖父已教过了,从 4 岁起,李如珍就教他识字,先把《三字经》这些蒙学书上的字写在两寸大小的方块硬纸片上教寿昌识字,把着小手画着写;再大一点,李如珍手把手教他描红习字,打下读书人的书法功底。单子鳌见李大钊已学会了《三字经》、《千字文》等书,就直接教他念《论语》、《孟子》,单老师教了李大钊三年,建议李如珍把李大钊转到条件更好的学馆以深造。就这样,李大钊 9 岁时转入到了小黑坨村的张攻璞家的学馆读书。

张家学馆只为张家公子张春廻一人开设,教师是李大钊父亲李任荣之师赵魁斗。赵先生乃经学大家,功底深厚,长于吟咏,词赋俱佳,著有《自娱轩吟草》一书,得到乐亭县进士孙国祯的赏识,颇享盛誉。李任荣曾在赵家学馆跟随赵先生学经,赵家学馆的主人赵文隆把三女儿赵纫兰已许配给李大钊,赵魁斗与赵文隆是同宗,又是李任荣的老师,所以,对李大钊很关心,喜欢他的聪明伶俐。为了能让李大钊在张家学馆求学,他借口张春廻一人学习太孤单,必须有个伴读才能学有所成,极力向张家推荐品学兼优的李大钊作伴读。张攻璞的四个妻子守着一个独子,怕一个人学习太寂寞,憋出病来,答应李大钊作张公子的伴读。这年大钊 11 岁。为了不辜负赵、李两家之托,赵魁斗将平生所学向李大钊悉心传授,在赵先生的教诲下,李大钊进步很快,并于 14 岁那年参加童试科考,不小心把墨迹涂在卷子上,李大钊落榜了。祖父李如珍安慰他再考。李大钊又回到张家苦学三年。后因张春廻病死,李大钊另投名师,到宋家学馆师从曾到北京国子监参加朝考的优贡黄宝琳,黄先生欣赏李大钊的才学,悉心指导他苦学《四书》、《五经》,磨炼他的文笔,提高他的思辩与写作能力,李大钊不负重望,手不释卷,博闻强记,成了黄先生的得意弟子。

1905年,李大钊再度应试,考上永平府中学堂,开始学习启蒙科学和英语,走上新的人生旅程。他在永平府学堂读书二载,对他最终走上寻求革命道路奠定基础。这里教授两类课程:一类是中学,包括经学、文学、史学和"通考"之类的"政治学";一类是西学,包括英文、数学、外国地理和历史、格致学、外国近代政治学、体操。李大钊各科皆优,名列前茅,他的文章,浑厚大气,极富鼓动性,说理透彻,文字精炼,如他在《青春》一文中号召青年"冲决历史之桎梏,涤荡历史之积秽,新造民族之生命,挽回民族之青春"。这与少年时期苦学古文有关。1913年李大钊22时写的《游碣石山杂记》,文彩颇高,抒情写景,皆至上乘,足见李大钊古文之佳。

"予家渤海之滨,北望辄见碣石,高峰隐崎天际,盖相越仅八十里许。予性乐山,遇崇丘峻岭,每流连弗忍去。而对童年昕夕遥见之碣石,尤为神往。曩者与二三友辈归自津门,卸装昌黎,游兴勃发,时适溽夏,虽盛炎不以尼斯志,相率竟至西五峰山韩文公祠一憩。是日零雨不止,山中浓雾荡胸,途次所经半石径,崎岖不易行,惟奇花异卉,铺地参天,骤见惊为天外桃源,故不以为苦。犹忆五峰前马家山湾,树林翁郁接云际,层层碧叶,青透重霄,虽暴雨行其下而不知也。初入山,不识路径,牧童樵子,又以雨不出,陟一峰巅,徘徊不知何往,乃于无意中大呼:'何处为五峰?'而云树缥缈间,竟有声应者曰:'此处即是五峰'。遂欣然往,相讶为人间奇境。至则守祠人欢迎于门外。延入祠,则用松枝烹茶,更为煮米粥以进,食之别有清味,大异人间烟火气。

守祠者刘姓,此为予与碣石山初度之缘,生平此游乐,故今犹忆之。"

不亚于明清散文名家归有光、姚鼐手笔,足见其古文根基之深厚,布局遣词之高超。1916年,李大钊写诗言志,写得豪迈、大气,充满了对祖国命运的忧患:

壮别天涯未许愁,尽将离恨付东流。

何当痛饮黄龙府,高筑神州风雨楼。

李大钊的不少诗作都充满对故国的关爱、民族的忧患之情,这里既有爱国主义情操,又有哲人的沉思和寂寞。

幼蘅行未久,相无又去江户,作此送之

逢君已恨晚,此别又如何?大陆龙蛇起,江南风雨多。

斯民正憔悴,吾辈尚蹉跎。故国一回首,谁堪返太和?

题蒋卫平遗像

斯人气尚雄,江流自千古。碧血几春花,零泪一抔土。

不闻叱咤声,但听呜咽水。夜夜空江头,似有蛟龙起。

李大钊也写新诗,1918年《新青年》第5卷第3号上的《山中即景》被视为新诗名作:

是自然的美,是美的自然;

绝无人迹处,空山响流泉。

云在青山外,人在白云内。

云飞人自还,尚有青山在。

虽说是新诗,其实古典诗歌的气息很浓。如同五言绝句。"绝无人迹处,空山响流泉"让人联想到唐人王维的"空山不见人,但闻人语响"之句。(陈全林据朱文通《李大钊传》及其他资料编写,天津古籍出版社2005年5月版,图片选自该书。参考了《新诗鉴赏辞典》,上海辞书出版社1991年版)

少年瞿秋白的经典训练

瞿秋白先生(1899—1935年),中国共产党早期的重要领导人、革命家、理论家、宣传家,中国革命文学事业的重要奠基人,是被鲁迅先生视为平生知己的作家。

1899年1月29日,瞿秋白诞生在江苏省常州府城。常州府治设在武进县,鱼米之乡,文人荟萃,明清两代,文化名人辈出,如词人张惠言、骈文家洪亮吉、诗人赵翼、画家恽南田等等。瞿家是旺族,瞿宅号"八桂堂",像《红楼梦》里的大观园,瞿秋白生于瞿宅中"天香楼"。他是瞿家长子,初名懋淼,号熊伯(亦署雄魄),因其发际有两旋,父母叫他"阿双"。上小学及中学初,取学名瞿双,别号瓠舟、铁柏、铁梅,又作涤梅;后改名瞿爽,或作瞿霜,又改名秋白。

瞿家世代有科名,相继为士大夫十余世。秋白父亲瞿稚彬,名世玮,号一禅,道号圆初,生于仕宦人家,丰衣足食,淡于进取,喜欢剑术、道学、星象,喜欢山水画,经常临习清初王石谷的山水,笔法不俗。秋白母亲金氏出身官宦望族,知书达礼,从小读书,文史诗赋,皆有修养,工楷书,温和善良,端庄勤快。秋白个性颇似其母,对文学的爱得益慈母的教导。秋白幼年时母亲教他背唐诗,有时晚上睡在床上还要秋白背诵。秋白记忆力好,很快记住了不少好诗,如李白的《静夜思》、孟浩然的《春晓》、孟郊的《游子吟》,清晨,屋里常常传出"律回岁晚冰霜少,春到人间草木知。便觉眼前生意满,东风吹水绿参差。""流光容易把人抛,红了樱桃,绿了芭蕉"等诗词名句的吟咏声。母亲为他讲解《孔雀东南飞》,秋白为诗中焦仲卿、刘兰芝的悲惨命运伤感。秋白跟母亲学诗,还跟父亲学画,跟六伯父学金石篆刻。后来,他成了博学多才的文学家、政治家。1903 年,秋白和父母弟妹们搬到舅父家星聚堂住。秋白五岁时就在舅父庄怡亭坐馆的庄氏书馆读书。庄氏是秋白父亲的表弟,这年才 18 岁,教学严谨。总共有八、九个学生,学馆的功课,开始是识字,接着读《百家姓》、《神童诗》。入学前秋白已跟母亲学了不少字,对这里所教,学得很快。入学第一天,庄先生教的几个字是:"聪明伶俐,青云直上。"是对孩子们的美好祝福。秋白每天高高兴兴地上学,背庄先生所教经书,回到家里呢,更高兴,母亲不是教他背唐诗,就是讲《聊斋志异》,里面狐仙的故事吸引人,像《鼠戏》、《狐嫁女》、《种梨》都是秋白爱听的故事。母亲讲《木兰辞》时,他不相信军中男子们认不出花木兰是女的。

秋白九岁时,家境渐衰,生活日紧,父亲给他买了本《绣像三国演义》,他便和三弟景白奶妈的儿子杨福利、自己的姑表兄金庆咸三人学《三国演义》里桃园三结义故事,各取别名,结为兄弟,杨号霁松,金号晴竹,瞿号铁梅。

1905 年—1909 年,秋白在冠英小学上学,毕业后,居家自修。1909 年秋天,秋白跳级考入常州府中学堂预科,次年转入本科,这年他十岁。常州府中学堂是当地唯一的新式中学,具备了近代教育的基本模式,学习西方科学外,也学习传统文化,有专门的"讲经读经课"。秋白偏爱读史,除了正史之《二十四史》,爱读野史、稗史,秋白叔父家这方面的书很多,他经常带到课堂上读。正是读史使他对中国社会与中国人的国民性有着和鲁迅一样深入、透彻、清醒的认识,这是他日后走上革命道路的一个因素。秋白在学堂里于思想性读物,研读尤勤,先秦之《庄子》、《老子》,近代谭嗣同的《仁学》、梁启超的《饮冰室文集》,无所不读。这个班上许多学生受秋白影响也看这些书,但全班学生中只有秋白一人能看懂《庄子》,别的同学看不明白,这与母亲的教导分不开。秋白中学时读过不少旧小说如《西厢记》、《牡丹亭》、《聊斋》、《花月痕》,也读《庄子集释》、《老子道德经注》、《杜诗镜铨》、《李长吉歌诗》(李贺诗集)、《词综》,以及《通鉴纪事本末》、《中国近世秘史》、《太平天国野史》,以及严复的《群学肄言》,同时经常在油灯下苦读《资治通鉴》与前四史,一直读到深夜,心灵沉浸在求知的欢愉中,忘记贫困的苦恼,读书,是一个人从贫困中获得力量、获得信仰、获得新生、获得智慧的途径,瞿秋白就是这样的人。

秋白给一位朋友说:"我们做一个中国人,尤其是知识分子,起码要懂得中国的文学、史学、哲学。文学如孔子与《五经》,汉代的辞赋、建安、太康、南北朝文学的不同,以及唐诗、宋词、元曲、明清中小说的特色。史学如先秦的诸子学，汉代的经学、魏晋南北朝的佛学、宋明的理学等，都要有一个初步的认识，否则，怎能算一个中国人呢？"秋白具有这么丰富的知识，他才这么说。他还和同学们相约学诗作词，从咏物开始。他十三岁时，写过一首《咏菊》诗：

> 今岁花开盛，宜栽白玉盆。只缘秋色淡，无处觅霜痕。

诗中嵌了霜、秋白三字。母亲金衡玉称赞这是一首好诗，秋白的父亲世玮先生且说："怎么秋色淡？怎么'无处觅霜痕'？把秋白的秋字、瞿霜的霜字，都写了进去，而且是淡而无处寻觅，充满着不吉利语，恐怕是儿不得善终了。"父亲喜好黄老道学，故有是语。不幸被言中了，1935 年，年仅 36 岁的瞿秋白作为当时中国共产党的高级领导人之一，被蒋介石电令杀害。当瞿秋白被捕后，鲁迅先生在致友人信中说：瞿秋白被捕"在文化上的损失，真是无可比喻。"

秋白喜吟诗，上中学时作了二、三百首。1916 年，秋白母亲在贫病交加中辞世，秋白此时受尽饥寒与白眼，慈母去世，悲痛欲绝，写有《哭母》一诗：

> 亲到贫时不算贫，蓝衫添得泪痕新。
>
> 饥寒此日无人管，落上灵前爱子心。

秋白善吹洞箫，月夜吹之，音调婉转凄切，同学闻之泪下。后来，秋白在狱中时写了不少诗词，读了不少古书，绝笔诗《偶成》写道：

> 夕阳明灭乱山中，落叶寒泉听不穷。
>
> 已忍伶俜十年事，心持半偈万缘空。

诗中写了他对佛教超越生死之观念的认同，这缘于他对佛学的研究。在 1917 年，秋白曾研读佛经，读过《成唯识论》、《大智度论》，试图解决人生问题，"而有就菩萨行而为佛教人间化的心愿。"他的"一部分的生活努力于'出世间'的功德，做以文化救中国的功夫。"学佛使他精神洒脱，直面生死，了无畏惧，应了一句古话："唯大英雄能本色，是真名士自风流"。瞿秋白是有名士派头、文人气骨的革命家。秋白在"五四时期"也写新诗，如《赤潮曲》很有名：

> 赤潮澎湃，晚霞飞动，
>
> 惊醒了
>
> 五千余年的沉梦。
>
> 远东故国，四万万同胞，
>
> 同声歌颂神圣的劳动。
>
> 猛攻，猛攻，
>
> 捶碎这帝国主义万恶丛！
>
> 奋勇，奋勇，
>
> 解放我殖民世界之劳工，

何论黑白黄，无复奴隶种。

从今后，福音遍天下，

文明只待共产大同。

看！

光华万丈涌。

这首诗豪迈大气，第一段极富诗意。后一段，如同军号鼓角，鼓舞斗志。

（陈全林据陈铁健《从书生到领袖——瞿秋白》及其他资料编写，上海人民出版社，1997 年版，图片选自该书。参考了《新诗鉴赏辞典》，上海辞书出版社 1991 年版。）

少年毛泽东的经典训练

毛泽东（1893——1976 年），字润芝。中国现代伟大的思想家、军事家、诗人、书法家，新中国的缔造者之一，现代中国"红色文化"的主要缔造者。

毛泽东童年时代大部分时间在湘乡唐家坨的外婆家度过。外祖父家虽是务农的，但有个舅舅开馆教书，毛泽东有时到那里听舅父讲学。直到 1902 年八岁时，父母把他接回韶山入私塾开始读书。十六岁前，中间曾停学两年务农，其余时间他先后在韶山一带的南岸、关公桥、桥头湾、钟家湾、井湾里、乌龟井、东茅塘六处私塾读书。毛泽东 8 岁入私塾，老师是当地宿儒邹春培，私塾设在邹家公祠阁楼上，毛泽东先拜孔子像，再拜邹先生，从读《三字经》等童蒙读物开始，以后又陆续在老师的指导下读《论语》、《孟子》、《春秋》、《左传》、《史记》和《通鉴类纂》等经史典籍。他的记忆力和悟性特别强，读过的经书大都能背诵。上学期间，他早晚放牛拾粪，农忙时参加收割庄稼。这时，科举已废除，新式学堂已开设。西学东渐、赴东瀛求学成时代风气。在毛泽东八岁接受启蒙那年，后来对他影响很大的恩师杨昌济和他钦佩的文化巨人周树人（鲁迅）先后去日本留学。在韶山，私塾仍是儿童求学的唯一选择。父亲供他念书，没有多大雄心，无非略识几个字，便于记帐或打官司。毛泽东照例要接触他从小注定要接受的儒家文化传统。韶山毛泽东纪念馆至今保存着他小时候读过的《诗经》、《论语》。这些难懂的经书自幼烂熟于胸，成年后自然使用。读了《左传》使他对历史产生浓厚的兴趣。这六年"孔夫子"的教育培养了他"鉴古知

今"的爱好，成就了他后来"古为今用"的著名观点。在私塾，有一次毛泽东读《论语·先进》里的《子路曾皙冉有公西华侍坐章》，邹先生有事外出，要同学们自学。先生走后，毛泽东读到曾皙（点）说："暮春者，春服既成，冠者五六人，童子六七人，浴乎沂，风乎舞雩，咏而归。"及"夫子喟然叹曰：'吾与点也！'毛泽东按捺不住激动的心情，领着同学去池塘游泳。邹先生回来一看，阁楼空无一人，同学们叫回来后想惩罚他们，当坐下来看到课本里的夫子曰"吾与点也"时，感到不应该惩罚孩子们。为了师道尊严，他要同学们对对联，你们不是刚从池塘游泳回来吗？上联是"濯足"。《孟子·离娄上》里有"清斯濯缨，浊斯濯足"句，同学们熟悉。对得上就不惩罚，对不上要受罚。毛泽东领的头，当然是他对，略加思索，对了"修身"。邹先生很高兴。毛泽东熟读的《礼记·大学》里就有"欲齐其家，先修其身。"后来，毛泽东转学到关公桥私塾读书，老师是毛润生，依然读四书五经。

一天，毛泽东去外婆家路上，遇见赵家少爷挡路，必须回答一个问题才行："《百家姓》里'赵钱孙李'，分开如何解释，合在一起如何解释？"赵家少爷很得意，《百家姓》第一姓就是赵姓，富家子弟的优越感写在脸上。毛泽东略加思索，便说："赵公元帅的赵，有钱无钱的钱，龟孙子的孙，有理无理与李同音。大宋天子赵匡胤说过：有钱龟孙不讲理。"赵家少爷面红耳赤，只好放行。毛泽东的机智可见一斑。他有时和不太开明的父亲斗智斗勇，父亲拿他没办法，经常责备他"不孝"，毛泽东知道父亲崇尚儒学，就说："孔圣人说'父慈子孝'，必然'父慈'在先。"《礼记·礼运》里说："何谓人义？父慈、子孝、兄良、弟弟、夫义、妇听、长惠、幼顺、君仁、臣忠，十者谓之人义。"父亲闻言，又气又好笑。

毛泽东十三岁时，他到井湾里私塾读书，毛宇居先生指导他读《春秋》、《左传》，讲解生动，复杂有趣的历史故事中包含着先民的智慧，从此，毛泽东喜欢上历史，此后的大半生中，他读得最多的依然是中国史书，特别是《二十四史》，边读边点评。建国后，作为国家主席的毛泽东于1959年6月回到家乡，见到老师毛宇居，毛泽东给他敬酒，毛宇居说："主席敬酒，岂敢岂敢！"毛泽东幽默地说："敬老尊贤，应该应该。"传为佳话，就像少年时和先生对对联一样。正是在井湾里私塾，毛泽东迷上了古典小说，喜欢看《精忠传》、《水浒传》、《隋唐嘉话》、《三国演义》、《西游记》等。私塾先生毛宇居回忆说："当时私塾的规矩，认为小说是杂书，不准学生看，因此，他总是偷着看，见我来了，就把正书放在上面。后来我发觉了，就故意多点书，叫他背，但他都背得出来。"私塾先生给他加的课是多背《左传》之类的经书，毛泽东不仅能背诵，也能回答老师提出的问题，可见他读书时善于思考，教书先生只好同意他阅读"杂书"。据专家统计，《毛泽东选集》里引用古籍名言最多的是《左传》，共48条，其次是《史记》，42条。其次是《孟子》，26条，对《论语》、《汉书》、《战国策》、《后汉书》、《尚书》、《礼记》、《诗经》的引文都在十条以上。毛泽东后来对私塾生活回忆道："我过去读过孔夫子的书，读了《四书》、《五经》，读了六年。背得，可是不懂。那时候很相信孔夫子，还写过文章。"又说："贪婪地阅读我能够找到的除经书以外的一切书籍。""我继续读中国旧小说和故事。有一天我忽然想到，这些小说有个特别之处，就是里面没有种地的农民。人物都是勇士、官员或文人学士，没有农民当主角。对于这件事，我纳闷了两年，后来就分析小说的内容。我发现它们全部都颂扬武士，颂扬人民的统治者，而这些人是不必种地的，因为他们拥有并控制土地，并且，显然是迫使农民替他们耕作的。"毛泽东读书从小养成独立思考的习惯，他从旧小说中认识旧社会、旧中国，这对他一生都有重大意义。毛泽东还说："我熟读经书，可是不喜欢它们。我喜欢看的是中国的旧小说，特别是关于造反的故事。"毛泽东认识"造反"是怎么回事是从《水浒传》开始的，对 108 条好汉极其佩服，他的一生充满着英雄主义豪气，他的诗歌写得大气磅礴，豪放不羁。尽管毛泽东晚年评水浒时对《水浒》"只反贪官，不反皇帝"，特别是作者给英雄们指出的"招安"道路至为不满，但他从未否定书中主要的英雄好汉。毛泽东未接触马克思主义学说时，他的许多反叛行为受《水浒传》的鼓舞，那种造反精神为其终生推崇——毛泽东之上井冈山也是被"逼上梁山"的！只是毛泽东已掌握马列主义的思想利器，形成一套明确的创造性理论——他领导的几次反"围剿"与当年梁山好汉的反"围剿"情形大不相同。他不接受"招安"，第五次反"围剿"失败，红军进行战略大转移，从此，他的大军逐步发展，最终逐鹿中原。

毛泽东的许多军事思想、军事战略、用兵之道得益于小时候所读的《三国演义》、《水浒传》，这一点，毛泽东自己都认可。读书对一个人的成长，影响如此巨大，可谓传奇，以致军旅作家董志新写了《毛泽东读〈三国演义〉》一书。毛泽东从诸葛亮的用兵之道中学得最多，其次是曹操，年轻时代，他还与朋友写诗赞美曹操。他曾经在读书笔记《讲堂录》中写道："才不胜今人，不足以为才；学不胜古人，不足以为学。天下无所谓才，有能雄时者，无对手也。以言对手，则孟德、仲谋、诸葛而已。"1918 年 8 月，路过河南，特地与罗章龙、陈绍休到许昌瞻仰魏都旧墟，凭吊曹操，与罗章龙作《过魏都》联诗：

横槊赋诗意飞扬（罗），自明本志好文章（毛）。

萧条异代西田墓（毛），铜雀荒伦落夕阳（罗）。

表达了毛泽东对曹操的钦佩之意。在毛泽东看来，曹操是中国古代少见的集政治、军事、文学才能于一身的人。长征途中，他经常给战友讲《三国演义》解闷。毛泽东还喜欢读《西游记》，沉醉于书中各种神奇的故事，造就他一生浪漫主义气质和敢于斗争的精神，《西游记》被当作志怪小说，父亲、先生竭力反对看这样的"杂书"，然而，毛泽东着了迷，领着看牛顽童时常在韶山冲山林中演绎"孙悟空在花果山"的情节。尽管有多种多样复杂的因素，毛泽东一生中浓郁的浪漫气质，对妖魔鬼怪的蔑视与痛恨及毫不留情，乃至他那神秘莫测的军事艺术，实在与少年时代精心读过的《西游记》有某种联系。他晚年写有"金猴奋起千钧棒，玉宇澄清万里埃"

的著名诗篇。毛泽东从小对古典文学情有独钟，总能把古典小说的精华应用到革命斗争、政治生活中，晚年尤其喜欢《红楼梦》，这是对童年古典小说热情的延续。在中国，甚至国外，古典小说能影响一生的成就、事业如毛泽东的，非常罕见。即便是《红楼梦》这样的言情古典小说，他都能在后来的政治生活中应用自如，建国后他就曾借用《红楼梦》里王熙凤"不是东风压倒西风，就是西风压倒东风"表达当时中国和西方世界尖锐的意识形态和政治制度的矛盾、斗争，形象而生动。据有关资料表明，毛泽东20岁时于长沙求学期间开始读《红楼梦》，此后，一生阅读此书，他说过："开始当故事读，后来当历史读。""这是一部顶好的社会政治小说。"长征后到达延安，他窑洞的书架上摆放着《红楼梦》。1945年赴重庆谈判，带的书中有《红楼梦》。1947年，转战陕北的日子里曾研读《红楼梦》，一次曾通宵达旦。建国后，书房里、卧室中、卫生间里都摆放着不同版本的《红楼梦》。藏书中，线装木刻本、线装影印本、石印本及平装本《红楼梦》有20种之多。有的版本上用铅笔作了圈画、批语。卧室里摆放《脂砚斋重评石头记》和《增评补图石头记》。据工作人员孟锦云回忆：主席虽已八十多岁高龄，还能准确无误地说出《红楼梦》中的某句话出自哪一回，哪一节，哪一页，有时还将各家不同评说进行比较。毛泽东说"《红楼梦》我都读过十几遍了，有的地方也还是没有看懂。"他一生中不断地与人谈论《红楼梦》，与亲属谈，与党和国家的领导干部谈，与身边警卫和工作人员谈，与学者们谈，在讲话、谈话、文章中引用《红楼梦》话语、诗词，并说"《红楼梦》至少要读 5 遍才有发言权"。

毛泽东在乡间读私塾读 6 年，打下了深厚的古文功底，培养了一生受益的良好读书习惯，他如饥似渴地读了大量的古书，后来有机会阅读了郑观应的《盛世危言》、冯桂芬的《校分庐抗议》等清末维新派著作，接触了社会改革思想。由此激发这位纯朴的农民子弟内心的家国热情，"开始意识到，国家兴亡，匹夫有责"，坚定了离开家乡继续求学的决心。毛泽东的父亲反对他外出求学，他写了一首诗：

男儿立志出乡关，不得真知死不还。

埋骨何须桑梓地？人生无处不青山。

这首诗，笔者少年时经常吟咏，励志求学，吟到动情处慨然泪下。有的版本中作"学不成名死不还。"后来他如意求学，写有"自信人生二百年，会当水击三千里"的豪迈诗句。毛泽东1910年秋离开韶山，挑着一担书，其中有他视若珍宝的《三国演义》、《水浒传》，去湘乡县立东山高等小学读书，这是一所新式小学，教经书，也教自然科学、英文、音乐等，毛泽东除了学习学校的课程外，兴趣依然在中国古代史，也读外国历史、地理书、人物传记书，对拿破仑、彼得大帝、华盛顿、林肯等西方伟大政治家钦佩不已。离东山小学不远有东皋书院，门前是毛泽东生平最敬仰的乡贤曾国藩所书对联：

涟水湘水俱有情，其秀气必钟英哲；

圣贤豪杰都无种，在儒生自识指归。

　　这副对联对毛泽东影响深远，他经常观摩曾国藩的字。后来，毛泽东成了英雄、哲人、豪杰，成就了古人所谓"圣贤事业"。这副对联仿佛专为毛泽东所写。国文老师贺岚岗喜欢这个聪明好学的学生，见他爱读史书，就介绍他阅读明代袁了凡先生编著的《了凡纲鉴》。十六岁时毛泽东写的《言志》、《救国图存篇》、《宋襄公论》、《商鞅徙木立信论》在全校出名，校长李元甫视之为奇才，说："学校取了一名建国材。"毛泽东果然成了"建国材"。对于《宋襄公论》，国文教师谭咏春看后拍案叫绝，给了105分的最高分，并说："毛润芝的文章不仅思想进步，文笔泼辣，而且立意高远，见解精辟，令人折服。"并写下评语："视似君身有仙骨，寰观气宇，似黄河之水，一泻千里。"对毛泽东的文章、气宇作了准确、独到的评价。真是毛泽东的知音。《商鞅徙木立信论》中毛泽东借《史记》所载秦孝公时期商鞅变法，为取信于民，悬赏五十金，要人把一根三丈木头从南门搬到北门的故事，抒发对"国民性"的看法。"吾读史至商鞅徙木立信一事，而叹吾国国民之愚也，而叹执政者之煞费苦心也，而叹数千年来民智之不开、国几蹈于沦亡之惨也。谓予不信，请罄其说。"开篇三叹，引出议论。其结论是："吾特恐此徙木立信一事，若令彼东西各文明国民闻之，当必捧腹而笑，叫舌而讥矣。呜呼！吾欲无言。"对此文，老师评道："落墨大方，恰似报笔。"(报纸社论)，"借题发挥，纯以唱叹之笔出之。""是有功于社会文字"。"逆折而入，笔力挺拔。""历观生作，练成一色文字，自是伟大之器，再加功候，吾不知其所至。"这位经常阅读毛泽东文章的老师对学生的文章做出极高评价，切合实际，这个学生日后果成"伟大之器"，文章名满天下，事业名满世界。这篇文章是现存的毛泽东最早的手迹。这时，他用功研读《昭明文选》，对所选古文，细心揣摩，他的古文功底深厚，即便是给同学萧子升写信，文字优美如散文，如信中风光描写："一路景色，弥望青碧，池水清涟，田苗秀蔚，日隐烟斜之际，清露下洒，暖气上蒸，岚采舒发，云霞掩映，极目遐迩，有如图画。"延安时期，毛泽东曾给陕北公学毕业生讲过《昭明文选》里《别赋》佳句，特别说：《别赋》里的"春草碧色，春水绿波。送君南浦，伤如之何。"毛泽东幽默地说：可以改成："春草碧色，春水绿波。送君延安，快如之何。"古人离别伤感，革命者因去各地战斗而快乐。

　　在东山小学，他依然精读《三国演义》和《水浒传》，发现理解得比过去深刻了，经常给同学们讲这两本书里的故事，成了全校知名的"故事大王"。不久他进入湘乡驻省中学就读，以后又在湖南省图书馆度过半年的自修生活。这期间国文一直是主修科目。国文之外，阅读康有为、梁启超和孙中山等人的著作，特别喜欢梁启超的文章，大气磅礴，文势如江，毛泽东还模仿其作。在湖南图书馆时他还阅读了许多反映西方十八、十九世纪资产阶级民主主义思想和科学成就的社会科学、自然科学书籍，如《物种起源》，严复翻译的《原富》、《天演论》、《名学》、《群学肄言》、《法意》等，阅读有关世界地理、历史和希腊、罗马的古典作品，开阔了他的眼界，获得了更多的新知识和思想启示。

  毛泽东1913年考入湖南省立第四师范学校，第二年春四师合并于湖南省立第一师范学校。在师范的数年间，毛泽东刻苦学习，满怀振兴中华的抱负，积极投入社会政治与思想变革的生活潮流。从毛泽东当时读书的情况看，古今中外，广泛涉猎，对于治学方法及中国传统学术与西方学术之态度，形成自己的看法。毛泽东在第一师范学校受到湖南学界名流如徐特立、杨昌济、黎锦熙、方维夏等先生的教诲，对学问的提高、治学方法的思考很有帮助。他积极参加并组织学问研究小组或读书会活动，与老师、同学探讨治学方法以及有关学术问题。经过老师教导和他自己努力钻研、探索和思考，他的思想，特别是对学问的看法，很快形成。师范时，他对屈原《楚辞》背诵如流，书写《离骚》，表达他对这位忧国忧民的文学大师、政治家的认知，忧国忧民的情怀和诗人气质，他们是相通的。他还苦读李贺的诗歌，体会"鬼才"诗人的超凡境界。当时师范老师易培基喜欢这个能成大器的学生。长沙期间，一部《史记》不知被他阅读了多少遍，他从太史公的文笔中学习汪洋恣肆又严谨高古、精炼优美的文笔，从先秦及汉初的历史中学习先哲智慧、斗争经验。他对古典文学的情结值得今人深思，他从博大精深的古典小说中看到了传统文化的光辉和先哲超时空的智慧。这对当代治学、创业、从政的人都有启发。毛泽东在第一师范学习时受著名学者杨昌济和黎锦熙的影响最大。杨昌济是位纯正儒者，国学根柢甚深，是不守旧的新派学者。他"在长沙五年，弟子著录以千百计，尤欣赏毛泽东、蔡林彬"。他教毛泽东等修身课及国文，对毛泽东的品格、天资和毅力十分欣赏，因而在治学与做人等各方面悉心教导。杨昌济治学严谨，博采众长，对中西学术采取积极的、有所选择的融贯态度。他说："一国有一国之民族精神，犹一人有一人之个性也。一国之文明，不能全体移置于他国。""能输入西洋之文明以自益，后输出吾国之文明以益天下；既广求世界之知识，复继承吾国先民自古遗传之学说，发挥而广大之"。杨昌济还主张学以致用，要求学生以"通今"为主，着重研究现实的学问。他以"博学、深思、力行"六个字作为他达化斋的"不二法门"赠给学生。杨昌济关于中西融通、将传统文化"发挥而广大之"、通今致用的思想，影响了毛泽东。在一师对毛泽东学问影响很大的还有黎锦熙。黎先生以后离开一师去教育部供职，毛泽东与他书信往来频繁，二人关系密切。黎年长毛几岁，毛对于黎治学"宏通广大，最为佩服"。1915年毛泽东给萧子升的一封信中详细介绍了黎锦熙关于学术的看法，这些看法对毛泽东学术观的形成影响极大。他说："仆读《中庸》，曰博学之。朱子补《大学》，曰：即凡天下之物，莫不因其已知之理而益穷之，以至乎其极，表里精粗无不到，全体大用无不明矣。其上孔子之言，谓博学于文，孟子曰博学而详说，窃以为是天经地义，学者之所宜遵循。闻黎君邵西好学，乃往询之，其言若合，而条理加详密焉，入手之法，又甚备完。吾于黎君，感之最深，盖自有生至今，能如是道者，一焉而已。"毛泽东又说："仆问邵西，学乌乎求？学校浊败，舍之以就深山幽泉，读古坟籍，以建其础，效康氏、梁任公之所为，然后下山而涉其新。邵西不谓然，此先后倒置也。盖通为专之基，新为旧之基。……于是幡然塞其妄想，系心于学校，惟通识之是求也。"

毛泽东原先对新式学校不感兴趣，幻想卧龙深山，钻研古籍，打好基础后下山学习新学，拯救当世。这一想法受到了黎锦熙的批评，认为专门应以通识为基础，旧学应以新学为基础。学校重视新学，教以通识，古今中西、人文科学与自然科学各门学科完备而有系统。"故诸科在学校不可缺"。他同时对学问的具体下手处即治学方法也提出意见。如学习古代历史的目的是为了"观往迹制今宜者"，目的在于求公理公例，"观中国史，当注意四裔"，"观西洋史，当注意中西之比较"，以及学习当注意条理系统，等等。黎锦熙的这些意见使毛泽东顿开茅塞，幡然猛醒。黎锦熙与杨昌济重视国文国学，他认为"国文者，具清切之艺能，述通常之言事，曲曲写之，能尽其妙，一也。得文章之意味，观古今之群籍，各审其美而靡所阂，二也"。毛泽东在与萧子升的信中归纳黎锦熙的观点时亦说："以上所陈，凡分三者：初论专通之先后，次言诸科之研法，次述'群肆'一书可珍。然尚有其要者，国学是也。"（"群肆"指《群学肆言》）毛泽东接着强调说："足下所深注意，仆所以言之在后者，夫亦郑重之意云尔。"毛泽东与黎锦熙一样，看重对国学的研究，甚至认为这是"吾人所最急者"。

毛泽东进入第一师范后，无论在学业上还是在思想观念上都有了很大的飞跃。他怀着少年时就已充斥胸中的强烈的求学渴望与朦胧的真理憧憬，热情地投入到学习生活中去，在杨昌济、黎锦熙等学者的影响下刻苦学习和钻研中西文化，在学术观上逐渐形成自己的志向和看法，贯彻他的一生，对他日后思想的成熟与发展起了重要影响。毛泽东青年时曾说："国学则广矣！其义甚深……有为人之学，有为国人之学，有为世界人之学"。毛泽东对传统文化怀有"仰之弥高，钻之弥深"的由衷的敬意。他一生中，《二十四史》读过许多遍，至于古典小说《红楼梦》读过十余遍。

毛泽东对古文的喜爱似乎是清代桐城派、湘乡派传统的一个延续。表现在他 1915 年 9 月 6 日致萧子升的信中，毛泽东再三强调："吾之人所最急者，国学常识也。尚其要者，国学是也。"次年 2 月 19 日致萧子升信中又说到经、史、子、集的种类数目，并说明："据现在眼光观之，以为中国应读之书止乎此。苟有志于学问，此实为必读而不可缺。"在毛泽东看来，所谓国学，再进一步概括，无非是两样东西，即"道统与文"。道统，即是毛泽东所说"大本大源"同义语；文，则是承载道统的具体语言文学形式，即有序、有物之文。在曾国藩的倡导下，桐城派的古文写作进入了新境界。曾国藩门下名士黎庶昌在《续古文辞类纂序》中依曾氏平日言论，对桐城派和曾国藩的文学主张做出了类比概括："曾氏文学，盖出于桐城，固知其与姚先生旨合,而非广己于不可畔岸也。循姚氏之说,屏弃六朝骈丽习气,以求所谓神理、气味、格律、声色者,法愈严而体愈尊;循曾氏之说,将尽取儒者之多识、格物、博辩、训诂,一内诸雄奇万变之中,以矫桐城虚车之饰,其道相资,无可偏废。"曾国藩的古文辞理论和实践带动起同治、光绪时期古文的兴盛,造就了吴汝纶、张裕钊、黎庶昌、薛福成一辈新人,直接影响湖湘士子的学风与文风。青年毛泽东受到了桐城、湘乡余绪的浸润。据陈晋的《毛泽东与文艺传统》研究,毛泽东对方苞、姚鼐、恽敬的文章典范均曾悉心研习,对曾国藩的古文理论主张倍加尊崇,循曾氏"作诗文以声调为本""读书以训诂为本"专心治学,珍重曾国藩的《经史百家杂钞》所体现道与文的兼有。古文的美学风范方面毛泽东遵循曾氏的将"多识、格物、博辩、训诂"整合于"雄奇万变"的主张,强调文章的雄浑之势。他在《讲堂录》中的批语云"文贵颠倒簸弄"、"文章须蓄势",对文章的气势做出了精彩的比喻,认为优秀文章一如黄河:"河出龙门,一泻至潼关;东屈,又一泻至铜瓦;再东北屈,一泻斯入海。当其出伏而转注也,千里不止,是谓大屈折。行文亦然。"毛泽东对文章雄奇万变的崇尚,是他雄伟理想在审美风范上的体现。他绝不是那种吟风弄月、沉迷小桥流水景致的文人。毛泽东喜好李白、李贺的诗,尽人皆知。他视为楷模的文学人物谱系中还有屈原、贾谊、孔融、韩愈,这些人的文章、诗歌,或意象开阔,或气势雄浑。毛泽东曾手抄屈原的《离骚》和《九歌》全文,于1918年春写成七言古风一首赠罗章龙,其中讴歌道:"年少峥嵘屈贾才,山川奇气曾钟此",是说罗章龙有屈原、贾谊之才。对孔融曾刻意体会模仿,得到老师袁仲谦"兴得孔融笔意"的夸奖。对韩愈更是倾心,《讲堂录》的后半部分多为读韩文的笔记。1936年对斯诺的谈话中特意提到当时钻研韩愈文章的故事。他经常吟咏古诗,创作诗词,风流儒雅。1915年,毛泽东还在长沙师范读书时,袁世凯接受了卖国的"二十一条",同学们都声讨袁世凯,反对日本侵略中国,编印了《明耻编》宣传册,毛泽东在封面提四言诗,铿锵有力:"五月七日,民国奇耻。何以报仇?在我学子。"

同年八月,好友易咏畦病逝,毛泽东饱含深情地写诗纪念他:

我怀郁如焚,放歌倚列嶂。列嶂青且茜,愿言试长剑。

东海有岛夷,北山尽仇怨。荡涤谁氏子?安得辞浮贱。

诗人怀念好友,关注国情,抒发爱国情操。1918年4月,长沙新民学会在毛泽东、罗章龙等人的努力下成立,同学们经常探讨救国救民的方法,探讨学问。后来,罗章龙去日本留学,告别时,毛泽东赋诗赠友,其诗大气,有李贺风:

云开衡岳积阴止,天马凤凰春树里。

年少峥嵘屈贾才,山川奇气曾钟此。

君行吾为发浩歌,鲲鹏击浪从兹始。

洞庭湘水涨连天,艨艟巨舰直东指。

无端散出一天愁，幸被东风吹万里。

丈夫何事足萦怀？要将宇宙看稊米。

沧海横流安足虑？世事纷纭何足理！

管却自家身与心，胸中日月常新美。

名世于今五百年，诸公碌碌皆余子。

平浪宫前友谊多，崇明对马衣带水。

东瀛濯剑有书还，我返自崖君去矣。

诗句豪迈奇崛，毛泽东有隐居深山治学、学成下山治世的思想，才说"世事纷纭何足理，管却自家身与心"，诗中"我自返崖"指隐居入山。著名诗人萧三的哥哥萧瑜写的《我和毛泽东的一段曲折经历》一书中写过他和毛泽东江边联诗的故事：

"湘江沿岸，风光秀美，让人不禁诗兴大发。我们写了许多诗。至今我仍然记得我和毛泽东在一块漫步湘江边的联句：

萧：晚霭峰间起，归人江上行。云流千里外，

毛：人对一帆轻。落日荒林暗，

萧：寒钟古寺生。深林归倦鸟，

毛：高阁倚佳人。……

我是否见过毛提到的佳人？现在也记不太清楚。后面的诗句我也忘了。"

从萧、毛的联句中可见毛泽东的风雅情怀，正是中国的古典诗歌熏陶出这位带有浓郁诗人气质的伟大军事家、政治家和开国领袖。纵观数千年中国历史，在文采、功业、地位上，毛泽东是千古一人。真应了他那首《沁园春·雪》词里所说：

惜秦皇汉武，略输文采，唐宗宋祖，稍逊风骚。

一代天骄，成吉思汗，只识弯弓射大雕。

俱往矣，数风流人物，还看今朝。

从毛泽东少年时代的文章看，他从古文的研究中获得极大教益，行文气势磅礴，充满阳刚雄奇之风。按传统标准而言，文风、人格、理想不可分离，毛泽东来自古典文学的审美观念，一起步便养成了不同凡响的宏大、雄伟、奇特、崇高的特色，贯穿他一生。这一点，对毛泽东个人的诗文创作，对强调革命现实主义和革命浪漫主义"两结合"创作理论，都有直接的关联。我喜欢毛泽东的另外两首词：

采桑子《重阳》

人生易老天难老，岁岁重阳，

今又重阳，战地黄花分外香。

一年一度秋风劲,不似春光,

胜似春光,寥廓江天万里霜。

忆秦娥《娄山关》

西风烈,长空雁叫霜晨月。

霜晨月,马蹄声碎,喇叭声咽。

雄关漫道真如铁,而今迈步从头越。

从头越,苍山如海,残阳如血。

这两首词更能体现毛泽东词作的文学境界,有唐宋风神。毛泽东对中国传统文化的深入研究为形成"毛泽东思想"打下永远的基石。(陈全林根据金冲及《毛泽东传》,中央文献出版社 2004 年,及王凤贤主编《毛泽东与中国传统文化》、钱竞《近思集》、黄丽镛《毛泽东读古书实录》,上海人民出版社 1998 年版,《文人毛泽东》陈晋著,上海人民出版社,1998 年版、《毛泽东诗词书法赏析》,石磊编,内蒙古文化出版社 2002 年版,陈浩望《民国诗话》,1996 年广西民族出版社版等综合编写。)

少年刘少奇的经典训练

刘少奇(1898 年——1969 年),我国伟大的马克思主义者和无产阶级革命家,中华人民共和国的缔造者之一,卓越的党和国家领导人。

1898 年 11 月,刘少奇诞生于湖南省宁乡县花明楼乡的炭子冲,父亲刘寿生粗通文墨,比较开明,虽非富裕之家,也有 60 亩田地,日子过得还顺当。刘少奇是寿生次子。寿生善于治家,为人勤劳,参加劳功,指挥生产,刘家的收入逐年增加。寿生 34 时喜得次子,取名绍选,字渭璜,到 1915 年,少年刘少奇投身反对袁世凯的革命斗争中,将"渭璜"改为"卫黄",即"保卫炎黄子孙、振兴中华民族"之意。1969 年他在"文化大革命"中受迫害而死,被秘密火化时,火化申请单上写了"刘卫黄"。

刘少奇从 8 岁起,便被思想开通的父亲送去念书,父母执意要将他培养成知书达礼的人。少奇在当地私塾读书,私塾大多设在富人家的祠堂或教书先生家,一二间堂屋足矣。由于学费问题,少奇在 8 岁到 13 岁之间,先后在柘木冲、罗家塘、月塘湾、洪家大屋、红米冲、花子塘等地私塾读书,一年换一个地方,而他是在罗家塘开始读《四书》、《五经》的,走上正统的经学之路。他 11 岁时,于洪家大屋读了一年书。洪家数代人科举出身,几代做官,对子女的教育很重视。与刘少奇同年的洪赓杨便是这一代的洪家公子,老师杨毓群先生接受过新式教育,

为了减轻洪公子的寂寞，洪家选邻家学习好的孩子在洪家大屋伴读。刘少奇品学兼优，即被录取。洪家世代书香，接受西学，洪家女孩不裹脚，能同男孩一起读书。这里所教的课程不再是《论语》、《大学》、《中庸》等儒家经典，而是学新编的国文、算术、自然地理常识等，老师还讲寓言、童话，同学们学得有劲。洪家藏书丰富，刘少奇与洪公子经常在书房中找书看，《搜神记》、《今古奇观》、《西游记》、唐宋传奇、志怪小说这些所谓"杂书"读了不少，读得津津有味，大有"神游天地，思接古今，览山川，会古人，观神异之兽，访卓异之人"的乐趣。毛泽东和刘少奇写文章爱用典故，源于广博的国学知识，基础打在少年时代。这一来，他读书读上瘾。当他12岁时，转到红米冲上学，这里藏书甚少，只好到处借书读。他听说在长沙岳麓书院学习过的一位本家家里有不少藏书，刘少奇登门相借，读毕即还，还后新借。刘少奇的一位周姓同学家里也有许多书刊，周父曾留学日本，其家中外书刊颇多，刘少奇经常来周家借书，有次，他在周家火盆边看书入迷，以致把鞋烧焦了都没有觉察到。清代文学家袁枚在《黄生借书说》中提出"书非借不能读也"的著名观点，可用来形容刘少奇的心情。"诗书传家"，书在古人心中神圣而宝贵，要当作宝贝一样传给后人。在刘家，少奇的书屋中堆满借来的、搜集的中外图书，他经常一个人安居书房读书，乐此不疲。读书丰富了刘少奇的思维，开阔了他的视野，不论与大人闲谈，还是与同学辩论，他能引经据典，言之有理。他的博学与好学使大家给他起了个名字：刘九书柜。"刘九"，他在叔伯兄弟姐妹中排行第九，族中人叫他"九满"，九满爱书，人们叫他"书柜"，书柜里满满的是书呀。

《生活中的刘少奇》（1999年解放军出版社出版）写过：少年刘少奇在湖南宁乡玉潭学校读小学期间热心习武。一天，语文老师用新观点讲《孟子·告子下》："孟子曰：舜发于畎亩之中，傅说举于版筑之间，胶鬲举于鱼盐之中，管夷吾举于士，孙叔敖举于海，百里奚举于市。故天将降大任于是人也，必先苦其心志，劳其筋骨，饿其体肤，空乏其身，行拂乱其所为，所以动心忍性，曾益其所不能。人恒过，然后能改；困于心，衡于虑，而后作；征于色，发于声，而后喻。入则无法家拂士，出则无敌国外患者，国恒亡。然后知生于忧患而死于安乐也。"老师说："这就是说，人要承担国家民族的大任，必须要反复经过锻炼，积极进取，不能消极退让。"少年刘少奇对此有新的领悟。当天下午，他看到江湖武师在校园外表演少林硬功。武师刀劈自身，刃过无伤。刘少奇看后萌发习武心思，文武双全，才能救国。寒假里他拜了两位民间拳师练习武功，不久，能打四个30斤以上的沙袋。刘少奇少年时的同学贺执圭回忆，那时刘少奇最赞赏岳飞，"岳母刺字，精忠报国"的故事激发了他的满腔豪情，于是刻苦习武，希望有一日能像岳飞一样报效国家。他经常吟咏岳飞的《满江红》抒发自己的报国豪情：

怒发冲冠，凭阑处、潇潇雨歇。

抬望眼，仰天长啸，壮怀激烈。

三十功名尘与土，八千里路云和月。

莫等闲，白了少年头，空悲切。

靖康耻，犹未雪；臣子恨，何时灭？

驾长车踏破，贺兰山缺。

壮志饥餐胡虏肉，笑谈渴饮匈奴血。

待从头、收拾旧山河，朝天阙。

1912年，辛亥革命胜利，少奇的二哥刘云庭在湖南新军当兵，这年回乡探亲，带回一本介绍辛亥革命的书，14岁的刘少奇读得心潮澎湃，当即要姐姐为他剪掉辫子，以示与清朝决裂。这时的刘少奇经常习武术，练拳脚，以便能在日后闯天下。他从小爱读史书，钦佩汉代班超投笔从戎、宋朝岳飞精忠报国的精神，渴望有一天自己能带兵打仗，报效国家，安定天下。为此，1916年他报考了湖南省省长兼督军谭延闿于长沙创办的陆军讲武学堂，并被录取。

是中华传统文化与马列主义共同塑造了刘少奇的人格精神，在革命生涯里、有关党的建设理论构建中，在关于共产党员的修养论述里，中华传统文化的智慧与美德在刘少奇的一生成就中起到重大作用。（陈全林据　黄峥著《刘少奇一生》编写，中央文献出版社，2003年第1版，图片选自该书。）

少年朱德的经典训练

朱德(1886—1976 年),中国现代伟大的革命家、军事家,中华人民共和国的缔造者之一,曾是红军、八路军、解放军的总司令,人称"朱总司令",在抗日战争时期作为八路军的总司令,一直在前线指挥战斗。2005 年,为纪念中国人民抗日战争胜利 60 周年而拍摄的 25 集电视连续剧《八路军》及电影《太行山上》,对朱总司令的光辉人格与杰出的指挥才能作出了真实再现。

1886 年,朱德生于四川省仪陇县马鞍场李家垮一户贫农家庭,他出生时,全家已有 11 口人,祖父母、父母、伯父母、两个叔叔、姐姐和两个哥哥。朱德两岁时,由于伯父朱世连无子女,便将朱德过继给伯父。1892 年,生父与伯父想把朱德培养成读书人,给朱家"支撑门户"。两家省吃俭用,送朱德到地主丁家私塾读书,老师给他起名"朱代珍"。朱德在这里读完了《三字经》、《千字文》、《大学》、《中庸》、《论语》,学习颜体书法。他儿时临写的描红诗是清顺治举人、云南人王寿所作诗:

一去二三里,烟村四五家。楼台六七座,八九十枝花。

烟村、花木、楼台,意象多美。学诗习字,便是日课,放学之后,经常帮家人干活。丁家收学费太高,地主家孩子总看不起穷人家孩子,于是,朱德转到朱姓家族自办的药铺垭私塾读书,继续读《四书》、《诗经》、《书经》,学习作对联、写诗,这年,朱德七岁。九岁那年,朱家无力负担地主的加租,只好在除夕前退佃、搬家,全家从此分居两处:生父朱世林迁居陈家垮,朱德随伯父朱世连和祖父朱邦俊及三叔、四叔迁居大垮。次年,他到距大垮七里的席家碥私塾读书,老师席聘三为他取学名"玉阶",《八路军》、《太行山上》这些影视作品中国民党将领如阎锡山、卫立煌称朱德为"玉阶兄"。朱德在这里读了八年书,每天来回跑两趟,到家中参加劳动,养成快步走路的习惯,为他日后军旅生涯打下行军的身体基础。席聘三为人开明,讲儒学,讲维新思想。1904 年,伯父与生父都无力为朱德交学费,席先

生惜才,不忍心朱德失学,就免收学费,只要他分期交些大米,朱德住在席家继续学习。"得天下之英才而教育之,乐莫大焉。"席先生就是这样的好老师。

到了这年,朱德已18岁了,熟读《四书》、《五经》,广读了史书及古典小说。他喜欢读《三国演义》及《东周列国志》,这些历史小说所写的军事战争思想、事例渐渐深入到他的心灵。后来演化成八路军"游击战"的思想。朱德擅长打伏击战,用兵如《三国演义》中的诸葛亮,出神入化。席先生经常给朱德讲述太平天国革命及帝国主义列强侵略中国的历史,使少年朱德有了"富国强兵"思想。1905年,经席先生劝说,朱家人支持朱德到顺庆新学堂读书,接受新学,学习物理、化学、日文。学堂监督张澜要学生立救国之志,这对朱德影响很大。

1909年,朱代珍改名朱德,字玉阶,改籍贯为云南省临安府蒙自县,考入公费的云南陆军讲武堂,学习军事,学习革命思想,开始了真正的军旅生涯。到918年,朱德已任云南靖国军第二军第三混成旅旅长。军旅生涯中朱德尽一切可能去读书,特别爱读中国历史书,这年,就读完了《史记》、《前汉书》、《后汉书》、《三国志》,边读边眉批,后来,《三国志》中曹操"开芍陂屯田",即让军人种田自给的作法被朱德和毛泽东"古为今用",成就了八路军的"大生产运动",解决了延安与许多抗日根据地的军粮难题。对于古人的治军治政、用人用兵的经验在读史书时他都认真总结,这些历史的经验变成了他作为中国共产党领导的革命军队的治军用兵思想。

三十余岁的朱德督军昆明,与高僧映空和尚交游,有《赠映空和尚诗并序》,序文真诚恳切,诗歌中充满超脱的佛理,可见他青年时代佛学修养很深,诗曰:

> 映空和尚,天真烂漫。豁然其度,超然其象。
>
> 世事浮云,形骸放浪。栽花种竹,除邪涤荡。
>
> 与野鸟为朋,结孤云为伴。砌石作床眠,抄经月下看。
>
> 身之荣辱兮茫茫,人之生死兮淡淡。
>
> 寒依日兮暑依风,渴思饮兮饥思饭。
>
> 不管国家兴亡,焉知人间聚散。
>
> 无人无我,有相无相。时局如斯,令人想向。

世外高人的形象活脱笔下,足见朱德的禅学修养。朱德少年时师从席先生学诗,加上军人气质,诗作气势非凡,铿锵有力,豪气冲天。1916年督军到永宁县,游香水寺,同样与僧人谈论佛法,但他题写寺院里的诗充满豪情壮志:

> 已饥已溺是吾忧,总计心怀几度秋。
>
> 铁柱幸胜国家任,铜驼仍作棘荆游。
>
> 千年朽索常虞坠,一息承肩总未休。

物色风尘谁作主？请看砥柱镇中流。

抒发了他看到国家风雨飘摇而甘愿为国作中流砥柱的豪情，他，真正成了国家的中流砥柱。再如1919年写的诗：

传遍军书雁字斜，誓拼铁血铸中华。

悲秋客忆重阳节，起义师乘八月槎。

燕池荡平鞭索虏，神州开辟种黄花。

秋光未尽烽烟尽，鼓角声中半是笳。

抗战时期写的《寄蜀中父老》、《赠友人》，大气磅礴，虎虎生威。

寄蜀中父老

伫马太行侧，十月雪飞白。战士仍单衣，夜夜杀倭贼。

赠友人

北华恢复赖群雄，猛士如云歌大风。

自信挥戈能退日，河山换尽血流红。

一代伟人，从家乡走来，从国学中走来，走向中华人民共和国的建立与发展，经历了多少历史的风风雨雨，他的伟大人格，豪情诗情，永远是中国人民宝贵的精神财富。他身上体现了古代圣贤平易、坚强、博爱、"先天下之忧而忧，后天下之乐而乐"的精神。对朱德一生影响最大的人是母亲钟氏和老师席聘三。1944年钟氏在家乡逝世，消息传到延安，中央为她举行大型追悼会。毛泽东敬献的挽联是："为母当学民族英雄贤母，斯人无愧无产阶级完人。"朱德悼文《回忆我的母亲》感人至深，体现了"贤母完人"在朱德心中的位。（陈全林据中共中央文献研究室编《朱德年谱》编写，人民出版社1986年版。图片选自《我的父亲朱德》，朱敏著，辽宁人民出版社1996年版。《民国诗话》，陈浩望著，广西民族出版社1996年版。）

少年周恩来的经典训练

周恩来，(1898——1976)，字翔宇，浙江绍兴人。无产阶级革命家、政治家、军事家、外交家，中国共产党和中华人民共和国的主要领导人、中国人民解放军的创建人之一。

1898年3月，周恩来诞生于江苏淮安，祖籍浙江绍兴，外祖母是淮阴乡村妇女，他从小能与农民亲近。周家有几代人做师爷，到周恩来祖父周起魁，家境富裕。周起魁是师爷，儿子周劭纲是文书，周劭纲是周恩来生父。到周劭纲这一辈，家道中衰，进益不够维持生活。周家人好面子，讲排场，宁可债台高筑，不肯丢掉面子，家庭生活日渐困难，使周恩来从小懂得生活的艰难。周劭纲经常外出，十一岁的周恩来开始当家，照管柴米油盐，外出应酬，使他比别的孩子成熟。叔父周贻淦也是师爷，周恩来出生不久，叔父身患重病，膝下无子，就把周恩来过继为子。叔父死后，守寡的叔母抚养恩来。叔母陈氏受过教育，知书达礼，为人贤良，与周恩来生母一样，善良忠厚。周恩来五岁时陈氏经常给他讲故事，如《天雨花》、《再生缘》都是陈氏讲给恩来听。陈氏好静，不大出门，周恩来从小也好静内敛。五、六岁时，周恩来上私塾了，从八岁到十岁，已能阅读小说，读的第一部小说是《西游记》，后来读《镜花缘》、《水浒传》和《红楼梦》。周恩来在十二岁时离家去东北，父亲、伯父都在铁岭做事，于是，他就进入铁岭小学，六个月后，去沈阳求学，在奉天省官立东关模范两等小学校读书，1910年秋至1913年七月，周恩来在这里度过三年学习生活，经历辛亥革命，接触进步教师，阅读进步书报，受到革命影响，写下"为中华之崛起而读书"的名句。1912年10月，周恩来写了篇《东关模范学校第二周年纪念感言》，文言体，被评为甲等作文，收录《奉天教育品展览会国文成绩》书中，上海进步书局搜集全国模范作文时将此文选入《学校国文成绩》一书。他当时热爱祖国，痛恨清朝政府的腐败和帝国主义的侵略。从受传统国学教育开始转到接受西方教育，《四五》、《五经》在私塾时早已读了，这时读得最多的是当时的一些进步书籍，如章太炎的书和同盟会的杂志，也看梁启超的文章。章太炎的文章是古体文，梁启梁的文章介于古文与白话之间，比较易懂。

1913年，十五岁的周恩来考入私立南开中学，学费由伯父供给，后来靠学校奖学金。在学校里他最喜欢文学、历史，对政治、数理感兴趣，课外读书，古今中外，能见到的好书都如饥似渴地读。入校的第二午，和同学成立了"研究各种学识"的"敬业乐群会"，创办《敬业》杂志，创刊号上周恩来发表了两首诗歌：

极目青郊外，烟霭布正浓。中原方逐鹿，博浪踯相踪。

樱花红陌上，柳叶绿池边。燕子声声里，相思又一年。

前首豪放，表达他对祖国命运的关注，后首婉约，表达他对亲人的思念。这是目前能读到的周恩来最早的诗作。中学时代，周恩来苦读古文，特别爱读《史记》、《文选》，喜欢用文言文写作，叙事、抒情、写景各方面都很成熟，显出深厚的古文基础。比如十五岁时发表于《敬业》第一期的《射阳忆旧》，讲了儿时的一些所见所闻，文章的头一段中他自述："余本浙人，自先大父为宦吴省，遂徙家而居焉。生于斯，长于斯，渐习为淮人；耳所闻，目所见，亦无非淮事。十岁后，始从伯父游学辽东，浸及津门。回首旧时风景，不觉物换星移。"文章朴实精炼，有明人归有光之风。文末引《论语》之言引申发挥，升华全文。1916年18岁时写的《试各述寒假中之事况》中写道："所谓'身在异乡为异客，每逢佳节倍思亲'者，余于思亲之外，益以思友。冷案寒窗，孤灯弱火，容有兴哉，亦惟唏嘘叹息而已矣。"描写了独身在外、思亲思友的孤独心理。在《旧历年假》中讲了自己要惜时而学，学与思合，乃能有所成就的人生感悟。在《我之人格观》中讲到"夫人格之造就，端赖良心。人同此心，心同此理。大道所在，正理趋之，处世接物，苟不背乎正理，则良心斯安，良心安，人格立矣。"似鸿儒之言。从这些文言文中可见传统文化对他的巨大影响。令世人敬仰不已的正是周恩来的人格魅力与处世风范，人们称他有中国古典君子的儒雅之风，这一切，与周恩来从小读古书，以圣贤人格来培养自己的品格有关。

1916年，刚满18岁的周恩来在天津南开学校读书，学习文化知识，注重锻炼身体。为强身健体，他求教于闻名京津的拳师韩慕侠，学习武术内功"形意八卦拳"，周恩来练功一丝不苟，经名师悉心指导，很快掌握了技击招数，姿势正确，出拳有力。艰苦的革命斗争中他精力旺盛，与少年习武有关。周恩来和韩慕侠经常促膝谈心，从武术健身到为人处世、修身立德，周恩来的爱国情怀对韩慕侠影响不小。1918年春，韩慕侠在北京擂台击倒号称"天下无敌手"的俄国大力士康太尔，长国人之志气，扬中华之国威。

1917年，19岁的周恩来东渡日本自费留学，生活费用靠朋友供给。他写诗言志：

大江歌罢掉头来，邃密群科济世穷。

面壁十年图破壁，难酬蹈海亦英雄。

他唱着苏东坡的"大江东去，浪淘尽，千古风流人物"之歌去日本留学，去学先进的科学文化以救祖国之穷，要像达摩面壁入定而使身影映入石中一样，刻苦专一，以图有所大成，哪怕壮志难酬，蹈海而去，是英雄豪杰。蹈海的典故，出自《论语·公冶长》："子曰："道不行，乘桴浮于海，从我者其由与！"表示人生理想不能实现，就隐居不出。日本留学时周恩来写的日记中，处处有对修养的要求，"苟日新，又日新"，真正做到了"日新其德"。他还学习佛法、道学的人格教育,如1918年一月一日日记中写道:提要:(修学),悟则为佛,迷则众生。在一月二日日记之"修学"中写道:"佛门十戒:杀、盗、淫、两舌、恶口、妄言、绮语、嫉、恚、痴。"他的日记中有"修学"专项内容:为当天修养方面的学习与要求。有"治事",为当天所经历之事。他在一月一日的日记中说:"我今年已经十九岁了,想起从小儿到今,真是一无所成,光阴白过。既无脸见死去的父母于地下,又对不起现在爱我、教我、照顾我的几位伯父、师长、朋友。若大着说,什么国家、社会,更是没有尽一点力了。佛说'报恩为无上',我连恩还未报,又怎么能够成佛呢?俗语说得好:'人要有志气',我如今按着这句话,立个报恩的志气,做一番事业,以安他们的心,也不枉人生一世。""恩来"之名,有佛家"上报四重恩"之意,这四重恩是父母恩、师长与佛恩、国家恩、众生恩。佛与师长教我们觉悟,教我们学识,当报其恩。从这些日记中可见佛家"慈悲济世"精神、"持戒修身"风范对周恩来一生的重大影响。

　　一月六日,日记中,修学:禅门第一戒是不打诳语的。一月七日,日记中,修学:与我善者为善人。一月十一日,日记中,修学:欲速则不达。(此为《论语》中句)一月十二日,日记中,修学:见小利则大事不成。一月十三日,日记中,修学:天下无真是非。一月十五日,日记中,修学:克己恕人。一月十六日,日记中,修学:破除成见。一月十七日,日记中,修学:行其心之所安。一月十八日,日记中,修学:人定胜天。一月十九日,日记中,修学:尽人事。一月二十日,日记中,修学:白发衰颜非所意,壮心横剑愧无勋。一月二十一日,日记中,修学:乘风破浪会有时,直挂云帆济沧海。一月二十二日,日记中,修学:振衣昆仑,濯足扶桑。一月二十三日,日记中,修学:人生三十无奇功,誓把区区七尺还天公。一月二十四日,日记中,修学:十年以后当思我,举国如狂欲语谁?一月二十五日,日记中,修学:世界无穷愿无尽,海天寥廓立多时。一月二十六日,日记中,修学:待得春回,终当有东风。一月二十七日,日记中,修学:铁肩担道义,辣手著文章。一月二十八日,日记中,修学:前路蓬山一万重,掉头不顾吾其东。一月二十九日,日记中,修学:风尘孤剑在,湖海一身单。一月三十一日,日记中,修学:默然相顾哂,心适而忘心。二月三日,日记中,修学:万事祸为福所倚,百年身与命相持。再如:(修学)天远一身成老大,酒醒满目是山川。(修学)天下正多事,年华殊未阑。(修学)此夕天涯空涕泪,他年夜雨莫思量。(修学)天下寂寥风雨歇,几生修得到梅花。(修学)泪眼看云又一年,倚楼何事不凄然。(修学)自由恋爱无男女,人生何必有妻孥。(修学)不知今夕是何夕,强趁儿童一蹋歌。提要:"想要想比现在还新的思想"。"做要做现在最新的事情",有如三宝。"学要学离现在最近的学问"。(修学)万象都由心自造,寂寥天地不关情。(修学)思想自由无底竟,置身宇宙太空间。(修学)握手愿匪遥,想像作何语。(修学)风雪残留犹未尽,一轮红日已东升。(修学)不婚主义。(修学)二十世纪之新国民。(修学)新陈代谢。(修学)二十世纪之新国家主义。(修学)推翻军国主义。(修学)读书真有乐。(修学)自新不已。(修学)孤剑。(修学)素食主义。要:

回想旧情无限憾。(修学)遗墨犹存,音容久杳。伤哉!(修学)毋自欺,精一,寡欲;坚忍精进,预备工夫。(修学)世界进化,永无停止。(修学)最是伤心此日。今早生父以四钟行,往南京去。"昨事伤心方未已,今朝又复别严亲。"

　　从这里可以看出,周恩来每天在读古书、记古诗、悟圣道、治国学、学西学,深思考,探人生,忧国运。他每天记一则格言、警句、名诗以自励,有不少诗句是他的创作、感悟。他广泛地学习中华传统文化精华,儒、释、道并学不偏。像上面所引"克己恕人"为儒家教导,而"万事祸为福所倚",乃道家之言,《道德经》中就说:"祸兮,福之所倚,福兮,祸之所波伏"。而"世界无穷愿无尽",乃佛家语,佛家讲发无尽愿,世界无尽,我愿无尽。"乘风破浪会有时,直挂云帆济沧海"乃唐代大诗人李白之诗句,"铁肩担道义,辣手著文章",乃明代名臣、忠臣杨继盛之联句。我们看了这些日记中广引的格言名句,就会对周恩来的伟大人格有真正的了解,就会找到他伟大人格的精神本源,那就是中华传统文化的圣贤之道,从这里可以窥探出一代伟人的心路成长过程的点滴奥秘。五四运动前夕,青年周恩来正在日本留学,写了不少新诗,其中代表作是《雨后岚山》:

　　　　山中雨过云愈暗,

　　　　渐近黄昏;

　　　　万绿中拥出一丛樱,

　　　　淡红娇嫩,惹得人心醉。

　　　　自然美,不假人工,不受人拘束。

　　　　想起那宗教、礼法、旧文艺……粉饰的东西,

　　　　还在那讲什么信仰、情感、美观……的制人学说。

　　　　登高远望,青山渺渺,

　　　　被遮掩的白云如带,

　　　　十数电光,射出那渺茫黑暗的城市。

　　　　此刻岛民心理,仿佛从情景中呼出来,

　　　　元老、军阀、党阀、资本家……

　　　　从此后"将何所恃"?

　　周恩来登山而小世界,他在思考民族、国家的命运。这首诗把自然美景和社会哲思融合一起。不过,此诗的底韵还是中国古典诗词。(陈全林据《周恩来自述》,解放军文艺出版社2002版,图片选自该书。《民国诗话》,陈浩望,1996年,广西民族出版社,以及其他资料编写,参考了《新诗鉴赏辞典》。)

少年邓小平的经典训练

邓小平(1904——1997),伟大的马克思主义者,无产阶级革命家、政治家、军事家、外交家,中国共产党、中国人民解放军、中华人民共和国的主要领导人之一,中国社会主义改革开放和现代化建设的总设计师,邓小平理论的创立者。

1904年,邓小平诞生于四川省广安县协兴乡的牌坊村,父亲邓文明给这个长子取名"邓先圣",有"绍继先贤古圣思想"的意思,这在旧时代的读书人便是"为往圣继绝学,为万世开太平"。

"往圣"就是"先圣"。邓文明的祖上在前清出过翰林,往明代推,出过忠臣烈士。邓文明读书不多,但思想开明,为人义气、厚道,颇有乡望。1909年,五岁的邓小平正值上学的时候,大清王朝没有灭亡,国民教育依然是私塾启蒙,这种教育使近代许多伟人、名人在儿童时期打下坚实的国学基础。邓小平的名字叫"先圣",私塾先生认为孔子、孟子才是"先圣"。于是,他将邓家的"先圣"改名为"希贤",希望他成为贤人。邓希贤这个名字邓小平用了近二十年。邓文明自然同意改名。如果依照儒家"立德、立功、立言"之三不朽的圣贤标准而言,邓小平,这个改变中国命运的人物达到了"三不朽"的标准,国学大师南怀瑾对邓公的人格境界很推崇。上私塾要学习的自然是《三字经》、《百家姓》、《四书》、《五经》,主要是背,这些书只要真正通达致用,可以成为圣贤。邓小平学习用功,这种传统教育在他的一生中起过巨大作用。儿童时只求背诵,不求理解,但成年后,儿时的国学根基、人格教育就会在潜意识中发挥力量。

四川广安是个山清水秀的地方,茂竹成林,邓小平和同学们就在竹林中读书,书声朗朗,伴他渡过童年岁月。私塾里有门功课叫"描红",是练字功课,邓小平习字,一丝不苟,反复临习,老师欣赏他的字,本子上的红圈圈他得的最多。这种私塾教育使邓小平对书法兴趣浓厚,直到晚年,他的书法卓然称家,毛泽东走狂放大气的草圣一路,而邓小平的字,刚劲有力,正气凛然。1915年,邓小平11岁,考入了广安县高小,学校设于广安城内一个山坡上,在这里邓小平没有学习多少自然科学知识,学的还是孔孟经书、史书、《古文观止》等古文,邓小平研读了大量的古代散文、史书,喜欢平实质朴的文风。邓小平的女儿邓榕在《我的父亲邓小平》中说:"少年时期的父亲,自幼便资质聪明,在家里是个受父母疼爱的好儿子,在学校里是个勤奋用功的好学生。"一些邓小平的传记中说,许多文章,邓小平读三遍即可背诵,长期苦读,训练出超常记忆力。

1920 年,年仅 16 岁的邓小平赴法国勤工俭学,从此,走上革命道路,一个在七十年的革命斗争中改变中国命运的人物的征程从此开始了。

邓小平一生对书有特别的感情,不论是少年时读《四书》、《五经》、《古文观止》、《史记》,还是在法国读马克思、列宁的著作,以及他带兵打仗、和平建国之时,读书都是他的生活习惯,也是工作的一部分。1969 年,邓小平被下放到江西监管劳动,带走许多书,这一时期经常读的是从小至今都百读不厌的《史记》。《史记》中有多少智慧溶入了邓小平的治国、为人、处世的智慧啊,他对《史记》的爱,有些传记作家用"百读不厌"形容,同时,他还读《三国演义》、《红楼梦》、《水浒传》、《西游记》等等古典文学名著。邓小平和毛泽东一样,爱读《二十四史》,经常给儿女讲历史典故,在读书中抚古思今,吸收、借鉴着《二十四史》中的治国智慧。邓小平的国学根柢很深,他读的古书之多,恐怕许多文史专家未必比得过,他能学以致用。这一切伟大成就之中有国学之功,有他儿时读四书五经、读史籍经典的学养之功。蜀人李白在《将进酒》中感叹"自古圣贤皆寂寞",同时他又说"天生我才必有用"。对于少年邓小平,由"先圣"改名到"希贤",他始终抱定"天生我才必有用"的信念,走出艰难而辉煌的人生之路。2004 年,为纪念邓小平诞辰 100 周年,我请了著名国画家李春造先生画了一幅画,画面是高瞻远瞩的鹰,我将此画作为当年第十期《益生文化》封面,写了封面配诗:《鹰的使命》:

> 你是雄鹰,永远追逐阳光、天空,
>
> 抖落风尘,鼓起火云,
>
> 黑夜,你栖居高崖苍松,
>
> 眼睛像启明穿透黎明。
>
> 东方既白,觉醒时分,
>
> 振翅长鸣,山呼谷应。
>
> 高瞻远瞩是你的本性,
>
> 展翅九万里的鲲鹏
>
> 是你亲密的弟兄。
>
> 双翅担负民族腾飞的梦
>
> 向着太阳向着天空
>
> 不论举重若轻,还是举轻若重,
>
> 历史已铸就东方崛起的奇迹,
>
> 鲲能化鹏,鱼能化龙,
>
> 像神话一样瑰丽,像江河一样雄洪,

有谁知道你穿云破雾的艰辛？

万里河山在光波中灿烂如锦，

那句普通的话语展示你伟人的心胸：

"我是中国人民的儿子，

我深深爱着我的祖国和人民。"

山河在回应，天空在回应，

太阳在回应，人民在回应，

"小平，你好！"

你的人民发出诚挚的心音，

中华因你而更繁荣更稳定，

世界因你而更丰富更和平。

飞翔，飞翔是鹰生来的使命，

穿越天空与光明，

在飞翔与穿越中永生。

（陈全林根据毛毛《我的父亲邓小平》——中央文献出版社 1993 年版；《邓小平珍闻》，刘建华、刘丽编，中央文献出版社 2004 年版有关内容编写，图片选自《我的父亲邓小平》。）

少年彭德怀的经典训练

彭德怀（1898——1974 年），杰出的军事家、中华人民共和国杰出领导人之一、共和国建国初授勋的"十大元帅"之一。关于他的儿时的情况，素材来自《彭德怀自述》。

大清光绪 24 年，彭德怀诞生于湖南湘潭的彭家围子，父亲为儿取名清宗，字怀归，号得华，乳名钟伢子。彭家上一代是单传，彭得华是长子，一家都人高兴。得华的父亲彭民言，字行端，号祥顺，秉性耿直，为人义气。彭家是贫农，生活艰难，得华和两个弟弟、祖母在某一年的大年除夕还讨过饭。《彭德怀自

述》中写道:"我是一八九八年(戊戌年)旧历九月初十日出生于一个下中农家庭。家有茅房数间,荒土山地八九亩。山地种棕、茶、杉和毛竹,荒土种红薯、棉花。伯祖父、祖母、父母亲并我兄弟四人,八口之家,勤劳节俭,勉强维持最低生活。我六岁读私塾,读过《三字经》、《论语》、《大学》、《幼学琼林》、《孟子》,余读杂字《百家姓》、《增广》。八岁时母死、父病,家贫如洗,即废学。伯祖父八十开外,祖母年过七十,三个弟弟无人照管,四弟半岁,母死后不到一月即饿死。家中无以为生,先卖山林树木,后典押荒土,最后留下不到三分地。家中一切用具,床板门户,一概卖光。几间茅草房亦作抵押,留下两间栖身,晴天可遮太阳,下雨时室内外一样。铁锅漏水,用棉絮扎紧,才能烧水。衣着破烂不堪,严冬时节人着棉衣鞋袜,我们兄弟还是赤足草鞋,身披蓑衣,和原始人同。

我满十岁时,一切生计全断。正月初一,邻近富豪家喜炮连天,我家无粒米下锅,带着二弟,第一次去当叫化子。讨到油麻滩陈姓教书老先生家,他问我们是否招财童子,我说,是叫化子,我二弟(彭金华)即答是的,给了他半碗饭、一小片肉。我兄弟俩至黄昏才回家,还没有讨到两升米,我已饿昏了,进门就倒在地下。我二弟说,哥哥今天一点东西都没有吃,祖母煮了一点青菜汤给我喝了。正月初一日算过去了,初二日又怎样办呢!祖母说:'我们四个人都出去讨米。'我立在门限上,我不愿去,讨米受人欺侮。祖母说:'不去怎样办!昨天我要去,你又不同意,今天你又不去,一家人就活活饿死吗!?'寒风凛冽,雪花横飘,她,年过七十的老太婆,白发苍苍,一双小脚,带着两个孙孙(我三弟还不到四岁),拄着棒子,一步一扭的走出去。我看了,真如利刀刺心那样难过。

他们走远了,我拿着柴刀上山去砍柴,卖了十文钱,兑了一小包盐。砍柴时发现柘树兜上一大堆寒菌,拣回来煮了一锅,我和父亲、伯祖父先吃了一些。祖母他们黄昏才回来,讨了一袋饭,还有三升米。祖母把饭倒在菌汤内,叫伯祖、父亲和我吃。我不肯吃,祖母哭了,说:'讨回来的饭,你又不吃,有吃大家活,没有吃的就死在一起吧!'

每一回忆至此,我就流泪,就伤心,今天还是这样。不写了!在我的生活中,这样的伤心遭遇,何止几百次!以后,我就砍柴,捉鱼,挑煤卖,不再讨米了。严冬寒风刺骨,无衣着和鞋袜,脚穿草鞋,身着破旧和蓑衣,日难半饱,饥寒交迫,就是当时生活的写真。"

小时候我读过《彭德怀自述》,长大后再读,潜然泪下,一代伟人艰苦的童年使他体会到人间的不平和艰难。在艰难中崛起,在艰难中求生存,这对当代生活富裕的孩子已经很陌生。彭家在得华 6 岁时就送他去姨父肖云樵开的私塾读书。肖先生是民间医生,行医之余开学馆授学。肖先生见彭家困难,免收得华学费。为回报姨父,得华常常早起上山砍一捆柴背到姨夫家,再去读书,平时还要帮母亲干家务,彭父有病,不耐重体力劳动。两年的劳动与读书中得华读完了《三字经》、《百家姓》、《庄农杂字》、《幼学琼林》、《中庸》、《论语》和《孟子》。家中太穷,得华不得不停止上私塾,经常缺吃断顿,得华的一个弟弟饿死了,他只好辍学帮家。从10岁到12岁,得华给富农刘六十家看牛,每天割草、担水、推米、舂谷、插秧、扮禾,什么活都干。最多时每月可得300文钱,能买十升米。沉重的贫困生活重压下,得华尽一切可能自学文化,晚上,桐油灯亮,他温习《论语》《孟子》,看借来的《二十年目睹之怪现状》《老残游记》这些被鲁迅称为"谴责小说"的晚清名著,加深了对社会各阶层的了解,他也看侠义英雄小说《包公案》,向往英雄豪杰除暴安良的作为。从13岁到18岁,得华当过煤窖工人,做过挑夫。彭德怀这样描写当年的艰苦生活:"腊冬回家,两间茅屋,窗纸未糊,一空如洗,四壁凄凄然!白发老人,幼小弟弟,接过我手上提的两升米、一斤肉,满以为我还有钱可以偿债、买货车。二弟叫我一声:'哥哥,脚冻烂了,替我缝一双袜子吧!'大弟说:'哥哥瘦了,为什么还穿着草鞋,不穿袜子呢?'我说:'走路不冷。'其实,我除从娘胎里带来的两只肉鞋外,哪里还有鞋袜哪!"贫困的生活中彭德怀自学不辍,多么宝贵的精神啊!

1916年,18岁的得华在湘军第二师三旅六团当二等兵,自号"石穿",取"滴水穿石"之意。在湘军中生活了6年,尽量争取时间读书,从朋友郭得云那里得到一部宋代司马光的史学巨著《资治通鉴》,爱不释手,反复阅读。这时,经历的事多了,已有救国救民的思想,学习更加勤奋。熟读史书几乎是老一辈革命家的共性,他们读史书的时候读懂了中华民族的灵魂,读出了改造社会的勇气与智慧。

1818年8月,20岁的彭得华在《爱惜光阴》中写道:"大禹圣人爱惜寸阴,陶侃贤人尤惜分阴,况吾辈军人乎!欲为国负重任者也,岂不勉哉!"《论立志》中得华写道:"志不立,吾人无可成之事,国亡家亡,灭种随之。覆巢之下,岂容完卵?弱肉强吞,莫此为甚。吾人生逢斯时,视若无睹,何异禽兽为伍。……志不立,如无舵之舟,无衔之马,飘荡奔逸,何所底乎?"军队语文教员袁植给他的这两篇作文打了百分。从两文中可见"彭大将"的豪气与壮志,也能看到他深厚的国学修养。

1922年8月,24岁的彭得华考上湖南讲武学堂,改名为彭德怀。彭德怀在这里学习了十个月,为他成为杰出的军事家打下基础。抗战胜利后,毛泽东送给彭德怀将军的一首诗:

山高路远坑深,大军纵横驰奔。

谁敢横刀立马?唯我彭大将军。

彭德怀读后甚觉不安,遂把最后一句改为"唯我英勇红军"。毛泽东的诗写出了彭德怀的大将风度,彭老总改诗,显出谦虚谨慎的品德。(陈全林据《彭德怀自述》,人民出版社1981年版,《彭德怀传》编写,当代中国出版社1993版,图片选自该书。)

少年任弼时的经典训练

任弼时（1904—1950年）现代杰出的革命家、军事家、政治家、新中国的缔造者之一。1915年任弼时考入湖南省立第一师范高小部时与毛泽东作了校友，当时毛泽东在师范本科第八班，比任弼时长11岁，在学校里他们认识。在1920年，两人开始革命同志的交往。任弼时因病去世后，毛泽东满目戚容，亲扶灵柩送丧。任弼时对工作恪守"能坚持走一百步，就不该走九十九步"的准则，长期抱病工作。1950年10月27日在北京辞世。叶剑英评价他说："他是我们党的骆驼，中国人民的骆驼，担负着沉重的担子，走着漫长的艰苦的道路，没有休息，没有享受，没有个人的任何计较。他是杰出的共产主义者，是我们党最好的党员，是我们的模范。"中国共产党创建数月后，不满十七岁的任弼时就成为党员，此后以钢铁般的意志和刻苦耐劳的精神奋斗三十年，四十年代与毛、刘、周、朱并列，成为领导全党的核心人物之一，他虽英年早逝，精神在党内影响深远。

1904年4月30日，任弼时生于湖南湘阴县塾塘乡唐家桥任氏新屋。新屋背山临水，院内古松挺立，翠竹环绕。此时时，父亲任裕道已34岁，给新生儿取名"培国"，寓"为国培植人才"之意。任家祖辈多有为官者，是典型的书香门第。任弼时的堂叔任企虞是近代著名教育家，在家乡创办过同德学校、女子职业学校，兴办学堂，开启民智，不但为任氏家族培养人才，也造福桑梓、造福国家。另一位叔叔任裕恒在家乡创办过私立大麓中学，与私立明德、广益、周南等中学比邻；另一位叔叔任理卿成了纺织工业专家。任家人才辈出，任弼时的父亲开设"时中馆"授学，乡人视之为"名师"。任弼时祖父在祖宅创办"求志学堂"，终身献身教育。任弼

时4岁时，父亲是他的启蒙老师，教他"描红习字"。再大一点，教他临帖、抄写古文名篇，像《前出师表》、《送董邵南序》、《原道》这些名篇，边抄边读。"亲贤臣，远小人，此先汉所以兴隆也；亲小人，远贤臣，此后汉所以倾颓也。先帝在时，每与臣论此事，未尝不叹息痛恨于桓（帝）、灵（帝）也！"任弼时能体会诸葛亮在《前出师表》里表达的忠臣苦心，他的一生，对革命事业就像诸葛亮一样辛苦而忠诚。5岁那年，父亲到省公立作民两等小学堂任教，因离家

远,住校教书,他怕儿子无人教育,便带他到学校住,父亲教什么,儿子学什么,儿子和父亲的学生们一起听课。晚上,父亲为儿子指点古文,《楚辞》、《木兰辞》、《岳阳楼记》……任弼时跟父亲背了许多诗文名篇。任弼时人品学养的根基始于此时。"嗟夫!予尝求古仁人之心,或异二者之为,何哉?不以物喜,不以己悲;居庙堂之高则忧其民,处江湖之远则忧其君。是进亦忧,退亦忧。然则何时而乐耶?其必曰'先天下之忧而忧,后天下之乐而乐'乎。噫!微斯人,吾谁与归?"每当吟咏范仲淹《岳阳楼记》,任弼时心潮澎湃,忧国忧民,古人尚且如此,何况自己身处乱世,时值民族危亡之际?他能体会范仲淹在《渔家傲》词里所表达的将军的孤独,他喜欢和父亲一起吟咏这首词,神交古人。守边将军的辛苦和孤独让这位少年心情沉重。

　　　　塞下秋来风景异,衡阳雁去无留意。

　　　　四面边声连角起,千嶂里,长烟落日孤城闭。

　　　　浊酒一杯家万里,燕然未勒归无计,羌管悠悠霜满地。

　　　　人不寐,将军白发征夫泪。

　　1914年,任弼时考入作民小学读书。两年后,父亲要去族学序贤学校教书,他跟着来到序贤,读到小学毕业。1912年,辛亥革命刚胜利,各地废庙兴学,于是,将佛寺与任家祠堂连成一片,建成序贤学校。11岁任弼时的文章写得不同凡响,在《民生在勤》文写道:"欲为士,必宜发愤求学,广谋智识以著书立说;为农,必宜勤劳树艺,以望收获之利;为工,必宜勤劳造货,以供世之用;为商,必宜勤劳转运,以保本国利源不使外溢;为兵,必宜时常熟练,以御外防内。"少儿时作文至今犹存,从立意、用词方面可见父亲对他的国学教育抓得很紧。1915年,任弼时考入名校湖南第一师范附小。1917年,13岁的任弼时在《言志》中写道:"今之世界乃战争之世界,而强国之道,莫贵工业。试观德国之强者日甚。昔德国亦弱国也,常与法战,累为法所挫,……发明新式枪械,再与法战,大败法军。自是振兴工业,以至今日称雄世界无可下矣。……故吾志习工业,以图工业振兴。"少年才俊,忧国忧民,像成年思想家一样。他还写有许多优美的山水游记,仿名篇如《小石潭记》、《醉翁亭记》、《岳阳楼记》笔法、结构,在此期间,他写过不少古体文,关心时事,心念国家。这个13岁的少年的心怀已经有了未来革命家的根芽。天生斯人,以降大任。1918年,任弼时到名校明德中学读书,后转入长郡中学。校长彭国钧重视品德教育,亲任《修身》课老师。学校注重国学,作文偏重文言,由于任弼时一直跟父亲学古文,加之他爱读报,所以他的作文,不但文气贯通、遣词准确,而且关心时政、书法清秀,深得曾中过前清"解元"的国文老师汪根甲的喜爱。在长郡,他还同成为共和国大将的肖劲光结成好朋友。1920年,长郡中学未毕业的任弼时与肖劲光赴苏勤工俭学,这时,苏联的社会主义革命已取得成功。任弼时就这样走上了追求真理的道路。(陈全林据任远志著《我的父亲任弼时》编写,辽宁人民出版社1997年版,图片选自该书。)

少年陈赓的经典训练

陈赓(1903——1957年),我军的杰出将领。新中国国防科技、教育事业的奠基者之一。参加过长征,抗日战争时期历任八路军一二九师三八六旅旅长、太岳军区太岳纵队司令员;解放战争时期历任晋冀鲁豫野战军第四纵队司令员,中国人民解放军第四兵团司令员兼政委;建国后,历任西南军区副司令员兼云南军区司令员、中国人民志愿军副司令员、中国人民解放军军事工程学院院长兼政委。2005年,为纪念世界反法西斯及抗日战争胜利60周年而拍摄的电视连续剧《八路军》中,陈赓大将指挥的神头岭、响堂铺伏击战,歼敌2000余人,体现了"游击战"的战术与精神。

1903年,陈赓生于湖南湘乡二都的柳树铺,乳名"福哥",念书时取名庶康,字传瑾。祖父陈翼怀,武功高强,在湘军中凭战功做到了"建威将军"。父亲陈绍纯,微有声望,同情革命,陈赓成为著名的共产党员、红军高级将领后,父亲接连两次以"教子不严"、"赤匪家属"罪名被捕入狱。湘乡和湘潭相连,互为邻县,毛泽东的外婆家是湘乡四都的棠佳阁文家。陈家与毛家虽为两县,相隔不远,韶山冲与柳树铺相隔不过30里。毛泽东出身普通农民之家,陈赓是将门之后,家境殷实,是陈家"二少爷"(大哥在他八九岁时夭折)。毛泽东比陈赓大10岁,少年时两人不相识。他们先后在湘乡县立东山高小读过书,是东山高校友。东山高小乃湖南最早兴办的新式学堂之一,位于湘乡东台山的脚下,距离县城二三里远,兴建于戊戌维新前,注重西学教育,在周围的湘乡、湘潭、浏阳三县很有名气。9岁—11岁,陈赓到附近七里桥谭家祠堂蒙学馆读了二年私塾。学馆由谭润区管理,谭润区的儿子谭政与陈赓成了同学,两人都走上革命道路,于1955年,同时被中央军委授予"大将"军衔。陈、谭两家是世交。私塾里陈赓背熟了《论语》、《春秋》等"四书"、"五经",如果背不会,老师会用戒尺打手心。陈赓记忆力好,背书很快。几十年后,童年时背的诗文、经书,都能背诵如流,像《春秋》,到建国后他都能背诵,旧式教育的基本功就是背书,大量背诵经、史、子、集中的经典著作与诗文名篇,少时背书,享用一生,南怀瑾先生说背书是人类最基本的教育方式,也是能使人受益终身的教育方式,过去的读书人最基本的是"抄"功与"背"功。抄功指抄书,背功指背书。北宋伟大的文学家苏轼曾经将《汉书》抄过四遍,鲁迅先生手抄过的古书也在数十万字。陈赓的抄功、背功是一流的。陈赓上学时,特别调皮,他后来自述:"我的浪漫,不修边幅,从小就如此"。他和谭政是好友,亲如兄弟,一起背书,一起玩。当陈赓考入东山高等小学,谭政依然读私塾,他父亲不喜欢新式教育。上私塾时陈赓小妹秋葵陪他们读书,活泼可爱,长大后谭政和秋葵结婚,两家的世交之谊更深厚。陈赓进入东山小学堂后,学习认真,学校里既教《周易》、《春秋》传统经书,又教自然科学、英语、音乐。陈赓成绩好,胆量大,肯忍让,很受师长及同学的喜欢。在校除读《纲鉴易知录》等古典史籍外,爱读梁启超的文章。

陈赓 13 岁时父亲逼他结婚,他就离家投军,在湘军第二师第三旅第六团第二营当兵。同年,彭德怀也在这个团的第一营第一连当兵。这两个军人都成了红军、八路军、中国人民解放军的杰出将领。观陈赓用兵,简直如《三国演义》里的诸葛亮一样,出神入化,谁说其中没有儿时精读《三国演义》所沉淀的智慧?正如《三国演义·古风》赞诸葛用兵之妙:

南阳卧龙有大志,腹内雄兵分正奇。

纵横舌上鼓风雷,谈笑胸中换星斗。

(陈全林据穆欣著《陈赓大将》编写,上海人民出版社 1999 年,图片选自该书。)

少年张闻天的经典训练

张闻天(1900——1976 年),我国现代革命家、马列主义理论家。电视连续剧《八路军》中张闻天一直与毛主席一起在延安指挥八路军的抗日斗争。张闻天又名洛甫,不光是革命家,而且是文学家,从 1924 年春到 1925 年夏,他发表了近 70 万字的文学作品,特别是长篇小说《旅途》、三幕话剧《青春的梦》,反映了"五四"青年冲破罗网、寻求光明的曲折历程。他还写过许多短篇小说、诗歌。在中国共产党的高层领导中,不乏写诗能手,像毛泽东、周恩来、朱德,都善写古体诗,但写过长篇小说的只有张闻天。张闻天曾致力于"文学革命",通过文学革命的实践,走上了社会革命的道路。

1900 年 8 月 30 日,张闻天诞生于上海川沙与南汇两县交界处的张家宅村,父亲张芹梅。儿子长到四岁时,芹梅特地请来村中老秀才张柱唐先生为孩子起名字。张柱唐精通《四书》、《五经》,看这孩子聪明,想了想,说:"给孩子取名应皋,字闻天吧"。原来,老夫子从《诗经·小雅·鹤鸣》中取"鹤鸣于九皋,声闻于天"之意。

鹤鸣于九皋,声闻于野。鱼潜在渊,或在于渚。

乐彼之园，爰有树檀，其下维萚。

它山之石，可以为错。

鹤鸣于九皋，声闻于天。鱼在于渚，或潜于渊。

乐彼之园，爰有树檀，其下维榖。

它山之石，可以攻玉。

富有哲理的成语"他山之石，可以攻玉"源于此诗。用白话翻译，就是：

白鹤的鸣叫穿越深泽，四野都被传遍。

鱼儿自在地潜游深渊，时而游到清清河边。

那可爱的园林里啊，种着高大的紫檀，

树下落叶铺满大地，有如花瓣绚烂。

其他山上的石材，可以用来琢磨玉件

白鹤的鸣叫充满深泽，响彻云天。

鱼儿游到清清河边，时而潜游深渊。

那个可爱园林里，种有高大的紫檀，

树下长的是矮小的楮树。

其他山上的石材，可以用来琢磨玉件。

（萚，tuo，枯落得枝叶。榖，gu，楮树，树皮可制纸。）

《易经·中孚卦》有云："鸣鹤在阴，其子和之；我有好爵，吾与尔靡之。"用意和《鹤鸣》相近，都希望子嗣能有好的发展。张家宅村有仙鹤鸣叫的沼泽，取意《鹤鸣》，暗合家乡自然风光。张闻天求学、革命，对于西方文化积极学习，这是"他山之石，可以攻玉"的治学精神。张闻天的父母勤劳贤良，江南水乡的自然风光陶冶了他的文学性灵。1906 年，张闻天开始在离家不远的张氏宗祠上私塾，老师正是张柱唐。学了《三字经》、《百家姓》、《千字文》后，自然地开始学习《论语》、《大学》、《中庸》、《孟子》，学完四书，攻读《诗经》、《尚书》、《易经》、《礼记》、《春秋》。通过读《诗经》，知道了自己名字的来历。张闻天聪慧过人，所学经典，背诵如流。1907 年，私塾改名为"养正小学"，"养正"取自《易经·蒙卦》之"蒙以养正"，蒙是启蒙、教育之意。小学里除了学经，还要学习新知识，老师诲人不倦，学生聪敏好学。

1911 年，张闻天进入南汇县立第一高等小学寄宿读书。这里，除了学习算术、理科、英语、历史、地理外，还要学习传统经典，这是当时教育界新旧革新时代的特点。学校里每年春秋二祭时学生要到祭祀孔子的大成殿上唱一唱"大哉至圣"的孔子颂歌。这所学校对传统文化的重视为张闻天勤学经籍提供了方便。张闻天功课出类拔萃，深思好学，讷于言而长于文，实践着孔夫子"讷言慎行"的德教。

　　1915年，张闻天15岁时，考入吴淞水产学校。据说因无法适应海上作业，于1917年夏转去南京河海工程专门学校，以实现他"科学救国"的理想，他开始学习西方文化，阅读《新青年》杂志，景仰欧美民主、自由、平等的思想与生活，如饥似渴地阅读各种中外书刊。后来，他成了著名的翻译家，翻译外国文学名著，翻译马列作品，他所译文学作品曾引起过鲁迅先生的关注。引领张闻天走出书房、投入火热的战斗生活的且是1919年暴发的"五四"新文化运动，当运动风潮传到南京时，张闻天积极投身其中。6月23日，报道学运的《南京学生联合会日刊》创办，张闻天与同窗好友沈泽民成为该刊编辑科科员，即主要撰稿人。这是张闻天走上文学道路的发端，这份八开小报上发表了他的近30篇"随感录"和"杂评"。一个文学家和革命家走上了社会，走上实践与奋斗之路，为民族的解放奋斗了一生。（陈全林据马文奇、何宝昌、周环、毛丽英等编著的《张闻天》编写，北京出版社2000年版，图片选自该书，参考了《诗经》，时代文艺出版社2001年版。）

少年陈毅的经典训练

　　陈毅（1901——1972），中国现代伟大的马列主义者、军事家、外交家、十大元帅之一、新中国的谛造者之一。他一生的政治、军事、外交成就为世人所知，诗名与书法被世人称道。

　　1901年8月26日，陈毅出生在四川省中部乐至县复兴场张安井村的一户中农家庭。陈家"耕读传家"，父亲陈昌礼于诗词歌赋、琴棋书画皆通，教育陈毅诗歌与书法。陈毅戎马半生，写了数百首诗词，他的书法于飘逸灵秀中见骨力，北京荣宝斋出版的系列画册，每一本的前面都印着陈毅用毛笔写的序文。母亲黄培善人如其名，对陈毅的品德的培养起了关键作用。陈毅同胞兄弟姐妹五人，陈毅是老二，三岁时就跟着哥哥与堂兄背《三字经》，五岁时，父亲教他《千字文》、《千家诗》，半年后，进私塾就学。陈毅的父亲有学问，爱读书，受父亲影响，陈毅稍懂事的时候模仿父亲学习。父亲读书，他在一旁"咿咿呀呀"跟着念，虽然弄不懂念的是什么，却也记住了不少"子曰诗云"。父亲练习书法时他伸出手在桌子上比比画画。父亲见儿子聪明好学开始教他认字。日积月累，到上学时已经学会千余字，能背诵浅显的诗文。上学以后，陈毅每天完成作业外，加写50个大字，100个小字。刻苦努力，各门功课成绩名列前茅。同学中他年龄最小，成绩出众，老师和同学们都惊叹他是"小神童"。

　　1908年，七岁的陈毅因外祖父黄福钦捐了个湖北省利川县建南司巡检的小官，应外祖父之请和父亲一同到外祖父任上。这里，陈毅目睹了官场的黑暗丑恶，开始同情下层民众的苦难。1910年，九岁的陈毅由父亲带回成都上学，陈家已从乡下搬到成都，就为使陈毅弟兄成才。科举制已被废除，祖父认为，只有学习新学，才能重振家声，这个希望就寄托在陈毅身上。于是，陈毅和堂兄陈修、胞兄陈孟熙一起进锦官驿两等小学学习新学。

祖父陈荣盛租种成都地主"林四顽子"的200亩地耕种，秋天突发大水，租田被淹，陈家无租可交，被"林四顽子"告到官府，陈家败诉，祖父一病而逝，陈家从此破落。1911年秋，陈毅和兄长回到乐至外婆家寄读，上青海寺的学堂，老师陈玉堂是饱学之士、诗词高手，陈毅向他学诗，写古体诗的功底就是此时打下的。陈毅后来作诗忆师：

青海设帐启幼蒙，博文约韵坐春风。

出国归来先生逝，只忆音容难寻踪。

1913年，母亲带陈毅回成都上学，由于华阳县的德胜小学规定凡每班前三名学生免费读书，陈毅和兄长就努力考进这所学校，每学期都考取前三名，以享受免费待遇。陈家穷到拿不出学费了，只有这样刻苦学习，才能继续读书，可谓"艰难困苦，玉汝于成"。校长冯湛思乃古文名家，对陈毅的影响非常大，在德胜学校读书期间，陈毅系统、认真地读完《古文观止》、《古文辞类纂》、《千家诗》、《唐诗集解》，还读了《西游记》、《封神榜》等古典小说，带来儿童时的欢悦与幻想，在学习与娱乐中奠定深厚的国学基础。

1915年下半年，陈毅在德胜小学毕业，去成都工业讲习所读书半年，于1916年初考上成都省立甲种工业学校，学习染织专业。读到1917年底，由于家贫，只好辍学。恰在此时，教育家吴玉章先生在成都创办免费的"四川留法勤工俭学预备学校"，陈毅和兄长双双录取。1918年3月，陈毅读书此校，次年8月，赴法留学。这一去，走上了科学救国与革命救国的道路。陈毅在国外接受了马列主义，从而终生为中国的解放与富强奋斗。

在战争与和平年代，陈毅写过许多有名的诗，小学课本选有陈毅《梅岭三章》：

（一）

断头今日意如何，创业艰难百战多。

此去泉台招旧部，旌旗十万斩阎罗。

（二）

南国烽烟正十年，此头须向国门悬。

后死诸君多努力，捷报飞来当纸钱。

（三）

投身革命即为家，血雨腥风应有涯。

取义成仁今日事，人间遍种自由花。

"取义成仁"即儒家"舍身取义，杀身成仁"的道德风尚。陈毅是儒将，血火岁月，从容应变，不失儒雅，像南宋抗金名将岳飞，戎马生涯中，吟诗寄情。也许，这正是中国文化的魅力所在。做新四军首长时和女战士张茜结婚，陈毅为她写的情诗很感人，尽显儒将之风：

无题

春光照眼人如痴，愧我江南总雄师。

廿载豪情今消尽，输于红粉不自知。

佳期

烛影摇红泻情思，刘郎再赋催妆诗。

同心能偿详疑梦，并肩相看竟无词。

一笑艰难成往事，共订奋勉庆佳期。

百年一吻叮咛后，明月来窥夜迟迟。

将军的豪情与温柔，与妻子的相知相助尽在诗中。（陈全林据陈浩望《民国诗话》，广西民族出版社1996年版，邓力群《陈毅传》当代中国出版社1991年版编写，图片选自该书。）

少年章乃器的经典训练

章乃器(1897——1977)，我国现代著名的民主人士、经济学家、银行家和企业家、民族工商业的拓创者之一；1930年，章乃器为唤起民众抗日救亡运动，发起、组织、领导了救国会，成为中外闻名的"七君子"之一(七君子指王造时、史良、章乃器、沈钧儒、沙千里、李公朴、邹韬奋)。解放后，他和陈云一起对上海的经济发展作出过重要贡献。

1897年二月，章乃器生于浙江青田县的一个书香世家。青田是明代军事家、文学家刘伯温的故乡。祖父章楷中过举，精通国学，醉心经典，淡泊名利，有名士风度，常以儒学教育章乃器。父亲章叔明留学日本，教育儿子，既重国学，又重西学，为人开明。章乃器上小学时很用功，身体多病，从不缺课，认真地学习老师教的知识。学堂里教英文、数学、地理、历史、绘画、体育，学校重视作文课。晚上回到家里，他跟着祖父读《四书》、《五经》，背唐宋八大家的散文，作赋填词，习古文，学写作。祖父是当地古文名家，章乃器深得祖父真传，文章写得好，在学校里有名，在家乡也有名。祖父讲《孟子》时，对"富贵不能淫，贫贱不能移，威武不能屈，此之谓大丈夫"的儒行作了深入讲解，说这是做人的骨气。祖父注重《论语》、《大学》、《中庸》讲的儒家"温、良、恭、俭、让"的风范，要章乃器在这方面下功夫，把儒行落在实处。章乃器身上有儒雅之气，处世稳重，待人真诚，颜色温和，处变不惊，有气节，有骨气，面对强权、利诱，都能做到坚守信念而不动心。究其人格培养之根本，得力于祖父的儒家教育。"国家兴亡，匹夫有责"，抗战时期，他辞去银行副行长之职，卖掉洋房、汽车，投身抗日救亡运动。生活上律己很严，做事以民族大义为本。

章乃器从小学习刻苦，除了正规的学堂教育外，还师从祖父背那么多古文经典与诗词，因劳成疾，14岁那年，因用功过度而晕倒，百药无效的情况下他读了大学者蒋维乔先生写的《因是子静坐法》，通过静坐养气调息，不药而愈。后来他爱上这种传统内功，学习太极拳，将修炼的心得写成《科学内功拳》一书，在他《七十自述》（1967 年）中总结了研究内功的心得：

　　　　顶天立地站，气通天地人。此是站功诀，他功亦可参。

这也是他做人上"顶天立地"的境界。另一首诗中他写了修炼内功的感受：

　　　　初如止水顺重力，继似流泉踵顶行。

　　　　丹田起伏四余应，肌肤里外气通灵。

四余指甲、发、齿、舌，内气运动后这四方面都有变化。传统养气内功多次救过章乃器的命，故而述之。《孟子》曰："我善养吾浩然之气"，章乃器不仅在人格境界上养浩然之气，在体格上也注重养浩然之气，认为内功拳、静坐是道家养生之道，是"东方文化"的重要组成部分。为了学静坐，他专门看过《庄子》及其他道书，结合现代生理、物理、医学知识研究道家养生术，他自述道："静坐和内功拳两者功夫的融会贯通，不但在思想认识上大进一步，在练习上也易于因地制宜坚持不懈。所有这一切都对我的一生起着决定性的作用。我以后对于政治——国家大事和世界大事——的参与，由写文章呐喊到直接行动，从同情革命到积极参加救国会运动，都是由此而来的。"足见他少年时代学传统静坐法对一生的重要意义。

1913 年，章乃器要报考中学，祖父主张他学文科，研经典，父亲主张学科学，兴实业，"实业救国，振兴中华"是这位留学日本的学者对中国形势的判断。章乃器听从了父亲的建议，报考了浙江省立甲种商业学校，开始会计和商业经营管理专业的学习。学习之初，章乃器醉心国文和数学，钟情于当科学家的梦想。第二年他读到一本薄薄的《经济学》，当读到绪论里"通商大埠，常位于大江大河下游"一句话，十分倾倒，觉得它能够表达古书里找不到的知识；再读到"以最少劳费取得最大效果"的经济原则，赞叹不已，自此与经济学结下不解之缘。正是这次选择，使他日后成了著名的经济学家、银行家。

《七十自述》中章乃器写道："我是一个生长在差堪温饱的乡绅家庭里面的人，很幼小的时候就上了私塾，那时读的自然是古人之书，'大丈夫志不在温饱'的一套圣贤英雄思想，自然是有人灌输给我的。……对文学一门，曾经发生过研究兴趣，会模仿唐宋八大家的古文辞，也曾学过'赋诗'和'填词。'"他接受的国学训练比较全面。（陈全林据林涤非《章乃器》及其他资料编写，花山文艺出版社 1999 年版，图片选自该书。）

少年厉以宁的经典训练

厉以宁（1930——），当代中国最有影响的经济学家之一，在理论和实践上为推动中国改革与经济发展做出了重大开拓性贡献，在学术上取得了丰硕成果。作为经济学家，他是世界知名人物，现在，他是北京大学光华管理学院院长，为培养祖国需要的人才辛勤工作。他还是善写古体诗词的大诗人，出版过《厉以宁词一百首》（民主与建设出版社，1998年）、《厉以宁诗词又一百首》（北京大学光华管理学院，1999年）、《厉以宁诗词选》、《厉以宁诗词解读》（北京大学出版社，2000年）

1930年，厉以宁出生在江苏仪征，祖父厉存礽在家乡教过私塾，一生穷困。父亲厉佩之是商人，厉以宁是佩之长子。厉以宁四岁时，全家搬到上海，住在租界。由于厉佩之在经营中赚了钱，厉家的生活过得还算富裕。1936年，厉以宁在上海中西女中第二附小读书，勤奋好学，成绩优秀。小学毕业后考入上海南洋模范中学。1941年，太平洋战争爆发，日军占领了上海租界，厉家逃难，搬到湖南沅陵，这是抗战期间日军从未到过的地方，厉以宁转到雅礼中学就近读书。1945年9月以后，厉以宁回到南京，在南京金陵大学附中一直读到高中毕业。高中期间爱上古诗词，天天读李白、温庭筠、苏东坡、李清照、陆游这些名家的诗词，读而背，背而思，思而作，体会古典词之意境、用字、布局、格律，渐渐地，入门了。他没想过当诗人。晚年，在半个多世纪创作的千百首诗词中，他精选佳作出版，诗名大震，有人专门研究他的诗词中体现的人生哲理与经济思想而作博士论文。他经常以诗词抒情、纪事，自然而然，一些人生感悟、经济思想写进诗词。从小学到中学，厉以宁偏爱文学，阅读了大量古典小说和诗词。

十七岁那年，春假期间返回故乡仪征，暂住姑母家，在美丽的江南水乡，诗思翩翩，填了不少华美词章，表达对故乡山水的热爱。

捣练子

仪征天宁寺　1947年作

山远远，水清清，星月从来故土明。

寺内桃花开又谢，多情春雨似无情。

渔歌子

仪征朴树湾　1947年作

几处家农柳絮飞，游人雨后渡船归。

塘水溢，路迂回，篱边秀色在蔷薇。

相见欢

仪征新城途中　1947 年作

桨声篙影波纹，石桥墩，

蚕豆花开一路水乡春。

长跳板，小河岸，洗衣人，

绿裤红衫都道是新婚。

写这些词时，谁也没想到，这位才子没有成为文学家，而成了推动中国经济发展的杰出经济学家。2000 年 11 月 22 日，厉以宁教授 70 大寿，北京大学光华管理学院内厉以宁先生做了场"唐宋诗词欣赏"的学术报告，教室里外挤满听讲学生。厉先生以渊博的学识、诗人的激情向学生们讲解唐宋诗词名篇。这天，学院举办"厉以宁诗词研讨会"，厉先生在会上说："诗词是我的爱好，也是我业余兴趣的一种寄托。我从高中起就写诗填词，都是有感而发。"

厉先生以诗词抒情解郁，"文革"期间，偷偷写诗，安慰孤独的心。吟诗填词是中国文人、士大夫的优秀传统，厉先生继承了这一传统。目前，学术界能写古体诗词的学者并不多见。我曾见过中科院院士、前华中理工大学院长杨叔子先生经常填词抒怀，除了厉先生外，尚未见过第三人。科学的精严与文学的清雅在厉先生身上化成洒脱的学者风度，中学时代对中华古典诗词所下的苦功一生受用，他具有优美的文笔，他的经济学论著美如散文，有很强的可读性，为世人称道。（陈全林据陆昊著《厉以宁学术评传》编写，陕西师范大学出版社 2002 年版，图片选自该书。）

少年郑竹园的经典训练

郑竹园先生（1927 年——）当代美籍华人，世界著名经济学家，著有《中国经济发展》、《中国大陆政经社会变化》、《当代中西经济思潮论丛》等名著。对中国经济深有研究，改革开放以来，我国党和国家领导人多次向他咨询经济问题，他对中国领导人提出的建立"大中华经济圈"理论现在已经变成了现实。他一直期望中国大陆能与香港、台湾联合，公共发展经济，对台湾实现"三通"。两岸"三通"指"通邮、通航、通商"，"三通"遵循"一个中国、直接双向、互惠互利"原则，而后达到和平统

一。2006年,他在杭州参加中国经济学术会议时赋诗云:

> 七月西湖荷花开,清流俊彦翩然来。
>
> 为解两岸千重结,纷陈珠玉别心裁。
>
> 三通大流难逆转,一中何庸费猜疑?
>
> 国族盛衰系一念,莫铸巨错后人哀。

2009年春天,两岸实现"三通",这年竹园先生已是八旬老翁。至于他的超前、科学、杰出的经济见解,中国经济史会记住这位对中华民族的发展做出过贡献的科学家的。

郑竹园出生在广东洪阳,洪阳地灵人杰,人才辈出,有宋朝吏部尚书陈贤斋、清朝广东水师提督方耀、华侨巨富并为旅暹普宁同乡会和泰国中华总商会发起人之一陈伯强、原中侨委党组书记、全国侨联副主席方方、"潮剧名丑"方展荣、现代作家廖琪。当地文风颇盛,"家家常备圣贤书,户户时有夜读声",郑先生从小喜欢传统文化,喜欢诗歌,到他晚年,吟咏诗词,寄情抒怀。父亲是广东一名生意人,喜爱读书,鼓励竹园读圣贤书,咏风雅词,常以"无事且从闲处乐,有书时向静中观"与儿子相勉。父亲很开明,办过女校,教育妇女读书识字。小时候,竹园和姐姐常去女校旁听,记住了不少学校里教授的诗文,这训练了他的记忆力。父亲见他好学,就教他背诵《唐诗三百首》、《古文观止》,这些书竹园小时候都能背诵,长大后仍然记得许多名篇佳作。七岁那年他上正规小学,平时跟父亲学习了不少文化,他一下跳级到三年级求学。父亲对他的学习越来越关注,经常指导他学习文化课。中学时代,竹园先生能自己研读《资治通鉴》这部史学名著,也读《天下郡国利病书》这样的济世著作,养成独立思考的习惯,有济世救国的理想。

1943年,竹园成绩优秀,由学校保送他到重庆中央政治大学读书。生活艰苦,治学勤奋。大学毕业后,竹园由香港转道美国留学,终于成了世界著名经济学家,著作等身。少年时、青年时报效祖国的热情不仅未减,反而增强。终于,他利用所学,为中国的执政者献言献策,促进祖国经济的发展。

郑先生从小背诵唐诗宋词,生命里,祖国和诗歌总联系在一起。作为美籍华人,他学贯中西,表达情感方面最喜欢的还是中国传统诗歌。郑先生庆祝银婚40周年纪念时赋诗一首:

> 家有贤妇前世修,相夫教子争上游。
>
> 知书识礼通世务,亦刚亦强亦温柔。
>
> 身如菩提心明镜,粗衣淡饭无他求。
>
> 琴瑟相伴乐终生,相依相护到白头。

既抒发了对妻子的爱,又讲述了爱情观。这些风雅韵味要追述到童年时代在灯下随父亲背诗的岁月。(陈全林根据《北京晚报》2006年2月林继宗文编写)

少年孔祥熙的经典训练

孔祥熙(1880—1967年),近代实业家,民国年间"蒋宋孔陈"四大家族中的"孔"就指孔祥熙。孔祥熙娶妻宋霭龄,与蒋介石成了连襟。孔祥熙曾作过蒋介石财政部长,孔家资产数以亿计,孔祥熙以他的财产支持蒋介石的军政活动。

孔祥熙是孔子的第75代孙。孔家在山西有数代人弃仕经商,经商中发扬儒家的信义精神,生意越做越大,世称"儒商"。曾祖父告诫儿孙不要参加科举考试,要经商致富。祖父孔庆麟是有名的晋商,精通商道,博通儒学,赚钱无数,乐施好善,广积阴德。他写过一联教子孙:

> 做几件学吃亏事,以百世使用;
> 留一点善念心田,使儿孙永耕。

横批:虚心体味

孔庆麟有五子,三子孔繁兹就是祥熙的父亲,精明有加,熟知世道,深契儒学,也学乃父,常做善事。

1880年9月11日,孔祥熙诞生于山西太谷县城,祖上以忠孝信义传家,是有名的百年商家。孔家自汉以来受历代皇室敬重,是中华显族。明朝洪武三十三年(公元1400年)朱元璋皇帝给孔府御赐十字:

> 希言公承彦,宏闻贞尚衍。

到清朝乾隆五年(公元1740年),乾隆皇帝御赐十字:

> 兴毓传继广,昭宪庆繁祥。

清朝道光十九年(公元1839年)道光皇帝御赐十字:

> 令德维垂佑,钦绍念显扬。

这三十字是孔家排字辈的标准。孔祥熙是乾降十字中的"祥"字辈。孔繁兹给儿子取名祥熙,字庸之。"庸"取意孔子之孙子思所撰《中庸》。熙,光明也。凡事行中庸之道,无过无不及,执两用中,其道光明。从四岁时起,孔庸之随父母识字,父亲教经学,母亲庞氏教诗词及骈体文。孔母写得一手娟丽小楷，她把诗文写好让儿子背。庸之先学会了《三字经》，"人之初，性本善，性相近，习相远。"父母看着儿子背书的样子，心陶神醉。《三字经》能默写后，开始读《论语》。"学而时习之，不亦说乎？有朋自远方来，不亦乐乎(注：说，同悦)？"孔庸之用稚嫩的童音念诵先祖的经典。让人想起张三丰先生写的《听梦九子思敏读书》：

　　　　　最宜听是读书声，隔院传来字字明。

　　　　　杨柳当窗草满地，春宵雨过一斋清。

　　庸之六岁这年，母亲庞氏病逝，他的《论语》还没学完，再也不能在母亲面前背书撒娇了。孔繁兹未续弦，他爱妻子，疼儿子。为了换心情，他离开商行到城南当起私塾老师，庸之和父亲住在一起，上父亲的私塾。庸之上学后和其他同学一样，《百家姓》、《千字文》、《名贤集》、《神童诗》、《弟子规》一本一本地背下去，这是入门之学，学好了，才有资格学《四书》、《五经》。庸之从父求学时最爱学《诗经》与《礼记》，"不学诗，无以言"，不学诗，说话没文采，"不学礼，无以立"，礼是做人的行为准则。父亲教他背书，给他讲解。孔先生教学严格，讲学深入，很快，周围村里的孩子都来私塾求学，使孔先生名利双收。办学的数年中孔老夫子把修身、齐家、治国、平天下的儒家心法都传给儿子，当孔庸之成为政坛上的风云人物，他的为人、行事本于儒家之道，特别是中庸之道。立足政界，不树敌，不肯将势使尽，凡事总留有余地，将他"庸之"之意发挥得淋漓尽致，不负其父之教。

　　六岁到十岁，孔庸之在父亲身边读完了《四书》、《五经》，打下坚实的国学根基，后来从商、从政都体现出儒家风范。

　　庸之上过教会学校，接受西方文化知识。清末，他立志反清，追随孙中山先生；抗日战争时期，全力抗战，贡献巨大。他是个有争议的人物，曾是蒋介石的巨大经济后盾。历史已成往事，真实的孔祥熙不是坏人，他为社会做过许多有益之事，历史功过任人评说，此处关心的是：这位孔子的后裔终于把小时候所学的"修身、齐家、治国、平天下"的理想进行了实际操练，成了历史风云人物。儒学及儒品、儒行在他为人、经商、从政、助蒋治国中都有体现。(陈全林据陈廷一著《孔庸之传奇》编写　人民文学出版社 2004 年版，图片选自该书。)

少年陈嘉庚的经典训练

陈嘉庚（1974——1961），现代伟大的爱国人士、实业家、教育家，由他出资创办的厦门大学已是世界知名大学。抗日战争时期，陈先生义无反顾地投入爱国斗争，名垂青史。

1874年，陈嘉庚生于福建同安县集美社"颖川世泽堂"。江南渔乡，港口通商，这里曾是郑成功踞金门、厦门抗清之处，也是明清以来手工业、商品经济发达之地，当地有不少人远赴南洋发展，父亲陈缨杞就是这样的人，去了新加坡。陈嘉庚出生时，父亲不在家。16岁时，陈嘉庚同母亲孙氏一起生活。母亲心地善良，深明大义，对陈嘉庚的品德言传身教。童年的陈嘉庚，聪明，结实，七、八岁就成了家里的好帮手，勤于劳作。母亲不忍心他一直在农村干活，便送他去读书，九岁的陈嘉庚开始读书生涯。福建的儒学发展很兴盛，宋代大儒朱熹是福建人，故而"朱程理学"在福建盛行；明代大儒王守仁在浙江讲学，学风影响到邻近的福建，"陆王心学"在这里深

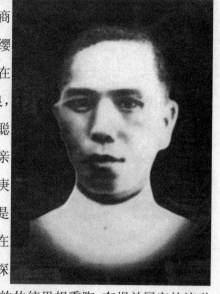

有根基。陈嘉庚从小受到儒家"修身齐家、治国平天下"的传统思想熏陶，有报效国家的济世情怀。

陈缨杞在新加坡开有米店，家境渐好，便送陈嘉庚到教学条件较好的集美社南轩私塾读《三字经》、《千字文》、《幼学琼林》。《三字经》是南宋学者王应麟所著，王是浙江宁波人，此书自南宋以来一直是蒙学必读之书。

> 人之初，性本善。性相近，习相远。
>
> 苟不教，性乃迁。教之道，贵以专。
>
> 昔孟母，择邻处。子不学，断机杼。
>
> 窦燕山，有义方。教五子，名俱扬。
>
> 养不教，父之过。教不严，师之惰……

陈嘉庚与同学们跟着老师陈寅诵读经典，体味精义。陈嘉庚十岁时，伯父陈缨节自南洋回乡，创办家塾，教育族中子弟，嘉庚就入家塾读书，背诵古文，勤习诗词。十四岁那年，家塾请来当地名士陈令闻先生讲授朱熹的《四书集注》，详细讲解文字与道理，讲授写作方法，讲解《孟子》"达则兼善天下"的济世思想。老师敬仰朱熹的为人为学，也教弟子们吟咏朱熹的诗

歌。如《观书有感》：

半亩方塘一鉴开，天光云影共徘徊。

问渠那得清如许？为有源头活水来。

"半亩方塘"为何清澈见底？因为有源头活水不断补充进来。诗中的江南美景，清新明丽，让人拍案叫绝的是诗的标题：《观书有感》，顿觉意境升华。原来朱夫子在赞美读书的灵悟之境，心灵如流水般清澈、活泼，如云影般清晰、自然。朱熹的心灵为何这样澄明？因为总有像活水一样的新知源源不断地通过书籍补充进来。朱熹用此诗说明生活是写作的源头活水，读书能不断地丰富心灵。

到十六岁时，陈嘉庚读了不少古文，还通读《三国演义》和通俗史书，对天文、地理、医药、建筑、武术多方面的知识都感兴趣，读了这方面的典籍。

陈嘉庚的故乡有不少人闯南洋而发大财，回到家乡后大搞公益、慈善事业，有不少人经常赈灾、修桥、办学、建善堂，像杜文良、陈谦善、黄志信，都因善举得到朝廷嘉奖。这些故事对陈嘉庚影响极大，思慕先贤，有所超越。陈嘉庚早年接受过私塾教育，看到了旧式教育的一些弊病，后来，他引进新式教育，兴办大学，这与他读私塾时的志向分不开。在所办厦门集美中学，陈嘉庚立的校训是："诚以为国，毅以处事"。《集美校歌》中写道：

闽海之滨有我集美乡，

山明水秀，胜地冠南疆。

天然位置惟序与黉，

乐育英才，蔚为国光。

师中实小共提倡。

春风吹和煦，桃李尽成行。

树人须百年，美哉教泽长。

"诚毅"二字心中藏，大家勿忘，大家勿忘。

这首校歌体现了陈嘉庚的办学精神和育人之道，特别是把中华传统美德"诚毅"作为校训，是对学生的人格培养。"诚毅"也是陈嘉庚一生的做人信念，得益于儒家"诚明"和"弘毅"思想的教导。这都是他少年时代苦读儒家经典的结果，他只在博大精深的儒家思想中取"诚毅"二字，就能受益终身。

十六岁那年，私塾老师病逝，嘉庚遂失学在家，父亲命他去新加坡，就这样，他踏上去南洋的航程，开创近代伟大实业家的致富之路、自强之路和救国之路。（陈全林据陈天绥、蔡春龙著《陈嘉庚之路》编写，湖北人民出版社2005年版，图片选自该书，参考了《钱穆传》，陈勇著，2001年，人民出版社。）

少年王源兴的经典训练

王源兴（1910—1974年），现代著名爱国华侨、企业家，新中国"三资"企业的先驱者，原全国侨联副主席，和老师陈嘉庚一样，是杰出的海外爱国企业家。

1910年农历四月初二，王源兴生于福建龙岩贫农之家，父亲王涌深，源兴是三子。源兴六岁时，父亲硬凑了些钱送他进学堂上学，国文的老师曾是私塾先生，见源兴聪颖，就悉心教他学习古文和颜体字，颜体名帖《多宝塔》临了又临，古文名篇背了又背。源兴九岁时，书法可观，文章初成。苏轼的《前赤壁赋》、《后赤壁赋》、《三槐堂铭》全都会背。这天，小源兴背苏子的《三槐堂铭》，文中有："故兵部侍郎晋国王公，显于汉周之际，历事太祖太宗，文武忠孝，天下望以为相，而公卒以直道不容于时，盖尝手植三槐于庭曰：吾子孙必有为三公者。"文章写的是北宋太宗时，王祐为官正直，不得重用，他就在家门口种了三株槐树，以直道勉励儿子，后来，他的第二个儿子王旦做了18年宰相，其孙王贡与苏子是好友，王家家风极好，子孙为官清廉正直。东坡撰《三槐堂铭》，使王家家声远播。这是古人注重家教的感人故事。中国历史上的王姓远祖出自周灵王太子晋的一支，太子晋就是有

名的仙人王乔，他不乐荣华，独爱仙道。王乔后代在两晋时人才辈出，有西晋的王坦之、王戎，东晋的王导、王羲之，明代哲学家王阳明也是王乔后代。源兴祖居老宅大门上有对联曰：

> 两晋家声远，三槐世泽长。

讲的就是以上典故，源兴学《三槐堂铭》时先生讲的。王源兴听后兴奋极了，赶快回家，讲给父母兄弟，一家人听后，都说源兴读书有出息，源兴一时高兴，就把这幅对联改为：

> 国家振兴，方能家声远；耕读为本，自可世泽长。

这年源兴13岁，用工整的颜体书写此联，得到长辈和老师的夸奖。在少年时代，他读过《元和郡县志》、《太平环宇记》，以及《全唐诗》、《全唐诗外编》，他喜欢背古诗，他一生中也写诗，热爱艺术，当他后来成为新加坡大企业家时，进步文人胡愈之、郁达夫得到过他的帮助。

由于王家太穷，供不起源兴读书，源兴13岁时送他去做学徒工。三年后只身闯南洋，当

时陈嘉庚先生在新加坡已是有名的大商人，王源兴来新加坡时未满 16 岁，王源兴给陈先生写了一封信，大意是：

"晚辈源兴，先祖越晋江南，行溯九龙江而上，世居龙岩，山地民风蔽塞。吾岩学子多出集美求学，得风气之先，实先生创学之荫。源兴无缘就读，在漳州商栈学徒，去岁南渡，孤身无依，只在狮城码头，苦力谋生。窃自谓为人诚信，算簿熟稔，粗通文字。久仰先生盛德，事业如日中天，若能赐鄙人一饭之地，以供驰骋，自当效命，寸进有望矣！"

毛遂自荐，不亢不卑，笔有文采，字露真诚。陈嘉庚读后，对他的文章书法称赞不已，当即决定王源兴来公司工作。就这样，陈嘉庚把王源兴引上创业之路。王源兴一生以陈先生为楷模，成了杰出的爱国人士。（陈全林据张惟著《爱国者王源兴》编写，作家出版社 2001 版，图片选自该书。）

少年李嘉诚的经典训练

李嘉诚（1928— ），香港著名实业家，全球华人首富，如今，他的长江集团市值 3250 亿元。他不但是杰出的实业家，而且是伟大的爱国者，曾独资捐建汕头大学，以数以亿计的资金设立"长江奖学金"支助学术事业。他是著名的慈善家，关注"文化慈善事业"，如：1997 年，北京大学 100 年校庆期间，李嘉诚基金会向北京大学图书馆捐赠 1000 万美元，支持新图书馆的建设；1999 年，李嘉诚基金会捐款 4 千万港元予香港公开大学；2002 年李嘉诚海外基金建立长江商学院，是中国第一所也是唯一一所实行教授治校的商学院；2003 年 11 月 MBA 第一批学员入校，MBA 学员 GMAT 入学成绩高居亚洲首位，目前是中国最著名的十大商学院之一，目标是用十年的时间进入世界十大商学院之列；2004 年南亚海啸，李嘉诚通过旗下的和记黄埔及李嘉诚基金会，共捐出 300 万美元予受灾人士；2005 年 5 月，李嘉诚向香港大学医学院捐出港币 10 亿元以资助医科学生及医学研究用。

1928 年，李嘉诚生于广东潮州市北门街面线巷的一家书香古宅。曾祖父李鹏万是前清文官，祖父李晓帆是前清秀才。祖父饱读经书，思想开明，将儿子李云间、李云梯送到日本留学，两个儿子回国后在湖州与汕头从事教育工作。李嘉诚的父亲李云经在家乡治学执教为本。李云经从小师从父亲学习《四书》、《五经》。民国初年，考入省立金山中学，1917 年，以全校第一的成绩毕业，因家境式微，无资供他上大学，便在莲阳懋德学校执教。数年后，李云经弃教从商，去南洋经商，因时局动荡，只好重返教坛。1935 年春，李云经被聘为庵埠宏安小学校长；1937 年，李云经转聘为庵埠郭垄小学校长，直到潮州沦陷于日本人手中，李云经被迫举家迁至香港。

李嘉诚从小跟着父亲学习儒家经典,三岁时就能背诵《三字经》、《千家诗》,他的背诵与父亲的吟咏构成和谐的《父子双吟图》。李嘉诚从父亲那里接受了最基础的传统文化教育和道德熏陶。父亲言传身教,把儒家"达则兼济天下"、"国家兴亡,匹夫有责"的精神灌输给儿子。1933年,李嘉诚五岁,进入潮北观海寺小学念书。学堂设在观海寺内,先生所教,古文为主,"之乎者也"的童稚读书声与僧人诵经念佛声混成一片。学堂墙上有联曰:

风声雨声读书声,声声入耳;

家事国事天下事,事事关心。

这是明代大儒顾炎武的名联。先生所授古诗文,李嘉诚背得烂熟,每回家还要背给父亲听,父亲再给他讲解,还给他讲解时事,比如日本已占领了咱们东北三省,又攻打了上海。父亲教育他要爱国自强。李家诗书继世,藏书极多。李嘉诚从学堂回到来,直奔书屋尽情阅读,《诗经》、《论语》、《离骚》,唐诗、宋词、元曲、明清小说,无所不学,无所不读,尽可能多地把祖宅中的古书读完,见书入迷,一读七年,刻苦用功,夜里点煤油灯读书,很晚都不睡。李嘉诚的心中,读书可以改变命运,读书可以报效国家。1987年,李嘉诚为支持对儒学的研究,给中国孔子基金会捐款50万元港币,以酬宿志。

李嘉诚后来成了全球杰出的实业家。商场如战场,他的智慧与气度,真如儒将,指挥有方,气静神闲,运筹帷幄,决胜千里。他的才智里有早年广读文史经典的文化积淀。李嘉诚经常与父亲一起探讨诗文之奥妙,父子俩吟哦于室中,咏唱于山间,过了一段快活的日子。1937年7月7日,全面抗战爆发,1939年6月,日军占领了潮州、汕头、庵埠,执教多年的李云经彻底失业,只好携子回家。这时李嘉诚小学尚未毕业,不敢随意走出家门,只好居家苦读祖藏古书。这战乱之际,他读岳飞、陆游、辛弃疾、文天祥的诗文时体会到这些伟大诗人之爱国热忱与忧愤。

李嘉诚的舅父庄静庵是香港殷商,这时,日本尚未占领香港,于是,李嘉诚父母决定举家投奔庄静庵。1940年冬,李家踏上赴港之路,李嘉诚来到香港,开始他被世人誉为"香港首富"、"全球华人首富"的奋斗之路。当时,这是谁也没有想到的。

1943年,李嘉诚14岁时,父亲病逝,他给儿子的遗言是一些为人、处世的格言,诸如"贫穷志不移"、"做人须有骨气"、"求人不如求己"、"吃得苦中苦,方为人上人"、"不义富且贵,于我如浮云"、"失意不灰心,得意莫忘形。"父亲病逝后,为养活母亲和三个弟妹,李嘉诚被迫辍学，走上社会谋生，为一家玩具制造公司当推销员，工作繁忙，失学的李嘉诚仍用工作余暇到夜校进修，补习文化，重温经典。李嘉诚，带着父亲的遗言，带着从小所学的经世致用的国学，带着勤奋、刻苦、简朴、诚实、善良的品德走进商业社会，成了商业巨子。他一生成功的经验最后总结为十四条：

1、简单朴素是成功不可缺少的素质，在20岁前，事业上的成果百分之百靠双手勤劳换来；20岁至30岁之前，事业已有些小基础，那10年的成功，10%靠运气好，90%仍是由勤劳得来；之后，机会的比例也渐渐提高；到现在，运气已差不多要占三至四成了。不敢说一定没有命运，但假如一件事在天时、地利、人和等方面皆相背时，那肯定不会成功。若我们贸然去做，失败时便埋怨命运，这是不对的。2、与新老朋友相交时，都要诚实可靠，避免说大话。要说到做到，不放空炮，做不到的宁可不说。3、你要相信世界上每一个人都精明，要令人信服并喜欢和你交往，那才最重要。4、即使本来有一百的力量足以成事，但我要储足二百的力量去攻，而不是随便去赌一赌。5、一般而言，我对那些默默无闻，但做一些对人类有实际贡献的事情的人，都心存景仰，我很喜欢看关于那些人物的书。无论在医疗、政治、教育、福利哪一方面，对全人类有所帮助的人，我都很佩服。6、人才取之不尽，用之不竭。你对人好，人家对你好是很自然的，世界上任何人也都可以成为你的核心人物。7、知人善任，大多数人都会有部分的长处，部分的短处，各尽所能，各得所需，以量才而用为原则。8、做人最要紧的，是让人由衷地喜欢你，敬佩你本人，而不是你的财力，也不是表面上的服从。9、决定一件事时，事先都会小心谨慎研究清楚，当决定后，就勇往直前去做。10、在剧烈的竞争当中多付出一点，便可多赢一点。就像参加奥运会一样，你看一、二、三名，跑第一的往往只是快了那么一点点。11、人生自有其沉浮，每个人都应该学会忍受生活中属于自己的一份悲伤，只有这样，你才能体会到什么叫做成功，什么叫做真正的幸福。12、苦难的生活，是我人生的最好锻炼，尤其是做推销员，使我学会了不少东西，明白了不少事理。所有这些，是我今天10亿、100亿也买不到的。13、在事业上谋求成功，没有什么绝对的公式。但如果能依赖某些原则的话，能将成功的希望提高很多。14、人们赞誉我是超人，其实我并非天生就是优秀的经营者。到现在我只敢说经营得还可以，我是经历了很多挫折和磨难之后，才领会了一些经营的要诀。（陈全林据陈美华、辛磊著《李嘉诚全传》以及其他资料编，中国戏剧出版社，2005年版，图片选自该书。）

少年霍英东的经典训练

霍英东（1923—2006），香港实业家。2004 年，霍英东以 14 亿美元的身家荣登美国财经杂志《福布斯》所排的全球富豪榜。霍英东生前捐款 150 亿人民币以上，人称他"红色资本家"，不算投资办实业在内，他关心内地文化、教育、体育各项事业的发展，情系国运，自谦地以为这一切"只不过是大海中的一滴水，微不足道。"他说："人的一生时间并不长，我们要抓紧时间多做点实在的事。"2006 年 10 月，霍英东在北京病逝。

霍英东祖籍广东番禺，生于香港，祖父、父亲都以船运为业，1930 年，霍英东的父亲霍耀容因患淋巴癌病逝，此前，霍英东的两个哥哥也因台风海难去世。霍英东从小受尽艰苦。传统文化是父亲在世时学的，他自述道："最穷时，我父亲都送我上'卜卜斋'（私塾）读书。我记得，'卜卜斋'就在我家隔壁。第一天，还是父亲背着我去求学的，那天的拜师仪式极为隆重，父亲用一把葱和几块棋子拜师，以喻聪明。我在'卜卜斋'读的是《三字经》、《千字文》、《四书》、《五经》，一下子就学了好几千个字。'人之初，性本善'等一些中国传统文化，直到现在还影响着我的思想，很深入。"霍英东是四岁到七岁三年间读完这些传统经典的。母亲刘氏不识字，一心供儿子上学读书，霍英东在帆船同业义学就读两年后，转入敦梅小学读书三年，成绩一直是最好的。这五年书是免费读的。霍英东成为巨商之后，经常为社会做贡献，捐资办学，与他从小受到社会的资助有关，这是真诚的回报。1936 年，13 岁的霍英东考入香港皇仁书院，孙中山、廖仲恺、唐绍仪、伍庭芳……这一大批近代史上的风云人物曾在这里读书。霍英东成绩优秀，一直读到 1941 年 12 月 8 日，日军侵占香港为止。

霍英东从小爱读古诗，也写古体诗。1946 年，他为妻子冯艳霜写的《无题》诗巧嵌"艳霜"和"英"，情深义长，体现了深厚的诗词修养、国学功底，表达对妻子的爱，充满文人情怀。

春风依人半带羞，福薄缘悭倍增愁。

人生世事原朝露，艳李娇桃又何留？

傲霜清高孤自赏，落英空自付东流。

天若有情怜佳眷,红颜如为使君留。

霍英东成为世界巨商后曾说:"我不单只是自己赚钱,还帮别人赚钱。我敢说,我从来没有负过任何人。"他在经商、做人上,坚持儒家"己欲达而达人,己欲立而立人"的处事法则,以"诚信"为本,他说:"一个商人,信誉、道德很重要。如果人人都像曹操说的那样'宁叫我负天下人,莫叫天下人负我',这种存心,则天下就大乱了!世界没一个'信'字怎么行?"做人,关键是问心无愧,要有本心,不要做伤天害理的事。"晚年,他说少年时代所读儒家经典还在影响他的思想,一生都受用不尽。在他巨额捐款帮助祖国大陆的体育、医疗、教育事业时,他谦虚地说"我的捐款,就好比是大海里的一滴水,作用是很小的,说不上是贡献,这只是我的一份心意。"他散财有道,淡然处之,乐施好善,不求闻达。在他的身上体现了中华传统美德,诚信、忠厚、爱国、慈善,这些美德使他的商业越做越大,使他成了事业与品德上的巨人。我们期待更多由中华文化铸造灵魂的爱国商业巨子出现,像霍先生一样,天生斯人,铸我民魂。

霍英东去世后,他的好友、诗人马万祺写有《调寄风入松》,对他的一生作了评价:

忽闻挚友竟归天,哀悼黯神牵。

香江赞誉英豪汉,爱家乡,一往无前。

教学医疗推动,关怀体育弥坚。

真诚爱国谱新篇,回想记当年。

跟随先进同舟济,竭忠肝,暨议周全。

屈指流连花甲,丹心赤子依然。

霍英东辞世后,2006年,他被评先为"感动中国"年度人物,组委会对他的评语是:"他有这样的财富观:民族大义高于金钱,赤子之心胜于财富。他有这样的境界:达则兼济天下。"这种思想,养成于青少年时代对儒学刻骨铭心的体会,他是真正的儒商,中央人民政府驻香港特别行政区联络办公室主任高祀仁说:"《左传》上说,人有'三不朽',即立德、立言、立功。霍先生于此三者兼具。"对他儒商的品行、儒行做了肯定。台湾林垂宙也用诗赞扬他的儒行:

好学以致知,力行以近仁。为善以乐世,是称真君子。

爱国而忘身,见义而渺利。容忍而克己,此谓大丈夫。

(陈全林据冷夏著《霍英东全传》中国戏剧出版社 2005年版,及《霍英东与体育》,李敏生著,中国社会科学文献出版社1997年版,《霍英东·风范长存》,中国文史出版社2007年版编写,图片选自《霍英东全传》。)

少年曾宪梓的经典训练

曾宪梓与李嘉诚、霍英东、马万祺都是港澳杰出的华人企业家、爱国企业家。他们都生于旧社会，受过传统文化的熏陶，马万祺还是诗人，与国学大师南怀瑾答诗互唱，出版过诗集，是地道的古体诗。但他们的传记中，对于他们少年求学之事大多略而不言。这三位商界大师被世人称为"儒商"，他们的经营理念中贯穿着儒家的修身、养性、诚信、济世精神，"儒商"不是凭空而得，他们的人生经历中体现了中华儒家的精神。曾宪梓是世界名牌"金利来"的创始人，企业管理之道崇尚儒家思想，为人高尚，重大义，讲信用。"金利来"的守则他定为"勤、俭、诚、信"，正是儒家的一贯精神。为人处世方面信奉的法则是"忍一时风平浪静，退一步海阔天空"、"滴水之恩，当以涌泉相报"。这都是传统人生修养。他的"相报"化作慈善与对祖国文化界数以亿计的巨额投资。

曾宪梓，1934年生于梅州，父亲曾荣发去南洋打工，积累了一些财富，一家人日子过得尚好。曾家远祖是孔门七十二贤之曾子，是《四书》中的《大学》的作者。曾宪梓成为大商人之后，依儒经营，功成儒商，把儒家修身济世的理念带进国际商界。父亲积劳成疾，于1938年4月病逝，年仅35岁，曾宪梓4岁，哥哥曾宪概10岁。母亲蓝优妹挑起全家重任，要养家，要供儿子读书。丈夫去世时说，再穷再苦也要让儿子读书。一天，蓝优妹挑着一担米、菜，拉着两个儿子去村中唯一的小学找梁简如老师，希望他能收下两个孩子，曾母说："我的儿子什么活都会做，可以给您烧火做饭，我每隔几天给您送菜，拜托您了。"梁先生对孤儿寡母很同情，二话没说，收下曾氏兄弟。曾母很高兴，去曾发荣坟上烧纸祭夫，告诉九泉人，"孩子上学读书了。"曾宪梓从小懂事，勤奋，每天早起后就去学校给老师烧火煮饭、洗衣洗菜。上课后，梁老师教孩子们识字、读书，要求对《四书》、《五经》、《古文观止》篇篇背诵，梁老师还教孩子们读其他古典名著，教学很严，孩子如果背不下来书，就用戒尺打手心，让他们铭记心中。

"大学之道，在明明德，在亲民，在止于至善。知止而后有定，定而后能静，静而后能安，安而后能虑，虑而后能得。物有本末，事有终始，知所先后，则近道矣。古之欲明明德于天下者，先治其国；欲治其国者，先齐其家；欲齐其家者，先修其身；欲修其身者，先正其心；欲正其心者，先诚其意；欲诚其意者，先致其知；致知在格物。物格而后知至，知至而后意诚，意诚而后心正，心正而后身修，身修而后家齐，家齐而后国治，国治而后天下平。"

这是曾子《大学》里影响中国两千五百多千年的不朽格言,也是曾宪梓信守一生的修德、经商的终极信念,一生要无愧良知,更要无愧曾家的列祖列宗。曾子是"述圣",能够把圣人孔子的大道传承、光大。曾子是曾宪梓精神的源流。

"正心诚意"是曾宪梓儒商的精神写照,也是他继承先祖儒学思想,发扬光大于商道的总结。曾宪梓将他少年时所学《四书》、《五经》化成了"经世致用"的力量、智慧。曾宪梓自述说:"我出身穷苦,是靠政府的助学金读完了中学和大学。1961年(27岁),我从中山大学生物系毕业分配到广东农业科学院,1963年经香港去了泰国,没为国家服务就走了,我觉得很内疚。1963年5月31日,过罗湖桥时,我心情非常难受。站在罗湖桥的中线上,想到从此就要离开祖国了,我禁不住扭头回望。当时,我就暗中发誓,我虽然离开了祖国,但我一定要艰苦努力,创造财富,将来在不同的社会环境、用不同的方式回报祖国,经过十几年的奋斗,在经济力量允许后,我就努力实现自己的这一愿望……霍(英东)先生对我人生的影响是巨大的。他栽培我,支持我,鼓励我,既是我的恩师,也是我的人生的楷模。霍先生事业那么大,还要在不同的环境下,在不同的领域里,在不同的层面上,随时随地地、尽一切可能地为国家做事,让我非常钦佩,也一直激励着我像霍先生那样做人做事……爱国爱港,霍先生将是我一生的楷模。我会像他一样,祖国需要我做什么,我就无条件地干什么,不计较个人的得失,全心全意地干好。人的一生是很短暂的,我必须把我的一生贡献给祖国,这样的人生有价值。这是我的理念。我在国内办了两个基金会。一个教育基金会,从1992年开始,奖励了全国7000多个优秀教师,2000年转向资助内地贫困大学生,有35所大学生的1万多名学生受到资助。凡是得到奖金的,都可以另行申请生活费,每人一年3600元。一年约需要支出650万元。另一个是载人航天基金会,成立于2004年,基金有1亿元,一年奖励航天航空事业500万元。"

1994年,曾宪梓在祖居"三省堂"前拜祖,曾氏祠堂两边刻着如是对联:

念先人修身齐家,不外十章《大学》;

期后裔继志述事,毋忘一部《孝经》。

曾宪梓成名后告诉人们,他以儒家"忠孝"二字为人生之本,对国家要忠诚,对家庭要孝悌。"忠"古指臣民服从于君主及国家的行为规范和准则;引申到对事业对集体对朋友对上级的忠诚;孝,指儿女的行为不应该违背父母、家里的长辈以及先人的心意,是一种稳定伦常关系的表现。"百善孝为先",孝一般表现为孝顺、孝敬,推广为对长者、领导的尊敬和顺从。"忠孝"的内涵,可以与时俱进地赋予。1976—1996年,曾宪梓在各地的捐资总额超过三亿元人民币。做事上他以"用心、专心、诚心"为要诀,处处体现儒商风范。(陈全林据丁凤《曾宪梓成功之道》编写,北京燕山出版社1997年出版,图片选自该书。自述收录于《霍英东·风范长存》一书之《霍先生,我的恩师与人生楷模》,中国文史出版社2007年版。)

少年柳诒徵的经典训练

柳诒徵(1880—1956年),我国近现代著名学者、史学家,与汤用彤、吴宓是清华同窗好友,曾任南京国学图书馆馆长二十多年,对于保存、整理古籍做出了重大贡献,主要著作有《中国教育史》、《中国文化史》,开中国专门史之先河。代表性著作是《中国文化史》、《国史要义》、《国学图书馆图书总目》,有《柳诒徵史学论文集》(正续编),在弘扬传统文化方面,其功尤大。先生还是教育家,门下弟子,人才辈出,文科弟子之外,尚有理科之严济慈、工科之茅以升、医科之翁之龙,先生以国学大道培育弟子们的精神人格。先生一生在史、地、诗、哲、文、书法方面,成就突出,建树颇多。

1880年,柳诒徵生于江苏丹徒县,五年后,父亲这个乡村老师病故,柳先生跟着母亲去外祖父家生活,得到一些慈善机构及亲族的资助。柳先生成名后,以同样的方式支助别人,以作回报。柳诒徵的高祖春林公著有《性理汇解附参》,是硕学大儒,讲明理学,书法极佳。另一位族祖宾叔公,精通经学,著有《谷梁大义述》,是古道醇儒,寂叔公的弟弟翼南公,也讲经学,著有《说文引经考异》、《尚书解诂》。二人传记收入《清史稿·儒林传》。柳家乃书香世家,柳诒徵从小就想作这样的学者。柳诒徵的外祖家也是书香之家,母亲鲍氏,博学强识,记了不少古诗文。柳先生自幼随母亲读《四书》、《五经》、《孝经》、《尔雅》、《周礼》,以及古文、《古诗源》、唐诗,天天背书抄书,直到十五

岁时生病,柳母怕他夭折,背书读书抄书的功课才有所减轻,此时的柳诒徵,习惯读书,《纲鉴易知录》、《四库简明目录》都已看过,便向当地藏书家借书抄录,抄过《御纂七经》中的三《礼》一部书,录过惠定宇、张皋文批的《汉书》,抄书使他的国学基础打得非常坚实,宋代的苏轼曾三抄《史记》,难怪是文章高手。

父亲的学生陈善余给柳诒徵讲了一些治学方法,陈先生最深于史学,劝柳先生不要专攻词章,因此,柳先生就不大做诗与骈文;陈先生志在讲学,不愿做官,柳先生效之。柳先生六岁时,母亲口授他唐人五七言诗200首,口授唐人五言律诗400首,授《古诗源》全部,再下来是《唐诗别裁》,只是没有读过《唐诗三百首》,听他姐姐读过一些,对此书未下功夫。十二岁时,他抄录了前人上千首诗,陈心兰学长对他说:"学诗亦不必读选本,宜读专集"。此后,他读了不少诗家专集,一生熟记的古诗不下1000首。做诗方面,柳母教子:"做诗做文,不可好发牢

骚，专说苦话，以及攻讦他人，触犯忌讳。"柳先生写诗，谨守母训，吴宓称赞其诗"雄浑圆健，充实光辉"，像凭吊张之洞的诗，写得大气：

南皮草屋白荒凉，丞相祠堂壮武昌。

岂独雄风被江汉，直将儒术殿炎黄。

张之洞是直隶（河北）南皮人，做过湖广总督，近代杰出的政治家、军事家、学者。柳先生在书法上是大家，尤精小篆。起初，师从舅父而习颜真卿的《颜家庙碑》、《多宝塔碑》，后来习隶字，临习过《成阳灵台碑》、《校官碑》、《张迁碑》、《神君碑》、《封龙山碑》、《曹全碑》。舅父的朋友孙永之真、草、隶、篆皆佳，柳先生师之，孙教他看《说文解字》。借得此书，一本一本抄完，幼时读过《尔雅》，于是，就将《尔雅》一字一字照《说文》写去，把篆书练好了。孙先生去世后柳先生购得其藏帖精品十数种，内有《西狭颂》、《石门颂》、《尹宙碑》、《史晨碑》诸汉隶名碑，柳先生天天临习，隶字极佳，后来习钟鼎、魏碑和《泰山金刚经》，拜访当时书法大家吴芷舲、李瑞清、欧阳竟无为师，得到指点，遂诸体皆精。从他的自述中得知，他遍临当时能见到的名帖名碑，通过艰苦自学，遂成一代大家。柳母小时候记忆力很强，凡读书，只读一遍，过目不忘。有一年，柳诒徵外祖父手抄的《捷庵赋钞》一册经战乱失去，柳母曾读过此书，外祖父命她默写，终卷无一漏字，她在教柳诒徵时全凭记忆口授《四书》、《五经》。骈体文方面他自购《八家四六文注》，时时诵习，颇有心得，"四六文"就是骈体文，文中多四言、六言对偶句。读《骈体文钞》、《古文辞类纂》、《先正事略》诸书，对写作的提高功用尤伟。少年时对《史记》、《汉书》、《庄子》，认真阅读，独立思考，工夫不负有心人，他最终成了著述宏富的大学者。吴宓写诗赞曰：

平生风义兼师友，三载追陪受益多。

论学长才通宙合，阅人巨眼照修罗。

文明启钥诚新史，正气盈科发浩歌。

两度江干劳伴送，云天怅望思如何！

吴宓谈到与柳氏"平生风义兼师友"的情谊，"柳先生实宓之师也"，道出吴宓对柳诒徵问学的敬意。与柳氏作同学的"三载追陪受益多"，是吴宓一生念念不望的"最精勤"、"最有收获"的时期。（陈全林据《劬堂学记》以及其他资料编写，上海书店出版社2002年版，图片选自该书。）

青年熊十力的经典训练

熊十力（1885——1968），中国哲学、思想、文化史上的奇人、新儒家开山祖师。原名继智、升恒、定中，号子真、逸翁，晚年号漆园老人，汉族。清光绪十一年农历正月初四日出生，湖北省黄冈（今团风）县上巴河张家湾人。幼时在家随兄读书，14岁从军，1905年考入湖北陆军特别小学堂，在校期间，加入武昌"科学补习所"、"日知会"等反清革命团体，武昌起义后参加光复黄州活动，后赴武昌，被任命为湖北军政府参谋。1917年赴广州参加孙中山领导的"护法运动"。失败后，决意专心从事哲学研究。先后在武昌文华大学、天津南开中学、北京大学、浙江大学任教。著有《新唯识论》、《原儒》、《体用论》、《明心篇》、《佛教名相通释》、《乾坤衍》等书。其哲学自成一体，影响深远。"熊学"研究者也遍及海内外，《大英百科全书》称"熊十力与冯友兰为中国当代哲学之杰出人物"。任继愈、牟宗三、唐君毅、徐复观、王元化等国学大家都是他的弟子。

熊先生出身于鄂东贫瘠的乡间，自幼及长未曾受到过正规教育。辛亥革命以前有一段传奇式的反清斗争经历。这两条是他迥异于本世纪其他哲学家或学术史家的地方。但在青年时代，立志发扬中国文化，对儒学、佛学深入研究，终于成了影响深远的一代学术大师。他和梁漱溟、林语堂一样，都是在青年时代才开始对传统学术感兴趣的，而且，都成了中国现代文化史上的北斗启明。与学院派的讲堂教授不同，熊十力是来自民间，来自社会最下层，亲身体验了民间疾苦，并把这种体验、感受融进其哲学创作中去的直感型的哲人。他特别表彰庶民在穷苦中的志气与品德，一生不与达官贵人周旋，鄙薄那些随人俯仰的所谓"名流"。

熊家世代贫困。父亲以上三世皆单丁，祖父敏容是乡间木匠，父亲其相则掌教于乡塾。其母生男六，先生行三。先生幼时为邻家放牛，只是在父亲和长兄仲甫的教育下才粗通文墨，学过一些简单的蒙学读物如《三字经》、《弟子规》、《千字文》，而没有机会深入学习经史。熊十力自幼与众不同，独具才思，非常自尊、自信。少年时口出道：

> 举头天外望，无我这般人。

令其父兄诧异不已。十三四岁时，父母贫病交加，又遭恶霸陷害，相继辞世。父母辞世后，长兄将他送到父亲生前好友何圣木先生执教的乡村学校读书，但终因难耐馆束而在半年之后离开，此后全靠勤奋自学而成为大家。

十力很早就养成了勤奋自学和独立思考的习惯。十六七岁之间，游学乡间，捧读明代哲学家陈白沙的书阅读，对"禽兽说"感受很深。他领悟到，人生的使命和价值不在饥食渴饮、争权夺利，而在超脱物欲，自识至大无匹之真我，如此才能做到与天地万物合其德，威武不能屈，贫贱不能移，富贵不能淫。当年读白沙书，"忽起无限兴奋，恍如身跃虚空，神游八极，其惊喜若狂，无可言拟，顿悟血气之躯非我也，只此心此理方是真我"。此时，邻县有某孝廉上公车，每每购置新书回里，十力常去借阅。读到"格致启蒙"之类，大开眼界，遂视六经诸子为土苴，睹前儒疏记，且掷地而詈。又读到当时维新派论文和奏章，知世变日剧，即以范仲淹"先天下之忧而忧"一语书置座右。清末政治腐败，民族危机深重。十力捧读严译《天演论》，深为"物竞天择""自强保种"的召唤所感染。同时，"读船山、亭林诸老先生书，已有革命之志，遂不事科举而投武昌凯字营当一小兵，谋运动军队"。在十五、六岁时，他用功读明代大儒陈宪章（白沙先生）、王夫之（船山）、顾炎武（亭林）等人的著作，为他成为像陈、王、顾这样立足千古而不朽的学者打下基础。古人治学，讲究"志立其大"，熊十力治学，一开始就立足大境界，想通过学术思想而改变国民性。这是当时许多仁人志士都有的理想，比如鲁迅。只不过熊十力走哲学之路，鲁迅走文学之路。在研究明儒著作的同时，上溯到孔孟思想，研究《孟子》里的民本思想，研究《周礼》里的典章制度，以及《庄子》里的修道精神。

1900 至 1901 年间，十五六岁的熊十力与同县何自新、浠水王汉共游江汉，欲物色四方豪杰，共图天下事。三青年身居社会下层，同情劳苦大众，养成叛逆性格。他们雄姿英发，指点江山，时常借题发挥"群龙无首"："人各自立，人各自主，则群龙也；天下不得有君，故无首也。"为强国富民，改革社会，他们一面游学，一面为创立革命团体而奔走呼号。何自新主张运动军队，十力力表赞同并以身先之，投第三十一标（凯字营）当兵。熊十力先生白天上操练武，夜间读书看报，撰写文章，给报馆投稿，主张变革现实，救亡图存。1904 年 7 月，张难先、何自新等在武昌创立革命党团——科学补习所。1905 年春，王汉刺杀清阅兵大臣铁良于彰德火车站，未果，壮烈牺牲。是冬，十力由行伍考入湖北新军特别小学堂仁字斋为学兵。由于操课在校，就寝在营，各营士兵接触频繁。十力利用这一机会宣传革命，联络同人，揭露清吏。他曾在学堂揭示处张贴了揭露鄂军提督、第八镇统制张彪罪恶的小字报。1906 年 2 月，刘静庵、何自新等在武昌成立日知会，得到东京同盟会的支持。是春，十力加入同盟会，并发起组织"黄冈军学界讲习社"。该社即成为日知会的外围组织。社员不限于黄冈籍同志。他以订兰谱的方式，联络军学界志士。十力主持了该社的活动。每星期日，社员集会，十力等以孟子、王船山、黄宗羲思想阐发民族主义和民权主义，借讲《春秋》辩论种族关系，借讲《周礼》提倡地方自治。熊氏领导社员在军学界宣传《民报》、《警世钟》、《猛回头》、《革命军》和黄冈籍同人改写的《孔孟心肝》等。当时有人认为武昌不易发动革命，十力与自新力辟其谬。是夏，十力肄业于陆军特别小学堂。他提出，暗地联结荆、襄、巴、蜀及河南秘密会党与洪门哥老会等，使之发难于各地。清廷必遣军队去围剿,而军中同志即可乘机举事,中原不难光复。熊氏为此奔走军中,响应者众多,风声渐大。不久事泄,十力被鄂军通缉。张彪等悬赏五百金购熊氏头颅。幸有友人事先暗通消息,秘密掩护,十力得以出逃。事稍缓,十力归乡授徒。辛亥武昌起义爆发,十力参加了光复黄州的活动,后到省城武昌出任湖北督军府参谋。辛亥年腊月,在一次黄冈籍辛亥志士的聚会上,熊氏挥毫,书下"天上天下,唯我独尊"抒发心志。他借用佛门弟子颂扬释迦牟尼的话来表明辛亥志士的主观战斗精神。"唯我独尊"的"我"字在这里应作"大我"或"个性"解,反映了熊先生一代人的时代觉悟。同时,这也反映了熊先生是一个具有真性情的人,是孔子所谓"狂者"。这种自尊、自信、自强、自立和率真,伴随了熊氏一生。

民国元年,十力参加了编辑日知会志的工作。次年,二次革命失败,熊氏回到江西德安(自1906年始,熊氏家族迁居德安)。革命失败给熊十力以很大打击。他目睹"党人竞权争利,革命终无善果",内心非常痛苦,常常"独自登高,苍茫望天,泪盈盈雨下"。他根据所历所见,总结出:祸乱之起因皆在于军阀官僚之贪淫侈糜。卑屈苟且,以及国民之昏然无知。于是,他下决心走出政治,"专力于学术,导人群之正见"。他认为救国之根本似乎并不在于革命,而在于学术兴盛,"于是始悟我生来一大事,实有政治革命之外者,痛悔以往随俗浮沉无真志,誓绝世缘,而为求己之学"(《十力语要》)。此后十力决然脱离政界,专心于"求己之学",以增进国民的道德为己任。这是他一生中最重大的转折。此后,垦荒耕田,攻读先秦诸子和商务印书馆翻译的西方哲学书,亦教过一段时间的私塾。熊先生"以为祸乱起于众昏无知,欲专力于学术,导人群以正见"。他深感"革政不如革心",遂慨然弃政向学,研读儒佛,以探讨人生的本质。先生自称"决志学术一途,时年已三十五矣。此为余一生之大转变,直是再生时期。"

1920年,熊十力进入南京支那内学院从欧阳竟无大师研习佛学。其间首尾三年,潜心苦修,独具慧心,颇有创获,生活艰苦异常,唯一的一条中装长裤,常是洗了之后要等晾干才能外出。蔡元培称熊氏乃二千年来以哲学家之立场阐扬佛学最精深之第一人。马一浮先生更在序言中将熊十力与王弼、龙树并提,称其学识创见乃超越于道生、玄奘、窥基等古代佛学大师之上,推崇至极!先生常与古圣先贤如孔子、王阳明、王船山等心会神交,治学严谨。台湾新儒学家徐复观是熊先生的弟子,他讲过从老师那儿请教读而得益的情况:当时穿着军装的他初次拜见熊十力,请教熊先生应该读什么书。熊先生教他读王夫之的《读通鉴论》。徐复观颇为自得地说,那书早年已经读过了。熊先生不高兴地说,"你并没有读懂,应该再读。"过了些时候,徐复观再去看熊十力,说《读通鉴论》已经读完了。熊十力问:"有点什么心得?"于是徐便接二连三地说出许多他不同意的地方。熊十力未听完便怒斥道:"你这个东西,怎么会读得进书!任何书的内容,都是有好的地方,也有坏的地方。你为什么不先看出好的地方,却专门去挑坏的?这样读书就是读了百部千部,你会受到书的什么益处?读书是要先看出他的好处,再批评他的坏处，这才像吃东西一样，经过消化而摄取了营养。比如《读通鉴论》，某一段该是多么有意义；又如某一段，理解是如何深刻；你记得吗？你懂得吗？你这样读书，真太没有出息！"这一番痛骂，无异当头棒喝，原来熊先生读书读得这样熟！原来读书要先读出每部书的意义！徐复观说，这对他是起死回生的一骂。恐怕对于一切聪明自负、没有走进学问之门的人都是起死回生的一骂！熊先生在为学之余，善交学界朋友，与时贤如黄季刚、马叙伦、梁漱溟、胡适之、张东苏、张申府、钱穆、汤用彤、蒙文通、张君劢、冯友兰、金岳霖、朱光潜、贺麟等人，时相过从，切磋学问。尤其是与林宰平、梁漱溟二人曾在一段时间里交往甚密，"无有睽违三日不相晤者。每晤，宰平辄诘难横生，余亦纵横酬对，时或啸声出户外。漱溟则默然寡言，间解纷难，片言扼要。余尝衡论古今述作得失之判，确乎其严，宰平戏谓曰：老熊眼在天上。余亦戏曰：我有法眼，一切如量。"这种诘难攻讦的论学方式，使熊氏受益匪浅，他的许多论点就是在这种辩难中产生和完善的。更有趣的是熊十力与同乡人废名（冯文炳，文学家）的交往，据他回忆说，两人一当相遇，必是口舌相加，每当争论起学术问题来，经常是各不相让，始则面红耳赤，大叫大嚷，继则扭成一团、拳脚相加，最后是不欢而散，然过一二日再聚时，则又谈笑风生，和好如初，如此狂怪又豁达，可追魏晋风骨！在治学上，他有如是格言：

"凡读书，不可求快，而读佛家书，尤须沉潜往复，从容含玩，否则，必难悟入。吾常言，学人所以少深造者，即由读书喜为涉猎，不务精探故。"

"每读一次，于所未详，必谨缺疑，而无放矢。缺疑者，其疑问常在心头，故乃触处求解。若所不知，即便放矢，则终其身为盲人矣。"

"根底无易其固，而裁断必出于己。"

"以出世态度做入世学问。""知识之败，慕浮名而不务潜修；品节之败，慕虚荣而不甘枯淡。""凡有志根本学术者，当有孤往精神。""不萌自足之念，不挟标榜之私。"

"吾国人今日所急需者，思想独立，学术独立，精神独立，依自不依他，高视阔步，而游乎广天博地之间，空诸旁依，自诚自明，以此自树，将为世界文化开发新生命，岂唯自救而已哉？""哲学有国民性，诸子之绪，当发其微。若一意袭外人肤表，以乱吾之真，将使民性尽毁，渐无独立研究与自由发展之真精神，率一世之青年，以追随外人时下浅薄之风会。"

"吾惟以真理为归，本不拘家派。"

先生是说，读书一要精读；二要有疑问而不放过，一定要把疑问解决；三要自出见解，不人云亦云；四，治学的人，要有淡泊的情怀，才能深入事物的本质而发现真理；五要弘扬民族精神；六要不拘门派。先生的学问主要是青年时代自学而得，这六条是他成功的要素。他没有童年大量背诵经史诗词的"童子功"，而这种"精研抉疑，独立思考，淡泊名利，虚己明善，发扬国学，不拘门派"的学习方法是他的心得，特别是他对崇洋媚外者的批评，今天也有意义。兴

南子景仰其人,曾作诗赞曰:

由佛入儒身世奇,生有侠骨称壮士。

退而治学悟真我,顶天立地一宗师。

(根据郭齐勇《现代新儒学的根基》中介绍熊先生的文字,中国广播电视出版社1996年版,以及熊十力著《佛家名相通释》,上海书店出版社2007年版部分内容其他资料综合编写。)

少年汤用彤的经典训练

汤用彤(1893—1964),字锡予,祖籍湖北省黄梅县,生于甘肃省渭源县。中国著名哲学史家、佛教史家、教育家、中国科学院哲学社会科学学部委员,会通中西、接通华梵、熔铸古今的国学大师,"哈佛三杰"之一(吴宓、陈寅恪),毕业于清华学堂,与柳诒徵是清华同学,后到美国哈佛大学留学深造,获哲学硕士学位。回国后历任东南大学、南开大学、西南联大、北京大学教授。通晓梵语、巴利语等多种外国语文,熟悉中国哲学、西方哲学、印度哲学,毕生致力于中国佛教史、魏晋玄学和印度哲学研究。所著《汉魏两晋南北朝佛教史》、《隋唐佛教史稿》,用科学方法系统地阐述了佛教从印度传入到唐朝时期的历史发展过程及其特点、佛学思想与中国传统思想的相互关系;详细地考察了中国佛教各宗派、学派的兴起和衰落过程及其原委。他关于佛教传入汉族地区的时间、重大的佛教历史事件、佛经的传译、重要的论著、著名僧人的生平、宗派与学派的关系、佛教与政治的关系等等都作了谨严的考证和解释,对佛教、对印度哲学发展过程有深入、全面、系统的研究,他在《印度哲学史略》中采录了中国所保存的不少重要史料,作了考证和评价。其学术成就获得中外有关学者的好评,世称"国人研究佛教史而卓然成家者,舍汤用彤先生之外,当难觅第二人。"

汤用彤的父亲汤霖,字雨三,光绪十六年进士,曾在甘肃渭源任职,颇有政绩。持身严谨,持儒学伦理处事做人,精通《易经》,深明《易经》君子进退之道,虽无著作传世,但家学深厚,对佛学深有研究。这对汤用彤后来走上研究佛学、成为国学大师影响很大。他把平生修身之道传授给汤用彤,使他成为品学皆优的学者。雨三先生早已看到满清政府的统治摇摇欲坠,便有急流勇退之思,不再留意仕途。据汤用彤之子汤一介先生回忆,祖父雨三先生"素喜汉《易》,亦喜吟诗诵词,平常最爱吟诵《桃花扇》中的《哀江南》和庾信的《哀江南赋》。用彤先生幼时寡言,但三岁那年,他有一天突然一字不差地背《哀江南》,雨三公很惊异。"于是,雨三公开始对用彤先生进行文史教育,在学习《四书》、《五经》和古史的时候,用彤先生对历史书最感兴趣,日后变成了历史学家,这源于少年时的爱好。

在武昌起义前几月,精通《易》理、关注时事的雨三先生感到"时事迁流,今后变幻不可测",便离都归隐黄梅老家,他对弟子儿辈们教导说:"事不避难,义不逃责,素位而行,随适而安。"告诫用彤先生要"毋戚戚于功名,毋孜孜于逸乐。"这些教导,用彤终生信奉。后来用彤先生自述父亲对自己治学的启蒙:"用彤幼承庭训,早览乙部。先父雨三公教人,虽谆谆于立身行己之端,而启蒙发愚,则常述前言往行以相告诫。彤稍长,寄心于玄远之学,居恒爱读内典。顾亦喜疏寻往古思想之脉络,宗派之变迁。"甲部是经学,乙部指史学,玄远之学,主要是《易》学,探求天地人三才之道,内典专指佛学佛典。汤用彤从小受父亲《易》学、佛学的影响深远,《易》学、佛学正是汤家传承的家学之一。对于儒家修身之道,多所继承,由于淡薄名利,对于经世之道,不特别追求。他三岁时就能听父亲反复吟诵而记得一字不差的《哀江南》曲是:

北新水令

山松野草带花桃,猛抬头秣陵重到。

残军留废垒,瘦马卧空壕。村郭萧条,城对着夕阳道。

沉醉东风

横白玉八根柱倒,堕红泥半堵墙高。

碎琉璃瓦片多,烂翡翠窗棂少。

舞丹墀燕雀常朝,直入宫门一路蒿,住几个乞丐饿殍。

离亭宴带歇指煞

俺曾见金陵玉殿莺啼绕,秦淮水榭花开早。谁知道春易消?

眼看他起朱楼,眼看他宴宾客,眼看他楼塌了。

这青苔碧瓦堆,俺曾睡流觉,将五十年兴亡看饱。

那乌衣巷不姓王,莫愁湖鬼夜哭,凤凰台栖枭鸟。

残山梦最真,旧境难丢掉,不关着舆图换稿。

诌一套《哀江南》,放悲声唱到老。

明天道、通《易》理、知佛法的雨三公在感叹大清即将灭亡。庾信《哀江南赋》序言中说:"孙策以天下为三分,众才一旅;项籍用江东之子弟,人惟八千;遂乃分裂山河,宰割天下。岂有百万义师,一朝卷甲;芟夷斩伐,如草木焉!江淮无涯岸之阻,亭壁无藩篱之固。头会箕敛者合从缔交;锄耰棘矜者因利乘便。将非江表王气,终于三百年乎?"雨三公借此在感叹大清王朝"王气终于三百年乎?"大清的统治接近三百年。三岁的汤用彤听着听着就记下《哀江南》全套词,这是天赋。现在的儿童教育,有的提倡早教,有的反对早教,从汤用彤和后面杨振宁以及其他大师少年求知的经历看,早教有意义,早教中的家教更有意义。汤家就是有家教的学术世家,已经传承四代矣。在民国年间,许多学者反对国学的时候,汤用彤弘扬国学,研究国学,他说:"吾国于世界上号称开化最早,文化学术均为本国之产,毫不假外求,即或外力内渐,吾国民亦常以本国之精神使之同化,而理学尤见吾国之特性。"先生对中国文化精神充满自信。这种精神依然要发扬。学习西方先进文化的同时不能丢了本民族的文化自信。汤先生注重家教,他曾对儿子汤一介先生说:"一个家庭应该有他的家风,如果家风断了,那么,这个大家庭也就衰落了。"信然。(陈全林根据《汤用彤评传》以及其他资料编写,麻天祥著,百花洲文艺出版社 1996 年版)

少年张元济的经典训练

张元济(1867—1959),前清翰林,近代著名学者、出版家,他投身商务印书馆,使其从一所小印刷所发展为国内首屈一指的特大型出版企业,并以高质量的出版物哺育了近代中国一代又一代新型知识分子和莘莘学子,为我国思想、文化、教育的近代化作出了巨大贡献,是推动中国近代文化发展的伟人。

纵观这一部家庭的历史,不难发现张氏家族虽有为官者,但不多,官职较高的除了有限几位(指北宋末年的张九成、明末张奇龄、清初张惟赤及其子张名浩,都曾入仕为官。编者注。)之外,就找不到了。然而,可以看到更多的,则是以读书、著述、藏书、刻书为终生事业的知识分子。藏书、刻书活动的极盛时期,在清雍正、乾隆两朝。张元济的七世本生祖张芳湄(1665—1730 年)著有《笥谷诗选》。他有九子,多有刊著行世,如长子宗栻著《南垞文稿》、五子宗柟辑刊《带经堂诗话》、六子宗橚辑《词林纪事》、著《耦村词存》、七子载华著《初白庵诗评》等,均流传后代,为学人所珍重。其时亦是涉园藏书的鼎盛时期。张元济的六世祖张宗松,号青在,除本人著有《扪腹斋诗钞》之外,尝刻《王荆公诗笺注》。他精于书籍版本鉴别,为清代著名藏书家。读书处名清绮斋,在海盐城内,本人名下就有藏书 1559 部,不下万册。他编有《清绮斋书目》,著录有宋、元刊本 50 余种,抄本 290 余种,这在私家藏书楼中,已属很高的品位了。至清嘉庆、道光年间,家道中落,持续了 200 年的藏书陆续散出。

张元济先生,字筱斋,号菊生,1867年10月25日(清同治六年,丁卯,夏历九月二十八日)生于广州。到张元济的祖父辈、父辈时,家庭境况日趋紧迫。这是因为除了张氏家族本身的衰落和清王朝开始受到外来侵略,国计民生每况愈下之外,太平军起义对江南一带造成的经济和文化的破坏,一直难以恢复。张元济的父亲张森玉(1842——1881年),字云仙,号德斋,21岁时随亲戚离开海盐,至广东潮州谋生,后来在广州定居,捐得一名小官职。他娶了江苏武进谢焕曾之女为妻。武进谢氏是晋代淝水之战主帅谢安之后,为江南大族,亦是世代书香。张元济兄弟姊妹共5人:长兄元煦、三妹元淑、四弟元瀛,另有五妹元清幼年早殇。

张元济幼时在广州,7岁入塾,开始接受传统教育。依照旧式的教材和教学方式,按部就班。家庭对孩子的要求是严格的,丝毫不得松懈。他后来回忆起13岁之前,受到父亲教导的几件事:某年秋,广东乡试发榜之后,父亲在灯下拿出这一年的闱墨——从考生的试卷中挑选出一部分加以刊印,供后来的学生学习和钻研的文章,为张元济讲解第一名陈伯陶的文章。显然,这是父亲对儿子所寄予的期望,希望儿子能在科举制的阶梯上一步步向上攀登。第二件事是父亲给他讲述螺浮公(张惟赤)的事迹。螺浮公任官职时,满清入关不久,对汉人歧视很严重。螺浮公敢于大胆上奏,提出刑部审讯记录不宜单凭满族官员执笔。又康熙皇帝冲龄即位,权奸秉政,螺浮公敢于冒死上疏,奏请亲政。螺浮公秉直的品格,在张元济幼小的心灵中留下了很深的印象。第三件事是海盐涉园和涉园藏书。螺浮公建造起来的涉园,不仅是海盐,而且是江南一座著名的园林。园内亭台楼榭、山石溪流无不具备。园中央希白池,南北长三百步,东西宽四百步,纳五龙涧、南涧、西涧之水。园内主体建筑濠濮馆,正面宽三十四尺,踞希白池之北,此外有可俯视全园的望海楼、四周植有数十株杏树的杏花台,以及听松阁、退思轩、可漱亭等一批建筑物。园内老梅夹路,古松如盖,高木荫不见天。七株老榆,高可十丈,树荫五六亩。四周布置山石,有多处怪石为壁,登上山岗,可揽东海之潮,而岗下则绿竹万竿。整座园林,历康、雍、乾、嘉,修缮不断。乾、嘉之际,江浙名流、学者来涉园借书、校勘、游园、赋诗者不在少数,其中有吴骞、鲍廷博、陈鳣、黄丕烈等,不少诗人墨客留了游记、诗篇。但父亲为他讲述时,涉园已成了战乱之后的废墟,而藏书散尽,先人刻书的书版,亦已片板不存,此时也只能感叹一番而已。数十年后,张元济四处访购涉园旧藏书籍,珍视这片有深厚文化积淀的土壤中的每一件遗物,即源于父亲早年给他讲述的故事。张元济一生写了不少古体诗,写景、济世、唱和皆有,大多颇有人生哲理,感情真挚,如:

《和胡适》

世事遭逢未足奇,本来无喜亦无悲。

为言六日清闲甚,此时闲中学赋诗。

《怀商务印书馆》

昌明教育平生愿,故向书林努力来。

此是良田好耕植,有秋收获仗群才。

《勘校孤本元明杂剧诗纪》

人间法曲几销歇,百卷元明尚有书。

点定千秋不朽业,吴兴而后是吴趋。

《告别亲友诗》

维新未遂平生志,解放功成又一天。

报国有心奈无命,泉台仍盼好音传。

　　第一首诗,写人生哲理,得失悲喜乃人生平常际遇,有修养的人,得闲就学诗以抒情养性。第二首,表达了他主持商务印书馆的人生理想,济世智民。第三首诗,写了他保护中华文化的志愿、功业。他曾和著名的元曲专家王季烈先生点校出版过珍本图书《孤本元明杂剧》。最后一首诗,是他晚年多病时的感慨,也是对自己一生的总结,当年参加维新运动以救国,没有成功,便转身到教育、出版界作育人智民的伟大事业。解放了,还想给国家出力,可是,偏偏生病,心有余而力不足。他希望自己死后,儿孙们祭奠他时,能告诉他国家兴盛发展的好消息。这些诗朴实、感人。最后一首让人联想到南宋爱国诗人陆游的《示儿》:

死去原知万事空,但悲不见九州同。

王师北定中原日,家祭无忘告乃翁。

　　这种文人志士的爱国情怀,千古一脉。(选编自张元济之孙张人凤著《智民之师·张元济》,山东画报出版社 1998 年版,图片选自该书。原文有改动、补充。)

少年陈寅恪的经典训练

陈寅恪(1890—1969年),我国现代著名历史学家、国学大师,世人评价他是学界楷模,"任时势变迁而枯守学术一隅,以孤傲自恃而独守精神之学问。"他的学问、品德、家世与坎坷经历使近现代学人视之为泰山北斗一样的人物。先生生于文化世家,义宁(今江西修水)陈家在近代政治、文学、学术上有着立足史册、标炳千秋的地位与意义。

先生的祖父就是近代史上支持维新变法的名人陈宝箴。陈宝箴于清咸丰十年(1860年)入京会试,没有考中,留在北京,正值英法联军入侵北京,火烧圆明园,大火冲天,陈宝箴于旅店睹之,拍案痛哭。陈以才学得到近代军事家、文学家、政治家曾国藩的赏识,视为海内奇士。后来陈宝箴入仕,大起大落,但爱国忠君之志,为人称道。1895年的《中日马关条约》鉴定后,陈痛哭曰:"无以为国矣。"乃上疏直陈利害得失。1896年秋,光绪二十一年,陈宝箴授湖南巡抚,这是他一生中最后一次,也是最重要的官职。他在湖南兴文化,开矿业,整军政,公官权,启民智,变民俗,办学堂,开报馆……使得湖南在经济、文化、军备方面都有了优势。其后中国近现代史上一些关键人物如毛泽东、刘少奇、胡耀邦等都出自湖南,与当年陈宝箴在湖南开新风有关系。维兴运动开始前,陈先生上荐数十名人才,其中有"戊戌六君子"中的杨锐、刘光第。变法失败后因陈宝箴"坐滥保匪人,废斥不用"。1900年,先生病逝南昌。陈宝箴精通医道,湖北巡抚谭继询生重病时,陈宝箴用中药愈之。所以陈寅恪从少年至老年喜读医书,隋巢元方的《诸病源候论》、唐孙思邈的《千金要方》、明李时珍的《本草纲目》他都读过,从中找到了一些可用的史料,比如中医讲的"狐臭"原为"胡臭",本由西胡种人而得。陈氏家习中医,故而他从小喜读医书。

陈寅恪的父亲陈三立,因陈宝箴卒于在《水经》中名"散原山"的西山,故而先生晚年自号散原,是清末民初大诗人,生于1853年,光绪十二年(1886年)考中进士,授吏部主事,但未居官,侍随其父,与贤士大夫、文人学士交游,讲学论文。慨然思维新变法,以革天下。变法失败后,先生专事文学,成了诗坛宗师。1937年,日本侵略北平,发动了"七七事变",先生一夕忽梦中狂呼杀日

本人,全家惊醒。日本战领北平(北京)后,欲招致先生,先生拒绝,赶走游说者。先生忧国忧民,于悲愤中病逝,享年85岁。

陈寅恪生于名门,从小受到良好的国学教育、经典训练。先生五、六岁时,家中请来私塾老师给陈家子弟教经史,不久,陈家自办学堂,老师所教,除《四书》、《五经》外,还有数学、英文、音乐、绘画。陈寅恪的哥哥陈衡恪(陈师曾)成了近代大画家,与南通范家结亲,作了范伯子的女婿,范伯子是书画大师范曾的曾祖父。散原曾评范伯子是"苏黄以下,无此奇人"。

陈家藏书颇多,与陈宝箴、陈三立往来的都是学问高深、博通经史的贤达名流。陈寅恪师从父兄及私塾先生周大烈之外,终日埋头于浩如烟海的古籍与佛经,十几岁时就已"学富五车,博览群书"。陈家自寅恪的高祖、曾祖到祖父、父亲,四代人皆有功名,是学术世家。教育子弟方面,从《说文解字》入手,长而读书为文,不拘泥八股试帖,习经史百家,以成大用。陈家长者教子弟读经史,也教他们做人之道,使经史能变成经世致用的大学问,不仅仅是为了科举致仕、光宗耀祖。陈先生少年时不光熟读儒家十三经,对《老子》、《庄子》、《列子》、《抱朴子》这些道家经典下过很大功夫。这种广读法对他后来的研究起了很大作用。陈寅恪承继了祖辈的气质气节与人格精神,加上留学日本、德国、美国,学贯中西,形成了他独特的气质风范,铸造了他辉煌的学术成就。陈先生是现代著名诗人,和父亲一样,是写古体诗的大手笔。

俞大维先生与陈先生是"两代姻亲、三代世交、七年同学",他说陈寅恪幼年读书时,先学《说文》及训诂之学,"读书须先识字"。其次,"在史中求史识",研究历史,重点在历史上寻求历史的教训,认为经史是国人必须学习的,无论你的爱憎好恶如何,《诗经》、《尚书》是先民智慧的结晶,乃人人必读之书。他对《春秋》很看重,对《左传》更欣赏其文采,对《周礼》,认为这是记载法令典章最完备的书,礼与法是社会稳定的因素,礼法虽随时俗而有变,但礼之根本则终不可废,而他很重视《周礼》。对于《礼记》的看法是,此书中包含着儒家最精辟的理论,认为《礼记》中的《大学》、《中庸》、《礼运》、《经解》、《乐记》、《坊记》等等在世界上都是最精彩的作品,我们不但要看这些书,而且必须能背诵。对于《孝经》他认为这是好书,只是篇幅太小,《尔雅》归于《说文》一类,是文字方面的经典。对于《论语》,他说此书的重要性在论"仁";而《孟子》,他更喜欢其文章。俞大维在《怀念陈寅恪先生》中说:"我们这一代的普通念书的人,不过能背诵《四书》、《诗经》、《左传》等书。寅恪先生则不然,他对十三经不但大部分能背诵,而且对每字必求正解。因此《皇清经解》及《续皇清经解》,成了他经常看读的书。"

我们提倡儿童读经、诵经、背经,希望当代儿童也能像陈寅恪一样,能将古代的那些被今人冯天瑜先生称为"中华元典"的经典背诵,至少要背诵其精华。陈寅恪先生少年时读史书,无书不读,《二十四史》一生都研究。诗歌方面,他佩服陶渊明、杜甫,最推崇平民化的诗歌大家白居易,比较爱好李白与李商隐的诗;词方面,遍读宋词,对清人龚自珍、朱祖谋、王国维的词很推崇。古文方面,他最推崇欧阳修、韩愈、王安石、归有光、姚鼐、曾国藩诸大家的文章。这些对学习传统文化的人有参考意义。陈寅恪之所以成为陈寅恪,是中华经史与西方治学方法共同铸造了他学术的辉煌,而他的"士"的风骨则完全根于家学与儒学。抗战时,陈先生感时作《闲居旅舍感赋》:

> 不生不死欲如何？三月昏昏醉梦多。
>
> 残剩山河行旅倦,乱离骨肉病愁多。
>
> 江东旧义饥难救,浯上新文石待磨。
>
> 万里乾坤空莽荡,百年身世任蹉跎。

　　读他的诗,总让人想起离乱中、贫苦中、疾病中吟诗的杜甫。"浯上新文石待磨",借典故抒怀,盼望抗战胜利。唐代元次山于永州浯溪山崖刻有颂扬唐肃宗平定安史之乱功绩的《大唐中兴颂》。陈先生之意,只要抗战胜利,就可以摩崖刻石以颂功。今从陈先生三首诗中摘出八句,集成一首,以写他的高尚风格与孤独心境。

> 空文自古无长策,大患如今有此身。
>
> 吾侪所学关天意,并世相知妬道真。
>
> 人事倍添今日感,园花犹发去年红。
>
> 念昔伤时无可说,剩将诗句记飘蓬。

　　(陈全林据钱文忠编《陈寅恪印象》,学林出版社 1997 年版,以及其他资料如《一代人的精神光芒》等编写,图片选自钱著。)

少年王觉非的经典训练

　　王觉非(1923—　),我国著名历史学家,生于河南林县,1944—1948 年在中央大学历史系学习,并参加学生进步组织与革命活动。大学毕业后一直在南京大学历史系任教,著有《欧洲史论》、《近代英国史》、《欧洲五百年史》、自传《逝者如斯》。

　　王觉非小名叫酉生,生于封闭落后的山区,父亲通过自学谋到一份在《两河日报》作编辑的工作。酉生六岁时,父亲托人给酉生爷爷带信,要酉生上学,爷爷就和附近的几家人商量,每家出几个钱,请来私塾先生在酉生家的堂屋门前放张桌子,几张板凳,开始教孩子们念书。刚开始念《三字经》,学生们高声朗读,引得未上学的孩子们好生羡慕。有天,私塾先生告诉酉生爷爷,说"酉生的头顶上有一块平平的地方,孔夫子就是这样的长相,这孩子长大后会成为大人物的。"酉生后来成了大学者,没辜负先生的眼力。《三字经》未念完,父亲托人带信,要酉生上新式学堂。这样,酉生进了附近的一所小学,学的是什么"大狗叫,小狗跳"、"公鸡啼,清早起"之类。从文化的角度讲,这远不及《三字经》、《千字文》文词之佳妙、意蕴之深远。有一天,父亲从外地回家,要酉生背书,一听内容,很不高兴,便把酉生母子接到郑州去。酉生在郑县县立第一小学插班上学,起初赶不上,许多字没学过,但他好学,回到家里后父亲给他补课,仅两个月就成好学生。父亲每天读书习字,喜读古文,教酉生背《古文观止》。陶渊明的《归去来兮辞》,酉生听父亲念,都能背了。"归去来兮,田园将芜胡不归?既自以心为形役,奚惆怅而独悲;悟以往之不谏,知来者之可追;实迷途其未远,觉今是而昨非"。酉生的学名"觉非"就源于此文,父亲说:做人得有反省精神,人最怕自满、自以为是。"知人者智,自知者明;胜人者有力,自胜者强"。"觉非"就是"自知自胜"的意思。酉生理解了父亲的良苦用心,一生保持着谦虚、谨慎、自省的精神。父亲教他习字,给他柳公权的《玄秘塔碑》临习,父亲临习魏碑,觉非在临唐楷的同时习魏碑,两体皆有成就。有次,邻居林大伯抄来一付对联:

> 传家有道唯存厚,处世无奇但率真。

父亲让儿子写,酉生写得大方漂亮。学习上酉生游刃有余,语文、图画很突出。一回到家里,废寝忘食地读《三国演义》、《水浒传》这些"闲书",父亲赞成他多读"闲书"。酉生在自传中说:"我这一生中的语文基础就是在小学时期奠定的。""我思想深处潜藏着从文学作品中得来的那些悲天悯人、匡时济世的思想。另一种因素是我从各种武侠小说中得来的赤胆忠心、豪爽义气的思想。"阅读小说,甚至是不被家长看重的武侠小说,对一个人的成长也有重要启示,金庸小时候是武侠迷,长大后写出了轰动世界的优秀武侠小说,王觉非从武侠小说中读出了"赤胆忠心、豪爽义气",并不奇怪,倒是今人轻视传统通俗文学有点奇怪。王觉非的自传写得像小说,像史书,他是历史学家,有非常好的文学功底,自传写得动人,诗词时有佳作:

> 癸未夏与贤晚小赵侃怀一则
>
> 蛰居斗室喜无尘,摄养余生少出门。
>
> 自感年高难骛利,常思学浅不沽名。
>
> 三餐素食唯清谈,一卷唐诗作伴吟。
>
> 雨霁风清行大道,神州处处四时春!
>
> 蝶恋花·移居思絮
>
> 槛菊未残红叶灼,故宅周遭,处处风情卓。
>
> 颐养宣州余愿足,奈何长夜伤离索。
>
> 忆昔诗朋同切琢,兰芷芬芳,谈笑扬清浊。
>
> 落月停云胸际逐,郎川应是春堤绿。

(陈全林据《逝者如斯》及其他资料编写,中国青年出版社,2001 年版。)

少年李宗吾的经典训练

李宗吾（1879—1944年），近现代著名哲学家，民国元年以一部《厚黑学》名闻天下，自号"厚黑教主"，并非创立了什么宗教组织，"教主"是其自嘲之言。他讽刺"厚黑学"，基于清末民初的政治局面，比如袁世凯阴谋窃取孙中山革命的果实，复辟帝制，可谓"面厚心黑"。"厚黑学"源于他对《三国志》与《三国演义》的研究，三国时的三位枭雄，刘备是面厚，曹操是心黑，孙权介乎刘、曹之间。李宗吾人品极高，国学大师南怀瑾与他有一面之交，得其帮助，认为其人古道热肠，为人侠义。李宗吾死后，李坚白作挽联云：

寓讽刺于厚黑，仙佛心肠，与五千言后先辉映；

致精力乎著述，贤哲品学，拟念四史今古齐名。

宗吾父亲是个识字农民，名高仁，字静安，他40岁时得了重病，医生要他放下一切杂务，只当死了一般，安心静养，方可活命。于是李静安弃家务，读古书，读书养气，病倒好了。养病其间，静安常读《三国演义》、《东周列国志》、《四书》（讲解本）。宗吾的胞叔韫山公学问极好，见兄长读《四书》，欣然鼓励。宗吾生于其父发愤读书之末年，故随父性，喜静好读。李静安爱读书，把自己读的书全教给儿子。静安平生只专心研习三本书，反反复复读。一是《圣谕广训》（乾隆皇帝著），其书后附有《朱柏庐治家格言》；二是《剑心要览》，古代格言集，分修身、治家、贻谋、涉世、宽厚、言语、勤俭、风化、息讼九项；三是明代杨继盛参严嵩的奏折及后所附杨继盛的遗嘱，遗嘱中以训子为本，言皆居家处世之道。常不离者为前两种，教李宗吾读，对他说："你的书读窜皮了，书是拿来应用的，'书即世事，世事即书'。你读成'书还书，我还我'去了。"宗吾受此庭训，于无事时，即把书与世事两相印证，著《厚黑学》、《心理与力学》。

静安对儿子说："书读那么多做甚？每一书中自己觉得那一章好，即把他死死记下，其余不合我心的，可以不看。"宗吾学其父读书法，任何书观其大略，选其精华，背之、咏之、味之，反复咀嚼，将书抛去，得其精华。天下的书多得读不尽，有如天下美食吃不尽，天下奇物购不尽，读书则当读切己有用者。父亲支持他成天勤奋读书。静安读过的治家格言中信奉早起之教，朱伯庐云："黎明即起。"唐翼修云："早眠早起，勤理家务。"韩魏公云："治家早起，百务自然舒展，纵乐夜归，凡事恐有疏虞。"所以，静安总是早睡早起，经常与儿子探讨书中旨趣，不像私塾中只背书，很少讲解。父子讨论《论语》时，李静安说："子曰：'贤哉回也，一箪食，一瓢饮，在陋巷，人不堪其忧，回也不改其乐，贤哉回也'。颜回朝日读书，不理家务，犹幸有箪食瓢饮，如果长此下去，连箪食瓢饮都莫得，岂不饿死？"他要儿子思考。这时李宗吾不过八岁，《四书》烂熟于胸。静安未教李宗吾读《四书备旨》、《四书味根录》，这是私塾老师教的，还有《史

110

记》、《前汉书》、《后汉书》。《四书备旨》、《味根录》是学八股文的书，八股文很讲究文字，书虽庸俗，但字字推敲，学习此书，于写作有用。李宗吾八岁时上私塾，跟陈先生读了四年书，之后随关、邓二师学古文，读《千家诗注解》、《纲鉴易知录》，由是李宗吾爱上读史书，从关老师处借来《三国演义》、《三国志》研读。《诗经》、《昭明文选》都能背诵。有次，关老师让李宗吾写诗，中有"雪"字，李宗吾第一韵用了"同云"二字，关师改成"彤云"，说《三国演义》里有"彤云密布，瑞雪纷纷"句。李说，我用的是《诗经》中"上天同云，雨雪雰雰"句。关师闻言默然。

李宗吾随刘老师学习作文，跟侯老师学八股文。刘先生手录过《史记菁华录》，以之教学生。李宗吾同时学《礼记》、《禹贡锥指》，后者是清朝名著。宗吾读书用功，文章佳妙，深得刘、侯二师器重，以为此子必成大器。20 岁前，李宗吾又师从罗先生、李先生读书。罗先生能将《四书》背诵，闭眼躺在床上，看似睡着了，让学生背书，错一字或漏一字，他都知道，连古人注《四书》的小注都能背出，许多古文名篇、八股文名篇能默写。这些老师在教育上，特别是少年必须大量背诵古诗文名篇的教育法，使李宗吾在二十岁前学问已有坚实根基，为他成为大哲学家打下了基础。李宗吾从小看《三国演义》与《三国志》，看出了一部《厚黑学》，被视为奇书。李宗吾的诗作虽少，颇有清奇之气，如《和雷民心诗》：

> 空阶斜月锁柴门，老屋荒烟绕半村。
>
> 四野鸡声孤剑啸，中宵蝶梦一灯昏。
>
> 秦庭笑洒荆轲血，蜀国哀啼望帝魂。
>
> 青史有名甘白刃，留芳遗臭且无论。

宗吾曾向同乡陈健人借过 50 元大洋，陈当时无钱，向他人借足后送给李，并赠一诗：

> 五十块钱不为多，借了一坡又一坡。
>
> 我今专人送与你，格外再送一首歌。

宗吾读其诗，诗兴大发，作诗和曰：

> 厚黑先生手艺多，那怕甑子滚下坡。
>
> 讨口就打莲花落，放牛我会唱山歌。

甑子乃蒸饭之具，此处指饭碗，讨口即乞食，莲花落是乞丐们常唱的歌，自比乞丐，足见其人的风雅幽默。（陈全林据　张默生著《厚黑教主李宗吾传》编写，团结出版社 1995 年版，图片选自该书。）

少年胡适的经典训练

胡适(1891—1962 年),现代文学史、哲学史上最有争议的人物,和鲁迅一样,是影响中国百年历史的伟大人物,蒋介石评价他为"新文化中旧道德的楷模,旧伦理中新思想的师表"。"五四"运动与胡适的推动分不开,不论是他首倡"白话文运动",还是主张"西化",他的思想与作品都是民族文化的宝贵财富。他一生获得了 37 个名誉博士头衔, 足见其影响力。尽管胡适曾主张"西化",但他是国学大师,近代"西化"大潮中他提出了"整理国故"的主张,认为"发明一个字的古义与发现一颗恒星,都是一大功绩。"支持《国学季刊》的创办,提出"研究问题,输入学理,整理国故,再造文明"的主张。这些主张于今则正适其时。他研究中国哲学、历史,研究儒、释、道经典,研究《红楼梦》,注释典籍,他在"学西"、"崇西"的同时主张重估国学价值,还国学本来面目,写《中国哲学史大纲》时先从老子开始,推崇道家,这一点,当代道学家胡孚琛教授很看重,认为胡适在中国哲学史研究上比国学大师冯友兰高明。从《胡适自述》中可以看到他在十四岁以前博览群书,具备了国学大师的基本学养。我读过近现代许多名人的自传或他人所写传记,唯有胡适对自己少年时代读书的情况介绍得最详细。这里仅依其自传简要叙述。

1891 年 12 月,胡适出生于安徽积溪,两个月后其父胡传被台湾巡抚邵友濂奏调台湾,胡适和母亲随行台湾,父亲曾教胡适识字,不满三岁的他已经识得七百字。《四十自述(一)九年的家乡教育》中说:"我小时也很得我父亲钟爱,不满三岁时,他就把我母亲红纸方字教我认。父亲作教师,母亲便在旁作助教。我认的是生字,她便借此温她的熟字。他太忙时,她就是代理教师。我们离开台湾时,她认得近千字,我也认了七百多字。这些方字都是我父亲亲手写的楷书,我母亲终身保存着,因为这些方块红笺上都是我们三个人的最神圣的团居生活的纪念。"1895 年 7 月,胡传病逝。胡适母亲才 23 岁。胡父遗嘱叮咛,一定要让胡适读书,要儿子"宁鸣而死,不默而生"。年仅三岁半的胡适就在四叔介如先生的学堂读书,太小,要大人抱上高凳子,学毕再抱下来。进学堂前他已识得一千字。三岁时已由父母教书识了不少字,不用在学馆里念《三字经》、《千字文》、《百家姓》、《神童诗》。胡适念的第一本书是胡传编的四言韵文《学为人诗》,父亲亲自抄写,让儿子诵读,讲为人之道。其中有:

为人之道,在率其性。子臣弟友,循理之正。

谨乎庸言,勉乎庸行。以学为人,以期作圣。

> 五常之中，不幸有变。名分攸关，不容稍紊。
>
> 义之所在，身可以殉。求仁得仁，无所尤怨。
>
> 凡为人子，以孝为职，善体亲心……

结论是：

> 为人之道，非有他术。穷理致知，反躬践实。
>
> 黾勉于学，守道勿失。

胡传还写过《原学》，有"天地氤氲，百物化生"之句。这些作品以韵诗的形式讲《中庸》、《易经》之理，是略述哲理的书。这是胡适读的第二本书，所谓"家学"之作。第三本则是《律诗六钞》，清初文人姚鼐选本，全是唐诗，虽然不懂其妙，但背得很熟。至于《三字经》、《神童诗》听别人念也念熟了。胡适念的第四本书是《诗经》。自述中他列了儿时读的经典，有：《孝经》、《小学》（朱熹著）、《论语》、《孟子》《大学》、《中庸》（皆为朱熹注本）、《书经》（蔡沈注本）、《易经》（朱熹注本）、《礼记》。学堂里只有两个学生，胡适，四叔的儿子嗣秫。嗣秫好玩，胡母对胡适管得特严，胡适常常一个人坐在学堂里温书念书，直到天黑才回家，从小，他是听话、好学的孩子。由于四叔被选为颖州府阜阳县训导，上任去了，他就把教学的事交给族兄胡禹臣，禹臣接收家塾后，学生增添到十多个。别的同学家每年给老师的教学费用是二元钱（银元），胡母给老师每年十二元，打破当地的纪录。胡母要老师给胡适教学时，读一字，讲一字，读一句，讲一句。胡适成为大学者后，深悟母亲此举的非凡意义，"我一生最得力的是讲书，父亲母亲为我讲方字，两位先生为我讲书。念古文儿不讲解，等于念'揭谛揭谛，波罗揭谛'，全无用处。"胡适上学前已识得千字，每识一字，父母都讲解其意。故而，胡适在学堂里经常当"小先生"给同学讲课文，特别喜欢看《幼学琼林》的小注，注文中有许多神话故事。胡适九岁时，在四叔家东屋中发现一个木板箱中有书，拿出一看，是两头被老鼠咬坏了的《水浒传》残本，胡适一口气就看完了，一下子为他的童年生活打开了新鲜新奇的世界。看书上瘾了，向族中兄弟借来了《三国演义》、《水浒传》全本，从此，到处借书看，阅读的乐趣使他如饥似渴地读了大量的明清小说杰作。连《正德皇帝下江南》、《七剑十三侠》他都收藏，像《双珠凤》、《红楼梦》、《儒林外史》、《聊斋志异》，都是经常读的书。这些一流的作品让他受益非浅。《琵琶记》、《夜雨秋灯录》、《夜谭随录》、《兰苕馆外史》、《寄园寄所寄》、《虞初新志》这些弹词、传奇小说，以及《薛仁贵征东》、《薛丁山征西》、《五虎平西》、《粉妆楼》等通俗小说，无所不读。遍读小说的结果是胡适在"子曰诗云"之外、不知不觉之中得到了深厚的白话散文训练，为后来他倡导的"白话文运动"播下了种子。十几年后，于他治学立下大功。这种读书的经历使他的文学境界得到升华，这时的胡适不到十四岁。学堂里他读《周颂》、《尚书》、《周易》这些古书，读得不太懂；有时，因读不熟而挨老师的打。读这些古书，对于一个少年来说，由于尚不能理解其文，对他的作文没起多大作用,对古典小说的学习且使他的作文水平大大提高。学者刘绍铭先生说"要提高学子的语文水准,除了复古,别无他法。这些话真的逆耳,恐怕没几个人会听得进去。前人读书,正襟危坐,捧诵环回,因为他们不把文字看做'东西'"。语体文的境界哪里来?"唐诗、宋词、《古文观止》。"所谓底蕴,莫不如是,"要培养对文字的感性直觉,要把文章写得有分寸,靠的不是教育科技提供的各种先进助学设备,而是古方:背书。"从胡适身上看刘先生的结论,恰当而深刻。

十二、三岁的胡适,已能给堂兄妹们讲《聊斋》故事。四叔的女儿巧菊,禹臣先生的妹子广菊、多菊,祝封叔的女儿杏仙,本家侄女翠萍、定娇都在十五、六岁,全围着胡适听故事,她们总是去泡炒米,或做蛋炒饭请胡适吃,一边做鞋,一边听胡适讲《聊斋》里的《凤仙》、《莲香》、《张鸿渐》、《江城》,如痴如醉。十四岁时,胡适开始写古文了。十二、三岁的胡适,读古文体的《聊斋》,又以白话方言讲给姐妹们听,这本身是扎实的古文训练。由于胡母,以及胡家的一些女眷信佛,胡适还看过《玉历钞传》、《妙庄王经》这些佛书。胡适十一岁时能自由阅读古文书,禹臣先生教他读《纲鉴易知录》,后来教他读《御批通鉴辑览》。前一本由于有句读(标点断句),读得容易,后一本无标点,他边读边点(用朱笔断句),读得很慢。二哥建议胡适读《资治通鉴》,这样,胡适迈出了研究中国史的第一步,爱上史书。胡适说自己"在十一二岁时便已变成无神论者",这是他读完《司马光家训》和范缜的《神灭论》后受到的启发。《神灭论》是一篇高深的哲学论著,他一个少年竟然读得懂。

1904年,十四岁的胡适去上海求学,在梅溪学堂里被分到低年级五班,老师有次讲课文时,书里有一句话:"传曰:二人同心,其利断金。同心之言,其臭如兰。"沈先生随口说:"传"指《左传》。讲完课后,胡适告诉先生,这个"传曰"指《易经》里的《系辞传》,不是《左传》。先生脸红了,问:"你读过《易经》?"胡适说读过,还告诉他读过《诗经》、《书经》、《礼记》,于是,沈先生把他带到二班课堂上。一天之中胡适升了四班。胡适在少年时几乎读遍了那个时代少儿该读、能读、想读的书,他成了影响中国文化的大师,岂偶然哉!

1921年,胡适先生拟有《中学国故丛书》目录,列举31种古籍以备中学生阅读,都是胡适小时候所读,包括:《诗经》、《论语》、《战国策》、《老子》、《庄子》、《荀子》、《孟子》、《墨子》、《韩非子》、《左传》、《楚辞》、《淮南子》、《史记》、《汉书》、《论衡》、《元曲选》、《明曲选》,以及陶渊明、李白、杜甫、韩愈、柳宗元、白居易、欧阳修、王安石、陆游、辛弃疾、朱熹、杨万里、关汉卿、马致远十四位古代杰出文学家的诗文集。对于大学生,要求在此基础上读四大古典小说和《法华经》、《阿弥陀经》、《佛遗教经》、《坛经》等佛教经典,丰富哲学思维。胡先生所列中学生国学书目对今天的中学生依然有用。胡适后来主张写白话文、白话诗,但他写过许多古雅的旧体诗和仿民歌的佳作,如:

《相思岩》

相思江下相思岩，相思岩下相思豆。

三年结子不嫌迟，一夜相思叫人瘦。

《希望》

我从山中来，带着兰花草。种在小园中，希望花开早。

一日看三回，看得花时过。兰花却依然，苞也无一个。

《旧梦》

山下绿丛中，瞥见飞檐一角，惊起当年旧梦，泪向心头落。

隔山遥唱旧时歌，声苦没人懂。我不是高歌，只是重温旧梦。

（陈全林据《胡适自述》及其他资料编写，河南人民出版社 2005 年 2 月版，图片选自该书。）

少年张东荪的经典训练

张东荪（1886—1973）是近现代著名的哲学家与社会活动家、诗人，原名万田，字东荪，曾用笔名"圣心"，晚年自号"独宜老人"。浙江杭县（今杭州市）。曾为中国国家社会党、中国民主社会党领袖之一，曾任中国民盟中央常委、秘书长。时而从政，时而治学，学术以哲学为主，著述颇多。政治方面提出的"新民主"主张，多与当时共产党提出的新民主主义相合或相近，积极促进国共和谈，参与北平和平解放的工作。

1886 年 12 月 9 日，张东荪生于父亲张上禾刚赴新任的内邱县，东荪是自取名，原名张万田，字圣心，"东荪"即"东甫公之孙"，东甫公是他的祖父，清末洪杨之乱时为保卫泰州积劳成疾，病死任上，得朝廷嘉奖。张东荪祖籍浙江钱塘县，张家世代耕读传家，诗书继世，张东荪从小在家接受"诗书教化"，这是中国千百年来的传统教育。1893 年 1 月 25 日，张母陈氏病逝，东荪 8 岁，其兄尔田 20 岁。此时尔田卓有文名，中过举人，擅长辞章，诗文有古风，为时人所重。尔田博通经史，自然而然地做了弟弟的老师。母亲去世后，兄弟俩回原籍浙江读书进学，不久，其父卸任回乡，负起教子之责。张东荪从 8 岁开始读《四书》、《五经》，父兄的严督下对这些经典认真研读，打下了深厚的国学功底。自幼受严格的儒家教育，使他的道德观念、人格气质、为人处世深受儒家文化影响，中国士大夫那种"天下兴亡,匹夫有责"的救国救民的责任感、注重个人道德修养的意识、居安思危、不畏强权的气节,都在他身上表现突出。张东荪说:"我从小即读中国旧书,孔孟之道、中庸主义在我身上有深厚的根基,养成一种气质。"

张家以诗赋文章传家,尔田以文史见长,故东荪幼时受到系统的文学、诗歌、词赋方面的严格训练。尔田有诗词集传世,晚年的张东荪也以诗词遣怀,著有诗词集《草间人语》,这是家学之硕果。在兄长的督责下东荪于书法、吟诗、填词、作赋都有长进。诗词对东荪的价值是相伴终生,享用终生。受尔田影响,东荪16岁时研习佛经,打坐修禅,以期开悟。尔田对佛法研究颇深,东荪读佛典之《大乘起信论》、《楞严经》,竟然"不禁手舞足蹈"。因为读佛经,对哲学有了兴味,有了探索宇宙人生真理的想法,日后成了哲学家。1904年,20岁的张东荪赴日留学,在东京帝国大学哲学科攻读哲学,这种选择与少年时研习佛经有关,直到晚年还发表佛学论著。如今的中学生,有哪几个阅读过佛学著作?

1914年,东荪闻讯美国哲学家詹姆斯逝世,写诗凭吊:

西风噩信惊残梦,孤独零篇系吊思。

千载是非今日定,百年辛苦几人知?

伤心江海苍茫处,刻意人天寂寞时。

帝网重重生世泪,中原犹赋大哀诗。

东荪诗韵高古,"帝网重重"是佛经典故,天帝释提桓因是三十三天统主,居处有宝珠结成的网,每个宝珠都发光,构成重重无尽的光网世界,光与光之间没有阻碍。这首诗中充满对沧桑人世的无限感叹,写出了哲人的孤独与人生的无常(不永恒)。"千载是非今日定,百年辛苦几人知",有悟达人生的禅意。他一生关心国家大事,没有做到梁启超当年劝戒他的"风波旧忆横身过,世事今归袖手看"。中华人民共和国建立后,由于"文化大革命",张东荪被打成反革命,命运很悲惨,最终死于北京秦城监狱,仅因为他曾是蒋介石器重的文化名人,"罪"重如山。他的不幸反映了那一代文化人的不幸。但他的心态平和,这与他早年学佛有关。少年学诗,晚年以诗词娱老遣愁,正是旧时代文人所特有的情怀,东荪自谓:

百年豪气向谁倾?倒海空尊亦数擎。

厌世攀天无一可,但将诗境慰平生。

(陈全林据左玉河著《张东荪传》,山东人民出版社1998年版编写,图片选自该书。)

少年吴宓的经典训练

吴宓（1894—1978），号雨生、雨僧，现代国学大师，学贯中西，一生独立思考，张扬国学大旨。吴宓在东南大学与梅光迪、柳诒徵共同主编创刊于1922年的《学衡》杂志，11年间共出版79期，于新旧文化取径独异，持论固有深获西欧北美之说，未尝尽去先儒旧义，与"新文化运动"分庭抗礼，别成一派。他撰写了《中国的新与旧》、《论新文化运动》等论文，采古典主义，主张维持中国文化遗产的应有价值，著有《吴宓诗文集》、《空轩诗话》等。"文革"其间江青要他批孔子，他宁可被批斗，也不愿批孔子，他说："批林，我没意见，因为我不了解。但批孔，绝不可以，因为孔子有些话是对的。"他心中孔子是中华文化精神的象征。他坚持作为学者的独立个性，遭受到那个时代不公正的批判，直到1979年平反。

吴先生1894年生于陕西泾阳，从小接受传统经典训练。1911年，他考入清华大学，并于1917年赴美留学于弗吉尼亚大学和哈佛大学，师从名师，由此学贯中西。1931年，吴先生回国任东南大学西洋文学系教授，创办学术名刊《学衡》杂志，任主编，在当时的文化界，形成了与胡适、鲁迅等"五四"时期为主的"西化"派唱"对手戏"的"学衡派"。此派以弘扬国学、整理国故为己任，吴先生作为学衡主将，与鲁迅先生有论战。吴先生一生对东方文化尤其是中国儒学有很深的感情，他对当时"新文化运动"中盲目学习西方，拼命否定传统的失误早有觉察，他当时对于中国文化的价值、地位的许多看法至今仍闪光辉，这是近十年来学术界兴起"吴宓热"的根本原因。吴宓与国学大师陈寅恪的旷世友情为学界称道，他是厚道君子，身心中体现了儒家忠义宽厚的美德。吴先生还是写古体诗的高手，让我们从《吴宓自编年谱》中了解这位大师的少年读经岁月吧。

吴宓原名玉衡，取意《书经》之"陈璇玑之玉衡。"宓是安静之意，为考清华大学时自取。吴宓小时候过继给叔父吴仲旗。1900冬至1901年，仲旗公每天教六岁的吴宓识字习字，最初每天认三字，后来每天认二十四字。仲旗公就每字的形、声、义给吴宓讲授，学起来很快。仲旗公指示实物而教学，见山则教"山"字，见桥则说"桥"字，教他学习"之乎者也已焉哉"等文言虚词的用法。仅十个月，七岁的吴宓已识三千余汉字，能读懂戏剧、小说、弹词、传奇、杂志、普通教科书和浅近文言书籍。这种教育法值得今人学习。这时吴宓生活在上海。

1901年八月，吴宓随外祖父杨氏北归，在木船上他给祖母读上海石印本的各种小说，读《别宫祭江》、《三娘教子》、《天水关》、《二进宫》等戏本。戏本文词典雅，像《桑园寄子》首句云"走青山，望白云，家乡何在？"吴宓从唱本中学到了诗词之修辞，这是吴宓入学前的经典训练。七岁时，嗣父的女儿、吴宓的二妹吴倩曼出生，这时吴宓已能伴嗣母雷氏读《庄子·达生篇》。1902年冬，吴宓在西安上学，老师是旗人（满族人）恩特亨孝廉。此年，他读完了《史鉴节要便读》、《孟子》上半部，都能背诵。《史鉴节要便读》是四言诗诀，还有注解，将自盘古开天辟地至明末的史学要点一一概括，读来朗朗上口，便于记忆。1904年，11岁的吴宓由《孟子》起读，读完了《四书》全部，开始读《春秋》、《左传》，《春秋》全书背诵。对《左传》，通读外老师还要求学生选读、节读，内容由老师用红笔点出，学生必须背会。《左传》是吴宓最爱的史书，他写诗经常引用《左传》典故。老师让他苦读《凤洲鉴》，这是明代大文豪王世贞批点《资治通鉴》的书。学习之余，吴宓读晚清四大谴责小说如《恨海》、《二十年目睹之怪现状》、《老残游记》、《官场现形记》，也读《上海白话报》，对白话文有所了解。有人说"把吴宓说成'旧学大师'有误"，认为吴宓的国学根基与鲁迅、陈寅恪、胡适无法匹敌。这位先生不了解吴宓少年时的经典训练。吴宓20岁时还广读佛经，以为在佛经中找到了"以养成深厚高远之人格"的道理，学佛，使他的思想深沉，性格沉静。吴宓一生写有千首诗，诗名很大，连他在1928年9月作的与夫人陈心一女士的离婚公告，也是诗，浪漫情怀，毕现诗中，录之如下：

早识沈冥难入俗，终仿乖僻未宜家。

分飞已折鸳鸯翼，引谤还同薏苡车。

破镜成鳞留碎影，澄怀如玉印微瑕。

廿年惭愧说真爱，孤梦深悲未有涯。

吴宓大半生坎坷艰难，建国后的28年中屡遭批判，在政治漩涡中难以潜心著述，晚年他没能写出好作品，他的人生际遇可用他1935年时写的一首诗概之：

渐能至理窥人天，离合悲欢各有缘。

侍女吹笙引凤去，花开花落自年年。

晚年的吴宓把精力用于读《二十四史》，这是他自少年而蕴的国学情结的延续与归宿。
（陈全林据《吴宓自编年谱》三联书店1998年版，及李继凯、刘瑞春《解析吴宓》、社会科学文献出版社2000版编，图片选自《解析吴宓》。）

少年钱穆的经典训练

钱穆(1895——1990),国学大师,与陈寅恪、吕思勉、陈垣并称史学四大家,江苏省无锡人,字宾四,笔名公沙、梁隐、与忘、孤云。1930年以后,历任燕京、北京、清华、四川、齐鲁、西南联大等大学教授、无锡江南大学文学院院长。1949年迁居香港,创办新亚书院,任院长,从事教学和研究工作至1964年退休。1966年移居台湾,在中国文化书院任职,为"中央研究院"院士,"故宫博物院"特聘研究员。1990年8月在台北逝世。钱穆是完全靠自修苦读而在学术界确立地位的学者。治学颇受清儒章学诚"六经皆史"思想的影响。对中国历史尤其是对中国历代思想家及其思想源流的研究和考辨,均自成一家之言,宋明理学尤其是朱熹之学、对清代学术尤其是乾嘉学派等都有很深的研究。历史研究中,重视中国历史发展的特殊性和悠久的传统,在通史、文化史、思想史、史学理论与方法等方面都有深入研究,闻名海内外,重视探求中华民族文化的内在精华,认为"我民族国家之前途,仍将于我先民文化所贻自身内部获其生机。"一生最后一篇文章《中国文化对人类未来可有的贡献》中,对中国传统哲学的"天人合一"思想有了新的体认,"深信中国文化对世界人类未来求生存之即在此。"著述多达80种以上,代表作有《先秦诸子系年》、《中国近三百年学术史》、《国史大纲》、《中国文化史导论》、《文化学大义》、《中国历代政治得失》、《中国历史精神》、《中国思想史》、《宋明理学概述》、《中国学术通义》和

《从中国历史来看中国民族性及中国文化》等。没上过大学而成了大学著名教授,从其晚年所撰《八十忆双亲师友杂记》看,小时候他是"神童"。钱先生始为乡村小学教师,以自学成家,一生为学,著作等身。这一切成就与少年时的好学、博闻强记分不开。

钱先生的父亲钱承沛,字季臣,幼有神童之誉,勤奋好学。少年时居荒宅读书。钱穆写道:"先父一人读书其中,寒暑不辍,夏夜苦多蚊,先父纳双足两酒瓮中,苦读如故。每至深夜,或过四更,仍不回家。"他的文章写得好,其人其学影响了钱穆的治学。钱父体弱,三次考科举,因病而罢,于是当了教书先生,因其文名很高,从学者不少。钱父对孩子们很疼爱,曾对别人说:"我得一子,如人增田二百亩。"钱穆七岁以前,每天早上起来,会看到父亲为他备好最爱吃的蛋糕酥糖之类,全是父亲每晚回家时带的。自他七岁入私塾求学,父亲不再备这些早点给他。钱母说:"汝(你)已入塾,为小学生,当渐知大人样,与兄姊为伍。晨起点心,可勿望矣。"

父亲领着钱穆和另外几位堂兄弟瞻礼了"至圣先师"孔子画像,四人结为同学。在校一天学二十个生字,增到三十字,又增到日学四十字,再增到日学八十字,钱穆都能记下来。到八岁时已识了不少字,能自己看书了。他背诵《大学》、《孟子》,有次,当读到《孟子》中一个"没"字时,父亲问他:"知此字义否?"钱穆说:"如人落水,没头颠倒"。父亲问:"汝(你)何知此'没'字乃落水?"钱穆答道:"因字旁称三点水猜测之"。父亲和老师对他的聪明很赞赏。后来,父亲另请教师给八岁的钱穆讲《史概节要》、《地球韵言》,学得很有兴趣。不幸其师病故,他和弟弟便整天在家中读《三国演义》。他读书用功,天色已暗,还在勤读,小小年纪,双目近视。他的勤奋令人惊奇,过目不忘,能背诵近百万字的《三国演义》全书。有一次,父亲带他去一人多的地方,有人问他:"闻汝(你)能背诵《三国演义》,信否?"钱穆点头认可。于是,有人便随意点出《三国演义》中章节让他背,他都能背得出。次日,在回家的路上路过一桥,父亲指着桥问:"识桥字否?"钱穆说:"识"。父又问:"桥字何旁?"钱穆答:"木字旁"。父又问:"以木字易马字为旁,识否?"钱穆答:"识,乃骄字。"父亲又问:"骄字何义?知否?"钱穆答:"知"。父亲挽着钱穆的手臂,轻声说:汝(你)昨夜有近此骄字否?钱穆闻父言,如闻震雷,俯首沉默不语。这就是钱父的教导。循循善诱,乃父之风。从中也可见钱穆之好学与博闻强记的天赋,难怪他日后成了有世界声誉的国学大师。钱穆长而喜欢吟咏魏晋以下及清人之小品骈文,性爱自然山水,重忠义,尚气节,都是受了父亲影响。祖父钱鞠如手抄《诗经》、《书经》、《礼经》、《易经》、《春秋》、《史记》,对《史记》有点评,这些手抄本由钱穆的父亲用黄杨木版穿绵带裹扎,刻上亲书"手泽尚存"。全书用上等白宣纸,字体大小略如四库全书,精整过之,首尾正楷,一笔不苟,全书一律,黑色浓淡亦前后匀一,宛如同一日所写。

钱穆十岁时,进入当地果育小学读书。学校分高、初两级。老师华倩朔是才子,曾留学日本,于古文、经史、诗词、书画、音乐无所不通,写过许多传诵全国的歌曲。他作语文老师,钱穆的文章经常得到好评,他奖给钱穆一本《太平天国野史》,爱书的钱穆反复阅读,从此爱上历史,成了著名的文化史学者。这与当年华先生的教育分不开。一个老师,鼓励学生,培养学生的爱好,将会影响学生的一生。学生的成就里,有学生的苦功,也有老师的教功。华倩朔的弟弟华紫翔对钱穆也有很大影响,紫翔先生教授古文,自选文章,要学生至少背会三十篇古文,所选古文,从《尚书》起,终于晚清曾国藩,经史子集,无所不包,让学生受益匪浅。他还教导钱穆研究朱熹、王阳明这些哲学家的著作,钱穆日后成为哲学家,与当年华先生的引路有关。钱穆特别喜欢背诵老师教得魏晋南北朝作品,如《登楼赋》、《芜城赋》、《别赋》、《与陈伯之书》等名篇无不体会于心,记诵于口。另外一位老师顾子重先生教导他读《水浒传》并认真看金圣叹的评注,顾先生精通历史、地理,许多历史故事,娓娓道来,学生们喜欢听他讲课。钱穆中年治史学、研究古史中的地理,都与顾先生的启蒙有关。后来,钱穆转学到南京钟英中学读五年级，在此期间，读书甚多，每天晚上，他都在床上读书，遍读唐宋八大家的文集，以及清代姚鼐所编《古文辞类纂》、曾国藩编《经史百家杂钞》，谭嗣同的《仁学》。由于受到辛亥革命的影响，学校停办，钱穆辍学在家，家贫，无力深造，只好居家自学，闭门苦读，先读《孟子》，每天读一篇，七日读毕。之后研究祖父圈点、批注过的《史记》和父亲遗书中的清人毛奇龄著《四书改错》。十七岁时，他为养家，在乡村小学当了十年老师，期间，苦读经史，每天工作之余、晚上夜深人静之时，读《昭明文选》、《曾文正公家训》、《古文辞类纂》等古籍，有一次，读《曾文正公家训》时读到曾国藩说读书要自首尾通读，这才意识到自己读书，经常是随意翻阅，比如《后汉书》就是这样读的，收获不大。他认识到读书方法错了。从此以后，他学习曾国藩，立意凡读书，必从头到尾通读。他效仿古人"刚日诵经，柔日读史"的做法，定于清晨必读经、子艰难之书，夜晚读史书，午间读闲杂书，《庄子》、《论语》、《墨子》都是他先后用功研究过的经典，后来，他也有注解这三本古籍的著作出版，得益于他青少年时的苦苦自学。常年如此，终于：

> 胸中藏有万卷书，一笔能写平生志。

> 千年帝业弹指间，唯余文字载文史。

　　钱穆生于书香世家，也是他能成为国学大师的因缘之一，更主要的是他有主动的自学精神，不论生活多么困苦，他都艰苦求学，立志为中华文化担当大任。他热爱民族文化，就像热爱自己的生命一样。钱先生的兄长也爱读书，点评过《资治通鉴》。钱先生在1930年在北平（北京）任教时，藏书有五万余册，想见其人之博学。好学的根基从孩提时就打下了，他一生都以阐释和弘扬中国文化为己任，毕生的学问宗旨和人生的终极关怀就是关心中国文化的传承，他的离去代表着一个时代的结束，即传统文人国学的终结。但愿21世纪中国还能诞生属于本世纪的、像钱穆一样的国学大师，为中华文化担大任，为先贤往圣继绝学。中国著名核物理学家钱三强先生是钱穆的亲侄子，钱穆也是北宋吴越王钱镠的后代，江南钱家千年来名人辈出，形成文化史上的奇观。钱穆曾在香港创办新亚书院，手写校训、校规、校歌，积极培养为中华文化传薪火的学子，他亲手写的校歌中充满为中华文化担大任、励节行的精神：

> 山岩岩，海深深，地广博，天高明，人之尊，心之灵。

> 广大出胸襟，悠久见生成。

> 珍重珍重，这是我新亚精神。

> 十万里上下四方，俯仰锦绣，

> 五千载今来古往，一片光明。

> 五万万神州子孙，

> 东海西海南海北海有圣人，

> 珍重珍重，这是我新亚精神。

手空空，无一物，路遥遥，无止境。

乱离中，流浪里，饿我体肤劳我精，

艰险我奋进，困乏我多情。

千斤担子两肩挑，趁青春，结队向前行。

珍重珍重，这是我新亚精神。

校歌豪迈大气，不仅是新亚精神的写照，更是钱穆精神的表达。

（陈全林据《八十忆双亲师友杂记》编写，生活、读书、新知三联书店 1998 年版，以及陈勇《钱穆传》，人民出版社 2001 年版编写。）

青年梁漱溟的经典训练

梁漱溟（1893—1988 年），原名焕鼎，字寿铭，广西桂林人，长于北京，中国现代哲学家，被称为"最后一个鸿儒"，是现代"新儒学"的代表人物，幼时虽上过私塾，但从未读过《四书》、《五经》，对儒学的学习始于青年时代，认为"世界未来的文化就是中国文化的复兴"。今天，这句话已由一个伟大预言变成时代潮流。儒学在国内外已引起世人的关注，中外学者认为儒家文化不仅有促进现代化的功能，还是避免和医治现代病的药方，中国则把"中华文化的伟大复兴"作为 21 世纪的发展战略看待，这一切都与梁先生早年的许多文化观点不谋而合。

1917—1924 年，梁先生在北京大学任教，在此其间他完成归宗儒学的思想变迁，开创新儒学这一学派。这时的梁先生在 24—31 岁之间。梁先生幼年时虽请了私塾老师教课，父亲精通儒学，但他不主张儿子学《四书》、《五经》。上私塾时，梁漱溟只学了《三字经》、《地球韵言》。《地球韵言》多讲解世界地理的内容，梁父让儿子读此书，"考其所以然，大约由于父亲平素关心国家大局，而中国当那些年间恰是外侮日逼。"梁漱溟从小养成爱国之情，得益于父亲的言传身教。梁漱溟先生说做人上向父亲学习，"吾父是以秉性笃实底人，而不是一天资高明底人。""他与我母亲一样天生地忠厚。""他最不可及处，是意趣超俗，不肯随俗流转，而有一腔热肠，一身侠骨。……所以遇事认真……行为只是端正，而并不拘谨。前人所云'不耻恶衣恶食，而耻匹夫匹妇不被其泽'的话，正好点出我父一副心肝。我最初底思想和作人，所受父亲影响,也就是这么一路。"梁漱溟生有骨气、正气,坚持真理,作为儒学家,"文革"期间举国上下批儒时,他坚守节操,宁可自己被批判,也决不批儒。梁先生的母亲有文化,在近代做过女学传习所的老师。一个学者人格的养成,甚至比学问的养成更重要。学问的养成需要坚持真理的勇气,而这种勇气就发于人格。他从未上过大学,且在20多岁时做了大学老师,这缘于自学。他十六、七岁时感悟了人生的苦,专心学习佛法,研究过《金刚经》;在国文方面仅认真读过《昭明文选》,其余的国故旧书不喜读,因对《文选》下过功夫,作文写得好。有的老师批评他的文章故作新奇之语,有的老师喜欢他的文章,认为他做到了"语不惊人死不休"的境界。这时期研习佛法为主,读的佛书很多,22岁时写过《究元决疑论》一书,思想完全是十六、七岁时研习佛教大小乘思想时的旧稿。蔡元培看到发表于《东方杂志》的此文,聘请他去北大任教,由此走上学术之路。民国初期,由自学而成为大师的除了梁漱溟,还有钱穆和熊十力,都成了新儒学家、著名教授。中学时代,他读过梁启超编的古人格言集《德育鉴》,以立志、省察、克己、涵养等分门别类辑录先儒格言,以宋明儒家为主,是漱溟先生对古人学问之最初接触,受益非浅。上中学时,同学郭人麟(字晓峰)于老、庄、《易经》、佛典皆有心得,梁很崇拜他,尊之为师,记录其谈话内容,题曰《郭师语录》。另一同学廖福中自学《御批通鉴辑览》,这些人对梁先生学习国学有影响。梁漱溟十四岁时就已经养成了独立思考的习惯,像哲学家一样思考人生与社会的问题,属于早熟早慧的孩子。

梁先生十六、七时学佛认真,读经吃素,坚持70多年。因为广读佛经,一度有出家之心,直到29岁放弃出家思想并结婚。学佛期间对佛法"唯识"、"因明"典籍都有研究,想到谋生,选定学医,除学习西医外,广泛地研读了中医经典如《内经》、《伤寒论》、《金匮要略》、清代医学家陈修园的48种医书。这时他认为人生大道必宗佛法。这种观点,以及"从医自济"的思想改变,是他进入北大教学之后。

1917年,24岁的梁先生受蔡元培之邀请,以中学学历执教北大。他自认为北大七年,"一是改变我信佛学、一心想出家的生活道路;二是一面教书,一面自学、研究,在学识上成熟了,开始具备了自己独有的见解。"北大教学其间他出版了《印度哲学概论》、《唯识述义》,为当时介绍印度哲学的经典著作,但其基本思想还是来自十六、七岁时对佛法的最初感受。北大是"五四运动"的中心,陈独秀、胡适、鲁迅等人引领的"新文化运动"中出现"打倒孔家店"、"全盘西化"思潮。梁先生虽倾心佛学,但怀着对中华文化的爱,下决心研究孔子,研究儒学,于是,在给大学生讲印度哲学的同时开始读《四书》、《五经》,明白儒学要义后被孔子的思想与精神折服。从此,弃佛学之研究,而弘孔儒之真旨,成了他大半生的人生主题。1921年,出版《东西文化及其哲学》,人生思想归路儒家,指出世界最近、未来将是中国文化的复兴的时代。他的这本书缔造了一个新儒家的时代。梁先生在《我的自学小史》文中自述:

"当初归心佛法,由于认定人生唯是苦(佛说四谛法:苦、集、灭、道)。一旦发现儒书《论语》,开头便是'学而时习之,不亦乐乎',一直看下去,全书不见一'苦'字,而'乐'字却出现了好多好多,不能不引起我的极大注意。在《论语》书中与'乐'字相对峙的是一个'忧'了,然而说'仁者不忧',其充满乐观气氛极其明白,是何为而然?经过细心思考反省,就修正了自己一向的片面看法。此即写出《东西文化及其哲学》的由来,亦就伏下了自己,放弃出家之念,而有回到世间来的动念。"此时他用功研究《明儒学案》,使他对明代儒学思想大纲有了深入认识,当读到《明儒学案·东崖语录》时,看到泰州王心斋一派名儒说过"百虑交锢,血气靡宁"八字,他"蓦地心惊,这不是恰在对我说的话吗?这不是恰在指斥现时的我吗?顿时头皮冒汗,默然自省,遂由此决然放弃出家之念。是暑期应邀在济南讲演《东西文化及其哲学》一题,回京写定付印出版,冬10月尾结婚。"(《我的自学小史》)

梁先生16—27岁之时广读佛经、中医典籍、儒家经典,完成了国学大师思想大厦的奠础工作,正是他对中华固有文化的热爱,使他在学术上成了不朽人物,成了影响百年的十大文化名人之一。这对当代青少年学习传统文化很有启发,从16岁到30岁前学习传统经典,虽然不一定要成为梁先生那样的国学大师,但也会使自己终生受益。正如张岱年先生评价的:

善养浩然之气,有学有守;弘扬中华文化,立德立言。

(陈全林据潘中艺主编《百年中国与十大文化名人》及《学林碎影—当代著名学者自述》、《梁漱溟年谱》,广西师范大学出版社2003年版编写。)

少年马一浮的经典训练

马一浮(1883—1967),中国近现代儒学大师,与熊十力、梁漱溟并称"三圣",近代"新儒学"的开创人物、著名的哲学家、国学大师。马先生幼名福田,名浮,字一浮,青年时曾用过"被褐""太渊""湛翁"等号,皆取意于《道德经》;晚号蠲叟,蠲者,弃也,弃人间名利尘累也。先生本浙江绍兴上虞县人,生于四川成都,卒于浙江杭州。先生一生,以儒为宗,然于佛道,深有研究,于书画无不精通,观其一生,有儒家之正命,道家之达观,佛家之超脱。生前与近代奇人弘一法师(李叔同)相友。先生幼习经史,16岁应县试名列榜首。1899年赴上海学习英、法、拉丁文;1901年与马君琥、谢无量在上海合办《二十世纪翻译世界》杂志,介绍西方文学;1903年6月,赴美国主办留学生监督公署中文文牍,又赴德国和西班牙学习外语;1904年东渡至日本学习日文。1911年回国,赞同孙中山领导的辛亥革命,常撰文宣传西方进步思想。辛亥革命后潜心研究学术,于古代哲学、文学、佛学,造诣精深,精于书法,合章草、汉隶于一体,自成一家。抗日战争爆发后应竺可桢聘请,任浙江大学教授,1939年夏,在四川筹设复性书院任院长兼主讲。抗战胜利后回杭，1953 年任浙江文史馆馆长。
1964 年任中央文史馆副馆长。精诗词，书法多山林气，篆刻崇尚
汉印。一生著述宏富，主要有《太和会语》、《宜山会语》、《复性书
院讲录》、《尔雅台答问》、《尔雅台答问继编》、《朱子读书法》、
《老子道德经注》、《蠲戏斋佛学论著》、《马一浮篆刻》、《蠲戏斋
诗集》等，周恩来总理称之为"我国当代理学大师"。

马一浮的父亲马廷培因其父殉职于四川，被朝廷追封为盐
运使知事，四川总督骆文忠行文优恤，马廷培乃弱冠入川，以从
九品留省补用。由是，马一浮生于四川。马廷培未在四川做官，
而去做大员幕僚维生。马廷培在川时与陕西沔县望族的何氏结婚，于成都生马一浮后回原
籍，马一浮的童年是在浙江绍兴度过的。

作为现代思想文化史上杰出的学者，马一浮一生的成就是弘扬儒学，主张复兴传统的儒
家思想，推行儒家文化教育。父亲马廷培精于儒家义理之学，母亲何氏长于文学，马一浮从小
受到父母的良好教育。他自述："浮虽不肖，笃志经术，实秉庭训，其稍解诗旨，则孩提受之于
母氏。"母亲在他四岁时教他背诗识字。母亲喜欢唐律，他几乎背遍唐诗，马一浮诗中律诗最
多，大有唐风。四岁入私塾时先生问他喜欢什么诗，他说喜欢《茅屋访高僧》，这是唐代李商隐
的名诗，给先生背了一遍，先生很吃惊。马一浮五岁已能作诗，九岁已熟读《文选》、《楚辞》，有
"神童"之誉。十一岁那年，母病，卧床不起，为考儿子才学，指庭前菊花要他作五律诗一首，以
"麻"字为韵。马一浮吟道：

> 我爱陶元亮，东篱采菊花。枝枝傲霜雪，瓣瓣生云霞。
>
> 本是仙人种，移来高士家。晨餐秋更洁，不必羡胡麻。

诗有仙气。陶元亮即晋代陶渊明，辞官不做，以隐而终，马一浮大半生隐居治学为本。胡
麻是仙道修炼者吃的药饵。何氏闻诗，说："儿长大当能诗，此诗虽有稚气，颇似不识人间烟火
语。汝将来或不患无文，但少福泽耳。"母亲在听完儿子此诗的当晚夜半去世了，可谓少年丧
母；成年结婚不久，妻子病故；不数年，父亡，两位姐姐亦亡，自己一生无儿女，真是"少福泽"
者也。学问上成了一代宗师，真是"艰难困苦，玉汝于成"。何氏的诗教使马一浮的心灵体味到
中华文字的美妙和文学的博雅。母亲去世后马一浮居家自学，家中藏书颇丰，尽情地阅读，父
亲也不干涉，并请宿儒郑目莲先生来家教子。郑是举人，不久辞馆，认为小一浮的才智已超过
自己，不堪为师。马廷培只好自己教子。发现自己也教不了他，自叹不如，只好由他自学。从
此，马一浮漫游书山，泛舟学海，广阅群书，学问大进。马一浮读私塾时的同学杜亚泉也成了
二十世纪中国思想文化史上的名人，曾任著名的《东方杂志》主编。他两从小才思敏捷，人称

长塘乡的两条龙。有次，老师为了考二人才思，要求他们就山乡风景联句，二人出口即成：

青藏柳谷莺先觉，露滴松枝鹤有声。

山荫绿处人醉竹，百花红时客迎新。

你一句，我一句，吟成此诗，老师哈哈直笑，夸他俩有才华。马一浮的另一位启蒙老师是何虚舟，听其名，可知此人学儒亦学道，不平常，马一浮自认"受读于师，最蒙恩契"。

马一浮自母亲去世之后，苦读经书，探求道德文章之本，诗词歌赋之宗，广学博究，终于成了大儒，从 31 岁开始，隐居西湖 35 年之久，起初居永福寺，后移居广化寺。时间充裕，读书日进，学益丰厚。广化寺毗邻即是华夏有名的藏书楼文澜阁，他数年居此通读了《四库全书》，为他的国学研究提供了得天独厚的条件，在远离尘嚣的佛门净地完成作为儒学宗师的一切准备，在人生与学术归宿上最终选择儒家六艺之学为其皈依。（陈全林据杭州出版社 2005 年版、滕复《马一浮传》编写，图片选自该书。）

少年冯友兰的经典训练

冯友兰（1895——1990 年）中国近现代著名的哲学家、哲学史家、国学大师。先生字芝生，河南南阳唐河人。1912 年入上海中国公学大学预科班，1915 年入北京大学文科中国哲学门，1919 年赴美留学，1924 年获哥伦比亚大学博士学位。回国后历任中州大学、广东大学、燕京大学教授、清华大学文学院院长兼哲学系主任、西南联大哲学系教授兼文学院院长。曾获美国普林斯顿大学、印度德里大学、美国哥伦比亚大学名誉文学博士。1952 年后一直为北京大学哲学系教授。著有《人生理想之比较研究》（又名《天人损益论》）、《一种人生观》、《人生哲学》，确立其新实在主义哲学信仰，开始把新实在主义同程朱理学结合起来。所著《中国哲学史》上、下册，后作为大学教材，为中国哲学史的学科建设做出了重大贡献。从 1939 年到1946 年出版"贞元六书"：《新理学》、《新世训》、《新事论》、《新原人》、《新原道》、《新知言》，创立了新理学思想体系，成为中国当时影响最大的哲学家。新中国成立后，冯友兰放弃新理学体系，开始以马克思主义为指导研究中国哲学史。著有《中国哲学史新编》第一、二册、《中国哲学史论文集》、《中国哲学史论文二集》、《中国哲学史史料学初稿》、《四十年的回顾》和七卷本《中国哲学史新编》等书。很多学者认为，冯友兰的哲学是"承百代之流，会当今之变"而"自成一家"的，在中国哲学的发展历程中占有重要地位。中国历史上经过几次文化融合，第一次是汉代董仲舒对中国本土文化的融合，第二次是宋代程颐、程灏和朱熹等对中国传统的儒家、道家和印度佛教的大融合，第三次就是冯友兰等学者们所做的中西文化的融合与创新。

冯友兰幼年读书,从《三字经》开始,再渐及《论语》、《孟子》、《大学》、《中庸》,这似乎完全是旧中国的孩子们都必须经历的求学道路。但冯家对孩子的教育有自己的特色。冯友兰入家塾时正值晚清,中国的教育制度处于新旧交替之中。那时候,读书人对读书目的的理解不完全相同,既有为国家民族复兴者,也不无专求个人名利者。在冯友兰的故乡,一些家塾要求学生熟读《龙文鞭影》、《幼学琼林》之类的蒙学读物,为了使学生从小即记诵一些辞藻典故,以备将来做八股

文章和试帖诗时方便;有的家塾中要求学生们读《四书》,不仅要求背诵《四书》原文,还要求背诵朱熹为《四书》所作的注。这种教学方法中隐含着应付科举考试,博取个人功名的目的。冯友兰进家塾之后,父母和先生没有让他把读书的重点放在《龙文鞭影》、《幼学琼林》这类读物上,而是让冯友兰读《三字经》。冯家家塾,为孩子们在教材上所做的这种选择有其用心。在旧时的蒙学读物中,《三字经》经过明清两代学者的增补,已成为一种比较注重文化知识教育的儿童读物。国学大师章太炎即认为《三字经》"先举方名事类,次及经史诸子⋯⋯观其分别部居,不相杂厕,以较梁人所辑《千字文》,虽字有重复,辞无藻采,其启人知识过之"。(章太炎:《重刻三字经题词》,转引自《辞海·教育分册》,上海辞书出版社 1980 年版,第 58 页。)冯家家塾在孩子们初入学时,主要读《三字经》,而非《龙文鞭影》、《幼学琼林》之类的书籍,这表明冯家对孩子们的教育,在功名与知识两者之间更看重知识,更注重对孩子们的文化教育。正是这样的教育观念,使冯家的家塾,在孩子们读完《三字经》之后,也要求他们读《四书》,背诵《四书》原文,但不要求孩子们去死记硬背朱熹为《四书》所作的注。

冯家在要求孩子们接受传统的中国文化教育的同时鼓励孩子们接受新学知识。冯友兰的父辈都是读书之人,家中藏书颇丰。在冯友兰发蒙读书时,冯家的藏书中,除了经、史、子、集一类的传统典籍之外,也有《泰西游记》、《地球韵言》之类新学书籍。冯友兰在家塾中即读过《地球韵言》。这是一部介绍地理知识的读物。地理,在旧中国的教育中,当属新学。在冯家的家塾新学与旧学兼备。这反映了冯家的一种教育观念,表明冯家的另一种家风:热爱传统,但不守旧;注重国学,也向往新学。对于冯家这个位于偏远小镇上的书香人家而言,这是非常难能可贵的。冯家这种既注重对孩子们的国学教育,又鼓励孩子们从小即努力接受新的科学文化知识的教育观念和方法,值得称道。

冯家是一个靠勤劳致富的人家,对孩子们读书学习的要求十分严格。冯友兰生前曾经说过,他的母亲在没有钟表的时代,为了严格作息时间,让孩子们按时读书,画线于地,以志日

影,影至某线休息,至某线读书写字,皆有定规。在严格的家规约束之下,冯友兰小时候读书,不仅十分聪颖,也非常勤奋。冯友兰的家庭,是一个大家庭。在堂兄弟中,冯友兰排行第六。后来他的侄辈称他为六叔。由于年龄小,加之口吃,冯友兰在家塾读书时经常受到同学欺负。冯友兰有两个郝姓表兄弟,也在冯家家塾念书。他看到冯友兰性情温顺,常常抢走他的东西,欺负他。但是,郝氏兄弟读书远不及冯友兰聪颖勤奋。后来,冯友兰学贯中西,成为海内外著名学者,他的表兄弟们仍然寓于乡野,过着潦倒的生活。冯家的后人,每念及冯友兰和他的表兄弟们在冯家家塾中学习的情景,以及他们后来在生活境遇方面的巨大反差,总是感叹不已。

冯友兰 6 岁入家塾读书,9 岁时即离开唐河祁仪,到他父亲在湖北武昌任职的方言学堂生活。冯友兰连续在老家家塾中读书的时间只有 3 年。后来,冯友兰又曾回到老家念书,但时间也不长。细算起来,冯友兰在故乡清水河边连续生活的时间只有 9 年。这段家乡的童年生活,对于冯友兰后来的学习与事业,影响深远。美丽的清水河,雄伟的石柱山,清翠的竹林,神秘的龙泉,以及自家宅院中的银杏、腊梅,都深深地留在冯友兰儿时的记忆里。故乡的山水,赋予了冯友兰哲人的睿智与灵气;家塾的熏陶,培植了冯友兰个性结构中勤奋好学的潜质。这些都为冯友兰一生热爱自己的故土,热爱自己的民族文化,在中国的学术园地中求新进取,不辍耕耘,立下了根基。

冯友兰在武昌家中的读书生活,主要由母亲安排。在武昌生活期间,冯友兰的母亲除了操持家务,照料丈夫和儿女们的起居生活外,把全部时间都用来照顾孩子们读书。冯友兰在祁仪老家的家塾中已经读过《四书》、《诗经》。冯友兰的母亲,根据冯友兰兄妹过去的读书情况,为他们每一个人都拟定了具体的读书计划。她让冯景兰从《诗经》读起;冯沅君开始读《四书》。冯友兰则开始读一些内容更加艰深的典籍。冯友兰后来回忆说,在他的读书生活中,《尚书》、《周易》、《左传》这三部中国传统典籍即是在武昌生活时由母亲带领他读完的。母亲带他读书,不仅像在家塾一样要求他"包本",即每读完一部经典,要求他能够背诵才算读完;同时也采取奖励措施,鼓励他和弟妹们用功读书。冯母的办法是孩子们每读完一册书,符合她的要求,她即煮两个鸡蛋,或者花几个铜钱去街市上买一块五香牛肉给这个孩子,以表示她对孩子用功读书的奖励。吴氏教孩子读书的方法,体现着她丈夫冯台异的一种教育观念。冯台异认为,一个人念书,不论将来去做什么工作,都需要有一个好的文字基础,这是非常重要的。他把这叫做打中文底子。在中国传统的教育内容中,过去有所谓"大学"与"小学"之分。"大学"乃大人之学,重在义理;"小学"的内容则主要侧重于文字。冯台异主张教孩子读书,首先应当打好中文底子,实即是主张对孩子的教育从"小学"抓起。这是经验之谈。一个人不论接受什么样的文化,新学也好,旧学也好,中学也好,西学也好,首先都需要有较好的中文基础。倘若连自己民族的文字基础都不扎实,遑论其他?冯台异夫妇在武昌时,决定孩子们在家里读书,打中文底子的观念是一个重要的思想基础。冯台异的这种教育理念由吴氏付诸实践。吴氏教孩子们读书,要孩子们"包本",是要求孩子们熟悉书本上的文字,对义理方面的理解并不十分重视。这种教学方法,对于冯友兰在中国文字方面的训练是很有帮助的。冯友兰对中国文化传统的体悟与感受开始于跟随父亲在崇阳县衙中的生活。在崇阳,古文则读桐城派古文大师吴汝纶所编《古文读本》,从贾谊的《过秦论》读起。

冯友兰的女儿宗璞是当代著名作家,作品获得过茅盾文学奖,她帮助父亲晚年整理出150余万字的哲学著作。冯友兰给女儿做了一副对联:

> 高山流水诗千首,明月清风酒一船。

从中可见其雅性。冯友兰的古体诗写得非常好,选两首,以见其情怀。

别妻抛子南渡

> 城破国亡日色昏,别妻抛子离家门。
>
> 孟光不向人前送,怕使征夫见泪痕。

梁衡、孟光夫妻是古代举案齐眉的恩爱夫妻,《后汉书·梁鸿传》:"为人赁舂,每归,妻为具食,不敢于鸿前仰视,举案齐眉。"冯友兰以此典故写夫妻恩爱,如今由于战乱,夫妻不得不分开,痛何如哉。

《新理学》出版

> 印罢衡山所著书,踌躇四顾对南湖。
>
> 鲁鱼亥豕君休笑,此是当前国难图。

冯友兰的重要哲学著作《新理学》出版后写诗记事。"鲁鱼亥豕"指书中的错别字,"鲁"字误为"鱼","亥"字误为"豕"字,没办法,国难当头,学术事业,举步维艰。(选编自田文军著《冯友兰传》,有改动、补充,人民出版社 2003 年版,图片选自该书。)

少年郭沫若的经典训练

郭沫若(1892——1987 年),现代伟大的文学家、史学家、诗人、考古学家、社会活动家、书法家。1921 年,与郁达夫、成仿吾等组织"创造社"。同年 8 月,第一部诗集《女神》出版,摆脱了传统诗歌的束缚,反映了"五四"时代精神,开拓了新一代诗风。"皖南事变"后写了《屈原》、《虎符》、《棠棣之花》、《孔雀胆》、《南冠草》、《高渐离》历史剧。新中国成立后出版了历史剧《蔡文姬》、《武则天》。1923 年后系统学习马克思主义理论,提倡无产阶级文学。1926 年参加北伐,任国民革命军政治部副主任。1924 年到 1927 年间,创作历史剧《王昭君》、《聂嫈》、《卓文君》。1928 年旅居日本,从事中国古代史和古文字学的研究工作。建国后历任中国科学

院院长、中国科技大学校长、中国文联主席等职。所著《甲骨文字研究》、《两周金文辞图录考释》、《金文丛考》、《卜辞通纂》曾在学术界引起震动。他是继鲁迅之后革命文化界公认的领袖。

1892 年 11 月 16 日,郭沫若出生在四川乐山的沙湾镇。这里风光奇丽,人文名远,不仅有乐山大佛,还有李白、岑参、苏轼、陆游这些伟大诗人留下的诗篇。和中国古代天才出生前母亲都有梦兆一样,郭沫若的母亲受孕时梦见过一只小豹子咬她左手的虎口,因此给儿子取"文豹"做乳名,学名开贞,号尚武。"沫若"是开贞 1919 年首次发表新诗时自取的笔名,意在纪念故乡的沫水和若水,以示不忘本之意。李白《峨眉山月歌》中的"影入平羌江水流"之平羌江就是若水。他那时并没有想到,"郭沫若"三个字会永远铭刻在中国历史文化巨柱上。长辈对郭开贞(沫若)影响最大的是母亲。母亲杜邀贞(1857—1932)出身州官门第,开贞的外祖父杜琢璋(字宝田)任职贵州黄平期间遇苗民"造反",全家自杀殉节,时邀贞不满周岁,幸有奶妈搭救,逃回四川省乐山县杜家场,十五岁下嫁郭家。郭母为人聪颖、开明、俭朴,洗衣浆裳、伙食教诲,不惮辛劳。尽管她没有读过书,单凭耳濡目染也识得一些字,能读弹词佛偈,默记暗诵许多唐宋诗词。开贞瞪着好奇的大眼,张开嘴跟着母亲咿咿呀呀地念着:

淡淡长江水,悠悠远客情。落花相与恨,到地亦无声。

似懂非懂,琅琅上口,这就是诗人头脑中最早的诗境吧。

翩翩少年郎,骑马上学堂。先生嫌我小,肚内有文章。

四岁半,这个"翩翩少年郎"想当学生了。父亲和祖父都重视教育,郭父常以"子孙虽愚,

经书不可不读"的古训教育子女，聘请了颇有名望的廪生沈焕章来家中设专馆执教，开贞由父亲带去拜师发蒙：点燃一对红蜡烛，焚烧三炷清香，父亲用手按住他，在"大成至圣先师孔子"神位前磕三个响头。他莫名其妙地东张张西望望，就算完成了当地人称为"穿牛鼻"的仪式。沈先生是乐山邻县犍为人，他把这所面对绥山的家塾命名为"绥山山馆"，自提馆联：

雨余窗竹图书润，风过瓶梅笔砚香。

此乃馆中实景。学生总数十人上下，程度参差不齐。同窗中当数开贞最聪明，最调皮，读不上三天竟逃学，在一片"逃学狗，逃学狗"的笑骂声中被父亲胁迫着跨进学堂门。此后常因顽劣挨打，头角块磊如骈珠，回家向母亲哭诉，母亲绝不护短，她早说过："惜钱休教子，护短莫投师。"经沈先生朱砂笔圈点，开贞先后读的古书有《三字经》、《诗品》、《唐诗》、《诗经》、《书经》、《春秋》、《古文观止》等等。读不完的圣经贤传，尝不尽的"朴竹教刑"，可恼可喜的学子生涯就这样开始了。不过，这里也有郭开贞爱读的书，最爱读的要算司空图的《诗品》，后来关于诗的见解大体是受了它的影响。六、七岁时，《诗经》三百篇已念熟，《唐诗》给了他莫大的兴会，他"喜欢王维、孟浩然，喜欢李白、柳宗元，而不甚喜欢杜甫，更有点痛恨韩退之"。清代袁枚的《随园诗话》，其"标榜性情"与开贞喜"摆脱羁绊"相合。此外，每天晚上他欢喜独自翻阅《资治通鉴》。这部卷帙浩繁的史书贯串了1360余年史事，越读越有兴味，深更半夜，手不释卷。为此父亲很不放心，不是叫人去催他就寝，就是亲自到房里叮嘱。夜晚长时间在菜油灯下苦读，眼睛开始近视。绥山山馆的学习生活原为将来步入官场作阶梯，沈先生的规矩很大，教刑极严，白天读经，晚上诵诗，每隔三天上一次诗课，从属对到学做试帖诗，那五言六韵或八韵的排律，韵脚限得死死的。郭开贞在这里所受的科举时代的教育为旧学打下坚实基础，一些美好的诗篇常从胸中油然而生：

闲钓茶溪水，临风诵我书。钓竿含了去，不识是何鱼？

这首题为《茶溪》的五绝是他课余和伙伴们溪边垂钓的即兴之作，生动地表现了天真无邪的童心和生活情趣，这时他12岁。将要学习八股文的时候，戊戌变法开始了，清政府下诏废八股，改策论。沈先生比较开通，对新事物颇能接受，将《地球韵言》、《史鉴节要》、《算数备旨》等新式教科书引入，拓展了开贞的想象和思维。沈先生教学生读《左氏春秋》、《东莱博议》，不再责打学生，对学生多了启发与关爱。开贞的大哥开文对新事物十分敏锐，一度成为乡里启蒙运动的急先锋。大哥在成都东文学堂读书，从省城不断寄来《启蒙画报》、《经国美谈》、《新小说》、《浙江潮》等书刊给开贞提供丰富的精神食粮。开贞少年时师从兄长临习苏东坡的各种名帖，临习《芥子园画谱》，没有成为画家，且成了杰出的书法家。十一岁时，偷看兄长留下的《西厢记》、《西湖佳话》、《花月痕》这些文学名著，对儿女私情有了感性的认识，后来写小说写诗，无不与儿时的读书有关。

1905 年,乐山县高等小学堂招考,初试近两百名考生中开贞名列第二十七,复试正取九十名中又列第十一。次年初春,开贞入学寄读,受到帅平均先生所讲今文经文的薰陶,帅先生是著名经学家廖季平的弟子,学养深厚,开贞在经学上大有长进。当时办学始兴,虽曰小学,半数以上的学生都已年过 30,未满 14 岁的开贞在第一学期的考试中名列第一。上学后,发愤阅读了《皇清经解》、《史记》,对于儒家经书和史学名著下了一番功夫,读《史记》则为他后来创作的一些历史剧和小说打下伏笔,《史记》中屈原、伯夷、信陵君、聂政、高渐离、贾谊等都走进了他的文学名篇。后来,开贞转学成都中学,和许多人第一次知道"电灯"是怎么回事,少年才子为此赋诗一首:

楼前梭线路难通,龙马高车走不穷。

铁笛一声飞过也,家家争看电灯红。

(陈全林根据秦川《文化巨人郭沫若》,中国青年出版社 1992 年版编写,图片选自该书。)

少年范文澜的经典训练

范文澜(1893 年—1969 年),我国现代杰出的历史学家,他的巨著《中国通史简编》是中国第一部系统地应用马克思主义理论分析、整理、研究中国史的名著。

范文澜生于浙江省绍兴府山阴县(今绍兴市)的书香家庭,父亲范寿钟博学多才,但科考不利,隐居在家,耕读度日,长于诗文,精于医道,为人严肃,不苟言笑,对儿女管教很严。范文澜五岁时与哥哥进私塾,共同学习《四书》、《五经》,老师姓赵,对学生更严,对不听话、背不下书的学生采用体罚。范文澜开始读司空图的《诗品》,接着读《大学》、《中庸》这些儒家经书,老师要求学生不但要背孔孟原文,连南宋朱熹的注文也要背,背不下来就挨打。小文澜记忆不佳,注文欠熟,老是挨打,在心里怒骂:"朱熹是什么东西"。父亲科考失利,把希望寄托在儿子身上。范寿钟同时给儿子讲授经书、中外历史,教他写策论文章,以备应试之用,也给孩子们读《泰西新史揽要》,介绍西方历史。范文澜贪玩,没少挨父亲与赵老师的教训。他虽调皮,但人很聪颖,也爱读书,除了《四书》,他还读《封神榜》、《西游记》、《水浒传》、《三国演义》、《桃花源记》、《礼记·礼运篇》,读英国名著《鲁宾逊漂流记》和神仙小说,经常幻想去世外桃源生活,或许还能碰见神仙。父亲严,老师厉,范文澜从小就养成了勤奋好学的习惯,少年时代已浏览许多古籍,具备了良好的文化素养。

1905 年,清政府废除科举制。1907 年,14 岁的范文澜考上县高等小学堂学习,除了上修身、读经课外,还要学习英文、算术、地理、图画、唱歌、体育等新课程。范文澜插班到三年级,

英文与算术没学过,就刻苦自学,一年赶上同学,同学陶
治安在这方面曾给予他很大帮助。学校规定学生必须背
诵《易经》、《书经》这两部儒家大经。

1909年,范文澜考取上海浦东中学堂,学习一年后转
学到杭州安定中学堂,与他同在这个学堂先后读书、且都
成了中国现代文化、科学史上杰出人物的还有林尹民(黄
花岗72列士之一)、茅盾(大文学家)、钱学森(大科学
家)、华君武(大漫画家)、冯亦代(大翻译家)。

1913年,范文澜考入了北京大学,师从国学大师黄
侃、陈汉章、刘师培,志趣是"追踪乾嘉(学派)",在这些国
学大师的指导下,于经史研究方面打下了扎实基础。20世
纪初期的一些著名学者如章炳麟、王国维、胡适、顾颉刚、陈垣、陈寅恪等人都很推崇乾嘉学
者的考证成果与方法。范文澜也不例外,沉醉于中,他早期及中年的一些著作如《文心雕龙讲
疏》、《文心雕龙注》、《正史考略》、《群经概论》都离不开青少年时代所打下的扎实的国学基
础。

板凳要坐十年冷,文章不写半句空。

这是他治学的心得。大学期间,他不仅对儒学下大功夫,而且学习佛法,读了相当数量的
佛经,《大乘起信论》这部著名佛典随身密伴,跏趺而坐、打坐修心是其日常功课。不只是抱着
《汉书》、《说文》、《文选》过日子。佛经的学习为他在编《中国通史简编》时提供了资料,后来他
写过《隋唐佛教》这样的著作。范文澜在延安工作时曾把毛泽东的《沁园春·雪》翻译成白话,
发表于1946年10月20日解放区的《人民日报》。这是毛泽东的诗词第一次被翻译成白话,
今人大多不知此事此诗,录于下:

这是北方的风景啊!千里万里的大地,被冰封住了,大雪飘飘的落着。老远望去,长城里
边和外边,只是一片空旷;黄河高高低低,波浪滚滚的河水,一下子冻结不流了。一条一条的
大山,好像白蛇在舞蹈;一块一块的高原,好像白象在奔跑。大山高原,都在跳动,要和老天比
一比谁高。等到晴天,看鲜红的太阳照起来,像个美女抹着胭脂,披着白衣,格外的美妙。

中国国土这样的好,引起无数英雄争着要。可惜那,得到胜利的皇帝,秦始皇、汉武帝、唐
太宗、宋太祖,武功虽然很大,对文化的贡献却嫌少。名震欧亚的成吉思汗,只懂得骑马射箭
打胜仗。

这些人都过去了,算算谁是真英雄?还得看今朝。

(陈全林据董郁奎《范文澜传》编写,杭州出版社,2004年版,图片选自该书。)

少年顾颉刚的经典训练

顾颉刚(1893——1980),著名历史学家,原名诵坤,字铭坚,江苏吴县人。1920年毕业于北京大学,后来在中山大学、北京大学、中央大学、复旦大学任教授,是我国"古史辨"学派的创始人、我国历史地理学和民俗学的开创者,以民俗学材料印证古史,代表作有《古史辨》、《郑樵传》,校点过《资治通鉴》和《二十四史》,对《尚书》很有研究。

顾先生在儿童时期喜欢读史书,喜欢问问题,喜欢考证。他成为现代杰出的史学家与童年时对史学的爱好分不开。顾家是书香世家,顾颉刚年幼时祖父抱着他识字,他未学会走路,已学会识字,以致家乡有的人认为这是"前世带来的。"两岁时,已由祖父、母亲、叔父教他识字、读书,是个早慧孩子。六、七岁时已能读唱本、小说和简明的古书。从小,家人培养他对读书的兴趣。祖父和祖母经常给顾颉刚讲民间故事、神话故事听,使顾颉刚在读书中感受到乐趣。祖父每带他上街,看见一块匾额、一个牌楼、一座桥梁,必定会把上面的字指给他识,告诉他有关历史。回到家后老人要孙儿依所见次序写成单子。这样就训练了记忆力。顾颉刚四岁时入孙氏私塾读《四书》,读《论语》时《孟子》就已准备好了。到六岁时,已把《四书》读完。他在《论语》中已知道了许多古人的字名,觉得太零碎,不易记。在读《孟子》时,从孟子叙述道统的话中分出这些《论语》中提到的

人物的先后,于是,写了一篇古史,起自从爷爷那儿听来的盘古开天辟地,止于孔子。因为《孟子》中说过:"孔子没,子夏、子张、子游以有若似圣人,欲以所事孔子事之,强曾子,曾子不可。"孟子讲的道统到孔子为止。写这篇文章时,顾颉刚才七岁,已读完《孟子》,父亲又命他读《左传》,其文理在《五经》中最易理解,先易后难。顾颉刚读得有兴趣,仿佛置身于春秋时代,人物、事物都是鲜活的。后来,祖父要他先读《诗经》、《礼记》,认为此两书中生字多,先难后易为好。于是,1901年春,顾颉刚读完一册《左传》后便苦读《诗经》。有次,顾颉刚对先生说:"我读《左传》时很能明白书义,让我改读《左传》吧。"老师不相信七岁小孩能读懂《左传》,不同意改学。读完《诗经》后,老师让他读《左传》,为考他,让顾颉刚讲一段《左传》,结果,顾颉刚将"华督杀孔父"一段字字句句讲清了,令老师很吃惊。奇怪的是,这个七岁小孩,一边读《四

书》、《五经》，还在书上写批语，表达自己的认识。这年他读完了《三国演义》，读经与读小说两不误，体会到小说家是如何把史料变成小说的。顾颉刚11岁时，初读《纲鉴易知录》，对历史的系统有了更明白的认识。他边读边点评，俨然老学究，有时还写书评夹在里面，并将不同的史书对同一事件的记载进行对比，能发现作者对历史事件的态度。孔子说："学而不思则罔，思而不学则殆。"在读书中思考，在思考中读书，顾颉刚从小养成了"学、思"并举的良好习惯。

父亲曾在姚家教馆，顾颉刚与姚家公子伴读。后来，顾父考上京师大学堂，去了北京，私塾里连换几个老师，皆不如意，顾颉刚与同学干脆自学。在这里他读了不少维新派的书，梁启超先生的文章他最爱读，读得痛快淋漓。1902年，顾颉刚读完了《古文翼》、《东莱博议》等书，次年，9岁的他已能写经义、史论、策论，许多策论文章深得先生好评。

1906年，顾颉刚以《征兵论》之题考取第一名，进入公立高等小学，开始读《汉魏丛书》、《二十二子》、《国粹学报》，略识古书全貌，对刘师培、章炳麟这些近代国学大师的文章非常敬佩。十六岁那年，祖父对他说："《五经》总该读全的。你因进了新学堂，只读得《诗经》、《左传》和半部《礼记》，我现在自己来教你吧。"于是，顾颉刚每晚从学校归来，都要向祖父受课。祖父先教他《尚书》，后教他《周易》，使他对春秋以前的社会状况有了一定认识，对历史上不同的《尚书》版本进行思辨。从祖父学经典，也学古文，顾颉刚养成读书习惯，喜欢文学，极爱诗文，其次是经学。他经常跑到玄妙观旧书肆阅览，对知识的渴求，对经书的喜爱，使这个少年的眼中只有书，仿佛读书是世上最大的乐趣。十一、二岁时，顾颉刚广收旧书，像个小藏书家，《四库总目》、《汇刻书目》、《书目答问》一类目录书，早已翻熟。中学时代，嗜书是顾颉刚的崇高喜好，才气纵横，根于经史。1907年，顾颉刚读《唐诗三百首》、《六朝文絜》，对诗词学发生了兴趣。随着考入了苏州公立第一中学堂，他读《五经》的工作已完成了。顾先生一生淡泊名利，追求学术，发扬文化，从民国到解放后，多次受到过不公正的批评，而他，心性两平，宠辱皆忘，正如元人白朴散曲《中吕·阳春曲》中所写（"史书"原作"诗书"）：

知荣知辱牢缄口，谁是谁非暗点头。

史书丛里且淹留，闲袖手，贫煞也风流。

（陈全林据《走在历史的路上——顾颉刚自述》编写，江苏教育出版社2005年7月版，图片选自《顾颉刚学记》，生活·读书·新知三联书店2002年版。）

少年胡愈之的经典训练

胡愈之（1896——1986年）现代著名学者、作家、出版家、翻译家、民主人士、"中国民主同盟"的创建者之一，解放后作过国家新闻出版总署署长，在出版界做出过重大贡献。

1896年9月9日，胡愈之生于浙东上虞丰惠。祖父胡纯耀是前清进士，做过御史，博学方正；父亲胡庆皆中秀才后无心仕途，热心教育，在家乡创办舜水学堂、舜水女子学堂。胡庆皆与父亲急公好义，为人善良，他们的人品及善行对胡愈之起到身教作用，与言教并行。胡庆皆支持维新救国思想，喜欢谭嗣同的《仁学》，这本书少年胡愈之早就读过，给他智慧与力量。父亲比较开明，胡愈之少年时并未专心研究科举八股文，而是先读史书，读《鉴略》（《资治通鉴》提要本）《史记》，了解中国历史的大本大源。父亲让他读《西游记》、《三国演义》，以及《新民丛报》、《浙江潮》等新报刊。胡愈之说自己在治学、写作、作人方面都受益于父亲。

丰惠是江南水乡，青山隐隐，绿水潺潺，荷叶田田，渔舟点点。东汉魏伯阳在此地写下千古名著《周易参同契》。胡愈之三岁时父亲给他教唐诗宋词，不光教清新超俗的诗，也教帖近生活、反映现实的诗：

> 春种一粒粟，秋收万颗子。四海无闲田，农夫犹饿死。

这些诗背了不少，父亲要他从小知道民间的疾苦。胡愈之背了不少古诗之后，父亲开始教他识字，告诉他"锄禾日当午"的"锄"字怎么写，"午"字怎么写。先背诵，后识字，父亲做了识字卡让他带在身边。胡愈之6岁进私塾读书，先生教的是《三字经》、《千字文》和八股文。胡愈之跟先生学习外，便在课余读《东周列国志》、《三国演义》、《史记》等书。

1905年，9岁的胡愈之转入县立高等小学堂读书，学校的创办人之一就是胡庆皆，教新式课本，注重国学。在这里胡愈之熟读《古文辞类纂》里的百余篇选文，学完《御批通鉴辑览》、《寰瀛全志》等文史地知识典籍，读了《大学》、《中庸》、《论语》、《孟子》、《老子》、《庄子》，重读《西游记》、《水浒传》。诗歌方面从《诗经》到《楚辞》、汉乐府、唐诗、宋词、元曲，历代的优秀篇章尽量去读,不限某一家,不限所写内容。他喜欢老子的思辩哲理,喜欢庄子汪洋恣肆的文气和变化万千的寓言。这一阶段的学校自修与家中祖父、父亲的教育使胡愈之打下坚实的、受益终生的国学基础,这为他成为大学者、大出版家铺下基石。学校所教的数学、物理、化学、博物、生物学课,他门门优秀,还热心读达尔文的《天演论》及其他西方译作。胡家的家教很严,胡父以古圣贤修养格言要求胡愈之修身,什么"独坐防心,群居防口",记之于心,体之于行,显得少年老成。胡家是"累世书香"十余代,胡愈之的父亲不能断了家中文脉,从小教他学习传统经典。

1911 年,胡愈之考上绍兴府中学堂,鲁迅先生在这里任教,作了胡愈之和同学们的博物学老师。鲁迅在府中期间,热心整理绍兴古籍,胡愈之在鲁迅的指导下研读了《康熙会稽县志》、《嘉庆山阴县志》、《道光会稽县志》、《绍兴府志》、《会稽先贤传》等书,这使他对故乡的文史有了深入的研究,激励他奋发自强。

老师中薛朗轩教胡愈之读《尔雅》、《说文》,才能学好书法,只有把文字源流弄清楚了,才可以读古书,才可以成为大书法家。这些教导对胡愈之很重要。

1914 年,胡愈之来到近代大学者、大出版家张元济主持的商务印书馆作练习生,开始编译生涯,这年 18 岁,张元济很欣赏他的文才。(陈全林据朱顺佐著《胡愈之》编,花山文艺出版社,1999 年版,图片选自该书。)

少年张岱年的经典训练

张岱年(1909—2004),字季同,别号宇同。国学大师、哲学家,著作等身,以弘扬中华文化为己任。先生于 1933 年任清华大学助教,1936 年写成名著《中国哲学大纲》。1952 年调任北京大学哲学系教授,1978 年起担任中国哲学教研室主任,1979 年中国哲学史学会成立,张先生被推为会长,长期从事中国哲学史研究,造诣高,建树广,诲人不倦,桃李天下。曾任中国社会科学院哲学研究所兼职研究员、中华孔子研究会会长、清华大学思想文化研究所所长。

张岱年生于北京,原籍在河北献县。张父名濂,字中卿,一字众清,于 1905 年考中进士,改庶吉士,入进士馆肄习法政,1907 年授职翰林院编修。辛亥革命以后,于 1918 年被选为众议院议员。张众清早年学儒,晚好黄老,认为道学比儒学高,研习《黄帝内经》、《黄庭经》等道书,与《易》学大师尚秉和交往颇深。张岱年排行三,长兄崧年毕业于北大,后来成了哲学家。张母赵氏于 1920 年病逝。此前九年,她带着儿女在献县老家生活。张岱年三岁时随母回乡,过田园生活,五、六岁时进入村中私塾背诵《三字经》、《百家姓》,之后,张众清为儿女们延请

了岱年的表兄卢子义给他们教《论语》、《孟子》、《大学》、《中庸》，只背不讲。在村中，张岱年听过杜先生讲的《左传》，很感兴趣，但没有继续读《左传》。1920年，张岱年回到北京，在北京师范大学校附属小学插班学习。在家里他住在南屋，父亲给儿子写了一幅对联勉励：

醴泉无源，芝草无根，人贵自立；

户枢不蠹，流水不腐，民生在勤。

父亲还在住宅大门上贴联云：

大林容豹隐，原野听龙吟。

表示自己隐居的态度。由于受父亲黄老思想的影响，张岱年初三时写的终生志愿是："强中国，改造社会；成或败，退隐山林"。张岱年中学时特别喜欢看老庄书，上初二时同学庄镇基喜读老庄哲学，引起张对哲学的兴趣，便读了《老子》、《新解老》，认识到《老子》所谓"道"即天地万物的最高原理，忽有所悟，对老子学说有所理解，经常独自沉思宇宙人生的问题，每晚沉思一、二小时。高一时张岱年读了《韩非子》，写出一篇《评韩》的文章，批评韩非反对道德教化专重刑赏的观点，得到了班主任汪伯烈的赞赏，认为大学三年级学生的论文也不过如此，汪先生把张岱年的文章刊发在《师大附中》月刊上。后来，张岱年读《列子》，写过《关于列子》的考证文章发表于《北京晨报》之《副刊》，内容是证明列子实有其人，并非子虚乌有。他还得八块银元稿费。这个高中生的阅读、写作、思辨水平不低。

　　1928年，19岁的张岱年同时考取清华大学与北京师范大学，他决定在师大上学，一入校，就写了《古书疑义举例再补》一文。张岱年在青少年时代广读古书，热衷考据，难怪成了国学大师。成名后他谦虚地说："我早年从北师大刚毕业，经冯友兰先生和金岳霖先生推荐，到清华当助教。这是很幸运的事。这也是我一生学术生涯的开始。所以我很感谢冯先生和金先生。"（陈全林据《东方赤子·大家丛书·张岱年卷·耄年回忆》编写　华文出版社，1998版，图片选自该书。）

少年钱钟书的经典训练

钱钟书(1910—1998),字默存,曾用笔名"中书君",无锡人,著名作家、国学大师、曾任中国社会科学院副院长。因周岁"抓周"时抓得一本书,故取名"钟书"。1941羁居上海时写成长篇小说《围城》,已有英、法、德、俄、日、西语译本,被改变成同名电视连续剧热播。散文大都收入《写在人生边上》一书。《谈艺录》是具有开创性的中西比较诗论。所著《管锥编》对中国著名的经史子古籍进行考释,从中西文化和文学的比较上阐发、辨析。另有诗集《槐聚诗存》。

父亲钱基博是著名学者,著有《周易解题及其读法》、《四书解题及读法》、《文史通义解题及其读法》、《古文辞类纂解题及其读法》、《老子解题及读法》、《骈文通义》、《文心雕龙校读记》等译解国学经典的著作。钱钟书的家庭是以诗书传家的文人家庭。处在近代工业最发达的东南沿海地区的无锡多少受些欧风美雨的影响,这个家庭在传统的国学之外很重视西方的先进学问,这是这个家庭能产生中西兼通、文理并重的许多人才的重要保证。钱钟书逝世后,著名学者余英时说:"默存先生是中国古典文化的最高结晶之一。他的逝世象征了中国古典文化和20世纪同时终结。"钱先生学贯中西,融会古今,既有十分坚实的古典文学根底和修养,又博通西方近代学术思想与治学方法,在中国文化研究方面卓成大匠。若无一定国学修养,对钱氏著作中的精妙处,难以体会。无锡钱氏是五代十国时吴越国国王钱镠(武肃王)后代。八世祖钱迪始迁居无锡梅里堠山,至钱先生已是第三十三代,曾祖钱维侦,字榕初,一字寄香,清廪贡生,候选训导。祖福炯,清附贡生,试用训导,加捐五品衔。虽然没什么功名,但钱家是望族,热心教育,收集整理乡贤文献,颇有名望。钱钟书的伯父基成,字子兰,亦附贡生。父基博,字子泉,与叔父基厚(字心卿,后改孙卿)为孪生兄弟。同生于光绪十三年(1887)。

钱基博、基厚长相酷似,外人难以分辨,但两人性格相差很大。兄长深沉稳重,言语不多,天资聪慧;弟弟神采飞扬,能言善辩,记忆过人。兄长兴趣在于研究,走向国学道路,历任上海圣约翰大学、清华大学、上海光华大学、浙江大学、国立师范学院、华中师范学院中文系教授等,著作等身,举凡经史子集,皆有著述,成为近代著名的国学大家。弟弟则热心于社会事业,处处为人排忧解难。苏奉军阀交战时,无锡被围,他曾夜囊万金,去见奉军当道,保护了全城的安全。他做过无锡商会会长,成为无锡工商界的代言人,威望很高。解放前夕,国民党逃

离大陆前他及时地转移大批粮食，为无锡的解放和人民生活做了很大贡献。解放初被任命为苏南行署副主任，后任江苏省工商联主委。兄弟两人趋向不同，都有卓著业绩。钱钟书和钟韩的启蒙教育由大伯基成开始，四五岁时即在家中由伯父指导读书，1918 年送入亲戚的私塾，钟书读《毛诗》，钟韩读《尔雅》。钱钟韩说："我开始读《尔雅》，是这私塾先生的主张。此书诘屈聱牙，不知所云，全靠死记硬背，我为此经常挨打，吃不少苦头；钟书读的却是《毛诗》和《孟子》，比较流畅好懂，我对此十分羡慕——看来读《尔雅》并不是我父亲和伯父的主张，而是我祖父听了私塾先生的主张而在我个人身上进行试验，因为其他同学都没人读。这本关于上古时代的训诂书是最不适合的启蒙读物，对我来说是一次彻底的失败。"这样下苦功，11 岁时他们已读完《论语》、《孟子》、《毛诗》、《礼记》、《左传》，闲暇时涉猎子史古文及唐诗、明清小说，动笔写文章了。钱钟书古体诗写得极好，对诗的爱来自少年时读《唐诗三百首》的感受，此后广读《十八家诗钞》、《骈体文钞》，熟读之后，大增文章才气。钱氏一些文章以古体文写成，堪称美文。大伯父虽然教育有方，但毕竟是旧式文人，对新学一窍不通。子泉和孙卿经过考虑，还是把他二人送往新式学堂接受新式教育，直接插入无锡县立第二高小（东林小学），他们才开始认识阿拉伯数字，学习加减乘除。由于以前从未学过，初习数学难度太大。钱钟韩靠自学赶上的，钱钟书对数学不感兴趣，成绩不佳。这时两人天赋已显示出不同了。

钟书清华外文系毕业，在上海光华大学教了一阵书后考上庚款留学，同太太杨绛女士同去牛津深造。回国后曾在西南联大任教，珍珠港事变前返沪蛰居，在震旦女子学院教课，大半时间闭门读书、著书，得天独厚，读书过目不忘，经、史、子、集中名著，无所不读，学人中间，不论同辈或晚辈，还没有人比得上他的博闻强记、广览群书。钱钟书不仅国学根基从小打得好，学外国文字也不费力。不论英文、拉丁文、法、德、意文，无一不通。《谈艺录》里所引的欧西著作他都读过原文，学问之广，令人望洋兴叹。《槐聚诗存•序》中钱先生说："余童年时从先伯父与先君读书，经、史、古文而外，有《唐诗三百首》，心焉好之，独索冥行，渐解声律对偶，又发家藏清代名家诗集泛览焉。及毕业中学，居然自信成章。"我很喜欢先生的诗，录两首。

还乡杂诗

深浅枫如被酒红，杉松偃蹇翠浮空。

残秋景物侬春色，烘染丹青见化工。

秣陵杂诗

非古非今即事诗，杜陵语直道当时。

云闲天澹凭君看，六代兴亡枉费词。

（陈全林据《槐聚诗存》，三联书店 1997 年版，《一寸千思—忆钱钟书先生》，上海出版社 1999 年版综合编撰。图片选自《我们仁》，三联书店 2003 年版。）

少年朱光潜的经典训练

朱光潜(1897—1986年)现代美学重要的开拓者、文艺理论家、教育家、翻译家。笔名孟实、盟石。朱先生于20世纪30年代初写的《文艺心理学》及《谈美》,堪称中国第一批系统的美学著作。主要著作有《悲剧心理学》、《诗论》、《谈文学》、《克罗齐哲学述评》、《西方美学史》、《美学批判论文集》、《谈美书简》、《美学拾穗集》等,翻译了《歌德谈话录》、柏拉图的《文艺对话集》、G. E. 莱辛的《拉奥孔》、G. W. F. 黑格尔的《美学》、B. 克罗齐的《美学》、G. B. 维柯的《新科学》等。著述甚丰,具有崇高的治学精神和学术品格,勇于批判自己,执著求索真理。

朱先生生于清末安徽省桐城县和乡吴庄的一户书香门第,是南宋大理学家、教育家朱熹的后裔。祖父文涛公,字海门,清朝贡生,写得一手漂亮的八股文,主持过家乡的书院。父若兰公科举不第,终身笃志经学,博通经史百家,以孝行著称。若兰公在家乡开办私塾,1903年,

六岁的朱光潜在父亲的私塾读书,背诵传统蒙学经典,为他成为学贯中西的学者打下坚实的国学基础。父亲教导他读《四书》、《五经》、《纲鉴易知录》、《通鉴辑览》、《唐宋八大家文选》、《古唐诗选》、《古文观止》,研习八股文,也读《西厢记》、《红楼梦》、《琵琶记》、《水浒传》这些小说、曲本。先生晚年说:"我现在所记得的书,大半还是儿时背诵过的。当时虽不甚了了,现在回忆起来,不断地有新领悟,其中意味确是深长。"(《从我怎样学国文说起》)这句话意味深长。朱光潜经常打开父亲的书箱翻看《史记》、《战国策》、《国语》、西汉之文,觉得趣味无穷,认为读《史记》比看《左传》更有趣,《项羽本纪》背得很熟,王应麟的《国学

纪闻》有许多地方令朱光潜感兴趣。父亲让他大量阅读传统经典,教他写日记,写八股文,写策论,十余岁时他已能写出像样的文言文。

1912年,十五岁的朱光潜在桐城县孔城高等小学读书,开始接受近代数学、物理、化学教育。桐城是举世闻名的文化之乡,清代文坛有名的"桐城派"发祥于此,当地人读书风气极佳,"通衢曲巷,夜半诵书声不绝"。桐城中学由桐城派古文名家吴汝纶创办,校训是:勉成国器。校联为:

后十百年人才,奋兴胚胎于此;合东西国学问,精粹陶冶而成。

桐城中学重视古文,学校所用古文课本是清代古文名家、桐城派主要奠基人姚鼐编选的

《古文辞类纂》。此书上溯战国、秦汉、魏晋，而以唐宋八大家的作品为主，下逮明代归有光、清初的方苞、刘大櫆之作，文章近八百篇。朱光潜对这部文集用功尤其深，许多文章都能背诵。庄子的汪洋恣肆、陶渊明的质朴清新、韩愈的峭拔警策、欧阳修的幽雅轻松……这些名家的才情文气涵育了朱光潜的文学才情与美学性灵。在阅读中他自然地得到了古文的骨力与神韵。在班级他年龄小，文字清通，古文根基好，很受国文老师欣赏，"教员希望这小子可以接古文一线之传"，先生受到鼓励，越做越起劲。"学古文别无奥诀，只要熟读范作多篇，头脑里甚至筋肉里浸润下那一套架子，那一套腔调，和那一套用字造句的姿态，等你下笔一摇，那些'骨力'、'神韵'就自然而然地来了。"这是先生少年时读书写作的心得，当时老师就把他当作古文的传人，多高的荣誉！

　　朱先生的国文老师潘季野对古诗有很深修养，他见朱光潜好学，便指导他读《古诗源》、《唐诗三百首》、《唐宋诗醇》、《宋百家诗存》、《十八家诗钞》，使他对中国古诗有深入的学习，这为他后来写出学术名著《诗论》打下深厚的学术功底。《朱光潜》一书中说，"爱好和钻研古代诗歌，对于后来走上文学和美学研究道路的朱光潜来说，可谓终身受用。因为依朱光潜看，诗是用最精练的语言表现最精练的情思，是最能体现文学特征的文学体裁。一切纯文学都有诗的特质。如果对诗没有兴趣，对于小说、戏剧、散文等的佳妙处，难免总有些隔膜。"后来，朱光潜在武昌高等师范学校读书，系统地研究了清代文字学家段玉裁的《许氏说文解字注》，提高了他对古代典籍的训诂考据能力。朱光潜在《谈人生与我》一文中说："人类比其他物类痛苦，就因为人类把自己看得比其他物类重要。人类中有一部分人比其余的人苦痛，就因为这一部分人把自己比其余的人看得重要。"作为美学家，这句名言，道出了人生真谛。其他格言如"问心的道德胜于问理的道德，所以情感的生活胜于理智的生活。""正路并不一定就是一条平平坦坦的直路，难免有些曲折和崎岖险阻，要绕一些弯，甚至难免误入歧途。"流传甚广。

（陈全林据 钱念孙著《朱光潜》及其他资料编写，文津出版社 2005 年版。）

少年蔡仪的经典训练

蔡仪（1906—1992年），现代美学家、著名学者，著有《新艺术论》、《新美学》、《中国新文学史讲话》、《唯心主义美学批判》、《论现实主义问题》等多种专著，主编高等学校教材《文学概论》、《美学原理》，主编《美学论丛》、《美学评林》。对马克思主义的美学理论和文艺理论多有阐述。他的美学思想自成一家，独具特色，颇有影响。

1906年6月2日，蔡仪出生于湖南攸县渌田乡的桥头屋，江南田园风光，启发了他对美的思索，养育了他探求美的灵性，他终生为美学而工作，与朱光潜、王朝闻一样，被视作美学大师。对于家乡美景，他在诗中写道：

家居渌田桥头屋，门挹苍梧万里云。

凤岭松林笼宿雾，魁星塔影迎黄昏。

湖南近代出了曾国藩这样的大人物，后来，张之洞任两湖总督，陈宝箴任湖南巡抚，他们都是洋务人物，主张学习西方文化，对湖南的学风革故鼎新，湖湘子弟，人才辈出。蔡仪曾祖

父是读书人，与曾国藩这样的大人物有交情，曾国藩赠他一联：

苦忆家乡怀旧雨，饱看富贵过浮云。

赞扬蔡先生淡薄名利的情怀。祖父蔡嘉祥没读过书，父亲蔡厚夫读过私塾，上过新学堂。祖父善种田，收成好，蔡家渐渐兴盛起来。蔡仪的母亲从小会绣花，不看图样，绣什么像什么，还识字，能读小说。

蔡仪幼名寿生，号南山，取"寿比南山"之意。稍大，读《左传》，慕钟仪为人，自名"南冠"。后来读中学、大学，到日本留学，皆以南冠为名。1932年他在《东方杂志》上发表小说《先知》时，用"蔡仪"作笔名，遂用之以终。蔡仪10岁时，家里请50岁的老廪生蔡正夫来教学生，学堂就在祠堂里，学生是蔡仪和表兄弟、堂兄弟、先生的儿子，科举虽废，但蔡老夫子依然教八股文、试帖诗，蔡仪当时还写过："空阶淡如水，远殿若无灯"之诗句，让老师赞叹不已。

读了三年私塾，因师生不和而散馆，蔡仪便考取了县城第二高等小学，但没去上学，而是在父母的督促下，14岁的蔡仪与20岁的贺花秀女士结婚。父亲把蔡仪关在家中，不让他出

门,让他读书写作,仅《左传·郑伯克段于鄢》一文,父亲要蔡仪从各个角度思考,写六篇文章,足见父亲教子之严。一年后,蔡仪才去了攸县第一高等小学读书。他在上学时与一位士兵交上朋友,这些旧事在他20岁时写进了小说《可怜的哥哥》中,发表于1926年的《莽原》上。

1922年,蔡仪考入长郡中学,老师汪根甲对他影响最大,汪先生是旧体诗词大家,博学多才,经常给学生们讲古诗词、唐宋传奇,或诵读,或讲解,同学们非常爱听他的课,蔡仪还仿老师讲的唐宋传奇编写过《梦登燕子楼记》,这是受汪先生讲传奇的结果。

1925年夏,蔡仪考入北京大学,受汪先生影响,对旧体诗仍有很大热情,曾写过旧体诗投稿,发表了不少佳作,后来开始读鲁迅先生的小说,心灵受到极大震撼,于是,开始写小说,1926年,第一篇小说《夜渔》在当年第7期《沉钟》上发表,蔡仪就这样走入了文坛。蔡仪在青年时期写了许多自由诗,不亚于当时成名的郭沫若、闻一多之作,如《春光》:

> 我千万遍的思量这问题,
>
> 仍猜不透伊在何处。
>
>
> 算是伊住江南,
>
> 天际苍茫,一片云雾;
>
> 想随春去了江南,
>
> 萋萋芳草,迷了行路。

他的新诗有古典韵味,这首诗就像《诗经》里的《蒹葭》:

> 蒹葭苍苍,白露为霜。所谓伊人,在水一方。

但我更喜欢他的古典诗词,如《减字木兰花》:

> 瀛东燕北,廿五韶华常漂泊。
>
> 冷眼热肠,看透人情转自伤。
>
> 未能射虎,七尺昂藏空负汝。
>
> 聊事雕虫,当泣当歌诉此衷。

(陈全林据乔象钟《蔡仪传》编写,文化艺术出版社2002年版,图片选自该书。)

少年季羡林的经典训练

　　季羡林(1911—)，国学大师，已98岁了，2005年国务院总理温家宝去看望他时，盛赞他对中华文化的杰出贡献，温家宝总理还说他读过季老的名著《留德十年》。季老是尚健在的国学大师，但他写文章要求人们不要把他称作"国学大师"，自认为对国学的研究"很浅"。季先生生于山东清平县官庄，出生时祖父祖母已去世，家道败落，生活贫困。上小学的时候季羡林并不用功，不是看闲书就是玩铁圈。那时没有什么玩具，最时髦的玩具就是用废铁丝弄成一个圈，用铁条弯成一个一头有钩的推子，把铁圈放地下一滚，后面用铁钩护着不倒，就是他的至乐玩具。中学时最爱读的是被叔父称为"闲书"的小说。叔父不让季羡林看闲书，说那是"旁门左道"，不登大雅之堂。季羡林只得寻找一切机会偷着看闲书。家里书桌下面有个盛白面的大缸，上面盖着用高粱秆编的"盖垫"。书桌上摆着《四书》、《五经》正课的书，手中捧着的却是《彭公案》、《济公传》、《西游记》、《三国志演义》等旧小说。唯独不爱看《红楼梦》，那时年龄太小，看不懂，只觉得林黛玉整天哭哭啼啼，不甚喜欢，对《七侠五义》之类的小说看得津津有味。如果叔父冷不防进来，他就把闲书往缸里一丢，嘴里念起"子曰"、"诗云"来，"君子有大道，必忠信以得之，骄泰以失之。"季羡林摇头晃脑地念着《大学》章句，叔父背着手，看一看，满意地出去了。

　　到学校用不着防备了。一放学就是他的世界了。万事莫如读书急，常常背着书包躲到学校里的假山背后，或者某个盖房子的工地上拿出闲书，狼吞虎咽似地看起来。一看便忘记了时间，忘记了吃饭，有时候到了天黑才摸回家去。叔父以为他留在学校里背书呢。读闲书的成绩很大，季羡林对小说里绿林好汉的名字滚瓜烂熟，连他们用的兵器如数家珍，比正当的课本熟悉多了。久而久之做起英雄梦来，希望自己能成为神功盖世的武侠，幻想过种种江湖侠行，想得豪气干云霄，有时梦里劫富济贫。年幼的心里还谈不上什么太大的志向，然而叔父却对他寄予期望，要季家这唯一的男孩光宗耀祖，于是对季羡林要求极严。他见学校里的功课难不住小侄子，便在家亲自给他讲课，编了一本《课侄选文》，都是叔父喜欢的理学文章。虽然叔父没有受过系统教育，但靠着他天分，经史子集读了不少，不但能作诗，还擅长书法，更有刻图章的好技艺。季羡林自小受到叔父的严格家教，以后季羡林的学术成绩与当年叔父的悉心栽培分不开，家教终于结出了期望中的果实。叔父不仅在家教季羡林学习自认为正宗的文章，还要求季羡林上完正课后加"小灶"，参加专门读古文的学习班，去读《左传》、《战国策》、《史记》等经典史书，上这个班要另付老师报酬。这还没有完，吃完晚饭，季羡林要到尚实英文学社学英文，一直学到十点才回家。这样排下来，上正式的课程，国文课的《古文观止》要背诵，英文的《泰西五十轶事》、《天方夜谭》要背诵；国文写作要用文言文，英语写作要用英文。几年下来，一直是满满的，对季羡林来说不算什么，有书就读，读便读好，不求最好，会全心全意去学，也会全心全意地去摸鱼钓虾。他干什么事情都是专心致志。

初中毕业以后，季羡林在正谊中学念了半年高中。后来转入了新成立的山东大学附设高中读书。那时是 1926 年。山东大学的校长是前清状元、教育厅长王寿彭。他提倡读经，很合叔父之意。应学校的倡导，高中安排了两位教读经的老师。一位是前清翰林，一位绰号"大清国"，是个顽固的遗老。他们上课有一个共同的特点：不带课本。他们教《书经》、《易经》，倒背如流，滚瓜烂熟。不仅正文，连注疏在内。教国文的王崐玉先生是位桐城派的古文作家，极有学问，有专著出版，老师对季羡林的影响很大，不仅是他深远的学问，还因了他对季羡林的格外赏识。季羡林在他的国文课上做的第一篇作文是《读＜徐文长传＞书后》。没有想到这篇他与往常一样应付作业的课文得到了王先生的高度赞扬，作文后面的批语是："亦简劲，亦畅达"。这对季羡林是很大的鼓励。常常是这样，老师的一次赞誉会影响一个学生的一生。自从王先生批语以后，季羡林便对古文产生了浓厚的兴趣。他不再顺从老师、学校和叔父的安排，让学什么便学什么，而是主动找来了《韩昌黎集》、《柳宗元集》，以及欧阳修、三苏等的文集认真钻研。英语课之外又加学德语。这样的努力使季羡林的学业突飞猛进，第一学期就考了甲等第一名，平均分数均超过 95 分，优异的成绩使他受到校长王状元的嘉奖。校长亲笔写了一副对联和一个扇面奖给他。这更加激励了季羡林，开始有意识地努力学习。对一个少年来说，当初的努力只是为了保全荣誉，既然得了第一，就不能再落后下来。在季羡林的性格中，这种一旦下了决心就坚持下来的特点使他的学业受益非浅。果真如此，在高中学习三年中，六次考试，季羡林都考了六个甲等第一名，成了"六连贯"。从这以后，努力学习，渴求知识，便成了少年季羡林的一个明确目标，成了他一生的追求。（陈全林据于青《东方宏儒—季羡林传》摘编，花城出版社 1998 年版。图片选自该书。）

少年任继愈的经典训练

任继愈（1916—　）现代著名哲学家、宗教学家、国学大师，著述等身，是我国较早用马列主义思想研究佛学、道学的学者，创建了中国第一个宗教研究机构——中国社会科学院世界宗教研究所和中国第一个宗教学系，培养了第一批宗教学本科生，主编过《中国道教史》、《中国佛教史》、《中国哲学史》、《中华大藏经》、《道藏精华提要》等。他在政界被重用，毛泽东称他是"凤毛麟角"之人；他在学界被尊仰，影响深远，许多著名学者出自他门下；晚年曾任国家图书馆馆长。任先生在学术界声誉很高，他的某些学术观点有失偏颇，为新一代学人所诟病，但仍然是大学问家，他是现代"新儒学"大师熊十力的弟子，熊先生评价他是"诚信不欺，有古人风"，这源于任家的祖训家教。任先生把总结中国古代精神遗产作为一生追求和使命，致力于用唯物史观研究佛教史和中国哲学史。在古代诸子百家中最初相信儒家。解放以用马克思主义总结中国古代哲学的工作，成就斐然。四十年来，培养了一代又一代哲学工作者。

任继愈生于山东平原县一个书香世家，父亲是国民党军官，做到参议员退下来，为人正直，喜欢读书。任继愈 3 岁时就离开家乡，13 岁时回到家乡求学。任先生上小学时已进入了民国，学校都采用新课本，但民国教育中有读经课，有专老师专门讲《四书》、《五经》。任继愈在初小时曹景黄先生教《论语》及古文。景黄先生讲《论语》，经常联系当时的人事而讲经典里的道理，使高深久远的古籍浅近易懂，不觉得那么遥远。讲《论语》中的"胁肩谄笑，病于夏畦"时，曹老师结合社会上流行的巴结权贵的拍马人物而阐述，使任继愈从小在心里鄙视趋炎附势之人。曹老师还教书法、吟诵古诗文的方法，他改作文很认真，当时的作文用文言写成。任继愈的作文中有如是句子："吾乡多树，每值夏日，浓荫匝地，……以待行之憩焉。"老师说"焉"字用得好，得到文言文的语感，算学懂了。古文背多了，语感自来。

高小，夏老师讲《孟子》很投入，老师学过近代西方文学、心理学、自然科学知识，结合西方文化思想来讲中国文化，别有风味。他说西方心理学家把人的性格分为四大类，他以为孟子生性乐观喜笑，是"多血质"类型的思想家。他还给学生讲什么是"文如其人"，举了个例子：明太祖朱元璋有次在南京城外郊游，见人骑马而过，便吟道：风吹马尾千条线。要长孙健文与四子燕王对，结果，健文对的是：雨打羊毛一片毡。燕王对的是：日照龙鳞万点金。结果，燕王夺了健文的皇位而称帝，建都北京，就是明成祖朱棣。讲《孟子》中的"民有饥色，野有饿莩"时，结合当时山东人民的艰苦生活，学生们很快就理解了。讲解《孟子》中"富贵不能淫，贫贱不能移，威武不能屈，此之谓大丈夫"的男儿气节，养成任先生一生坚强不屈的性格，经历了无数风雨，志节不变。良师能影响学生的一生，就像父母对子女的影响一样深远。夏老师还要学生们捐书，在班上自办图书馆，班上的书馆中有《水浒传》、《红楼梦》、《镜花缘》、《说岳全传》、《三国演义》、《老残游记》这些名作，任继愈先生管理过这些书。数十年后，任公作了中国最大的国家图书馆的馆长。

任继愈13岁时，日军侵占济南，他不能在济南上中学，只好回老家平原县读书，国文老师刘海亮的课讲得好，能写一手漂亮的赵体字；另一位国文老师任翰忱在北京大学读过书，讲古文时，广征博引，像博学教授。讲司马迁的《报任少卿书》就把汉武帝对待文人的态度及司马迁冤案的本末讲得很清楚；讲《芜城赋》，结合南北朝的政治形势讲文章背景及文章风格。高中时的老师宗主任还让任继愈看《墨子》，他本人善讲《墨子》。国文老师刘伯敩先生毕业于北大哲学系，讲课不用教育部编审的教册，而用《左传》、《国语》自选教材，以及孟子、荀子、老子、庄子和宋人、元人的作品，他讲语文课像讲文学史、哲学史。这些老师引领任继愈成为一代大学者。

1937年，随闻一多先生南下昆明求学的任先生，感受到抗日战争中伟大的民族精神的根本就是中华文化，于是他发心"研究中国传统文化，要以此为终生的事业"。如今，九十余岁的任公还在为编辑《中华大藏经》而努力工作，皇皇7亿字的《中华大典》是新中国成立以来最大的跨世纪出版工程，此项工作已进行了十余年，完成三分之一。他说"我始终记着我的老师熊十力先生的勉励：'做学问就要立志做第一流的学者，要像上战场一样，义无反顾，富贵利禄不能动其心，艰难挫折不能乱其气。'"大半个世纪以来，任公如此力行。任公有诗云：

《以律己之心对待人生》

沙滩银闸忆旧游，挥斥古今负壮猷。

履霜坚冰人未老，天风海浪自悠悠。

（陈全林据《念旧企新——任继愈自述》及其他资料编，山西人民出版社1999年版，图片选自本书。）

少年周汝昌的经典训练

周汝昌(1918—   ),现代著名红学家、国学大师,曾就学于北京燕京大学,是继胡适先生之后新中国研究《红楼梦》的第一人,红学专著有 20 多种,其中《红楼梦新证》是其代表作,于诗词、书法皆有成就。

先生生于天津与大沽之间的咸水沽,祖父有家业,周家有风景极美、建筑精奇的园子如大观园一般,祖父于中读书吟诗、赏花弄箫。父亲景颐先生是读书人,最好《三国演义》,周母最好《红楼梦》,先生的文学才情多得自母亲的启发。母亲李彩凤生于诗礼人家,从小跟兄长们学《四书》,识字通文,爱好诗词,天天给周汝昌讲《红楼梦》,汝昌是她最小的儿子。小的时候,周汝昌硬着头皮读《红楼梦》,刚开始读时,没有《三国》、《水浒》、《西游》有趣,对一个十来岁的小孩来说,难以理解书中儿女情长、感时伤世之心,可周汝昌还是认真读了。十五岁时作诗填词,格调全出自《红楼梦》,他写的七言诗有点像黛玉的《葬花吟》,填的小令像《红楼梦》中第七十五回史湘云、林黛云等人填写的柳絮词《如梦令》。可见他儿时对《红楼梦》的研习,并非草草一读,而是甚下苦功。父亲藏书不多,伯父藏书颇多,伯母嫌丈夫读书终无用,一火烧尽其书。周汝昌家仅有的书是《古文观止》、《千家诗》、《郑板桥集》、《诗韵合璧》,一部《三希堂法帖》石印本。这些书十五岁前都读熟了。《千家诗》引导周汝昌迷上古诗,周母爱吟诗,儿子能背《千家诗》中不少名篇。

　　　　古木阴中系短篷,杖藜扶我过桥东。

　　　　沾衣欲湿杏花雨,吹面不寒杨柳风。

周母浅吟慢唱,像唱歌般好听,是对周汝昌终生的诗教。从《诗韵合璧》里汝昌悟到了韵脚与四声之理,无师自通。周父是当地书法大家,善写楷书,尤善写榜书,大字气势磅礴。他的书法功底是欧体,兼学苏体、赵体。周家有赵子昂的《织图诗》草书墨迹,其父遍临名帖,成自家面目。周汝昌少年时用心临习过《兰亭序》帖,到晚年,周先生的字卓然成家。

周汝昌从小记忆力极好,《滕王阁序》默读三遍即可背诵,数理化门门都考 100 分,后来爱上了传统文化,不喜欢西方文化,到老年,对西方文化有点反感,他说"我真心喜爱的,是中华文化,传统的文学艺术,文物衣冠,社会伦理道德的精神,民族审美的意境……。"他认为《红楼梦》是中华文化之集大成之作,要学中华文化,必须读《红楼梦》,他有诗曰:

聪明灵秀切吾师,一卷《红楼》触百思。

此是中华真命脉,神明文哲史兼诗。

他研究《红楼梦》不是要当红学家,而是要发扬中华文化。

幼年的周汝昌因记忆力好,聪明过人,考试总得第一名,老师称奖,同学羡慕。十四岁时喜欢上诗歌,无师自通,写起七言绝句。这得益于母亲的诗教与儿时对《千家诗》及《红楼梦》中诗词的记诵。当他进入高小后读了不少文言名作如《岳阳楼记》、《秋声赋》、《病梅馆记》、《祭妹文》……,篇篇动人,篇篇能诵。后来学白话文,发现记不住了。到老年时,儿时背的古诗文历历在目,开口即诵,而儿时背的白话文则记不得了。老夫子晚年感叹曰:

人刀尺与马牛羊,不读经书号改良。

空叹人家哂不学,谁教当世慕西方。

过去,小孩学字先读《三字经》、《百家姓》、《千字文》,既识字,又学文史、格言。近代西学之改良教育,变成"人刀尺,马牛羊",不如学《千字文》好,像"女慕贞洁,男效才良。知过必改,得能莫忘。"多好的修身格言。周先生自述说:"我之平生,下工夫最多的却是诗词学与书法学。"作为国学大师,他当之无愧的。(陈全林据《红楼无限情——周汝昌自传》编写。北京十月文艺出版 2005 年 3 月版,图片选自该书。)

少年吴晗的经典训练

吴晗(1909—1969 年),著名的明史专家,在"文革"中含冤去世,代表作有《胡应麟年谱》《〈金瓶梅〉的著作时代及其社会背景》、《胡惟庸党案考》、《朱元璋传》,后者曾得到毛泽东的好评。他写的《海瑞罢官》在文革中被诬为借历史剧为当时错误批判的彭德怀翻案而获"罪",惨遭凌辱,家破人亡,一家四口人中,活下来的仅是儿子吴彰。

1909 年 9 月 24 日,吴晗生于浙江义乌的吴店乡,父亲吴瑛玉是乡村老师,中过秀才,辛亥革命后吴瑛玉考入了浙江高等巡警学堂,毕业后在县里当警佐。经过父亲的经营,吴家的日子比较好了。瑛玉颇有学问,能诗善赋,写得一手好字,吴晗和他父亲经常作诗唱合。吴晗六岁时读了不少古书,作诗像回事。一次,父亲的朋友们来家中聚会,有客人说:"家中无菜,又何必饮酒?"吴晗闻言赋诗曰:

橱中无菜市中有,饮酒何必杏花村。

人人都说读书好，吾谓耕者比我高。

对于这位六岁童的诗，客人们很欣赏。

吴父书斋名"梧轩藏书"，有不少古书。吴晗六岁时在村中学堂读书，十一岁时，父亲要他读《通鉴辑览》这部史学书，每天要检查儿子的学习情况，要看多少页、背多少内容都有规定，背不上来，父亲会让儿子跪着，背不好就用鸡毛掸子打他。在父亲的指导下读了不少文史著作。吴晗的记忆力超常，七岁进育德小学，国文、历史老师杨志冰有次讲韩愈的《祭十二郎文》，吴晗听了一遍，就能将这篇2000余字的文章背诵下来，并能入情入理地讲解，让老师特别吃惊。吴晗特别爱读史书与古典文学名著，《三国演义》、《水浒传》、《西游记》，十岁前已看过了。自家的藏书看完后就去别人家借，有时人家同意他看，但不准把书带回去，他会蹲在人家家门口一口气把书看完再走。1921年，12岁的吴晗考入了浙江省立第七中学，依然爱读

书，尤其爱看石印的古典小说，经常去书店里看，连在假期里常常边放牛，边看书，他看得最多的是文史书，包括梁启超的《饮冰室全集》。有次看书入迷，忘了看牛的事，结果牛走失了。次日由邻村人送来。有次因为要购心爱之书，竟然将铺盖卷卖了，置衣食于不顾，一心只在读书上。吴家清寒，吴晗靠勤奋自学取得了杰出成就。

1925年—1927年，中学毕业后的吴晗当了两年小学老师。1928年夏，考入上海中国公学大学部，作了胡适的学生，1930年，写过《西汉经济状况》的论文，得胡适好评，说他"中国旧文史的根底很好"。同年编出《胡应麟年谱》，次年考入清华大学历史系，开始走上严谨、扎实的史学之路。24岁那年，他写诗咏岳飞，以讽刺民国政府对日本侵略东北的退让苟安：

将军雄武迈时贤，缓带轻裘事管弦。

马服有儿秦不帝，绍兴无桧宋开边。

江南喋血降书后，北地征歌虎帐前。

回首辽阳惊日暮，温柔乡里著鞭先。

（陈全林据王宏宏、金若年编《吴晗画传》编写，团结出版社年2004版，图片选自该书。）

少年钟敬文的经典训练

钟敬文(1903—2002 年),著名民俗学家,现代中国民俗学、民间文艺学的开拓者与奠基人、社会活动家、诗人、散文作家。学术理论著作有:《民俗文化学 - 梗概与兴起》、《钟敬文民间文学论集》(上下册)、《民俗学概论》、《民俗学通史》、《钟敬文民俗学论集》、《民间文学概论》、《民间文学基础理论》、《民间文艺谈薮》(论文集)、《楚辞中的神话和传说》、《诗心》。

1903 年 3 月 20 日,钟敬文生于广东省海丰县东北部的公平镇,在家中排行老三。父亲钟俄先,靠自学而达到了能看懂旧医书、旧小说的地步。钟敬文七岁进入私塾,老师是位生员,教学生们读《三字经》、《大学》、《中庸》、《幼学琼林》,钟敬文很好学,每一本书都能背下来,当时的儿童教育以记诵为主,他都认真背,特别喜欢《幼学琼林》,全书是骈体文,用对偶句写成,琅琅上口,便于记忆。内容上包罗广泛,举凡天文地理、科举官职、饮食起居、婚丧嫁娶、花鸟虫鱼、名物制度、处世为人,无所不包。格言如"智欲圆而行欲方,胆欲大而心欲小"就是修身金言。读书之余,跟他一起上学的二哥经常给他扎黄色纸船、纸马、纸人、纸花,纸船在雨天小池中放。

1912 年,钟敬文与二哥到新式学堂里上学,不再以"子曰诗云"为主,是有算术、格致、体操。但国文课仍由前清的秀才、举人们主讲,注重国学训练,学校盛行读古书、作旧诗的风气。钟敬文读完了《纲鉴易知录》、《左传》,爱上了古体诗,从此开始写诗,一写就写了九十多年。有一次,老师组织同学们写秋日即景诗,钟敬文有"萧萧芦荻野溪秋"之句,颇得先生好评。为学诗,清初袁牧的《随园诗话》全书成诵。袁牧的诗学对钟敬文有毕生的影响。有年春节,钟敬文和同学去给老师蔡义浩拜年,蔡先生吟道:"良辰美景奈何天。"要求学生们以此句开头,各写一首诗,钟敬文的诗夺魁。其诗曰:

良辰美景奈何天,微雨纷纷锁翠烟。

拟向通灵陈一疏,祈求红日庆新年。

家中的《四才子》、《玉厘记》、《笑林广记》、《验方新编》在小学时看完了,无书可读,就到处借书,用积下来的零花钱邮购书。数年苦学,小学毕业时,在文史方面的知识竟然有大学一、二年级学生的水平,打下扎实的国学基础。小学毕业后他在家中继续研读古典文学作品,整天苦读《唐宋诗醇》、《国朝六家诗钞》、《八家四六文选》，还写了数百首旧体诗。家中书房内，成天对着一盆吊风兰阅读和吟诵。他最珍爱宋代林逋(和靖先生)的诗，他曾在《西湖佳话》中读到林和靖高隐西湖边，焚香写诗、梅妻鹤子的故事。从十二、三岁开始迷上林诗，十六岁时有了会心之悟，有一个阶段学林逋"隐居"山林，读林诗，感受江南山水之美，诗与人，人与物浑然一体，物我同化。他写过多首咏林和靖的诗，其中有一首：

> 我爱林逋仙，风致如寒泉。利名无锁钥，梅鹤有因缘。
>
> 抱病收红药，行樵入紫烟。自君之羽化，云冷孤山巅。

他写过一首诗表达对寄情山水的向往：

> 已无豪情超人上，只有疏狂爱浪游。
>
> 水际林梢闲驻影，人间便觉懒回头。

再读几首林和靖的诗，就知钟敬文深得其韵，淡薄名利，有隐士情怀，有隐逸遐思：

小隐自题

> 竹树绕吾庐，清深趣有余。鹤闲临水久，蜂懒采花疏。
>
> 酒病妨开卷，春阴入荷锄。尝怜古图画，多半写樵渔。

宿洞霄宫

> 秋山不可尽，秋思亦无垠。碧涧流红叶，青林点白云。
>
> 凉阴一鸟下，落晶乱蝉分。此夜芭蕉雨，何人枕上闻？

山中寄招叶秀才

> 夜鹤晓猿时复闻，寥寥长似耿离群。
>
> 月中未要恨丹桂，岭上且来看白云。
>
> 棋子不妨临水着，诗题兼好共僧分。
>
> 新忧他日荣名后，难得幽栖事静君。

孤山寺瑞上人房写望

> 底处凭栏思眇然，孤山塔后阁西偏。
>
> 阴沉画轴林间寺，零落棋枰葑上田。
>
> 秋景有时飞独鸟，夕阳无事起寒烟。
>
> 迟留更爱吾庐近，只待春来看雪天。

1920年，18岁的钟敬文考上了陆安师范学校，校长周六平先生是大学问家，经常指导学生学习古典文学作品特别是古诗，在这里他读完了《元曲选》全书，经常吟咏《元曲选》中诗句，使他的人生中充满诗意，使他的作品中充满诗意。(陈全林据 安德明著《飞鸿遗影——钟敬文传》及其他资料编写。山东教育出版社2003年版，图片选自该书。)

少年蒋天枢的经典训练

蒋天枢（1903—1988），字秉南，江苏丰县人，青年时就读于无锡国学专修馆，师从唐文治先生，考入清华国学研究院师从国学大师梁启超、陈寅恪，曾任东北大学、复旦大学中文系教授。1964年，75岁的陈寅恪大师托付他编定平生文集。"文革"其间，蒋先生冒着种种风险、克服种种困难，编成《陈寅恪文集》（300万字）及《陈寅恪先生编年事辑》，第一次比较完整地将陈先生的学术成就和坎坷生涯公诸于世。20世纪80年代，学术界有"逢人不谈陈寅恪，枉为华夏一学人"之言，陈先生的作品是华夏文化宝库中的珍宝，蒋先生的工作对弘扬民族文化做出了历史性的贡献。蒋先生眼中，"陈寅恪先生是中国历史所托命之人"，蒋先生从保存民族文化瑰宝的角度自觉地为民族文化作出了牺牲与奉献。他个人的学术成就及道德品质也成了学界高山仰止的丰碑。

1903年，蒋天枢生于一个秀才之家，父亲蒋念洛，字子程，号东甫，清末秀才，母亲周氏早逝，年仅42岁。蒋家曾遭土匪洗劫，使这个大家族元气大伤而衰落。这些事发生在蒋天枢童年的时候。蒋家出过四个秀才，蒋天枢的祖父是秀才，祖父的三个儿子也是秀才，这是个书香门第，依儒家教导，"学而优则仕"。1905年，大清王朝已废除科举制，蒋先生的读书生活并未停止。蒋家请来"周翰林"夫子教学，周先生学问极好，给蒋天枢及同学讲授《幼学琼林》、《百家姓》、《千家诗》、《三字经》、《四书》、《五经》，天枢敏悟好学，所学皆能背诵，这为他成为大学者打下了坚实的"童子功"。1911年后，蒋天枢进丰县之南的新式学堂杨氏小学学习，开始关心时事。

17岁，蒋天枢考入南京中学读书，成绩门门皆优。他喜欢《荀子·劝学篇》所云："真积力久则入，学至乎没而后止也。故学数有终，若其义则不可须臾舍也"。天枢反复读之，写了《读＜荀子·劝学篇＞》一文，深得老师好评。这一段话是天枢一生治学精神的生动写照。18岁，天枢考入近代国学大师、教育家唐文治先生创办的无锡国学专修馆。唐先生认为：没有学问，就不能做大事；徒有学问而不具备品德，就做不成大事。唐先生教学，注重培养学生的品德，亲撰一联以勉学生：

人生唯有廉洁重，世界全凭气骨撑。

教学上他主张学生博览群书，精研古籍，要自出见解。蒋天枢在唐先生的带领下，从头到尾，一字不漏地读完了《史记》、《资治通鉴》，边读边圈点。老师如是读，学生如是读。不光读，还要背诵名篇佳作，仿名家之作而写作，以提高作文水平。蒋天枢特别爱读屈原的《楚辞》，就仿其中的《橘颂》而写过《拟屈原＜橘颂＞》。其中有这样优美的句子：

皇天分此九土兮，橘独生夫南方。

虽无纷华之可悦，而有独异之锋芒。

禀凛秋之劲气，抱温润之和光。

既青赤之顺序兮，复经纬之中藏。

虽文章之烂缦兮，蕴精英而不扬。

彼缤纷其变易兮，此独守其故常。

求贞固于晚岁兮，心抑郁其忧伤。

夙夜惕其审慎兮，姱好修而莫忘。

这简直就是陈寅恪先生与蒋天枢先生的精神人格之写照。

1927 年秋，蒋天枢报考到清华大学，想拜王国维先生为师，当他来到清华大学时，王国维先生已不幸与世长辞，于是，蒋天枢就在梁任公、陈寅恪门下求学，两位大师将蒋先生打造成了后辈大师，蒋先生后来就成了陈先生的"忠笃弟子和托命之人"。陈、蒋师生间"所演绎的故事，无疑体现了中华民族的优秀品质和传统美德，体现了文明古国一脉相承的士林高风，因而也就自然成为当今学术界一段脍炙人口的佳话。"（陈全林据朱浩熙《蒋天枢传》编，作家出版社 2002 年版，图片选自该书。）

少年南怀瑾的经典训练

南怀瑾先生是享誉海内外的国学大师，于中国传统文化之儒、释、道、诸子百家出入自在，运用得心应手，于佛法真修实证，行愿上尤为卓越。他的著作在大陆出版过三十余种，如《论语别裁》、《孟子旁通》、《老子他说》、《易经杂说》、《金刚经说什么》，畅销天下。他在台湾、大陆开讲过许多中华传世经典，儒家的如《论语》、《易经》、《大学》、《中庸》等等，道家的如《道德经》、《庄子》、《周易参同契》等等，佛家的如《金刚经》、《心经》、《圆觉经》、《楞严经》、《楞伽经》、《宗镜录》……，中医名著如《黄帝内经》，他还讲过诸如《长短经》、《黄石公素书》，他讲课时深入浅出，举重若轻，引证经史、诗词，妙趣横生。他的古体诗，在近代是独成一家。我们编这本书，受了南先生弘扬中华文化的精神感召。让我们一起去尝试了解已 90 余岁的南怀瑾先生少年时读经的情况吧。

1917年，南先生生于浙江温州乐清县翁垟镇地团村。南先生在《山川人物与永嘉禅师》一文中自述："我从小对这个国家很有感情，想为国家做一番事业，所以对本国的历史、地理、文化特别注意。我们当年，国人如对自己国家的历史、地理、文化不熟悉，是一件羞耻的事。尤其是我个人，比一般人的个性又更顽固。"南先生二十岁以前，《四书》、《五经》、《二十四史》都已遍读，佛经道典也读了不少，他能成为一代国学大师，也在于少年时代就对中华文化有特别深的情感与领悟。

南先生的父亲南仰周，母亲赵氏，由于赵氏嫁到南家多年而不孕，赵氏就去寺庙中求佛许愿，在她26岁时才生了南怀瑾，母亲赵氏从此更加虔诚地学佛，这对少年南怀瑾有很大的潜在影响。南母终生只此一子，非常爱他，父亲对他管得很严。父亲是个小商人，并不多么奢望儿子将来读书做官，只希望儿子能读书、经商。南先生长大后，官也当过，商也经过，但都是一时之业，其大半生在弘扬中华文化，成为名符其实的国学大师。

南先生六岁时开始入私塾。当时已是民国年间，各地都有小学，但南先生在小学里只读过一年书。他的学问根基，都是在私塾里打下的。少儿时朗读背诵的《四书》、《五经》，至老都记得，这成了他作为国学大师的"童子功"。父亲管得严，严得几乎不近人情，必须把先生教的书背得滚瓜烂熟，父亲才会开心。这些经书对于少儿，不管懂与不懂，都必须背下来，长大后自然就理解了。这是古人普遍应用的教育法，为中华民族造就了无数英杰，也造就了国学大师南怀瑾。南先生十一岁时，父亲送他到乐清县第一小学插班读书，寄宿在父亲林姓朋友家，与林家公子梦凡结成好友、同学。南先生十三岁时，原本富有的南家曾被海盗一劫而贫，经济衰落。父亲要他做手工艺学徒，或是经商，他都不干，反抗父亲的"严命"，只想在家读书自修，父亲只好同意。当时，南先生的表兄巫世鹤在温州读中学，他家是大户，家中正好延请了前清名儒朱味渊先生讲学授徒，南先生就到表兄家师从朱先生。成为国民党高级将领的陈诚也是朱先生弟子，与南先生情在"同门"。南先生跟朱夫子学习仅一月余，但对南先生的影响是终生的。朱先生是当地名诗人，正给童子们讲诗词，南先生早将《唐诗三百首》背熟了，会写诗，但名诗的精妙何在？尚难体会，无名师指点，有些不知其所以然。朱先生最爱清初吴梅村的诗，南先生一生爱吴氏的诗，心追神慕，得自朱先生的启蒙，一个月师生缘，影响南先生一生。朱先生见南先生爱读吴氏的诗，就给他吟咏吴诗，讲解其妙，给他借了清诗一卷。南先生从吴氏诗入手，遍读清代名家诗作，发现其情怀磊落，比读唐诗更有心得，清诗对南先生的影响是终身的。南先生在讲课时经常引用清人名作，随心所欲，恰到好处。南家藏书很丰富，这个十三岁的少年整日在家中读《史记》、《文选》、《纲鉴易知录》，唐诗宋词，明清小说，当他讲授儒释道经典时，经常引用小说中的故事阐发义理。

南父教子很严,见子好学,便请来学贯中西的学者叶公恕教子。叶先生每月来南家两三次,从叶先生那里不仅学了古义,而且知道了孙中山、康有为,知道了西方的林肯、华盛顿。父亲怕南先生在家中读书不清静,送他到家庙读书。南氏家庙依山而建,占地五、六亩,是祭祖神圣之地。南先生隐居家庙,静心读书,平时不许下山。这时南先生有十四、五岁,在这山清水秀的地方遍读中国古代主要的典籍,一直读到十七岁,立志要做人间建功立业的人,一天,在狮子山诵读归来,看见一轮红日,喷薄云间,诗兴大发,吟道:

狮子山头迎晓日,彩云飘过东海头。

诗句充满豪气,有趣的是,1949 年春,南先生只身来到台湾,应了"彩云飘过东海头"奇句。受一名道人的指点,南先生十七岁时下山闯世界了。有同乡说杭州的"浙江国术馆"是公费的,不要钱,管吃管住,两年毕业后就分配到各地当武术教官。南先生读了许多古今有关武侠豪杰的小说,崇拜英雄,于是,他下山报考国术馆。国术馆里有不少武林高手,像闻名全国的"神腿"大侠刘百川就是这里的教师。内功、外功、少林、武当各门各派的大师来这里教学。南先生不仅在习武,还在这里学习文化课,他经常去杭州孤山上文澜阁借读《四库全书》,与住在近代报业名人史量才家庙的僧人胡氏交往。史量才创办《申报》这样的大报外,习武修道,藏书甚富,尤好道家书,有许多是奇书珍本,几年间南先生将史家珍藏道书全部通读。他后来感叹说:"史量才大概没有想到,他搜集的这些道家的书,等于为我准备了。"久读道书,顿生求仙访道之思。后来,遇见一位僧人,给他《金刚经》念,念了三天,念到经中"无人相,无我相,无众生相,无寿者相"时,一片空灵,了无杂念,感觉不到"我"的存在,令僧人很吃惊,许多出家人修行数十年也达不到"空灵无我"的证境。

就这样,南先生二十岁前儒释道的经典名著都有机会深入学习,这是他成为国学大师的"前缘"。儒家的学问是少儿时背书背来的,佛道两家的学问是修学来的。近百年来,当国学日见衰落之时,我们的国家还有南怀瑾先生这样于中华文化无所不知的国宝级的大师来"振衰立鼎",是我们的国家之幸,民族之幸。本书的出版者、赞助者、编著者,没有不喜欢南先生著作的,人格都受到了南先生精神的薰陶而得以升华。笔者受南先生影响立志发愿"尽形寿,弘扬中华文化"。笔者喜欢南先生的诗作,录九首,以增诗韵。

一

金鸡夜半作雷鸣,好梦惊回暗犹明。

悟到死生如旦暮,信知万象一毛轻。

二

巢空鸟迹水波纹,偶尔成章似锦云。

得失往来都不是,有无俱遣息纷纷。

三

衡阳归雁一声声，圣域贤关几度更。

蓑笠横挑烟雨散，苍茫云水漫闲行。

四

好梦初回月上纱，碧天净挂玉钩斜。

一声萧寺空林磬，敲醒床头亿万家。

五

碧纱窗外月如银，宴坐焚香寄此身。

不使闲情生绮障，莫教觉海化红尘。

六

华发无知又上颠，几回览镜奈何天。

离离莫羡春风草，落尽还生年复年。

七

妙高峰顶路难寻，万转千回枉用心。

偶傍清溪闲处立，一声啼鸟落花深。

八

秋风落叶乱为堆，扫尽还来千百回。

一笑罢休闲处坐，任他着地自成灰。

九

欲海情波似酒浓，清时翻笑醉时侬。

莫将粒粒菩提子，化作相思红豆红。

（陈全林据炼性乾著《我读南怀瑾》及其他资料编写，复旦大学1997年版，图片选自《南怀瑾先生侧记》。）

少年马礼堂的经典训练

马礼堂(1902—1989)著名武术家、儒家养生法传人、中医学家,少年师从津门大侠张占奎习武,师从中医师马华峰习文习医,其父马本槐亦当地名医。后师从保定武术家刘维祥习武,抗日战争前拜清末武状元刘春霖、自然门大师杜心武及孔教会普照老人学习武术、儒家修心养性之道、内功心法。抗日战争其间出任河间县县长,转战太行山一带,经国学大师梁漱溟介绍与牛席卿女士结婚。解放后以研习武术、气功为主,将平生所学,融合到《易筋经》、《洗髓经》、《六字气诀养气功》、《明目功》的传播上,使数以万计的人以传统养生法治病强身。

马礼堂原名马步周,父亲东槐熟读孔孟著作,兼及医学,是河间县的学究,马礼堂从小跟

父亲学习《百家姓》、《三字经》。"养不教,父之过,教不严,师之惰。子不学,非所宜。幼不学,老何为。"东槐以儒书教育儿子,以《女儿经》教育女儿,什么"闺门训,女儿经,女儿经叫女儿听。每日五更便早起,休要睡到日头红。"意在叫女儿勤勉,以为"祖训"儿女不可不学。马礼堂12岁时入私塾,先学文,后学医,同时学武。老师是族中堂祖父马华峰,学堂设在古庙,门贴"幽燕书屋"四字,学堂中间写着"至圣先师孔子神位",两旁列着孟子、曾参、颜回、子思四贤名位。马华峰在圣贤面前设香案,端坐案旁受族中子弟与同村求学子弟的礼拜。今天,要给孩子开蒙了。马礼堂和父亲都是华峰公的学生。华峰公对学生及家长们说:"蒙诸位家长抬爱,老朽当为各家学童尽职。

圣人曰:'玉不琢,不成器,人不学,不知义,幼不学,老何为?'尔等孩童,此后务要收心敛念,守在书屋中,潜心诵读圣贤之书,以养浩然之气,成就栋梁之材,上报国家,下孝父亲,方不负吾教汝等之心。"马礼堂已在家中随父念过《三字经》、《百家姓》、《教儿经》、《千字文》、《幼学琼林》、《千家诗》,尚未读《四书》。华峰公开始先教《论语》,先讲孔子生平,逐句讲解《论语》原文,"子曰:学而时习之,不亦悦乎?"老先生边诵边讲,不亦乐乎?旧时私塾,先识字,再背书,背书以背《四书》、《五经》为主,背到一定阶段,才开始讲经,不是一开始就讲解。不背会《四书》、《五经》算不上合格的学生。三十多个学生程度不同,有的要先教《三字经》、描红(书法基础),有的得讲《四书》,老师很辛苦。华峰公是长者、名医、孩子们的老师,人们很敬重他。马礼

堂白天跟华峰公学文学医,晚上跟张占奎习武。张大侠原是亲戚,正在村中开武馆授徒。

华峰公好吟古诗、诵古文,怡然自得,马礼堂跟他学诗了。

> 水满池塘草满陂,山衔落月浸寒漪。

> 牧童归去横牛背,短笛无腔信口吹。

老师吟着,马礼堂感受到诗中的清兴与快乐。老师还教导:"口而诵,心而惟。朝于斯,夕于斯。昔仲尼,师项橐。古圣贤,尚勤学。自从尔等入学拜孔子,就是儒家子弟,要依圣人所教的温良恭俭让做人。"马礼堂不光背《四书》、诗文,由于要学医,华峰公要他背《药性赋》,乃至《本草纲目》。马礼堂和华峰公住在一起,华峰公读他的古书,马礼堂起劲地背他的"白花蛇舌草,味甘涩,性微温,清热解毒,活血利尿……",稍有差错,华峰公马上听出来,立即纠正。背完药性本草就背《金匮要略》,华峰公说,这是医圣张仲景的心法,必须背熟,才能有所体会。华峰公养着一只黄雀,有次,马礼堂作《咏黄雀》给老师看:

> 生在青山绿水中,春花秋月任从容。

> 何时误入真人手？旧梦难圆一鸟笼。

华峰公读了弟子的诗,把黄雀放了。后来,华峰书屋开始教武,老师当然是张大侠。习武的目的如马礼堂所言:

> 强身健吾骨,身轻体亦轻。上报国家恩,下扬父母名。

当地习武成风,好多武师全国闻名。经过六十多年的修炼,马礼堂文武双全、精通医道。(陈全林据程庆宾、洪佩珍著《马礼堂传奇》编写,人民体育出版社 1998 年版,图片选自该书。)

少年费孝通的经典训练

费孝通(1910—2005),享誉世界的社会学家,他的《江村经济》是人类学领域的世界名著,他还善于写散文,许多学术著作飘散着散文气息。

1910 年 11 月 2 日,费孝通生于江苏省吴江县县城的富家桥弄,父费玄韫,字璞安,母杨纫兰,孝通为第五子。费家是大户,费孝通的祖父与外祖父都是有名的读书人。祖父这一代,家道中衰,家人晚上出门时还提着写有"江夏费"的灯笼,望族遗风犹存。父母都是贤达之人,人品好,学问高,费父曾赴日留学,回国做了教育家,办学教书,费母创办蒙养院,也投身教育。费父好友张謇是光绪年间状元、近代实业家、教育家,费张两家交谊极深。张謇给通州师范学校写过一联:

> 求于五州合智育体育,愿为诸子得经师人师。

费父以之自勉。费孝通在家时经常翻看父亲藏书，游历、巡视的资料、笔记，这是费孝通最早接触的"社会学"。费父每外出调查都要带回沿途搜求的地方志书，记载着各地的地理、历史、名胜、人物、民俗，费孝通虽然不是都能看懂，但喜欢看其中的人物传记、风俗节令，这些东西为他日后治学作了史料准备，在燕京大学写毕业论文时就利用了不少少年时读过的方志中有关婚姻风俗的资料。

费孝通（左）与宫哲宾教授

1916 年—1920 年，费孝通在吴江初等小学读书，课程有国文、算术、地理、修身、作文、理科、体操、乡土志、历史、图画，他最喜欢方土志。读中学时费父将儿子引到同乡大学问家金松岑门下，费孝通从小受父命背《古文观止》里的名文，像《滕王阁序》、《岳阳楼记》都是最爱。如今，师从大师，自然勤奋。金先生教他读《庄子》、《史记》，让他大量背诵、阅读古代一些文家的诗文，他最爱苏东坡、龚自珍、魏源的作品，在他们的诗文上花了大功夫。费孝通的国文老师马介之乃金先生门生，要求费先生多读龚自珍的诗文。"一种春声忘不得，长安放学夜归时"，这是清人龚自珍的诗句，求学时光，也是人生最美好的时光。世人熟知的"落红不是无情物，化作春泥更护花"也出自龚自珍之手，"一萧一剑平生意"、"但开风气不为师"等诗句，写得大气磅礴，的确是大诗人大手笔。古体诗涵养了费孝通文学的灵性，增长了他的爱国情怀，使他毕生对中国传统文化怀有深沉的爱。后来，费孝通到离家不远的振华女校读书，校长王季玉女士是母亲杨纫兰的好友，费孝通还和著名作家杨绛是同学。费孝通读诗学诗写诗，他写的古体诗很受王校长赏识，王校长以温和的"爱的教育"让所有的学生都喜欢她。王校长的"诗"教也是中国最传统的教育法。至少在民国初期，一般的中小学生都能背诵《千家诗》、《唐诗三百首》，最少也能背出三四百首古代名诗。

费孝通中学时获得过学校的"国文猛进奖"第一名，有作品发表于校刊和《少年》杂志，1924 年初次发表作品，后来考入了燕京大学，成了社会学系的学生。他从小读古诗文，尤其爱读杜甫的诗，文学修养使他的社会学著作读起来像文学作品，他写了大量的散文，而他的各地考查报告也像文学作品，写得优美，饱含着对中华大地的深情。费孝通重情重义，他和潘光旦教授是师友关系，特别亲密，互相搀扶度过五十年代末、六十年代初"反右"时的艰难的岁月。潘光旦寂寞的晚年，他在病床前陪伴潘光旦 年，潘光旦咽气前，费孝通把老师拥抱在怀中，哀叹"日夕旁伺，无力拯援。凄风惨雨，徒呼奈何。"直至老师停止呼吸。五十五年的时间里,费孝通在爱妻孟吟的支持之下写出无数颇有影响力的社会学论著,成为中国社会学的奠基人。1994年12月1日,爱妻病逝,费孝通感慨万千,作诗悼亡:

老妻久病,终得永息。老夫忆旧,幽明难接。

往事如烟,忧患重积。颠簸万里,悲喜交集。

少怀初衷,今犹如昔。残枫经秋,星火不熄。

(陈全林据张冠生著《费孝通传》及其他资料编写,群言出版社2000年版。宫哲兵供图。)

少年梁思成的经典训练

梁思成(1901—1972年)现代著名建筑学家,"人民英雄纪念碑"的设计者之一,对古建筑的研究与保护作出过杰出的贡献。近代乱世,他认识到中国人一定要研究古建筑,写出民族建筑史,保护固有文化遗产。从1931年起,他将毕生精力投入到这项事业中去。提出:"近代学者治学之道,首重证据,以实物为理论之后盾,俗谚所谓'百闻不如一见',适合科学方法。"他坚持研究古建筑首先必须进行实地的调查测绘。选择北京故宫作目标,手执清代朝廷公布的《工部工程作法则例》为课本,对着实物,从整体到局部,一一逐个辨识、测量、记录。从1934年4月开始,梁思成对蓟县独乐寺辽代建筑进行了调查,写出详细的报告,此后连续写出了《正定古建筑调查纪略》、《大同古建筑调查报告》、《赵县大石桥》、《晋汾古建筑预查纪略》、《曲阜孔庙之建筑及修葺计划》等,将一座座从汉唐、宋辽到明清各代的古建筑珍宝展现在人们面前。对古建筑的调查研究,梁思成坚持测量力求细致,分析要有根据,绘图要严密,每次外出调查都要经受不少工作和生活上的困难,但他对测绘工作始终一丝不苟,身体力行,对建筑物从整体到局部进行详细地绘图测量,对各种构件与装饰,从里到外,从正面到侧面都细致地加以摄影记录;对所有碑文、史料都一一抄录无误。凭着民族自尊心和志气,使当时的研究成果达到了国际水平。1934年,他编著了《清式营造则例》一书第一次将繁杂的中国古建筑构造和形制作了科学的整理和分析,对清代建筑的各部分作法和制度作了详细的介绍、论述,第一次用近代的建筑投影图绘制出清式建筑构架、门窗、装饰和彩画的详图,使本书成为专业经典。

提到梁思成,不能不提他的父亲梁启超。清末的"戊戌百日维新运动"中梁启超和其师康有为是精神领袖、近代史上有名的改良主义者、学术大师。梁启超在民国年间曾任清华大学教授,与陈寅恪、王国维、赵元任并称"清华四大导师",著作等身,文集《饮冰室全集》一千余万字。梁先生从1895年的"公车上书"到1929年天丧斯人,他活跃于政界、思想界、学界达

30 多年,对中国文化的影响极其深远,毛泽东、周恩来青少年时都喜欢、追慕过他雄奇万变的文章。

与妻子林徽因

梁启超 4 岁读书,6 岁五经卒业,8 岁学为文,9 岁能提笔千言,12 岁中童子秀才,16 岁成为少年举人。梁启超 12 岁这年,除了学词章学、八股文之外,开始读《史记》、《纲鉴易知录》、《古文辞类纂》,家中仅有的这些书,读得烂熟。1885 年,他入广州学海堂读书,因聪慧过人,每次考试都得第一,得了不少“奖学金”,他把钱大多用以购书,购《皇清经解》、《四库提要》、《四史》、《二十二子》、《百子全书》、《粤雅堂丛书》、《知不足斋丛书》,昼夜研读,眼界大开。1893 年,康有为在广州创办“万木草堂”讲学,草堂古树参天,花草繁盛,环境幽雅,是读书胜地。时人梁鼎芬有诗赞曰:

> 九流混混谁真派?万木森森一草堂。
> 但有群伦尊百海,更无三顾起南阳。

这里可谓“江湖万里云水阔,草木一溪文字香”,梁启超在万木草堂读书时正值 17—20 岁之间,风华正茂,才思敏捷,深得康有为器重。草堂期间读了《公羊传》、《春秋繁露》等儒家今文经学经典,之后读《资治通鉴》、《二十四史》等史学名著,读《宋元明儒学案》、《文献通考》及先秦诸子百家的文集、西方近代自然科学方面的书,为他成为一代宗师打下了坚实基础。有这样的父亲,梁思成的国学基础能不坚实吗?

梁思成的生母李蕙仙与梁启超一生恩爱,为世称道。梁思成是梁启超长子,他的才学,以及与诗人、建筑学家、才女林徽因的爱情故事更使他的一生有如传奇,一生的坎坷经历又反映了近代学人的心路。他曾在解放初期,当全国上下拆古建筑成风之时,挺身而出,四处奔忙,为保护中华古建筑而抗争,为保护他心中最伟大的北京古城而上书,而呼吁,可他被批判、被抄家,他痛苦,他大哭。北京古城没有保住,他只保护了北海公园的团城,这是他唯一的成功。进入二十一世纪,人们一次次地感叹:要是北京古城保住了就好了。北京的永定门如今修成仿古城楼。历史仿佛跟我们开了个玩笑,可历史在血泪中永远铸刻上梁思成的名字。如今,梁思成的长子梁从诫以一个环保学家的身份活跃于社会,他要保护的不光是古建筑,更是地球的生态平衡,保护生存的资本——大自然。梁思成是这个学术世家承上启下的人物。

1923 年 5 月 7 日,梁思成和弟弟思永从西山来到北京城里参加 1915 年 5 月 7 日日本要求并获准从德国人手中接管山东省的国耻日周年抗议示威。梁思成骑着摩托车带着弟弟思永。可是,一辆政府要员的车撞伤了梁思成,梁思成的左腿被撞断了,前后做过三次手术,使他余生左腿比右腿短了约一公分，结果导致轻微跛足和由于脊椎病而装设背部支架。养病期间，父亲让思成研读中国经典，从《论语》、《孟子》开始，然后读《左传》、《战国策》，以增长智慧，改进文风。之后读《荀子》。梁启超喜欢先秦元典。梁思成对古建筑的爱也表达了他对中华古典文化的爱。梁家三代皆出大学者，使我想起一副古联：

积德百年元气厚，读书三代雅人多。

说的就是梁启超、梁思成、梁从诫这样的诗书世家，做到了"忠厚传家久，诗书继世长"，是中国少见的奇迹。梁思成的妻子林徽因既是同事，又是诗人，选其佳作两首：

静坐

冬有冬的来意，寒冷像花，

花有花香，冬有回忆一把。

一条枯枝影，青烟色的瘦细，

在午后的窗前拖过一笔画；

寒里日光淡了，渐斜……

就是那样地，像待客人说话

我在静沉中默啜着茶。

题剔空菩提叶

认得这透明体，智慧的叶子掉在人间？

消沉，慈净 --

那一天一闪冷焰，

一叶无声的坠地，仅证明了智慧寂寞

孤零的终会死在风前！

昨天又昨天，美

还逃不出时间的威严；

相信这里睡眠着最美丽的

骸骨，一丝魂魄月边留念，

菩提树下清荫则是去年！

诗中充满禅意，仿佛深入佛心，体会到宁静中的奥秘，不似她的情诗那么火热或沉静。

（陈全林据范明强著《烂漫天才——梁启超别传》，华夏出版社1999年版，以及林与舟编著的《梁思成的山河岁月》，东方出版社2005年9月版以及其他资料编写。图片选自该书。参考了《新诗鉴赏辞典》。）

少年鲁迅的经典训练

颜宝臻作

鲁迅（1881——1936 年），20 世纪中国最伟大的文学家、思想家。一个世纪以来，他在精神文化方面深刻地影响着中国人的思维方式和中国社会的发展。鲁迅还是杰出的学者，他的《中国小说史略》是研究中国小说史的奠基之作。鲁迅本姓周，名树人，字豫才，鲁迅的六世祖韫山（名璜）"以集诗举于乡"。周家算是当地的富豪，他的祖父周介孚，翰林出身，做过江西一个县的知县，后来到北京当上京官，这在当地是很威风的事。鲁迅的家里有四五十亩水田，这使鲁迅从小过着衣食无忧的生活。6 岁，鲁迅就开蒙读书。祖父介孚公教育子弟的方法很特别，他教子弟学作诗文，第一步却是教人自由读书，尤其奖励看小说，以为这最能使人"通"，通了以后，去读别的书就无所不可了。他推荐给子弟们看的小说《西游记》、《镜花缘》、《儒林外史》等。这在清末那种只知抱着《四书》、《五经》，视小说为"闲书"的空气里，实在是开明通达的识见。鲁迅家中有很多藏书，经书有《十三经注疏》，闲书有《三国演义》、《封神榜》、《荡寇志》、《绿野仙踪》之类小说，这为鲁迅创造了良好的读书环境。父母对鲁迅很疼爱，父亲周伯宜神情严肃，其实慈爱。有一次鲁迅和弟弟偷偷买回来闲书《花经》看着，被父亲发现了，他们害怕父亲会责骂，把书拿走，这种闲书一般人家不许小孩子看的。谁料父亲翻了几页，一声不响地还给了他们，令兄弟喜出望外，从此放心大胆地看闲书。鲁迅后来对中国古典小说的兴趣，与他童年的阅读经验有很大关系，小的时候看过许多绣像小说以及绘图《山海经》、《文昌帝君阴骘文图说》（道教善书）、《玉历钞传》（佛教善书），蒙上宣纸，描下绣像，订成册子，成为自编画谱，鲁迅一生对艺术保持着浓厚的兴趣。

11 岁的时候，鲁迅到三味书屋读书。三味书屋是绍兴有名的私塾，先生是名儒寿镜吾，鲁迅在这里读他称之为"三哼经"的《三字经》，背"子曰诗云"。散文《从百草园到三味书屋》里，鲁迅写过三味书屋里读书的情景。书屋里有一项必修的"对课"，对学生进行对"对子"的基本训练，老师出一句"红花"，学生得依据词义和平仄对出"绿叶"或"碧水"。鲁迅在对课方面表现得很好，既受老师表扬又被同学们敬佩。有一次，老师点一位姓高的同学对对子，老师出"独角兽"，高同学对不出来，鲁迅是他的同桌，写了"四眼狗"给高同学看，高同学如同抓住救命稻草一般赶紧说出来。寿先生是近视眼，正戴着眼镜，听了大怒，把高同学狠狠地训斥了一通。鲁迅窃笑不已，被寿先生看见了，寿先生点他对。他情急之间答不上来，抓了半天后脑勺，猛然想起："比目鱼。"寿先生很满意，气也消了。鲁迅的顽皮和聪明可见一斑。鲁迅自购《酉阳杂俎》、《容斋随笔》、《辍耕录》、《池北偶谈》、《六朝事迹类编》、《西酉丛书》、《金石录》、《徐霞客游记》阅读，买不起的书就抄写，抄过《康熙字典》、《茶经》、《耒耜经》等许多书，抄过古史传、方志、古小说，这个习惯保持一生，鲁迅先生抄写、整理过不少古籍。抄书使他对古文的神妙心领神会，他的文章有魏晋风骨、汉唐气象。抄书是学习古文的好方法，能深得古文神髓。笔者从小喜欢鲁迅先生的著作，学他抄书的功夫。我点校过许多道学古籍，许多作品边抄边点，受益匪浅。

鲁迅的古体诗境界很高，毛泽东喜欢鲁迅的诗文，最有名的是他23岁时写的言志诗：

灵台无计逃神矢，风雨如磐暗故园。

寄意寒星荃不察，我以我血荐轩辕。

表达了诗人对祖国的热爱之情。（陈全林据林辰《鲁迅传》及其他资料编写，福建人民出版社2004版。图片选自《中国艺苑》，湖南美术出版社2008年版，颜宝臻先生作。）

少年茅盾的经典训练

茅盾（1897——1981），现代伟大的现实主义文学家，原名沈雁冰，小名沈德鸿。著有《蚀》、《子夜》、《腐蚀》、《林家铺子》等经典作品。

1897年，茅盾生于浙江乌镇的一个四世同堂的大家庭。父亲沈永锡16岁中了秀才，是维新派知识分子，国学功底深厚，对数学、物理、化学、世界史、世界地理书籍留心阅读，《史鉴节要》、《瀛环志略》、《仁学》是他常读的书。沈德鸿10岁左右已读了不少古典小说，《西游记》、《红楼梦》、《水浒传》、《东周列国志》……，这本来是父亲在杭州给德鸿的母亲购的书，母亲喜欢读小说，到德鸿成为大作家茅盾时，能整篇整篇地背诵《红楼梦》，每回每章，背得一字不差。可想德鸿小时候多么喜爱读《红楼梦》，为他日后成为伟大的现实主义文学大师打下了的基础。德鸿的父亲用功治学，体质很弱，旧时代医疗条件差，得了骨痨（骨结核病），将去世前，他把清末维新运动主将、"戊戌六君子"之一的谭嗣同的《仁学》传给儿子，要儿子好好学习，说这是中国的奇书，现在虽看不懂，但将来一定能看得懂。德鸿的母亲陈爱珠生于中医世家，知书达礼，精明能干，热爱学习。德鸿5岁时，母亲给他抄了了《地理歌略》、《天文歌略》，以全新的知识教育儿子。茅盾自述："我五岁，母亲以为我该上学了，想叫我进我们家的家塾。但是父亲不同意。他有些新的教材要我学习，但猜想起来，祖父是不肯教这些新东西的。他就干脆不让我进家塾,而要母亲在我们卧室里教我。这些新的教材是上海澄衷学堂的《字课图识》,以及《天文歌略》和《地理歌略》;后两者是父亲要母亲从《正蒙必读》里亲手抄下来的。母亲问父亲:为什么不教历史?父亲说,没有浅近文言的历史读本。他要母亲试编一本。于是母亲就按她初嫁时父亲要她读的《史鉴节要》,用浅近文言,从三皇五帝开始,编一节,教一节。为什么父亲自己不教我,而要母亲教我呢?因为一则此时祖母当家,母亲吃现成饭,有空闲;二则,-- 也是主要的,是父亲忙于他自己的事,也可以说是他的做学问的计划。"

1909,德鸿 12 岁,在植材高等小学毕业,谈到人生志向时,希望长大上大学后写几部像《西游记》、《封神榜》、《三国演义》、《红楼梦》那样的书。如今,他的作品也像这些名著一样,成了中国文学乃至世界文学宝库中的经典。少年德鸿写了不少论文,以古论今,祖父都对他另眼相看,支持他继续读书。次年,德鸿上了初中,《论语》、《孟子》之外,学校安排学生必须阅读《庄子》、《墨子》、《荀子》、《韩非子》。学校里的杨先生,教古文很有一套,茅盾回忆说"杨老师他教我们古诗十九首,《日出东南隅》,左太冲咏史和白居易的《慈乌夜啼》、《道州民》、《有木》八章。这比我在植材时所读的《易经》要有味得多,而且也容易懂。杨先生还从《庄子》内选若干起教我们。他不把庄子作为先秦诸子的思想流派之一来看待。他还没这样的认识。他以《庄子》作为最好的古文来教我们。他说,庄子的文章如龙在云中,有时见首,有时忽现全身,天矫变化,不可猜度。《墨子》简直不知所云,大部分看不懂。《荀子》、《韩非子》倒容易懂,但就文而论,都不及《庄子》。这是我第一次听说先秦时代有那样多的'子'。在植材时,我只知有《孟子》。"对这些书德鸿都如饥似渴地学习,他写了骈文《志在鸿鹄》,文词很美,老师阅后,批语是:"是将来能为文者"。果然,德鸿长成了大文豪茅盾,成了与鲁迅齐名的伟大文学家。茅盾文学奖是当代中国作家之最高奖,能获得此奖,便在文坛有相当的实力与地位。

1913 年,德鸿来到北京大学读书,研读过刘勰的《文心雕龙》、章学诚的《文史通义》、刘知几的《史通》,还有《二十四史》。这些中华传统经典作品,丰富了他的文才与思想,是他成为伟大作家的必要学养。他也阅读了不少西方文学名著。16 岁就读完了《二十四史》,当代青少年中罕见其人。30 年代,他注解过《庄子》、《淮南子》,他在青少年时对先秦诸子素有研究。(陈全林据章骥、盛志强著、华艺出版社 1999 年版《茅盾》撰写,图片选自该书。)

少年邹韬奋的经典训练

　　邹韬奋（1895—1944年），现代伟大的文学家、新闻记者、出版家、民主人士，被喻为继鲁迅之后的文学大师，一生的文学成就在新闻写作与散文创作方面。"韬奋新闻奖"是当代中国新闻界的最高奖。1933年7月，先生因受国民政府迫害流亡国外，先后写了《萍踪寄语》、《萍踪忆语》4本游记随笔，这是30年代新闻性散文中少有的佳作，也是当代大作家金庸先生少年时喜欢阅读的作品。1944年春，在病榻上撰写《患难余生记》。后因病情恶化，仅写5万余字。同年7月24日晨7时20分，于上海逝世。临终前口授遗嘱，表示加入中国共产党的愿望。9月28日，中共中央电唁其家属，追认其为中国共产党员，"并引此为吾党的光荣"。毛泽东、周恩来为其题词。周恩来说："邹韬奋同志经历的道路是中国知识分子走向进步、走向革命的道路。"

　　韬奋生于书香门第，他的祖父、父亲都曾入仕为官，善作诗，韬奋的长子邹家华曾任国务院副总理、全国人大副委员长，次子邹竞蒙是气象科学家，从事科研与国家气象局的领导工作。邹家在近现代也是有名的学术世家。1895年11月5日，韬奋生于福建省永安县的一个日趋破落的大家族，祖籍是江西余江县沙塘村。韬奋原名邹恩润，乳名荫书，族普"恩"字辈，他的堂弟邹恩滕先生尚健在，是核物理学家。韬奋是恩润在创办《生活周刊》时用的笔名。他曾说："韬是韬光养晦的韬，奋是奋斗的奋。一面要韬光养晦，一面要奋斗。"他选用这个笔名，意在自勉。恩润出生时祖父邹晓村正在福建任知县，后官至延平知府。晓村公为官清廉，虽在地方居官，依然清贫度日，闲暇之余，颇喜读书吟诗，著有《梅花一笑馆诗存》。这本诗集，是韬奋先生早年的诗教之作。祖父的诗集中还有这样的诗：

《借钱》

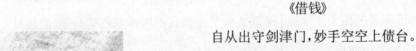

自从出守剑津门，妙手空空上债台。

一窘神仙都没法，牛郎也只借钱来。

　　父亲邹国珍，号庸倩，排行十四，曾在福建省盐务局做官，进入民国后，1915年在财政部印花税处任科长，办过实业，开过纱厂，均以失败而告终。母亲是浙江海宁查氏，名字已不可考。《我的母亲》中韬奋写道："说起我的母亲，我只知道她是'浙江海宁查氏'，至今不知道她有什么名字。……母亲喜欢看小说，那些旧小说，她常常把所看的内容讲给妹仔听。她讲得娓娓动听,妹仔听得忽而笑容满面,忽而愁眉双锁。章回的长篇小说一下讲不完,妹仔就很不耐地等着母亲再看下去,看后再讲给她听。"邹母是有文化的人,喜欢看小说,恩润在母亲讲的各种故事里渐渐长大。妹仔是邹家的仆女,与邹母亲如姐妹。当时的邹家,穷到经常没米下锅,由妹仔到大庙里去领慈善救济粮"仓米"。《我的母亲》中写道:"母亲在家里横抱着哭泣着的二弟踱来踱去,我在旁坐在一只小椅上呆呆地望着母亲,当时不知道这就是穷的景象,只诧异着母亲的脸何以那样苍白,她那样静寂无语地好像有着满腔无处诉的心事。"

恩润从小很懂事,学习上也很刻苦。六岁时,由父亲"发蒙",先教恩润学习《三字经》,第一天读的便是"人之初,性本善。性相近,习相远。苟不教,性乃迁。教之道,贵以专。"但总觉得学不好,邹母认为应该请先生来教才好,于是,邹母节衣缩食,请来了一位先生教恩润《论语》、《孟子》、《诗经》、《唐诗》,至今,这些恩润读过的旧书有不少保存在上海韬奋纪念馆。

起初,每月的"束修"(老师的工资)是四块大洋,到恩润十岁时,增到十二块大洋,对邹家是很大的开支。父亲对儿子管教很严。到年底,总要检查儿子的功课如何。《我的母亲》中韬奋回忆过当时在父亲面前背《孟子》的情形:"父亲要'清算'我平日的功课,在夜里亲自听我背书,很严厉,桌上放着一根两指阔的竹板。我背向着他立着背书,背不出的时候,他提一个字,就叫我回转身来把手掌展放在桌上,他拿起这根竹板很重地打下来。我吃了这一下苦头,痛是血肉的身体所无法避免的感觉,当然失声地哭了,但是还要忍住哭,回过身去再背。不幸又有一处中断,背不下去,经他再提一下,再打一下。呜呜咽咽地背着那位前世冤家的'见梁惠王'的'孟子'!我自己呜咽着背,同时,听得见坐在旁边缝纫着的母亲也唏唏嘘嘘地泪如泉涌地哭着。……背完了半本'梁惠王',右手掌打得发肿有半寸高,偷向灯光中一照,通亮,好像满肚子装着已成熟的丝的蚕身一样。母亲含着泪抱我上床,轻轻把被窝盖上,向我额上吻了几吻。"正是这种严厉,逼着恩润背完了《四书》、《五经》。这种苦背为恩润打下一生受用不尽的国学根基。读完经书读史书,教书先生让他读《纲鉴易知录》,使他对中华历史有个全面的了解,也从经史中学习做人的智慧、历史的经验。

1905 年,韬奋先生与叔父邹国坤一起考上了福州工业学校。学校里既学英文,又学国文,国文课教的经书是《唐诗》与《左传》。韬奋先生读古籍外,还读当时梁启超先生的书,梁先生的社会改良思想使他耳目一新,促使他把新闻记者定为终身志向。1907 年,恩润 13 岁,母亲去世。次年,祖父病逝,于是随父回祖籍江西余江奔丧,扶母柩回乡。之后,返回福建。

1912—1919 年,韬奋先生在南洋公学学习八年。南洋公学虽是工科学校,但注重经史训练,校长唐慰芝乃经史大家,在校长的倡导下这个工科的学生读经史、看古籍蔚然成风。这使我想起中科院院士杨叔子教授在华中理工大学任校长时要求大学生必须读传统经典,他的研究生必须会背《老子》、《论语》,否则,不予论文答辩。这与唐慰芝先生何其相似。韬奋先生在这里读完《古文辞类纂》、《经史百家杂钞》。唐宋八大家的文集全都详读，最喜欢文气豪迈、气象万千的《韩昌黎全集》，像《明儒学案》、《王阳明全集》、《曾文正全集》、《三名臣书牍》，读得津津有味，明代的王阳明，清代的曾国藩，一直被推许为能立德、立功、立言的儒学宗师，韬奋对二公的学说倍下功夫。读的书多了，韬奋能下笔千言，文思泉涌，许多文章得到老师的好评，文学才华得以充分发挥，对写作有了更大的热情。1915年，韬奋先生便开始有意识地向报刊投搞，走上作家之路、战士之路。他后来创办了许多报刊，像《生活》、《生活日报》、《新生》、《抗战》。一生用了数十个笔名发表优秀文章，如今，邹韬奋先生的作品和精神已融汇到民族文化与民族精神的洪流中去了。

1937年，韬奋先生写过《大声疾呼的国文课》一文，指出学校要注重国文教育才行，他举南洋公学校长唐慰芝先生为例，说他"积极提倡研究国文，造成风气，大家对于这个科目也很重视……因为唐先生既注意学生的国文程度和学习，蹩脚的国文教员便不敢滥竽其间，对于教材和教法方面都不能不加以相当的注意。同时国文较好的学生，由比较而得到师友的重视和直接的鼓励，这种种对于研究的兴趣都是有着相当的关系的。"他指出，学不好国文的恶果是："倘若不是这样，只许我一天到晚在ＸＹＺ里面翻筋斗，后来要出行便很困难了。"如今，许多中学生、大学生，英文、数理化学得好，国文一团糟，连篇像样的作文都写不了。今天提倡经典训练，要向邹韬奋先生学习，重视国文，学习经典，重塑民魂。《邹韬奋传》的作者沈谦芳写道："私塾学习并非一无是处，至少为邹韬奋以后从事文化事业打下了较好的国学基础。他读古书，受到了较为系统的传统文化教育，对祖国的历史、民族的特征已有所了解，培养了亲近感，还学到了许多为人处世的道理。他青年时期所写文章，多有子曰诗云，私塾教育的影响可见一斑。"

如今，我们要把传统的"私塾教育"变成主动的"经典训练"，功效一样。（陈全林据沈谦芳著《邹韬奋传》，山东人民出版社1998年版，以及《韬奋散文》，邹华义选编，浙江文艺出版社2003年版内容编写。图片选自《邹韬奋传》。）

少年郁达夫的经典训练

郁达夫(1896——1945年),浙江富阳人,原名郁文,现代著名小说家、散文家。1921年,小说集《沉沦》出版,是中国现代文学史上第一部白话小说集,其中《沉沦》一篇是经典作品。1913年郁达夫赴日留学,1921年,与同为留日学生的郭沫若、成仿吾、张资平、郑伯奇组织文学团体"创造社"。同年开始写作小说。

1922年回国,在数所大学任教,主编过《创造月刊》、《大众文艺》等刊物。1930年,与鲁迅、宋庆龄等发起组织中国自由运动大同盟,参加中国左翼作家联盟。1945年9月,在苏门答腊被日本宪兵秘密杀害。郁达夫是现代文学巨匠,他的散文,自然而然,直抒性灵,文字功夫,炉火纯青。

郁达夫三岁时,父亲病逝,祖母也是青年守寡。郁家小有家业,由于家中没有主事的男人,经常受人欺负,邻居亲戚常将郁家的田地盗卖,将郁家堆在乡下的粮食窃去。郁达夫六岁时,入郁家亲友葛宝哉的私塾读书,老师领着他,对着孔子的神位行三跪九叩之礼,在老师的带领下读"人之初,性本善"的《三字经》。次年,进富阳县魁星阁私塾读《千字文》、《千家诗》、《大学》、《中庸》。郁家贫穷,为了不给母亲压力,他读书很刻苦;十一岁到富阳县立高等小学学堂读书四年,读《古文辞类纂》、《十三经注疏》、《御批通鉴辑览》,经史并重,诗文同尊。在这期间,一位赵家小姐,长得可人,郁达夫经常在街上会遇见她,她会在见面时点头一笑,少年郁达夫心里爱她,悄悄的爱恋整整乱了他两年少年的心。每次和她见面,他会变得头昏耳热,胸腔里的一颗心突突地快跳,上半个小时才得以平静,懵懂的爱牵出文学情。1911年,十四岁的郁达夫小学毕业,考入杭州府中学,因学费不敷,入读嘉兴府中学。当年九月转入杭州府中学,开始学七言诗。学校里他读得最多的是古诗集。离开家乡的水路上,信于翻开《古唐诗合解》,读到这样一首诗:

> 离家日趋远,衣带日趋缓。心思不能言,肠中车轮转。

一下勾起思乡之情,眼泪便止不住地流下来。他在船上,不住地想母亲,想祖母,也因为读诗落泪而感受到诗歌艺术的力量。在学校里他读三本影半生的书,其中一本是《吴诗集览》,汇集了清初大诗人吴梅村的诗。吴梅村的夫人姓郁,他以为跟郁氏有亲,读他的诗有很深的亲切感。真正指导郁达夫在中学时代学诗的,是《留青新集》里的《沧浪诗话》和《白香词谱》,他如痴如醉,他开始写五言七言诗句,为写诗得佳句,有时兴奋得晚上睡不着觉。少年已识愁滋味,任赋新诗自抒愁。

郁达夫.16 岁时因不满学校的教育,居家自修。家中原有不少古书,他除了学习英文外,其余时间读古籍,一晃两年,对他的一生至关重要,为他成为著名作家做好国学储备。每天清晨,郁达夫起床后先读一个钟头的外文。早餐后到中午为止,读中国书,一部《资治通鉴》与《唐宋诗文醇》是他课本。下午他会读科学书,然后散步,或沿江观景,或踏青赏梅,或去田间看农夫耕作,身心融化于自然,体会天地之大美、江山之灵气,他的散文就有此大美与灵气。

1913 年秋,哥哥郁曼陀在北京供职,被派到日本考察,已在家中呆了两年的郁达夫觉得应该走出家门到广阔的社会中去磨练去建功立业。九月,十七岁的他只带了几册线装古书,穿了一身半新的夹服,去了上海,然后随兄嫂东渡日本。郁达夫自述说:"我在小学中学念书的时候,是一个品行方正的模范学生。学校的功课,做得很勤,空下来的时候,只读读四史和唐诗古文。"四史指《史记》、《前汉书》、《后汉书》、《三国志》,旧时代的学生读史书,主要从四史入手。郁达夫在中学时代读过《石头记》(即《红楼梦》)、《六才子》、《西湖佳话》、《花月痕》。后两本书是他接触较早的古典小说,那是宣统二年,郁达夫在杭州第一中学读书。次年,他转入教会学校读书,功课之余,读《桃花扇》、《燕子笺》这些古典戏曲名作,文学能把少年的心带往理想的领地,那是灵魂的家园,从他一生的才情中就可见古典文学的情愫。郁达夫去日本留学之前,在国学方面,于经、史、子、集、小说、戏曲读了不少名著,国学大本已立。1917 年,郁达夫 21 岁,写过许多诗,录二首:

一、

立马江浔泪不干,长亭决别本来难。

怜君亦是多情种,瘦似南朝李易安。

二、

一纸家书抵万金,少陵此语感人深。

天边鸿雁池中鲤,切莫临风惜尔音。

这是写给未婚妻孙荃的诗,他与孙荃刚订婚。李易安指南宋诗人李清照,有"卷帘西风,人比黄花瘦"句;少陵即唐代诗人杜甫,有"烽火连三月,家书抵万金"句。到中年时代,郁达夫的古体诗写得功及少陵。像《毁家诗纪》都是经历人世沧桑之后的作品,真有少陵伤国怀亲之疼。郁达夫人生的最后一首诗是《题新云山人画梅》:

十年孤屿罗浮梦,每到春来辄忆家。

难得张郎知我意,画眉还为画梅花。

(陈全林据华严实编《郁达夫〈自传〉》编,中国社会科学出版社 2003 年版,图片选自该书。)

青年林语堂的经典训练

林语堂先生(1895—1976),现代文学大师,在西方世界影响深远的作家。1975年,他的小说《京华烟云》被提名为诺贝尔文学奖候选作品。2005年秋,电视剧《京华烟云》热播,林语堂的文学天才,再一次打动了世人,让国人重新记起这位文学大师。1976年4月,林语堂先生去世后,《中国时报》这样评价:"林氏可能是近百年来受西方文化薰染极深而对国际宣扬中国传统文化贡献最大的一位作家与学人。其《吾土吾民》及《生活的艺术》以各种文字的版本风行于世,若干浅识的西方人知有林语堂而后知有中国,知有中国而后知有中国的灿烂文化。尤可贵者,其一生沉潜于英语英文,而绝不成为'西化'的俘虏,其重返中国文化的知识勇气及其接物处世的雍容谦和,皆不失为一典型的中国学者。"《联合报》则评曰:"他一生最大的贡献,应该是,而且也公认是对中西文化的沟通……但论将我中华文化介绍于西方者,则除了有利玛窦、汤若望等等外国人曾经从事之外,数献身此道的中国学人,林语堂虽非唯一一人,却是极少数人中最成功的一人。"林语堂是将中华文化向世界介绍的重要人物之一,生前与蔡元培、胡适、鲁迅私交很深,都是我们民族百年来的文化精英。林语堂对中国传统文化的扎实的学习始于青年时代,是从22岁来清华大学执教时开始的,这要从他的家世说起。

父亲林至诚是福建龙溪县坂仔村的牧师,信仰基督教。清末西方军人在坚船利炮侵略中国的同时,西方的传教士纷纷踏上中国的领土,来占领这一方土地上人民的精神领地。西方人凭借各种条件在一些城市建有教会及教会学堂。教会学堂有小学、中学、大学,信教的人可以领到教会的救济粉,孩子免费入教会学校,牧师每月有工资。这对贫穷的林至诚来说很实惠。他信了上帝,做了牧师。林至诚原本不识字,自从做了牧师,要学习《圣经》,要布道,不得不自学,他不仅读《圣经》,中国传统的儒家经典他也读,领悟很深。林语堂是他六个儿女中的老五,取名和乐,又取名玉堂。当玉堂成为北大教授后,自己改名"语堂",于是,中国文学史上有了"林语堂"这个光辉名字。

语堂八岁那年在教会办的铭新小学读书。吃完晚饭后,孩子们要轮流读《圣经》,念完圣经,林至诚就会给儿女们讲授《论语》、《中庸》、《大学》、《孟子》、《诗经》、《声律启蒙》、《幼学琼林》等国学必读,林语堂说:"父亲就是老师,他教我们念诗,念经书、古文,还有普通的对对子。父亲轻松容易的把经典的意思讲解出来,我们大家都很佩服。"父亲的爱都体现在和乐融融的经典教育中,以见家教的情、家教的美、家教的功德,"望子成龙"是中国人的普遍情怀,与其"望",不如"教"。二十余年后,林语堂根据《论语》中"子见南子"即孔子在卫国时去拜见卫灵公的妻子南子的简短记述,编写独幕剧《子见南子》,把孔子写成一位活泼、真实、有情有欲的人,不是板着面孔的圣人。

《声律启蒙》是传统的教人对"对子"、作诗的书。如"云对雨,雪对风,晚照对晴空"。有次作文课上,老师给语堂的作文写了如是批语:大蛇过田陌。是说文章辞不达意。语堂回敬一句:小蚓度沙漠。这是《声律启蒙》之功。《三字经》和《弟子规》是语堂背得最熟的经典,"人之初,性本善。性相近,习相远。苟不教,性乃迁。教之道,贵以专。""弟子规,圣人训,首孝弟,次谨信。泛爱众,而亲仁。有余力,则学文。"背熟后,语堂有了创作灵感,仿照《三字经》编写了"教课书",但怕编得不好,不敢拿出来,后来被妹妹发现,念给兄弟们听,得到了父亲的首肯,语堂写道:"人自高,终必败。持战甲,靠弓失。而不知,他人强。他人力,千百倍。"

林语堂十三岁时进入厦门教会中学寻源书院读书,学习英文、地理、算术、地质、经典外,自学《史记》,中学毕业时《史记》自学过半。他还读清人吴乘权编的史学名著《纲鉴易知录》。通过读史了解中国文化,这是林语堂在学习国学方面与人的不同之处。在父亲的鼓励下,他广读晚清文杰林纾翻译的外国文学名著,像《福尔摩斯》、《天方夜谭》、《茶花女》、《撒克逊劫后英雄传》,以及司各特、狄更斯、莫泊桑的小说,读了一篇又一篇,但对中国古典小说如《红楼梦》、《三国演义》没读过,直到他22岁到清华大学才补上这一课。

1912年,十七岁的林语堂考上上海圣约翰大学,现代文学家邹韬奋毕业于此校。1916年,21岁的林语堂以第二名的成绩毕业于圣约翰大学,接受了周治春校长之聘,北上清华大学任教,在北京的生活使他和真正的中国社会广泛接触,和深厚的中华文化接触,他感到国学修养不足,身边的老师、同学都是受过传统教育,随口能背出《论语》、《楚辞》,如同他随口引用《圣经》一样,做为中国人、中国高等学府的教师,他感到"有被剥夺国籍的感觉"。他对国学的了解,基本上是从父亲的庭训里得来,《史记》仅读了一半。为了学习北京话,他开始读《红楼梦》,这一读,发现了中华文化的巨大魅力,后来还成了"红学家"。他经常去逛北京的琉璃厂寻访古书,像《四库集录》,清末王国维的《人间词话》,读得津津有味,《苏东坡集》更令他心驰神醉,东坡的诗文、书法、个性、思想、处世之道、逍遥之情对林语堂产生了重要影响,他还写过《苏东坡传》,为这位宋代伟大作家立传,也表达自己的人生情怀。

1920年,25岁的林语堂赴美国哈佛大学留学,1921年2月,取得硕士学位。其后,入德国莱比锡大学攻读博士学位。除了学习西方的语言学理论外,还钻研了《汉学师承记》、《皇清经解》、《皇清经解续编》等国学书籍,王夫之、王引之、段玉裁、顾炎武这些明清名家的著作是他的必读。这样,林语堂变成了国学新星,到中晚年,自然成了国学大师、著名作家。1923年

9 月,28 岁的林语堂回到北京大学任教,任英文系教授,他学贯中西,向英语世界介绍中华文化成了他的使命。更可贵的是,抗战初期,林语堂坚信日本必败,向西方世界介绍中国的抗战情况,力争西方国家对华援助。1955 年,林语堂公开反对美国人制造的台湾与大陆"两国论",林语堂是真正的国学大师,爱国是他一生坚守的情操。

林语堂 22 岁才开始认真学习国学,终成大师。现在的青年学国学,为时不晚,不必人人成为国学大师,但作为中国人,学习中华传统文化,一定会终生受益。(陈全林据李勇著《林语堂传》编写,团结出版社 1999 年 4 月第 1 版,图片选自该书。)

少年徐志摩的经典训练

徐志摩(1897——1931),现代著名诗人、翻译家、散文作家,1931 年死于空难(飞机失事),英年早逝。他才华横溢,《再别康桥》是中国现代诗歌之经典名作。徐志摩从未见过面的表弟金庸从小就很崇拜他。

徐志摩生于浙江海宁县硖石镇(今海宁市),父亲徐光溥,字申如,商人出身。志摩出生后,僧人志恢来贺,摩其顶说"此子必成大器"。徐志摩名章垿,小名幼申,1918 年赴美留学时,父亲思志恢之言,改其名为"志摩"。在乡绅人家生长,一家人视之如掌上明珠,百般爱护,志摩在家中度过快乐的童年。父亲为人宽和,对志摩在教育上抓得很紧。志摩四岁时进私塾,启蒙教育之本在读书识字,志摩读古书,背诗文,习大字,学习用功。徐父让他师从老贡生查诗溥学习古文,长长的七年生活中,《四书》、《五经》背熟了,对青年时代广学西方文化的徐志摩,这些古文古诗为他打下了扎实的国学基础。志摩好学、好玩,爱听老仆人家麟的故事,家麟给他讲过无数神话故事,讲过《说岳全传》,家麟勤劳、善良,他的品格对徐志摩也产生过重要影响。

1907 年,徐志摩进开智学堂接受新式教育,课程有国语、数学、英语、音乐、体育、自修课。志摩门门皆优,国文更佳,国文老师张仲梧是桐城派古文大家,读书颇多,人称他是"两脚书橱",腹满诗书,很欣赏徐志摩的才华,经常把他的作文当范文念。志摩少年时读过不少史书,13 岁,所写《论哥舒翰潼关之战》,文气畅然,论述清晰,观点独到,不似少年之作。文中写道:"欲挫其锐,非深沟高垒,坚壁不出也不可，且贼之千里进攻，利在速战，苟与之坚壁相持，则贼计易穷。幸而潼关天险，西连京师，粮运既易，形势又得，据此以待援军之集，贼粮之匮，斯不待战而可困故也。哥舒之计，诚以逸待劳，而有胜无败之上策也。奈何玄宗昏懦，信任国忠，惑邪说而沮良策，以至于败。故曰：潼关之失，实国忠而非哥舒也。"如此入理的分析、精炼的文字，俨然老学究矣！今天的博士生未必能写出如此流畅之文。

　　1910年，经沈钧儒先生介绍，徐志摩入杭州府中这所著名中学，近代浙江许多文化名人如鲁迅、陈望道、沈钧儒、许寿裳、朱自清、俞平伯、柔石、丰子恺、潘天寿、冯雪峰、夏衍……都在这里接受过教育。志摩优异的成绩惊动了所有的同学，门门功课，总得第一。他与郁达夫是同学，都迷上小说，志摩还迷上自然科学，写过介绍西方新科学的文章发表在校刊上。1921年，徐志摩在英国留学时写过介绍爱因斯坦相对论的文章在国内发表，大学者梁启超也是通过此文了解爱因斯坦哲学的。志摩在中学时代写过《论小说与治群之关系》的著名论文，论理清晰，文气充沛，酣畅淋漓，"科学小说，发明新奇，足长科学知识；社会小说，则切举社会之陋习积弊，陈其利害，或破除迷信，解释真理，强人民之自治性质与社会之改革观念，厥功是伟；警世小说，历述人心之险恶、世事之崎岖，触目刿心，足长涉世经验；探险航海小说，或乘长风破万里浪，或辟草莽登最高峰，或探两极，或觅新地，志气坚忍，百折不回，足以养成人民之壮志毅力；至若滑稽小说，虽属小品文字，而藉诙谐以讽世，昔日之方朔髡奴，亦足以怡情适性，解愁破闷。"这是中学生的笔力吗？名儒张嘉璈读完此文，赞其文才，就把妹妹嘉玢许配志摩，传为佳话。从小广读经史诗文，勤奋好学，造就了徐志摩的出众才华。

　　1917年，志摩考入北京大学预科。次年，21岁的徐志摩经教育家蒋百里与妻兄张君劢（哲学家）的介绍，拜国学大师梁启超为师。少年时代，徐志摩经常读梁先生的文章，对梁先生敬仰不已，他给梁先生的信中说："敢不竭跬步之安详，以冀千里之程哉？"这句是从《荀子·劝学篇》"不积跬步，无以致千里"中化出。梁先生建议志摩出国留学，于是，1918年8月14的日，志摩登上赴美的洋轮，从此，一个受过西方教育的新诗人、翻译家、散文家、小说家的道路辅开了。他的名作《偶然》被无数少男少女传唱：

> 我是天空里的一片云
>
> 偶然投影在你的波心
>
> 你不必讶异，更毋须欢喜
>
> 转瞬消灭了踪影
>
> 你我相逢在黑夜的海上
>
> 你有你的，我有我的方向

　　　　你记得也好，最好是忘掉

　　　　在这交会时互放的光亮

代表作《再别康桥》中写道：

　　　　寻梦，撑一支长篙，向青草更青处漫溯。

　　　　满载一船星辉，在星辉斑斓里放歌。

徐志摩的一生，有如他写的这首诗，星辉斑斓。（陈全林据周黎明《徐志摩》及其他资料编写，湖北人民出版 2002 年版，图片选自该书。）

少年巴金的经典训练

　　巴金（1904——2005），现代文学大师，本名李尧棠，字芾甘。巴金是他在 23 岁时写作长篇小说《灭亡》时所用的笔名。1929 年《灭亡》出版单行本。他的《家》、《春》、《秋》被视为文学经典。这位文学老人享年 101 岁。早在上世纪三十年代，鲁迅先生就说"巴金是一个有热情的有进步思想的作家，在屈指可数的好作家之列的作家。"巴金笔名的来历源于友情，出于对

客死他乡的巴恩波同学的纪念，写了一个"巴"字作为笔名的第一个字。他说：笔名中的"巴"字就是因他而联想起来的，从他那里我才知道百家姓中有个"巴"字。笔名应有两个字组成，得再加一个字，用什么字好呢？正颇费踌躇时，詹剑峰走了进来，见我似在思考什么，便询问原因。我如实相告，并说要找个容易记住的字。詹剑峰是个热心人，见桌子上摊着我正在翻译的克鲁泡特金的《伦理学》一书，半真半假地指指说："就用克鲁泡特金的'金'吧。""好，就叫'巴金'，读起来顺口又好记。"随之在"巴"字后边写了个"金"字。

　　1904 年，大清光绪三十年甲辰年，十月十九日，巴金生于四川成都正通顺街。巴金五岁时，父亲李道河出任四川广元县知县，巴金随父母前往广元，在家塾就读。母亲陈淑芳博学多才，是巴金的文学启蒙老师，教巴金读古诗词，给巴金讲解诗词的精妙处。1934 年，《巴金自传》中有篇《最初的回忆》，写童年生活。父亲在广元县任县官，巴金一家人住在县衙里，有专门的书房。巴金和两个哥哥两个姐姐一起读书，书房在二堂旁边，窗外有小花园。先生姓刘，跟巴金的父亲是朋友，温和敦厚，教巴金兄弟姐妹读《三字经》、《百家姓》、《千字文》，从来不

打骂孩子们,永远带着温和的微笑,巴金背书背不出,先生就叫他慢慢重读。巴金愿意什么时候放学,他就什么时候出去,两个哥哥也如此。兄弟们喜欢这个书房。刘先生画画,平时除了给巴金父亲绘地图外,还给巴金弟兄画各种山水、人物、动物、神仙,还在《字课图说》蒙上宣纸描下书中的画,然后用彩笔涂上颜色送给孩子们玩。有次,刘先生花了三天的时间为巴金绘了一张有山、有洞、有狮子、有老虎、有豹、有狼的图画,结果被三哥抢先拿去,为此巴金伤心不已。巴金的母亲给几个儿女教词,让他们每天背诵,这些词是母亲依着顺序从《白香词谱》里抄来的,亲手用娟秀的小楷写在每一个孩子的小本子上。晚上,在方桌前面,清油灯的灯光下,巴金和三哥李尧林靠母亲站着,母亲用温柔的声音给他们读写在小册子上的词:

多少恨,昨夜梦魂中。

还似旧时游上苑,车如流水马如龙,

花月正春风。

——南唐李后主《忆江南·怀旧》

第二个晚上,巴金和哥哥在母亲面前温习那首词,直到能够背诵出来。每天晚上,二更锣一响,巴金和哥哥就合上小册子,母亲让他们去睡觉,带着诗词的余香入梦,带着母亲的爱怜醒来。巴金在广元生活了两年,父亲辞官回乡,巴金仍在私塾读《四书》、《五经》。1914年,巴金十岁,母亲因病去世。次年,父亲续娶,巴金仍和哥哥在家塾里读书。两年后的一个春天,父亲病逝。父母辞世,李家是个大家族,颇有产业。对于巴金这个十三岁的孩子,孤独是难免的,这种心境下开始读小说以消遣。《说岳全传》、《施公案》、《彭公案》、《水浒传》、《红楼梦》,什么书都读。80岁时巴金写道:"每个人从不同的道路接近文学,我从小就喜欢读小说,有时甚至废寝忘食,但不是为了学习,而是拿它们消遣。我做梦也想不到自己会成为小说家。我开始写小说,只是为了找寻出路。"现在的家长怕孩子读小说会耽误功课,千方百计阻止孩子阅读小说。读优秀小说可以丰富思想,陶冶情操,提高写作能力,增长人生经验,家长要鼓励孩子阅读一些文学名著,也许,你家会走出巴金这样的大作家呢。

巴金成了世界闻名的文学大师,虽然,童年时读小说并不是为当作家,但这些文学作品已融化到他的生命中与作品中了。童年的爱好对一个人成长的影响,往往是一生的。今天的某些老师和家长,一心想着儿女有出息,且不准他们读古典小说,使儿女的心灵缺乏古典文学的涵养。他晚年谦虚地说:"不要把我当成什么杰出人物,我只是一个普通的人,我写作不是我有才华,而是我有感情。对我的祖国和同胞,我有无限的爱,我用作品表达我的感情。今天回顾过去说不到什么失败,也谈不到什么成功,我只是老老实实、平平凡凡地走过了这一生。"这正是巴金的伟大之处。(陈全林据《百年巴金》,陈琼芝著,路江出版社2003年版,《东方赤子·大家丛书·巴金卷》,华文出版社1999版编写。)

少年田汉的经典训练

田汉（1898—1968）是我国现代著名诗人、戏剧大师，传世名作有《谢瑶环》、《关汉卿》，中华人民共和国国歌《义勇军进行曲》由田汉作词，聂耳作曲。《义勇军进行曲》是1936年田汉与聂耳为抗战影片《风云儿女》合写的主题歌，一经诞生，便传唱到大江南北，鼓舞中国人民奋勇抗日。1949年9月25日，在中南海丰泽园的会议室，毛泽东、周恩来主持召开协商国旗、国歌的座谈会，由徐悲鸿最早提出用《义勇军进行曲》作国歌，这次会上组长马叙伦也提议用此歌作国歌，梁思成、黄炎培等皆赞同，毛泽东、周恩来也赞同，就这样，《义勇军进行曲》成了国歌。50年后，《宪法》规定以此歌曲作为国歌。

田汉是家中长子，此前母亲生过一个男孩，不幸夭折。田汉出生后，父亲给他取名寿昌，去庙里将他作了观音菩萨的记名弟子，取名"和儿"，愿菩萨保佑他长寿。田汉的名字是他12岁考入城里的修业学校时自己改的。父亲田禹卿在田汉九岁时病逝，他和两个弟弟由母亲易克勤扶养成人。舅父易象是诗人，中过贡生，追随孙中山革命，把女儿易漱瑜嫁给田汉，并送他俩去日本留学。易象的古体诗写得好，写古体诗，田汉是现代作家中的佼佼者，这得益于舅父的教导。

小时候，田汉从母识字，到七岁时，他在姑夫王茂发家的家塾中跟王益谦学习《四书》、《五经》，王益谦教学认真。田汉父亲病逝后，家里穷困，这时，田汉在黄狮渡学塾里师从雨生满叔学习经典，满叔夫妇对田汉极和善，还让他睡在书房中。后来，家境太穷，无法供儿子上学，易夫人才把儿子接走。

曾外公租了槐树屋梁三娭毑的田，由田汉姨夫胡氏耕种，要田母带儿子同去。梁三娭毑一个人住在仙姑殿山坡下的栖凤庐。"娭毑"是祖母的意思，"梁三"是其夫名，这位祖母的名中有"凤"字，梁三公给修了"栖凤庐"供她读书修养。老太太对田汉母子和善友好，要他们搬来同住。梁家老太太读了不少古书，尤爱读《西厢记》，书中精彩华章都能背诵，田汉在这里接受到了古典文学的教育。梁老太太喜欢跟田汉谈经说史，让田汉读古典文学名著，田汉眼界大开，此前所学，不外《四书》、《五经》。这时的田汉不满十岁。看古典小说看上了瘾，他和表妹一起读《红楼梦》，书中贾宝玉与林黛玉是表兄妹之恋，现实中的田汉与易漱瑜也是表兄妹之恋。他们经常在一起读诗词、看小说，青梅竹马。舅父易象喜欢诗词，给女儿起名"漱瑜"，取意宋代女词人李清照的诗集《漱玉词》，瑜与玉同音、同意。易象在1904年写过一首诗：

大块无古今，人情有向背。春水何茫茫，一去不复悔。

誓将铁血红，研就乾坤碎。

表达了他立志革新社会的豪情。易象先生扶育田汉成才，教他爱国爱民。易象是近代有名的"南社"诗人，他的许多诗田汉从小背得很熟，田汉后来成了大诗人，郭沫若、老舍、陈毅对他的旧体诗很推崇，老舍自认写不过田汉，这些，都缘于少年时勤奋打下的国学基础。田汉在1939年写过一首诗：

各有匡时一片心，愈艰难处愈深沉。

烽烟满地春如海，又踏残英别桂林。

抗日战争全面暴发。在桂林，田汉赠诗曾在南桥战役中打击日军的"铁臂将军"张发奎：

将军华发忽萧萧，犹有豪情不可消。

秋来未知湖蟹味，每饮把酒忆南桥。

张发奎闻诗，拍案感叹。

1916年，18岁的田汉由易象带着赴日留学，在上海，易象作诗一首：

西风无恙远征帆，一幅潇湘晓色寒。

差牵同行今有汝，不缘落笔兴初酣。

眼前人物皆如此，劫后江山忍细看。

好向蓬莱深处住，采将灵药驻童颜。

后来，田汉要儿子记住这首诗。（陈全林据田申著《我的父亲田汉》编写，辽宁人民出版社2004年版，图片选自该书。）

少年曹禺的经典训练

曹禺（1910——1996年），现代杰出的戏剧大师，他的《雷雨》、《日出》、《原野》、《北京人》都是现代文学史上的经典之作，这四部完成于曹禺青年时代的作品，使他有了世界声誉，一生共写过8部剧本。曹禺祖籍湖北潜，江清宣统二年八月二十一日（1910年9月24日）生于天津，原名万家宝，字小石。在清华读书时有"小宝贝儿"的绰号。"曹禺"是他在1926年于天津《庸报》副刊《玄背》上连载小说《今宵酒醒何处》时第一次使用的笔名（姓氏"万"的繁体字"萬"的"草"字头谐音"曹"）。后陆续在《南开周刊》、《国闻周报》等报刊上发表诗歌、杂文，以及莫泊桑翻译小说等多篇。其诗作《四月梢，我送别一个美丽的行人》和《南风曲》有着郭沫若《女神》的影响。1927年还参加丁西林、田汉及易卜生剧作的排演。曹禺是"文明戏的观众，爱美剧的业余演员，左翼剧动影响下的剧作家"
（孙庆升：《曹禺论》，北京大学出版社，1986 年），
概括了曹禺的戏剧人生。

曹禺小名添甲。父亲万德尊出身贫寒，读书用
功，才思敏捷，有神童之誉。万德尊原籍湖北省潜
江县，15 岁时考中秀才，之后到张之洞创办的两
湖书院求学。张之洞是近代"洋务运动"的领袖人
物，万德尊自然倾向于洋务。1904 年，万德尊以清
国官费留学生身份留学日本，来到了东京，这时，
鲁迅已在日本留学两年。万德尊先入日本振武学
校就读，毕业后又入日本陆军士官学校学习，大军
阀阎锡山曾是他在日本军官学校的同学。1909
年，万德尊回国，被委以军职，任职天津。辛亥革命后，万德尊做过民国大总统黎元洪的秘书。
万德尊诗文俱佳，不善官场上经营，40 岁时赋闲在家。万德尊的原配夫人同乡燕氏，生有一
男一女，男为万家修，女为万家瑛。万德尊从日本学成回国后，在湖北武昌娶薛氏为妻，就是
万家宝的生母。薛氏由于得了产褥热，不几天病亡。万德尊把家宝的小姨薛泳南请来带孩子，
还和她结了婚。薛泳南对姐姐的孩子视如己出，疼爱有加。曹禺六岁时知道生母病逝的真相
后，心灵中产生了痛苦、忧郁，这种情绪从小种下根后，影响他一生。曹禺四岁时，同父异母的
哥哥、姐姐来到父亲身边，一家人相处和谐。姐姐万家瑛是曹禺的启蒙老师，第一个教他识
字，她为小弟准备了字块，教他识"人、手、足、刀、尺……"，教他念《百家姓》、《三字经》，"勤有
功，戏无益。戒之哉，宜勉力。"曹禺很快就记住了，喜得姐姐合不上口，直夸弟弟聪明。

父亲为曹禺请来私塾老师刘其珂，先从《三字经》、《百家姓》教起，这些曹禺已跟姐姐学
过了，就开始学习《论语》、《孟子》、《大学》、《中庸》、《诗经》、《左传》、《史记》、《道德经》、《易
经》，这些经典必须背诵。当时已有新式学堂，万德尊进过洋务学堂，留过洋，他在教育子女上
依然相信传统教育，教他先学国学，立下根基之后，再学新学。艰苦的背书中中华传统文化精
华渗透到曹禺的心灵中去。后来曹禺说："甚至几千年前的书，像《左传》、《春秋》和孔夫子的
书，还有《古文观止》上的一些文章，也给我打开了一个宽广的世界，使我眼界开阔起来。《左
传》、《史记》里的人物故事，读起来是很有兴趣的。""小时候读《论语》、《孟子》，其中说'为
富，不仁矣；为仁，不富矣'的话，我记得很牢，影响也不小。此外，'贫贱不能移'，讲穷人要有
志气，这种思想在旧小说里或者其它书里也有。孔夫子有个徒弟叫颜回，我小时候（读书）印
象也很深，孔夫子对颜回喜欢得不得了：'贤哉回也！一箪食，一瓢饮，在陋巷，人不堪其忧，回

也不改其乐,贤哉回也!'虽然贫穷但不改其志,不改其乐。还有'士可杀,不可辱'啦,士,就是穷的读书人,杀脑袋可以,受侮辱却不可容忍。这套东西,小时候,就受到潜移默化的影响。"曹禺博读经籍,广读小说。父亲和继母不反对他读"闲书",有时还给曹禺背诗词,曹禺跟着背。继母爱看《红楼梦》,能背下书中许多诗词,特别是黛玉的《葬花吟》:

花谢花飞花满天,红消香断有谁怜?

游丝软系飘春榭,落絮轻沾扑绣帘。

闺中女儿惜春暮,愁绪满怀无着处。

手把花锄出绣帘,忍踏落花来复去。

柳丝榆荚自芳菲,不管桃飘与李飞。

桃李明年能再发,明年闺中知有谁?

三月香巢已垒成,梁间燕子太无情。

明年花发虽可啄,却不道人去梁空巢也倾。

一年三百六十日,风刀霜剑严相逼。

明媚鲜妍能几时?一朝飘泊难寻觅。

花开易见落难寻,阶前闷杀葬花人。

独把香锄泪暗洒,洒上空枝见血痕。

杜鹃无语正黄昏,荷锄归去掩重门。

青灯照壁人初睡,冷雨敲窗被未温。

怪侬底事倍伤神?半为怜春半恼春。

怜春忽至恼忽去,至又无言去不闻。

昨宵庭外悲歌发,知是花魂与鸟魂。

花魂鸟魂总难留,鸟自无言花自羞。

愿侬胁下生双翼,随花飞落天尽头。

天尽头,何处有香丘?

未若锦囊收艳骨,一抔净土掩风流。

质本洁来还洁去,强于污淖陷渠沟。

尔今死去侬收葬,未卜侬身何日丧?

侬今葬花人笑痴,他年葬侬知是谁?

试看春残花渐落,便是红颜老死时。

一朝春尽红颜老,花落人亡两不知!

背到末尾,继母悲从中来,泪如雨下,曹禺跟着伤感哭泣,幼小的心灵能体会到《红楼梦》里悲怆的孤独感,曹禺早期的作品中也充满着这种孤独感。在父母的教导下曹禺爱上了古诗词,后来他写过不少新诗。读书是他排遣少年愁的最佳方式,在小学时就读完了《三国演义》、《水浒传》、《聊斋志异》、《镜花缘》、《西游记》、《红楼梦》。这些小说让他懂得了人世的悲欢离合、王朝的兴衰更替、人生的复杂多变与文学的丰富多彩。从小读小说,他总要思考主人公的命运,依好恶而对人物做一评价。

曹禺父亲的朋友大方先生是个老夫子,文章高手,经常给曹禺讲古文,还把自己的文章拿来教曹禺;有位周先生曾是袁世凯公子袁克定的老师;还有位饶汉祥,皆是名士才子之流,通经博文,文彩激扬,都在文章上指点过曹禺。曹禺从小喜欢听戏,继母是戏迷,曹禺三岁时,继母抱着他经常去看戏,当时流行的名剧大多看过。不论学古文,背诗词,看小说,还是听戏曲,都为曹禺成长为伟大作家提供了素养、借鉴。心灵是无限的,可以容纳大千世界的万事万象,文学就是这大千世界的镜子。

1922年初,12岁的曹禺考入全国有名的南开中学,校园里有两联:

面必净,发必理,衣必整,纽必结;

头容正,肩容平,胸容宽,背容直。

气象勿傲勿暴勿怠,颜色宜和宜静宜庄。

曹禺下定决心,一定要依校训严求自己,做有涵养的人。(陈全林据田本相著《曹禺传》编写,北京十月文艺出版社1991年版,图片选自该书。)

少年冰心的经典训练

冰心(1900—1999),著名女作家,原名谢婉莹,祖籍福建长乐,是"五四"运动中成长起来的伟大作家,1919年9月,以"冰心"为名首次发表小说《两个家庭》,成名作是《斯人独憔悴》、《去国》、《秋雨秋风愁煞人》、《最后的安息》,都以社会、家庭、青年、妇女、儿童等为题材,她的诗集《繁星》、《春水》,散文名作《寄小读者》、《再寄小读者》、《三寄小读者》都是经典作品,《樱花赞》、《小桔灯》、《笑》数十年来选入中学课本。

冰心出生于福建福州,远祖是1600多年前东晋大名鼎鼎的历史人物谢安。冰心生下来后姑母拿着她的生辰八字请人算命,算命先生说:"这一定是个男命,因为孩子命里带着'文曲星'"。先生说她命里五行缺"火"。于是，二伯给她取名"婉莹"，"莹"字上有两个"火"字，祖父叫她"莹官"。冰心生于书香之家，祖父是文人，父亲是海军军官，军旅之余也写诗，在《咏茅屋》中写过"久处不须忧瓦解，雨余还得草根香"之句。冰心第一次识字是在父亲的指导下识读客厅对联：

　　　　此地有崇山峻岭，茂林修竹；是能读三坟五典，八索九丘。

不一会，22个字冰心全会写了。母亲知书通经。近代翻译家严复先生是冰心祖父的好朋友，是严先生把当年年仅17岁的冰心父亲带到天津水师学堂去的，从而成了海军军官。冰心小的时候翻看过严复译的《群学肆言》、《群己极界论》等西方社会科学名著。祖父喜欢看林纾译的西方小说，小的时候冰心也读林译小说。祖父正堂挂着民族英雄林则徐写的对联：

　　　　海纳百川，有容乃大；壁立千仞，无欲则刚。

祖父特别爱冰心，经常教她背唐诗。舅舅也喜欢冰心，希望她能成为大才女，鼓励她习字，给她购了许多字帖，要她先习颜体，再学柳体，后学赵体，还劝她学画、学诗。为了学诗，给外甥女购了不少诗集，但《随园女弟子诗集》冰心不大喜欢。随园主人是清初大诗人袁枚。冰心迷上龚自珍与纳兰成德的诗词。1924年，冰心从《龚自珍诗集》中"集联"曰：

　　　　世事沧桑心事定，胸中海岳梦中飞。

托人请大学者梁启超先生书写，梁书联至今仍存。

认字读书是幼年冰心的日课，有时母亲还关她在屋里，教她认字，她挣扎着要出去，父亲便在门外用马鞭敲打堂屋桌子吓唬她。七岁时已读过《三国演义》，父亲的朋友们听说一个七岁的孩子会看《三国》，会讲"董太师大闹凤仪亭"，觉得很有趣，每次父亲带她到兵船上去，父亲的同事们会抱着莹官，请她讲《三国》。冰心小时候看得最认真的是《聊斋志异》，看得有时笑，有时哭，母亲说女儿看书看疯了。有一次她在澡房里偷看，洗澡水都凉透了，母亲气得把书抢过去，撕去了一角，从此，冰心看的是残缺不全的故事，多少离奇的故事在她童年的梦里变得圆满。冰心九岁时，要求老师教她做诗，老师说先要做对子，冰心说能做，老师写了"鸡唱晓"。冰心不假思索，立即对"鸟鸣春"。老师很吃惊。冰心开始学诗词，爱读李清照的词，也读岳飞的《满江红》，特别喜欢古典诗词，能够背诵好多。《唐诗三百首》中的许多诗她都能背。冰心先学词，后学诗，词是从《妇女杂志》上先读到，再学习的，后来才学唐诗。冰心11岁时，她已看完了全部的《说部丛书》、《西游记》、《水浒传》、《天雨花》、《再生缘》、《儿女英雄传》、《说岳全传》、《东周列国志》、《荡寇志》、《封神演义》、《红楼梦》这些古典文学名著。她觉得《封神》不如《西游》有趣，《荡寇志》不如《水浒传》传神。一个12岁的小姑娘理解不了《红楼梦》的精妙，虽然读完了《红楼梦》，但认为这是读得最无味的书。在冰心11岁前跟着堂兄、表哥们上私塾，是"附学生"，跟着学读完了一部《论语》，半部《孟子》和《左传》，《古文观止》里的几篇短文全会背。冰心把注意力放在老师对哥哥们的讲书方面,他们写文章,学做诗,冰心在旁边有滋有味地听着。冰心十岁时才开始学《诗经》,12岁后,开始自己读唐诗、宋词。由于看的诗书小说多了,开始偷偷写小说,先写了白话的《落草山英雄传》,介乎《三国》与《水浒》之间,写到第三回便停笔。后来又写《梦草斋志异》,仿《聊斋志异》笔法,写着写着,写不下去了,弃而不续。此后,便尽量看书,看《孝女耐儿传》,看《饮冰室自由书》(梁启超著)。冰心成为一位伟大的女作家,不是偶然的。冰心有许多隽永的诗歌,深受青少年喜爱。如:

《繁星》(一)

繁星闪烁着 --

深蓝的太空,

何曾听得见他们对话?

沉默中

微光里

他们深深的互相颂赞了。

(一三一)

大海呵!

那一颗星没有光?

那一朵花没有香?

那一次我的思潮

没有你波涛的清响?

《春水》(三三)

墙角的花!

你孤芳自赏时,

天地便小了。

纸船 -- 寄母亲

我从不肯妄弃了一张纸,总是留着 -- 留着,叠成一只一只很小的船儿,从舟上抛下在海里。有的被天风吹卷到舟中的窗里,有的被海浪打湿,沾在船头上。我仍是不灰心的每天叠着,总希望有一只能流到我要他到的地方去。

母亲,倘若你梦中看见一只很小的白船儿,不要惊讶他无端入梦。这是你至爱的女儿含着泪叠的,万水千山,求他载着她的爱和悲哀归去。

(陈全林据《冰心自叙》及《新诗鉴赏辞典》编写,团结出版社1996版,图片选自传记。)

少年丁玲的经典训练

丁玲（1904——1986年），现代著名女作家，她的《太阳照在桑乾河上》这部长篇小说曾获斯大林文学奖。鲁迅先生对丁玲评价很高，在1934年在同申彦俊的谈话中称赞丁玲是当时"唯一的无产阶级作家。"她的小说《莎菲女士日记》是中国现代文学史上第一部日记体优秀小说。

1904年，丁玲生于湖南常德，原名蒋伟，字冰之，父亲蒋保黔中过秀才、留学日本。蒋家是大户，有二百多间房子，宅院森然，蒋保黔无所作为，吸食鸦片度日。母亲余曼贞生于书香世家，知书达礼，读过《四书》、《五经》和不少旧小说。父亲结婚十年后病死，母亲和丁玲一道上学，接触进步思想，母亲与女革命家向警予是好朋友，立志解放妇女、改造社会，经常参加

这方面的社会活动，积极引导丁玲的成长。丁玲七岁时开始读书，余曼贞亲自教女儿《论语》、《孟子》、《古文观止》，十来岁时，这些已全部读过，背了数十首唐诗，古典小说，读得更多，读得最认真的要数《红楼梦》，是个早慧的孩子，丁玲在长沙周南女校上学时，文笔很美，国文老师说她的文章有《红楼梦》的笔法，老师问看不看小说，愿意借给她看，丁玲一看老师书架上的古典小说、兴时小说，除了《二十年目睹之怪现状》这部晚清名著未看以外，其余的全都看过，丁玲就借阅这一本。国文老师惊异不已，建议她读梁启超的《饮冰室文集》和吴稚晖的《上下古今谈》，丁玲借来阅读，不过未读完。在周南女校，丁玲苦读《今古奇观》、《儒林外史》、《红楼梦》，跟老师陈启明探讨这些文学作品的得失，读《三国演义》、《西厢记》，甚至唱本《再生缘》、《再造天》都细细品味，被这些小说、戏曲的情节迷住了，小说里有悲欢离合，读的人在内心中也体验着悲欢离合。丁玲身心沉浸在古书中，背的是古文，读的是古小说，写的是文言文。直到1919年"五四"运动后，丁玲才接触新文学，起初觉得《阿Q正传》还不如旧小说吸引人。《阿Q正传》太深沉，不是中学生所能理解的。

从1922年开始，丁玲读了大量的西方文学名著，开始关心当代文坛的名家名作，她渐渐地迈步走向现代文坛，得到了鲁迅、茅盾这些文学大师的支持，自己也成长为文学大师。1933年丁玲因参加共产党领导的"左联"作家文学革命活动，被国民政府在南京幽禁三年，他的丈夫胡也频被国民政府杀害。丁玲经共产党多方营救，来到延安，延安举行欢迎会，毛泽东专门

填写《临江仙》词,电报传给丁玲:

> 壁上红旗飘落照,西风漫卷孤城。
>
> 保安人物一时新,
>
> 洞中开宴会,招待出牢人。
>
> 纤笔一枝谁与似?三千毛瑟精兵。
>
> 阵图开向陇山东,
>
> 昨日文小姐,今日武将军。

丁玲到延安后,和毛泽东无拘无束地聊天,两人接下深厚友情。(陈全林据丁玲散文编写。《大家丛书·丁玲卷》,华文出版社 1999 年版)

少年萧红的经典训练

萧红(1911—1942 年),现代杰出的文学家,长篇小说《生死场》得到鲁迅先生的肯定,《呼兰河传》、《马伯乐》都是现代文学名著。她的一生象征着旧中国女性的抗争与觉醒。

1911 年 6 月 1 日,萧红生于黑龙江的呼兰河,父亲张适举是教育界名人,长女的出生他不以为是喜事,只有祖父一人喜欢这个小孙女,萧红快乐的童年,是伴祖父度过的。萧红七岁那年,祖母死了,祖父对她开始启蒙教育,先从学诗入手。萧红跟祖父住在一起,祖父教她念《千家诗》,早上念,晚上念,半夜醒了也念。萧红觉得有韵的诗念起来朗朗上口,很好玩,就大声念,声音如同叫喊,祖父怕喊坏了喉咙,警告她:"房盖被你抬走了。""这不叫念诗,叫乱叫。"祖父教她念:

春眠不觉晓,处处闻啼鸟。夜来风雨声,花落知多少。

她觉得这首诗好,有鸟叫,有花,有雨。她更喜欢这一首:

> 重重叠叠上楼台,几度呼童扫不开。
>
> 刚被太阳收拾去,又为明月送将来。

她念着觉得好听,越念越有味,每当家中来了客人,祖父就叫她背诗给客人听,她总念这一首,客人总说好。念了几十首后,祖父开始讲古诗,比如贺知章的《回乡偶成》:

> 少小离家老大回,乡音未改鬓毛衰。
>
> 儿童相见不相识,笑问客从何处来。

祖父讲解说,一个人从小离开了家乡,说家乡话的口音没有改变,可人变成白胡子老头,连村里的小孩见了都不认识他,还笑着问:你这白胡子老头,从哪里来的?萧红一听急了,忙问:"我也要离家吗?等我胡子白了回家,爷爷你不认识我了吗?"杜甫的七言《绝句》:

> 两个黄鹂鸣翠柳,一行白鹭上青天。
>
> 窗含西岭千秋雪,门泊东吴万里船。

萧红喜欢这首诗,以为"黄梨"好吃,爷爷说"黄鹂"是两只鸟,萧红就不喜欢这首诗了。崔护的诗:

> 去年今日此门中,人面桃花相映红。
>
> 人面不知何处去?桃花依旧笑春风。

祖父讲崔护爱上一位桃花林中遇见的女孩而患相思病的故事,萧红听不懂,但她爱这首诗,诗中有"桃花",自己爱桃花,开了花才会有桃子吃嘛。正是这种从小跟祖父念诗的习惯,萧红爱上古典诗词,她在散文《永久的憧憬和追求》中写道:"所以每每在大雪中的黄昏里,围着暖炉,围着祖父:听着祖父读着诗篇,看着祖父读着诗篇时微红的嘴唇……从祖父那里,知道了人生除掉了冰冷和憎恶而外,还有温暖和爱。"长篇小说《呼兰河传》有诗的韵律感,是现代文学史上的伟大作品,小说有诗意,不能说与她学习古诗词没有关系。

萧红十六岁考入哈尔滨东省特别区立第一女子中学,语文老师王荫芬爱读鲁迅先生的作品,课堂上经常讲解鲁迅名作。在中学时期,萧红依然爱读古典诗歌名著,《孔雀东南飞》、《琵琶行》、《长恨歌》都能背诵。中外著名作家的一些名著如饥似渴地阅读,西方文学名著《猎人笔记》、《屠场》、《浮士德》、《娜拉》、《雪莱诗选》、《海涅歌集》、《普希金诗选》,读得全神贯注,兴味盎然,经常忘记物我时空的存在,身心沉浸在书的情境里。鲁迅、郭沫若、冰心、茅盾、郁达夫、徐志摩的作品是她心灵的美食。中外经典文学作品的熏陶是萧红成为伟大作家的因素之一。萧红写过一些自由诗,《可纪念的枫叶》就有古典"红叶题诗"的唯美:

> 红红的枫叶,
>
> 是谁送给我的?
>
> 都叫我不留意丢了。
>
> 若知这般别离滋味,
>
> 恨不早早地把它写上几句别离的诗。

(陈全林据季红真《萧红传》及萧红散文编写,北京十月文艺出版社 2001 版,图片选自该书。)

少年张爱玲的经典训练

张爱玲(1921—1995)中国现代著名女作家,有人称她是伟大作家。如今,她的许多作品被拍成了影视剧,《半生缘》、《金锁记》、《色戒》,不论其原作,还是影视之作,为国人所熟知所喜爱。评论家说她在文学上的成功,是以超凡的天赋从中国传统小说中汲取了营养,建立了自己的风格。通过学习古典小说而使自己在文学创作上成为大师级作家的,张爱玲是成功。评论家说"她与旧小说、与古典文学的关系当然不止于技巧的层面,更内在的影响通过它们传达出来的、我们民族特有的审美意识全面渗透到她的创作中去,终而使她得以在《红楼梦》的层次上恢复、发扬了古典小说中的'言情'传统"。

1921年9月,张爱玲生于上海公共租界张公馆,小名张煐。祖父张佩纶是清末重臣李鸿章的女婿,是同治、光绪年间"清流派"名人。张佩纶的生平故事被清末作家曾朴写到名作《孽海花》中,张爱玲小时候就从此书中寻找祖父的影子,迷上古典小说。张佩纶因中法战争中指挥不当被朝廷流放,此其间著有《管子注》、《庄子古义》,有《涧于集》、《涧于日记》传世。张爱玲小时候向长辈问祖父的故事,长辈们不讲,要她看爷爷的书,于是,小小年纪,抱起爷爷的手稿细细寻找。张家是末落的大家族,到张爱玲父亲张廷重这一辈,仰仗祖先余荫而活,他最大的嗜好是吸食鸦片,与众多女人周旋。母亲黄素琼出身名门,是南京水师提督黄军门的女儿,黄军门的父亲黄翼升和李鸿章都是曾国藩麾下将领,官做到长江水师提督,军功赫赫。黄素琼既受过传统的四书五经教育,又接受过西方文明的熏陶。黄家是近代主张"洋务运动"的大家族,对西方文化持开放的、学习的态度,特别是黄素琼的祖父、父亲常年做长江水师提督,经常与外国使臣、商人、军人打交道,对西方文明,深有认识。张家末落贵族之家的压抑与暮气,过早地影响了张爱玲的心。小时候,母亲教她背唐诗及《诗经》,当时不懂得唐诗的意蕴,到张爱玲成长为作家时,唐诗宋词全变成活的元素,流动在她的作品中,使作品有了缠绵的诗意。张爱玲八岁时,开始大量读小说,只有在小说中才能找到乐趣。母亲清秀有才,崇尚西洋文化,对张廷重的遗少之风看不惯,她不喜欢那种大家族的排场讲究,希望把女儿教育成温文尔雅、气度非凡、才华出众、有益社会的人。父亲成天吸鸦片,无力照顾儿女,母亲对张家和丈夫失去了信心,便出国留洋,张爱玲这年四岁。家中仆人或姨太太不能带给她真

爱,早慧的她就在读《三国演义》、《西游记》、《红楼梦》的文学世界忘怀忧愁,梦想有一天能写出这么好的书给人看。7岁时,她就仿《隋唐演义》写了部分侠义小说,没成功,一个小孩,还不会写长篇故事。8岁,写出了情结比较完整的小说《快乐村》。到小学时,她已经能比较顺畅地编故事了。父亲文才颇高,虽然张爱玲出生时中国已普遍发展了新式教育,但他还是依老一套教育儿女,给儿女请来私塾先生在家中教古诗文,为张爱玲打下深厚的国学基础,使她的小说有浓郁的古典美。弟弟张子静背书总比不上姐姐,在背《孟子》里的"太王事獯鬻"一句时,怎么也记不住,姐姐说:"你就记作'太王嗜熏鱼',太王喜欢吃熏鱼。"不仅太王喜欢吃熏鱼,张家人都喜欢吃这道上海名菜,这样,一下就记住了。这里,张爱玲用了"谐音记忆"和"联想记忆"。(太王,周文王的祖父,即古公亶父。獯鬻又称猃狁,当时北方的少数民族。)张爱玲在小说《心经》中提到薰鱼,"一对长得颇像兄妹的中年夫妇,把手吊在皮圈上,双双站在电车的正中,她突然叫道:当心别把裤子弄脏了。他吃了一惊,抬起他的手,手里拎着一包薰鱼,他小心翼翼使那油汪汪的纸口袋与他的西装裤子维持二寸远的距离。他太太兀自絮叨道:现在干洗是什么价钱?做一条裤子是什么价钱?"

父亲张廷重能吟诗作赋,张爱玲小时候爱读《红楼梦》,写过《摩登红楼梦》,章回题目就是父亲拟的。张爱玲从小到老,到死,《红楼梦》是她心中的圣境,晚年她像"红学家"一样写过《红楼梦魇》,专门研究《红楼梦》。少女时所读的古典小说《红楼梦》、《金瓶梅》、《醒世姻缘传》、《海上花》都是传统的由文人独立创作的"言情"小说,于"言情"中写"世情",看似写生活琐事,儿女情长,且能在平常平淡之中写尽人性之复杂、世道之沧桑。从小广读这些小说,从精神到文字,张爱玲继承了中国言情小说的文人传统,她用功最深的正是传统小说之高峰的《红楼梦》、《金瓶梅》。此外,《隋唐演义》、《聊斋志异》、《九尾龟》、《官场现形记》、《玉梨娇》,无所不读。读完这些书时,不足十五岁,对当时著名作家张恨水的作品她异常喜欢,少年时模仿张恨水的《啼笑因缘》而写《摩登红楼梦》。张爱玲的国学修养来自家教,十岁之前在家塾学习,父亲经常指点她,她与弟弟念古文,老师讲完《史记》、《汉书》后还要弟弟子静写《汉高祖论》。父亲不喜欢新文艺,鼓励女儿写旧体诗,张爱玲从小背古诗古文,学写古诗,儿时写过一首咏"夏雨"的诗,诗中"声如羯鼓催花发,带雨莲开第一枝"句颇得其父与先生赏识。母亲常年在欧洲游学,家中父亲的妾对张爱玲漠不关心,张爱玲从小喜欢忧伤的诗词,诸如:唐人窦叔向的《夏夜宿表兄话旧》:

夜合花开香满庭,夜深微雨醉初醒。

远书珍重何曾达?旧事凄凉不可听。

当日儿童皆长大,昔年亲友半凋零。

明朝又是孤舟别,愁见河桥酒幔青。

没想到,这首诗似乎是张爱玲一生的谶语。晚年的她,一定能品味出诗中的寂寞、凄苦与孤独。张爱玲自己也说:"'死生契阔,与了成说。执子之手,与子偕老'是一首悲哀的诗,然而他的人生态度又是何等肯定。我不喜欢壮烈,我喜欢悲壮,更喜欢苍凉。"这也是她许多作品的底韵。文学评论家则说:新文学史上的女作家,特别是 30 年代、40 年代的女作家,在古典文学、文字功底方面表现出良好素养的,少而又少,张爱玲是少数中的一个。古典小说对张爱玲的影响非常大。她在十五岁左右,父母离婚,后母对她凶狠,父亲有次将她关进小楼里,她想着怎样逃出张家公馆,逃走的方法竟然得自古典小说《九尾龟》,书中写过一个人物用被单结成绳子,从窗户绲出去。她真的这样逃出张家,永远离开这个末落、窒息的家,那短短的几分钟、短短的几步路彻底改变了她的命运。传记作家于青说:"曾经显赫的家族并不能提高它后裔们的价值,相反,倒是后人自身的光彩又照亮他们的家谱。"没有张爱玲,也许张家已经被世人遗忘在历史的尘烟中。

张爱玲的小说在语言、行文上极有《红楼梦》的味道,曹雪芹生于末落贵族之家,张爱玲也生于末落贵族之家,身世与情感上的某些共同点使张爱玲从《红楼梦》中找到精神相通的地方。她毕生研习《红楼梦》,中国古典小说成了她的作品的魂魄,现代生活是她小说的躯体,合二为一,使得她的小说有古典美与现代意识,有了永久的魅力。现代人越来越喜欢她的作品,这几年许多影视大导演钟情她的作品,就是最有力的说明。谁想到,是唐诗宋词与古典小说养育了这位伟大女作家的呢。

张爱玲的新诗写得朦胧有味,下面的两首作品是她 26 多岁时写的。

落叶的爱

大的黄叶子朝下掉;

慢慢的,它经过风,

经过淡青的天,经过天的刀光,

黄灰楼房的尘梦。

下来到半路上,

看得出它是要

去吻它的影子,

地上的影子,

迎上它的影子,

又像往斜里飘,

叶子尽着慢着,

装出中年的漠然,

但是，一到地，

金焦的手掌，小心覆着个小黑影，

如同捉蟋蟀——

"唔，在这儿了！"

秋阳里的，

水门汀地上，

静静睡在一起，它和它的爱。

中国的日夜

我的路，走在自己的国土，

乱纷纷都是自己人，

补了又补，连了又连的，

补丁的彩云的人民，

我的人民，

我的青春，

我真高兴晒着太阳去买回来，

沉重累赘的一日三餐，

谯楼初鼓定天下，安民心，

嘈嘈的烦冤的人声下沉，

沉到底……

中国，到底。

　　《中国的日夜》写得很有气魄。"我的人民，我的青春"，把青春和祖国联系在一起。"我的路，走在自己的国土"，这和当代诗人梁小斌的"雪落在中国的土地上"所表达的是一样的爱国情愫。(陈全林据《张爱玲文集》，安徽文艺出版社 1996 年版，《女生张爱玲》，世界知识出版社 2005 版，余斌著《张爱玲传》广西师范大学出版社 2003 年版、于青《张爱玲传》，花城出版社 2008 年版编写，图片选自余斌著作。)

少年陈香梅的经典训练

陈香梅女士(1925——),现著名作家、社会活动家。1945年毕业于岭南大学,出版第一本散文与诗集《遥远的梦》,1946年,出版第一本小说集《寸草心》,1947年与在抗日战争时期来华援助中国的美国空军"飞虎队"将领陈纳德将军结婚。从1963年起,受美国总统肯尼迪的委任为白宫工作,乃第一位华裔受命为白宫工作者,后来尼克松、里根、布什当选总统,都对她委以重任,已出版中英文著作40余部。自20世纪80年代初至今,邓小平、江泽民、李鹏等党和国家领导人多次接见过她。

外祖父廖凤舒与革命先烈廖仲恺是亲兄弟,廖家是名门望族。廖凤舒与陈香梅的祖父陈庆云是世交,廖、陈两家的夫人正怀孕时就商定:只要两家生的是一男一女,就指腹为婚。后来陈家生子,廖家生女。母亲廖香词在英、法、意学音乐和绘画,父亲陈应荣在英国牛律大学获得法学博士,后在美国哥伦比亚大学获得哲学博士学位,父母对西方文化了解得比中国文化多。陈应荣回国做大学教授时,对自己的国学根基不深很忧患,但他的女儿陈香梅对国学有研究有修养,香梅的姐姐陈静宜到台湾后长年追随国学大师南怀瑾先生学习佛道。

陈香梅十四岁时,日本侵华,母亲去世,父居美国,她和姐妹六人在香港生活,内忧外患。外祖父廖公精通外语,国学深厚,和当时的梁寒操、汪精卫、叶公超有诗词往来。抗战时,汪精卫投敌,廖公拒绝汪精卫的邀请,不为日本人和汪伪政权做事,很有民族气节。他的博学多才与爱国情操对陈香梅都有深远的影响。陈香梅读了许多古诗词,对《红楼梦》爱不释手,读着读着,这个十四岁的少女变得多愁善感。《红楼梦》写情达到了人性的高峰,近三百年来打动了无数痴情男女,包括陈香梅。1941年,陈香梅代表中学参加全香港中学生"中文演讲赛",在20多名竞选代表中夺冠。一位女同学请她哥哥和哥哥的朋友毕尔来听演讲,当陈香梅与

毕尔四目相望时,她感到有一股暖流、一道电力充遍周身,两人好似前世相识一般。陈香梅在一睹之间呆了,说不出话来,毕尔也有同感,一见钟情,互相爱上了,真像贾宝玉初见林黛玉一样。毕尔博学多才,有智慧、有正义感、有同情心,是爱国大学生,也是富家子弟。以后的几个月里他们经常会面、谈心、爱意深浓。毕尔担心香港不安全,他说日本很快会占略香港的,劝陈香梅和他一起去大后方重庆读大学。

1941年12月8日,日本军机空袭香港。不久,

香港失陷，满街是日本兵，毕尔和陈香梅分散了。在战乱中他们彼此关心着对方，但谁也不知对方是否安全。寂寞中陈香梅以读书来打发时光，整日读书，《红楼梦》读了又读，还读《聊斋志异》、《金瓶梅》、《浮生六记》、《古文观止》这些古典名著，读了不少古诗，最喜欢李商隐的诗，李诗中隐隐的忧愁颇合其心。她不光读古书，还读成名作家张恨水的小说《京华春梦》、《再生缘》。不光读中华经典，还读托尔斯泰的《战争与和平》、《莫泊桑短篇小说集》这些外国文学经典。不光读书，还写笔记、日记。这一阶段的"经典训练"为她日后成为享誉中外的作家奠定基础。在香港沦陷区和毕尔重逢时，她引用李商隐的诗《凉思》表达当时的心情。

客去波平槛，蝉休露满枝。永怀当此节，倚立自移时。

北斗兼春远，南陵寓使迟。天涯占梦数，疑误有新知。

后来，毕尔这位建筑工程师到滇涵公路工作，陈香梅去昆明。两人最终无缘相聚，当再度相见时，陈香梅已作了将军夫人。她十四、五岁时初恋情感以及此间读的经典名著，使她受用一生。她的诗文中蕴含着中国古典诗词的优美的意境，像《炉火》这首诗：

十二月的冬夜

说声再会　剩下了的

是窗外的风声　雨声

微温的炉火　和着

寂寞的灯光

一个人影

（陈全林据《春秋岁月——陈香梅自传》编，中国妇女出版社 1998 年版，图片选自该书。）

少年萧三的经典训练

萧三（1896——1983 年），杰出的诗人、革命家，东山小学到湖南第一师范学校求学时和毛泽东是同窗好友。祖父萧贻松做过左宗棠幕僚，远赴边疆，长年在新疆、甘肃工作，回到湖南湘乡老家后，在萧家冲安家置产，取家宅名"桃坞塘"，撰联云：

心如老骥常千里；家住桃源第一家。

第一句是说自己虽然退隐山林，但依然关心边疆大事。这里风景优美，宛如画图。萧家大宅是读书之第，大堂里有不少名人字画，有这样的对联，表明主人的不俗：

著书惊日短，看剑引杯长。

不惧与众人同数，须知保晚节更难。

萧重文也重武,主人有过功名,注重节操。父亲萧岳英长于诗词,通经博史,工书法,重品性,颇有声望。母亲方玉清生于名医之家,家道殷实。二舅擅长音律,对萧三文学素养的培养倍下功夫。1896年10月10日,萧三出生,是萧岳英的第三个孩子,取名莼三,号子暲,后来自己叫萧三。四岁时,父亲领他拜了"大成至圣先师"孔子像,开始启蒙教育。父亲教学很严,萧三先学《三字经》、《百家姓》,后读《春秋》、《战国策》,读完《四书》、《五经》。由于萧父要进京赶考,教书的事便托给金贻先生,金先生为人宽厚,严厉不让萧父。金先生教经典,还教书法。后来换过几位先生,其中一位先生用自编的教册,课本中有:"今天下,五大洲。东与西,两半球。美利坚,分南北。穿地心,对中国。"老师接触过西方科学,在教学上结合了传统的诗教方式,将所教的近现代文史知识编成《三字经》一样的韵文。萧三从4岁念到11岁读完了主要经学典籍,国学根基已立。母亲特别敬师,顿顿给老师单独做好饭菜吃,老师教学认真,不负热望。萧三小时候爱听山歌,二姐的山歌是村中唱得最好的。她伴弟弟读书,能读懂《红楼梦》,会画画,山歌多是自编的词,富有哲理:

山歌不唱忘记多,大路不走草成窝。

快刀不磨黄锈起,胸膛不挺背要驼。

萧三儿时听母亲讲故事,听二姐念唱本,无形中种下文学种子。二舅的洞箫方圆有名,善吹《梅花三弄》、《苏武牧羊》,萧三听得如痴如醉。乡贤李平圃老人喜欢收集谚语、民歌,收集之后进行艺术加工,萧三小时候经常帮李老先生抄写稿件,老人对民间文学的热情激励着萧三。萧岳英四十岁时,李老先生给萧三父亲送来镶名联:

岳气湖光,钟为杰士;英声茂实,傲睨仙人。

李老先生活了96岁,他的教导加强了萧三对民间文学的热爱。1907年,11岁的萧三考上湘乡县东山书院办的湘乡县立东山高等小学堂,父亲在这里教物理课,学校还教语文、修身、图画、歌唱、体操、读经、历史、地理、算术、英语。读经课教学生读《四书》、《五经》以及《二十四史》中的一些史书。东山书院建于光绪二十一年,非常有名,书院门额由翰林学士、著名书法家黄自元亲书,文老师多是通经之士,萧三的作文常被先周生当范文读,先生的批语通达有趣。他给萧三的作文《春》的批语仅引用李白的两句诗:"桃花流水渺然去,别有天地非人间。"给萧三《思亲》的批语是:"孝子才人,如是如是。"对萧三的一篇言志作文批道:"大厦如倾要梁栋,青眼高歌望吾子。"先生爱惜萧三的文才,给他集李白、杜甫之句写过一联:

举头望明月，荡胸生层云。

巧妙、工整，都是李、杜名句，足见先生之才，跟着如此良师，萧三文学才华超越同窗。良师固然重要，最关键的是自己要有求知的渴望、进取的勇气。曾国藩是近代大学问家、清朝的"中兴名臣"，毛泽东敬仰其人，少年萧三在二兄子升的劝导下读《曾文正公全集》，二兄是毛泽东的好友。子升说曾氏的家书、日记、诗文所论处世之道，无不为当世传诵，必须精研。假期里，萧三居家里尽情地读书，《曾文正公全集》、《三国演义》、《封神演义》、《西游记》、《水浒传》、《聊斋志异》、《红楼梦》，无所不读，唯《红楼梦》读过好几个版本，书中的许多诗句都能背诵，他能领会那些诗词的妙处。在东山高小读书期间，萧三与毛泽东成了好朋友，经常一起起读《了凡纲鉴》、《世界英雄豪杰传》，讨论富国强兵之道，一起拜读康有为、梁启超的大作。他们在校作了半年同窗，后来在长沙"湖南第一师范学校"又作过同学。这年，萧十五岁，毛十八岁。毛泽东喜欢古诗词，背诵了400多首，尤其爱读唐人李白、李贺、李商隐"三李"之诗，研读过《韩昌黎全集》、《诗经》、《楚辞》。萧三遍读唐宋八大家的诗文，还读《老子》、《墨子》、《袁枚诗话》。两人经常交流读书经验，探讨人生。三十多年后他们都成了中国历史上的伟人。两人注重体育锻练，为的是能作东方的"期巴达和普鲁士。"他们爬岳麓山，登高山而吟唐诗，望远景以荡胸怀，少年才俊，意气风发，两人吟诗的山上有座亭子，亭柱上有一联：

西南云气来衡岳，日夜江声下洞庭。

气势非凡，有如这两人的豪情。后来，毛泽东在词中写道：

恰同学年少，丰华正茂，指江江山，激扬文字，粪土当年万户侯。

这是何等的胸怀啊！作为诗人，抗战时期萧三写下著名诗篇《敌后催眠曲》，催人泪下：

静些，静些，老大娘！

不要咳嗽，不要响。

老大爷！不要抽烟，

火星儿敌人能看见。

安静些，我的小宝贝！

夜是这样深，这样黑。

安静些，我的小宝宝！

我给你紧紧地包扎好。

我把你抱在我怀里，

你就再不会受冻了。

196

我紧紧地包好了你，
你就不会哭出声来了。

我的小宝宝，你不要怕，——
你有你妈妈和你爸爸。
敌人一走，爸爸就能回来。
我们在这山洞里再待一待。

你听，枪声响的远了。
你爸爸快能回转了。
小宝宝，你不要嚷。
一忽儿就会大天亮。

你听！有了脚步的声音。
走的近了，更近了，更近......
"到底回来了，孩子他爸！
呐，抱一抱你心爱的娃。

"抱一抱你的儿子，孩子他爸。
这一夜真不易熬过，真可怕。
我们的小宝宝，他是小英雄！
他没哭，没叫鬼子发现我们。"

父亲接过了包包，揭开了包包：
在包包里躺着闷死了的小宝宝......
壮士的热泪大颗地滚下来。
壮士的眼睛很困难抬起来。

"孩子他妈，你不要伤心。
我们的宝宝没有白牺牲。
他救了我们多少人的性命。

我知道，我们该恨的是什么人！"

全诗通过日军扫荡的晚上，一个婴儿之死，写了战争的残酷和国仇家恨，也写了人性的美。

（陈全林据高陶著《萧三》编写，中国青年出版社1994年版。）

少年梁实秋的经典训练

　　梁实秋（1903—1987年），著名的翻译家、文学家，1923年清华大学毕业后赴美留学，研习英语和英美文学。1926年回国后在数所大学执教，后退居台湾。著有《雅舍小品》、《雅舍杂文》、《雅舍谈吃》十余种散文集，倾毕生之力翻译的《莎士比亚全集》堪称译界经典。

　　1903年1月6日，大清光绪二十九年的腊八节，梁实秋诞生于北京，祖父梁芝山是卸任京官，梁实秋诞生后为孙子取名为"治华"。父亲梁成熙给儿子取字曰"实秋"，后来，治华以"实秋"而名。梁实秋兄弟姊妹四人，小时候四人总围在大炕桌边读书识字；晚上在一盏油灯、三根灯草之下描红写字，或是诵诗诵文、猜谜录谚。有次治华听哥姐念"一老人，入市中，买鱼两尾，步行回家"，他年纪小，把"步行"听成"不许"，便问父亲："为什么他买鱼两尾就不许回家？"一家人听后逗乐了。梁实秋六岁时在自家上私塾，父亲为他请来贾文斌先生，先生用新

国文课本，从"人、手、足、刀、尺"教起，不教《三字经》、《百家姓》、《千字文》。1912年，梁实秋上公立第三小学，老师周士棻对他影响最大，特别在书法与修身方面。周先生对大楷、小楷、行草，一丝不苟，经他指点，梁实秋的书法脱颖而出。三年之后，实秋小学毕业写作文时，因他的书法特别好，局长大人喜欢，考题是《诸生试各言尔志》，难不住梁实秋，他名列榜首，书法名满校园。梁实秋从小喜欢画画，经常临摹《芥子园画传》，在考图画课时，成绩优秀。识的字多了，开始大胆地读小说，《水浒传》、《红楼梦》早读过。1915年，梁实秋考上清华中学中

等科，念完四年中等科才能念高等科（大学）。他爱看小说，偷读清代侠义小说《绿牡丹》被老师批评过。这年，他十三岁。十八岁时国文老师徐锦澄的教导使他在写作上终生受益，徐先生善批作文，对梁实秋说"你的原文软爬爬的，冗长，懒啦光唧的，我给你勾掉了一大半，你再读读看，原来的意思并没有失，但是笔笔都立起来了，虎虎有生气了，剩下的全是筋骨。"梁实秋说："如果我以后写文章还能不多说废话，还能有一点点硬朗挺拔之气，还知道一点'割爱'的道理，就不能不归功于我这位老师的教诲。"徐先生教他许多写作技巧，受用一生。梁实秋从

小受中国传统文化的熏陶,在有着浓厚的国学气氛的家庭中长大。他被视为散文大师,其文字功底、文学境界与从小读诗词、古文、古典小说分不开。他的诗词古雅缠绵:

蝶恋花

恼煞无端天未去,几度风狂,不道岁月暮。

莫叹旧居无觅处,犹存墙角面包树。

目断长空迷津渡。泪眼倚楼,楼外青无数。

往事如烟如柳絮,相思便是春长驻。

青年梁实秋和徐志摩是诗友,写有不少新诗,如:

早寒

遭了秋神谪贬的红叶,

漫地飞舞起来,空剩

那瘦骨嶙嶙的干树枝,

收敛着再世荣华的梦。

宇宙像座斑驳的废堡,

处处显露已往的遗痕,

诱使载满悲哀的诗心,

痛苦命尽途穷的黄昏!

我个人以为,梁实秋的新诗,比徐志摩的新诗更有诗意。(陈全林据王一心著《梁实秋》及其他资料编写,江苏文艺出版社 2000 年版。)

少年朱自清的经典训练

朱自清(1898——1948 年),现代著名文学家、诗人、教育家。散文名篇《菏塘月色》、《背影》数十年来一直入选中学课本供千千万万的学子学习。我们讲的"经典训练"一说来自朱先生的《经典常谈》,提倡青年需要"经典训练"。朱自清著作 27 种,包括诗歌、散文、文艺批评、学术研究。大多收入《朱自清文集》。朱自清虽在"五四"运动后开始新诗创作,但,1923 年发表的《桨声灯影里的秦淮河》显示出他在散文创作方面的才能,从此致力散文创作,1928 年出版的散文集《背影》使他成为著名散文作家。抗战胜利后,物价飞涨,北大的教授们没法生活下去,国民政府就向人们发美军的救济粮。以朱先生为代表的一批教授宁可饿死也不去领美军救济粮。当时朱先生因饥饿全身浮肿,躺在床上还对家人说"不要去"。最后离开人世。毛泽东说"朱自清一身重病,宁可饿死,不领美国的'救济粮'""表现了我们民族的英雄气概"。郁达夫《中国新文学大系散文二集·导引》中说:朱自清虽则是一个诗人,可是他的散文仍能满贮着那一种诗意。

1898年11月22日,朱自清生于江苏东海,父亲朱鸿钧,字小坡,给朱自清取名朱自华,号实秋,取意"春花秋实",希望儿子长大后诗书传家,学有所成。"自清"是自华上北大时自取的名字。1903年,朱小坡迁居扬州,从此,朱自华在扬州生活了13年,度过童年和少年期。父亲是个小官员,朱家的生活还不错。父亲对自华的教育抓得很紧,一到扬州,就把自华送到私塾读经籍、古文、诗词。《尚书》、《诗经》、《四书》以及有名的诗文就是在这一时期读的,经典随着岁月的流逝走进朱自清的灵魂。他师从戴子秋先生学习古文,后来朱自清说:"我的国文是跟他老人家做通了的。"每天放学回家后,父亲一边吃着花生、豆腐干下烧酒,一边低吟着儿子写的作文,看老师的评语,文章写得好就奖励,写得不好他会把文章扔进火炉。这时,自华常会忍不住哭起来,文章还得重写。朱自华15岁时考入了安徽旅扬公学高等小学,小学毕业后考入了江苏省两淮中学,这时的朱自华爱上了写作,读《红楼梦》、《聊斋志异》和林纾以文言翻译的西方小说。读得多了,他动了写小说的心,仿《聊斋志异》写了一篇8000字的小说,寄到《小说月报》去,虽被退稿,但文学梦没有终结,而是坚持少年时的梦想,直到成功,成为著名的文学家。朱自清品学兼优,老实宏厚,深得师生喜爱。课余,朱自清常去扬州的名山、名胜吟诗,感受自然风光与人文历史之美。他去梅花岭凭吊史可法,吟咏这位抗清英雄的《正气歌》。朱自清喜欢购书,还研习佛教经书,在广益书局购到《佛学易解》,聚精会神地阅读,体会佛所说的人生道理,激发了他对哲学的兴趣。有一回,朱自清听说书店有本《文心雕龙》,急着去找,有一家拿出一部广州套版的,要价一元,他买不起,便在另一家以三角小洋购了一部。

1916年夏天,朱自清考上北京大学预科。父亲卸任,经济拮据。按北大规定,学生应读二年预科,然后才能考读本科。朱自清知道多读一年会加重父亲负担,决定提前一年考本科,考入哲学系。就在这时他将"自华"改为"自清",自感性情迟缓,遂从喜爱的《韩非子》子中取出"佩弦"作为"字"。《韩非子》曰:"董安于之性缓,故佩弦以自急。"考上北大的朱自清依然跟中学时一样爱读佛书,经常到西城卧佛寺街的鹫峰寺购佛经看,精读《因明入正理论疏》、《百法明门论疏》、《翻译名义集》这些佛学名著。正是青少年时代的广读博学,使朱自清成了文学家,成了著名学者,在清华大学任教。他为人淡泊,写诗自况:

漫郎四海漫为家,看尽春风百种花。

已了向平儿女志,襟怀淡似雨前茶。

困难的日子里朱自清还把唐代诗人李商隐的诗句"夕阳无限好,只是近黄昏"改作"但得夕阳无限好,何须惆怅近黄昏",表达了在逆境中积极进取的乐观精神。他的气节、他散文中

的诗意,都源于中国古典文化的熏陶。朱自清的新诗成就颇高,诗作清新自然,如:

> 细雨
>
> 东风里,掠过我脸边
>
> 星呀星的细雨,
>
> 是春天的绒毛呢。

(陈全林据陈孝全《朱自清传》及其他资料编写,北京十月文艺出版社,2001 年版。)

少年施蛰存的经典训练

施蛰存(1904——2003 年),现代著名作家、学者,出版过多部小说集。三十年代以小说出名,其创作被称为"新感觉派",与刘呐鸥、穆时英并列。

1910 年,施蛰存六岁,随父母住在苏州醋库巷,过了阴历元宵节,开蒙读书,父亲把施蛰存送到邻家徐老夫子私塾,行过大礼后老夫子给施蛰存一本《千字文》,老夫子读一句,施蛰存读一句,先读了四句:"天地元黄,宇宙洪荒。日月盈昃,辰宿列张。"每天学四句,"孤陋寡闻,愚蒙等诮。谓语助者,焉哉乎也。"一本《千字文》不到半年就读完了,学会千字。现在的小学一年级学生识不到 500 字。施蛰存就是读着《三字经》、《百家姓》来识字。到中学后,施蛰存开始读小说与诗词,见同学们都读《水浒传》、《三国演义》,施蛰存用母亲平时给他的零用钱买回金圣叹批本七十回的《水浒传》读,买过《蕉帕记》这样的古典曲子研读。施蛰存从小喜欢读古诗词,父亲有十二箱书,经、史、子、集全有,他喜欢看《白香词谱》、《草堂诗余》,自购过依清人钱大昕藏书印的《北词广正谱》,使他对诗词曲学产生浓厚兴趣。中学时,国文老师是词章大家,受他影响,施蛰存便从《散原精舍诗》、《海藏楼诗》一直读到《豫章集》、《东坡集》、《剑南集》,从清诗一直读到宋人黄庭坚、苏东坡、陆游,边学诗边写诗,当时他有一首七律云:

> 挥泪来凭曲曲栏,夕阳无语寺钟残。
>
> 一江烟水茫茫去,两岸芦花瑟瑟寒。
>
> 浩荡秋情几洄溯,苍皇人事有波澜。
>
> 迩来无奈尘劳感,九月衣裳欲办难。

有大家气象,可见他在中小学时在诗词上下的苦功。他有一部《纳氏文法》第四册,共二十余本,自己不看,同学中有人很想看,不好意思出售给同学,于是建议爱此书的同学到"扫叶山房"购诗集来换,一下子他得到了《李义山集》、《温飞卿集》、《杜甫集》、《李长吉集》,全是唐诗,宋诗立马让位给唐诗,他专心研习起唐诗来,最爱《李长吉集》,仿李诗写了不少诗作。

当新文学史上的第一本白话诗集《尝试集》出版后，施蛰存就读了，觉得胡适的这些诗不如旧诗好。施蛰存后来也作诗，新诗成就很高，被视为"现代派诗人"，他也成了小说家，成就斐然。我们读一首他青年时代写的新诗《冷泉亭口占》：

> 我欲取一掬寒泉，
>
> 盥漱燃烧的唇。
>
> 但白石上的急流奔涌，
>
> 使我茫然，不知该从何下手。
>
> 夫子喟然而叹："逝者如斯夫！"
>
> 公孙龙子曰："否否！
>
> 飞鸟不动，镞矢不行不止。"
>
> 惜哉！呼猿的老僧安在？
>
> 我问泉自何时冷起？
>
> 要问的乃是它冷从何处？

诗人表面上写自己想饮口泉水，实际上是通过感想写人生的短暂和哲学的沉思。沉思的主题，恰恰是古代孔子和公孙龙子的两个关于时空、动静、相对等的古老命题。"惜哉！呼猿的老僧安在"？这一句诗很有禅意，也是对人生存在意义的思考。虽是新诗，里面充满着传统文化的意蕴。著名传记作家李辉这样评价他："施蛰存先生是出色的文学家兼学者，而且是一位很有个性的知识分子。他20世纪30年代与鲁迅论战，50年代拒绝在教学中援引马列文论，这都是他个性的体现。即使在晚年，他对社会也很关注，心里想什么就说什么，从不掩饰自己的想法——这一点是非常难得的。"跟鲁迅的论战，主要是鲁迅主张白话文，而施蛰存推崇古文。施蛰存的气节来自古典文化的教养。（陈全林据施蛰存散文中自述内容以及《现代派诗选》，蓝棣之编，人民文学出版社2002年版编写。）

少年老舍的经典训练

老舍（1899—1966年），现代文学大师，原名舒庆春，字舍予，舍予是"舒"字的分拆，也有"舍我"的意思，愿意把一生无私地奉献给这个多难的世界，使之更美好。老舍少年时、青年时接触过佛门高僧，"舍予"有佛家"无我""舍生忘我以利众生"之意。老舍的父亲在八国联军攻打北京的炮火中殉难，全家生活靠母亲为别人洗涮缝补以维持，生活艰辛。小学毕业后考上免费的北京师范学校，毕业后任教。1924年夏，老舍应英国伦敦大学东方学院之请在该院教中文，开始文学创作。先后出版了《老张的哲学》、《二马》、《离婚》、《骆驼祥子》、《四世同堂》等著名长篇小说。建国后创作的话剧《龙须沟》、《茶馆》、《正红旗下》等文学经典，他被政府授予"人民艺术家"的称号。他的许多作品近年来被拍成影视作品。

由于家贫，老舍到九岁才开始上学，上学的费用由京城刘大善人给的，这位大善人就是后来有名的高僧宗月大师，老舍写过散文《宗月大师》纪念他，是宗月大师亲自领着他去上学的。学校是一家改良私塾，在离家有半里多地的一座道观里，又黑、又冷、又脏，有30多位学生在上学。老师姓李，死板，有爱心。宗月大师(此时尚未出家)给老师讲好让老舍在这里读书，领他拜了庙里的孔子圣像，老师发给他《地球韵言》、《三字经》，老舍变成了学生，开始上学了。私塾里学习了《三字经》、《百家姓》、《四书》。老舍说，小的时候不太爱读这些书，倒是经常跟同学罗莘田逃学去听说书人讲《施公案》、《小五义》，听书的钱由罗莘田付。或是自己读《儒林外史》，受到旧小说的启蒙。他不光听说书，还爱听戏，十几岁时经常去看郝寿臣先生的戏，《打渔杀家》、《失街亭》、《长板坡》、《审李七》，看了不少遍。这些爱好变成了他日后作为话剧大师的文艺养料，童年的爱好，需要支持，也许，一生的根基将由此奠定。

老舍由私塾转入公立学校去的时候也是刘大叔帮忙。老舍中学毕业时刘大善人已变成贫民，仍然好善，办贫儿学校，老舍就去贫儿学校当义务老师。当刘大叔出家成为宗月大师后，持戒精严，老舍后来说，"没有他，我也许一辈子也不会入学读书。没有他，我也许永远想不起帮助别人有什么乐趣与意义。"善的教导在童年时代比知识更重要。从私塾到小学、中学，老舍的先生有20多位，方唯一先生在老舍十六、七岁时教他学古文，在方先生的指导下，习作旧诗，受益终生。方老先生是书法家，给老舍写过一副对联，勉其进德修业。

四世传经是谓通德，一门训善惟以永年。

1938年，老舍40岁，他在《著者略历》中写道："幼读三百千，不求甚解，继学师范，遂奠教书匠之基。"其中"三百千"指《三字经》、《百家姓》、《千字文》(或《千家诗》)。他在私塾背过《诗经》、《古文观止》。上中学时爱学国文，读古文，背古诗，学着作诗作赋，记忆典故。老舍的第一部小说《老张的哲学》在文字上没有脱开旧文学的拘束，可见旧文学他的影响。抗战时期，四处奔波的老舍，写过几首诗，抒发亡国之痛。

弱女痴儿不解哀,牵衣问父去何来?

话因伤别潜应泪,血若停流定是灰。

已见乡关沦水火,更堪江海逐风雷。

徘徊未忍道珍重,暮雁声低切切催。

二

茫茫何处话桑麻?破碎山河破碎家。

一代文章千古事,余年心愿半庭花。

西风碧海珊瑚冷,北岳霜天翔角斜。

无限乡思秋日晚,夕阳白发待归鸦。

三

大浪重阳雪作花,千千积冻玉乌纱。

白羊赭壁荒山绝,红叶轻烟孤村斜。

村女无衣墙半掩,相山覆石草微遮。

周秦文物今何在?牧马悲鸣劫后沙。

四

塞上秋云开晓日,天梯五色雪如霞。

乱山无数飞寒鸦,野水随烟入远沙。

忍见村荒枯翠柳,敢怜人瘦比黄花。

乡思空忆篱边菊,举目凉州雁影斜。

　　满纸的荒凉与战争带来的贫困、悲伤,国事伤感,人事凄凉,尽在诗中。世人多知老舍的小说、戏剧多,对他的诗歌知之甚少。少年用功学诗,才有如此成就。(陈全林据《往事随想——老舍卷》中老舍散文编写。四川人民出版社 2000 年版,图片选自该书。)

少年沈从文的经典训练

　　沈从文(1902——1988)是现代中国的伟大作家之一,也是一位考古学家。三十年代起他开始用小说构造他心中的"湘西世界",完成一系列代表作,如小说《边城》、《长河》,散文集《湘行散记》。他以"乡下人"的主体视角审视当时城乡对峙的现状,批判现代文明在进入中国的过程中所显露出的丑陋,这种与新文学主将们相悖反的观念大大丰富了现代小说的表现范围。沈从文一生创作的结集约有 80 多部,由于创作风格独特,被誉为"乡土文学之父"。建国后他被剥夺写作的权利,被派到故宫博物院工作,经过三十余年的努力,一位大作家变成了大学者,出版了《中国古代服饰研究》这样的巨著。他的书法足称大家,最有名的还是文学成就。有西方评论家认为他在文学上的成就超过了茅盾与巴金,小说的情境、语言的优美,独领风骚。沈从文的作品描写了故乡湘西的自然风光与人民生活,"乡土文学"对当代作家影响很大,如名作家贾平凹之写故乡商州。沈从文的代表作《边城》已被列为世界名著,欧州学者曾将他提名为诺贝尔文学奖的侯选人。

1902 年,沈从文生于湖南镇早的凤凰镇,祖父沈宏富在曾国藩的湘军中因战功升为将军,做过贵州提督,父亲沈家嗣也是军人,母亲黄英生于书香世家。从四岁起,母亲教他识字读书,那时,沈从文的名字叫沈岳焕,"从文"是他 15 岁当兵时由军中一位师爷起的,这位师爷点名时一听到"岳焕"二字,便道:"岳焕、岳焕,'焕乎,其有文章'"。先生背了这句《论语·泰伯》里的话,便说:"我看,你叫从文吧。"

六岁时便上私塾读书,先生教书的同时还在衙门里做事,学馆就设在衙门里。每天的学习任务,不外背书、识字、识字、背书。学习内容照例先是《幼学琼林》,然后是《孟子》、《论语》、《诗经》。由于沈从文跟母亲识过 600 多字,回到家里母亲还帮助他,学习一直很好,没有因记不住字、背不了书而挨先生的打。但是,沈从文淘气,跟着同学开始了一次次的逃学经历,逃学去看木偶戏,去采果子,去看人打架,去野地里玩。没办法,家人让他转到另一所私塾,他还是逃学去衙门里看人家审案子,去兵营看大兵习武,看人家过红白之事,对什么都好奇。逃学时所见所闻都成了文学素材。沈从文记忆力过人,他说"我从不用心念书,但我从不在当背诵时无法对付。许多书总是临时来读十遍八遍,背诵时却居然琅琅上口,一字不遗。"他放心地游行于好奇的世界,"为什么骡子推磨时得把眼睛遮上?为什么刀得烧红时在盐水里一淬方能坚硬?为什么雕佛像的会把木头雕成人形,所贴的金那么薄又用什么方法作成?为什么小铜匠会在一块铜板上钻那么一个圆眼,刻花时刻得整整齐齐?这些古怪事情实在太多了。"好奇是儿童的天性,也是科学家和文学家必备的心性。

1915 年,沈从文上新式小学,课本束不了心,依然贪玩,最喜欢习字,没有荒废过。1917年 8 月,15 岁的沈从文去当兵,被编入支队司令的卫队,他和堂兄沈万林分在一起。堂兄读过不少书,写得一手好字,临过黄山谷的帖,从堂兄那里他知道了陆润庠、黄自元以外的许多书法名家,从此,他对学书之事更加用功,经常临习《云麾碑》。后来,他被提升为司书,过着抄抄写写的生活,习字以外没有下功夫去读书,对音乐倒有兴趣。同事文颐秘书劝他学习,莫要虚度时光,应该学好,世上有好多好事情可学。文颐有一部《辞源》,订有《申报》,他让沈从文翻看《辞源》,从中学习了不少知识,沈从文开始收心读书,看《西游记》、《秋水轩尺牍》,读诗,读李商隐诗集,看《史记》、《汉书》及其他杂书,读了不少林纾翻译的西方小说。他交往的一些人喜欢写诗,看沈从文的小楷字写得好,同事请他抄诗,就这样,他在抄诗中对写诗有了兴趣,还学习刻图章、写草书,写五律七律。这时的沈从文不满十八岁,萌生了求知欲,能够认真读书了。书法上他临习褚遂良的《圣教序》、王羲之的《兰亭序》、虞世南的《夫子庙堂碑》以及李邕的《云麾碑》,功底深厚。

1920 年,沈从文作了湘西护国联军第一军军长陈渠珍的军部书记。陈渠珍以王守仁、曾国藩二位明清儒将自许。王守仁于明代平过宸豪之乱,是哲学家,曾国藩平过洪杨之乱,是大学问家。陈氏极好读书,收藏有不少宋明以来的字画、瓷器、青铜器、碑帖、珍本图书。陈渠珍需要读某一书或抄录书中某一段时,就让沈从文准备好,要求沈从文把字画、古书、古玩编册登记。这个过程中沈从文学了不少知识,经常给陈将军翻检抄录古籍,顺便读了不少古书。像《西清古鉴》、《薛氏彝器钟鼎款识》、《四库提要》、《四部丛刊》。这种特殊的军部书记生活使他对中国古代绘画艺术、书法、古董鉴定知识有了深入的学习与了解,丰富了他创作中的古典文学修养,无意中为后半生从事文物研究提前铺路。

　　沈从文在十余年的时间中带着《史记》研读。从湘西到北京,这部书伴他多年,人生的许多智慧从《史记》中得来。《史记》被鲁迅誉为"史家之绝唱,无韵之《离骚》",在中华文学史上也是伟大之作。沈从文在《史记》瑰丽深厚的文字中寻找着作为文学家必需的营养。在陈渠珍身边的日子,一位大学者的来到,对沈从文一生的改变有决定意义,那就是三姨父聂仁德。聂氏是陈渠珍的老师,1883 年他和熊希龄为同科贡士,后因亲人去世(丁忧)而未能参加殿试,熊希龄中了进士,做过民国初年的总理。熊家与沈家也是亲戚。在湘军时沈从文常去熊府书房读书。这次与聂仁德的相遇为沈从文打开国学之门。中学、西学聂仁德皆通达,对佛学、儒学深有心得。自他住在保靖之后,沈从文每天要去狮子庵向他请教宋元理学、佛家因明学,也请教西方近代哲学。仁德循循善诱,一老一少沉浸在治学与教学的乐趣中。直到 1922 年,沈从文接触现代新文学,才放下了手中的《花间集》(唐温庭筠诗集)以及《曹全碑》(汉隶名帖),投身新文学。这年,他 20 岁,新文学为他打开神奇之门。

　　晚年的沈从文,写过一首诗:

　　　　金风杀草木,林间落叶新。学《易》知时变,处世忌满盈。

　　　　祸福相依伏,老氏阅历深。能进而易退,焉用五湖行?

沈从文在为人处世上崇尚《易经》讲的知时知变、知进知退之道,崇尚《老子》讲的祸福互伏互化的辩证之理。沈从文晚年遭遇了许多坎坷,他都度过来,不记恩怨,宽宏大量,不说人非,敦厚温和,他深得老庄淡泊处世、《易经》知进知退的人生哲学,得以在艰难时世时完成考古学方面的传世名著。这些古老文化的智慧,在他十七岁到二十余岁时,已在广读中华经典时扎下根,深入到生命底层。据说:瑞典学院院士、诺贝尔文学奖终身评审委员马悦然于高行健(中国作家,1980 年移民法国)于 2000 年获得了诺贝尔文学奖后,在《明报月刊》表示,1987、1988 年诺贝尔文学奖最后候选名单之中沈从文入选,他认为沈从文是 1988 年中最有机会获奖的候选人。当年,马悦然向中华人民共和国驻瑞典大使馆文化处询问沈从文是否在世,得到的回答是"从来没有听说过这个人"。其实,沈从文刚刚离世数月。诺贝尔奖只颁给在世之人,沈从文与诺贝尔文学奖失之交臂。这足以说明沈从文作品的世界影响。(陈全林据凌宇《沈从文传》及其他资料编,北京十月文艺出版社 2004 年版,图片选自该书。)

少年张恨水的经典训练

2009 年初,有人统计,中国作家的小说改编成电视剧最多、最受欢迎的,不是台湾的琼瑶,也不是已故的张爱玲,更不是当前流行的王海鸰、海岩,而是老作家、民国期间著名的言情小说大师张恨水。鲁迅不喜欢张恨水的小说,但母亲喜欢读张的小说,只要出一本,鲁迅就给母亲买一本。如今张爱玲列居大师,影响她的重要作家就是张恨水。

张恨水(1895~1967)现代著名作家。原名张心远,安徽潜山人,生于江西广信官吏家庭。历任《皖江报》总编辑、《世界日报》编辑、北平《世界日报》编辑、上海《立报》主笔、《南京人》报社社长、北平《新民报》主审兼经理。童年就读于旧式书馆,沉溺于《西游记》、《东周列国志》一类古典小说中,尤其喜爱《红楼梦》写作手法,醉心风花雪月式的诗词典章及才子佳人式的小说情节。1914 年开始使用"恨水"笔名,取自李煜"自是人生长恨水长东"句。早期创作的作品如《青衫泪》、《南国相思谱》以描写痴爱缠绵为内容,消遣意味浓重。1924 年 4 月张恨水开始在《世界晚报·夜光》副刊连载章回小说《春明外史》,风靡北方,一举成名。1926 年,发表《金粉世家》,影响深远。集言情、谴责、武侠于一体的长篇《啼笑因缘》使张恨水的名声如日中天。1934 年,张恨水到甘肃、陕西考察,目睹当地人民的艰苦生活,大受震动,写作风格为之大变,士大夫作风渐减,开始描写民间疾苦,有小说《燕归来》。抗战爆发后,专心写作抗战小说,有名著《八十一梦》、《魍魉世界》。抗战胜利后,作品致力于揭露国统区的黑暗统治,创作了《五子登科》等。1967 年初病逝于北京,他是中国多产的作家之一,作品三千余万言,中长篇小说达一百一十部以上。小说《梁山伯与祝英台》(已改编为电影)、《八十一梦》、《白蛇传》(已改编为电视剧)、《啼笑因缘》(已改编为电视剧)、《孔雀东南飞》(已改编为电视剧)、《陈三五娘》、《春明外史》、《金粉世家》(已改编为电视剧)、《秦淮世家》(已改成电视剧)、《水浒新传》、《丹凤街》(已改成电视剧)、《纸醉金迷》(已改编为电视剧)、《大江东去》、《现代青年》(已改编成电视剧《梦幻天堂》)等等。

张恨水出身武林世家,祖父张开甲、父亲张钰习武从军,建有军功,张钰射箭打枪,骑马疾驰,百步穿杨。父子为官有清廉声誉。张钰为人正直,急公好义,张恨水为人侠义大器,很有社会正义感,有乃父之风。光绪二十一年,张恨水出生,正好,祖父荣升为参将,双喜临门。祖父和父亲薪俸不薄,生活富裕。从小生活于官宦人家,对旧时代官宦人家的生活多有了解,为以后写小说打下基础。小时候他跟祖父练剑习武,祖父去世,父亲要他习文。张恨水写过武侠小说《中原豪侠传》,从小受两代人的侠风濡染,写起武侠,得心应手。童年的生活阅历都可转化成作家的写作素材,张恨水如此,姚雪垠、沈从文都如此。抗战时期,张恨水所写鼓舞人民斗志的诗充满豪侠之气:

含笑辞家上马呼,者番不负好头颅。

一腔热血沙场洒,要洗关东万里图。

背上刀锋有血痕,更未囊剑出营门。

书生顿首高声唤,此是中华大国魂。

笑向菱花试战袍,女儿志比泰山高。

却嫌脂粉污颜色,不佩鸣鸾佩宝刀。

英雄气概,顿飞纸面。张恨水的祖父、父亲都是武林高手、前清军人,张恨水少年习武,使得他的诗歌激荡侠气柔情。

六岁时,张恨水入私塾读书,先学习《三字经》、《千字文》、《论语》,学作对联诗词,这是旧文人的基本功。张恨水爱学习,特贪玩,因为聪明,深得老师喜爱,有"神童"之誉。有一次,老师出上联"九棵白菜"要同学们对,大伙对不上来,张恨水对出"十个石榴"。"九"与"韭"谐音,"十"与"石"谐音,难在这里。三年里不仅学完了四书五经,也读完了《千家诗》,学会作诗。他的诗词、古文写得极佳,三十多岁时用文言写有《旧年怀旧》一文,忆十岁那年私塾读书时,与一起上学的可爱的邻居秋凤两小无猜,张恨水喜欢秋凤,"伊面如满月,发甚黑,以红丝线一大绺作发穗,艳乃绝伦,儿时私心好之,未敢言

也。"后来两家人戏称要将他两配作夫妻。懵懂小孩,若懂非懂,觉得好玩,"此事至今思之,觉儿童之爱,真而弥久,绝非成人后所能有。后六年,予复至镇,则凤已嫁人,绿叶成荫矣。予时已能为诗,不胜桃花人面之感,有惆怅诗三十绝记其事。"十六岁的张恨水写诗忆情,他的言情小说充满诗意。

从十岁开始读小说,先读的是《残唐演义》,一下子为他打开四书五经之外的神奇之门,读小说的热情一发不可收拾,到处搜寻小说。私塾老师端木先生也是小说迷,喜欢《三国演义》,张恨水经常在老师不在的时候偷看老师的小说,发现《三国演义》比《残唐演义》更热闹,更好看。迷上小说的他不仅偷看老师的《三国》,也偷看父亲的《红楼梦》。这些小说大人们怕耽误孩子学业,总不让看。他迷上小说后很快想办法找来《西游记》、《水浒传》、《封神演义》、《五虎平北》、《野叟曝言》、《儒林外史》,借不来的小说自己买,把零花钱全攒下来背着父亲买小说读,夜里家人熟睡后偷偷读。尽管保密,还是被父亲发现了。父亲虽然严厉,但看见儿子这么爱读小说,管不住,一管,他就偷读,休息不好,有损健康,父亲只好让步,张恨水可以公开读小说了,这为日后成为大作家打开成功之门。读小说中他认识了社会,认识了人生,认识了人性,有了创作欲望,功名富贵之心渐淡,离父亲的寄望越来越远,离自己的理想越来越近。阅读中张恨水学会了小说技巧,构思方法,文采文笔,日渐提升。成年后他的小说风靡中国,不仅是丰富曲折的情节,动人缠绵的情感,更因优美典雅的文字。十三岁时他已经能够编故事给同伴"说书"。随着清政府在1905年对科举的废除,各地兴办新式学堂,张钰与时俱进地把儿子送入新式学堂学习算学、地理。1909年,张恨水到南昌大同小学三年级就读,接受新知识,新思想,阅读小说之外的报纸杂志。

张恨水的小说深受传统小说影响,特别是《红楼梦》、《儒林外史》、《花月痕》。《红楼梦》的写情喻世,《儒林外史》的记事讽世,《花月痕》的华美词章,他都潜心学习,这些精华都融化到他的小说中。童年时代对古典小说词章的超常喜爱造就张恨水杰出的文学成就,使他成为影响深远的大作家。是古典小说与诗词滋养他的心灵,使他的小说有古典美。他是现代最有名的章回小说大师,近代章回小说渐趋没落,他异军突起,发扬这一文学形式的优良传统。

前面说张恨水去甘肃、陕西考察后文风大变,写了小说《燕归来》。书中有他写当时的见闻诗,震撼人心:

> 一升麦子两升麸,埋在墙根用土铺。
> 留得大兵来送礼,免他索款又拉夫。

> 大恩要谢左宗棠,种下垂杨绿两行。
> 剥下树皮和水煮,又充饭菜又充汤。

死聚生离怎两全，卖儿卖女岂突然。

武功人市便宜甚，十岁娃娃十块钱。

（武功，陕西一地名）张恨水的古体诗写得典雅，喜欢用典故，时有奇句，也有佛道思想：

《怀郝耕仁》

斗室围炉岁又阑，盆梅盘果对书摊。

清贫志趣怜陶令，侥幸功名笑谢安。

月缺月圆忙里过，花开花落静中看。

诗心未敛浑闲事，怕向风尘拾坠欢。

有人生的苍凉感。

《宣武门外吟》

宣南车马逐京尘，除夕无家著此身。

行近通衢时小立，独含烟草看忙人。

有超然世外之思。

抗战期间，张恨水到重庆大后方，忧国忧民，写小说宣传抗战，曾赋诗抒发"国破山河在，城春草木深"的悲情：

江流呜咽水迢迢，惆怅栏前万里桥。

今夜鸡鸣应有梦，晓风残月白门潮。

（陈全林据《张恨水传》闻涛著，团结出版社 1999 年版，《民国诗话》陈浩望著，广西民族出版社，1996 年版，及其他资料编写。）

少年闻一多的经典训练

闻一多（1899——1946），原名闻家骅，又名亦多、一多，字友三、友山。伟大的爱国主义者、坚定的民主战士，中国民主同盟领导人、中国共产党的挚友、著名诗人。曾留学美国，1925年5月回国后，出版诗集《红烛》、《死水》，颓废中表现出深沉的爱国主义激情。曾在国内十余所大学任教，致力于古典文学的研究，对《易经》、《庄子》、《诗经》、《楚辞》等古籍整理研究，汇集成为《古典新义》，郭沫若赞为"前无古人，后无来者"。

1899 年 11 月 24 日，闻一多先生诞生于湖北浠水县巴河镇，这里望天湖山清水秀，荷塘飘香。闻氏是元代爱国诗人、名臣文天祥的后代，因辟祸改"文"为"闻"。巴河镇闻氏是望族，

一栋栋青砖瓦房远看像村落，屋宇气派，主人义雅。闻一多还是位油画家、篆刻家，这与家乡的明山秀水的滋养有关。闻一多成为学者后研究《诗经》、《楚辞》，他的《诗经长编》与《楚辞校补》当时就被推许为学术名作。他还研究李白、杜甫，在弘扬中华文化方面做出了杰出贡献。

巴河是富饶的鱼米之乡，文化发达，素有"戏剧之乡"的美称，闻一多从小是戏迷，不论巴河镇哪儿演戏，他都要让大人领着赶热闹。他关注舞台上各种各样的服饰，回家后还要把舞台上的人物与家中古书上的绣像做一对比，再进行描绘。他自学画画，深得家人、同伴的喜爱。这些兴趣促成他考上清华大学后依然酷爱绘画，在美国留学时专攻美术，但回国后成了著名诗人与经学家，美术放在一边。他对美术的爱影响了儿子闻立鹏，立鹏后来成了美术家，专画油画，继其父志。艺术在闻家涵养了两代人的心灵。

巴河镇人文汇粹，有"清出状元明出相"之称。闻氏家族是书香门第，曾出过进士 2 人，举人 5 人，贡生 17 人，太学生 62 人，秀才 119。祖父是当地名士，长于诗词曲赋，在族中建了"诱善斋"学舍、"绵葛轩"书房，供族中子弟读书用。后来，族中子弟多了，便改"书房"为"小学"。闻一多嫡堂兄弟有 17 人之多。父亲闻邦本，又名廷政，字固臣，号道甫，从他的名、字、号中可见他深受儒家文化的影响。作为清末秀才，国学造诣很深，支持维新变法，思想开明，为人正直，不愿入仕，退隐家中，教子为乐。闻一多兄弟姐妹共 10 人，他是老四，本名"家骅"。

五岁时，闻一多入私塾读书，老师徐先生教学生很严厉，《三字经》、《幼学琼林》、《尔雅》必须会背，每天要朗读古文。从书房学舍回到家后，父亲就给儿子讲《汉书》，一边读，一边讲，闻一多随着父亲念。父亲喜欢把《汉书》中有趣的故事讲给儿子，像说书一样动听，徐先生也喜欢讲史书中的故事。六岁时，闻家聘来王梅甫先生来执教，王先生毕业于师范学堂，受过新式教育，既教古文，又教博物、修身等新教材，选当世名家梁启超的文章教学生。梁先生的文章是近体文，通俗浅近，文采飞扬，有时代气息，贴近生活，学生们喜欢梁的文章，像《少年中国说》是学生们最爱背的名作。闻一多因善仿梁先生文笔而深得主考喜欢，13 岁时得了清华备取第一名，可见他少年时对梁氏文章用功之深。从读私塾起，闻一多养成了专心忘我的读书精神，读起书来，如醉如痴，废寝忘食，日后成为大学问家时也如此，从小，家人就称他"书呆子"。闻家厅堂内正面悬有匾额，上书"春生梅阁"，两旁镌刻着：

七十从心所欲，百年之计树人。

表明闻家立志教育后辈成才的志趣。闻家子弟读书的"绵葛轩"广藏经、史、子、集、字画、碑文拓片,为闻家子弟们读书提供了优越条件。闻一多从小在这里读书,考上清华大学后,每年暑假,一回到家就坐在绵葛轩读书,常常入迷忘我。有次,一条蜈蚣爬到他脚上都没感觉。

闻先生成为著名学者后,对子侄的国学训练从不放松,教导儿女、侄辈要好好读中国古书。他热爱中华文化,为国学的振兴大声疾呼。"葆吾国粹,扬吾菁华"。闻一多最喜欢古诗,给同辈文化名人梁实秋先生的信中写道:"暇则课弟、妹、细君(闻夫人),及诸侄以诗,将欲'诗化'吾家庭也。"闻一多还鼓励侄儿、侄女、外甥习古文、习诗、习字(书法),除了振兴国学外,更重要的是以中华圣贤人格以培养他们,自立自强。留学美国时他反省过学习西方文化的利弊,认为自己应该反过来从头学习中华文化,回国后他一直研究国学。在美国他写道:

> 六载观摩傍九夷,吟成龃舌亦堪疑。
>
> 唐贤读破三千纸,勒马回缰作旧诗。

> 求福岂堪争弃马?补牢端为救亡羊。
>
> 神州不乏他山石,李杜光芒万丈长。

他终于发现了古诗的魅力,不再过分崇洋。他在给弟弟的诗中有这样的句子:

> 勉勉百年家国身,五车摩破索儒珍。
>
> 读书不殊游山水,江海泰岱在心臻。

"学富五车"是古人形容一个人读书多,才学高,闻一多要弟弟读破五车儒书以得其宝藏。"臻",至也,读书如游江山,必以亲至为贵。闻一多不但教育子侄们读古书,强调每日当有讲经一课,尤其要讲《大学》、《论语》、《中庸》、《孟子》,以理解文意为贵。他要求弟男子侄对圣贤之学身体力行,养成助人为乐、尊敬师长、文明礼貌的风范。他给父亲写信说:"男意目前既不能学算术,则专心致力于中文,亦是一策。惟欲求中文打下切实根底,则非读四书五经不可。……男意鹤、雕亦当效仿。曾见坊间有白话文注解本,可购来参考,以助彼等之了解。即使书中义理不能真实领会,但能背诵经文,将来亦可终身受益。"闻先生以国学教子侄的事迹对今天国学日衰、道德日微的社会该有启发。

1999年,澳门回归祖国时,最流行的主题歌就是依闻一多先生的《七子之歌》改变的歌曲,原诗是:

> 合:你可知 macau 不是我真姓,
>
> 我离开你太久了,
>
> 母亲!
>
> 但是他们掳去的是我的肉体,

你依然保管我内心的灵魂,

容:你可知 macau 不是我真姓,

我离开你太久了,

母亲!

但是他们掳去的是我的肉体,

你依然保管我内心的灵魂,

合:三百年来梦寐不忘的生母啊,

请叫儿的乳名:

叫我一声 -- 澳门.

母亲!母亲!

我要回来,

母亲!母亲!

祝祖国更加繁荣昌盛!

合:你可知 macau 不是我真姓,

我离开你太久了,

母亲!

但是他们掳去的是我的肉体,

你依然保管我内心的灵魂,

三百年来梦寐不忘的生母啊,

请叫儿的乳名:

叫我一声 -- 澳门.

母亲!母亲!

我要回来,

母亲!母亲!

容:你可知 macau 不是我真姓,

我要回来,

回来.

合:母亲!母亲!

(陈全林据《闻一多的故事》及其他资料编撰,中国税务出版社,2003 年版。图片选自该书。)

少年冯至的经典训练

冯至(1905——1993年),现代杰出的诗人、学者。原名冯承植,字君培。"冯至",是他1923年春在上海的《创造季刊》第三卷第一期上发表组诗《归乡》时所取的笔名,系根据本名"冯承植"中"植"字的谐音而来的。此后,"冯至",这个闪光的星辰就升起并辉耀在中国新文学的辽阔天宇中。

冯姓由于世代经营盐业,已成为盐商之家,是当时涿州城内的大户。冯至的远祖曾在天津经营商业,后来迁居涿州。冯至降生时,家道已中落。父亲冯文澍是个读书人,有时在外面的学校或机关作点文牍之类的工作养家糊口,但不幸经常失业。母亲姓陈,安徽望江县人,冯至的外祖父在涿州为官期间,她与冯至的父亲结为夫妻。冯至排行老三,有一姊,一兄,一弟。父亲性情温和,善良淡泊。在家道中落、相互倾轧的复杂的大家庭里,他从不卷入家庭财产的纷争,只是认真地教育着孩子。冯至五岁时,父亲和母亲开始教他看图识字,描写红模。八岁时,冯至就读于叔祖创办的私立小学。小学停办后,父亲在家中教他学一点算术,为他讲解《唐诗三百首》、《古文观止》中的名篇。童年冯至自然还不能理解那些诗句的意义,但那些优美的诗文,那种诵读时抑扬顿挫的节奏感和旋律美还是深深地印在了他的脑海。也许是从那时起,心底埋下了诗的种子。父亲认真、淡泊的性格冯至有所承继。父亲经常失业的忧愁面容和中年两度丧妻的凄苦神态也使冯至的性情中悄然滋生了一种人生的无奈感和自卑情绪,对他后来的性格形成、人生道路和艺术风格不无影响。

在慈爱的母亲的抚慰下,冯至的童年并不都是灰暗的。母爱给他以不少欢乐。尽管家庭经济困难,境况窘迫,已患肺病的刚强的母亲还是坚持送冯至上了小学。母亲为他找了笔墨、杂记本,抱着病体在昏黄的灯光下用了半夜功夫为他缝补小书包,天亮后亲自送他进了校门。小学里,冯至仍读早年在家读过的《唐诗三百首》、《古文观止》,由于老师的要求和自己的刻苦,像其中的《桃花源记》、《阿房宫赋》、《茅屋为秋风所破歌》等诗文作品,以及《左传》中的一些精彩段落,冯至念得很熟,不少可以背诵。不幸的是,冯至九岁那年(1913年),母亲因病去世,这对童年的冯至是很大的刺激和打击。母亲的死使冯至永远失去了温暖的怀抱。大家庭内部的倾轧使丧失母爱的冯至备受歧视和白眼,生活上更难以得到一个成长中的幼苗所应得的照顾。年幼的冯至过早尝受了人间的世态炎凉。忧郁的阴影自此便深深地刻在他经受了难以弥补的创痛的心灵中,直接影响了他后来的性情发展。冯至深深地怀恋他那温柔娴静、热情耿直的母亲。他从母亲那儿先天地承受了细腻、敏感的性情,从母亲那里学到了对他人的同情与关爱,对温情与光明的渴求。很长一段时间内,冯至一直生活在母亲的形象及"母爱"的情感氛围中。他在早年的诗作里回忆往事,回忆着"那时的情调","内心里隐埋着她最后的面庞",并写下了这样充满深情的诗句:

母亲把她的歌声,真切地留在儿子的心中。

——《最后之歌》

而在另一个时候,另一个地方,他又写道:

……母亲的怀里,如何温暖!母亲的乳头,如何甜美!

母亲的面貌,如何的慈祥幸福!

我们知道,由于父亲的教诲,冯至很早接触中国古典文学。进入中学以后(1916——1919年),冯至对于古典文学的兴趣进一步浓厚起来。当时,学校里的国文课讲授的是先秦诸子的散文、汉赋和唐宋的古文,作文时用的也是古文。这一方面自然有利于培养冯至的文学修养,另一方面却也束缚了他年轻活泼的心灵,使冯至的思想感情与他的年龄不甚相称,有一种成年人的老成。所幸国文老师潘云超和施天侔使他得到不少教益。潘云超评文议事,有一种独到的见解,这使他在传统的中国正统思想之外注入一种反传统的精神。冯至从他那儿开始接触到一些新的思想观点。在第一学年的第二学期,潘云超为学生们讲韩非子的《说难》,时常嘲讽和批判孔子。《说难》共四部,每部都是先列出事例,然后再根据判断是非。韩非通过这样的方式宣传他所提倡的法家思想,批判儒家及一般因袭

的观点。冯至读后思想上得到不少启发。"五四"以前,社会上尊孔崇儒的风气十分浓厚,冯至在课堂上听潘云超讲韩非子的"仲尼不知善赏也"等批评孔子的言论,"很有些振聋发聩的感受"。潘云超讲《史记》中的名篇,尤其是古来的一些愤世嫉俗、富有反抗性精神的文章,如《伯夷列传》、《游侠列传》等,对冯至影响很深。冯至日后痛恨黑暗现实,决不与之同流合污,能摆脱种种羁绊,坚定地走选定的生活道路,与他所受的这些教育大有关系。潘云超丰富了冯至原来浅陋而狭隘的文学史知识。潘云超知识面很广,根底扎实,为学生讲解班固《汉书》中的《艺文志》,拓展了冯至的眼界,又讲许慎的《说文解字序》,使冯至懂得了一些文字源流。作品方面,除了《史记》中的名篇,潘云超还讲了不少汉魏六朝的赋,如司马相如的《子虚》、《上林》二赋,鲍照的《芜城赋》等,冯至那时能把庾信的《哀江南赋序》等名篇背诵下来。潘云超使冯至的眼界大开,让他知道在《古文观止》、《古文释义》之外还有许多的好文章。潘云超并没有

"五四"前已问世的《新青年》等杂志所传播的进步思想，但他却在思想、文学方面为冯至展开了一片崭新的天地，培养了冯至独立思考、反对因袭守旧、探索和追求新生活的勇气和信念，在冯至的心灵世界中为他在"五四"后迅速地接受新文化新文学"铺设了一条渠道"。冯至先生博古通今，学贯中西，在文化学术上颇多建树，从上世纪 20 年代起积极投身于新文化运动，是"五四"新文学运动的直接参与者，成就斐然，诗集《昨日之歌》、《北游》享誉一时，被鲁迅誉为"中国最杰出的抒情诗人"。先生创作的《十四行集》在中国开创新体，独步文坛。他既精通中国古典文学，又精通欧洲文学，他的《杜甫传》、《论歌德》在学术史上具有开创性的意义，作为教育家，恂恂儒雅，诲人不倦，造就和培养了一大批学有专功的外国文学文学研究和翻译人才。

我是一条小河

我是一条小河，

我无心从你的身边流过，

你无心把你彩霞般的影儿

投入了河水的柔波。

我流过一座森林，

柔波便荡荡地

把那些碧绿的叶影儿

裁减成你的衣裳。

我流过一座花丛，

柔波便粼粼地

把那些彩色的花影儿

编织成你的花冠。

最后我终于

流入无情的大海，

海上的风又厉，浪又狂，

吹折了花冠，击碎了衣裳！

我也随着海潮漂漾，

漂漾到无边的地方；

你那彩霞般的影儿，

也和幻散了的彩霞一样！

（图文选自蒋勤国著《冯至评传》，有所改动、增补，人民出版社 2000 年出版。）

少年藏克家的经典训练

藏克家(1905——2004),现代著名诗人、作家。他的《有的人》一诗数十年来入选中学课本,成了现代诗歌经典。

大清光绪三十年,藏克家出生于山东诸城一个地主家庭里,是个少爷。祖父、曾祖父都在世,四世同堂,文化之家,藏家的堂号"南凝翠轩",颇有诗意。藏克家八、九岁入私塾之前,他的文学启蒙老师是邻家贫农六机匠,所谓机匠,就是以织布为生的人。六机匠独身一生,命运悲苦,但他对藏克家的影响是终生的。六机匠很善良,会讲许多故事,他每天都要给藏克家讲上一回书,藏克家听得入迷。作为一位大作家,到他晚年时,所读的中外文学名著不在少数,可是,记忆最深的、最打动他的还是童年时所听的六机匠讲的故事。这些故事不外《三国演义》、《封神榜》、《西游记》、《说岳》、《水浒》、《聊斋》里的片断,但经他一讲,格外传神,他的声音、眼色、手势给故事添枝生叶,出神入化。六机匠不识字,故事是听说书家娄小苇所讲,每逢集,他总要花几个铜板去听说书。听完后又讲给藏克家,讲得比娄小苇还要好。

八岁时,母亲去世了,庶祖母就给他讲故事,藏克家还从曾祖父枕头下的钱包里掏出一张一吊钱的纸票求人给他到城里买了一部石印的插图本《西游记》,央请庶祖母给他讲。不管她忙闲,不管白天灯下,庶祖母总会给他念《西游记》,竟然把一部《西游记》读完了。这使藏克家的童年生活充满奇妙的幻想色彩。听完《西游记》,接下来听《封神榜》,听《三言》中的一些故事,比如《李太白醉草回蛮书》,藏克家尚未读李白诗作的时候就通过这篇小说知道李白其名。家里人都爱诗,祖父最爱唐人白居易的诗,心情好时会在房中吟咏《长恨歌》,饱含情感,达到忘我的境界,是祖父教藏克家从小念古诗的,还教他写对联。祖父与父亲书法很好,每年春节,祖父写春联,藏克家为他按纸。祖父教的诗大多是唐代名诗,李白、贺知章、王维的诗无不背诵,连南北朝的长诗《木兰辞》都能背诵。藏克家成为诗人后,所有少年时不懂的诗句全懂了,全有了鲜活的生命。祖父写的春联,藏克家到老年还记得不少,比如:"花如解语诚多事,石不能言最可人。""水能澹性为吾友,竹解虚心是我师。""万卷藏书宜子弟,十年种木长风烟。"都是前人佳句。当藏克家结婚时,祖父自作自书一联:

荃荪君子草,兰蕙王者香。

藏克家号孝荃,克家妻叫王慧兰,字者香。这是镶名联。

父亲与族叔武平两人结诗社,父亲自号"红榴花馆主人",武平自号"双清居士",两人写了不少诗。藏克家四叔有佳句云:"读古十年乏领悟,论诗一瓣获心香。""背廓树色留残照,平楚秋痕入野烧。"一家人都爱诗,难怪藏家出了大诗人藏克家。八、九岁时,家里请来同族老秀才藏子文,藏克家叫他大爷爷,七十多岁,藏子文就给克家、与藏克家同年的族叔教《论语》,教古文,必须会背才行。古文选自《古文释义》,大爷爷摇头晃脑地念,学生跟着念,老师要求勤学多念,记忆力就强。两三年下来,背了六十多篇古文,长点的像《滕王阁序》、《吊古战场文》、《李陵答苏武书》,短些的如《陋室铭》、《读孟尝君传》、《记承天寺夜游》。当藏克家年老的时候,还能背得出这些古文,一生受益不浅。子文大爷写诗,其佳作藏克家至老还记得,诸如:"最爱南山卖酒家,淡云冷月自清华。""莫道春光无消息,盆梅已着四五花。""问君何爱醉?别自有乾坤。"

1917 年,12 岁的藏克家进入藏家创办的养正国民初级小学,学校里有四、五十个学生,老师孙梦星的古文极好,这对他学习古文很有帮助。藏克家爱读书,进大学后,亲自点读过前四史《史记》、《汉书》、《后汉书》、《三国志》,他一生爱读古书,像《四部丛刊》、《二十四史》、《全唐诗》、《全宋词》、《元曲选》都是书房的宝贝,藏书几近万卷,正是"腹满诗书气自华"。藏克家最有名的诗歌是纪念鲁迅先生逝世十三周年而作的《有的人》:

> 有的人活着
>
> 他已经死了;
>
> 有的人死了
>
> 他还活着。
>
> 有的人
>
> 骑在人民头上:"呵,我多伟大!"
>
> 有的人
>
> 俯下身子给人民当牛马。
>
> 有的人
>
> 把名字刻入石头想"不朽";
>
> 有的人
>
> 情愿做野草,等着地下的火烧。
>
> 有的人
>
> 他活着别人就不能活;
>
> 有的人

他活着为了多数人更好地活。

骑在人民头上的，

人民把他摔垮；

给人民作牛马的，

人民永远记住他！

把名字刻入石头的，

名字比尸首烂得更早；

只要春风吹到的地方，

到处是青青的野草。

他活着别人就不能活的人，

他的下场可以看到；

他活着为了多数人更好活的人，

群众把他抬举得很高，很高。

（陈全林据《东方赤子·大家丛书·藏克家卷·皓首忆稚年》编写，华文出版社，1999 年版，图片选自《藏克家诗选》。）

少年傅雷的经典训练

傅雷（1908——1966），现代杰出的翻译家，艺术评论家，一生翻译世界名著 30 多部，影响深远。他涉足的艺术领域非常宽广，包括文学、美术、音乐等，所达到的深度是罕见的，从二十世纪二十年代中到六十年代中，在三十多年的时间，傅雷为我们翻译了法国批判现实主义大师巴尔扎克最优秀的作品如《高老头》、《欧也妮·葛朗台》、《幻灭》，还有另一位法国伟大作家罗曼·罗兰的名人传记及代表作《约翰·克利斯朵夫》，这本书为青年知识分子所喜爱，影响了一代代的年轻人。在二十世纪五十年代，他翻译的《钢铁是怎样炼成的》、《牛虻》都是最受青年们喜爱的文学名著。如今，罗曼·罗兰的作品在法国文学中已不再为人所重视时，傅雷先生的译本在中国仍然广为流传，经久不衰。傅雷先生翻译了不少西方名著，对中国现代文化的发展做出了重大贡献，他的《傅雷家书》是一部享誉中外的名著，代表了典型的东方人文理想。2008 年，《傅雷家书》被评为"改革开放三十年中三十本影响中国的好书"之一。傅雷译文典雅、优美、传神，他有非常扎实、深厚的中华传统文化功底，使他的译文美好、动人。他从小启蒙于儒学，中国古代人文主义的精神引导他做一个"以天下为己任"的人，学贯中西的他在文学、美术、音乐三方面的造诣都达到了大师的境界，如今，他的长子傅聪已经成为世界知名的钢琴大师，《傅雷家书》是当年傅雷写给傅聪的信。这一切成就与傅雷的才华分不开，傅雷一生有传统文人"士"的气骨。

1908年4月7日，傅雷诞生于上海郊区的一个农村，他出生时哭声洪亮，有如发怒，父亲就给他取小名叫怒安。大清王朝已走近末路，在它的腐朽过程中且使一个叫傅鹏的人蒙冤受狱而亡。傅鹏是傅雷的父亲，这时，傅雷才四岁。母亲李欲振在丈夫被囚时，四处奔走营救他，以至无暇照顾傅雷的两个弟弟与一个妹妹。很不幸，贫苦忧患中傅鹏死了，傅雷的两个弟弟一个妹妹也死了，这个家只剩下孤儿寡母。

傅雷七岁上私塾，学习不用功，贪玩，注意力不能集中，经常逃学，弄得老师找到家里来。母亲送走先生后，失声痛哭，她指望这唯一的儿子能读书入仕，求取功名，好为他的父亲雪耻洗冤，可儿子竟然逃学，傅母绝望了，她想到了死。晚上，傅雷回家了，母亲问他功课学得怎样，傅雷支支唔唔，母亲也没有责骂他，等傅雷吃完饭睡熟后，母亲先在丈夫灵牌前哭了一阵，然后拿出事先准备好的包袱皮，趁傅雷熟睡把他的手脚捆绑了，用这土布缠紧，将儿子掀下床，要拖到远处水池中将他淹死，然后自杀。傅雷惊醒后，大哭大叫，一再向母亲保证，再也不敢逃学了，一定好好学习。母亲不听，狠心外拖，把他拖到路上。傅雷的哭声惊醒了邻居、村民，纷纷出来劝解傅母，就这样，傅雷从母亲手里捡了条命。从此，不敢贪玩。先生教的《论语》、《大学》、《中庸》、《孟子》、《春秋》、《诗经》、《古文观止》，他学什么，背什么，不论酷暑严冬，青灯一盏，母亲在书桌边督学，傅雷孜孜不倦地学习。严母的管教下，《四书》、《五经》背得烂熟，许多古典散文名篇诵记不忘。这一切使国学融化进傅雷的生命，儒家重大义、重气节的精神风范也贯彻在他一生的操行中。

傅雷有了儿子之后要儿子背《前出师表》、《后出师表》这些古典名篇以提高国学修养、文学境界、文字功底。后来，儿子傅聪享誉世界，在海外积极弘扬中华文化，这一切得益于傅雷有效的家教。是东西方文化共同造就了傅雷，在《傅雷别传》中写道："他的天才是很奇特的，有如诗人徐志摩一般，他们两个竟能那么快，那么轻松地进入西方文艺经典的大门，并周身在吸取有益的养分，连他们的皮肤都像是具有吐纳的功能；他们的心膜薄得可以让最美的人文精神透过；这膜瓣既透明又有难以置信的韧性，这就能使他们有可能保持一颗无比坚实的中国文化的核，即便他们生活在异乡的土壤，也依旧能结

出纯东方的果实,不同的是那果实更甘甜、更丰润、更美丽。"这段话很公允。没有傅雷深厚的传统文化功底,也就没有傅雷的伟大成就。

《傅雷家书》是一本"充满着父爱的苦心孤诣、呕心沥血的教子篇",也是"最好的艺术学徒修养读物",更是既平凡又典型的的近代中国知识分子的深刻写照。对学生来说,更值得一读。让我们细心品味《傅雷家书》中的精彩格言吧。

〈一〉真的,巴尔扎克说得好:有些罪过只能补赎,不能洗刷!

〈二〉在公共团体中,赶任务而妨碍学习是免不了的。这一点我早预料到。一切只有你自己用坚定的意志和立场向领导婉转而有力的去争取。

〈三〉自己责备自己而没有行动表现,我是最不赞成的!……只有事实才能证明你的心意,只有行动才能表明你的心迹。

〈四〉辛酸的眼泪是培养你心灵的酒浆。

〈五〉得失成败尽量置之度外,只求竭尽所能,无愧于心。

〈六〉人一辈子都在高潮——低潮中浮沉。惟有庸碌的人生活才如一潭死水;或者要有极高的修养,方能廓清无累,真正解脱。

〈七〉太阳太强烈,会把五谷晒焦;雨水太猛,也会淹死庄稼。

〈八〉一个人惟有敢于正视现实,正视错误。用理智分析彻底感悟;终不至于被回忆侵蚀。

〈九〉最折磨人的不是脑力劳动,也不是体力劳动。而是操心(worry)。

〈十〉多思考人生问题,宇宙问题。把个人看的渺小一些。那末自然会减少患得患失之心。结果身心反而会舒泰,工作反而会顺利。

〈十一〉人寿有限,精力也有限,要从长远着眼,马拉松才会跑得好。

〈十二〉中国哲学的思想,佛教的思想,都是要人能控制感情,而不是让感情控制。

〈十三〉假如你能掀动听众的感情,使他们如醉如痴,哭笑无常。而你自己屹如泰山,像调度千军万马一样的大将军一样不动声色。那才是你最大的成功,才是到了艺术与人生最高的境界。

〈十四〉一个人没有灵性,光谈理论,其不成为现代学究、当世腐儒、八股专家也鲜矣!为学最重要的是"通","通"才能不拘泥、不迂腐、不酸、不八股;"通"才能培养气节、胸襟、目光。"通"才能成为"大",不大不博,便有坐井观天的危险。

〈十五〉艺术家与行政工作,总是不两立的!

〈十六〉世界上最纯洁的欢乐,莫过于欣赏艺术。

〈十七〉永远保持赤子之心,到老你也不会落伍。永远能够与普天下的赤子之心相接相契相抱!

〈十八〉有矛盾正是生机蓬勃的象征。

〈十九〉惟有肉体禁止，精神的活动才最圆满：这是千古不变的定律。

〈二十〉只要是先进经验，苏联的要学，别的西欧资本主义国家的也要学。

〈二十一〉我们一辈子的追求，有史以来有多少世代的人追求的无非是完美。但完美永远是追求不到的，因为人的理想、幻想永无止境。所谓完美像水中花、镜中月，始终可望不可及。

〈二十二〉一个人对人民的服务不一定要站在大会上演讲或是做什么惊天动地的大事业，随时随地地点点滴滴的把自己知道的、想到的告诉人家，无形中几是替国家播种、施肥、垦殖。

〈二十三〉一个人要做一件事，事前必须考虑周详。尤其是改弦易辙，丢开老路的时候。一定要把自己的理智做一个天平。把老路和新路放在两盘里和精密的称过。

〈二十四〉孩子，可怕的敌人不一定是面目狰狞的，和颜悦色、一腔热血的友情，有时也会耽误你许许多多宝贵的光阴。

〈二十五〉现在我深信这是一个魔障。凡是一天到晚闹技巧的，就是艺术工匠而不是艺术家。……艺术是目的，技巧是手段。老是注意手段的人，必然会忘了目的。

〈二十六〉生性并不"薄情"的人，在行动上做得跟"薄情"一样，是最冤枉的、犯不着的。正如一个并不调皮的人要调皮而结果反而吃亏，一个道理。

〈二十七〉汉魏人的胸怀更近原始，味道浓，苍茫一片，千载之下，犹令人缅怀不已。

〈二十八〉艺术特别需要苦思冥想，老在人堆里。会缺少反省的机会；思想、感觉、感情、也不能好好的整理、归纳。

〈二十九〉而且究竟像太白那样的天纵之才不多，共鸣的人也少。所谓曲高和寡也！同时，积雪的高峰也会令人有"琼楼玉宇，高处不胜寒"之感，平常人也不敢随便瞻仰。

〈三十〉人毕竟是有感情的动物，偶尔流露一下不是可耻的事。

（陈全林据苏立群著《傅雷别传》，作家出版社 2000 年版以及其他资料编写，并参考了中国政公出版社 2002 年版《我听傅雷讲艺术》，程帆编，图片选自该书。）

222

少年萧乾的经典训练

萧乾（1910—1999年）著名的作家、翻译家和记者。1935年，萧乾于燕京大学毕业后入《大公报》主编文艺副刊，兼任旅行记者。1939年—1946年，萧乾赴英国任伦敦大学东方学院讲师，兼任《大公报》驻英记者。时值第二次世界大战，萧乾就成为二战时期中国惟一的欧战记者，在此期间写出了许多有名的通讯报告作品。文学创作上，他的散文和长篇小说都很有名，译著有《好兵帅克》、《培尔·金特》、《尤利西斯》（与夫人文洁若合译）。

1910年1月27日，萧乾生于北京，出生前一月，父亲病死，他一直由寡母抚养。父亲是蒙族人，上学后许多同学欺负他，叫他"小鞑子"。母亲是汉族人，识字不多。由于死了父亲，萧乾母子只好跟三叔三婶一家过。父亲是老大，四十岁才结婚。二叔另过，住在炮局，平时没什么往来，只在二叔死后萧母带他去给二叔吊丧，才去过炮局，那时萧乾两岁。

萧乾的第一位启蒙老师是大堂姐。堂姐是三叔女儿，待萧乾等于半个母亲。萧母为了挣钱供儿子上学，就外出做佣工，临行前把萧乾托付给大堂姐，说："姑娘，我就这么一条命根子，好歹看在你大爷面上，多照应他吧"。大堂姐发誓要萧母放心，她决定不出嫁，信守诺言，照顾堂弟。她不但在家中处处护着萧乾不挨堂兄的打，还为他洗涮缝补，天不亮，就使劲推醒萧乾，打发他去上学。大堂姐识字，看过不少书，能整本整本地讲《济公传》、《小五义》、《东周列国志》，能背全本《名贤集》，"路遥知马力，日久见人心。""贫居闹市无人问，富在深山有远亲。""黑发不知勤学早，转眼便是白头翁。"这些格言是萧乾最早的文学与人生的启蒙。大堂姐不但给萧乾讲古典演义小说，背格言，还教他唱儿歌和民间曲子，如《寒夜曲》、《丁郎寻父》、《葡萄仙子》、《月明之夜》。大堂姐记忆力极好，什么听一遍就能背诵，更不用说读的古书，她读了，背了，就教给萧乾。萧母不识字，一门心思要萧乾上学，做个有出息、有志气的孩子。萧乾六岁时进了北新桥新太仓一座尼姑庵里读私塾，读《论语》、《大学》、《中庸》。《论语》只念了半本，老师经常打骂穷人的孩子，萧乾就不在这儿上学了。萧母让他转到教会办的九道湾的新式学堂。这里也好不到那儿，在洋学堂里还要背《圣经》。

少年时学的一首儿歌让他记住了"自由"两个字，儿歌到老他都记得：

好,好,好,好一朵自由花,

香喷喷的,鲜活活的

颜色真美丽,哪里找得到?

好一朵自由花。

到萧乾十四岁时,实在忍受不了寄人篱下的生活,就离开学堂去社会上寻找工作,开始了他的自学之路。在亲友的资助下,萧乾一边读书,一边在地毯房当过学徒,在羊奶厂做过杂活,1928 年,18 岁的萧乾到南方的一所中学担任教师,一年后,他以教书所得的积蓄为学费,回到北京,考入燕京大学,不久转入辅仁大学。他先学英国文学,后改学新闻专业,美国的著名记者埃德加·斯诺就曾经作过他的老师。由此,开创了自己艰苦而辉煌的人生道路。(陈全林据《萧乾回忆录》编写,中国工人出版社,2005 版,图片选自该书。)

少年李敖的经典训练

李敖(1935——),祖籍吉林省扶余县,生于哈尔滨,后迁居北京、上海等地。1949 年举家赴台,定居台中。1954 年考入台湾大学法律系,未满一年自动退学,旋再考入历史系。1957 年在《自由中国》发表《从读〈胡适文存〉说起》,引起胡适注意,后任蒙元史专家姚从吾助手,并考入台大历史研究所。李敖的名气与风格与他的杂文有关,也与他在台湾反对蒋介石的独裁统治而数度入狱有关。他在杂文上的成就,世人誉之为鲁迅之后,一人而已。长篇小说《北京法源寺》曾是诺贝尔文学奖的提名作品。李敖从小就博览群书,读的书之多、之杂,当代学人中极罕见。他还是一位古玩鉴赏专家,收藏有大量珍贵文物,2006 年,他将珍藏的乾隆皇帝的书法真迹捐献给北京故宫博物院。他对国民性的批判与反思很尖锐很深刻,在杂文中都有体现。李敖生平以嬉笑怒骂为己任,有深厚学问护身,自誉为百年来中国人写白话文翘楚。著作主要以散文和评论文章为主,有《传统下的独白》、《胡适评传》、《闽变研究与文星讼案》、《上下古今谈》、《李敖文存》等,被西方传媒追捧为"中国近代最杰出的批评家"。李敖前后共有九十六本书被禁,创下历史记录。 李敖主张以"一国两制"方式实现两岸和平统一,反对"台独",反对"公投制宪",反对军购。

1935 年 4 月 5 日,李敖出生于东北黑龙江的哈尔滨。东北已沦陷为日本占领区。父亲李鼎彝于 1920 年进入北京大学国文系学习,当时蔡元培任校长,陈独秀、胡适、鲁迅、周作人、钱玄同、沈尹默都作过李鼎彝的老师,同班同学有文学史专家陆侃如,同届同学有哲学家冯友兰。李鼎彝把北大的"自由精神"带到了家里,用在李敖的教育上,这与李敖的成才分不开。成名后的李敖自述:"我该感谢父亲的就是他老先生从来允许我自由意志的自由发挥,在别的小男孩还在玩泥巴的时候,我已经为自己布置了一个小图书馆,我父亲从来没有拒绝过我向他要钱买书,从来不干涉我想要看的书。逃难到上海的时候,学费太贵,我的妹妹们都失学在家,他却叫我去读缉规中学,不让战乱耽误我的学业。二十年与他相处,他似乎充分发挥了'北大精神'。看到周德伟不管他儿子,我向他笑着说:所谓北大精神,就是'老子不管儿子的精神'。你们北大毕业的老子们都有这种精神"。李敖小的时候在父亲的教育下读《三字经》、《百家姓》、《弟子规》等传统幼儿读物,"弟子规,圣人训。首孝弟,次谨信。泛爱众,而亲仁。有余力,则学文。"他把主要精力放在学文上,还看过近代的一些童话作品。李敖十岁时,抗战胜利了。由于父亲在北京供职,他们来京也好几年了,李敖在新鲜胡同小学上学,王恒庆老师对李敖的影响最大,李敖的古文基础是跟王老师打下的。王老师教学生们学《陋室铭》、《归去来兮辞》、《桃花源记》、《秋声赋》、《卖柑者言》……古文名篇,篇篇都讲得很认真。

　　读书上瘾,李敖不满足课本所学、父亲所教,他经常去学校的读书室读书,这里有商务印出馆出版、王云五主编的,共计 500 本、1000 万字的《小学生文库》,他如饥似渴地读这些书,自己也购书。一个小学五年级学生,由于读书、爱书,竟有了自己的藏书室,其中有《中山全书》他也读得昂扬激越。这样,在小学六年级时李敖已开始向北平的《好国民》杂志投稿,发表了《妄心》、《人类的冷藏》等文。上中学后想写一部《东北志》,着手收集资料,从谢国桢的《清初流人开发东北史》到张纶波的《东北的资源》、郑学稼的《东北的工业》,他都作资料收集。一个十岁出头的孩子,竟然像学者写大部头著作一样懂得收集资料,天分不浅,力学重要,老爸的"北大精神"更重要。

　　商务印书馆就在上海,1949 年初,李敖考入上海缉规中学,购商务印书馆的特价书成了生活的一部分,经史子集、古今中外名著,尽量去购,尽量去读,没有人逼他读书,非常自觉,小小年纪,尝到了阅读给生命带来的喜悦,惟有这种喜悦,才是他读书的动力,唯有这种坚持,才是他成为独立特行的大家。

　　1949 年 5 月 11 日,李敖一家举家迁台,十四岁的李敖带着个人的 500 本藏书,搭乘中兴轮,向台湾驶去。后来,李敖在台湾在全中国在全世界成了文化名人。他的独立特行与自由精神,与从小广博读书、父亲的任其自由发展有关。李敖有首诗,写得豪气冲天:

　　　　蛟龙亢虎黯然销,莽莽神州魑魅号。

　　　　甘以赤胆蒙身祸,耻于苟安作文豪。

这就是李敖的精神写照。(陈全林据董大中撰《李敖评传》编写,中国致公出版社 2001 年版)

少年孙犁的经典训练

　　孙犁(1913— 2002)原名孙树勋,现代著名小说家。他从小喜欢文学,在保定育德中学读书时就开始文学创作,并在校刊《育德月刊》上发表。1937年"七七事变"后,孙犁积极投身抗日工作,写抗战作品,宣传抗日。1944年孙犁在延安写出了他的短篇小说名作《荷花淀》,反映冀中白洋淀军民抗日斗争的生活。解放后,他出版了名作《风云初记》、《白洋淀纪事》,还创作了大量的散文、诗歌、评论。他的作品很独特,形成了文学界重要的地域流派"荷花淀派"。

　　1913年阴历四月初六,孙犁生于河北省安平县东辽城村,父亲在安国县做学徒,当孙犁出生时家境渐有好转。母亲生了七个孩子,只养活了孙犁一个。孙犁从小多病,每逢他生病,母亲会在夜间放一碗清水在窗台上,祷告过往的神灵。晚年的孙犁回忆说:"家境小康后,母亲对于村中的孤苦饥寒,尽力周济,对过往的人,凡有求于她,无不热心相帮。"1919年,六岁的孙犁入本村小学读书,冬季,上夜学。父亲给他买了一盏小玻璃煤油灯,放学路上,提着灯回家,觉得好玩。孙犁上小学时就开始读古书,大约是十岁时,他先在村西头刘家借到一部《封神演义》,读完后又到村东头刘家借到《红楼梦》看,能感受到《红楼梦》的精妙,这本书后来他用一生的时间反复读,他曾说:"幼时读《红楼梦》,读到贾政答挞贾宝玉,贾母和贾政的一段对话,不知为什么,总是很受感动,眼睛湿润润的……,后来才知道,这是传统伦理观念的影响,我虽在幼年,这种观念已经在头脑里生根了。"《西游记》是他童年爱读的书,"今天过一个山,明天过一个洞,全凭猴哥神通广大,变化无穷,战胜妖魔,得到西天。看这故事的时候,我们比唐僧还着急,一山没过去,便想者下回书那个洞了。"这些书是石印的,字非常小。小时候对孙犁影响最大的是听说书。村里有位德胜大伯,常常被人推请坐在一个门墩上面给人们说评书,另一个门墩上坐着村里年纪大、辈数高的人。德胜大伯经常讲《七侠五义》,跟专业说书人一样好。德胜大伯常年走外,在外面听的平书回家乡讲。孙犁经常能听到说书,有做小买卖的商人常来村里一边说书,一边经营,多说快书,只说一段,比如卖针的人来村里,说完一段就卖针,针卖完就又到别村去。有一年秋天,村里来了弟兄三,推着一车羊毛,会说书,有擀毡条的手艺,在村中住了四个月,说完一部《呼家将》,水平极高,村里老书迷会挨家挨户动员擀毡条。孙犁说如果将这部说书整理出,有两块大砖那么厚。读传统小说,听说书戏文,是孙犁文学创作的潜流。小学时孙犁和母亲、表姐来到安国跟父亲在一起,租住胡家的房子,房东的女儿天天给孙犁讲《红楼梦》听。

1926 年,十三岁的孙犁考入保定育德中学,18 岁时,考入本校高中。高中时他习古文,写古文,成佳颇佳,阅读过大作家茅盾注解过的《庄子》,茅盾署名沈德鸿,是他的原名。国文老师谢先生是诗人,出过诗集,是"五四"以后从事新文学运动的人物,但他教学喜欢讲古代的东西,使孙犁从此爱上了古文。后来,父亲去世时,孙犁用古文写过碑铭。中学时代孙犁读过《史记》、《汉书》,读过鲁迅、茅盾、郭沫若、丁玲这些现代作家的名作和翻译进来的文学名著如《死魂灵》等。孙犁上高中时,同学黄振中已加入共产党,对孙犁说过一段话:"读书要读名著,不要只读杂志报刊,书本上的知识是完整的、系统的,而报张杂志上的文章是零碎的、纷杂的。"这一劝告使孙犁终生受益。

从孙犁的散文中可知他收藏了不少古书,经常拿古书送人,比如给刘纪送过石印的《授时通考》、《南巡大典》、《云笈七笺》(里面收集了许多唐及宋初的道学著作),给村中刁叔借过《浮生六记》、(清代沈复名作),给同学李先生送过《纪氏五种》(清人有关新疆的笔记著作)、《聊斋志异》,给蠡县的一位书记送过《西厢记》,给一位朋友送过初版的清末名著《孽海花》,给朋友邹明送过古版《今古奇观》,自己藏有古版全本《金瓶梅》。孙犁经常拿古典名作送友人,也许是"发思古之幽情",他知道一个人学习古典名著的重要性。孙犁不但藏有许多古典名著,还有许多书法名帖,像原拓本《三希堂法帖》、《张猛龙碑》、《龙门十二品》(二者皆为魏碑名帖),还有《淳化阁帖》半套,晋唐小楷若干种、唐隶唐楷、唐人写经若干种,清末罗振玉印的名帖如《水拓鹤铭》、《世说新书》、《智永千字文》、《六朝墓志菁华》等等。

孙犁的文学成就有一半营养来自中华古典名著。他从小爱古籍读。尽管我们已不知他当时还读了哪些古书,但从他的散文自述中可知,他对中华经典有很深的感情。孙犁、赵树理、周立波和柳青四位作家,被誉为描写农村生活的"四大名旦"和"四杆铁笔"。他的小说被称为"诗体小说",那种"诗"的意境恰恰来自古典文学,他还出版过诗集。(陈全林据《往事随想·孙犁卷》中散文内容编写,四川人民出版社,2000 版,图片选自该书。)

少年姚雪垠的经典训练

　　姚雪垠(1910—1999年)，现代文学大师，享有世界声誉。他花了40年时间创作的长篇历史小说《李自成》十卷本，共350万字，是世界文学中第一部创作时间最长、文字最多的历史小说，作品在日本、法国、新加坡等国家反响热烈。毛泽东、周恩来、邓小平都曾读过《李自成》第一卷，给予很高的评价。作为国家的领导人在日理万机之余还能坚持读完当时已出版的《李自成》，可见此书的艺术成就与政治魅力。

　　1910年10月10日，姚雪垠出生在河南邓县西乡姚营寨的一户破落地主家里，因为家穷，母亲生下他后想马上溺死他，姚雪垠的太祖母一见孩子落草，急急抱开。三天后，姚母看到五官端正的儿子，后悔当初有了溺死孩子的想法。

　　姚雪垠学名冠三，字汉英。名如其人，在文坛上，他是"勇冠三军的英雄人物"，笔下的李自成也是"勇冠三军的英雄人物"。姚家末落的原因是姚雪垠的祖父、祖母、父亲、姑姑都抽鸦片。姑姑和姚母相处不好，姑姑老陷害她，姚母在家里受累受气，当时她已生了两个儿子，对于第三个儿子早就不想要，这便是她想溺婴的原因。父亲姚薰南是读书人，抽大烟之外，注重对儿女的教育，经常教长子、次子背《三字经》、《千字文》之类蒙学书，这时四岁的姚雪垠听都听会了，一边玩，一边听，也能背《三字经》，不光听会了，还能教家中的不识字的小长工念《三字经》。他从小养成的听记习惯，渐渐演变成超常的记忆力。农闲的时候小雪垠总是围着大人们听"古今"(古今故事)，他爱听当地说书艺人们讲的《施公案》、《彭公案》、《三国演义》。待到识的字多了以后，像《三国演义》、《水浒传》、《红楼梦》总是反反复复地看，对古小说的兴趣是他成为文学大师的前因。外祖母有一肚子神怪故事，比《聊斋》里的还多，从小，他就听外祖母讲故事，百听不厌。朴实的民间文学滋养着这位文学大师的童心。雪垠九岁时，家中遭到土匪的洗劫，一家人只好搬到县城住。父亲亲自教雪垠识字，到十岁时方入私塾读书。老师李万千的教学方法是背书。雪垠天资聪颖，过目不忘，记诗文很快，名篇佳作，稍念几遍马上就能背。这为他成为大作家打下了文字功底。念了一年后，父亲让他转学到李蕈楼的私塾里就读。《四书》、《五经》早已背熟了，姚薰南要求老师不要教《四书》、《五经》，讲授新的国文、修身、历史、地理、作文课。李蕈楼教学生们用文言文写作，姚雪垠背过许多古文，文言写作对他来说不难，他的文章老师经常夸好，他越写越有劲。

　　1921年，11岁的姚雪垠考入教会小学，读了三年书，写了三年古文，同时练习白话文写作，作文总是得满分，这样的成绩是他走上文学创作的一种因素。姚雪垠14岁时被当地土匪绑票上山，因土匪喜欢他，认他做干儿子，他便在土匪中生活了100多天，当了三个多月的小土匪。这段经历促使他在抗战时期写成长篇小说《长夜》。写《李自成》时他的这段"绿林生活"也转化成素材与经验。李自成统领的农民军是官逼民反，家乡的那些土匪也是官逼民反。

父亲虽然抽烟成瘾，但喜欢古文，经常在家中给姚雪垠讲古文，姚雪垠在文章中说："父亲对我的教育总是在大烟榻上进行"。从土匪中脱身之后姚雪垠失学了，他就居家自学，还两次进入私塾学古文，后来两次离家去当"娃娃兵"。这两次当兵总共就100天，他的"少年从军记"对他写《李自成》帮助很大。家中的藏书被土匪烧光了，父亲的学问满足不了他的求知欲，于是，少年姚雪垠到处借书读。古文、历史、诗词、小说，无所不读。有一次，姚雪垠看见当地藏书名家胡宾周的图书被占据胡家房屋的军人们到处乱扔，他就请求一位士兵，让自己捡几本书，那个当兵的见他心诚，就让他随便捡，他先后从这里捡走了不少有关历史的、地方志的、诗词的、文学的、古文的书籍，还有古典小说、新小说、俄译小说，这些书中六朝的赋和《尔雅》以及鲁迅的小说深深吸引了他。通过刻苦学习，不但会写"白话文"，而骈体文写得更美。

姚雪垠19岁时结束了闲居自学的四年生活，考上河南大学预科。国文老师对他的文言文作文评价极高，说"此文可直追汉魏"，是说姚雪垠的文章可与汉魏古文相比。可见，他的国学根柢有多么深厚。1980年，姚雪垠在《学习追求五十年》中自述："这些少年时代的初步锻炼，随着后来读书渐多，有所增进，对我写《李自成》很有帮助。如果缺乏对古典文学写作能力的长久锻炼，临阵磨枪，《李自成》中部分人物的对话、书信、奏疏、诏谕、祭文等等，是没有办法按照小说的艺术要求随手写出来的。"姚雪垠的古体诗写得出色。当代作家陈忠实获得茅盾文学奖的小说《白鹿原》中，陈忠实替书中主人公写的"古体诗"被专家批评不合古诗格律，但这些问题在姚雪垠的小说中不存在，他对文言文、古体诗很精通。姚雪垠15岁时因读李白《春夜宴桃李园序》中的"而浮生若梦，为欢几何"，乃自取笔名为"浮生"。他19岁时，因对苏

东坡《和子由渑池怀旧》诗有感：

人生到处知何似？应似飞鸿踏雪泥。

泥上偶然留指爪，鸿飞那复计东西。

他取笔名为"雪痕"。姚薰南看后，对儿子说："此名不吉，当换'痕'为'垠'方佳。""雪痕"变成了"雪垠"，中国文学史乃至世界文学史上一个响当当的名字就这样诞生了。姚雪垠在青少年时广读史书，这为他成为杰出的历史小说家奠定了基础。写作中，为了一个字、一个词、一个典故的准确性，他要翻各种字典、辞典，甚至连《易经》、《十三经注疏》拿出来，考证词义；为了替书中人物写信、做诗、下手谕，他终日伏案，研

究诗词格律、祝祭箴铭，品读唐宋散文、六朝骈体，花了不少心血。作为文学大师，他那坚实的功底是从少年、青年时代打下来的。（陈全林据杨建业著《姚雪垠传》编写，北岳文艺出版社2000年9月版，图片选自该书。）

少年汪曾祺的经典训练

汪曾祺先生（1920——1997），20世纪杰出的小说家、散文家，作品深受国人喜爱，译成多国文字出版。他不光小说写得好，于书法、国画、戏剧都有建树，代表作有小说《受戒》，经典京剧名作《沙家浜》，出版过25本文集。

1920年正月十五，汪曾祺出生于江苏高邮，祖父汪嘉勋是清末贡生（比秀才高一点的功名），也是商人，父亲汪菊生多才多艺，为人忠厚、随和，于书法、绘画、武术、戏剧、医药、手工艺（如制风筝）都有造诣，这是汪曾祺的家学。汪家特有的文化氛围对曾祺的成长起到很关键的作用。祖父喜欢收藏古玩字画、碑帖名拓，认为"金钱非宝贝，文物真无价"。曾祺还没有上小学时祖父就亲自指导他描红习字。最初的描红模子是欧体十六字："暮春三月，江南草长，杂花生树，群莺乱飞"。祖父让他反复临习，以领略笔意，打下基础。有了一定功底后，祖父让他写大字，临习书法名帖《圭峰碑》，小字临习《闲邪公家传》。随着曾祺书境的提高，祖父把多年珍藏的初拓名帖虞世南的《夫子庙堂碑》、褚遂良的《圣教序》、颜真卿的《麻姑仙坛记》作为奖品给了他。祖父古文功底之深厚，非普通国文老师可比。曾祺上小学五年级时他就给孙子讲习《论语》，还要求他写大字、小字，隔日交一篇作文，是一种叫"义"的文体，只是解释《论语》的内容，以及读后感。教完《论语》就教他《孟子》，曾祺还写过《孟子反不伐义》的短文。父亲对他的影响就更大了，主要是画画，每当父亲画画，曾祺总是站在一边观看父亲如何布局、如何画花、画枝干、画筋叶、画鸟虫、题字钤印的，这一切看在眼里，记在心上。中学里他就以

书法、绘画、作文的优秀而成了学校里的小名人。父亲对曾祺像朋友一样，教育上尊重儿子的个性、天性，任其自由发展。

曾祺在当地"五小"上小学时，学校里的周席儒先生是位书法家，喜欢曾祺，就教他书法，汪曾祺真正的书法功底就是在这个时候打下来的。祖父见他一天天长大，

觉得让他光学《论语》、《孟子》还不够,必须让他学习更多的典籍,于是为曾祺请了两位先生。一位是张仲陶先生,当地大儒,《易》学专家,对《易经》深有研究,占卜极验。有一个女佣被主人怀疑偷了金戒指,女佣为表清白,找张先生占卜,张先生用《易经》一占,说"戒指没丢,就在你们家炒米坛盖子上"。回去一找,果然在此处。占卜是《易经》里的一门大学问,不是什么"封建迷信"。但曾祺跟他不是学《易经》这本中国文化的源头经典,而是学习被鲁迅称之为"史家之绝唱,无韵之离骚"的《史记》。张先生经常一边朗诵一边讲解,讲到精彩处,诵到感人处,会显得很激动。由此,曾祺初步领悟到《史记》感人的文学魅力。跟随韦子廉先生学习清代有名的"桐城派古文"和书法。韦先生学识渊博,诲人不倦,书法上他让曾祺学习颜真卿的《多宝塔》,每天写大字一页。在古文方面教他桐城派名作,如方苞的《狱中杂记》、《左忠毅公逸事》,姚鼐的《登泰山记》,刘大槐的《游三游洞记》、《骡说》,桐城派古文语言精练,布局精妙,抒情真挚,写物传神,文气清纯,为清代重要的文学流派。当汪曾祺成为大作家后说学习桐城派古文"对我的文章的洗练,打下了比较坚实的基础。"

　　曾祺从小学五年级到初二,语文由高北溟先生教,高先生很有学问,他指导曾祺学习明代"性灵文学"的代表人物归有光的作品,如《先妣事略》、《项脊轩志》、《寒花葬志》,这些平淡之中见真情,无意之中有真意的佳作,非常契合汪曾祺的性格。由此,他得了明清散文大家的精髓。在西南联大上学时,他喜欢做学问,陶醉于辞章考辨、阐幽发微的工作,他喜爱《世说新语》和宋人笔记,继承明清散文传统和五四散文传统,倾心晚明小品集大成者张岱的文章,同晚明公安派"独抒性灵、不拘格套"的文学主张息息相通。中国传统文化修养深厚,深谙"绚烂之极归于平淡"的东方古训,作品以含蓄、空灵、淡远的风格努力建构深厚的文化意蕴和永恒美学价值。这源于儿时名师的教导和心灵的契悟。曾祺在《七十抒怀》中说:"书画萧萧余宿墨,文章淡淡忆儿时。"少年时打下的深厚国学基础,是他一生用之不尽的创作源泉。立足深厚的传统文化,汪曾祺终于成长为中国现代著名作家。他的作品语言优美,字句讲究,学习民间,悟解经典,他的历史文化学养源于自小博杂深入的阅读。在他29岁时出版了第一本小说集《邂逅集》(1944年)书中收录了他解放前创作的8篇小说。京剧名作《沙家浜》中那优美古典的唱词,显示了他超凡的文学才能。这里的根,是传统诗词韵文。汪曾祺散文的平淡质朴,不事雕琢,缘于他心地的淡泊和对人情世物的达观与超脱,即使身处逆境,也心境释然。他被誉为"抒情的人道主义者,中国最后一个纯粹的文人,中国最后一个士大夫。"古典文化,正是他生命的灵魂。(陈全林据陆建华《汪曾祺传》及其他资料编写,江苏文艺出版社,1997年第1版,图片选自该书。)

少年李準的经典训练

李準(1928—2000),现代杰出的文学家、电影编剧,长篇小说《黄河东流去》荣获第二届茅盾文学奖,这是中国最高的文学大奖,电影剧本如《李双双》、《吉鸿昌传》、《耕云播雨》、《龙马精神》、《大河奔流》、《壮歌行》、《荆轲传》、《中州七梦》都很有名,由他改编的《牧马人》、《高山下的花环》是电影名作。电影文学剧本《李双双》获第二届百花大奖及最佳编剧奖、《老兵新传》(均已拍摄发行)获 1952 年莫斯科电影节奖。他创作上的杰出成就使他成为文学大师。

1928 年,李準出生在河南洛阳的下屯村李家老屋。洛阳是有三千年文明史的中国古城,自夏商以来,到隋、唐、北宋,这个地方是中国的政治、经济、文化、艺术中心。李準出生时,洛阳古城已衰落八百年了,但这里人文历史依然滋养他的心灵。李家耕、读、学、商并举,不是传统的"耕读之家",祖父是乡村知识分子,好古文而不喜诗,他给李準从小就教古文,李準读古文,也喜欢读史书、诗集。父亲是种田好把式。李準 20 岁前,一直生活在家里,接受了很好的"文学教育"。祖父不仅成了名作《黄河东流去》中的人物原型,而且是他的启蒙老师,也是李準心目中传统文化和传统人格的标本。祖父李祖莲,因李家历史上最有名的诗人、文人是李白,号青莲居士,祖父取"李祖莲",视李白为祖。李家最早的名人是老子,本名李耳,以《道德经》名世,给孔子讲过礼,孔子称赞"其犹龙乎"? 因此,李祖莲自称"犹龙世家",即老子之后,而老子也是河南人。据李祖莲所写《李氏家谱》之《记跋》,祖上曾是元朝蒙古王公后裔。文中说:"遐稽吾祖,吾李氏乃元木华犁之后,安居洛阳,后受姓李。"木华犁是佑元太祖的开国功臣。李祖莲曾拜洛阳名儒周维新学过古文,博学多才,曾到县长家里和洛阳首富郭子斌家里做过家庭教师,在当地有名望,志在儒家,想以忠孝耕读传家。李家大门上有一联:

> 荆树有花兄弟乐,砚田无税子孙耕。

上书:诗礼传家。

李家正堂,有对联曰:

> 庭有余香谢兰郑草燕桂树,家无别况唐诗晋字汉文章。

李祖莲的书房名"水泉书舍",他在这儿读书,教子孙读书。李準 6 岁开始读小学,白天到学校读新学,晚上在家里上私塾,先读《三字经》、《弟子规》、《朱子家训》,稍长,读《左传》、《史记》、《古文观止》、《古文辞类纂》等书上选下的古文。祖父对子孙教学很严,李準读得很认真。他教古文,不教《四书》,当时已废除科举制度,李祖莲说"读《四书》已没用,读古文开心窍。"李準的古典文学基础得力于小时候跟祖父背古文名篇。祖父不喜诗,只读古文,有次,李準读

《墨卷》，上有批语："字字珠玑，文赛元白"。李準问祖父："元白"是什么意思？祖父竟然说是"大酒杯"。李準笑说："元白是元稹和白居易"。祖父听后叫孙子"滚开"。后来，祖父让他读《乐府诗选》、《唐诗合解》，给他讲《史记》。不是祖父真不知"元白"指谁，只是跟孙子幽默，表示自己不爱诗而已。伯父李明昭是洛阳麻屯学校校长，读书多，善写作，会弹琴，李準的姐夫、叔父都是教师。这是个文化之家。

祖父的书桌上总摆着《康熙字典》、《三国演义》。《三国演义》是祖父之最爱，也是李準之最爱。后来，李準参与电视剧《三国演义》的创作，还是少年时跟爷爷读《三国演义》时的激情。他不但读小说《三国演义》，还读史书《三国志》。祖父给他讲《东周列国志》、《封神演义》、《隋唐史话》、《七侠五义》，到上学五年级时，他已不满足从祖父那儿听这些故事了，找来书自己读。小的时候，李準记忆力特别好，背书如同玩一般，四五岁时已背会《弟子规》，邻居有个儿童记忆力也好，人称"神童"，李準不服，要和他比赛。大人宣布了条件：胜者吃烧鸡。第一轮，两人不分上下。李準提出：倒着背。结果，李準把《弟子规》倒过来背一遍，从文尾背到头。李準吃定了烧鸡。李準的好学与祖父的教功可见一斑。李準小时候背《诗经》，当他成为作家访问美国时，还给美国诗人背《诗经》中的《无衣》：

岂曰无衣？与子同袍。

王于兴师，修我戈矛，与子同仇！

岂曰无衣？与子同泽。

王于兴师，修我矛戟，与子偕作！

岂曰无衣？与子同裳。

王于兴师，修我甲兵，与子偕行！

袍：长衣，行军白天当衣，夜晚当被。王：周王，春秋时，王室地位下降，但仍然以"尊王攘夷"为基本口号。戟：长一丈六尺，有分枝的锋刃。《无衣》是秦地战歌。西周末年，周幽王奢侈淫逸，周幽王的岳父申侯勾结犬戎部落打进周都，杀死幽王，迫使王位继承者周平王东迁，周地大半沦陷。这时，勇武善战的秦地人民纷纷的响应秦襄公兴师御敌的号召，保家卫国。"秦自襄公以来，受平王之命以伐戎"就是这件事。《无衣》就是在这个历史背景下所产生的秦地士兵的歌谣。全诗采用第一人称，以一个普通战士的口吻直抒胸臆。"岂曰无衣，与子同袍"，表现出战士豪爽乐观的精神和彼此互助的热情。"王于兴师，修我戈矛"，道出战士慷慨从军、共同御敌的决心。秦王已发布作战令，大军即将开赴战场，战士们加紧修好武器，准备杀敌。军情紧急的战争气氛跃然纸上。"与子同仇"，简洁有力地表明，使战士们团结友爱的精神纽带就是保卫祖国。诗歌后两章采用叠章的表现手法。第二章主要写战士们精神抖擞地操练。第三章进一步写战士们已把武器修理好了,浩浩荡荡地开赴战场杀敌。全诗直抒胸臆,直陈其事,描写了秦国将士们拥护抗击西戎入侵者的正义战争,表现他们同仇敌忾、保家卫国的豪迈的精神,全诗感情昂扬激越,读之令人振奋。美国诗人听完《无衣》及讲解后,连叫"好诗"。李準成名后说:一定要学习古代散文,特别是唐诗,"我得益于乐府比唐诗大",乐府诗大多是古代民歌,朴素自然。从李準身上我们可以看到传统的背书功底的真正的价值。"文革"期间,李準不能写作,就苦读《资治通鉴》、《续资治通鉴》、《嵇康集》这些古典史学、文学名著,利用一切机会读书,中国的经、史、子、集,尽量去读,书法、绘画,尽量去学,书法上他能称"家"。李準成为大作家后谈创作经验时说:"小时候,我爷交代我把一部《古文观止》中的重要文章熟读、读熟。"河南大画家谢瑞阶和李準是好朋友,谢老把《史记》提到人生与艺术境界的追求上,李準小时候熟读《史记》,受谢老之言的启发,他同青年作者谈创作时,建议大家读《史记》,乃至宋代的奇书《太平广记》(无所不包的类书),李準甚至说:"写短篇不读《史记》不行",并以《史记·项羽本纪》作范文给大家分析。李準说读他《史记》中某些篇章会落泪。他受谢老建议,研读过清人李渔的《闲情偶记》。少年时他读过《红楼梦》、《聊斋志异》,读过《唐史》、《长恨歌》、《太真外传》(太真指唐代杨贵妃)、《说岳全传》、《薛仁贵征东》,也读过近代的一些武侠名作如《蜀山剑侠传》。正是广博地读了中国古今的优秀作品,他对国民性、国情的了解更深入,也使得他的作品更深沉。我国老一辈著名作家,几乎都受到过古典小说、民间文学的影响,李準也不例外。(陈全林据《风中之树——对一个杰出作家的探访》编写,孙荪著,人民文学出版社2002年版,图片选自该书。)

少年梁羽生的经典训练

梁羽生(1926— 2009 年)著名的新派武侠小说大师,与金庸、古龙、温瑞安并称"四大剑侠",都是武侠小说大家。金庸的小说《天龙八部》某章入选中学课本,这是教育部对武侠小说的肯定,学术界、影视界对梁羽生与金庸,非常看重,他们的许多作品被拍成电视连续剧。

梁羽生本姓陈,名文统,生于广西蒙山,他少年时代,最喜欢清初纳兰成德的词和《红楼梦》,读之百遍而不厌,当他成为一代武侠小说大师,作品广传天下时,人们发现,他的文笔之美有如纳兰之词,写情之深有如《红楼梦》。他在《七剑下天山》这部武侠名著中把纳兰写了进去,在《白发魔女传》中对《红楼梦》的借鉴更被学者所关注。青年梁羽生热爱历史,读了不少历史书,他的武侠小说都有真实的历史背景。梁羽生是陈文统在 1954 年于《新晚报》上连载新武侠小说开山立鼎之作《龙虎斗京华》时所用笔名，从此，梁羽生为人所知，而陈文统不被人知，从此，他用三十多年时间写了一百多部武侠小说，在全球华人华语世界引起了"武侠文学"热潮，使中国传统侠义精神为世界所熟知。

梁羽生少年时代，家乡未受到战乱的影响，这里山川秀美，风景如画。梁羽生的外祖父刘瑞球，字剑笙，是前清举人，早年留学日本，学习军事，回国后当过军官，辛亥革命后，退隐家乡，吟风弄月，读书养气，过起山水诗人的生活，对梁羽生有终生的影响。外祖父爱写词，便教梁羽生读遍古今名家词作，梁羽生最爱"清末四大词人"的作品，"四大词人"中的王半塘与况蕙风都是广西临桂人，是梁羽生的老乡。梁羽生九岁时，家中来了位姓范的客人，见羽生长得可爱聪颖，喜欢读诗弄文，显得才气纵横，便出联曰："老婆吹火筒"。梁羽生脱口而对曰："童子放风筝"。少年梁羽生成天沉迷于读诗书、看小说的文学境界，他的诗词在当地颇享盛誉，有许多人向他求诗索字。家乡未受战乱之扰，像个世外桃园，一些文化人为避战乱而隐居此地，其中著名学者简又文教授与学术巨匠饶宗颐与陈家交好，梁羽生遂拜二人为师。简教授教他文史，简夫人教他英文，就这样，梁羽生在学习传统文化方面，得到更大的提高。1945 年，日本投降，梁羽生离开家乡去广州岭南大学学习，与简又文夫妇同行，简教授在大学里作了他的老师。大学里他读的是国际经济，但志趣在文史，词写得好，深得前辈冼玉清、金应熙、简又文赏识，他们经常聚首，纵论诗词，吟风弄月，相互唱和。冼玉清是岭南著名的诗人、画家，与梁羽生乃忘年交，她对梁羽生影响很大，名家锤炼，大器自成。少年梁羽生爱读纳兰词外，还爱读龚自珍的诗。纳兰诗中有首《秣陵怀古》：

　　　　山色江声共寂寥，十三陵树晚萧萧。

　　　　中原事业如江左，芳草何须怨六朝。

写出了朝代兴亡的历史沧桑。梁羽生的许多武侠小说就写江湖儿女在江山更替中的复杂情仇。龚氏的《己亥杂诗》中有一首诗：

　　　　少年剑击更吹萧，剑气箫心一例消。

　　　　谁分苍凉归棹后，万千哀乐集今朝。

诗中塑造了一位名士型的儒侠，梁羽生的武侠小说中多见这种儒侠。龙飞立先生说："在二十世纪六十年代的港台，没有任何一位作家，刻画名士型侠客能够胜过梁羽生。"名作家司马中原认为："梁羽生的作品可以'稳厚绵密'四字来形容，非常工稳、厚实，生活的根基很深，重视历史考据，侠中见儒气。"这与他少年时所受儒家正统教育，以及读诗书的功底分不开。梁羽生的小说，文笔优美、洗炼，得益于深厚的古典文学功底。小说中不仅引用名家诗词为之增色，自己为小说写了不少诗词。如《散花女侠》开篇的词作《浣溪沙》就是他的手笔。

> 万里江山一望收，乾坤谁个主沉浮？
>
> 空余王气秣陵秋。
>
> 自草新词消滞酒，任凭短梦逐寒鸥，
>
> 散花人去剩闲愁。

《联剑风云录》中有写景佳句：

"绣槛雕栏，绿窗朱户，迢迢良夜，寂寂侯门。月影西斜，已是三更时分，在沐国公的郡马府中，却还有一个人中宵未寝，倚栏看剑，心事如潮。"

只有学了古典诗词、骈文的人，才能写出如此精炼美妙的句子。梁羽生的小说充满诗意，一是向《红楼梦》学习的结果，一是自身词家，文采天然。下面三首词乃少年之作，大家境界。

《水龙吟》

> 天边缥缈奇峰，曾是我旧时家处。
>
> 拂袖去来，软尘初踏，蒙城西住。
>
> 短锄栽花，长诗佐酒，几回凝伫。
>
> 惯裂笛吹云，高歌散雾，振衣上，千岩树。
>
> 莫学新声后主，恐词仙，笑侬何苦。
>
> 摘斗移星，惊沙落月，辟开云路。
>
> 蓬岛旧游，员峤新境，从头飞渡。
>
> 且笔泻西江，文翻北海，唤神龙舞。

《水龙吟》

> 洞庭湖畔斜阳，而今空照销魂土。
>
> 潸然北望，三湘风月，乱云寒树。
>
> 屈子犹狂，贾谊何在？温新亭泪。
>
> 怅残山剩水，乱蝉高抑，凄咽断，潇湘浦。
>
> 又是甲申五度，听声声，病猿啼苦，
>
> 满地胡尘，谁为可法？横江击鼓。
>
> 觅遍桃源，惟有蒙城，烽烟犹阻。
>
> 问甚日东风，解冻吹寒，催他冬暮。

木兰花慢

谢西江万顷，泻珠海，送归船。

尽洗涤风沙，冲残尘迹，愁郁都捐。

离乱贯闻鼙鼓，听潮声，犹似警频传。

八载沧桑历劫，浪花淘尽华年。

波心月影荡江圆，照澈旧山川。

问洪杨故迹，至今遗几，不付秋烟？

百年难得逢知己，避荒山治学发幽潜。

吟咐轻舟且慢，待君遥望金田。

（陈全林据费勇、钟晓毅著《梁羽生传奇》编写，广东人民出版社，2000 年版，图片选自该书。）

少年金庸的经典训练

　　金庸（1923 年——）对于任何一个中国人，或者说华人，都不陌生，他的武侠小说征服了整个华语世界乃至欧美。《射雕英雄传》、《神雕侠女》、《天龙八部》、《倚天屠龙记》、《鹿鼎记》、《碧血剑》等武侠小说，据说全球发行量过亿，反复拍成电影、电视剧。武侠小说成了"成人的童话"。他的作品的读者群最广，男女老幼，富贵贫贱，应有尽有。上至国家元首，下至平民百姓，文史学者、科学家也迷他的小说，有武术家从他的小说中悟出武功的真谛，升华武学境界。有人说："金庸是中国文化史上最浪漫的传奇"。他的小说中，有关中国传统文化的诗词曲赋、琴棋书画、儒释道医，应有尽有，博大精深。金庸创办的《民报》名满世界，他的政论、散文、慈善事业，都引人关注。

　　金庸出生在浙江钱塘江北岸的宁海查家，原名查良镛。金庸是他写小说时所用笔名，把"镛"字拆开而取。明清两代，查家出了无数名臣、名医、学者、诗人、画家、书法家、鉴赏家、水利家、史志家、藏书家。《明史》、《清史稿》中多载其名。史称"唐宋以来巨族，江南有数人家。"著名诗人查慎行就是金庸远祖，金庸名著《鹿鼎记》回目全是查慎行《敬业堂诗集》诗句。远祖查昇得到过康熙皇帝御题"澹远堂"匾。金庸祖父查文清做过丹阳知县，有清官声誉，刻印过《宁海查氏诗钞》，小时候，金庸受祖父诗教，对查氏诗词文章，大多诵读。他喜欢查慎行的《中秋夜洞庭湖对月》：

　　长风霾云莽千里，云气蓬蓬天冒水。

　　风收云散波忽平，倒转青天作湖底。

　　初看落日沉波红，素月欲升天敛容。

舟人回首尽东望，吞吐故在冯夷宫。

须臾忽自波心上，镜面横开十余丈。

月光射水水射天，一派空明互回荡。

此时骊龙潜已深，目眩不敢衔珠吟。

巨鱼无知作腾踔，鳞甲闪烁翻黄金。

人间此境知必难，快意翻从偶然得。

遥闻渔父唱歌来，始觉中秋是今夕。

整篇诗作写了洞庭湖上日落时分和明月东升时的美景，想象神奇，诗句瑰丽，豪放大气，意象如梦。金庸的武侠小说就有这首诗的内在意境。（冯夷，古代神话中的水神。）

父亲查枢卿毕业于海震旦大学，接受过西学教育，风雅开明，经常和文人雅士集会，吟诗品茗。这对金庸影响很大，形成他性格中潇洒的一面。家中藏书丰富，父亲不限制儿女阅读。金庸母亲徐禄是近代大诗人徐志摩的堂姑，从小受到良好的教育，喜欢阅读《红楼梦》和古典诗词，经常和自己的姐妹，家中的成年女子谈论诗词小说，比赛背诵小说的回目和书中诗词，赢了的可以得到糖果。金庸在一边旁听，也等待母亲的糖果。很多时候，他自己去读书，最早读的依然是古典四大名著，他认为，这些通俗小说对他的社会思想影响很大，首先是《三国演义》，其次是《水浒传》、《西游记》、《封神演义》，这些小说的思想精华、文学生命融化到他的武侠小说中。《三国演义》有广阔的社会生活，庞大的战争场面，这些元素在金庸小说中都有；《水浒传》写战争，写壮美的侠义精神，《西游记》、《封神演义》里的神通转化成金庸武侠的神功。《三国演义》中金庸最喜欢赵云，也曾为诸葛亮之死而伤心。古典侠义小说《七侠五义》、《三侠五义》都是他的所爱，近代武侠小说《江湖奇侠传》、《荒江女侠》、《近代侠义传》、侦破小说读了不少。西方小说最喜欢大仲马的《三剑客》，也读著名文学家邹韬奋先生的作品如《萍踪寄语》、《萍踪忆语》等散文集。金庸从小喜欢和兄弟们读小说，古今中外，能见到的他都尽量去读，正是这种广博的阅读，成就了

金庸小说博大精深的传统文化内涵，以致北京大学的一些著名教授研究金庸小说，点评金庸小说。金庸曾经自述说："我哥哥查良铿学习古典文学和新文学。在上海上大学，他花费不少钱买书，常常弄得饭钱也不够，受到我父亲的严厉责备。他买的书有茅盾、鲁迅、巴金、老舍等人的著作。我家和各位伯父、堂兄、堂姐等人所拥有的书是相互流通的，大家借来借去。所以，我在小学期间，读过的小说就已不少。我父亲、母亲见我一天到晚的看书，不喜欢游玩运动，

身体衰弱,很是担忧,常带我到野外去放纸鸢、骑自行车,但我只是敷衍了事地玩一下,又去读小说了。"2004年,有人搞过中国现代著名作家排行榜,金庸名列第四,在鲁迅、老舍、沈从文之后,茅盾、巴金之前,反映了国人对他作品的认可。后来,从《天龙八部》里选出的精彩章节收录到中学课本。

嘉兴中学时,他喜欢读科幻小说,喜欢研究数学。从小好学,不限人文、科学、古今、中外,使得他的武侠小说充满诗意的美,语言有诗意灵韵,写景状物,写人寄情,都有独到之处,形成自己的风格。像《神雕侠女》开篇,就写得非常美:

"越女采莲秋水畔,窄袖轻罗,暗露双金钏。

照影摘花花似面,芳心只共丝争乱。

……

一阵轻柔婉转的歌声,飘在烟水蒙蒙的湖面上。歌声发自一艘小船之中,船里五个少女和歌嬉笑,荡舟采莲。她们唱的曲子是北宋大词人欧阳修所作《蝶恋花》词,写的正是越女采莲的情景……欧阳修在江南为官日久,吴越山水,柔情蜜意,尽皆融入长短句中。宋人不论达官贵人,或是里巷小民,无不以唱词为乐,是以柳永新词一出,有井水处皆歌,而江南春岸折柳,秋湖采莲,随伴的往往更是欧词。

时当南宋理宗年间,地处嘉兴南湖,节近中秋,荷叶渐残,莲肉饱实。"

这样美的文字,如果不是常年涵泳于唐诗宋词中的高手,无法动笔。从中可见金庸文字功底之深厚和古典文学对他的影响。唐宋传奇也是他日后写武侠小说的素养。是古今中外的文学名著养育了金庸的武侠小说,梁羽生受西方小说影响更大,而金庸受中国古典小说影响最大。宁海查氏的文脉文气在潜移默化中培养了金庸的诗情,江南的山水给他灵气,广阔的社会生活给他写作的素材。我喜欢金庸小说,遍读其作,研究过写他生平的传记和论丛。我喜欢写小说,受金庸影响大。(陈全林根据傅国涌《金庸传》北京十月文艺出版社2003年版,《金庸评传》,中国社会出版社1994年版编写,图片选自《金庸传》)

少年齐白石的经典训练

齐白石(1863—1957 年),近现代最杰出的国画大师,享有世界声誉的艺术家,27 岁才开始习画,60 岁时在绘画上革新,自称"衰年变法"。他还是一位杰出的美术教育家,门下弟子如李苦禅、王雪涛、娄师白、陈大章都成了艺术大师。

1863 年,齐白石生于湖南湘潭县的杏子树,父亲给他取名纯芝,家里人叫他阿芝,父亲给他取了个号,叫"渭清",祖父给他取的号是"兰亭",27 岁拜师时,师傅给他取名"齐璜",号"濒生",又号"白石山人"。齐家祖辈都是穷人,日子过得很紧,祖父曾跟曾国藩打过太平军,能识数百字,白石小的时候先跟祖父习字。父亲齐以德是农民,母周氏略识文字,外祖父周老夫子教书维生,做过白石的老师。白石四岁时祖父经常用树枝在地上划着让孙子识字,祖父教一个,讲解字义,待全记住后再教另一个,到白石七岁时祖父所学的字全教给他了,每一字记得烂熟。白石晚年作过一幅《霜灯画荻图》,题诗曰:

我亦儿时怜爱来,题诗述德愧无才。

雪风辜负先人意,柴火炉钳夜画灰。

写的是祖父于一雪夜,就松火光以柴钳画灰,教他识"阿芝"二字。白石老人曾在《煨芋分食如儿移孙》图上题诗:

贫未十分书满架,家余三亩芋千头。

儿孙识字知翁意,不必官高慕邺侯。

邺侯是唐代白衣山人李泌,两度为相。学完了祖父全部的字,白石向外祖父学习,八岁这年,他来到外祖父周雨若的蒙馆读书,外祖父让他拜过孔子像后再拜外公,给他《四言杂字》。从此,齐白石开始上学了。祖父早上送他上学,晚上接他回来,每天祖父往返要走十二里路,天一下雨,路很滑,老人为孙子撑起伞,风雨无阻地伴他上学。白石老人 60 岁时写诗忆旧:

白茅盖瓦求无漏,遍岭栽松不算空。

难忘儿时读书路,黄泥三里到家中。

从小跟祖父认字,《四言杂字》、《三字经》、《百家姓》不久全背熟了,外祖父很高兴。接着外祖父教他背《千家诗》,越背越上口,这时背的数百首唐宋诗名作使阿芝会吟诗也会作诗,白石后来诗名很高。外祖父教他读《论语》，教他学书法，而他最终成了20世纪中国十大书法家之一。九岁时，齐家家贫，白石辍学在家，帮家人干活，上山砍柴、放牛。白石经常带上从外祖父那儿得来的书上山读，回来时就把书挂在牛角上。祖母每晚要在门口等他。祖父托人制作了一个铜铃，每晚听到牛铃声，祖母就知道孙子回来了，便忙着去煮饭。阿芝踏着牛铃铛声，迎着夕阳，满怀读书的喜悦回家了。白石老人后来作诗道：

（一）

星塘一带杏花风，黄犊出栏东复东。

身上铃声慈母意，如今亦作听铃翁。

（二）

祖母闻铃心始欢，也曾总角牧牛还。

儿孙照样耕春雨，老对犁锄汗满颜。

祖母听到铃声，就知道孙儿来了，不复倚门而望矣。在外祖父的学馆未读完的《论语》在放牛时读完了，凡不认识的字、不懂的句子他去找外祖父，外祖父疼爱他，详细讲解孙儿问的每一个问题。白石12岁那年，祖父病逝。次年，跟父亲务农，可怎么也学不好，无法，父亲让白石去跟师傅学木雕手艺，学习雕花。从15岁一直学到19岁，总算可以出师了。老师周之美的手艺方圆百里闻名，白石是他老人家的弟子，很快出名了。二十岁时在一主顾家见到一本《芥子园画传》，非常惊喜，借回临习，全部都临摹了下来，共16本。他从小喜欢画画，如今有了图样，做木匠雕工活，有规矩更有变化。从此，他一边做木工，一边习画，给人画神像、花鸟、山水，渐渐地，画名远扬。

23岁这年在赖家干木工活，遇见名士胡寿三，人称"寿三爷"，看了白石的画便问他愿不愿再读书、画画？齐白石当然愿意。寿三爷为人慷慨爱才，当下答应帮助他。寿三爷名叫胡自倬，号沁园，善隶书、工诗，擅长工笔花鸟。在胡先生的介绍下他拜名士陈少蕃学诗文。齐白石怕自己年龄大，学不好，陈老夫子说：你读过《三字经》，"苏老泉，二十七，始发愤，读书籍。"你今年27岁，何不学习苏老泉呢？苏老泉是宋代文学家苏轼的父亲苏洵，27岁始读经书，后来和两个儿子一同赶考，考中进士，父子三人都成了文学家，世称"三苏"。于是，齐白石学画拜胡夫子为师，学诗文拜陈夫子为师，经过两位名家锤炼，白石真正走上了艺术之路。陈少蕃对齐白石说：画画要题诗，故要学诗，先要背《唐诗三百首》。白石少年时跟随外祖父背过《千家诗》，《唐诗三百首》不到两个月背熟了，这令陈、胡二君子很惊，赞扬白石的聪慧与刻苦。陈先生还让他读《孟子》及《聊斋志异》等小说，以广见闻。胡沁园是大收藏家，所藏名画甚多，他一一指点，让白石向古代大师学习。白石就住在胡家学画学诗，胡先生文友、画友颇多，经常聚会，其中不乏名家高人，都对白石在书画诗文上作过指点。于是，齐白石诗文、书法与国画俱

进。晚上,他读白居易的《长庆集》,白居易的质朴动人,白石老人的诗大有白氏之风。70岁时白石写有《往事示儿辈》诗:

> 村书无角宿缘迟,廿七年华始有师。
>
> 灯盏无油何害事,自烧松火读唐诗。

写的正是这一段生活,他的诗朴实无华,有"返朴归真,自见性情"的高妙境界。

白石40岁时,经友人张仲飏介绍,拜湘潭名士王湘绮为师,王湘绮作过曾国藩幕僚,文才颇高,曾在京都翰林院编修史书,为国朝名士,门下的曾招吉是铜匠,张仲飏是铁匠,齐白石是木匠,并称"王门三匠",艺术上他们都成了巨匠,白石尤其出名。白石老人被评为二十世纪中国十大书法家之一,在诗文方面是一代宗师,在治印方面自开"齐派",在国画方面,前无古人,自白石仙逝以来的半个世纪中,可谓"后无来者",没有人超过他的成就。他是一位真正的大师,这一切都基于他从小的好学与对艺术的无止尽的追求。他的《白石山人自述》是一本感人的自传文学作品。他的诗,完全能与他的老师王湘绮的作品并列而不朽。(陈全林据张次溪著《齐白石的一生》编写人民美术出版社2004年版,图片选自该书。)

少年于右任的经典训练

于右任(1879—1964)杰出的民主革命家、诗人、书法家,早年追随孙中山先生革命,后投身文化教育,他的书法旷代奇特,人称"于体",为"一代草圣",制定过"标准草书"规范。

于先生生于陕西三原县,出生时父亲于新三经商在外。于家生活贫困,母亲赵氏生子不两年因病去世,于先生由大伯母房氏倾力抚孤。族人为教育于右任及家乡子弟,便在村中将马王庙改成私塾,由饱读诗书的旬邑儒人的第五伦后代、人称"第五先生"的落魄书生授课。这年,于右任七岁。"第五先生"自幼丧母,与于右任身世相若,感叹说:"世间无母之儿,安得所遇尽如汝哉?"对于右任另眼相看,四年中对于右任进行了良好的启蒙教育。《三字经》、《百家姓》都念完了。到十一岁那年,扶养于右任的九娘为使于右任学业大进,便带着他回到三原城东关,投奔一位远房堂叔于英。于英对于九姑娘倾全力受托抚孤含辛茹苦之事颇生敬意,喜欢这个聪明的侄孙。他打扫了房间让这母子住下,重托他的好友毛班香先生让于右任到他的私塾读书。毛班香是当地大儒,饱读诗书,满腹文章,以传道授业为乐,在他的私塾里于右任读了《四书》、《五经》、诸子百家,开始作近体诗。毛先生的父亲毛汉诗是个老夫子,年轻时授徒为业,经常代子授课。毛汉诗待人至诚至善,通脱豪放,喜诗词,善草书,于右任在十二岁时喜欢上草书,终成"一代草圣",深得"太夫子"毛汉诗先生的启蒙、指导之功。于右任是近现

代与柳亚子、毛泽东并列的诗词大家,诗词方面得力于毛班香。教学上,毛先生亲自教"大学生",再由大学生教"小学生",所有课文必须会背,大、小学生可以做到"教学相长"、"温故知新"。在毛先生的指导下少年于右任开始读书、写诗,《唐诗三百首》、《古诗源》、《选诗》读了背了,还没有找到写诗的冲动与感觉。有一天,他以大学生的资格教小学生,在书架上找到一部《文天祥诗集》残本,读之,觉得其诗声调激越、意气高昂,满纸家国兴亡之感,于右任读着读着忽然诗兴大发,找到作诗的感觉,由此而入作诗之门。伯母房氏对于右任特别严,于右任自述说:"伯母督课每夜必至三鼓,我偶有过失,或听到我在塾中嬉戏,常数日不欢。"父亲于新三终于从外省回来了,他真诚感激嫂子对儿子的养育之恩。教学上新三对儿子格外用心,以期成才。于新三早岁经商,只念过两年私塾,识得字,但好学不倦,在四川当学徒期间,博览群书,手录《史记》全书,许多章节能背诵,点过两遍《十三经》,选出书中格言写成《治家语录》三卷,抄写过张香涛的《酋轩语》、《书目答问》(张之洞的代表作)。有这样博学的父亲督教,能不严吗?比私塾里的老师还严。"学而时习之,不亦乐乎?"于新三以孔子此句为本,经常考查于右任的功课。

于右任学习好,除经史子集外,广读武侠小说、言情话本、民俗志异,如《七侠五义》、《施公案》都看。于新三怕儿子书读杂了不好,便给他列了必读书目,让他依之读书,少走弯路。于新三在家中只住了一年又外出,这一年对于右任的成长极为关键,于右任后来说:"我之所以略识学术门径,都得益于庭训为多"。于右任在诗中写道:

发愤求师习贾余,东关始赁一椽居。

严冬漏尽经难熟,父子高声替背书。

前两句是写父亲在经商之余发愤读书,贾,商也。后两句写了父子共学的热情。前人读经书,从生命里透着热情,读书为己,为身心性命,为国家社稷,其志向大,故成就亦大。

于先生的《国殇》非常有名,表达了跟随蒋介石撤到台湾的群体对故国的回念:

葬我于高山之上兮,望我大陆;

大陆不可见兮,只有痛哭。

葬我于高山之上兮,望我故乡;

故乡不可见兮,永不能忘。

天苍苍,野茫茫,山之上,国有殇。

(陈全林根据《关西儒魂——于右任别传》及其他资料编写,屈新儒著,人民文学出版社,2002年版,图片选自该书。)

少年沙孟海的经典训练

沙孟海（1900—1992年），现代书法大师、学者，与康有为、毛泽东、齐白石等人并列为"二十世纪中国十大书法家"，他享有世界声誉；解放前作过蒋介石总统府秘书，解放后在中国美术学院作教授，为热爱传统文化的学子传道、授业、解惑。其书法远宗汉魏，近取宋明，于钟繇、王羲之、欧阳询、颜真卿、苏轼、黄庭坚诸家用力最勤，化古融今，形成雄强书风。兼擅篆、隶、行、草、楷诸书，善作榜书，雄浑刚健，气势磅礴，旷世罕见。学问渊博，识见高明，于语言文字、文史、考古、书法、篆刻等均深有研究。著作有《印学史》、《沙孟海书法集》、《沙孟海真行草书集》、《兰沙馆印式》、《中国书法史图录》、《沙孟海论书文集》等。

父亲沙孝能是名儒，母亲生于贡生之家，从小读书识字。沙孟海降生时父亲已34岁，祖父母及父母视若天赐，父亲对沙孟海的教育很严，但注重让他发挥儿童的天性。浙江的山水，常使人产生诗情画意，孩子在山川秀美的地方生长，无形中会增添艺术的灵秀。父亲在沙孟海学语之时就教他《三字经》，沙孟海四岁时《三字经》已能熟背。沙孝能是名士，结婚入洞房的那晚他还手捧《论语》咏读，诗、书、画、印无所不精。沙孟海上私塾时父亲每天教儿子写几个篆字，从小教他书法。父亲的职业是中医，乃杏林艺术家，有意培养儿子对于艺术的情感。

1911年，11岁的沙孟海进了家乡慈溪北乡东山头锦堂学校读书，学校是旅日华侨吴锦堂所办。在这里他开始学习西方自然科学知识，不再局限于父亲所教的《论语》、《大学》以及书法。13岁那年，父亲因少年时被犬咬过，至39岁狂犬病突发辞世，养家的重任落在沙孟海与母亲肩上。他有四个弟弟，四个弟弟后来都成了名人。沙孟海提出辍学，母亲坚决不同意，决定先让沙孟海外出求学，其余的孩子在家中读书、务农，以后有机会再深造。1914年，沙孟海考入浙江省第四师范学校，去宁波上学，学校免收学费，膳食费减半，他和后来成为马列主义哲学家的冯定成了同学。冯定的叔父冯君木正是国文老师，由此，沙孟海认识了冯家著名收藏家冯孟颛，以及在冯家任教的著名书法家钱太希，得见名师，沙孟海的艺术天地更为广阔，学习上更为勤奋，文史方面，韩愈、柳宗元、归有光、姚鼐等大家的诗文莫不认真研读。他

最爱读古文古书,连交友也以此为本。沙孟海的朋友、同学俞亢写过一首诗,描述当时沙孟海的风度,有数句云:

> 席间方丈地,凌杂简编满。低首诵经史,冥心事述撰。

文史之外,用功最深的是书法,临习《集王羲之圣教序》、《峄山刻石》、《会稽刻石》,后两种是名家大小篆字帖。他临习王羲之的字,越写越象,觉得没有自己的风骨面目,故而改习篆字以变骨力。沙孟海十六岁时,颇有书名,这年他为父亲的一位朋友写过篆书《李氏祠堂词》文屏,数百字的文章一气呵成,毫无差错,足见其书法与文字学功底。1918年冬,沙孟海集唐代文豪韩愈与书法大师李阳冰之句作一联:

> 大江之濆,日有怪物;斯翁而下,直到小生。

后句乃李阳冰句,斯翁指秦相李斯,著名的篆书家,李阳冰也是篆书名家,久摹李斯碑刻,乃成大家。从中可见沙君的志向情怀。1919年夏,沙孟海从师范毕业,去宁波市郊一所小学任教,不久自感学养欠深,辞去教职,腾出一段时间专门师从冯君木、张让三两位夫子学古文与书法。冯先生视清末章太炎、马一浮的文章为上品,视清初方苞、姚鼐的作品为中品。张让三是曾国藩弟子,精通"小学"即研究古文字学的学问,这对于书法家而言,是根基。张先生的"薛楼"藏书万卷,沙孟海隐居"薛楼",一边整理,一边阅读,打下扎实的国学基础。1922年,沙孟海在两位恩师的引荐下去上海拜见书画大师吴昌硕、书法家郑孝胥,古文字学家、书法家罗振玉,后又与著名学者康有为、朱疆村、况蕙风、章太炎、马一浮等交往,受益多多。与康有为的一次接触使沙孟海对学书的理解产生了升华,认识到学习书法的目的并不在于把字写得与古人一模一样,而在于融会贯通,形成自家面貌。幼承庭训,转益多师,就这样沙孟海走进了艺术大师的世界。他也成了艺术大师。正如朱熹诗中所咏:

> 问渠那得清如许?为有源头活水来。

(陈全林据黄仁柯著《沙孟海兄弟风雨录》编写,上海文艺出版社2005年版,图片选自该书。)

少年刘海粟的经典训练

刘海粟（1885——1994），新美术运动的拓荒者，现代美术教育奠基人、百岁寿星书画大师，学贯中西，艺通今古，他17岁时在上海创办美术专科学校，首倡人体模特儿和裸体画展，在中国美术史上是重要的里程碑。抗战时期举办募捐画展，所得巨资全捐祖国以抗日，晚年致力于弘扬民族文化。他一生在国画、油画、书法、诗词多方面成就杰出，出版过多部诗词集。

刘海粟原名刘季芳，光绪二十二年（1885年）农历二月初三生于常州，江南名镇秀美的山水给他诗画的灵性，从小就喜欢画画，父亲刘家凤饱读诗书，开朗大方，年轻时参加过太平天国起义，起义失败后回乡娶了清初著名学者洪亮吉的小孙女儿为妻，无意功名，经营钱庄度日。刘家经济殷实，虽非巨富，倒能过小康生活，祖居静远堂在常州很有名。刘海粟排行第九，当地人叫他刘九。他八、九岁时画已画得很可观，姑夫是画家，他和表妹从小一起学传统的山水、人物、花鸟画。母亲洪氏乃大学者之后，博通经史，作了儿子的启蒙老师，不光教他读《三字经》、《千字文》，更教他学习诗词歌赋，遍读陆游、辛弃疾的诗词名作。母亲特别推崇这两位爱国诗人的作品，觉得他们的作品中有冲天豪气、爱国激情、超凡文采。遇到不懂的句子，刘海粟会问母亲，母亲耐心讲解，就这样背了不少诗词名篇与《古文观止》里的佳作。十二岁那年，母亲带他去拜谒外曾祖父洪亮吉的陵墓，向他讲洪亮吉的生平、为人、诗文，还指导他读《洪亮吉集》。母亲讲过这样一则故事：

洪亮吉与江东才子黄仲则友好，两人外出游学，后来黄仲则客死他乡，年仅35岁，留下了近三千首诗词。黄仲则死后，洪亮吉从数千里外运他的骸骨回乡，并为他编选遗著出版，安抚其孤儿寡母，人称其义士。洪亮吉挽黄仲则联云：

噩耗到三更，老母亲妻唯我抚；

炎天走千里，素车白马伴君归。

母亲还教他背洪亮吉的《悼黄仲则文》。文章写得凄切动人，满怀惜才之心。黄仲则写过一首诗《别老母》，国学大师南怀瑾讲学中多次引用，这首诗也是母亲教刘海粟背诵的。

搴帏拜母河梁去，白发愁看泪眼枯。

惨惨柴门风雪夜，此时有子不如无。

黄仲则的《杂感》是南怀瑾与笔者喜欢的诗：

> 仙佛茫茫两未成，只知独夜不平鸣。
>
> 风蓬飘尽悲歌气，泥絮沾来薄幸名。
>
> 十有九人堪白眼，百无一用是书生。
>
> 莫因诗卷愁成谶，春鸟秋虫自作声。

刘海粟对外曾祖父洪亮吉的诗文用功很深，洪亮吉的诗歌中充满着诗情画意，大气奔放。他在嘉庆时上书指斥时政，被流放伊犁。在伊犁写的《松树塘万松歌》，描绘了天山的奇景。刘海粟一生善画松，也许，外曾祖父的诗句，曾给他灵感：

> 峰势南北松东西，松影向背云高低。
>
> 有时一峰承一屋，屋下一松仍覆谷。
>
> 天光云光四时绿，风声泉声一隅足。
>
> 我疑瀚海黄河地脉通，何以戈壁千里非青葱？
>
> 不尔地脉贡润合作天山松，松干怪地一一直透星辰宫。
>
> 好奇狂客忽至此，大笑一呼忘九死。
>
> 看峰前行马蹄驶，欲到青松尽头止。

刘海粟也有这种奇气、豪气，对自然的热爱，与曾外祖父一脉相承，得益于母亲的家教、诗教。《古文观止》里的《报任安书》是司马迁的名篇，母亲经常要他吟咏以励志。

刘海粟十七岁时，逃婚到上海，并创办上海图画美术学院，在署校长名时，他没有署刘季芳，而署名上"刘海粟"，这个名字取自读过许多遍的苏东坡的《前赤壁赋》佳句：

> 驾一叶之扁舟，举匏樽以相属；寄蜉蝣于天地，渺沧海之一粟。

由此，中国美术史上一个光芒四射的名字诞生了。学校开学时他的首批学生中有后来成了艺术大师的徐悲鸿、朱屺瞻。

刘海粟一生十上黄山，"搜尽奇峰打草稿"，九十四时还登黄山作画，观景吟诗。他的诗豪放，他的字苍劲，这都与他的胸怀有关，也与他少年时苦读苏轼、陆游、辛弃疾、洪亮吉这些豪放派诗人的作品有关，国画方面他喜欢大泼彩画，也是豪放一派。他有首诗写道：

> 泼墨淋漓笔一枝，松涛呼啸乱云飞。
>
> 黄山万壑奔腾出，何似老夫笔底奇。

读其诗，就可以想见其人、其画、其情。作为名满中外的艺术家，他学贯中西，足遍华夏，周游欧美，投身自然，泛舟学海，做到了"读万卷书，行万里路"，其境界不是闭门造车之辈所能想象的。（陈全林据石楠《刘海粟传》及其他资料如《中国诗歌精华》等编写。《刘海粟传》，黑龙江人民出版社1996年版，图片选自该书。）

少年徐悲鸿的经典训练

徐悲鸿(1895——1953)，现代杰出的艺术家、美术教育家，一代宗师，他的学生如吴作人、刘勃舒、韦江凡都成了大师级的画家。"奔马"图是徐悲鸿先生绘画创新之路上艺术升华的突出代表，是具有划时代意义的伟大创造精神的体现，是现实主义和浪漫主义结合的产物。抗战时期著名爱国将领冯玉祥曾为徐悲鸿《奔马图》题诗曰：

此骏马，多活泼，志士乘之好抗倭。

收复失地雪国耻，科学民主齐建设。

徐悲鸿生于江苏宜兴，父亲徐达章是自学成才、颇负声誉的民间画家，于书法、绘画、篆刻造诣颇深。徐老先生为人温和、正直、厚道、恬淡，卖画为生，寄情山水，不慕荣华。徐悲鸿原名徐寿康，"悲鸿"是在1914年父亲去世后取的名字，表达对父亲的思念。

1901年，六岁的寿康开始跟随父亲读书习字，帮助母亲在田间劳动。起初，父亲让他读"上大人，孔乙己"这样的"描红"书，识字习字。尔后念《百家姓》、《三字经》、《千字文》。念完蒙学读物后已识得一千余字，父亲开始教他每天读几段《论语》。父亲是知名画家，几支笔，一些墨与颜料，就能表现大千世界的花草虫鱼、山川风物、男女老少，小寿康觉得很新奇，嚷着父亲教他画画。没想到父亲拒绝了，寿康只好偷偷学，悄悄练。他请父亲的朋友蔡先生画了张虎，自己临摹一幅，结果父亲说这叫"画虎不成反类犬"。父亲告诉他，要画好画，必须有广博的学识、深厚的书法功底，广阔的视野，见多识广，才能画好画。于是，寿康更加认真地练字，父亲说，等读完《左传》后再教他习画。

1904年，九岁的徐寿康读完了《论语》、《诗经》等四书五经全部内容，还读完了《左传》、《列子》，在父亲的指导下读《史记》。有了丰富的国学知识之后，父亲认为他可以学画了，于是教他先临摹上海名家吴友如的画，吴友如的《点石斋画报》成了他的启蒙之师。父亲除了教他临习自己和前人的作品，还让他写生，画身边的人，画所见的飞禽走兽、山水茅屋。十岁时徐寿康就能给别人写对联了。徐达章生性淡泊名利，愿意和儿子隐居乡村，一边卖画，一边过清静的生活。父亲的"外师造化，中得心源"的画学思想，以及不求名利的处世风范，对徐悲鸿的一生都产生了重大影响。徐父曾画过《松荫课子图》，画面上徐父手持羽扇，读书为乐，儿子寿康正在桌前读书。身边还有两名侍女抱琴而立。这是徐父的理想生活，徐父题了四首诗：

（一）

荏苒青春三七年，平安两字谢苍天。

无才济世怀才甚，书画徒将砚作田。

（二）

平生澹泊是天真，木石同居养性情。

切愿康儿勤学问，读书务本励躬行。

（三）

求人莫如求自己，自画松荫课子图。

落落襟怀难写处，光风霁月学糊涂。

（四）

白云留住出山心，水秀峰青卧此身。

琴剑自娱还自励，寸心千古永怀真。

家贫，悲鸿上不了学堂，他可以自学，向父亲学，向大自然学，向家中的藏书学。他不光读儒家大典，《世说新语》、《西游记》、《聊斋志异》这些记人志事、写神述鬼的奇书他都读；《楚辞》《杜工部集》这些著名的诗集，他刻苦背诵，渐渐地，他能吟诗了，当成为艺术大师时，他的许多题画诗很有名。

徐悲鸿十三岁时和父亲一起离开家乡，流浪江湖，买画为生，受尽了人间辛苦，这时的中国处于水深火热的灾难之中，徐悲鸿面对现实，生出了忧国忧民之情。他刻了两方印："神州少年"、"江南贫侠"。流浪生活使他眼界大开，接受到西方绘画大师们名作复制品的强烈影响使他有了去欧洲学习美术的愿望。

1914 年，徐父病逝后，悲鸿去了上海，好友张祖芬送他一部《韩昌黎全集》，要他学习韩愈的诗文，以提高文学境界，并送他一句话："人不可有傲气，但不可无傲骨。"这句话成了悲鸿先生一生信守的人生格言。两年后，徐悲鸿在上海结识了近代"维新运动"的杰出领导、文化名人、书法大师康有为先生，康先生爱惜人才，奖掖后进，对徐悲鸿的才学特别器重，欣赏他的书法作品，认为悲鸿的书法"务求精深华妙，不取士大夫浅率平易之作"。悲鸿便拜康先生为师，并受到他"卑薄四王"（清初山水画家王晖、王时敏、王鉴、王原祁四人），推崇宋法的艺术观点。"四王"在绘画上功底很深，可是缺乏创新精神，只知追摹古人，以为乐事。悲鸿拜师后，得览康氏所藏许多碑版，反复临习《经石峪》、《张猛龙碑》、《石门颂》、《郑文公碑》，观悲鸿书法，对他影响最大的是《石门颂》。后来，徐悲鸿到了北京，成了名气不小的画家，主张国画革新，发表文章指出："中国画学之颓败"原因在于"守旧"，当时的革新之路是向西方学习。

1918 年,徐悲鸿携夫人蒋碧薇去法国留学,学习西方美术,学习素描和油画,这一去七年。当他归国后已成了一流的艺术家。徐悲鸿有着非常深厚的国学修养,名作如《田横五百士》(油画)、《徯我后》(油画)、《九方皋》(国画)、《愚公移山》(国画)都取材于中国典籍。《田横五百士》取材《史记·田儋列传》,《徯我后》取材于《尚书·仲虺之诰》之"徯予后,后来其苏",表达民众觉醒的伟大力量;《九方皋》与《愚公移山》取材于《列子》;《风雨鸡鸣》取材于《诗经·郑风·风雨》之"风雨如晦,鸡鸣不已。"这些画都是我国艺术宝库中的珍品,表达了当时的历史信息:追求光明、自由、进步。他以深厚的中国文化作背景,表达他忧国忧民的情思,这在当代画家中很罕见,不愧为一代宗师。徐悲鸿少年时所学的传统经典都融化到人格与画笔中。他不光画了众多有社会意义的历史画,还依伟大诗人屈原的《楚辞》创作了《九歌》组画。《九歌》是屈原的代表作,悲鸿依诗意创作了《湘君》、《山鬼》、《云中君》、《湘夫人》、《东皇太一》等,悲鸿以这些画表达和屈原一样的情怀:忧国忧民。悲鸿少年时背的《诗经》、《楚辞》,读的《史记》、《列子》,都成了他艺术创新的源泉。(陈全林据王亚莉著《徐悲鸿传》及其他资料编写。伊犁人民出版社。)

少年丰子恺的经典训练

　　丰子恺(1898——1975)原名丰润,浙江人。现代画家、散文家、美术教育家、音乐教育家、翻译家,是多方面卓有成就的文艺大师。解放后曾任中国美术家协会常务理事、美协上海分会主席、上海中国画院院长、上海对外文化协会副会长等职。被国际友人誉为"现代中国最像艺术家的艺术家"。丰子恺风格独特的漫画作品影响很大,深受人们的喜爱,作品内涵深刻,耐人寻味。丰子恺是我国新文化运动的启蒙者之一,早在二十年代出版了《艺术概论》、《音乐入门》、《西洋名画巡礼》等著作,一生出版的著作达 180 多部。丰子恺还是艺术大师、高僧弘一法师的弟子,所作《护生画集》影响深远。博通古今中外,书画、诗文成就尤高。

　　丰子恺四岁时就已识字读书,父亲在这一年中了举人,这是清末之事。母亲很爱读旧小说,子恺跟随母亲也读了不少旧小说。父亲是诗人,诗写得自然清新,充满生活情趣,他的《扫墓竹枝词》中有诗曰:

　　　　风柔日丽艳阳天,老幼人人笑口开。

　　　　三岁玉儿娇小甚,也教抱上画船来。

　　玉儿即子恺,小名慈玉。父亲是旧时代文人,教子读书,以图光宗耀祖。祖母经常读《缀白裘》之类旧小说,爱打瞌睡,油灯经常烧破书角。子恺童年时就读过祖母看的旧小说,祖母爱听戏,常带着孙子去听,江南悠扬的曲艺像洒向田间的春雨,子恺的童心像盛开的花朵。祖母颇像《浮生六记》中的芸娘,祖母去世后,父亲含泪拿着文稿说:"妈,我还没把文章给你看过"。其声呜咽,闻者泪下。这是父亲考中举人的文稿,题目是《汉宣帝信赏必罚,综核名实论》和《唐太宗盟突厥于便桥,宋真宗盟契丹于澶州论》。父亲36岁中举人,42岁死于肺病。

子恺7岁时入私塾读书,先读《三字经》,后读《千字文》、《千家诗》。《千家诗》每页上端有一幅木版画,他在晚年还记得《千家诗》第一幅画的是一只大象和一个人在那里耕田,后来才知道这是二十四孝中的"大舜耕田图"。子恺除了背诗,就是画画。在书上蒙层宣纸就用饱蘸颜料的笔描图,结果由于颜料下渗,把书弄成了"彩色图书",父亲很生气,要打他,被母亲和大姐劝住他。从小画画,兴趣延伸到晚年,自然地成了艺术大师。上学的时候读的是"混沌初开,乾坤始奠"之类的启蒙读物。上小学时还学了许多新儿歌,有不少儿歌到老都记得。12岁时丰子恺已经把全套《芥子园画传》临摹完毕,自己设色。他偷着画,老师不知道,有一次,在私塾为了和同学换画册,打架了,老师处理这件事时才知道丰子恺会画画。他把丰子恺叫过来,丰子恺以为老师会批评他,很不安。老师指着画册上的孔夫子问他:"这是你画的吗?"丰子恺紧张地点头。老师问他:"能不能画得更大点?"丰子恺说:"能。"老师让他回家画张大的带到私塾来。在姐姐的帮助下连夜画,终于画好了,带到学校,老师满意地笑了。过了几天,丰子恺的画装裱好悬挂在私塾教室里,老师让同学们对着这位"万世师表、大成至圣先师"行礼。丰子恺才知道老师让他画画的用意。从此,他在家乡出名了。这开启了一位伟大艺术家的理想之门,成为漫画家后,美学家朱光潜评价他的作品:"从纷纭世态中,挑出一些为人所熟知而却不注意的一鳞半爪,经过他一点染,便显出微妙隽永,令人一见不忘。"

后来去杭州上师范学校,与同学们读《古文观止》、《史记》、《汉书》、《八大家骈文钞》。他读,同学也读,同学读,他也读。杰出的文学大师从传统经典中向我们走来,带着满身的书香,走向永恒。在这期间,发表了一些诗歌,这是能见到的丰子恺最早的诗作。如:

晨起见梅园飘尽口占一绝

铁骨冰心霜雪中,孤芳不与众芳同。

春风一夜开桃李,香雪飘零树树空。

溪西柳

溪西杨柳碧条条,堤上春来似舞腰。

只恨年年怨摇落,不堪回首认前朝。

春宵曲

百卉无风落,阴浓过雨新。

故园春色半成尘,正是绿肥红瘦最伤神。

朝中措

一弯碧水小窗前,景色似当年。

旧种庭前桃李,春来齐斗芳研。

如今犹忆,儿时旧学,风雨残编。

往事莫须重问,年华一去悠然。

诗中现出丰子恺的多情与少年老成。(陈全林撰根据《丰子恺自传》,江苏文艺出版社1996年版,及《丰子恺年谱》,盛兴军著,青岛出版社 2005 年版,《大师的关键一步》,赵忠心编著,中国发展出版社,2005 年版编写)

少年石鲁的经典训练

石鲁(1919—1982),国画大师、书法家,年仅 19 岁时,从四川仁寿县文公乡松林湾一个封建世家出走,去延安参加革命,从事文艺活动。建国后,他在西安与赵望云等艺术大师开创"长安画派"。"文革"中不屈不挠地与"四人帮"斗争,一度因迫害而患精神分裂症,几乎被当时所谓"革命者"枪毙。作为一位艺术大师,他为我们不仅留下了不少传世书画杰作,出版过《学画录》、电影文学剧本《暴风雨中的雄鹰》、小说《刘志丹》。

石鲁原名冯亚珩,字永康,石鲁是他去延安时所用化名。因为他敬慕清代画家石涛和现代著名作家鲁迅,自名"石鲁"。父亲冯子融是个地主,母亲王氏。冯家是当地相传五世、历经百年的望族。冯家五世前祖居江西,移民至蜀,经商致富,到冯亚珩出生时,冯家已见衰落。清末至新中国建国,神州大地处于战乱之中,特别是四川,出了许多军阀,川军与滇军、黔军经常为争地盘而战,仁寿县曾两次成为战场。

外祖父王国桢是当地著名书法家,冯亚珩虽未见过外公,但外公家的古玩珍奇,无尽字画让他大开眼界,也许这也是艺术之缘吧。冯家曾有千顷良田,十亩花园,家业盛大。至石鲁这一代,也有千亩良田,十亩花园。冯家注重儿女的教育,家中设有私塾,称为家塾,让冯家子弟读书。冯家祖辈虽未出过大读书人,但读书之风不绝,家中有"万卷藏书楼"。石鲁六岁时开始读书,祖父冯鹿苏中过秀才,颇有眼光,知道光有良田千顷还不足,必须有"万卷藏书"才能显出大家族的声威,才能更好地教育子孙。他购来各种图书,兴办家塾,请名儒来家中授课。

"要好儿孙须行善，欲高门第在读书"，这是旧中国每个家庭的共识。亚珩的老师是名儒、书法家、老秀才尹庄伯，饱读经史，诗文名世，书宗柳体，名重当地。冯家请他，是敬其学富德高。尹先生入住冯家，想在教学之余，博览群书。先生在冯家教书九年，先后教《三字经》、《百家姓》、《龙文鞭影》、《说文》、《尔雅》、《诗经》、《左传》、《四书》、《古文观止》、《古诗源》、唐诗宋词，为石鲁打下深厚扎实的国学基础，他之所以能成为一代国画大师，与少年时勤学国学有关，体现在悟性的开启与境界的提升上。尹先生不但要求弟子们背书，而且要求牢记讲解。先生经常讲仁寿县的文史，出了什么名人，在什么朝干过什么大事，比如宋代仁寿名人何栗、虞允文的诗文、气节，就让冯亚珩感动不已。冯家大院是中西合璧的院落，使用了水泥和玻璃，大门的石柱上有一联：

名高石座三千客，友伴山林十八公。

大院左角是"万卷藏书楼"，冯亚珩和老师最爱来的地方。书楼中经、史、子、集俱全，有大量碑帖、名贵字画。书楼中宋代仁寿名士、诗人、画家文同的《丹渊集》是亚珩最爱读的诗集，文同乃苏轼表兄，善画竹，苏轼亦善画竹，得其表兄真传，以画竹写君子之风。家中藏有宋元时代家乡名人的不少诗文集，比如五代孙光宪的《北梦琐言》、《荆台笔庸》，宋代韩驹的《陵阳室中语》，韩驹在《赠赵伯鱼》诗中写道：

学诗当如初学禅，未悟且遍参诸方。

一朝悟罢正法眼，信手拈出皆成章。

当时大诗人陆游居蜀多年，对韩驹的诗非常敬佩。虞允文的五世孙虞集的《道园学古录》、《道园类编》也是亚珩爱读的书。

亚珩的二哥建吴从小爱画画，从六岁起，亚珩就跟哥哥学文化，学书画。书法上先临颜体，后来广读书楼所藏二王、怀素、苏东坡、董其昌诸大师名帖，字已写得颇有功底。父亲教导他说："临帖切忌看一笔写一笔，先学会静心读帖，了然于胸，要做到心领神会，意在笔先。"亚珩的国学、书法颇有功底。在他15岁时，

二哥去上海昌明艺专，这是国画大师吴昌硕的弟子办的美术学校，冯建吴师承名家王一亭、王个簃、诸闻韵、诸乐三、冯君木、潘天寿诸公，诗、书、画、印诸方面得到大师的指点。两年后回到家乡，在成都举办画展，创办"东方美术专科学校"，请来国画大师黄宾虹入川执教，这年是1932年。冯亚珩有这么好的哥哥，能不勤学从小热爱的国画艺术吗？十五岁的他，跟定了哥哥，在哥哥的美专求学，打开了艺术大门。后来，他在艺术成就上超过了建吴，但建吴是他

的艺术领路人。石鲁在书法、国画、诗文方面的巨大成就，离不开青少年时打下的国学根基。他在诗中说："生活为我出新意，我为生活传精神。"这是他一生所信守的艺术原则。我特别喜欢他的"大风吹宇宙，红日照高林"两句，视为奇句。有人说石鲁的作品"野、怪、乱、黑"，石鲁以诗回应：

> 人骂我野我更野，搜尽平凡创奇迹。
>
> 人责我怪我何怪？不屑为奴偏自裁。
>
> 人谓我乱不为乱，无法之法法更严。
>
> 人笑我黑不太黑，黑到惊心动魂魄。
>
> 野怪乱黑何足论，你有嘴舌我有心。

石鲁是位极具灵气和创新的画家，黄土高原和陕北风情既寄寓了石鲁对亲自参加的那段革命历史的深情回忆，也表现了他对美和美的价值的全新理解，他的情感就体现在名作《转战陕北》中，苍茫大地上，毛泽东的背影，更给人以沉思的力量。独特的创作手法使他成为了二十世纪中国画坛上最具反传统色彩的一代大师。（陈全林据张毅著《石鲁传》以及其他资料编写，陕西人民美术出版社 2001 年版，图片选自该书。）

少年钱君匋的经典训练

钱君匋（1907—1998），现代艺术大师、诗人，书法、绘画、篆刻、雕塑方面卓有成就，在 20 世纪二三十年代给鲁迅先生的作品及译著设计过封面，非常独特，与鲁迅、弘一法师、茅盾、丰子恺、郑振铎、刘海粟、朱屺瞻或师或友，皆有深厚情谊。钱先生于诗词、作曲、收藏方面都有常人难以企及的境界。他是我国现代书籍装帧艺术元老，曾给茅盾、叶圣陶主编的杂志及其他名家的作品设计过封面，一生设计书籍封面 1700 多种，人称"钱封面"。他将青铜器纹样、汉画像砖、敦煌图案、书法、国画、古碑字铭运用于各种封面，有书卷气，有东方韵。书法艺术上得过吴昌硕、弘一法师、马一浮、鲁迅四位大师的指导，卓成人家。

1907 年 2 月 12 日，钱君匋生于浙江省桐乡县屠甸镇，取名为玉棠，算命先生说此子命中缺木，故取"玉棠"之"棠"以补之。上小学时，成绩优秀，老师钱作民为他改名为"锦堂"，1925 年，锦堂在上海艺术师范学校毕业，觉得"锦堂"

太俗，改为"君陶"，取"君子陶冶性情"之意，最后改为"君匋"，用了七十多年。钱家是大家族，祖父钱半耕是名医，父亲钱希林学医不精，便开饭馆，小有名气。母亲程雪珍勤快善良。江南水乡，风光秀丽，近旁有寂照寺，使君匋从小结下佛缘，长大后与一代高僧弘一交往，精进学佛。钱君匋从小聪明好学，对于绘画、书法、工艺、音乐有着浓厚兴趣。四岁开始写写画画，六岁时父亲把这个给人家墙壁上画猫画狗的淘气小孩送进陈家阁的沈家私塾，读《百家姓》、《千字文》、《千家诗》。他经常在带矾的记账纸上画画，除了背古诗古文，天天描《三国演义》中诸葛亮、刘备、赵云、张飞、关羽的绣像。父母给的零花钱全部用在买颜料上。私塾里不允许画画，钱君匋多次犯规，老师打过他的手心。有天，老师让他背《千家诗》，君匋一紧张，没背全，老师又打他手心，疼急了，他把老师的砚台摔到地下，把老师的旱烟袋抛到了窗外，气冲冲地离开私塾。不久，他去石泾初等小学上学。小学课本上的彩色插图更多，君匋天天临摹，他的美术成绩是学校最好的。从八岁开始，君陶开始习字，先临唐柳公权的《玄秘塔》碑帖，天天临，长进很快，老师赞扬他的字写得好，君匋写得更起劲了。小学时还临习过颜真卿的《麻姑仙坛记》、欧阳询的《九成宫醴泉铭》，但对黄自元的《间架结构帖》、陆润庠的《西湖帖》等馆阁体名帖不喜欢。老师钱作民鼓励他学好柳体，建议小楷学《灵飞经》，尽管同学们夸他习《灵飞经》形神俱佳了，但他自知未得神韵，总觉得此帖书风与个性不太合。

1921 年 6 月，钱君匋小学毕业，家贫，没去上中学，而到西乡桃园头小学当老师，学校里只有几十个学生和一个老师，他既是校长，又是教师，还是工友，语文、算术、常识全由他一人教，学生们敬重他。教学一年，钱作民觉得这样下去会毁了君匋的才华，建议君匋到自己的老友丰子恺任教的上海艺术师范学校去读书，就这样，他投身丰先生门下。丰子恺是艺术大师李叔同（弘一大师）的弟子，在丰先生的教导下君匋临习《龙门二十品》、《石门颂》这代表魏碑与汉隶的名帖，终于，找到了自己在书法追求上的范本。在校时，因要向吴昌硕大师学书画，还专门临习过秦篆《石鼓文》。

1925 年，18 岁的钱君匋从上海艺校毕业，走向社会，开始了艰苦的艺术探索之旅。

钱君匋还是位现代派著名诗人，他的诗浪漫而有灵气，如《苍茫》：

> 傍晚的落霞，
>
> 下垂到柔静的水底
>
> 随夕阳的消逝
>
> 渐渐黯淡至了无色。
>
> 森然地，漠然地，无边的苍茫。
>
> 荡然地，懵然地，无边的苍茫。

驮着疲倦的浅紫的人间呢？

没入丛丛的苍茫。

这首诗意境很美，读之，让人有独处天地之间而发出"念天地之悠悠，出怆然而泣下"的生命孤独感。这是现代派的名作，也是钱君匋先生的名作。（陈全林据《现代派诗选》，蓝棣之编，人民文学出版社 2002 年版、吴光华著《钱君匋传》编，北京美术摄影出版社，2001 年版，图片选自该书。）

少年梅兰芳的经典训练

梅兰芳（1894—1961 年）现代京剧大师。京剧一直被视为"国粹"，梅兰芳光大了京剧艺术，使"梅派"艺术得以丰富和发展。梅兰芳对国学的学习主要来自对各戏剧剧本的学习，他还拜国画大师齐白石为师学习书画，拜王湘绮、张謇学诗，很有成就。著有《梅兰芳文集》、《梅兰芳演出剧本集》、自传《舞台生活四十年》。

1894 年 10 月 22 日，梅兰芳生于北京李铁拐斜街梅宅。祖父梅巧玲，父亲梅竹芬皆是京剧艺术表演名家，母亲杨长江是著名武生杨隆寿之女。梅竹芬因演出过频，劳累过度，不幸于 1897 年病逝，年仅 25 岁。这年梅兰芳才三岁。母亲于 1908 年病逝，时年 31 岁。梅兰芳的伯父梅雨田无子，梅兰芳是梅家唯一的男孩，继承祖业。梅雨田不光戏唱得好，更是近代杰出的胡琴师，给京剧大师谭鑫培配音。值清末乱世，家道衰落，生活艰辛。梅兰芳五岁时上私塾读书，私塾在百顺胡同附近，他跟着私塾先生念《三字经》、《百家姓》、《千字文》、《四书》。私塾后来搬到万佛寺湾，梅兰芳也跟过去学习。私塾里一切课文、经典都要背诵，背不下来，老师会用戒尺打手心。梅兰芳也有挨打的日子，为逃避挨打，开始逃学。有次，他正在上学路上想把书包藏起来，被京剧武生宗师杨小楼看见了，一把抓住他，说："不好好念书，竟敢逃学，看你还逃不逃了。"梅兰芳只好央求："我不逃了，大叔饶了我吧。"杨小楼是梅兰芳外公杨隆寿的得意弟子，与梅兰芳的母亲杨长江是师兄妹。从此，杨小楼每天练功时，抱着梅兰芳去上学，在路上给他讲故事，买串糖葫芦吃，一直送他到私塾门口，看着梅兰芳走进了学校才放心地离开，梅兰芳读书更认真了。七岁那年，家里请来名小生朱素云的哥哥教他唱青衣戏《二进宫》，朱先生嫌梅兰芳天资浅，

不愿再教,使梅兰芳很伤心,从此下决心好好学戏。八岁时师从吴菱仙学《战蒲关》。吴先生与梅兰芳的祖父梅巧玲是生死之交,梅巧玲对吴有知遇之恩,为报答梅巧玲,又因梅兰芳幼年丧父,身世不幸,便格外用心地教梅兰芳学戏。春去冬来,梅兰芳从吴先生那儿学了三十几出戏,如《桑园会》、《三娘教子》、《三击掌》、《别宫》、《宇宙锋》、《岳家庄》、《搜孤救孤》。梅兰芳不光学青衣、花旦,而且拜姑父秦稚芬学武功,梅兰芳跟他学会了在飞驰的马车上舞刀、枪、剑、戟的本领,还练各种功夫。伯父梅雨田亲自教梅兰芳《武家坡》、《大登殿》,为他演出的《女起解》伴奏。

1905年,11岁的梅兰芳在北京广和楼初次登台,饰昆剧《长生殿·鹊桥密誓》中的织女。

1911年,17岁时,在北京文明茶园贴演《玉堂春》,伯父梅雨田操琴,试唱新腔,获得成功。后来,他的戏越演越红,越演越多。

梅兰芳早年师从清末著名诗人王湘绮先生学诗,也与著名实业家、清末状元张謇有深交,曾赠诗张謇:

> 积慕来登君子堂,花迎竹户当还乡。
>
> 老人故自矜年少,独愧唐朝李八郎。

> 公子朝朝相见时,寓中日影到花枝。
>
> 轻车已了寻常事,接座方知睡起迟。

> 人生难得是知己,烂贱黄金何足奇?
>
> 毕竟南通不虚到,归装满载啬公诗。

李八郎是唐代艺术家李益,梅兰芳以之自比。啬公指张謇,当时居住在江苏南通。梅兰芳的诗有富贵气,但稳重真诚,典雅不俗。20岁时,梅兰芳开始学习国画,33岁时,已是名满天下的"四大名旦"之首。作为一代艺术大师,他推动、发展了京剧艺术,为中华传统文化的发扬光大做出了重大贡献,是梅先生首先把京剧艺术带向世界的,促进了中外戏剧文化艺术的交流,他的艺术,也是中华诗词书画哺育成长的。(陈全林编写,据《民国诗话》,陈浩望著,广西民族出版社1996年,及《百年家族——梅兰芳、梅巧玲、梅葆玖》。广东教育出版社2002年版,李仲明、谭秀英合著。图片选自该书。)

少年吕骥的经典训练

吕骥（1909－2002 年）原名展青。长沙府湘潭人。曾就读于长沙长郡中学和上海音乐专科学校。1932 年参加左翼剧联，1935 年加入共产党。1937 年赴延安，任鲁迅艺术学院音乐系主任、华北联合大学文艺部副主任兼音乐系主任。中华人民共和国成立后，历任东北大学鲁迅文艺学院院长、中央音乐学院副院长、中国音乐家协会主席等职。音乐作品有《抗日军政大学校歌》、《自由神》、《凤凰涅磐》、《新编九一八小调》等，著有《论国防音乐》、《中国新音乐的展望》、《民间音乐研究提纲》等。吕骥是现代与聂耳、冼星海齐名的人民音乐家。2005 年，在纪念中国人民抗日战争胜利 60 周年之际，有许多影视作品如《八路军》、《冼星海》中都有吕骥所写的《抗大校歌》，在各种纪念文艺演出会上，人们能听到不少吕骥的作品。

1909 年 4 月 23 日，吕骥诞生于湖南湘潭，祖父经商，家境较好。父亲吕鑫考中清末最后一科秀才，随后去上海学习西方科学，参加孙中山的同盟会，参与反清活动，并在长沙名校旺德中学、周南女中任教，在吕骥出生前几月病逝，去世前为孩子取名：吕家骥。吕父留下了不少书，其中有适合儿童读的如《唐诗三百首》，还有需要识很多字才宜学习的《古文辞类纂》、《杜工部集》、《白香山集》。母亲易宗英在吕骥五岁时先给他教诗，《唐诗三百首》中名篇几乎全背。中国人的家庭诗教，是千百年的老传统，能培养人的气质，提高人的素养。吕父好吹箫，家中有笛，有玉屏箫与洞箫，母亲也善吹笛弄箫，堂姑家有琵琶、扬琴，堂姑是音乐爱好者。这些成了吕骥较早的音乐启蒙。

吕骥想去外婆家附近的私塾中读《四书》、《五经》，母亲且把他送到两个姐姐读书的私立四德女子小学，好让姐姐照顾小弟。1919 年，10 岁的吕骥考入了县立第一小学，这时"五四"运动暴发，西方音乐理念广泛地传到中国，传到教育界。湘潭第一小学，吕骥爱上了音乐课，他用竹笛吹奏古典名曲《梅花三弄》，已能感受到艺术的美。

1924 年，吕骥考入了省立第一师范，音乐老师邱望湘是"五四"以后的新音乐家，写了不少好作品，是他把吕骥领上了音乐之路。在校时他还广读音乐大师王光祈、丰子恺等人的书。

其中，王光祈在"五四"时代，在千百万人"打倒孔家店"（打倒儒学）的呼声中自称是"孔子的信徒"，重提孔子礼乐之说，认为"礼乐不兴，则中国必亡"，主张继承中华优秀传统文化。这些观点影响吕骥一生。晚年，他专门研究过2000多年前的儒家经典《乐记》，认为这是一部光辉的著作，在同时代，全世界没有第二个人讲过跟公孙君子（《乐记》作者）相同的话。《乐记》关于乐、音乐的理论价值决不下于希腊的柏拉图、亚里士多德，有些方面还超过了他们。吕骥从小跟母亲背古诗文，对民族文化有很深的感情。

1929年春，20岁的吕骥创作了歌曲《北方有佳人》，这是他公开发表的最早的作品。《北方有佳人》是西汉武帝时代的音乐家李延年写的诗，吕骥最早创作的音乐作品竟然是给一首近2000年前的古诗谱曲，也许，这是他少年时熟读古诗文的自然流露。2004年，世界著名的华人导演张艺谋在他的电影《十面埋伏》中，主题歌也选用了《北方有佳人》这首古典名诗，只是，曲子非吕骥所作。

北方有佳人，绝世而独立。一顾倾人城，再顾倾人国。

宁不知倾城与倾国？佳人难再得。

这首诗最早见于《汉书•外戚传》，据说，李延年写此诗，并谱曲，让其妹吟唱，汉武帝听后，龙颜大悦，此后更加幸宠李氏。古诗的意韵使吕骥的音乐作品有了一种典雅之美。（陈全林据李业道著《吕骥评传》编写，人民音乐出版社，2001年版，图片选自该书。）

少年王少堂的经典训练

王少堂（1890——1968年）著名评书大师，生于古城扬州，别人评价他时说现代扬州有个李涵秋，是通俗小说的鼻祖；有个朱自清，是一位有民族气节的大学者与散文名家；有个王少堂，是当今最优秀的语言大师、口头文学家，他的说书水平，绝不亚于明代有名的说书艺人柳敬亭。王少堂一生说过不少书，最有名的要数《水浒传》、《三国演义》、《西游记》、《绿牡丹》……这些几百万字的古典长篇小说，全在他脑子中，他绘声绘色地给你说出来。这是几十年说书的功底。如今的人，读《水浒》、《三国》，让他完整地讲一段故事都难，何况说完全书。

王少堂的父亲王玉堂是有名的说书艺人，原名王松泉，玉堂是其说书艺名。王少堂原名桂生。当年王玉堂学书时，遭到其父王茂华的反对，但是，清代大作家吴敬梓的姨侄金兆燕对王茂华说："贤者好读书，不好读书而好听书，耳治与目治，一也。"金先生是举人，他的话很有份量，王玉堂由此得到允许去学说书，拜《水浒》名家宋承章为师，取艺名金章，后拜另张慧堂为师，艺名玉堂。桂生从小听父亲说书，也想说书，王玉堂坚决反对。怎么样，自家也得出一个读书人，他便让桂生去上私塾。在学堂里学的是《三字经》、《百家姓》，学堂里的学生把《百家姓》给改了，改成什么：

　　　　赵钱孙李，先生不讲理。周吴郑王，先生没有床。

　　　　冯陈褚卫，先生差棉被。姜沈韩杨，先生想师娘。

　　学生们摇头晃脑地这样念，先生很生气，问是谁编的？谁领头的？淘气孩子欺负平时怯弱少言的桂生，说是桂生领头的。先生二话不说，一阵好打，因此，桂生很怕先生，不愿去上学，《三字经》、《百家姓》不想念了。

　　桂生七岁那年生了一场病，身上长满疥疮，玉堂妻子杨氏也生重病，他要去安丰镇说书，一家三口，两人病了，玉堂只好带着亲人去说书。为了减轻儿子的痛苦，他就给儿子说书听，儿子听得入神，忘记痛疼，这个七岁的孩子竟然不想去背《论语》、《诗经》，一心想跟父亲学说书。桂生周身生疮，痛得难以入睡，父亲说：听了书，只要不哭，我就教你说书。儿子依这个诺言，要求父亲教说书。桂生怕老师，但已识了不少字，能自己读书，父亲便同意教他说书，要求很严。王玉堂说："说书讲究劝善戒恶，褒忠贬奸。读书人做文章叫'笔伐'，说书人说以情理，叫'口诛'，都有其道。"桂生八岁时开始在家中学书，不仅要阅读《水浒传》原书，还要听父亲说书，听完后要复述。玉堂要他艺以求精，从小明白"说书是艺，这一行还育人，匡扶正气，评忠辨奸"。对于儿子，从小扶正，练脸练品。家中来了客人，他要桂生当着客人讲《武十回》（《水浒传》里讲武松的十回书）。在大门口，当着乡亲讲书，当着捣蛋顽皮的儿童说书。他要练儿子的定力定性。有时，桂生一本正经地坐在家门口念书，同伴们跑来从裤裆里掏出小鸡鸡，对着桂生唱："小鸡鸡呀，一点点呀，长又长呀，尖又尖呀，尿起尿来，一条线呀，尿过以后，颠两颠呀。"小桂生忘了讲书，笑了起来，接着骂那几个玩童。父亲会用藤条抽他一记，"还管不住心？如果你日后说书，台下有人逗你，你也停书？你也叫骂？"

　　王少堂九岁时已能单独说书了，有次王玉堂生病，不能说书，他替父说书，满堂喝彩，大家对他的书艺评价很高。其实父亲并未生病，只是以这种形式考验儿子怯不怯场，有没有勇气，上场后能否不丢、不错、不受各种变故干扰。结果，听书的人说：桂生是活活脱脱一个小王玉堂，可以叫"少堂"。就这样，桂生有了"少堂"之号。他十二岁时已能自如说《水浒》里的《武十回》，玉堂有了帮手，家庭有了帮补。后来少堂从父学《宋十回》，专讲宋江生平。在江苏镇江他们父子俩说书三年，其间，世界著名女作家赛珍珠听过他的书。那时，赛珍珠还是个小女孩，父亲是美国来华传教士，长年生活在中

国,赛珍珠从小会讲中国话,成年后回到美国,写了《大地》这本描写中国人生活的小说,获得过诺贝尔文学奖。

少堂遍读古典小说《三国演义》、《七侠五义》、《施公案》、《平妖传》、《英烈传》、《八窍珠》、《清风闸》、《儿女英雄传》,说这些书,精雕细琢,使评书艺术得以发扬光大。说书有许多内容依原书发挥、创作的,比如说《武十回》时,讲到武松为其兄守灵:"武松坐在哥哥灵前,右肘搁在桌上,拳头抵着太阳穴,两眼痴呆呆望着哥哥灵牌,双目流泪,暗中腹语,'大哥,小弟去岁临行时,归家见你老拜辞,你老讲了许多不吉利之言,小弟便觉蹊跷。今年回来,不见你老容颜,只见灵牌几个字了。'他边流泪,边暗诉,已到定更时分了:

　　　　六素阴朦昼初长,寂寞空庭晚觉凉。

　　　　独坐灵前谁是伴?一盏灯火一炉香。"

生动地刻画了武松的心理活动,这首诗也是说书艺人创作的,并非《水浒传》原有。说书艺人也是文学家。今人单天芳、刘兰芳的说书艺术得到了世人好评,听其书,就能感受到这些艺术家们丰富的文学创造能力。王少堂不光继承前辈书艺,更有发展。对中华传统文学名著,我们大多只是阅读,王少堂除了阅读,还要反复揣摩、再创作,说给别人听,不止说一次,这对中华传统文化的发扬做出了巨大贡献。说书是一种雅俗共赏的传统艺术,承载着中华文化,走进千家万户。(陈全林据李真、徐德明著《王少堂传》编,江苏文艺出版社 1996 年版,图片选自该书。)

少年启功的经典训练

启功(1912—2005 年),书法大师、国学大师、文物鉴定大师、著名教育家、古典文献学家、书画家、诗人。被人们誉为国宝级的人物,生前任职颇多,如北京师范大学教授、中国书协名誉主席、国家文物鉴定委员会主任委员、中央文史研究馆馆长。少年时从贾羲民、吴镜汀习书法丹青,从戴姜福修古典文学。刻苦钻研,终至学业有成。1933 年经傅增湘先生推介,受业于陈垣,涉足学术流别与考证之学。其主要著作《古代字体论稿》、《诗文声律论稿》、《启功丛稿》、《启功韵语》、《启功絮语》、《启功赘语》、《汉语现象论丛》、《论书绝句》、《论书札记》、《说八股》、《启功书画留影册》。推崇明末清初著名的佛门巨匠、诗人、书法家破山禅师。

启功先生姓爱新觉罗,字元白,其远祖是清朝雍正皇帝的儿子、乾隆皇帝的五弟"和亲王"。 由于"和亲王"不是正室生嫡系长子,属于旁支,故而到启功曾祖父溥良时,沾不上皇恩,只能以"科举致仕"而进入朝廷。启功的祖父毓隆是翰林出身,为典礼院学士,曾任学政、主考,一生门生颇多,启功从小受到的良好、严格的教育,与祖父及祖父的门生有关。启功刚满一周岁时，父亲辞世，十岁时，祖父辞世，家道中衰，家中只剩他和母亲、姑姑艰难度日，全家靠曾祖父和祖父的几位门生接济过日子，启功在他们的资助下读书。曾祖父的门生、书画鉴定家、出版家傅增湘先生对启功的帮助巨大。启功小的时候先跟姑姑学字，姑姑把纸裁成小方块，写上人手足等字让他在游戏中学习。稍长，教他描红习字。祖父是翰林院大学者，教育启功方面，自有办法。启功四岁时上私塾，每天习大字。祖父过去教启功的叔叔学习时，叔叔先念，念完后背过身去背书，背错了，祖父会打他。如今祖父改变了教育方式，也许是启功丧父太早的缘故吧，祖父总慈爱地给他讲故事，在讲故事中把经书和史书顺便讲给孙子。启功五岁时读《论语》，稍后读《尔雅》，再后读《孟子》。祖父还是以讲故事的形式讲《孟子》，比如《孟子》中的《梁惠王》上下篇，祖父说，这是孟子和惠王的对话，两人边聊天，边谈治理天下的事呢。许多深奥古文，一经翰林讲解，通俗如白话。

祖父去世后，启功在祖父门生的支持下读到了中学，大家都愿意支持他读完大学，启功想依靠自己来养家，故而中学未毕业就走上社会。在此期间，他拜过贾羲民、吴镜汀二位国画家学习国画，经常随二位老师去故宫中观摩古人书画名作真迹。如范宽的《溪山行旅图》、郭熙的《早春图》都是在此时观摩过的，细心聆听前辈们对古人书画的点评，这为启功后来的文物鉴定打下了基础，当启功进入中年后，已经是著名的书画鉴定家，这得益于少年时贾羲民、吴镜汀二位大师的培养与启功的勤学。真可谓"处处留心皆学问"。启功十多岁时，由曾祖父这位老翰林的旧交介绍，拜在古文名家戴绥之先生门下学习古文、诗词。戴先生说："你现在不能从头读经书了，但经书是根底，至少是应该知道的常识，稍后再读。现在先读些古文。"他教启功读没有圈点过的木刻本《古文辞类纂》，要他自己点，自己读。老师定时检查功课，有不少地方圈点错了，老师一一更正。坚持下去，到后来就没有错误，自己也能断句读古文了。青年时期已经打下了极其扎实的古典文学基础，以至后来经傅增湘先生介绍，他一个中学未毕业的人在辅仁大学给大学生讲授中国文学史、中国学术史、唐宋诗、历代诗选、历代散文选等课，成了一位没有大学文凭的大学教师，成了博士生导师、国学大师。人的一生中任何时候都需要自学精神，自学能使平淡的日子结出美丽的花朵。

辅仁大学校长陈垣是历史学家，很器重青年启功，是他指导启功系统地研习中国史学，研究中国文化的。陈先生曾对启功说："作一个学者，必须能懂民族文化的各个方面；作为一个教育工作者，常识更须广博。"启功学习刻

苦,在诗文、古典小说、金石、书画鉴赏、考古各方面都很精通。建国后,他参与过点校《二十四史》的工作,还写过研究《红楼梦》的著名文章。

启功上小学时,同桌、同学有考古学家贾兰坡、物理学家王大珩,这些人数十年都是他的好朋友。祖父在世时教他练习书法,严禁他读《三国演义》、《水浒传》这些"闲书",启功只能老老实实地在书房里背书、习字。晚年,他自述:"功幼而失学,曾读书背书,虽不解其义,而获记其句逗。"是说小时候背了许多古书。祖父去世后,门生邵从恩和唐子秦经常督导启功学习。邵先生要求启功每周日到邵府去,邵先生会检查他的作业,并对他进行古文指导。有时启功忘记去邵家,邵先生便会亲自上门来看启功。唐先生教启功古诗词,有次,他读了启功写的诗,竟激动得落泪,终于看到了启功的才气,看到了希望,感到没有辜负恩师毓隆先生。这就是中国文人讲究的师道。后来,启功为了报答陈垣先生的奖掖、培养、帮助之恩,自己捐出了110幅书画杰作义卖,得款200余万作为奖学助学金,取陈垣先生书斋"励耘书屋"中的"励耘"二字作为基金会的名字,旨在弘扬陈先生励精图治、勤劳耕耘的治学、教学精神,也鼓励后学深入学习、弘扬中华优秀传统文化。启老学识渊博,他的字中有书香,有君子正气,有学者浩气,有志士骨气,有儒生和气,有隐士逸气,有着传统文化熏陶的书卷气,这便是启功"腹满诗书气自华"的书道境界。启功先生为北京师范大学写的校训是"学为人师,行为世范",这也是启功先生一生的学问人品的写照。想想他的自学与成就,我倒想起了朱熹的一首诗:

> 胜日寻芳泗水滨,无边光景一时新。
>
> 等闲识得东风面,万紫千红总是春。

先生一生的成就是多方面的,"生如春花之绚烂,死如秋叶之静美",说的就是启功先生这样的人。启功生于七月,没于七月。2005年七月,笔者曾在北京师范大学"启功灵堂"为先生送行。启功有一首诗《题广州六榕寺藏僧今释自书诗卷今来书》,是为藏族僧人今释自写的诗卷上题的诗:

> 祝发逃禅勇服勤,半生歌哭动乾坤。
>
> 我来展卷如参礼,同是圆明镜里人。

是啊,启功先生也是开悟之人,和今释一样,慈悲为怀,得大自在。他的词《贺新郎》就表达了对是非成败、荣辱兴亡的感慨:

> 古史从头看,几千年,
>
> 兴亡成败,眼花缭乱。
>
> 多少王侯多少贼,早已全都完蛋,
>
> 尽成了,灰尘一片。
>
> 大本糊涂流水帐,电子机,难得从头算。

竟自有，若干卷，书中人物千千万。

细分来，寿终天命，少于一半。

试问其余哪里去？脖子被人切断。

还使劲，断断争辩。

檐下飞蚊生自灭，不曾知，何故团团转。

谁参透，这公案？

（陈全林据鲍文清《启功杂忆》，中国青年出版 2004 年版及启功诗文编写，图片选自该书。）

少年康殷的经典训练

　　康殷（1926—1999 年），著名书法家大康，还是古文字学家、篆刻家、画家，著有《古文字发微》、《古文字新论》、《文字源流浅说》、《说文部首诠释》，历三十年而编成巨著《印典》，古代印玺是古人留给后人的一份丰富、宝贵的文化艺术遗产，记载着官职制度、地理、民俗、古文字等等许许多多方面的内容和第一手资料，《印典》的完成填补了这项研究空白。他对甲骨文的研究贡献独特，治印、书画自成一家。有人评价他说：大康见多识广，精鉴赏之学，无论甲骨、鼎彝、陶器、封泥、瓦当、汉砖、汉简、壁画……，不一而足。凡所临摹、仿制之作，无不精妙绝伦。大康正是一位坚定的，从自己的民族传统中来，又复展现新阵容的开派人物。在古文字学研究领域中，如果说有一门"康学"，不算狂，也不算过分；在书法界，说有一门"康体"，不算狂，也不算过分。在金石篆刻方面，承认有所谓"康派"，更是理所当然。大康的这些成就，与童年时的爱好、少年时的追求分不开。

　　1926 年，大康生于辽西古城古义县一个没落的书香世家。康家的大门上写着："忠厚传家久，诗书继世长"的对联。祖父康维周和父亲康国栋都写得一手好字，祖父还善画画，喜欢收藏古画。大康出生时，康家经济衰退。祖父为他人经商，父亲在商行为人抄抄写写，父子俩的收入并不多。大康七、八岁时看祖父写字、画画、磨墨，就过来淘气，有次祖父画竹子，他拿笔把墨弄到祖父的画上了，于是祖父开始教他拿毛笔学书法。大康每天习楷书，爷爷指定要他依四体《百家姓》习字，既念了《百家姓》，又习了字。有时，他还翻看《汉印字文征》，书里是汉代印谱，大康喜欢看这些怪字。但最吸引他的还是爷爷的画，就那么几支笔，爷爷能画出山、水、人、树、动物、神仙。他照样临习，画了不少画。祖父不仅让大康习书法，还带他到离家十几里外的北魏石窟"万佛堂"看佛像，观摩有名的《平东将军营州刺史元景造像碑》，此碑很有名，书法遒劲有力，字体奇悍、俊伟，清末康有为、梁启超非常欣赏其书，称之为魏碑之"极品"。在这小地方,爷爷的一部木版水印、套色的《芥子园画谱》是稀罕之物,大康从小就在爷爷的指导下临摹画谱,画得还真象。父亲和祖父读过圣贤书,书法又好,每年春节,方圆数十里的人都来求春联,大康看着父亲写字,越看越好。十三岁时,大康的字写得能入目、能张挂,春节他帮父亲写字,也练了字,长了知识。

　　1931年9月18日,日本侵战东三省,抗日战争暴发。康家从东北逃难逃到北京,生活无着,爷爷想到把收藏数十年的字画出售,其中有清初指画大师高其佩的人物画。由于画店出价太低,老人只好抱回来让孙子临习。高其佩善画钟馗,大康从小就临摹其作,成为名家后,他画了不少钟馗。东北战事稍和缓之后康家回到辽宁义县,大康也该上学了。十岁时大康上到四年级,在锦州十四个县的书法大赛上他以楷书夺冠,以书法出名,校长还请这个十岁的孩子画关羽、岳飞、孔子的像挂在教室里,其中的意思是:不要忘了我们是中国人,不要忘了自己祖先,更不能忘记关羽、岳飞的战斗精神。

　　祖父经常给孙子讲书法名碑、书家掌故,比如《兰亭序》的真本与摹本的故事。父亲在河北昌黎县工作,经常寄书法作品供儿子临习。有一次,他寄来了柳宗元的《绝句》:

千山鸟飞绝,万径人踪灭。孤舟蓑笠翁,独钓寒江雪。

大康在习字临帖中学了不少古诗古文。中学课本里选讲《论语》、《孟子》、《老子》,老师柳先生讲解得很通俗透彻,大康爱上了古文,最爱读的还是《左传》,加上爷爷的讲解,小小年纪,对《左传》典故如数家珍。《左传》的阅读对他书法创作的提高帮助很大,他觉得写字如同写历史一样,字是有生命的,读史、写字、画画、刻印都相通。十四岁之前经常刻字,十四岁之后,从柳老师那儿见到了出版的邓石如、吴昌硕的印谱、书谱、画谱,让他大开眼界。为了学篆书,十五岁大康多次临习《三体百家姓》、《三体千字文》,找来《康熙字典》学习书中的篆字,篆字的写法为何与普通汉字不同?篆书是如何形成的?要解决这些问题,必须阅读汉代许慎编著的《说文解字》。阅读完《说文解字》之后,他沿流上溯,学习商周初文(钟鼎文)、甲骨文。

　　1944年,17岁的康殷以第二名的好成绩考上了吉林师大绘画系,这就是东北"鲁迅艺术学院"的前身。这时的康殷,已经是一位书、画、印"三绝才子"。(陈全林据张宝明、石梅著《康殷》编写,中国青年出版社2000年版,图片选自该书。)

少年范曾的经典训练

范曾（1938——），书画界的杰出代表，他的人物画，代表了当代中国画的最高水平，他的画在国际市场声誉非常高，每一幅四尺宣纸的作品，都在二百万元人民币以上。范先生也以诗词文章、慈善事业为世人所称道，2008 年"5·12"汶川大地震发生后，他在国外，第一时间赶回国内，捐款 1000 万元人民币，又捐出多幅佳作。他的"狂"气更被世人所评论；他和国际数学大师陈省身（已故，2005 年）、诺贝尔物理奖的获得者杨振宁先生是好友，陈先生 90 岁时，杨先生有 80 岁，范先生时近 70 岁。三人的友谊，象征着"科学与艺术"、"科学与人文"的和谐交流。

范曾生于江苏南通的一个书香世家，远祖是唐宋八大文学家中有名的范仲淹先生，范仲

淹的《岳阳楼记》、《严先生祠堂记》是千古美文，自选入《古文观止》，三百年来为天下学士所共赏识。南通范家仅从明末清初的范应龙到范曾父亲范子愚，十二代人中文豪辈出。范曾出生时，正值日本帝国主义侵略中华之时，范曾生于一家人的逃难途中。这个文化世家也因战乱而衰落，幸存于家的是藏之数世的几千册古版珍贵图书。范曾从小就是在父亲范子愚的诗书教化中长大，也是在书堆里东捡西翻而成熟的。范子愚先生国学渊博，善诗文，淡名利，熟读经史，教书中学，颇得好评。范父教子如育人，言传身教，教子弟作诗、论文、吟赋。范曾自述："父亲

教我们苦读，所用的不是戒尺，而是言传身教，是他祖祖辈辈留下来的文人气质，他的博闻强记和高尚的人格。他教我们兄弟三人作诗、论文，他吟哦的声调沉雄悲凉，犹如风之入松，涛之入海，气势实在磅礴得很。我记得明代归庄的《万古愁曲》，滔滔万言，经过父亲一吟，那简直令人泣下；他吟鲍照的《芜城赋》，悲壮激越，至'千龄兮万代，共尽兮何言'，我们都会感慨很久，沉浸于对千古兴亡的怀想之中。我们兄弟都会作旧体诗词，完全靠这种耳濡目染而熏陶出来的，这恐怕比成年之后力学，花的力气小，而理解得更深透。"范曾此语，道破范家教子之秘，也是中国传统经典训练之秘，为今人学习传统文化、进行经典训练指出了方向。要父子共学，要有长者教导，要吟咏古诗文。范曾之所以能成为国画大师，不光是他的画好，更因为他有深厚的国学修养，腹满诗书，他画出的古典人物如老子、达摩、苏东坡，形神俱妙，与其人的气质相印相契。假如范曾没有这样的国学功底，只有画技，他无论如何也是成就不了国画

大师的,是国学功底与国画天赋共同成就了他的大师梦。当代中国画家中,笔墨功底与范曾相仲伯者并不少见,但其文才、诗情、豪气,那种文化世家子弟特有的人文气质很罕见,当这两者都凝聚于范曾一身时,自然而然地成了艺术大师,而不是书匠画匠。范父用潜移默化的方式教子,让他们在游戏中学诗文,他点燃一柱香,要范曾兄弟比赛作诗作对联,看谁在香尽前取得的成绩最好,弟兄们这时会各显神通。曾范先生有二首诗,是写当代硕彦大儒吴玉如先生的:

(一)

饮兰餐菊远游人,草树斜阳自在身。

魏晋茫然秦汉杳,奇书万卷忘红尘。

(二)

孤吟婉转意清醇,野鹤追陪月作邻。

大隐何忧车马地,寒霜不碍一帘春。

大有唐诗气象,非读过万首古诗的人难以写出"奇书万卷忘红尘"之妙句,这一句就将隐逸大儒的精神风貌写出来了。读范曾的诗,不得不让人感叹范子愚先生的诗教,范曾不坠家声,善诗擅文,诗有奇气,文有豪情,这得益于"幼承庭训"啊。(陈全林据《范曾自述》文化艺术出版社 2004 年版,及中央电视台《人物》节目中范曾访谈而编撰。图片选自《范曾自述》)

少年钱学森的经典训练

钱学森(1911——),现代伟大的科学家之一,世人称他为"中国导弹之父"。1991年获得了"国家杰出贡献科学家"荣誉称号。他的爱国精神、科学精神,激励过新中国许多代年青人的成长成才。钱老在70多岁时,创立了"人体科学"这一新的学科,被一些学者评为"真正的钱学"。钱学森在晚年关注中华传统文化的发扬,中国社会科学院哲学研究所的博士生导师胡孚琛教授,原本是化学家杨石先、物理学家黄友谋先生的学生,学的是自然科学,在20多年前,钱老建议他改学传统文化,尤其是道学文化,希望他能"从道家和道教论述中提取可以用来丰富、发展并深化马克思主义哲学的东西。比之这一任务,其他都渺小了。"这是有远见的指导。20年后,胡先生已是誉满海内外的道学文化专家,他的《道学通论》是近二十年来道学研究方面的扛鼎之作。钱老晚年关注道学、关注中医的发展,关注对中国先贤"气文化"的研究。人体科学的创立,是建立在对中国传统文化的研究基础之上的。这种"晚年的关怀"有着少年时的情怀。

钱学森的父亲钱均夫曾留学日本,为人正派,学识渊博,精通经史。1914年,钱均夫携妻带子来北京国民政府教育部就职,不论多忙,他都不会放松对儿子的教育,让儿子看画报看小人书,识字。钱均夫接受过旧式教育,国学根底深厚,对儒学之《大学》、《论语》、《孟子》,对道学之《老子》、《庄子》,对史学之《史记》、《十二史略》、《二十四史》都有研究,写过不少相关研究论文。钱学森在幼年时,聪颖过人,记忆力特强,3岁时就能背诵百首唐诗宋词和《增广贤文》、《幼学琼林》等蒙学读物,能心算加减乘除。这得益于父母的早教。母亲章兰娟是杭州富商之女,知书达理,精通算数,有极高的数学天赋,钱学森早期教育中,受母亲的数学天赋影响很大。钱母教育孩子有自己的办法,把起床、学习、锻炼、学习书法、背诵诗词、学习画画安排得井井有条,这使钱学森养成治学严谨、有规有矩的作风。钱母去世前,没能见到儿子,那时钱学森留学美国,等他赶回来时,见到的只是母亲的遗诗:

> 窗外细雨飞,老妇命垂危。夫君煎药苦,盼子子未归。

1913年10月,袁世凯在明清两代皇帝登基的地方——太和殿举行了总统就职仪式;1915年12月11日,参政院以总代表名义,上"推戴书"劝袁世凯登基作皇帝。12月12日,袁世凯发布接受帝位申令,旋下令改1916年为洪宪元年,废除民国纪元,做起了"中华皇帝"。钱均夫见袁世凯窃取了政权,痛心疾首,自感壮志难酬,便退隐于学术界,每天将主要精力放在居家读书治学上,教育儿子要从小学好中国经典,不光读中国的书,还要读外国的书,学好西方科学,以振兴中华。父亲不仅给幼小的儿子讲解了《庄子·逍遥游》篇,还希望儿子多读史书。我们不知道少年钱学森对《庄子》篇章的学习与晚年支持、指导胡孚琛先生对中华道学的研究有没有关系,但从中可见,贯穿钱学森一生的仍然是中华文化情。《逍遥游》中展翅九万里的鲲鹏仿佛是钱学森的精神写照。当年,他负笈西游,留学美国,学成归国后,以他和其他科学家的智慧改变了中国的命运——我们有了导弹、火箭、原子弹、氢弹,有了航天工程,这些伟大成就中,凝聚着以钱学森为代表的多少老一辈科学家的心血与爱国激情啊。《逍遥游》中的那只大鹏,也正像腾飞的中华。"北冥有鱼,其名为鲲,鲲之大,不知几千里也;化而为鸟,其名为鹏。鹏之背,不知其几千里也;怒而飞,其翼若垂天之云。是鸟也,海运则将徙于南冥。南冥者,天池也。"庄子这种"上穷碧落下黄泉"的沟通天地的广阔思维,像钱学森的思维,他把系统论融入到了人体科学之中来探究人体小宇宙与天地大宇宙的关系,这里,有许多思想与道学暗通冥契。难怪钱老这么看重中华道学文化。

1930年,在上海交大就读的钱学森,因病休学一年,在杭州老家养病期间,父亲指导他读一些史籍和前人诗文集。在此期间,父亲指导下他读完了明末清初史学家、学者全祖望的《鲒埼亭集》,钱父要儿子多读书中的《梅花岭记》。如今,这篇文章早已选入中学课本,撰者在中学时代学过此文。文中记述了明末忠臣史可法的坚贞刚毅、抵抗清兵的感人事迹。1931年春,钱学森专程去扬州瞻仰梅花岭,在史可法墓前寄托敬意与哀思。乾隆皇帝也敬重史可法,并写诗赞扬他:

> 纪文已识一篇笃,予谥仍留两字芳。
>
> 凡此无非励臣节,监兹可不慎君纲。
>
> 象斯睹矣牍斯抚,月与霁而风与光。
>
> 并命复书书卷内,千秋忠迹表维扬

1931年9月18日,日本侵略者占领了东北三省。钱均夫早年留学日本,对于日本企图吞并中国的野心早有了解。故而,他处处以民族大义、爱国激情教育儿子

1935年,钱学森赴美留学之前,父亲为儿子特意购来了《老子》、《庄子》、《墨子》、《孟子》、《论语》这些中华先秦元典,还给他《纲鉴易知录》等史学典籍,提醒儿子,要在国外攻读专业之余多读中华经典,并对钱学森说:"熟读这些书籍,可以对祖国传统的哲学思想摸到一些头绪。"他还说:"任何一个民族的特性和人生观都具体体现在它的历史中。因此,精读史书的人,往往是祖国感情最深厚、最忠诚于祖国的人。"在离开祖国的前夜,钱学森还向父亲请教屈原的《楚辞·天问》。钱学森对于古典文学和古典哲学下过很深的功夫,在送别时,父亲给钱学森写了一张小条幅,上书:"人,生当有品,如哲,如仁,如义,如智,如忠,如悌,如孝。吾儿此次西行,非其夙志,当青青然而归,灿灿然而返。乃父告之。"

父亲在钱学森幼小时就以儒家"仁、义、礼、智、信、达、勇、孝、悌"之道教育他，让他明悟儒家"修身、齐家、治国、平天下"的经世济民之道；稍长，让他广读经史，吟咏风雅，以开阔哲思、激扬文字。晚年的钱学森多次呼吁要重视祖国传统文化，不是偶然的，他是传统文化的终身受益者。他不光看重道学，也看重佛学，多次在讲话中说佛学不是迷信，而是文化。原中国佛教协会会长赵  朴初老人经常在公开场合引用钱老的话，说这是一位大科学家对佛教的看法，借此提醒世人要重新认识佛教文化。他不光是一位伟大的科学家，更是一位伟大的哲学家、思想家，他晚年的著作《人体科学与现代科技发展纵横观》（人民出版社 1997 版）是一本杰出的著作，里面充满着中华传统文化的智慧，这一切，都立基于他对现代科学与中国传统文化的深入研究之上。离开了传统文化的基础，钱学森也就不是钱学森了，钱学森的伟大成就与高尚人格中，有着中华文化的血脉。

2007 年，钱老当选为"感动中国年度人物"。感动中国组委会授予钱学森的颁奖词：

在他心里，国为重，家为轻；科学最重，名利最轻。5 年归国路，10 年两弹成。他是知识的宝藏，是科学的旗帜，是中华民族知识分子的典范。

感动中国推选委员阎肃对钱学森老人这样评价：

大千宇宙，浩瀚长空，全纳入赤子心胸。

惊世两弹，冲霄一星，尽凝铸中华豪情。

霜鬓不坠青云志，寿至期颐，回首望去，

只付默默一笑中。

2007 年 5 月，著名书法家、中国书法家协会顾问张飙先生在中国美术馆举办《张飙题赠两院院士诗词书法展》。正巧，笔者去观摩，记录下了张飙先生题赠钱学森的词《鹧鸪天》：

一星两弹最元勋，学至精微广如森。

力学航天事业创，思维人体揭秘深。

系统巨，宏论新，万难更韧炎黄根。

遍洒慧露润华夏，德高功伟乃科神。

词中"思维人体"指钱学森倡导和创立的思维科学、人体科学，"系统"指工程系统论，"慧露"，指钱老创立的"大成智慧学"。（陈全林据王文华《钱学森的情感世界》，四川人民出版社 2002 年版及其他资料如《大师的关键一步》等编写，图片选自王著。）

少年李四光的经典训练

　　李四光（1889——1971 年），著名的地质学家，创建了崭新的学科——地质力学。李四光还坚信地震是可以预报的，为开创我国地震预测研究工作，做出了重要贡献，著有《地球表面形象变迁的主因》、《中国地质学》。生前曾任地质部部长、中国科学院副院长、中国科协主席。李四光的最大贡献是创立了地质力学，并以力学的观点研究地壳运动现象，探索地质运动与矿产分布规律，新华夏构造体系的特点，分析了我国的地质条件，说明中国的陆地一定有石油，从理论上推翻了中国贫油的结论，肯定中国具有良好的储油条件。毛泽东、周恩来在认真听取汇报后，支持他的观点，根据他的建议，在松辽平原、华北平原展开大规模的石油普查。1956 年，李四光亲自主持石油普查勘探工作，从 50 年代后期至 60 年代，勘探部门相继找到了大庆油田、大港油田、胜利油田、华北油田等大油田，在国家建设急需能源的时候大地冒出滚滚石油，不仅摘掉了"中国贫油"的帽子，也使李四光独创的地质力学理论得到了最有力的证明，同时也实现了他"科学报国"的壮志。

　　李四光出生于湖北黄岗回龙镇，父亲李卓侯是个落第秀才，生了李四光后，给儿子取名叫仲揆。李家很穷，那时候，秀才中不了举人就会仕途无望，只有举人才有资格参加进士考试。落第秀才的出路，最常见的是教书，李卓侯只好在村里的一座破庙里设书馆，教村里的孩子读书，做了私塾先生。这个庙门上有这样一副对联：

　　　　学佛慈悲，济利众生；修圣正道，庄严国土。

　　小仲揆跟父亲识字、读书外，帮母亲干活，打猪草的活大多由他干。父亲入仕的希望破灭后把希望寄托在儿子身上。所有的蒙学读物仲揆背得很熟，父亲除了让儿子学习《四书》、《五经》外，还让他背《楚辞》，向他讲春秋战国时的史事，讲诗文中的奥妙，晚上，父亲听着儿子的朗朗书声，感到欣慰。"子曰：学而时习之，不亦悦乎"，父亲念一句，儿子跟着念一句，然后父亲讲解，说学了知识，还要经常温习，这是很快乐的事情。湖北属古楚国，大诗人屈原就是楚人，父亲给儿子讲屈原忧国忧民的故事，讲他的《天问》，讲他的《离骚》，每念到"长大息以掩泣兮，哀民生之多难"时，父亲显得很激动，他希望儿子长大成才，不但能入仕为官，而且能振民救苦，造福百姓。小的时候，李四光勤于思考，有这么一个流传久远的故事，李四光在自己的文章中讲过的。他喜欢和小伙伴一起玩捉迷藏。每次他都受藏在一块大石头的后面。这块巨石孤零零地立在草地上。一听到小伙伴的脚步声，他就悄悄围着大石头躲闪。大石头把他的身影遮得严严实实的，小伙伴围着石头转来转去，也找不到他。时间长了，他对这块大石头发生了兴趣：这么大的一块石头，是从哪儿来的呢？他跑去问老师，老师想了想，说："这块石头恐怕有几百年的历史了，我小的时候它就在那儿了。""是谁把它放在哪儿的呢？"李四光又问。"听说天上常常掉下来陨石，也许它就是从天上掉下来的吧！"老师说。"这么重的大石头从天上掉下来，力量一定非常大。它应该把草地砸一个很深很深的大坑。可它为什么没卧进土里去呢？"对这个问题，老师说不上来了。李四光又跑去问爸爸，爸爸也说不清楚。这块突兀的大石头到底是怎么来的？为什么它的四周都是平整的土地，没有一块石头呢？这个问题李四光想了许多年，直到他长大以后到英国学习了地质学，才明白冰川可以推动巨大的石头旅行几百里甚至上千里。后来，李四光回到家乡专门考察了这块大石头，终于弄明白这块大石头是片麻岩，从遥远的秦岭被冰川带到这里，那时候只有秦岭有片麻岩。经过进一步的考察，他发现在长江流域有大量第四冰川活动的遗迹。他的这一研究成果，震惊了全世界。

有一天，14岁的仲揆听乡人说，两湖总督张之洞大帅在湖北省城武昌办了个官费小学

堂，那里教国文，还教洋文，学习西洋文化。好学生还有机会出国留学。小仲揆心动了，他告诉父母，自己要去武昌上学。父母得知学校不收费，就向好友借了些钱作路费，让小仲揆上路了，为了减轻路上的开销，这次是仲揆一个人去的。李仲揆到武昌后，几经打听，才找到了西路高等小学堂报名。仲揆还是个孩子，第一次出远门。在填表时，由于紧张，他在姓名栏中填上了年龄数"十四"，他左右为难，没敢再要一张表，他突然灵机一动，将"十"字改成了"李"，就变成了"李四"，当然，这也不能作名字，该怎么改呢？他在抬头的时候，发现大厅中挂着一块大扁，上书"光被四表"四字，意思是说光明照遍全世界。仲揆灵机再动，在"李四"后添了个"光"字。"李四光"，多么响亮的名字。在这次考试中，李四光考了第一名，学堂里有位先生是仲揆父亲的学生。一个看似偶然的机会，使仲揆走出了小小的天地，走进广阔的科学世界。

1904年，李四光赴日留学，开始了他科技救国的历程。在日本他加入了孙中山先生组建的"中国同盟会"，是年龄最小的会员，孙中山先生勉励他"努力向学，蔚为国用"。这时，他才十六岁。

李四光后来成了伟大的科学家，对新中国的建设事业立下了汗马功劳。李四光早年为一位学生写过一诗，亦为其毕生从事地质科学研究的光辉写照。

崎岖五岭路，嗟君从我游。峰峦隐复见，环绕湘水头。

风云忽变色，瘴疠蒙金瓯。山兮复何在？石迹耿千秋。

李四光个多才多艺的科学家，不光散文写得好，旧体诗写得好，即便是地质学论文同样写得"有声有色"。他的音乐造诣相当深厚，尤好小提琴，在巴黎写的小提琴曲《行路难》是中国人创作的第一首小提琴曲。李四光回国后曾请音乐家萧友梅过目提意见。这首提琴曲写于

1920 年,在近八十年之后的北大百年校庆的晚会上,第一次得到公开演奏。他的许多话激励着几代青少年学子学科学,为国争光。"我是炎黄子孙,理所当然地要把学到的知识全部奉献给我亲爱的祖国。""真正的科学精神,是要从正确的批评和自我批评发展出来的。真正的科学成果,是要经得起事实考验的。有了这样双重的保障,我们就可以放心大胆地去做,不会自掘妄自尊大的陷阱。""科学尊重事实,不能胡乱编造理由来附会一部学说。""科学是老老实实的东西,它要靠许许多多人民的劳动和智慧积累起来。""不怀疑不能见真理,所以我希望大家都取怀疑态度,不要为已成的学说所压倒。""真理,哪怕只见到一线,我们也不能让它的光辉变得暗淡。"笔者敬仰这位科学家,作诗赞曰:

> 光被四表世称奇,科学报国亦壮士。

> 天道地道通人道,三才会心赋一诗。

中科院院士杨叔子把"天道"看作科学,把"人道"看作人文。这里,把"地道"就看作李四光创立的地质力学。李四光是杰出的科学家,也是深沉的诗人。(陈全林据《中国科学家故事》及其他资料编写,内蒙古少年儿童出版社 2001 年版。)

少年杨振宁的经典训练

杨振宁(1922——),伟大的理论物理学家之一,华裔诺贝尔奖的获得者。他的最大成就是率先与米尔斯提出了"杨——米尔斯规范场";与另一位美籍华裔科学家李政道一同推翻了爱因斯坦的"宇称守恒定律";创立了统计力学上的"杨氏方程式"。如今,年过八旬的杨先生定居祖国,从事基础教育工作,也涉及国学的研究,比如 2004 年,他关于《易经》这本中华古老元典的论述在科学界、人文学界引起了轩然大波,引起百家争鸣。

1922 年 9 月 22 日,杨振宁诞生于安徽合肥。在孩子满月时,父亲杨武之先生为孩子起名"振宁"。杨武之是安庆市一所中学的教员,安庆旧称怀宁,杨振宁之"宁"指怀宁。依家谱"家、邦、克、振",排在"振"字辈。这个孩子数十年后不但振"宁",而且振"宇"。杨振宁一岁时,父亲在安徽省以优异成绩通过了赴美公费留学考试,远赴西洋。杨振宁只能跟母亲罗孟华一起生活、成长。母亲是大家闺秀,知书达礼,杨振宁孩提时就教他背《三字经》、《唐诗三百首》。成年后的杨振宁喜欢吟诗抒怀,这得益于少年时母亲的诗教,他在《读书教学四十年》的文章中说:"我四岁的时候,母亲开始教我认识方块字,花了一年多的时间,一共教了我 3000 多字。现在,我所认得的字加起来,估计不超过那个数目的两倍。"一个四岁的孩子在一年中能学会 3000 个汉字,这是奇迹。我们常用的汉字也就是 1500 多个。母亲给他生命,给他爱,也给他种下智慧的种子。目前,我们的家庭教育中,母亲对子女什么都愿意给,就是很少给他们的心灵从小种下智慧的种子。晚年,他还记得父亲教的杜甫的诗《兵房曹胡马》、晏几道的词《鹧鸪天》:

《兵房曹胡马》

胡马大宛名,锋棱瘦骨成。竹批双耳峻,风入四蹄轻。

所向无空阔,真堪托死生。骁腾有如此,万里可横行。

《鹧鸪天》

彩袖殷勤捧玉钟,当年拚却醉颜红。

舞低杨柳楼心月,歌尽桃花扇底风。

从别后,忆相逢,几回魂梦与君同。

今宵剩把银釭照,犹恐相逢是梦中。

杨振宁先生自述道:"在我上小学一年级的时候,父亲教我背诵了几十首唐宋诗词。记得似乎是从'床前明月光'开始。有些诗句,例如'少小离家老大回','不教胡马度阴山',很容易懂。许多别的诗句不全懂,但是小孩子很容易就学会了背诵。七十多年来,在人生旅途中经历了多种阴晴圆缺、悲欢离合以后,才逐渐体会到'高处不胜寒'和'鸿飞那复计东西'等名句的真义,也才认识到'真堪托死生'和'犹恐相逢是梦中'是只有过来人才能真懂的诗句。"

1928 年,杨武之获得芝加哥大学数学博士学位回国,杨振宁随母亲到上海迎接父亲的归来,杨武之看看五年未见的儿子,第一句话是:"你读过书吗?"杨振宁怯怯地点点头,对父亲说读过。父亲笑着抚抚他的头,说:"给爸爸背一段,好不好?"六岁的杨振宁看了看母亲,母亲投以勉励的目光。面对多少次梦见过的爸爸,小振宁一口气把《龙文鞭影》从头到尾背了一遍,一字不差。"龙文"原指汉代良马,后比喻才华出众的子弟。书名以马顾鞭影而奔驰比喻儿童发奋向学。父亲高兴地抱起儿子亲他,夸他聪明,好学,还给他一支钢笔,以示奖励,小振宁别提有多高兴,他心里说:我会背的还多着呢。《龙文鞭影》由明代萧良有编,清朝杨臣诤增订,是四言的韵语,讲述中国古代的历史、地理、神话、名物、典故,全文数千字,开篇说:"粗成四字,诲尔蒙童。经书暇日,子史须通。重华大孝,武穆精忠。"重华就是舜帝,是个大孝子,武穆即岳飞,岳母在他背上刺有"精忠报国"四字。里面全是典故,需要讲解,才能有味。

父亲杨武之虽是数学家,但推崇儒学,他请学校里国学功底深厚的文史学者给振宁讲授经史,他认为中国古文一定要从小学起,背点诗词歌赋对一生都有好处,他深知中国传统文化的根对育儿的重要，深知扎实的古典诗文功底对培养青少年的性格志向所产生的潜移默化的作用和对现代科学所具有的触类旁通的影响，他利用一切机会给儿子加强国学功底的训练。杨振宁在《我与父亲》中写到："我初一与初二年级之间的暑假，父亲请雷海宗教授介绍一位历史系的学生教《孟子》。雷先生介绍他的得意学生丁则良来。丁先生学识丰富，不只教我《孟子》，还给我讲了许多上古历史知识，是我在学校的教科书上从来没有学到的。下一年暑假，他又教我另一半的《孟子》，所以在中学的时代我可以背诵《孟子》全文。"《孟子》全文35000多字。杨振宁还在父母的教导下背了数百首诗词，为这位未来的科学家打下了坚实的国学基础，到杨振宁名满天下、成了大科学家时，他对中华文化仍然满怀深情，在演讲中经常引用古诗警句。这使我想到，今人请家教，全是补习课本内容，没有人专门为自己的孩子请国学经典的家教。（陈全林根据《大师情怀——杨振宁》，徐胜蓝、孟东明著，山东画报出版社1998年版，以及杨振宁散文编写。）

少年茅以升的经典训练

茅以升（1896 年——1989 年） 中国桥梁学家、土木工程学家、教育家、社会活动家，字唐臣，江苏镇江人，先世经商，祖父茅谦为举人，思想进步，倾向革命，曾创办《南洋官报》，是镇江名士。茅以升出生不久，全家迁居南京。6 岁读私塾，7 岁就读于 1903 年在南京创办的国内第一所新型小学——思益学堂，1905 年入江南商业学堂，1911 年考入唐山路矿学堂。1912年孙中山先生在唐山路矿学堂讲演时，指出开矿山、修铁路的重要性，坚定了茅以升走"科学救国"、"工程建国"的道路，他从此更加奋发读书，把建设祖国视为己任。

茅以升 10 岁时，曾想随小伙伴去秦淮河边看端午节赛龙舟的节日活动，这天不巧，他生病了，没去。当伙伴们回来时，他急切地问，赛龙舟好看不好看。可伙伴们告诉他，死了好多人。茅以升忙问怎么死了好多人，伙伴们说："人太多，文德桥塌了，桥上的人都掉到河里了。""桥怎么会塌？"茅以升不解地问，"不结实呗"。茅以升的好几个同学在这次塌桥事故中死了。茅以升对父亲说，长大后要造桥，造不塌的桥。从此，茅以升只要看到桥，不管它是石桥还是木桥，他总是从桥面到桥杜看个够。茅以升上学读书后，从书本上看到有关桥的文章、段落，就把它抄在本子上，遇到有关桥的图画就剪贴起来，时间长了，足足积攒了厚厚的几大本子。

茅以升的父亲、祖父都是读书人，茅以升 5 岁时就上了私塾，读《弟子规》、《三字经》之类的蒙学书，后来到思益学堂求学。1906 年，茅以升考入了南京江南中等商业学堂，此时他还没有小学毕业，他一边在学校学习近代的西方启蒙文化，一方面跟祖父、父亲学习传统文化。祖父藏书很多，家中建有"藏书楼"，楼上有一块横匾，上书"一家终日在书楼"，是说书香门第，一家人都爱读书。少年茅以升就这样，经常坐在祖父的书楼读书，有时家里人喊他来吃饭，找不到人时，他准在书楼里聚精会神地读古书。爷爷曾给孙子讲过"神笔马良"的故事，这不，小以升在爷爷的书楼里到处找神笔，爷爷笑着说："傻孩子，得到神笔的秘诀只有两个字：勤奋。"爷爷见孙儿爱读书，答应他在暑假中给以他古文。在书楼的南屋放上一张长桌，爷爷坐正中，以升坐在横头，爷爷讲唐代王勃的名篇《滕王阁序》。据说，王勃写此文时不过15岁，这可让以升敬佩不已。爷爷一字一句地讲，讲完后就让以升背诵，默写。以升最喜欢的是《滕王阁序》中"落霞与孤鹜齐飞，秋水共长天一色"这样的千古绝句。爷爷告诉以升，王勃小时候念书写作可勤奋了，勤奋到什么程度呢？他背书背得多，口角都起了口疮，写字写得多，手指上磨出了茧子，到十五岁时，才华出众，在一次随父亲出席的酒筵上，他才一挥笔，写下了千古美文《滕王阁序》，"南昌故郡，洪都新府。星分翼轸，地接衡庐。襟三江而带五湖，控蛮荆而引瓯越……"从此，茅以升也学王勃，苦背古文古诗，用心理解文意佳句。有天，祖父抄写《阿房宫赋》，茅以升站在旁边看，祖父写一句，他念一句，等祖父写完后，茅以升竟然能把全

文一字不露地背诵下来。这是平时背诵诗文中训练出的超强记忆力。有一次他抑扬顿挫地背古文，背得入神，一头撞在树上，还惊问："谁碰我？"引得同学发笑，笑他"书呆子"，这个"书呆子"成了中国桥梁科学界的大师。茅以升先生在小学、中学时代做过国学大师柳诒徵的学生，柳、茅两家是世交，茅以升师从柳先生学国文与经史，茅以升说："我从先生受业八年，感到最大获益之处，是在治学方法上从勤从严，持之以恒，并认识到知识本身只是一种工具，知识所以可贵，在于它所起的作用。这对于我数十年来的治学治事都有极大的影响。"

　　茅以升中学毕业后，先考入唐山工业专门学校土木系。1916年毕业后，以唐山路矿学堂第一名的成绩被清华学堂官费保送留美，成为研究生，9月起程到美国康奈尔大学报到。谁知该校注册处主任傲慢地说："中国唐山这个学校从来没有听说过，必须经过考试，合格后才能注册"。经过考试后，茅以升的成绩极佳，便给他注册为桥梁专业研究生。从此以后，唐山路矿学堂的学生保送到美国康奈尔大学读研究生的，特许不再经过考试这一关。茅以升于1917年获康奈尔大学研究院专业硕士学位，1919年获美国加利基理工学院工学博士学位。博士论文题为《桥梁力学第二应力》，这篇论文在当时具有世界水平，因而荣获加利基理工学院颁发的金质研究奖章。1919年12月，茅以升毅然回国，在交通大学唐山学校任教授。茅以升说："回顾我的读书生活，这14年的努力，好比造桥，为我一生事业建造了坚实的桥墩。"

1933 年，他主持建造钱塘江大桥,1937 年钱塘江大桥落成。钱塘江大桥是一座经受了抗日战火洗礼的桥。建桥末期,淞沪抗战正紧,日军飞机经常来轰炸。有一次,茅以升正在 6 号桥墩的沉箱里和几个工程师及监工员商量问题,忽然沉箱里电灯全灭。原来因日军飞机轰炸,工地关闭了所有的电灯。钱塘江桥冒着敌人的轰炸,终于于 1937 年 9 月 26 日建成通车。钱塘江大桥建成后,为抗日战争做出了杰出贡献。建桥纪念碑的碑文记录了这段悲壮的史实:"时值抗日战争爆发,在敌机轰炸下昼夜赶工,铁路公路相继通车。支援淞沪抗战、抢运撤退物资车辆无算,候渡百姓,安全过江,数以数十万计。当施工后期,知战局不利,因在最难修复之桥墩上预留空孔,连同五孔钢梁埋放炸药,直至杭州不守,敌骑将临,始断然引爆,时一九三七年十二月二十三日。当时先生留下'不复原桥不丈夫'之誓言,自携图纸资料,辗转后方。"为了阻断敌人,茅以升受命炸断了亲手建造的大桥,这是何等悲壮的义举。抗战胜利后,茅以升实践誓言,又主持修复了大桥。建桥、炸桥、复桥,茅以升先生始终其事,克尽厥责。钱塘江大桥建成于抗日烽火之中,再生于和平建设之世。她不仅在中华民族抗击外来侵略者的斗争中书写了可歌可泣的一页,在国家经济建设中发挥了重要作用。她使沪杭与浙赣两条铁路相连接,使钱塘江两岸由天堑变通途。通车六十余年以来,她为我国交通事业的发展和当地经济的繁荣建立了不朽的功勋 1937 年,由茅以升设计建造的钱塘江大桥竣工后,柳先生作七言古风《茅生以升邀观钱塘江桥》,前四句是:

秦皇鞭石不入海,钱江浩浩三千载。

吾门茅生短且悍,麾斥风霆泣真宰。

1955 年——1957 年,他主持武汉长江大桥的建造,当武汉长江大桥建成后,毛泽东主席兴奋地写下了如是诗句:

风樯动,龟蛇静,起宏图,

一桥飞架南北,天堑变通途。

更立西江石壁,截断巫山云雨,

高峡出平湖。

神女应无恙,当惊世界殊。

茅以升是中国现代桥梁工程学的重要奠基人,作为一名教育家,他在教育界工作的二十余年,当过五所学校的教授、两所大学的校长、两个学院的院长。他积极倡导科普教育,撰写了《桥话》、《中国石拱桥》、《桥梁次应力》、《钱塘江桥》、《中国的古桥与新桥》等大量的科普文章。1982 年 11 月 3 日,86 岁的茅以升,被美国工程学院授予外籍院士称号,当时,他是唯一获得这一称号的中国科学家。(陈全林据《中国科学家故事》内蒙古少年儿童出版社 2001 年版及其他资料编写。)

少年吴健雄的经典训练

吴健雄(1912——1997 年)，美籍华人。世界著名物理学家，与居里夫人并称为 20 世纪最杰出的女科学家。她长期从事实验核物理方面的研究工作，为物理领域，特别是为核物理领域的进步和发展作出了突出的贡献。她的最重要的贡献是：用实验证明了在弱相互作用中宇称不守恒和核的 β 衰变中矢量流守恒理论。以上两项重要实验，被认为是物理学上里程碑的实验，是 20 世纪物理学界的大事。1958 年普林斯顿大学授予她名誉科学博士称号，这是该校首次把这个荣誉学位授予女性。她还获得其它 15 所大学的名誉学位。美国总统授予她 1975 年国家科学勋章，是全美最高科学荣誉。1978 年她获得国际性的沃尔夫基金会首次颁发的奖金。她受聘为南京大学、北京大学、中国科学技术大学等校的名誉教授，中国科学院高能物理研究所学术委员会委员、中国科学院外籍院士，晚年致力于推动中国科学的发展。

1912 年农历 4 月 29 日，吴健雄生于江苏太仓浏河，这里是郑和六次下西洋的出发点。祖父吴挹峰是前清秀才，颇有才思，深通经学，父亲吴仲裔追随孙中山先生，热心社会革命。母亲樊复华与吴仲裔志同道合，通经学，知礼仪，父母提倡男女平等，吴健雄从小就能与其兄弟一样读书识字。小健雄从妈妈那儿学会唐诗后就去祖父那儿去背诵，祖父见她聪明玲俐，总会奖励她，不是给买她好吃的，就是讲个神奇故事。樊复华的名字是仲裔起的，寓意"驱逐鞑虏，恢复中华"。祖父疼爱吴健雄，经常教她背诗词，给她讲神话。吴健雄小名叫薇薇，他告诉孙女，这名字可有来头，来自《诗经·采薇》，薇是一种可食用的小草，虽不起眼，但很有用，过去，许多穷人采薇而食。给你取这个名字，希望你将来即便平凡不起眼，也要做有益于民的人。祖父还叫她背下《采薇》。

> 昔我往矣，杨柳依依。今我来思，雨雪霏霏。
>
> 行道迟迟，载渴载饥。我心伤悲，莫知我哀。

《采薇》这优美哀伤的诗句，吴健雄隐隐约约能体会到诗句的美和情感的痛。爷爷说，一个老兵回到了家里，走的时候，是个年轻人，春天，百花盛开，杨柳依依，当了儿十年的兵，回来的时候，人老了，大冬天的，又冷又饿。谁能知道他内心的痛苦啊。吴健雄为这个 2000 多年前的老兵伤悲。

吴健雄虽是女孩，名字里且充满阳刚之气，是她饱读诗书、热心革命的父亲有意取的，父亲喜欢李清照的诗句：

> 生当做人杰，死亦为鬼雄。至今思项羽，不肯度江东。

作为革命者，吴健雄的名字里寄寓者他的人生理想和做人信念。吴仲裔毕业于南洋公学

（上海交大前身），对近代科学有所了解，加之参加过革命，胆识过人。辛亥革命胜利后的一段时间，太仓浏河土匪盛行，吴仲裔组织"民防自卫队"，自任团长，平定过当地的土匪之乱，家乡人民得以安居乐业。他率先创办"明德女子学校"，"明德"取意于儒家《大学》里的"大学之道，在明明德"，既讲文明，又树新德，校址选在村里的火神庙。学校以职业培训为主，后改名为"明德女子职业补习学校"。学校组装矿石小收音机，组装好后送给对建校有功的人，学校还不定期地请上海电影公司来校放电影。吴校长尽一切可能向乡亲传播新思想、新科技。这对吴健雄有终生的影响，她病逝后，依其遗愿，骨灰安葬于此。吴仲裔兴趣广泛，热心革命，发扬科学，熟读《四书》、《五经》，吟诵古典诗词，虽然主张"新学"，但不忘"国学"，仍然培养吴健

雄对中华古籍的兴趣，教她念《论语》、《古文观止》等书，幼小的吴健雄不懂这些古书，父亲告诉她"待你长大成人后，就会慢慢懂得其中的道理"。吴健雄成年后，越发觉得中国古书里的许多为人处世之道非常深刻，对她产生过重要影响。吴健雄的母亲积极配合丈夫教育女儿，教她识字，教她诗书，教她做人之理，教她心怀天下，放眼世界，做顺时代潮流而有为的人。

离吴宅不远的天妃宫是郑和下西洋时祭神的地方，立着 500 年前郑和最后一次下西洋时所立《通番事迹碑》，吴仲裔一边教吴健雄辨认碑文，一边为她解释。"涉沧溟十万余里，观夫鲸波接天，浩浩无涯，或烟雾之溟蒙，或风浪之崔嵬，海洋之状，变态无时，而我云帆高张，昼夜星驰。"每读此碑文，吴健雄心潮起伏，为生于郑和六下西洋出海之地自豪不已，为祖国的山河、人文而骄傲。

少女时代，吴健雄不光读完了现代小学课程，还读完了《四书》、《五经》、《古文观止》，父亲特别要她读《古文观止》里选的西汉司马迁的《报任少卿书》，背熟这段："文王拘而演《周易》，仲尼厄而作《春秋》，屈原放逐，乃赋《离骚》，左丘失明，厥有《国语》，孙子膑脚，兵法修列，不韦迁蜀，世传《吕览》，韩非囚秦，《说难》《孤愤》。《诗》三百篇，大底圣贤发愤之所为作也……。"父亲的意思吴健雄明白，要自己发愤有为。吴健雄 11 岁时去苏州女子师范学校读书，父亲为勉励她，才让她熟读此文。

1929 年，17 岁的吴健雄从师范学校毕业后，去胡适任校长的上海公学读书一年，胡适先生的课她早在苏州女子师范学校时多次听过。来到上海公学，她拼命学习数理化，课余时间向一位女作家学习写作，向一位书法家学习书法，坚持听完了胡适的国学讲座：《有清 300 年思想史》、《中国文学史》。胡适校长读了吴健雄在考卷中的文章，大称其为"天才，天才"，对她

的书法功底赞不绝口。吴健雄没有成为国学家，1930年去中央大学（南京大学前身）学物理，并于1936年赴美留学，从此，开始了这位伟大物理学家的科学之旅。（陈全林据张怀亮著《吴健雄传》编写，南京大学出版社2000年版，图片选自该书。）

少年顾毓琇的经典训练

顾毓琇（1902—2002），著名科学家、教育家、诗人、剧作家、小说家、社会活动家。科学上，他的"顾氏变数"是一突破，使他列为现代电机分板"六权威"之一；文学上，他与近现代黄兴、于右任、吴梅、柳亚子、毛泽东、唐圭璋、沈祖棻并列为近代词学名家，他与鲁迅、郭沫若、茅盾、巴金、老舍、曹禺、冰心、闻一多、梁实秋皆有交情；作为教育家，中华人民共和国前主席江泽民、世界著名科学家"物理女王"吴健雄都曾是他的学生；国学方面，对禅宗颇有研究。晚年栖心佛学，颇有境界，度百岁而健，以"知足能修寿，心虚乃悟空"为座右铭，前句阐道家之理，后句述佛家之境，足见老人对国学的感悟。

1902年11月25日，顾毓琇生于江苏无锡市虹桥湾，历史上这里出过许多名人，文化气氛浓厚，古时代，舜耕田于此，禹治水于此。顾家在近代"一门五博士"，传为美谈，顾毓琇的表兄王昆仑是杰出的政治家、红学专家，与顾先生同岁，从小共同研习国学。父亲顾晦农（1882—1916）有六子一女，其中有博士五位，顾毓琇是次子，没有博士学位的是第六子与女儿，但都读过大学。顾毓琇的夫人王婉靖是书圣王羲之后裔。顾家是明代大学者顾炎武（亭林）之后，顾炎武的名言"天下兴亡，匹夫有责"，世人皆知。祖母秦太夫人是宋代大诗人秦观（少游）之后，秦家从明至清，三百年来，世代书香，诗礼传家。顾毓琇的科学、文学成就与祖辈的家教、文学素养、高尚品德的熏陶分不开。晦农公喜欢算术、物理、天文，喜欢梁启超的文章。童年，顾毓琇在祖辈、父辈的影响下勤读《四书》、《五经》，研习古典诗词，对宋词下过很大功夫，对秦少游的诗文集用功最深。顾炎武的文集悉心研究，从祖辈的作品中汲取精华。顾毓琇五岁入私塾，十二岁考入竢实学堂补习班，成绩得第一名，品行得第一名，获银牌一块。1914年，14岁的顾毓琇考入清华学校，随父亲入北平。1916年6月17日，父亲病逝，年仅35岁。这年秋天，顾毓琇考入清华中等科二年级丙班。

母亲王镜苏深明经义，赋性仁慈，常以儒家"中正"、"忠信"之道教育儿女，当夜深人静时,会召子女于床前垂训,谆谆告诫,"处世当中正,处事当忠信"。儿女们毕生行事,本乃母所教"中正忠信"。父亲在家时加意指导儿女读古书,学科学,勤奋向学,忠厚做人。顾毓琇出生前母亲夜梦一穿灰色袈裟的僧人来访,顾母急问何来?一惊醒时,顾毓琇出生了,脐带盘于头上,有如念珠,信佛的祖母秦太夫人认为这个孙儿与佛有缘,特别钟爱他。顾毓琇满四岁时祖母常抱他坐在膝上念佛,手把手教他识字读诗。五岁时祖母送他上私塾,放学回来后,祖母帮他学习诗文。九到十岁时,也是祖母照顾他学习古文。祖母写过好多诗,教给顾毓琇,到晚年,顾毓琇仍记得祖母结婚二十年时所写《病中感怀》:

> 欲言不言上高阁,我有心愁一万斛。
>
> 旧愁未了复新愁,终日辗转双眉头。
>
> 流云闭月暗遥夜,耿耿不寐心如钩。
>
> 钩起生平不平事,欲诉真情无处由。

在祖辈、父辈文学的熏陶下,作为科学家的顾毓琇,成了大词学家。清华大学时期及毕业后写过不少小说、戏剧,其中不乏传世名篇。在他身上,科学与人文,完美统一。下面,摘录他的几首诗词:

悼胡适(1972 年)

> 箴言永在作新民,风气开来仰哲人。
>
> 欲使文章成白话,却离世俗出凡尘。
>
> 华京持节艰危共,南港著书学术申。
>
> 凭书墓门经十载,丰碑矗立伴松筠。

《澡兰香》 悼梁实秋(1987 年)

> 良宵恨短,填词情长,
>
> 客里天明梦觉,清华水木,八载同窗。
>
> 往事不堪相约,少年时,曾写新诗。
>
> 惊心,黄花绿萼,荏苒光阴,忽谢西湖红药。

《临江仙》 贺冰心九十寿(1989)

> 风雨同舟周甲子,新诗玉洁冰清。
>
> 南滨西蜀弄箫笙。
>
> 抗战风雷起,凯歌庆太平。
>
> 讲学燕京桃李盛,文章报国豪情。
>
> 元宵圆月寿星明。九十康强颂,蟠桃祝百龄。

胡适、梁实秋、冰心,或师、或同学、或友,皆是文坛旧交。60 余年的诗龄中顾毓琇出版过

20 多种诗词集,1995 年由清华大学出版的《顾毓琇诗歌集》共收诗歌 2000 余首。1997 年,南京大学出版的《顾毓琇词曲集》收入 1001 首诗词。对于一个大科学家,一生能写出这么多诗词,全世界科学家中,绝无仅有。顾毓琇曾将 25 首中国古诗译成英文,这一切得益于儿时对中国古典诗词的学习,他读遍中国历代名家的诗词,诗歌在他心中,和科学一样重要。科学可以济世,诗歌可以释怀。(陈全林据万国雄著《顾毓琇传》编写,南京大学出版社 2001 年版。)

少年涂长望的经典训练

涂长望(1906—1962 年),中国近代气象事业的奠基人之一、中华人民共和国气象科学事业的主要创建人,中国近代长期天气预报的开拓者、社会活动家、九三学社建国初期领导、卓有成就的世界知名科学家。涂长望为我国气象教育事业和人才培养做出了突出贡献,为气象事业发展造就了一批专家和领导骨干。他的许多学生如叶笃正、谢义炳、郭晓岚、施雅风、毛汉礼、陈述彭、黄士松等均成为国内外知名学者。在他提议下,中央气象局创办了我国第一所高等气象院校——南京气象学院,并大力支持北京大学、清华大学、南京大学的气象教育工作。涂长望的一生,是为中国实现民主、振兴科学而坎坷奋斗的一生,是为中国气象事业鞠躬尽瘁的一生。主要著作有《中国气候区域》、《我国低气压之成因与来源》、《大气运行与世界气温之关系》、《中国天气与世界大气的浪动及其长期预告中国夏季旱涝的应用》、《中国之气团》、《关于二十一世纪气候变暖问题》等。

1906 年 10 月 28 日,涂长望生于汉口大通巷一个三代为传教士的家庭。太祖父在大通巷福音堂做工,由此而信教,他是中国近代早期教民与本土传教士。当时教会办有学堂,传教士的孩子可以免费进入教会小学、中学、大学,对于一个贫农这是很吸引人的。父亲涂含章、母亲汪美珍都信教,涂含章是传教士,汪美珍毕业于教会学堂,在教会小学堂教书。两人虽以传播《圣经》为主,但对中国传统蒙学经典都曾学习过,这是教会学堂必修课,母亲汪美珍就成了涂长望的启蒙老师。1913 年,涂长望进入福音堂小学读书,学生每天要做礼拜,学音乐,也学传统的启蒙经书,更主要的是学习《圣经》,必须背诵。

1920 年,涂长望以优异的成绩考上了汉口教会学校博文书院初中部,学校是清末洋务运动的领导者之一张之洞修建的，"博文书院"是张之洞手书。"博文"语出《论语》"博我以文，约我以礼"。后来博文书院改成博文中学。博文书院的老师除了洋人，还有中国举人，课程设置，数理化外还有国学经典，开设天文、地理、地质、历史，举人们讲《四书》、《五经》、古文、古诗、八股文，学生必读的有《左传》、《东莱博议》、《纲鉴易知录》。《圣经》依然是主课。涂长望求学时八股文废除了，其他的国学经典必须学。1923年，涂长望升入博文书院的高中部，成绩一直优秀，完成课业外，还有充沛的精力用于体育运动、读书报、看小说、关心时事。读书修身，儒雅忠厚，待人接物，落落大方，同学们很敬重他，人缘很好。读书之外，最快乐的事情就是游历江山，开阔眼界，当地的许多名山胜水他都游过了。中学三年，他遍读《水浒传》、《说岳全传》、《三国演义》这些文学名著，也读儒家修身、齐家、治国平天下的古籍，把"修身"看大丈夫立身之本，对《大学》中"自天子以至庶人，壹是皆以修身为本"很信服，努力使君子修身的风范体现在心行中，"子曰：文质彬彬，然后君子。""子曰：君子食无求饱，居无求安，敏于事而慎于言，就有道而正焉，可谓好学也已。"说的就是涂长望。涂长望读过克鲁泡特金的《一个革命家的回忆录》。在二十世纪初，克鲁泡特金的思想影响过一大批文化人，特别是作家巴金。1876年，克鲁泡特金放弃俄国亲王的爵位，开始革命家的生涯，这种"弃富贵，求大同"的精神令涂长望很感动，这与儒家"杀身成仁，舍身取义"的情操非常契合。

1925年秋，十九岁的涂长望进入教会大学华中大学理学院。他学好数理各科之外，兴趣主要在文史，不仅读了黑格尔的《逻辑学》，还读《乔治·华盛顿》《林肯传》，读得十分激动。他不仅深明儒家修身、齐家、治国平天下的大道理，而且学习西方自然科学与文史哲，通过对中西文化的学习，思想逐步成熟。次年9月，涂长望到上海沪江大学（教会主办）师从美国著名地理学家葛德石（G. B. Cressy）学习地理学，以亚洲、中国地理为主，走进科学研究领域，为他成为著名科学家打下基础。1930年，涂长望因成绩优秀，官费赴英留学，开始科学之旅。这年，他24岁，远赴伦敦大学学习气象学。回国后，作为教育家，他教导学生说"人生最大的幸福莫过于为最大多数人谋利益。"他爱生如子，抗日战争期间设法为贫苦学生安排勤工俭学，为毕业生寻找职业，进步学生要投奔延安，他不顾自己经济困难，慷慨相助。他经常身着补丁衣，可当他见到去看望他的一位学生衣衫破旧时，则拿出自己的衣裤送给这位学生。

郭沫若先生曾在《挽涂长望同志》中写过涂先生的儒雅风度与精神气质：

> 同君屡次赋欧游，才干堪推第一流。
>
> 肝胆照人风洒脱，心胸涵物韵容休。
>
> 戡天志在争民主，返日戈挥夺自由。
>
> 努力一生无懈怠，令人长忆旧渝洲。

（陈全林据温克刚《涂长望传》编写，当代中国出版社1997版。图片选自该书。）

少年张延生的经典训练

张延生(1943——)，《易》学家，他的出现，掀起了二十多年的《易》学热。他的著作《心易》、《炁易》、《易经入门》、《易经应用》、《易象延》(三卷)、《易与和谐》、《易理数理》，被《易》学爱好者视为经典之作，著作多由团结出版社编辑韩金英女士编辑出版。他的传记《易侠——记张延生》由著名作家冯精志撰写，十余年来，影响很大。一般人看来，占卜、算卦是典型的"封建迷信"，在张延生看来，《易经》所包含的"天地人"三才之理的真相尚未被今人认识。据说，电子计算机的二进制就是德国数学家莱布尼茨依《易经》原理而发现的。《易经》与现代许多高精尖的科学都有联系。杨振宁教授曾说："我之所以怀疑0.laporte的奇偶不灭定律，这和我在西南联大读《易经》的心得有关。《易经》中既有阴、阳相似的道理，同时却也有阴阳消长或阳盛则阴衰，阴盛则阳衰、剥久必复，否则泰来的道理。"杨氏认为"奇偶不灭定律"源于《易经》思想。而与杨振宁共同获得诺贝尔奖的李政道博士说："形象动荡的太极图，深深表达了宇宙星云至电子质子的一切形成"。太极图是《易经》思想的图象化体现和高度概括。

张延生的父亲张协和是位科学家、老革命，"延生"，即"延安出生"之意。1943年，张延生出生于延安，父亲张协和原姓蒋，张协和是他在三十年代于山东藤县搞地下工作时的化名，用久了，变成了"真名"。张协和的父亲蒋自明在1917年赴法国勤工俭学，学成了厨艺，回国后成了厨艺大师。他是共产党员，长期以开饭馆的形式从事革命工作，三十年代，于西安所开五个饭馆全是中国共产党西北活动点。蒋自明从小学医学道，打坐修炼，赴法国后学习了西方的自然科学，教子上自有一套，尽管张协和在上世纪四十年代已是延安工程师，但他秉承父训，刻苦学习中华文化，尤其是中医。1964年，张延生考上北京航空学院，父亲张协和已是著名的工程技术方面的科学家，参加过许多重要的科学工作，比如研制核武器方面，在解决原子能反应堆中的冷却板的加工问题上，张协和的发明得了国家级科研一等奖。

上世纪七十年代末、八十年代初，张延生研究过《易经》、《老子》、《庄子》、《参同契》、《灵宝毕法》等等与修道有关的中华经典，经常打坐修炼。少年时，父亲教他学中医，从小时候一直学到北航读书，学医未间断。父亲在民国年间师从郭子华学医，老师要他学好十二本古医书：《医学三字经》、《汤头歌》、《药性赋》、《本草问答》，这是张协和小学时背得烂熟的东西，他教儿子小学时背这些书。张协和中学时学《陈修园医书》、《俞嘉言医书》、《徐灵胎医书》、《医学心悟》，融会贯通。大学时学《黄帝内经》、《金匮要略》、《伤寒论》、《神农本草》。张延生中学也这么苦学，父亲说："学好了这十二本书，就摸到了汉朝医学家张仲景的正脉了。"父亲口传心授，儿子心领神会，力求按医圣的正宗学下来。大学毕业时，这个工科的大学生背了一肚子医典,读的中医书比本科中医大学生读的还多,中医是张家的家传,背医典是张家的家教。自古医、《易》同源,中医的"阴阳学说"就是《易经》的阴阳学说,只不过是应用重点有所不同。张延生的医道高明到什么地步?1989年1月,日本国大僧正桐山靖雄先生访华时到张家作客,张协和为其号脉时,张延生在一侧问:四十年前,桐山靖雄先生是否被一辆美国汽车撞过后颈?桐山靖雄先生说确有此事,并对所断之确大为惊讶。这里,既有医之望诊,又有《易》之占卜。对《易经》的基本哲学思想,南怀瑾概括说:《周易》这门学问中,有一个原则叫作"三易",就是变易、简易、不易。研究《易经》,先要了解这三大原则的道理。第一,所谓变易,是《易经》告诉我们,世界上的事,世界上的人,乃至宇宙万物,没有一样东西是不变的。譬如我们坐在这里,第一秒钟坐下来的时候,已经在变了,立即第二秒钟的情况又不同了。时间不同,情感亦不同,精神亦不同。万事万物,随时随地,都在变中,非变不可,没有不变的事物。所以学《易》先要知道"变",高等智慧的人,不但知变而且能适应这个变,这就是为什么不学《易》不能为将相的道理了。第二简易,是说宇宙万事万物,有许多是我们的智慧知识没有办法了解的。我常常跟朋友们讲,天地间"有其理无其事"的现象,那是我们的智慧不够。换句话说,宇宙间的任何事物,有其事必有其理;有这样一件事,就一定有它的原理,只是我们的智慧不够、经验不足,找不出它的原理而已。而《易经》的简易也是最高的原则,宇宙间无论如何奥妙的事物,当我们的智慧够了,了解它以后,就变成平凡,而且非常简单。我们看京剧里的诸葛亮,伸出几个手指,那么轮流一掐,就知道过去未来。有没有这个道理?有,有这个方法。古人懂了《易经》的法则以后,把八卦的图案排在指节上面,加上时间的关系、空间的关系,把数学的公式排上去,就可以推算出事情来。这就是把那么复杂的道理,变得非常简化,所以叫作简易。第三不易,万事万物随时随地都在变,可是却有一项永远不变的东西存在,就是能变成万象来的那个东西是不变的,那是永恒存在的。那个东西是什么呢?宗教家叫它是"上帝",是"神",是"主宰",是"佛",是"菩萨":哲学家叫它"本体";科学家叫它"功能"。

　　理解了南先生的话,就不会把《易经》当"封建迷信"看。张延生正是改革开放以来第一个打破"《易经》是迷信"的人。张延生曾就《易经》与生命科学发表过看法:人体有六十四种密码子,《易经》有六十四卦;遗传物质DNA与RNA分子有四对碱基,八经卦可成四对互卦;碱基间通过键来联接,形成三联体密码(即密码子),八经卦是三爻卦,阴键对阳爻,阳键对阴爻,一一对应;DNA分子为一种双螺旋结构,由两条方向相反的多核苷酸链组成,其碱基互补配对,同一平面上是两个不同的三连体密码,而《易经》六十四卦中的每一卦均由两个三爻经卦组成,这不应该看成是巧合。张延生从小到大读的古书非常多,如今张先生年逾花甲,依然为弘扬中华文化著书立说。他童年时背的医书为他打开《易经》之门、生命之门、国学之门,使他在后来修炼道家内功时,如虎添翼,成就很高。想到他研究《易经》这本中国最古老的书、中国哲学之源的著作,我想起了宋朝诗人叶采的《暮春即事》:

> 双双瓦雀行书案,点点杨花入砚池。

> 闲坐小窗读《周易》,不知春去几多时。

屋顶上两只小麻雀的影子在书桌上移来移去,点点杨花随风飘到桌上的砚台里,明媚的春光里,清闲地安坐窗前静心研读《周易》,不知不觉中春天已经悄悄的走过去许多。(陈全林据冯精志撰《易侠——记张延生》编写,1989 年,华夏出版社第 1 版。)

少年严新的经典训练

严新是中国三十年来的传奇人物,他超常的特异功能让张震寰将军、钱学森、贝时璋、茅以升、陆祖荫、胡海昌等大科学家非常吃惊,让政治家、老革命、原周恩来的秘书、四川省委书记、被毛泽东在延安时誉为"中国的黑格尔"的哲学家杨超为之倾倒,从而三十年如一日地支持他。为他们创建"人体科学"提供了事实与思路。自 1986 到 1987 年,严新远距离、不接触实验室的生理盐水、葡萄糖水、麦迪霉素而用思维能量改变了这些物质。这项实验是严新与清华大学的李升平教授、中国科学院的陆祖荫教授等人合作成功的,大科学家钱学森对此实验评价很高,他在论文稿的发表审查意见书上写道:"此稿内容为世界首创,确实无可辩驳地证明了人体可以不接触物质而影响物质,改变其分子性状,这是前所未有的工作。所以,应立即发表,及时向全世界宣告中国人的成就。"陆祖荫教授是中国著名核物理学家,为中国的原子弹事业做出过重大贡献。严新曾应邀到日本、泰国、美国、加拿大、墨西哥等国访问,在世界各地讲学,宣传中国修身、养生的文化,使中国气功这一中华民族的瑰宝在世界上放射出更加灿烂的光辉。近三十年来,严新以"献给天下一枝春"的精神,积极宣传中华特有的非药物的自然疗法,在世界上有广泛的影响。美国一些获得诺贝尔奖的科学家和他合作,研究中医、气功在治疗癌症、艾滋病方面的突破。

严新的特异功能证实了中国古老哲学所讲的"气"的存在、功能、价值。他不仅有极高深的功夫,而且品德高尚。他旅美已十多年,与美国许多获得了诺贝尔奖的科学家一起探讨生命科学,被美国前总统老布什敬称为"当代圣人"。严新医术高明,武功超群,才华出众,于书画、诗词都有很高造诣。他的出现,使人们重新认识古老的道家文化,特别是道家内丹功。严新的大学同学郭同旭写过多本有关严新的书,如《中国超人》、《玄妙之门》、《严新在北美》,这些书中,对严新儿时学道学医的经历有所披露,严新经常在演讲中引用古代典籍中的名句、名段、名篇、名著,他对中国传统儒家、道家、佛家、中医经典非常熟悉。

1950年,严新生于四川江油福严村,四岁时,非常聪明,经常与同伴们玩"捉迷藏",他一藏起来,小伙伴们怎么也找不到他,他找别的伙伴,一找一个准。有一天,他正和同伴玩得开心时,有位中年人对他说:咱俩玩一玩,你藏在什么地方,我肯定能找到,如果我藏起来,你肯定找不到。敢不敢打赌?小严新与他打赌,他对这儿的每一个山洞都熟,不相信自己找不到他。可他失望了,那个大人藏起来后,他怎么也找不着,而他一藏,那个大人一找一个准。这令小严新很吃惊,那个大人说:想学不想学?我教你别人找不到你的方法和你能找到别人的方法。就这样,严新认识了一个隐世奇人,开始了跟他在游戏中学道的经历,老师教他许多好玩的道家功夫和武术,真功夫也在玩耍中修炼出来了。老师教他一些古代的书,像《道德经》,在游戏中背,背会了就教你其他好玩的功夫,寓教于乐。老师经常给他讲《西游记》中的故事,要想听故事,就必须刻苦练功。小严新被老师的故事吸引着,明天孙悟空能打败那个妖怪吗?唐僧几时到西天?为了听故事,也要刻苦习武练功。《西游记》听完了,还有《封神榜》呢,哪咤三太子和龙王斗法的故事太神奇。长大后,严新才知道《西游记》、《封神榜》是两部以神话故事为素材的讲修道炼丹的奇书。以神话故事引动少年好奇的心,老师的这种特殊教育法很有效,既练了功夫,有学了古典文学名著。严新在少年时到大学时,不仅拜访过一代武学大师海灯法师,向他学武,随师练功,还向家乡名医严安方、严淇欣、彭鼎三求教,更多的是向一些隐逸的高人学习道家吐纳炼气之术,向他们求道,跟他们读古代经典如《易经》、《道德经》、《庄子》、《周易参同契》、《抱朴子》、《云笈七签》这些道家伟大经典。严新体悟最深的还是《道德经》,这里不仅讲修道的方法,更有做人修德的原则,严新依圣人之教,处下、不争、守柔、勤俭、虚静。严新惊人的医术,不仅是由于他有超常的特异功能,更重要的是,他对《黄帝内经》、《金匮要略》、《摄生三要》下了很大功夫去研究,还研习儒家学说,对宋儒讲的太极学很有体会。他勤修禅定,领悟佛法。他在诗中说:

志趣苦益业,前握毅悟德。

广才儒释道,恭寻师门捷。

他是一个真正"广才儒释道"的奇人,集中医、武术、内功、特异功能于一身,功夫超常,能诗善画,他的出现,推动了中华文化在民间和

世界的弘扬。对他的评价,会随着人们对他认识的全面而更加深入,张震寰、钱学森、贝时璋、赵忠尧、陆祖荫、茅以升这些大科学家很器重严新,定非偶然。1988 年,茅以升院士给他题词:"开展气功科学研究,造福于人类。"贝时璋院士为他题词:"揭开气功奥秘,发展生命科学。"严新提出"科学救气功"的理念,坚决反对封建迷信。严新在 1988 年写过一首诗,表达了他的理想:

> 唯物辩证科技根,炁功健身文化兴。
>
> 莲府治学栋梁正,重德为本九洲春。

莲府指清华大学,著名作家朱自清的《荷塘月色》写的正是清华大学荷园的美景。严新看重的是通过传播古老的炁功健身术而推动中华传统文化的复兴与发展。前辽宁省原省委书记郭峰写诗赞扬严新高尚的德行:

> 严冬九去卯迎春,新人出世暖人心。
>
> 德施辽海千山早,高艺神功重晚晴。

诗中藏"严新德高"四字。三十年以来,不论在国内还是国外,严新都以弘扬中华文化为己任,他的爱国之举在海内外传为佳话。2009 年 3 月 8 日,由前国家体育总局局长伍绍祖先生组织专家学者在京探讨"人体科学"的发展道路。其中,和严新做过许多重大科学试验的清华大学李升平教授也参加会议。人体科学,是研究生命奥秘的科学,由钱学森教授创立,也许,将会有许多重大发现来改变我们对生命、对宇宙的看法。(陈全林根据钱成、周新编《瑰宝之光》等资料编写,工人出版社 1988 年版。)

少年王力平的经典训练

王力平,道家龙门派第 18 代传人。龙门派创自元代邱处机,邱处机曾面见成吉思汗,劝他少杀、爱民、敬天、寡欲,而被成吉思汗视为"大神仙",元代道教大兴与之有关。王力平在中国二十世纪八十年代初气功热时出山,在气功鼎盛时退隐而专心著述,立志整理《道藏》,指导弟子沈志刚出版了《行大道》、《钟吕传道集注译》、《灵宝毕法注译》等书,对弘扬道家文化做着有益的工作,王力平本人因其高深的功夫、超常的特异功能,使许多民众、学者、科学家更加关注道家文化。1991 年,由陈开国、郑顺潮所著《大道行——访孤独居士王力平先生》由华夏出版社出版,很生动地记了王力平先生的半生学道、修炼的经历。

1949 年 7 月 25 日,即夏历己丑年辛未月丙辰日,王力平生于东北沈阳,后随父母迁居抚顺。1962 年,王力平 13 岁时,家中来了三位来自山东崂山的道长,这三位道长下山来东北的目的是寻访他们的下一代传人,这个人就是当时已十三岁的王力平。他们之所以能找到王力平,是他们以道家特有的《推背图》方法,推算出传人的方位、年龄、命相而寻访的。这三位道长是:无极道人张合道,时年 82 岁,为全真龙门派第十六代传人,原为清宫廷太医,世称"神医"。清静道人王教明,法号松灵子,时年 72 岁,为张合道弟子,全真道龙门派第十七代传人,原为黄埔军校早期教官,武艺甚高,神机妙算,世称"神机"。清虚道人贾教义,法号阴灵子,时年 70 岁,与王教明同为张合道弟子,世称"无极针"。这时的王力平,已是小学五年级学生。自从与三位老道长结识之后,便开始了他伴随三位道长长达十五年的道家修炼生活,一直到"文革"结束。至于其间修炼、学医、悟道、云游、积功、出山、传功、归隐的经历,可以参读《大道行》一书。我要关注的是王力平对经典的学习。

从十三岁开始,三位师父,不仅给王力平教道家功夫,从内功到武术、道术、医术,无所不传,系统地教导他学习道家经典,王力平出山后,以其高超的功夫、高深的学识令许多大学者、大科学家为之倾倒,还在于他博通道典,卓尔不凡。三位道长知道王力平虽为少年,但根基正、悟性高、心诚性纯,可为道器,先向他传授了《太上老君说常清静妙经》,教其清静心身。三位师长依龙门派《百字派》歌诀之排辈法,王力平排在第十八代"永"字上,诗曰"合教永圆明",师爷便是张合道,师父为贾教义、王教明。修炼过程中,三位道长随时给他讲《老子》,让他体验《老子》中讲的"虚其心,实其腹,弱其志,强其骨"、"躁胜寒,静胜热,清静为天下正"、"致虚极,守静笃,万物并作,吾以观其复"的奥妙,这些奥妙完全可以在静坐中体察到。道长还让他背《易经》,让他学《易经》中的阴阳变化之道,以及孔子注《易经》之《十翼》中进德修业的人生大道。王力平除了在课堂上跟老师学《语文》、《算术》之外,还每天定时到三位道长隐居的地方跟他们学道功、道术、道典,系统地学习了以唐代钟离权、吕洞宾二位名道所著《钟吕传道集》、《灵宝毕法》为本的"灵宝智能内功术",学了其中的"三功九法",通过自身的修炼体验了古代哲学家讲的"道"、"气"、"阴阳"、"五行"的存在。《管子》、《淮南子》也是道家经典,这些名著中的修道精要,三位道长一一向他悉心传授。《管子》曰:"心之所虑,非特知于粗粗也,察于微眇,故修要之精。"三老要王力平在静坐中体察人体精气神的精微运动、变化情状。在三位道长的悉心教导下,道家最基本的如太极、阴阳、三才、四象、五行、六气、七宝、八卦、九宫等他在中学时代都学过了,《老子》、《庄子》、《易经》已知其大意,并能背其精华。三位师父又教他学习《道藏》里的其他大经如《黄帝内经》、《黄帝阴符经》、《黄庭经》、《参同契》、《悟真篇》、《抱朴子》、《百字碑》、《三字诀》、《修真图》。一个十六岁的少年,在艰苦的岁月中,学习了传承数千年的中华道学文化。在"文革"全面爆发的年月,三位道长带着王力平访名山而云游避祸,一路上,三老把《内经》向王力平悉心讲授,还有《神农本草经》、《八十一难经》、《孙真人千金方》、《急救仙方》、《仙传外科秘方》、《葛仙翁肘后备急方》等经典的精髓之处,一一为王力平指点，又把各自的绝技和绝方百余副传给了王力平。就这样，王力平在医道、丹道上都有上乘功夫。丘处机的诗歌丹诀背得很熟。一路云游，饱览祖国大好河山，那美景，那悟道的心情，有的就像丘处机在《玉炉三涧雪·暮景》词中所写：

> 杲日西沉远陇，轻飚南起洪崖。
>
> 飘飘逸兴爽情怀，吹断愁思俗态。
>
> 渐渐放开心月，微微射透灵台。
>
> 澄澄湛湛绝尘埃，莹彻青霄物外。

王力平成名后，没忘记恩师交给他的重大任务：增补和重编《道藏》。他说《道藏》是中国文化的《史记》，《道藏》是中国古代文化的百科全书。至今王力平先生的宏愿并没有完成，但出山弘道，他的高妙功夫、高尚品德与高深学问使当代人对道家文化有了新的认识。他博通道家经典，足迹遍天下，真正做到"读万卷书，行万里路"的境界。通读五千余卷《道藏》的学者全国可能不到二十人，王力平就是其中之一。鲁迅先生说："中国文化的根柢全在道教"。世界著名科学家李约瑟博士在巨著《中国科学技术史》中说："道家具有一套复杂而微妙的概念。""它是中国后来产生的一切科学思想的基础。"而道家的精华在《道藏》中，是现代人探求宇宙与生命科学的宝藏。

之所以要写张延生、严新、王力平，是因为他们的出现，曾推动过气功的发展，而气功的发展又推动了中华传统文化的发展，使成千上万，数以亿计的民众开始自发地学习中华传统文化，自发地研习儒释道中医经典。气功之特异功能现象的出现，促进了钱学森、张震寰、吕炳奎等前辈科学家、将军、中医泰斗共同创建的新学科"人体科学"的发展。三位奇人都是从小学习中华经典的人，博学多才，对中华文化怀有激情，值得为他们立传。"人体科学"被钱学森教授看作是与数学、物理、化学、哲学、军事科学等学科并列的重要学科，当然，在当代对人体科学有争议。校订本书时原想删去这一部分内容。2007年4月29日，我参加了由国家地震局研究员徐道一先生、中国科学院自然科技史所宋正海教授、清华大学李升平教授、中国社会科学院孙凯飞副教授等三十余位知名学者在国家地震局地质所举办的"人体科学向何处去"专题学术研讨会，与会学者认为："人体科学是我国原创性学科，是民族文化复兴的象征，是民族创造力的升华。"希望能在21世纪得到发展。因此，保留了这一部分内容。

少年赵朴初的经典训练

赵朴初(1907—2000 年),现代杰出的社会活动家、宗教领袖、诗人、书法家、慈善家、佛教文化学者,生前曾任中国佛教协会主席,对"人间佛教"的发扬做出了重要贡献。著有《佛教常识问答》、《赵朴初文集》,诗集《片石集》、《滴水集》、《赵朴初咏茶诗集》。

1907 年 11 月 5 日,赵朴初诞生于安徽安庆天台里赵氏翰林府,父亲赵恩彤。赵府已出了四代翰林,赵朴初的太高祖赵文楷还是清嘉庆帝钦点的状元。赵府诗书世家,藏书万卷。赵恩彤与兄长赵恩长两家只有这一个长子,被赵府上下视若掌上明珠。赵母陈氏,名慧,字仲瑄,生于诗书世家,其祖父陈銮,殿试探花及第,任两江总督,其父在皖做官,与赵府世交。陈氏工诗书,擅词曲,曾写过散曲《冰玉影传奇》。赵朴初受其母影响,一生写了不少散曲名作。

赵朴初原名荣续,字朴初,小名小开。其意是:承祖光宗,返璞归真;悟初笃静,混沌初开。1912 年,赵朴初五岁,赵父请来了蔡少珊、蔡拱恒兄弟作私塾先生。兄少珊长于经史,弟拱恒擅长诗赋,喜欢书画。私塾在状元府后进东面,院中有老井,井旁有枇杷树,赵朴初每天和姐妹们一起,在这里读书。大姐赵鸣初在背诵王勃的《滕王阁序》,书声琅琅,春花绚烂。蔡拱恒先生有次在月下踱步,听到二、三童子的读书声,诗性大发,吟道:

> 花弄清香月弄阴,一帘风月助狂吟。
>
> 书声更爱儿童好,足慰平生一片心。

蔡先生的学生果然成了大诗人、一代伟人,对于蔡先生而言,"足慰平生一片心"。蔡先生经常给学生们讲唐诗宋词,使得赵朴初从小爱上吟咏。他平生爱诗词,爱元人小令、散曲,自己也写散曲,宋人王安石的诗词他几乎全能背诵,苏东坡、辛稼轩的诗词名篇,到了随口能背的程度。他不太爱黄山谷的诗,但认真地遍读黄山谷的诗。

1923 年秋,十六岁的赵朴初进入东吴大学附中(高中)读书,东吴大学是现在的苏州大学的前身,这里出过不少名流学者,像费孝通(社会学家)、孙起孟(教育学家)、雷洁琼(社会活动家、政治家)、李政道(科学家,诺贝尔物理学奖的获得者)、谈家桢(科学家)、许国璋(语言学家)、查良镛(金庸,小说家)、赵朴初(佛学家)。赵朴初十八岁考入了东吴大学大学部,给他们带课的老师是女作家苏雪林。苏雪林在二十年代初留学法国,她在东吴大学教唐诗宋词,自编教材,讲什么,由她定。她在讲课期间写出了《李义山恋爱事迹考证》(又名《玉溪诗迷》),研究李义山(李商隐)与女道士渔玄机及宫嫔的恋爱关系;又写了《饮水词与红楼梦》,认为清初大词人纳兰成德是《红楼梦》中主人公贾宝玉的原型;她研究出清中叶两大词人顾太清与龚自珍的浪漫史,写了《清代两大词人研究》,教学生动、活泼、有趣,有史事,有见地,能将普通一首诗演义成一段美丽的故事，或者能找到每一首古诗后面不为人知的故事。这使赵朴初更爱古诗词了。后来，赵朴初还出版过诗集《滴水集》、《片石集》。赵朴初的六世祖赵文楷翰林写过散曲《菊花新梦》，而200年后，他的六世后代赵朴初成了诗词大家，文脉一直在家庭家教中流动，在文化世家的气质里漂动，成为一个人的灵魂、才气的一部分。

在30年代，二十出头的赵朴初跟着表舅关絅之先生研习佛法，清末大诗人陈曾寿正是关老的朋友，赵朴初经常向陈先生请教如何写诗的事，并将诗作呈上请指正，陈老的《苍虬阁

诗集》是他最爱读的诗集之一，特别是"万幻唯余泪是真，轻弹能湿大千尘"这样的佳句，朴老经常吟咏，视为心声。跟关、陈二位大家的学习使青年赵朴初在佛学、词章方面的进步非常大，与同时代的大师们的交往，也是赵朴初取得成功的一个重要方面。

1996年11月5日，90岁的赵朴初先生写了一首《九十述怀诗》：

> 九十犹期日日新，读书万卷欲通神。
>
> 耳聋不畏迅雷震，言笑能教远客亲。
>
> 曾助新军旗鼓振，力推谬论海天清。
>
> 千年盲圣敦邦谊，往事差堪启后生。

这首诗第一句是说自己活到老、学到老，每天日新其德；第二句是说到老时，已读过了万卷书，杜甫诗中有句"读书破万卷，下笔如有神"，朴老一生读的各种经典何止万卷？第三句一方面写到年事已高，由于耳聋而不畏雷声。何止自然界有雷？当20世纪90年代不少学者反对中华传统文化时，朴老和张志公、夏衍九人曾上书中央，要求注重对中华文化的弘扬。第四句写了朴老的亲情教化的魅力。第五句指抗日战争时他教育、遣送部分上海的年轻难民南下参加新四军的事。1937年8月15日，30岁的朴老与关絅之、黄涵之等在上海成立了"救济战区难民委员会"，赵朴老时任难民收容股主任。第五句指1961年在新德里朴老曾严词驳斥印度文化部长对中国的攻击；第七句指六十年代初，朴老接受周恩来总理的指示，发起"中日纪念鉴真和尚逝世1200周年"的活动，促进了后来的中日邦交正常化。周恩来总理曾对朴老说："中、日友好，对亚洲和世界和平都很重要，佛教协会应该为此多多努力。"

朴老少年时喜欢抄写格言、警句，他90多岁时还经常边读书，边抄书，记诵格言，百忙中他常要写字读书到深夜，经常把废旧信封剪裁好，糊成小书签，工工整整地在上面写下格言警句，像"日知其所无"、"法门无量誓愿学"、"温故而知新"。90岁时因病住院，还抄写格言，像"一个真正的人，他对困难的回答是战斗，他对战斗的回答是胜利，他对胜利的回答是谦

虚。"在住院期间重读了少年时读过的《资治通鉴》。这种好学的精神,养成于青少年,受用于终生。朴老的伟大成就、高尚人格、渊博学问与家教有关,与好学有关,与信仰有关,与修行有关,与他对民族文化的深情、对国家民族的深爱有关。这一切综合在一起成就了朴老平凡而伟大的一生。赵朴初的古体诗词很有名,如:

宁沪列车中作

冷意初凝借茗浇,重围袭耳语嘈嘈。

空山践约知何日?独向人间味寂寥。

题《茶经新篇》

七碗受至味,一壶得真趣。空持百千偈,不如吃茶去。

忆江南

饮茶处,旧日豁蒙楼。

供眼江山开远虑,骋怀云物荡闲愁。

志业未能休。

(陈全林据朱洪《赵朴初传》,人民出版社 2004 年版、《赵朴初因缘人生》,湖北人民出版社 2004 版,《赵朴初咏茶诗集》,李敏生编,朝华出版社 2007 年版及其他资料编写。)

少年陈撄宁的经典训练

陈撄宁（1880—1969年），道学大师，解放后任中国道教协会会长。近代国学衰落、道学不振之季，陈先生挺身而出，高学"仙学"大旗，延绵中华道脉，使中华道教文化承续有人，为民族文化的发扬做出了重大贡献。在20世纪50年代，他在社会上推广"静功疗法"，积极利用传统道家养生术为人民卫生保健作贡献。2006年，陈先生弟子胡海牙教授编辑整理的《中华仙学养生全书》（上中下）由华夏出版社出版，基本上收集到了陈先生的主要著作。

陈撄宁出生于安徽怀宁县，父亲以教书为职业，在家中设馆授徒。陈先生入学很早，三岁时就开始识字读书，到六岁时已读完了《三字经》、《四字经》、《百家姓》、《千字文》、《论语》、《孟子》、《大学》、《中庸》这些儒家经典。到七岁至十一岁，陈先生读《诗经》、《书经》、《易经》、《礼记》、《左传》。在十二岁到十四岁，就学作诗文，读古文古诗，准备考秀才。后来跟兄长学习近代自然科学，他自述说："我兄平日研究物理、化学，尤精于高深的数学，更善于绘制机械图画。我的普通科学知识，皆是幼年兄处得来。"后来考上安徽高等学堂，学习近代科学。

陈先生因肺病辍学，医生说不宜用功读书。肺病在清末是难治之症，不得已，陈先生开始从叔祖父学中医，读遍了叔祖父所有的医书，《黄帝内经》、《神农本草》、《伤寒论》、《金匮要略》、《黄帝甲乙经》、《本草纲目》，医学名著，无所不读，那时，他仅是个少年。这些医学功底使他成了隐身民间的中医大师。民国年间的"北京四大名医"之一的施今墨先生多次向他请教医道，特别是针灸术，有"神针"之誉，解放后党和国家领导人李维汉、董必武向他请教中医与养生之道。陈先生学医初成，又学习佛教、道教的静坐法治病，因见道教静坐法更适合自己，便专心研究道教。他总结道学思想时提出："学理，重研究不重崇拜；功夫，尚实践不尚空谈；思想，要积极不要消极；精神，图自立不图依赖；能力，宜团结不宜分散；事业，贵创造不贵模仿；幸福，讲生前不讲死后；信仰，凭实验不凭经典；住世，是长存不是速朽；出世，在超脱不在皈依"。这十条依然是发扬道家文化的大纲。

二十余岁，陈先生为研究中华道学在上海的白云观通读了5480余卷的《道藏》。鲁迅先生曾说："中国的根柢全在道教"。陈撄宁对道教的研究非常深入，花了三年时间才读完全部《道藏》，为了对比研究，还通读了5000余卷的佛教《大藏经》，这样，陈先生成了一位精通儒、释、道、中医的通才。青年时上过安徽高等学堂，对近代自然科学也有涉略。他曾在浙江居住，与儒学大师马一浮是知己，解放后，经马一浮推荐作了浙江文史馆馆员。马一浮这位旷世大儒经常向陈先生请教道学问题，陈先生向马先生讲过道学名著《周易参同契》。在民国年间，他还与佛门高僧谛闲、月霞作方外交，探求佛法大旨。陈先生成了一个真正的国学大师、道学大师。近百年来，通读《道藏》《大藏经》一万卷的人并不多，陈先生就是其中一人。陈先生的文章存世虽不多，但文才超凡，文笔极妙，诗歌与书法境界很高。今录先生诗四首：

（一）

屑玉丸芝话正长，仙经密奥费猜量。

千秋复见孙思邈，待入龙宫乞禁方。

（二）

诊罢归来静养神，掀髯微叹又何因？

床头多少缠绵客，谁是黄粱梦觉人？

（三）

未向华阳学隐居，漫留歙浦事悬壶。

他年若遂听松愿，能让茅山半席无。

（四）

聚散浑如水上萍，樽前故旧感飘零。

残宵我已成孤月，幸有清晖接曙星。

（陈全林据胡海牙、武国忠编《中华仙学养生全书·陈撄宁自传》编，华夏出版社 2006 版。）

青年李真果的经典训练

李真果（1880－1984），原姓李，家贫，过继彭姓人家，又名彭泽风，人称彭道爷。四川社会科学院已有"李真果课题研究组"，组长为著名道学家李远国。李远国教授主编有《李真果》一书，上篇为《李真果传》五章：天降小子五洲游；丹凝神化玄妙身；正直原因造化功；老子平生好劝救；医学俭方济众生。下篇为《李真果的传说》，乃民间有关李真果的传说 41 则；附有李真果诗语摘抄。

李真果擅长武术、丹道，医术高妙，乃道教奇人。少年时，李家贫穷，受人欺负，李真果的未婚妻被乡里恶霸害死了，李真果立志报仇，流落江湖习武，拜武学大师、名道朱智涵为师，得其武功精要。现代武学大师海灯法师也是朱道人的弟子。李真果武功既成，回乡杀死恶霸为民除害后，就远走他乡，出家为道士，受龙门法脉，道号真果。青年李真果出家后居住在城都二仙庵潜心研习丹道、医术数年，遍读道家经典、中医名著，师从名道王复阳学习道术，王师传授给他《道德经》、《阴符经》之旨，及《万法归宗》、《推背图》、《吕祖太极神数》等秘典。李真果对《四书》、《朱子语类》、《皇极经世》颇有研究，对儒学很推崇，用功学习古典诗词，提高文学境界。道士多习济世救民方术，他选择了中医，花过数年时间专心研习《内经》、《千金要方》、《肘后备急方》、《急救仙方》、《枕中书》、《华陀中藏经》、《海上仙方》、《华陀玄门内照图》、《医学增广》、《医学三字经》、《万病一书》、《医门总诀读本》、《集成良方三百种》、《傅青主女科》、《针灸大成》、《祝由十三科》这些经典。每当做完道教的早课、晚课，他就沉浸在学医的乐趣中，在竹林里，在溪水边，背医书累了，就练武，或去山洞打坐，在宁静中沉思中医的高深道理。有时也和师父去山中采药，回到庵里和师兄弟们制药。道家讲究广积功德，他和师父经常去民间为贫苦百姓义务治病、施舍药物。在实践中体验医理，体验善心，体验大道。他学道家及中医经典的基本方法是背书，整个青年时代，背诵经典几乎成了他的日课。这为他成为一位道学大师、医学大师打下了基础。有次，李真果读《吕祖全书》中《怀火龙真人及云房先生》一诗，忽然有悟，内心有了求道修道的冲动。火龙真人郑思远曾隐居武当山，是道教史上著名人物吕洞宾的老师。李真果就从四川步行到湖北武当山，千里迢迢，诚心可嘉。李真果就在此山中隐修、研究道家经典、吕祖丹诀，修炼不已。有一天，他在山中遇一见了一位道长，风骨清峻，神态潇洒，谈吐含玄，气质不凡，李真果就虚心求教。道人见他颇有仙骨，神气脱俗，乃引入洞府传其道要，并命他修炼到"丹凝神化"，乃可出山远游，归乡布道。李真果隐居武当数年，勤修道功，精研医术，当他学修大成后，就返回家乡，并以精湛的内功与医术治好了母亲的白内障。李真果内修金丹，外炼道术，通儒学，精医道。这全得益于他青年时代的艰苦修学，他一生所背诵的医、道、诗、古文经典，不下五十万字，这是什么样的文化储存啊。

数十年的云游生活中李真果足迹遍川、滇、贵三省许多地方，以精湛之医术救死扶伤，数以万计。人称他为"活神仙"。来求治病者成日排队，李真果一边以医为民治病，一边劝人向善。李真果身边也有数位好医道、丹道的弟子，其中最有名的是当代企业家、恩威集团总裁薛永新。恩威集团以开发中医药产品而名闻全国，年产值数以亿计，是中药产业化之著名企业，有国际声誉，其中"洁尔阴"产品就是由李真果所传秘方研制而成，十余年来，这一产品为世界妇女的健康事业做出了重大贡献，李真果青年时代苦读医书，精研医道，勤于实践，才有了这一杰出成就。

1927 年，他复回二仙庵，学道经、戒律，历时数月。五年后回到故乡，定居安岳云丰场，建皇经楼，诵经布道，劝善济世。此后 47 年大多居于云丰，但经常云游贵州、云南。李真果为民治病，许多恶症、难症、绝证，师应手辄愈。他外用药物，内用丹功，还亲自研制了观音膏、海龙膏、紫金锭、济世仙丹、苏禾饮等 20 余种中成药,疗效颇佳。以医救人,以德化人,以善劝人,以道渡人,求医者成百上千,络绎不绝。李真果生活极简朴,房中除药具外,仅有床灶,他长年以坐代卧。

李真果对道家哲学颇有发挥。从二十世纪七十年代,他从"天人合一"之道学观出发关怀环境保护问题,足见其目光远大,他常祝世界和平,天下安宁,人人向善,以通俗的言语,在喜笑怒骂中劝善,有人想从师学道,他就劝以忠孝,不胡思乱想、不整人、不害人,学好一定得好,得好,更要学好,然后才可以修真。李真果所坚守的是道家博大精深之实学。他常说:"我们道家的事,是大学问,是讲自然大道,不是耍把戏,表演魔术。要教人学好,知道我们道家的正道旨意。劝人为善施仁,才算大法。"他忧心于世者有三:生态恶化、战争危险、人心毒化。故而他常说要保护地球,说地球也有生命,人类当爱地球。他以《道德经》之理而反对战争,宣传和平救世;以道德教化,劝善行仁以救人心;以忠、孝、仁、义、礼、恕、俭、诚、朴、信十德劝人。他的医术很高明,治疗上,力求方便、节俭、价廉、有效、利民、济世。他的简易方、秘方很多,信手用来,应病奇验。李真果为人正气浩然,正直不阿,不求名利,只为劝善救人。在道学、医学、武学、伦理、修炼方面为后人留下了宝贵财富。他的著述,多为诗诀,大多失散,存者不多。有诗云:

> 平生本分为人,一团和气氤氲。
>
> 对越两间无愧,至诚一念常存。

1982 年,李真果被弟子陈俊、薛永新接去讲道,众弟子皆有心得。1984 年 9 月,他被彭姓侄孙女彭端淑接回家。10 月 23 日师始绝食,连续七日而后坐化。临终前开口述一诗云:

> 铁路轮船遍五洲,天降小子五洲游。
>
> 儒佛道也同开化,鲁语周风遍地球。

预言中国传统文化,将大兴于世。"鲁语"即《论语》,孔子为春秋鲁国人,推崇周朝开国圣人周公,周风即儒风。2005 年 9 月 18 日,全球有 34 个国家和地区联合祭祀孔子;10 月,联合国教科文组织设立了"孔子教育成就奖"这一国际大奖,而今,我国已在全球建立了旨在传播中华文化、推动汉语教学的"孔子学院"108 所,真是"鲁语周风遍地球"了。(陈全林根据李远国《李真果》一书资料编写,四川人民出版社 2002 年版。)

少年李叔同的经典训练

文学大师林语堂先生曾说:"李叔同(1880—1942)是我们时代最有才华的几位天才之一,也是最奇特的一个人,最遗世而独立的一个人。他曾经属于我们的时代,却终于抛弃了这个时代,跳到红尘之外去了。他的浪漫才情使他即便出世,也选择在了杭州这个风花雪月、侠骨柔情的地方,使那些看贯'湖山此地,风月斯人'的杭州人士平添了一分新的骄傲。"这里的"遗世而独立"、"终于抛弃了这个时代,跳到红尘之外去了"指李叔同这位天才在1918年于杭州虎跑寺出家做了僧人,这就是近代高僧弘一法师,被世人评为和玄奘、惠能这些历史高僧并列的"中国十大高僧"之一。李叔同一生在诗词、散文、绘画、金石、戏剧、书法、教育、佛学方面达到了极高境界,世人视之为"天才"。书法成就极高,现代伟大的文学家鲁迅、郭沫若都求过他的字,以得其字为幸。鲁迅通过日本好友内山完造求得过弘一法师的"戒定慧"三字,鲁迅在日记中写道:"朴拙圆满,浑若天成。得李师手书,幸甚!"1942年,弘一法师给郭沫若写了"我心似明月,碧潭澄皎洁。无物堪比伦,教我如何说"。这是唐代高僧寒山子的一首诗,郭沫若得此书,欣然于文中赞叹:"手书奉悉……澄览大师言甚是。文事要在乎人,有旧学根柢固佳,然仅有学问而无人的修养,终不得事也。古文云:'士先器而后文艺',殆见到之言耳。"这里的"旧学根柢"指国学,"人的修养"指人的品德、人生境界。弘一法师不仅以他的诗文而得天才之誉,也以他的书法成就与齐白石、康有为、吴昌硕、沙孟海、林散之、毛泽东、谢无量等十人并称"20世纪中国十大书法家"。

1880年秋,李叔同诞生于天津市,父亲李筱楼这年快七十岁了。李筱楼与李鸿章是同科进士、仕宦好友。李筱楼心怀淡泊,无意为官,早早退出官场,进入商场,遂成一代名商,财富不可数计,差不多半个天津城的主要店面都是李家开的。李筱楼生性好佛,天天吃斋念佛,夫人、小妾大多念佛。李氏乐施好善,人称"李善人",满肚子学问与经商智慧。老年得子,李筱楼喜得合不上嘴。李叔同降生前,一只喜鹊不知从哪飞来,衔一枝嫩绿松枝,喳喳地叫了两声就飞走。这时,李叔同出生了,松枝就在床上。这松枝李叔同一生都带在身边,哪怕他做了僧人也带着。李叔同小名文涛,五岁时,父亲因病去世,这时,他已经跟着"进士及第"的父亲念了不少书,大多是一些诗词和佛经。父亲李筱楼每天念佛经,文涛听着听着也能背《心经》和片段的佛经。哥哥文熙长文涛15岁,父亲去世后,文熙成了文涛的老师,对弟弟很严厉。家中请了一些教书法、教篆刻、教古文的老师。父亲有次问文涛志向,五岁的文涛吟了两句诗:"荣华还同三更梦,富贵犹如草上霜。"父亲闻言,沉默半饷,他一生淡泊名利,儿子小小年纪也有此情怀。李叔同一生,轻富贵,淡名利,对同时代许多人产生过重大影响。

文熙每天把弟弟关在房里要他读两个小时的书,对于六岁的孩子,这是件苦差事,该背的东西背不完,文熙就不让文涛出房门。年幼的文涛就从《千字文》、《朱子家训》、《养性篇》、《黄石公素书》到《论语》、《孟子》、《大学》、《中庸》、《古文观上》,无所不背。文熙引读,弟弟跟着读,文熙严格按照父亲的方式教育弟弟,为他成为才子作了很好的文化准备。

李筱楼去世后夫人天天念佛,文涛的母亲也念佛,《金刚经》、《大悲咒》文涛都能背,有时为了跟哥哥斗气,哥哥让他背《滕王阁序》,可他偏偏背一段从母亲那儿听来的佛经。从五岁到十岁,文涛跟着哥哥念书;从十岁到十五岁,文涛跟着私塾先生念,这时学《左传》、《史记》、《汉书》、《人物志》这些更高深的书。老师中有位唐先生,不仅教李文涛古文,还教他学刻字、练书法。文涛对书法用功尤勤,遍临百家,写什么像什么,对《张猛龙碑》、《松风阁诗帖》用功最多, 一代书法大师的功底就是从这里打下的。学书刻字,《说文解字》、《尔雅》这些被古汉语学家称为"小学"的文字学专著他用功更勤,唐先生讲得很细。有一天,唐先生刻了字,让文涛观看。第二天,文涛把仿老师的作品与原作放在一起,请唐先生挑出哪件是学生之作。唐先生真费了功夫才辩认出原作,被文涛的才华所震惊。他喜欢文涛,推荐《格言联璧》,说:此书无论如何你要背。这是清初金缨编的格言书,类似明人《菜根谭》。文涛把此书背完了,此书影响文涛一生的品行。文涛长成李叔同、弘一法师之后,依然抄录了不少格言赠人,劝人修德向善,晚年他编了格言集《晚晴集》,里面有许多隽
永格言,世人多以为是弘一法师自撰。其实这些格言大多出自《格言联璧》。《晚晴集》里的许多格言,六十多年来,经常被人引用,作为座右铭,对教化世人起了很好作用。像"为善最乐,读书便佳。"、"自家好处,要掩藏几分,这是涵育以养深。别人不好处,要掩藏几分,这是浑厚以养大"。这样的格言,在弘一的书法作品中、文集中,随处可见。文涛15岁以前什么都学,儒家的典籍、佛家的经论、道家的奇书、街坊的平词、皮簧、书法上的钟王颜柳,文学上的唐诗宋词,文字学的《说文》、训诂、《尔雅》,无所不学,无所不窥,曾有"二十文章惊海内"的自况诗,不是偶然的。

后来,他上南洋公学,就是上海交大的前身。后东渡日本留学。回国后做了教师,教出了大画家、大文学家丰子恺、大音乐家刘质平这样的人才。法师品德之高尚,性情之高古,影响了那个时代。许多人会唱那首《送别》歌,就是李叔同作的词,曲子原在美国并不出名,经李叔同引此曲于中国并配词,《送别》便成了世界名曲。

长亭外,古道边,芳草碧连天。

晚风拂柳笛声残,夕阳山外山。

天之涯,地之角,知交半零落。

一瓢浊酒尽余欢,今宵别梦寒。

诗中的古韵,来自唐诗宋词的少年熏陶。少年李叔同以诗文名世,青年时代写过许多当时著名的歌曲,大多是李叔同作词作曲,比如《祖国歌》(1905 年 25 岁时作):

上下数千年,一脉延,文明莫与肩。

纵横数万里,膏腴地,独享天然利。

国是世界最古国,民是亚洲大国民。

呜呼,大国民,呜呼唯我大国民!

幸生珍世界,琳琅十倍增声价。

我将骑狮越昆仑,驾鹤飞渡太平洋,

谁与我仗剑挥刀?

呜呼,大国民,谁与我鼓吹庆升平!

黄炎培后来在《李叔同先生的〈祖国歌〉——回忆儿时的唱歌》一文中忆及了《祖国歌》的巨大影响。他说:"那时候的有志青年,大家忧心忡忡,慷慨激昂地发挥他们的爱国热忱。李叔同先生这歌曲便是在那时候作的,这歌曲在沪学会的刊物上发表之后,立刻不胫而走,全中国各地的学校都采作教材。我的故乡石门湾,是一个很偏僻的小镇,我们的金先生也教我们唱这歌曲。我还记得:我们一大群小学生排队在街上游行,举着龙旗,吹喇叭,敲锣鼓,大家挺起喉咙唱这《祖国歌》和劝用国货歌曲。"

李叔同的故事很多,简单地向你介绍一些他儿童时、少年时读书的故事。(陈全林据《悲欣交集——弘一大师李叔同的前世今生》及其他资料编。陕西师范大学 2005 年四版。)

少年吕炳奎的经典训练

1979 年,台湾国民党元老陈立夫先生在给时任国家卫生部中医司司长的吕炳奎先生写信说:"弟负有复兴中华文化之重任,中国医药乃文化中极重要之一环,而掌理卫生行政者均少读中国经书,对中医药一无所知,辄施抑制,不得不领导抗争与教导,不若大陆主持卫生行政者对中西医无歧视而予以平等发展。故弟认为,中医药之弘扬,惟赖大陆诸公之努力耳"。陈立夫是民国年间"蒋、宋、孔、陈"四大家族之一"陈氏家族"之长、民族资本家,一生致力于中华文化的弘扬,他给吕老的信中将中医视为国学中重要的一环,"大陆诸公"最重要的一员、领导者就是被人们称为"中医司令"、"中医泰斗"的吕炳奎先生。建国初,许多人否定中医,提出废除中医,吕老这位出身名医的抗日英雄拍案而起,据理力争,向毛泽东主席上书,毛主席批示"中医药是个伟大宝库"。吕老在全国兴建中医学院,领导专家编定中医教册,被国人誉为"新中国中医事业的奠基人"。晚年的吕炳奎曾和张震寰将军、钱学森教授为创立具有中国特色、旨在发扬中华传统文化、探索人与自然奥秘的"人体科学"结下深厚情谊。他们都看到了中华文化复兴的希望。那么,让我们了解了解吕老的少年生活吧。

吕炳奎(1914——2003 年)生于江苏嘉定望仙桥乡,大清王朝灭亡两年,进入民国初年,民风、教育在乡村与清末没有多大变化,小炳奎生在农家,父母忧患地发现,这个孩子身体很虚弱。小炳奎长到 6 岁时,望子成龙的父母,省吃俭用,送他去私塾读书,先生能教的,是《三字经》、《千字文》、《百家姓》、《唐诗三百首》、《千家诗》这些少儿必学的书,称为"三百千千"的入门教育,到七、八岁才开始背《论语》、《大学》、《中庸》、《孟子》、《孝经》。学校里设有描红的书法课,吕炳奎喜欢写字,每天都用毛笔习字,拿支毛笔,蘸着水,在地上学啊写,写《三字经》,写《百家姓》,写所学的生字与经典,父亲看着勤奋的儿子,心里别提有多高兴,母亲给儿子的奖赏就是煮几个鸡蛋。父亲看儿子写累了就抱过来给他讲民间故事。读了四年私塾,炳奎能自己读书了,发现了读书的乐趣,《三国演义》、《水浒传》中的英雄豪杰们的故事让他兴奋不已,村里演大戏时也演张飞、关公、武松的故事。侠义小说是家里的藏书,父亲最大的乐趣是抱着儿子在饭后闲余给他讲侠义故事,忘记一天的劳累,什么《三侠五义》、《小五义》、《隋唐演义》,父亲讲,自己看,父子同乐。有时父亲把秦琼的故事讲成敬德的故事,炳奎会纠正过来。正直、侠义,贯穿吕炳奎的一生,不畏艰难,勇赴国难;在真理受到谬论的围攻时,敢于挺身而出,维护真理,批驳谬论,不能说没有儿时的侠义情怀。对书法的练习更刻苦,《玄秘塔》、《九成宫》,临了一遍又一遍。这使吕炳奎成了医学界的大书法家,他的字,自成一家,清俊高古,有仙风道骨。中医学界有成百上千的专著出版,其中有不少书是吕炳奎题签,有成千上百的人求过他的墨宝,包括笔者。

天有不测风云,人有旦夕祸福。聪明的吕炳奎在十岁时生了重病,周身发热、高烧不退,生命垂危,父母焦急不安。正在这时,父亲听见门外有人叫喊"专治疑难杂症"。父亲走出门一看,是位游方郎中,相貌清奇,道装打扮。吕父赶忙上前,将郎中请进来,"大夫,看看我的孩子吧",说着眼泪就掉下来。郎中看了看小炳奎发红的脸,说"不妨,不妨",拿出银针在小炳奎身上扎了几针。啊地一声,炳奎从昏迷中醒过来。郎中笑着开副清热解毒的药,说:"吃了此药,就不妨事。"第二天,炳奎活蹦乱跳,没得过病一般。这件事对父母影响很大,行医治病是稳定体面的职业,父亲想让炳奎学医,一方面,自己有病,可以自救;一方面,能像那位道长一样,救死扶伤,造福于民;第三方面,有一份稳定、体面的工作,就这样,吕炳奎走上了学医之路,当然是学中医。当地最有名的中医师数汪志仁先生。10岁的小炳奎拜汪先生为师,开始学医生涯。从此,告别了《论语》、《孟子》,开始从师背《内经》、《难经》、《神龙本草经》了。闲的时候,还跟汪先生一起读《老子》、《庄子》、《周易》、《周易参同契》这些经典,也跟着汪先生出诊。

1934年,20岁的吕炳奎经过十年学艺,终于能独立行医了。一出手就能起死回生,名声大震。从此,一代名医,一个对中国三千年中医事业的大发展起过伟大作用的"中医司令"、"中医泰斗"开始了济世之路。所谓:

济世风清医国手,通方原是读书人。

1938年,名医吕炳奎走上抗日救国之路,变卖家产,购来枪支弹药,与乡民联合,抗击日寇的侵略。现代京剧《沙家浜》根据吕老领导的江南义勇军抗日斗争的故事改编。老电影《51号兵站》,其中的原型就是吕炳奎领导下的一些战友。2002年,吕炳奎与笔者参加纪念冯玉祥将军诞辰120周年的大会上,吕老自称"老游击队员",这缘于他青年时的抗日经历。2006年,有人叫嚣要"取消中医",这种对民族文化的无知与虚无主义,也是半个世纪以来中华文化的断层所形成的。学习经典,情系国运,此言不虚。正如全国著名中医家、针灸大师王雪苔和著名中医家孙光荣诗(后一首)中所赞:

传奇身世历沧桑,戎马郎中侠义肠。

领袖中医扬国粹,一生心血沃岐黄。

百川滚滚归星海,万仞昂昂立正宗。

302

一唱先声弘大道,青山满目夕阳红。

2004 年春,我写了一首《悼吕老》诗,概括了他的一生功业:

你是时代的巨人,但你很平凡,

你是抗日义军的队长,为此,你变卖全部家产,

你是名震一方的郎中,抛下心爱的医书药碾,

振臂一呼,云集百应,谁不说你是报国救亡的好汉?

五星红旗在天安门漫卷,"中医司令"重任在肩。

"破四旧,扫中医,砸传统","革命"呼声波飞浪掀。

你焦急你愤怒你忧患,你上书毛主席,你陈情政务院。

终于有了来自党中央的声音,千年国医的命运因你改变。

毛主席批示了:

"中国医药学是伟大的宝库,必须继续努力发掘,并加以提高。"

最高指示,尚方宝剑,你领导中医精英编教材、建学院。

共和国中医大厦的奠基人啊,流血、流泪也流汗。

如今你走了,安详地走了,放下中医现代化的宏图,

放下东方复兴的号角,放下人体科学的宏愿,

放下曾经挑起的重担,放下相伴半生的笔砚。

生命化作中医魂,浩气满天。

当杏林飘香的日子,每一株杏树会以烂漫相思把你怀念。

岐黄医道传万古,你和医圣同在历史长空笑看,

多少风云变幻,掩不住苍生大医的脚印大地蜿蜒……

(陈全林根据《新中国中医事业的奠基人——吕炳奎从医六十年文集》,华夏出版社 1993 年版编写)

少年吴阶平的经典训练

吴阶平教授,中国科学院、中国工程院院士,中国泌尿外科的主要创始人之一、我国国家领导人之一,是毛主席遗体保护科研领导小组主要成员之一,曾是周恩来总理医疗组组长,为周总理的健康殚精竭虑。他还是新中国性教育的开拓者,世界名医。他从小上私塾,受传统文化的熏陶,后来到教会接受近代西式教育。留学美国,师从诺贝尔医学奖的获得者哈金斯教授。归国后,他在教育、医疗、政治三者方面达到了完美、和谐、统一的境界,这与他从小接受传统文化修身教育有关。

1917年1月22日,吴阶平诞生于江苏常州吴家大院,父亲吴敬仪是爱国商人,吴阶平诞生后,父亲给他取名泰然,号阶平。泰然成年后,以号为名。父亲是清末接受过洋务运动的人士,作为一家之主,经常在吃饭的时候给孩子们讲做人、处世的道理,讲自己和亲友们成败的经验,讲历史人物的成败得失,这种"摆事实,讲道理"的家庭教育方法对吴阶平影响很大。吴敬仪作为实业家,在民国年间,是中国最早实行八小时工作制的人,为人十分谦和,对妻儿、下属从不动怒,以儒家中庸之道、求和、能让、可忍为人生修养,处处体现儒商的风采。

吴阶平6岁时已跟随父亲认识了一些字,父亲教他读《古文观止》、《史记》。父亲喜欢看《三国志》,边看边眉批,把心得写在书上。对于吴阶平,则让他读更通俗一点的《三国演义》。受父亲对《三国志》的热情感染,吴阶平对《三国演义》读得特别认真,饶有兴趣,越看越入神,不时地把诸葛亮与爸爸比,认为爸爸也是大能人。父子两都喜欢吟咏《三国演义》卷首杨慎的那首《临江仙》词,包含着人生的无尽道理,历史的高深智慧:

滚滚长江东逝水,浪花淘尽英雄。

是非成败转头空,青山依旧在,几度夕阳红。

白发渔樵江渚上,惯看秋月春风。

一壶浊酒喜相逢,古今多少事,都付笑谈中。

看透历史的是非成败,就会以淡定从容的心态面对现实。吴阶平说:"我一生很得益于这本《三国演义》,它把人际关系、社会关系的复杂性表现得淋漓尽致"。他从中学到了不少人生智慧。《吴阶平传》的作者邓立在本书引子中说:"(20世纪)70年代末,几乎所有的知识分子在经过一个漫长的磨难与沧桑之后,顾影回眸,无不伤痕累累。而人们却惊异地发现:与政治靠得很近、工作在中央领导人之间的吴阶平,在这近20年(如果从'反右'开始算起)的动荡中居然完整地保护了自己,而且还取得了一个又一个令人瞩目的成绩,这不能不说是一个罕见的特例。他是北京几十所高校在'文化大革命'中唯一没有被学生揪斗的校长"。这之中有处世的艺术、工作的智慧,可能正是《三国演义》对他的启发,在潜移默化地起了作用,一本好书的确能影响人一生。吴阶平少年读《三国演义》,中年、晚年则把此书中的智慧发挥到淋漓尽致,有时候读懂一本书,一生受用不尽。

1920年以后,吴敬仪在家中开办私塾,请来名儒周凤来给吴阶平和两个弟弟讲授《四书》、《五经》这些儒家经典。周老夫子也是常州人,国学功底深厚,言传身教,全是儒家修身、齐家、治国、平天下的正道。父亲在教育方面不关心成绩的高低,但对孩子们做人、为学、处事方面时时教导,督导很严,他曾说:"幼时读《论语》,子路曰:'有民人焉,有社稷焉,何必读书,然后为学?'孟子曰:'尽信书,则不如无书'。即知死读书之无益,不如留心社会发展,于民生较有意义"。他希望儿女们能学医,不管时局如何变化,都少不了医生。他要求儿女们学医就必须成为好医生。这种父教下,1933年,吴阶平进入燕京大学学习,协和医学院的预科就设在燕京大学。这样,吴阶平走上了成为举世闻名的名医之路。(陈全林根据邓立《吴阶平传》编写。浙江人民出版社1999年版,图片也选自本书。)

少年蔡元培的经典训练

蔡元培(1868——1940年),近代伟大的教育家、民主人士、思想家。数度赴德国和法国留学、考察,研究哲学、文学、美学、心理学和文化史,为他致力于改革封建教育奠定思想理论基础。曾任教育总长、北京大学校长、人学院院长、中央研究院院长等职,为发展中国新文化教育事业,建立中国资产阶级民主制度做出了重大贡献,堪称"学界泰斗、人世楷模"。他提出了"五育"(军国民教育、实利主义教育、公民道德教育、世界观教育、美感教育)并举的教育方针和"尚自然"、"展个性"的儿童教育主张,一生信守爱国和民主的政治理念,致力于废除封建主义的教育制度,奠定了我国新式教育制度的基础,为我国教育、文化、科学事业的发展作出了富有开创性的贡献。教育论著有《蔡元培教育文选》、《蔡元培教育论著选》等。

蔡元培的叔父铭恩,以廪膳生乡试中式,亦治诗古文辞,是蔡家祖祖辈辈唯一读书登科的人。他在叔父的指导下,阅读了《史记》、《汉书》、《困学纪闻》、《文史通义》、《说文通训定声》诸书。由于他酷爱读书,加上叔父的悉心诱导,他没有继承祖业去经商,而走上了治学的道路,决定了以后发展的方向。蔡元培十四岁起受业于同县王懋修(子庄)约四年。王是一位老秀才,博览明清两朝八股文,好读宋明诸儒著述,尤服膺刘宗周(蕺山),自号其斋曰"仰蕺山房"。因受王懋修的影响,蔡元培在二十岁以前最崇拜宋儒,讲究孝道。1883年,蔡元培十七岁考中秀才后,不再往王懋修处就学,开始自由阅读。他因无力购书,经常到叔父铭恩家借阅藏书,补读了不少典籍,举凡关于考据、词章的书,均随意检读,涉猎颇广。据他后来回忆说:"我的嗜好在考据方面,是偏于诂训及哲理的,对于典章名物,是不大耐烦的;在词章上,是偏于散文的,对于骈文及诗词,是不大热心的;然而以一物不知为耻,种种都读,并且算学书也读,医学书也读。"(蔡元培:《我的读书经验》,《文化建设月刊》第1卷第7期,1935年4月10日。)他读了清代思想家俞理初(正燮)的《癸巳存稿》及《癸巳类稿》后,得益甚多。俞氏打破中国历来男尊女卑、歧视妇女的传统成见,在书中初步反映了一些男女平等的理想,如《贞女说》谓"男儿以忠义自责则可耳,妇女贞烈,岂是男子荣耀也?"《家妓官妓旧事》篇斥杨诚斋黥妓面,孟之经文妓鬓为"虐无告"等。(《蔡元培选集》,中华书局1959年版,第297、298页。)这些论点给了蔡元培以最初的民主启蒙教育。他后来提倡民权女权,和他青少年时代接受俞理初思想的影响是有一定关系的。

蔡元培十七岁时还曾从归安钱振常、会稽王继香读书,钱、王均是进士。他从学十分刻苦认真,并能不为旧套所束缚,作四书文(即八股文)时,喜欢"以古书中通假之字易常字,以古书中奇特之句法易常调"(《蔡子民先生言行录》<上>,第 3 页。),一般人几乎不能读,钱振常、王继香却很赞赏。他还特地去拜访隐居乡间的前辈平步青,平步青重视他的好学求是精神,但害怕他思想新颖会带来祸患,有时托词故意回避,但他还是经常去虚心求教,两人友谊相当深厚。

十八岁至十九岁,蔡元培在家乡设馆教书,充塾师两年。二十岁应邀到同乡徐树兰家,为其校订所刻图书,共有四年。徐树兰为光绪二年(1876)举人,授兵部郎中,后改任知府,因母病辞官返里,致力于地方公益。他家建有"古越藏书楼",藏书很多。蔡元培协助徐校阅了《周易小义》、《群书检补》、《重论文斋笔录》等等,同时读了许多书。蔡元培在徐家这段工读生活,博览群书,学问有很大的长进。1889 年,蔡元培二十三岁参加浙江乡试,中了举人。这一年,他与王昭女士结了婚。第二年赴北京会试,中式为贡士,未即参加殿试。1892 年春,再次晋京补行殿试。清代科举考试,会试中式为贡士后,尚须经过复试及殿试合格后,方为进士。蔡元培何以在两年后才补行殿试?据蒋复璁的《蔡元培先生的旧学及其它》一文(见台湾《传记文学》第 184 期):蔡元培应试后,以所作文送李文田(广东顺德人,乡试时主考)一阅,李认为其所撰"怪八股"不合于科举,难望获中,遂离京南下。不料放榜时中式了,但已来不及赶回参加殿试,不得不推迟至壬辰科补应殿试,被录为第二甲第三十四名进士,旋授为翰林院庶吉士。清廷户部尚书翁同龢时,翁在其日记中写道:

"新庶常来见者十余人,内蔡元培乃庚寅贡士,年少通经,文极古藻,隽材也。"(《翁文恭公日记》,光绪十八年五月十七日。)1894 年,他在北京应散馆考试,由庶吉士升补翰林院编修。这时,年仅二十多岁的蔡元培,已是一个才思横溢、"声闻当代,朝野争相结纳"(罗家伦:《逝者如斯集》,台北传记文学出版社 1967 年版,第 80 页。)的士大夫了。

蔡元培为人正直,他曾有《赞包公》诗,表达了他廉洁奉公、嫉恶如仇的思想。

廉吏何曾不可为?通都僻壤皆口碑。

道狼社鼠纵横日,可作九原吾与归。

洁身自好或非鲜,嫉恶如仇得见难。

辣手文章资启发,相期立儒挽狂澜。

从诗中可见蔡公的社会责任心。

(本文及图片选自周天度著《蔡元培传》人民出版社 1997 年版,原文有补充。)

少年傅斯年的经典训练

傅斯年（1896 年——1950 年），现代学术史上学贯中西的大师、历史学家、教育家、自由主义思想家。学术上信奉考证学派传统，主张纯客观科学研究，注重史料的发现与考订，发表过不少研究古代史的论文，多次去安阳指导殷墟发掘，主持历史语言研究所期间延揽一流人才，作出不少成绩。1950 年 12 月 20 日病逝台北。著作编为《傅孟真先生集》。

傅斯年于 1896 年 3 月 26 日（光绪二十二年二月十三日）出生于山东聊城北门里路东的相府大院里。史籍称傅氏家族为鲁西名门望族，世居聊城，共历 14 代，约 480 年左右。傅斯年的出身可以说是典型的书香门第、官宦世家。傅斯年出生时，虽然其祖宅还巍峨壮观，院落还

相当整齐，标志门第显赫的"相府"与"状元及第"两块金字匾额依然高悬，二重门上的御笔"圣朝元老"楷书金匾及门框上浮雕精刻的金字对联"传胪姓名无双士，开代文章第一家"仍然引人注目，但这些都无法遮掩傅家的衰败。尽管如此，傅斯年的出生依然给这个日益破落的世家带来了喜悦。傅旭安喜得贵子，自不必说，傅淦 52 岁得此长孙，更是分外高兴。自傅斯年出世，他就不再远游，以含饴弄孙为乐。等到傅斯年三四岁时，就开始教其识字，背《三字经》、《百家姓》、《千字文》等蒙童读物。傅斯年尚不满 5 岁，便被祖父迫不及待地送入了私塾，并且选了最好的塾馆。傅斯年的启蒙先生孙达宸，也是一名拔贡，学问好，有文才，教书认真而且课教有方，他一生教出的学生获取秀才以上功名者多达 40 余人。其塾馆设在聊城古楼街北头路东，距傅斯年家约四五百米，步行上学也比较方便。在孙氏塾馆读了一段时间后，与傅家有世交的朱家出资请另一位塾师马殿仁到家开馆授徒，于是傅斯年与朱家子弟朱笠升一起，转入朱家塾馆就读。傅斯年放学回家后，其祖父则在家课读，督导他读书写字，不准其有丝毫懈怠。

由于傅斯年资质聪慧，读书颇为勤奋，所以 11 岁时便读毕十三经，（编者注：十三经即儒家《周易》、《尚书》、《诗经》、《周礼》、《仪礼》、《礼记》、《春秋》、《左传》、《公羊传》和《穀梁传》、《论语》、《孝经》、《尔雅》、《孟子》十三部经典，自宋以来就已确定其名目了。）初步奠定了学识基础。傅斯年在讲到其祖父对于他们兄弟的影响时说："祖父生前所教我兄弟的，净是忠孝节义，从未灌输丝毫不洁不正的思想。我兄弟得有今日，都是祖父所赐。"（这就是所谓"庭训"以及意义。）

傅淦对孙子学习虽然督促甚严,但与塾师的管教也小有区别,在严中包蕴着深沉的爱,因此,有时在傅斯年完成作业后,就带着他去街上散步游玩。有时带他到城墙上观赏城外风光,节假日甚至走出城门,在护城河的岸边,在运河的大堤上,甚至到田野中领略自然风光。

傅斯年生活在破落的书香世家,家庭环境对他人生目标及价值观产生了重要的影响。由于傅氏家族原为世家大族,一直重视文化传承,傅斯年从小就受到比较正统的儒家教育,要求其忠孝节义,建功立业,忠君爱国等,这对傅斯年思想的形成和一生的操行有着深刻的影响。另外,傅斯年出生之时,他的家庭已经完全破落,尽管其祖父、父亲都曾取得功名,还属于士大夫阶层,但经济上已到了求温饱而不可得的窘困境地。这样便使傅斯年不仅没有染上传统纨绔子弟的作风,反而备尝贫困子弟的辛酸,在幼小的心灵里深藏着人生维艰的感念。他曾说:"我出身于士族的贫家,因为极穷,所以知道生活的艰苦。"他一生痛恨贪官污吏,抨击奢侈腐败现象,常怀忧国忧民之心,这种生活态度和思想意识与他早年的生活环境不无密切关系。傅斯年一生坚持从事教育和学术研究,不入仕途,恐怕与他祖父傅淦的影响有直接关系。傅斯年9岁时,他的父亲傅旭安病逝,从此,祖父更多直接过问学业,对傅斯年的影响也就更加直接。傅斯年在青年时代接受新文化,成为"五四运动"的将建,那时他二十出头,写有新诗《老头子和小孩子》,回忆自己小时候和祖父春游的快乐:

> 三日的雨,接着一日的晴,到处的蛙鸣,
>
> 野外的绿烟儿濛濛腾腾。
>
> 远远树上的知了声,近旁草底的蛐蛐声,
>
> 溪边的流水化浪花浪,
>
> 柳叶上的风声辟呖辟呖,
>
> 高粱叶上的风声吵喇吵喇,
>
> 一组天然的音乐,到人身上,化成一阵浅凉。
>
> 野草儿的香,野花儿的香,
>
> 团团的钻进鼻去,
>
> 顿觉得此身也在空中荡漾。
>
> 这一幅水接天连、晴霭照映的画图里,
>
> 只见得一个六七十岁的老头子,
>
> 和一个八九岁的孩子,
>
> 立在河崖堤上,仿佛这世界是他俩人的模样。

童年生活的美,自然风光的美,亲情的美,诗意的美,融合和在这首诗里。(文本及图片选自焦润明著《傅斯年传》人民出版社 2002 年 12 月版,内容有改动。)

少年黄炎培的经典训练

黄炎培（1878—1965），杰出的民主主义战士、忠诚的爱国民主人士、著名的政治活动家、卓越的中国职业教育先驱。自传《八十年来——黄炎培自述》讲述了光辉的一生。

1878年农历九月六日，正是金菊吐瑞，瓜果丰收的季节，黄炎培生于上海市川沙县城，这天是阳历十月一日。黄炎培晚年有首诗记生时：

> 生来伴我菊花黄，拚共西风战一场。

> 温暖母怀忍回忆，呱呱三日便重阳。

父亲黄叔才是一名私塾老师，教了不少学生，自己没有土地，没有房子，终生租住别人的房子。父亲生性豪放，不拘小节，得钱就使，挥金如土，家中妻儿难免受苦。黄父和胞兄弟都考取秀才，他学生也都考取了秀才，黄父后来放弃教书，漫游天下，先后在河南、广东、湖南当督抚的秘书。黄炎培幼时在学问上没有得到了父亲的指点，此时父亲幕游在外。母亲孟樾清生于一个地主家庭，知书达礼。黄炎培的父母去世得比较早，母亲比父亲早去世四年。母亲对黄炎培一生的影响很大，小时候，父亲游学在外，母亲抱着他，教他识字读诗。有次，病中的母亲对儿子说："奎（黄炎培小名），你看，谁在那里闲荡过日子？公公怎样？婆婆怎样？爹在外边怎样？农民一个个忙得怎样？只有你既不读书，又不做事，怎么对人得起？"从此，黄炎培加倍努力读书，母亲教他识字、写字、读书，教他给在外工作的父亲写信，这时，黄炎培已六岁了。黄炎培十岁时，有天上午，他看见有一碟菜，就想吃，母亲说："留一下，某人要来吃饭。儿呀，待人好些，自己省俭些。"这句话黄炎培记了一生，他在诗里写道："儿懒惰，母生气。二劳动，母欢喜。"母亲给他讲唱本《珍珠塔》，能背得下剧中诗词，黄母以剧中人方卿的命运勉励黄炎培要争气。前人的家教、庭训，传播知识，注重德育。此后，黄炎培的两位叔叔教他《大学》、《中庸》、《论语》、《孟子》。九岁起，住在外祖父孟荫余家，在东野读书堂读家塾。外祖父孟老夫子文化水平很高，一生种花、种桑、养蚕，不应考试，淡泊名利，这种情怀影响黄炎培一生。民国初，袁世凯和以后的北洋政府两次电招黄炎培去北京任教育总长，黄炎培拒绝了。蒋介石多次对他封官许权，同样拒绝，很有气节，他很看重执政者的人品与执政理想是否高尚，是否为国为民。

黄炎培在外祖父的家塾读书十年，在不太长的时间里读完了《易经》、《书经》、《诗经》、

《春秋》、《左传》、《礼记》。每天老师授一课，明晨即能背诵，老师才授第二课，老师面前，要背得一字不差。读完了《四书》、《五经》，就广览群书。黄炎培小时候，学业上得到过姑夫沈肖韵的帮助，沈家藏书丰富，不光有许多典籍、金石碑版，而且有近代译作如《天演论》。沈肖韵是黄炎培的姑父，也是黄炎培父亲的学生，黄炎培的国学成就与他的教育分不开。从小，他有名师指导，有好学精神，有报国志向，有立德骨气。黄炎培读从十三经中选读《尔雅》，从《二十四史》中选《史记》、《前汉书》、《后汉书》、《三国志》四大史书研读，从诸子百家中选《庄子》、《墨子》，唐诗读李白、杜甫两家，从宋儒学案中读朱熹、陆九渊两家，于明儒推重王阳明与顾亭林（炎武）。到晚年，他仍然能背得出《论语》、《孟子》、《礼记》里的重要章节，他平生立身行事，大有儒风。幼年所学，影响终生，这就是国学经典教育的魅力，一切事功建立在做人的基础上。

1933 年，黄炎培游西湖汪惕予宅，想起了儿时读书的地方，写过忆儿时读书情境的诗：

> 儿时景物老难忘，一曲明漪百亩桑。
>
> 少长田园知疾苦，家传诗酒戒疏狂。
>
> 荫人大木环村绿，坐我名花静昼香。
>
> 此地汪纶临水筑，当年东野读书堂。

汪纶是唐代诗人李白的好朋友，李白有"桃花潭水深千尺，不及汪纶送我情"之句。

1900 年，黄炎培考入南洋公学（上海交通大学前身），作了蔡元培的学生，开始系统接受新文化。1947，黄炎培写过《吾心》一诗：

> 老叩吾心矩或违，十年回首只无衣。
>
> 立身不管人推挽，铄口宁愁众是非。
>
> 渊静被驱鱼忍逝，巢空犹恋燕知归。
>
> 谁仁谁暴终须问，哪许西山托采薇。

诗中充满儒家思想，"矩"、"违"指《论语》中的"从心，所欲不逾矩"、"三月不违仁"。"仁"与"暴"是儒家对统治者的评价，"采薇"是指商末周初伯夷、叔齐二人隐居首阳山，不仕周武王，表示清高的人格追求。黄炎培不学隐士，积极入世，铸造民魂。二十岁时，儒家的思想已经扎根到生命深处，像这些格言影响终生："泛爱众，而亲仁。""志士仁人，无求生以害仁，有杀身以成仁。"（《论语》）"亲亲而仁民，仁民而爱物。""鸡鸣而起，孜孜为善者，舜之徒也。鸡鸣而起，孜孜为利者，跖之徒也。"（《孟子》）"故人不独亲其亲，不独子其子，使老有所终，壮有所用，幼有所长，鳏寡孤独废疾者皆有所养，男有分，女有归。货恶其弃于地也，不必藏于己，力恶其不出于身也，不必为己，是故谋闭而不兴，盗窃乱贼而不作，是谓大同。"（《礼记》）"民吾同胞，物吾与也。"（宋·张载《西铭》）

（陈全林据《八十年来——黄炎培自述》编写，文汇出版社 2000 年版，图片选自该书。）

少年罗炳之的经典训练

罗炳之(1896—1993),现代杰出的教育家,学贯中西,既有中国文化深厚的底蕴,又具有最早向西方寻求文明的探索精神和躬行实践。先生于1928年赴美留学,1931年回国任教于中央大学,1934年赴英留学,1936年在欧州考察法、德、意、丹麦、波兰、苏联的学校、教育状况,完成《比较教育》、《最近欧美教育综览》等书的译撰。自1931年以来在近十所大学任教,著作等身,《外国教育史》是其名著。他的一生是近代中国师范教育事业的写照。

1896年,罗炳之生于江西省吉安县淳化乡云楼村,原名罗廷光,号炳之。父亲泳葵先生是前清秀才,在乡村教私塾,兼行中医。母亲胡氏,勤俭治家,深明大义,勤教子,喜助人。从5岁起,罗炳之从父读《三字经》、《千字文》及《四书》,认得了许多字,父亲不仅教他识字,还教他如何观察自然变化,学习中国史略,阅读《三国演义》。罗炳之10岁时,父亲病逝,与母亲相依为命。罗母经常讲一些先贤勤学好问的故事以勉励他,每日督导罗炳之学习私塾先生所教。从10岁到15岁,罗炳之在私塾中学习完了 《四书》、《五经》、《史鉴》、《文选》、《古文观止》、《古诗选》诸书,名篇大多背诵,能联系生活认识经典的意义。在学《论语·雍也》时,孔子赞扬弟子颜回,"贤哉,回也,一箪食,一瓢饮,在陋巷,人不堪其忧,回也不改其乐,贤哉,回也。"自己和颜回一样,同在贫困中坚持求学。读这一段时,炳之内心涌动暖流,

以先贤自励,再贫再苦,要坚守正道,追求不已。父亲已去世,孤儿寡母,日子过得异常艰难,母亲一定要供炳之读书,而炳之把精神、文化的追求置于物质追求之上。孔子周游列国传道时,生活条件很差,到处碰壁,吃不好,住不好,睡觉连脚也伸不直。孔子且说:"饭蔬食,饮水,曲肱而枕之,乐亦在其中矣。不义富且贵,于我如浮云。"他在苦中找到了乐趣,坚持操守,还说"君子忧道不忧贫。"这些儒家思想对罗炳之一生都有重要影响,他成长为淡泊名利、讲究气节、能吃苦耐劳的大学者、大教育家,像孔子一样以教书育人为己任。中国近代的知识分子大多受过儒家教育,只有把经典融化于血脉的人,才是真正的经典受益者、经典传承者。今人倡导国学者多见,依经典严格修身的人并不多见。

罗炳之的母亲生病时,不愿儿子在身边,她把儿子逼到外面闯世界,对炳之说:"你的天地在外面,你该继续读书,去深造。"就这样罗炳之考上了公费出国留学生。大学者柳诒徵曾赠炳之一联:

博学以知服，节用而爱人。

博学、节用、爱人都是儒家最基本的教导。到罗炳之晚年，他还要孙子去看《论语》，要背《论语》，他说今人应该读点《四书》、《五经》。罗先生深谙孔孟之道，于《韩非子》深有研究，许多经典名篇张口即背。他学贯中西，对西方文化的熟知，使他更加诊视本民族的文化传统。

1911年，15岁的罗炳之考入吉安县高等小学。后又考入吉安中学。家贫，全仗借贷和亲友资助才读完四年中学。1918年，他考入南京高等师范，师从著名学者王伯沆（1871—1944），王先生教他研习《宋元学案》，这是研究宋元时儒家学术思想的主要著作。此外，他对先秦大儒荀子和明代大儒王守仁的教育思想下过苦功研究，在传统教育思想里汲取营养，寻找智慧。王伯沆人格崇高，抗日时期，宁可在家中挨饿，决不为日伪办事，拒绝聘用，日本鬼子刀架在王先生脖子上，王先生宁死亦不从。这就是儒家杀身成仁、舍生取义、富贵不能淫、贫贱不能移、威武不能屈的人格精神。王先生如是行，罗先生亦如是行，有其师，亦有其弟子。罗先生说："获益良多，尤其深受王老师的人格熏陶，如坐春风化雨中"。王先生送青年罗炳之的诗歌中有一首：

> 山林吾未惜蹉跎，安问升沉命若何？
>
> 釜底有鱼门有雀，琅然金石尚高歌。

王先生甘于寂寞，升沉不忧，荣辱不惊，陶醉于书斋求知的精神对罗炳之影响很大，罗先生一生如此。罗先生于98岁时辞世，97岁时他的学生刘兆吉已80岁，作诗赞罗老云：

一

> 赣江之滨鄱阳南，吉安灵秀育大贤。
>
> 十岁失怙诚可哀，母子相依度贫寒。
>
> 坎坷不减凌云志，箪食瓢饮苦亦甘。
>
> 乡校入学殷勤颇，负笈金陵黾勉堪。

二

> 辛勤耕耘七十载，教书育人树典范。
>
> 皇皇巨著十五本，不朽文章逾百篇。
>
> 罗师不言桑榆晚，但愿红霞飞满天。
>
> 一代宗师添高寿，万方弟子舞翩跹。

教育家是民族复兴的希望，国家栋梁由他们培育，民族魂魄由他们塑造，师道，不可不重也。（陈全林据《秉烛沧桑——教育学家罗炳之》编写，南京大学出版社2002年版，罗德真编，图片选自该书。）

少年夏丏尊的经典训练

夏丏尊(1886—1946),现代著名教育家、散文作家、翻译家,他自日文转译的亚米斯契的《爱的教育》,风行数十年,再版三十多次。夏先生的文学作品不多,只有一本《平屋杂文》散文集,文学史家奉其清淡散文风格为"白马湖派"。他与鲁迅、弘一法师都是挚友,曾同未出家前的李叔同(弘一法师)同在浙江两级师范学堂教书,先生温良敦厚,醇朴中蕴藏厚重,谦逊中包含冲和,具有儒家温良恭俭让的美德,为文平淡,教学严谨,深得学生好评。

1886年6月15日,夏先生生于浙江省上虞市崧夏镇祝家街,祖上经商。父名寿恒,号心圃,秀才。夏先生兄妹六人,先生排行第三,名铸,字勉旃。相者算命说先生宜读书,于是,祖父和父亲都希望他能光宗耀祖,算命先生说此子有读书致仕之命,在读书方面,夏先生的待遇与其他兄弟不同,兄弟们读《幼学琼林》和名人尺牍,而夏先生攻读《左传》、《诗经》、《礼记》。兄弟们不必学八股文,而他必须读八股文,在父辈心目中,夏丏尊将来是要赶考做官的。

1901年,15岁的夏丏尊考中了秀才,不久八股废除,改以策论取士。夏先生弃八股而不读,开始在家中自修,读《读通鉴论》、《古文观止》,学习《笔算数学》。夏家经营的事业失败,不久祖父去世,父亲不善经营,家道中衰。为家境所迫,托亲友介绍,夏丏尊到镇上和上海的商店做过学徒,不久又回家读书。夏家藏书不少,走科举之路并非无望。夏先生开始读《史记》、《前汉书》、《后汉书》、《韩昌黎集》、《唐诗三百首》、《通鉴纲目》、《昭明文选》、《经策通纂》、《皇清经解》,以及《聊斋志异》、《红楼梦》、《西厢记》。父亲是个老秀才,夏先生是小秀才,父子俩整天读书以度日,习字种花,家里清静如庵。

1902年,16岁的夏丏尊由大哥陪同入中西书院系统地学习西方文化,广读《原富》、《天演论》这些严复翻译的西方名著,读《新民丛报》,了解当时的革命思潮。次年,先生入绍兴府学堂,学堂里除了西学以外,依然注重读经,国文老师王先生让学生们学习《皇朝经世文编》,作文题目是《范文正公为秀才时便以天下为己任》、《士先器识而后文艺》,充满传统气息,经学教师徐锡麟教他们读《公羊传》,上课时大讲其微言大义。为家境所困,夏先生学了一年便退学回家自修。他的贫困有如《幼学琼林》所谓"曾子捉襟见肘,纳履决踵;子路衣敝缊袍,与轻裘立,贫不胜言"。贫困并没有击倒少年夏丏尊,《易经·乾》云:"天行健,君子以自强不息。"在贫困中自强不息,才是儒家的精神。如曾国藩所说:"养活一团春意思,撑起两根穷骨头。"贫而有气节,有活力,有志气,才能走出贫困,成就事业。曾国藩如此,夏先生也如此。1904年,父亲本来在家中设起书塾教邻里小孩,可中途有一位朋友找他去帮忙,为了家计与友情,非去不可。于是,夏先生辍学替父坐馆,边教书,边自学,仍以经史为本。先生在失学困顿期间、无师解惑之际,艰苦自学,经过了不少磨难,才完成了中学课程,如果没有坚强的意志与刻苦自学的毅力,这些课程难以读完,也许,现代中国会少一位杰出的教育家和文学家。

1905 年—1907 年,夏先生受留日亲戚的劝说,向亲友借了 500 银洋,赴日留学。回国后,在杭州浙江省两级师范学堂任教,开始了教育家的人生经历,在两级师范学校与鲁迅先生、弘一法师结下终生友谊。他俩合作,由李叔同(未出家前的弘一法师)作曲,由夏先生作词,谱写了《浙江第一师范学校校歌》:

> 人人代谢靡尽,先后觉新民。
>
> 可能可能,陶冶精神,道德润心身。
>
> 吾侪同学,负斯重任,相勉又相亲。
>
> 五载光阴,学与俱进,磐固吾根本。
>
> 叶蓁蓁,木欣欣,碧梧万枝新。
>
> 之江西,西湖滨,桃李一堂春。

这首校歌在浙江第一师范学校经久传唱,诗中有对同学的期望,有对校园美景的描绘。"道德润心身"取意于《大学》之"富润屋,德润身,心广体胖,故君子必诚其意。"夏先生白话散文自成一派,古典诗词写得高古脱俗。在湖南任教时,于中秋思念家人,写了一首词:

> 漂泊三千里,莽苍苍,
>
> 天涯目断,故乡何处?
>
> 欲问青天无酒把,尝尽离愁滋味。
>
> 笑落魄萍踪如寄,逝水年华无术驻。
>
> 忒匆匆,早是秋天气,又过了中秋矣。
>
> 多情最是团圆月,却装成旧时颜色,寻人羁旅。
>
> 透入书窗怀里堕,来看愁人睡未。
>
> 要分付婵娟一事,今宵倘到家山去,
>
> 把相思诉入秋闺里,道莫为郎憔悴。

夏先生在异乡思妻,情深意长,感人肺腑。(陈全林据夏弘宁著《夏丏尊传》编写,中国青年出版社 2002 年版,图片也选自该书。)

第三编国学益格言选读

中华民族传统文化源远流长,博大精深,对中华民族的形式、繁衍、统一及其自立于世界民族之林,起到了不可估量的作用,对人类文明的进步和发展,也产生了极其深远的影响。……中华民族传统文化所包含的政治、经济、文艺、军事、哲学、道德等方面的理论和思想,在许多方面都反映了事物的客观规律,具有超越时空的意义,可以为我们所借鉴、利用。特别是其中关于改造自然、经邦济世、修身养性、成就事业等方面的观点、警句、格言,一旦赋予新意,便可以为现实服务。

—— 李瑞环(原中央政治局常委、全国政协主席)

箴言分别选编了儒道佛三家主要代表人物和宗教经典中的言论,并加以译释,试图让大家在尽短的时间内、较容易地了解儒道佛的基本观点和发展衍变的轨迹。希望读者能通过这些零散的金沙,初窥中华思想文化宝库的一斑,同时希望这些思想的结晶,智慧的火花,人生睿语,处世真言,能够使人们在生活中有所警策,有所启迪,有所鼓舞。良药苦口利于行,良言箴规沁心脾,能起到这样的作用,足矣!

—— 韩星　韦禾毅(当代学者)

道家益生格言一百条

一、论修养

(1) 圣人后其身而身先,外其身而身存。非以其无私耶?故能成其私。(《道德经·韬光》)

圣人不争先,且自然地走在他人之前;圣人置生死于度外,且能保全自身。为什么呢?他没有私心,反倒成就了他能处众人之前并保全自身的"私"利。

(2) 上善若水,水善利万物而不争。(《道德经·易性》)

最高的德行就如同水一样,水养万物,但不与万物相争。

(3) 修之于身,其德乃真;修之于家,其德乃余,修之于乡,其德乃长;修之于邦,其德乃丰;修之于天下,其德乃普。(《道德经·修观》)

将德行修于自身,这种德行就是真实的;将德行修之于自家,这种德就会丰裕;将德行修之于乡里,其德风影响,全乡人的道德水准会提高;将德行修之于国家,这个国家的人民的德行会很丰富;将德行修之于天下,这样,道德就普及到天下人民了。世界和平,人民自然安居乐业。

(4) 祸莫大于不知足。(《道德经·俭欲》)

没有任何灾祸比贪得无厌带来的灾祸更大。

(6) 古之得道者,穷亦乐,通亦乐。穷通为寒暑风雨之序。(《庄子·让王》)

古代明晓人生哲理的人,处于困境时内心充满欢乐,处于顺境之时,也乐观自处。因为他认识到逆境和顺境都是事物发展中会出现的自然现象,如同冬夏、风雨的交替出现一样。

(7) 圣人之于善也,无小而不举;其于过也,无微而不改。(《淮南子·主术》)

圣人对于好的品质和行为,再细小也要提倡;对于错误和过失,再微不足道也不忽略,而要加以改正。

(8) 心欲小而志欲大,智欲圆而行欲方。(《淮南子·主术》)

平常的思虑要谨小慎微,但志向且应远大宏伟;智慧要圆满通达,足以了解万物的本质,事物的真相,而行为方面且要方正端严。

(9) 怨人不如自怨,求诸人不如求诸己。(《淮南子·缪称》)

事情出了差错时,埋怨别人还不如埋怨自己;从别人身上找原因,还不如从自己身上找。

(10) 兰生幽谷,不为莫服而不芳;君子行义,不为莫知而止休。(《淮南子·说山》)

兰草长在远离人烟的山谷里,并不因为没有人佩带它就不发出芳香;君子做事要符合正义,他并不因为别人不知道他的善行而停止不干。

二、论情操

（1）虽有荣观,燕处超然。（《道德经》）

虽然身居尊荣,但心态超然物外。

（2）众人重利,廉士重名。（《庄子·刻意》）

平常的人看重利益,而高洁的人看重声誉。

（3）不为轩冕肆志,不为穷约趋俗。（《庄子·缮性》）

不因为享有高官厚禄而忘乎所以,也不因为穷困拮据而随波逐流。

（4）玩鲍者忘兰,大迷者易性。（《抱朴子·守土脊》）

习惯于咸鱼臭味的人会忘掉兰草的香味;沉迷于某一事物,会改变你的本性。（鲍:盐渍鱼,有腥味。易,改变。）

（5）莫论他人过,只寻自己病。（《吕纯阳真人浑成集》）

在问题面前不要只是指责他人过失,不要到处宣讲别人的不足,而要善于反省自我,检察自己的不足。

（6）抑人者人抑之,容人者人容之,誉人者人誉之,谤人者人谤之,疑人者为人所疑,防人者为人所防。（《化书》,五代·谭峭）

一个人如果老是压制别人,总有一天,自己也会被别人压制;一个人如果对待他人宽宏大量,他也能在处事中得到别人的宽容和理解;一个人如果总是赞誉他人的长处、美德,他也会得到别人的赞誉;一个人若是爱诽谤他人,他必然会被别人诽谤;一个人总是怀疑别人,那么,他也会成为被怀疑的对象;一个人若老是提防别人,那么,他也会被别人防范。

（7）修善福应,为恶祸来。（《太上灵宝升玄内教经·中和品》）

修善积德的人,自然福德增长;为非作恶之人,必然招来大祸。

（8）治身养性,务谨其细,不可以小益为不平而不修,不可以小损为无伤而不防。（《抱朴子·内篇·极言》）

对于修身养性的人来说,要注重细小的积累,不要以为小小好处和收获算不了什么而放弃,也不能认为很小的损失无关紧要而不加提防。

（9）修其德则下从令,修其仁则下不争,修其义则下平正,修其礼则下尊敬。（《通玄真经》,又称《列子》）

修德,则下属人员就会听从安排,遵守制度;修仁,则下属就不会争夺而和平相处;修义,下属就会感到公平正直而其心亦平,其气亦正;修礼,则下属就会尊敬你。（不论自己是否能成为一个管理者,德、仁、义、礼四者绝不可废。）

(10)垂训以格人非,捐资以成人美。(《文昌帝君阴骘文》)

用前人留下的格言、法则以教化别人,改正过失;捐助一些财物以成全别人的善事。

三、论处世

(1)处无为之事,行不言之教。(《道德经》)

人要以"无为"的心态、"不争"的精神去治世处事,不强求功名,不标榜自我,凡事皆顺其本身的规律而为,以自身的行为去体现道与德的自然之性与社会价值,而不是仅仅用华丽的语言去做说教。

(2)不知常,妄作凶。知常容,容乃公,公乃全,全乃天,天乃道,道乃久,没身不殆。(《道德经》)

不能认识天地万物永恒的规律,而强作妄为,结果是凶。认识规律了,才能包容一切,有包容一切的胸怀,才能廓然大公,只有大公无私了,才能达到全其天性,只有全其天性而不亏,才能合乎天理,只有合乎天理了,才能合乎大道,只有合乎大道,才能使生命长久,终身也不会遭受危险。

(3)知人者智,自知者明。(《道德经》)

能洞察人的善恶与贤愚,能分别人的是非与正直,这就是有智慧的表现;能随时反省自己的过错,知道自己的欠缺之处,能战胜自我的人,才是心性聪明、明了大道的人。

(4)知者不言,言者不知。(《道德经》)

真正有真知灼见的人,是不会夸夸其谈的,只有那些一知半解的人,才说东道西,其实他并不真正知道事物的真相与人生的真理。

(5)自知不自见,自爱不自贵。(《道德经》)

有自知之明而不表现自己,不自作聪明;自珍自爱而不自命不凡、自居高贵。(道家认为,人要涵养其所知,不以机智彰显于外,而要谦恭处下,保养心性,谦虚处世,不自以为贵。对于今人而言,小孩若生于富贵之家,常会被养尊处优的习气所坏,不能平等地与别人交往。)

(6)既以为人己愈有,既以与人己愈多。

用自己的能力、德性去帮助别人,就会感觉自己的精神和道德会更富有;用自己的精神或财富施予别人,自己也能获得更多的享受。

(7)挫其锐,解其纷,和其光,同其尘。(《道德经》)

挫掉恃强的锐气,消除偏见的纷扰,用智慧之光观照事物,和合于人,混同于世,不树己身而异于他人,无人我之分,无愚贤之介,能平等地看待人。

(8)是以圣人直而不肆,光而不耀,利而不害,为而不争。(《道德经》)

圣人在处事时,正直但不放肆自己而以"直"伤害别人;他有名望但绝不显耀自己的名望、财富、地位等;他做事合法合理谋取利益,但绝不会为自己求利而伤害别人、妨害社会;他做事与人和平共处,绝不与人争斗,一争高下。

（9）上德不德,是以有德;下德不失德,是以无德。(《道德经》)

有真正具有最高德行的人,他做了好事,积了功德,但心中从不以为自己有德而据德邀誉,这才是真正的有德。其次的德呢?做了好事,自以为有德而不愿失去这种美德之誉,反而并不具有真正的德行。(最高的德发自内心,无私忘我,就不会有伪善的欺骗。)

(10)功成、名遂、身退,天之道。(《道德经》)

凡有远见卓识的人,在功成、名遂之时会退隐下来,这才符合事物发展的规律。这是害怕因盈满而受害。(《易经》讲:天道亏盈而益谦,地道变盈而流谦,鬼神害盈而福谦,人道恶盈而好谦"。)

四、论劝善

（1）贵贱之分,在行之恶美。(《庄子》)

尊贵与卑贱的区别,决定于德行的美丑。

（2）有阴德者,必有阳报;有隐行者,必有昭名。(《通玄真经》)

做好事不求人知的人,必有明显的好的报应,悄悄行善积德而不使人知的人,必定会有美好的名声。

（3）善事难为,恶事易作。(《抱朴子•内篇》)

做好事,苦己利人方面坚持不懈,成为生活中的自然之事,一般人难以做到;反之,损人利己或满足自我贪欲,一般人常常视之为自然之事,举手易为。

（4）福在积善,祸在积恶。(《黄石公素书》)

一个人所得的福报在于他平时所积的善行;一个人所得的恶果在于他平时所行的恶迹。

（5）道以清静为本,德以阴骘为先。(《道藏•洞玄部》)

道的品性是清静无欲、无私,德的内涵是悄悄地行善积德而不求人知。

（6）淫为诸恶首,孝为百行先。(《关圣帝君觉世宝训》)

淫乱是所有罪恶之首要的,而孝敬父母是每个人必须首先要做到的。

（7）广行阴骘,上格苍穹。(《文昌帝君阴骘文》)

多做善事,而不求人知,就会感动上天而得到好的福报。

（8）济急如济涸辙之鱼,救危如救密罗之雀;矜孤恤寡,敬老怜贫。(《阴骘文》)

帮助别人的急难之事,就好比救缺水的鱼一样;救助别人出离危险就好比要赶快救下罗网下的小鸟一样。如果延误时机,鱼会渴死,鸟会被杀。做人要同情、体恤孤儿、寡妇,要尊敬老人,怜悯、帮助生活困难的人。

（9）施恩不求报,与人不追悔。(《太上感应篇》)

施予他人的恩惠,不求其必定回报;自愿给予别人的东西,不能再后悔而追要回来。

（10）见人善行,闻人善言,生企慕心;见人恶事,闻人恶言,生警省心。(《警世功过格》)

见到别人的好行为,听到别人的好言语,应该生起敬仰之心;见到别人的不良举动,听到别人的不良言谈,应该生起警戒之心。

五、论处己

（1）知足不辱,知止不殆。(《道德经》)

知道满足,就不会有羞耻与侮辱之事发生;知道适可而止,就不会有危险出现。

（2）见素抱朴,少私寡欲。(《道德经》)

一个人应该心怀洁净,生活简朴,减少私心与欲望。

（3）天之道,利而不害;圣人之道,为而不争。(《道德经》)

大自然的规律是生养长育万物而不妨害万物;圣人的法则是尽自己的能力去为社会做事,且不会与人斗争。(道家认为:与时争者吉,与人争者凶。故而不主张与他人竞争、斗争,而主张完善自我,自然而成。)

（4）我有三宝,持而宝之,一曰慈,二曰俭,三曰不敢为天下先。

为人处世,有三件法宝要持用一生:第一件宝贝就是人要有慈爱之心;第二件宝贝就是人要有勤俭之行;第三件宝贝就是退后不争,谦虚宽容。

（5）至人无己,神人无功,圣人无名。(《庄子•逍遥游》)

道德修养高尚的“至人”能够清除外物与自我的界线,达到忘我的境界;精神世界完全超脱物外的“神人”,他心目中没有功劳可居;人格臻于完美的“圣人”从不去追求虚名。

（6）与人有怨,辄思其好处以释之;心中有憾,辄思己过处以宽之。(《警世功过格》)

当与他人结了怨恨时,就应想想他对自己过去的友好和优点,以化解对他的仇怨,当自己心中产生遗憾而感到难受时,应该想到这是自己的不足造成的,以宽慰自己。

（7）薄滋味所以养气,去嗔怒所以养性;污辱低下所以养德,清静恬淡所以养道。(《马丹阳语录》)

淡薄各种滋味,人体的元气就能够得到保养;戒除掉嗔怒,心性就能得到修养;能够承受污辱低下,德性就能得到修养;内心清静恬淡,不求名利,大道自然能够得到长养。

（8）大道元来一也无,若能守一我神居。此心莹若潭心月,不滞丝毫真自如。(张紫阳)

修习大道并没有什么难的,如果能精神专一,守住自心,神不外驰,这样,人的精神就在人体内安居,人的心,明净得像清潭中显现的月影一样清洁,一点没有丝毫的滞碍,非常自如。

（9）祸福无门,惟人自召。诸恶莫做,众善奉行。(《太上感应篇》)

人生的祸与福并不会轻易降临人身,人的祸与福都由自己行为的恶与善而感召。所以,一定不能做任何恶事,所有的善事一定要认真去做。

(10)容人之所不能容,忍人之所不能忍,则心修愈静,性天愈纯。(《张三丰全集》)

要能包容别人难以包容的人与事;要能忍耐别人难以忍耐的人与事,这样磨炼自己,就会使心灵愈修炼愈安静,人的本性也越来越纯厚。

六、论处事

（1）为之于未有,治之于未乱。(《道德经》)

在一件事没有做之前就开始筹划着干好这件事;在国家没有发生动乱之前就把国家治理好。

（2）合抱之木,生于毫末,九层之台,起于垒土,千里之行,始于足下。(《道德经》)

好几个人合起来才能抱得住的参天大树,也是一毫一末地慢慢地壮大的。那有九层高的楼台,是用土一点一点地堆积起来的,那千里之遥的路途,只要开始一步一步地走,也会走到目的地的。

（3）慎终如始,则无败事。(《道德经》)

做事,从开始到结终,一直很谨慎,就不会失败,必能成功。

（4）善为士者不武,善战者不怒,善胜敌者不与,善用人者为之下。

善于做"士"的人,不逞勇武;善于战斗的人,不动怒气;善于取得胜利的人,不与敌人交锋;善于用人之力而求得成功的人,甘居人下,谦虚能容,人感其诚,必能事事尽心尽力,而为其所用。

（5）图难于其易,为大于其细。天下难事,必作于易;天下大事,必作于细。(《道德经》)

做难事,要从容易处入手;做大事,一定要仔细、谨小慎微。

（6）善行无辙迹,善言无瑕谪。(《道德经》)

善于做事的人,不会留下痕迹,别人不知道他是怎么做的,但他把事情办成了。善于说话的人,他的言辞中没有被人指责的过失。(老子的意思是说:每个做事的人,要懂得技术与艺术,不要因为自己的过失而受人攻击指责。)

（7）轻诺必寡信,多易必多难。(《道德经》)

轻易许下诺言的人,必然缺少信用;做事常常简单处理的人,困难一定很多。

（8）柔弱胜刚强。(《道德经》)

柔弱的一方一定能战胜刚强的力量。(刚则易析,柔则易全。)

（9）取天下常以无事,及其有事,不足以取天下。(《道德经》)

治理天下(可喻身心)应当不陷于事务斗争中,更不能乱生事,这样才能在安和状态下治国,等到处处生事了,也就难以治理天下了。(通俗讲,就是古人讲的"无为而治",不论治家、治理企业、国家,领导者不要好事,其心清静则天下太平,否则人人陷于人事纷争之中,如何使天下太平呢?在社会上为人处世也要少生事,才能集中精力创大业。)

(10)大小多少,报怨以德。(《道德经》)

在别人对自己的待遇方面,不论是以小为大,还是以少为多,都能以德心、德性、德行回报别人的怨恨,就能以德化怨。

七、论养生

（1）塞其兑,闭其门,终生不勤;开其兑,济其事,终身不救。(《道德经》)

关闭欲望之门,终身不病;打开欲望之门,实践欲望之事,不可救药。(兑,八卦中指口。不勤即不病。)

（2）圣人之治,虚其心,实其腹,弱其志,强其骨。(《道德经》)

圣人之治理自身,使自心处于虚灵的状态而心无杂念,吐纳呼吸,使腹中元气充实;要减弱自己的欲望,而要强健自己的筋骨。(《黄帝内经》中说:"恬淡虚无,真气从之,精神内守,病安从来?"包含了老子"虚其心,实其腹"的意思。)

（3）慎汝内,闭汝外,多知为败。(《庄子•在宥》)

小心谨慎地保养自心不受污染,摒除思虑,封闭起对外的感官,从而使精神内守。智巧太盛,必定招致败亡。

（4）古之真人,其寝不梦,其觉不忧,其食不甘,其息深深。真人之息以踵,众人之息以喉。(《庄子•大宗师》)

古时候有道行的真人,睡觉时不做梦,醒来时不忧愁,饮食不求甘美,呼吸很深长。真人的呼吸可使体内真气一运行就到足跟,而普通人仅仅发挥了以咽喉呼吸的功能。

（5）其嗜欲深者,其天机浅。(《庄子•大宗师》)

凡是嗜欲深的人,他的天然性的根器就浅了,智慧不通达。

(6)养志者忘形,养形者忘利,致道者忘心。(《庄子•让王》)

修养心志的人能够忘却形骸,调养身形的人能够忘却利禄,修真得道的人能够忘却心机与才智。

(7)上药三品,神与气精。(《心印经》)

人体的精气神是生命中三种最宝贵的药品。

(8)少私寡欲可以养心,绝淫戒色可以养精。(《会真记》)

少私心,寡情欲,这样可以修养心性,使自己回归到纯真境界。如果要追求健康长寿,还必须养精,养精就要戒绝色欲,以养精气。(对于老年人,或有病者,这句格言很重要。人如果能从小就学习养生之道,就会一生健康,百岁安乐。古人认为:"精满则气壮,气壮则神旺,神旺则身健。")

(9)我命在我,不属天地。(《西升经》)

我们每个人的生命,掌握在自己手中,不属于天地所管。

(10)排却众阴邪,然后立正阳。(《参同契》)

排除尽人体所有的病气、邪气这些阴性的东西,人体的正气阳气就会生起来,正气阳气乃生生不息之气,人拥有它就会健康长寿。

(11)口中语少,腹中食少,心中事少,夜间睡少。依此四少,神仙必了。(《论八关节》)

要少说话以养正气,少吃饭以养胃气,少思虑以养神气,少睡眠以养清气。依着这四少去做,就是道家修仙的方法。

八、论自然

(1)道法自然。(《道德经》)

道的运行法则就是自然。

(2)鱼相造乎水,人相造乎道。(《庄子·大宗师》)

鱼生活在水中才觉得适意,人得到了道才能安情适性。

(3)泉涸,鱼相与处于陆,相呴以湿,相濡以沫,不如相忘于江湖。(《庄子·大宗师》)

泉水干涸了,很多鱼被困在陆地上,互相用嘴吐着唾沫,互相用吐沫把对方沾湿,倒不如互相忘记而自由自在地生活在江湖之中。

(4)天与人不相胜也,是之谓真人。(《庄子·大宗师》)

能使天与人和谐相处而不相斗的人,就叫真人。

(5)凫胫虽短,续之则忧;鹤胫虽长,断之则悲。(《庄子·骈拇》)

鸭腿虽短,如果给它续上一截,它就会忧愁;鹤腿虽长,如果给它砍掉一段,它就会悲伤。

(6)夫至德之世,同与禽兽居,族与万物并。(《庄子·马蹄》)

在最理想的以道德治理天下的时代,人与禽兽居住在一起,万物聚合混同一起。(这是上古时代的"环保思想",人类与其他物种和谐相处。正如一句名言所说:我们必须与其他动物共同享用我们的地球。)

(7)不明于天者,不纯于德;不通于道者,无自而可;不明于道者,悲夫。(《庄子·在宥》)

不了解自然的人,道德就不可能纯粹;不通晓大道的人,就没有一条路能走得通;不了解大道的人,可悲啊。

(8)无以人灭天,无以故灭命,无以得殉名。谨守而勿失,是谓返其真。(《庄子·秋水》。

无,与"毋"通,不要。)

不要以人为的行为去毁坏自然,不要以有目的的行动去灭弃自然规律,不要因贪图利益而为名誉去牺牲生命。谨守自然赋予的本性而不丧失,这就叫做返朴归真了。

(8)山林欤,皋壤欤,使我欣欣而乐欤!(《庄子·知北游》)

无论是高山密林啊,无论是水边的高地和平原啊,都使我欢欣鼓舞而快乐啊。

(9)古之真人,以天待人,不以人入天。(《庄子·徐无鬼》)

古时候的真人,以自然之道待人,不以人事变乱自然。

(10)以天为宗,以德为本,以道为门,兆于变化,谓之圣人。(《庄子·天下》)

以自然为主宰,以德行为根本,以道为门户,能预先知道事物变化的人,叫做圣人。

九、论逍遥

(1)甘其食,美其服,安其居,乐其俗。(《道德经》)

以自己的食物为美食,以自己的衣服为美服,以自己居住的地方为安乐之家,以自己的民风民俗为快乐。

(2)若夫乘天地之正,而御六气之辩,以游无穷者,彼且恶乎待哉!(《庄子·逍遥游》)

如果能够顺应万物的本性,因循天地之气的变化,遨游于无边无际,无始无终的宇宙之中,那他就什么也不需要依赖了。(六气:阴、阳、风、雨、晦、明。辩:通"变"。恶:何,什么。)

(3)藐姑射之山,有神人居焉;肌肤若冰雪,绰约若处子,不食五谷,吸风饮露。乘云气,御飞龙,而游乎四海之外;其神凝,使物不疵疠而年谷熟。(《庄子·逍遥游》)

在那云雾缭绕的姑射山上,有神人在那里居住。神人的肌肤像冰雪一样洁白,神人的姿态像处女一样柔美。无需五谷充饥,吸风饮露为生。乘着云气,驾着飞龙,遨游四海之外。精神集中专一,就能使世间万物没有疾病,谷物年年丰收。

(4)汝游心于淡,合气于漠,顺物自然而无容私焉,则天下治矣。(《庄子·应帝王》)

你要让心思在淡泊中漫游,把你的形体的气与天地之气融为一体,顺应万物的自然法则而不要运用个人的私智,那么,天下也就会大治了。

(5)吾游心于物之初。(《庄子·田子方》)

我的心灵遨游于天地万物开始的时候。

(6)得至美而游乎至乐,谓之至人。(《庄子·田子方》)

进入天下最美的境界而遨游于极乐之境的人,叫做至人。

(7)至人之于德也,不修而物不能离焉,若天之自高,地之自厚,日月之自明,夫何修焉!(《庄子·田子方》)

至人之于道德,用不着刻意修养,那道德也不会离开他,就像天本来就那样高,地本来就那样厚,日月本来就那样明亮,哪里用得着修养呢?

(8)丧己于物,失性于俗者,谓之倒置之民。(《庄子·缮性》)

因追逐身外之物而丧失自我,因趋附流俗而失去自己的本性,这就叫做本末倒置的人。

(9)众人役役,圣人愚钝,参万岁而一成纯。万物尽然,而以是相蕴。(《庄子·齐物论》)

众人忙于生存,使心被物役,而圣人且显得无知,不如众人聪明明辩。可是圣人能参透万古如一的精纯大道,知道天地万物都如此,以大道相蕴涵。(圣人心不被物役,才自由,才能发现宇宙万有的真理。)

(10)举世誉之而不加劝,举世非之而不加沮。(《庄子·逍遥游》)

即使受到全社会的赞誉,也不会因此而刻意努力;即使受到全社会的非议,也不会因之而沮丧。(一个人要保持一种独立的精神,不因别人赞誉或非议而改变自己的初衷。)

十、论达观

(1)死而不亡者寿。(《道德经》)

人虽有死,但精神长存,永远活在人们心中的人,就是真正的长寿。

(2)安时而处顺,哀乐不能入也。(《庄子·养生主》)

安于时代,顺应时代潮流而生活,这样,哀乐就不会进入人的心中。

(3)自事其心者,哀乐不易施乎前,知其不可奈何而安之若命,德之至也。(《庄子·人间世》)

致力于奉持保护自己心灵的人,任何悲哀和欢乐都不能使他动心,知道自己的境遇无法改变,就像命中注定的一样,因而随遇而安,就是道德的最高境界。

(4)死生,命也,其有夜昼之常,天也。人之有所不得与,皆物之情也。

有生就有死,这才叫生命。有昼有夜的交替,这就是天。人不能改变有些自然现状,因为这本身是万物所固有的法则。

(5)夫大块载我以形,劳我以生,佚我以老,息我以死,故善吾生者,乃所以善吾死也。(《庄子·大宗师》)

大地负载着我的生命形体,它用生命使我劳苦,用衰老使我闲逸,用死亡使我安息。所以,把生当作好事的人,也会把死亡看作好事。

(6)知穷之有命,知通之有时,临大难而不惧者,圣人之勇也。(《庄子·秋水》)

知道困难也是命运的安排,而一个人的通达顺利的到来也有时间。知道这个道理的人,即使大难临头也无所畏惧,这是圣人的勇气。

(7)生之来不能却,其去不能止。(《庄子·达生》)

生命的到来不能拒绝,生命的离去不能阻止。(印度诗人泰戈尔说:使生如春花之绚烂,使死如秋叶之静美。）

（8）人生天地之间，如白驹之过隙，忽然而已。（《庄子·知北游》）

人生在天地之间，好像骏马从缝隙中驰过一样，不过一瞬而已。

（9）夫大备者，莫若天地；然奚求焉，而大备矣。知大备者，无求、无失、无弃，不以物易己也。反己而穷，循古而不摩，大人之诚。（《庄子·徐无鬼》）

大而且完备的，莫过于天地。天地无所求，所以大而且完备。知道天地大而完备的人无所求，无所失，无所弃，不因追求外物而丧失自我。返回自己的自然本性就无所谓困穷。遵循古道而不修饰做作，这就是大人实在的品格。

(10)夫以利合者，迫穷祸害相弃也；以天属者，迫穷祸害相收也。（《庄子·山木》）

以利相交的人，一旦遇到艰难困苦和祸患时，就会互相离弃；以天性相合的人，即使在艰难困苦和遭遇祸患的时候，也会相互容纳。

儒家益生格言一百条

一、论修养

(1)天行健,君子以自强不息。(《周易·乾》)

天体运行,从不知倦,所以,君子应以此为榜样而自强勉力,奋斗不息。

(2)善不积不足以成名,恶不积不足以灭身。小人以小善为无益而弗为也,以小恶为无伤而弗去也。故恶积而不可掩,罪大而不可解。(《周易·系辞下》)

要想成为声名卓著的人,一定要广积善德,多行善事。一个人落得毁灭自己,是因为他长期从恶,干尽坏事;品德不好的人认为小小善事不值得去做,以为小小恶行、过失无关紧要,所以,积恶日久而恶大不可掩藏,罪大不可宽恕。(圣人以此教导后人,对于善恶皆不可轻视,积小善可以成大善,积小恶可以成大恶,可不慎乎?)

(3)玩人丧德,玩物丧志。(《书经·旅獒》)

沉迷于色情则会使人丧失美德,迷恋于器物狗马等娱乐活动可以使人丧失志向。

(4)嘤其鸣矣,以求友声。(《诗经》)

嘤已开始歌唱了,为的是求得朋友的相和相应。

(5)博闻强识而让,敦善行而不怠,谓之君子。(《礼记·曲礼上》)

知识渊博而谦逊不傲,广做善事而坚持不懈。这样的人才是君子。(君子有学问有德行。)

(6)正己而不求于人,则无怨。上不怨天,下不尤人。(《礼记·中庸》)

一个人要严肃地对待自己,克服缺点,而不苛责他人。这样为人处世,别人就不会怨恨他。这样的人,遇到困难时,上不埋怨天,下不责怪人。(孔子自言"不怨天,不尤人"。尤,过失、责怪。)

(7)好学近乎知,知耻近乎勇。(《礼记·中庸》)

喜欢学习的人就离明智很近了;知道羞耻的人就离勇敢很近了。(孔子说:知耻近乎勇。劝人勇于改正过错。前一"知",与"智"同。)

(8)苟日新,日日新,又日新。(《礼记·大学》)

每天要清洗自己的思想,真诚地使自己一天一个新面貌。(这句话如毛泽东所言:"好好学习,天天向上。")

(9)敖不可长,欲不可从,志不可满,乐不可极。(《礼记·曲礼上》)

一个人不可游玩得没完没了,个人的欲望也不可放纵,情志更不可自满自负,享乐方面不可过分。(敖,陆明德解为"遨游"。从,放纵。)

(10)吾日三省吾身:为人谋而不忠乎?与朋友交而不信乎?传不习乎?(《论语·学而》)

我每天多次反省自己:替人谋事没有尽力吗?同朋友交而不诚实吗?老师传授的学业我没有温习吗?(荀子说:"君子博学而日参省乎己,则知明而行无过矣。"参即三,人经常反省自己,就可以明辨是非而没有过失。)

二、论情操

(1)居上位而不骄,在下位而不忧。(《易·乾》)

君子身居高位时并不骄矜自傲,未被重用而地位低下,不会悲观失望。

(2)劳而不伐,有功而不德,厚之至也。(《周易·系辞上》)

有很大功劳而不居功自夸,做出很大功绩而不自认为有恩德于人,这种人就是非常厚道的人。(伐:居功自夸;不德:不自以为有德。)

(3)不愧于人,不畏于天。(《诗·小雅·何人斯》)

如果没有做什么有愧于人的事,那么我们对上天也就没有感到畏惧的。

(4)生有益于人,死不害于人。(《礼记·檀弓上》)

活着时应有益于别人,死了也不会危害活着的人。

(5)己所不欲,勿施于人。(《论语·颜渊》)

自己所不希望的,不要施加在别人身上。(自己不希望生活在痛苦之中,推己及人,我们不能给别人制造痛苦。)

(6)见义不为,无勇也。(《论语·为政》)

看到义当应为的事而不敢去做,这是怯懦的表现。

(7)君子成人之美,不成人之恶。(《论语·颜渊》)

君子成全别人做好事,不成全别人干恶事。

(8)志士仁人,无求生以害仁,有杀身以成仁。(《论语·卫灵公》)

有志向的仁义之士,没有贪图活命而损害仁德的,只有牺牲自己的生命从而成就仁德的。(人要有正义感。)

(9)我无尔诈,尔无我虞。(《左传·宣公十五年》)

我不欺骗你,你不欺骗我。(尔,你。虞,欺骗。)

(10)生亦我所欲也,义亦我所欲也。二者不可得兼,舍生而取义者也。(《孟子·告子上》)

生命是我追求的,道义也是我追求的。二者不能同时得到时,我宁可舍弃生命而要维护道义。(人要有气节。)

三、论正气

(1)身可危也,而志不可夺也。(《礼记·儒行》)

宁可生命受到威胁,不以为可怕,但坚持的原则却不能改变。

(2)三军可夺帅,匹夫不可夺志也。(《论语·子罕》)

三军虽然很多,但人心不齐,也可以俘虏它的将帅;匹夫虽然地位微贱,但坚定不移,志向不可改变。

(3)富贵不能淫,贫贱不能移,威武不能屈,此之谓大丈夫。(《孟子·滕文公下》)

财富多、地位贵不能腐化浸蚀,贫困、无地位而志节不改,在非正义的强制力量面前不屈服,这样的人才叫大丈夫。

(4)天下不知之,则傀然独立天地之间而不畏,是上勇也。(《荀子·性恶》)

国内的人都不了解自己而遭到不公正的对待,仍然独自坚持自己的正确观点而无所畏惧,这可算得上是最大的勇敢了。(傀:gui,伟大貌,独立的样子。)

(5)当理不避其难,视死如归。(《吕氏春秋·士节》)

站在真理一边,就不会回避任何灾难,对待死亡就如同回家一样平常。

(6)人固有一死,或重于泰山,或轻于鸿毛。(司马迁《报任安书》)

每一个人最终都无法避免死,但是有的人的死比泰山还重,有的人的死比大雁的绒毛还轻。

(7)精诚所致,金石为开。(《后汉书·广陵思王荆传》)

精神专一贯注之处,即使是坚硬的金属和顽石,也要为之破裂。

(8)捐躯赴国难,视死忽如归。(三国·曹植《白马篇》)

为了挽救国家的危难而牺牲生命,就像回家一样自然。

(9)临危不惧,勇也。(唐·骆宾王《萤火赋序》)

身处危险境地,而心无所惧,这才是真正的勇敢啊。

(10)不论穷达生死,直节贯殊途。(宋·汪莘《水调歌头》)

不论穷困还是得志通达,也不论是生还是死,在人的一生中,都应该保护正直不阿的气节。

四、论谦逊

(1)汝惟不矜,天下莫能与汝争能;汝惟不伐,天下莫能与汝争功。(《书经·大禹谟》)

你只要不骄傲自大,别人就不会同你争高下;你只要不居功自夸,别人就不会与你争功劳。

(2)满招损,谦受益。(《书经·大禹谟》)

骄傲自满必然遭致挫败,谦让虚心就会获得长进。

(3)好问则裕,自用则小。(《书经•仲虺之诰》)

勤于向人请教学习的人,学识就会变得充实;自以为是的人,知识就会逐渐浅薄。

(4)善则称人,过则称己,则民不争。(《礼记•坊记》)

有优点和成绩就归于别人,有缺点和错误就自己承担。这样,百姓就会彼此谦让相待。

(5)无伐善,无施劳。(《论语•公冶长》)

不夸耀自己的好处,不把辛苦的事施加在别人身上。

(6)人之患,在好为人师。(《孟子•离娄上》)

人的毛病,在于喜欢教训别人。

(7)身贵而愈恭,家富而愈俭,胜敌而愈戒。(《荀子•儒效》)

身居高贵地位,越要谦恭;家里富有,更要注意节约;战胜了敌人,更要提高警惕。

(8)礼让一寸,得礼一尺。(三国•曹操《礼让令》)

礼貌谦逊地让别人一寸,便会得到别人一尺的回敬。

(9)才敏过人,未足贵也;博辩过人,未足贵也;勇决过人,未足贵也。君子之所贵者,迁善惧其不及,改恶恐其有余。(三国•徐干《中论•虚道》)

才华敏锐超过一般人,不算可贵;渊博善辩超过一般人,不算可贵;勇敢果断超过一般人,不算可贵。君子所看重的是:向别人的优点学习、靠拢,唯恐做不到;改正自己的错误,唯恐没改完。

(10)放荡功不遂,满盈身必灾。(宋•张咏《劝学篇》)

放纵不受拘束,事业就不会成功;骄傲到极点,灾祸就要随身而来。

五、论谨慎

(1)其所由来者渐矣,由辩之不早辩也。《易》曰:履霜,坚冰至。(《易•坤•文言》)

任何一件不好的事情所造成的恶果,都不是短时间内造成的,它是由一些因素长期发展的结果。由于早该辨明的事没有及早认清,从而留下了隐患。《易经》说得好:我们踩着霜,就该知道结冰的日子很快要到了。(一切灾祸均不是偶然的,必须防微杜渐,防患于未然。)

(2)无稽之言勿听,弗询之谋勿庸。(《书经•大禹谟》)

没有查考过根据的话不要听,没有经过充分磋商的主意不要采用。(庸,用也。)

(3)慎厥初,惟厥终。(《书经•蔡仲之命》)

做一件事,在开始要谨慎,并时刻想到它的后果。

(4)战战兢兢,如临深渊,如履薄冰。(《诗•小雅•小旻》)

怀着战栗恐惧的心情,有如站在极深的水潭边上和踩在结冰很薄的水面上一样。(这样谨慎处理,就不会出差错。江泽民主席曾多次引用此句以告诫全党人员要工作谨慎。)

(5)君子慎始,差若毫厘,谬以千里。(《礼记·经解》)

君子对事情的开始很谨慎,因为开始产生了毫厘之小的偏差,其后果的差错就会有千里之遥。

(6)入境而问禁,入国而问俗。(《礼记·经解》)

进入一个国家,要了解其法律政策;进入一个城市,要了解它的风俗习惯。(到了一个新环境,要尊重别人的生活习惯和生活方式。)

(7)三思而后行。(《论语·公冶长》)

对一件事,要考虑再三,明其利蔽,然后行动。(可以避免因欠考虑而产生的过失。)

(8)多闻阙疑,慎言其余,则寡尤;多见阙殆,慎行其余,则寡悔。言寡尤,行寡悔,禄在其中矣。(《论语·为政》)

博学多闻,虽少疑问,说话尤须谨慎,就可以少犯错误;广览多见,看到危险的事就不去做了,行为谨慎,就减少了许多悔恨。言语方面没有过失,行为方面没有可后悔的,这个人的禄就在其中了。(禄:古代官吏的俸给。孔子之言,这样的人作公务员,可以干得很长久,干得很好。)

(9)身不善而怨他人,不亦远乎?患至而后呼天,不亦晚乎?(《韩诗外传》)

自己不好而出现错误,去埋怨别人,这样找原因不是太远了吗?祸患发生了,才无可奈何地呼天喊地,这种悔恨不是太迟了吗?

(10)思危所以求安,虑退所以能进,惧乱所以保治,戒亡所以获存。(《晋书·潘岳传附潘尼》)

想到危险,因此可以得到安全;考虑到后退,因此可以前进;时时畏惧祸乱,因此可以保持安定的局面;警惕灭亡,因此可以获得生存。(这是潘尼《安身论》中的一段话,教育人们要居安思危,谦虚谨慎,阐明了安危、进退、治乱、存亡的辩证关系。)

六、论奢俭

(1)士志于道而耻恶衣恶食者,未足与议也。(《论语·里仁》)

士尽管希望追求真理,如果他以粗陋的衣服和饮食为耻辱,那就不值得和他讨论真理问题了。

(2)饭疏食,饮水,曲肱而枕之,乐亦在其中矣。不义而富且贵,于我如浮云。(《论语·述而》)

吃的是粗茶淡饭,睡觉时弯曲着手臂当枕头,快乐也就在其中了。违背正义去获得财富和地位,这种富贵就像飘忽不定的云彩一样是靠不住的。

（3）俭,德之共也;侈,恶之大也。(《左传·庄公二十四年》)

节俭是德行中的大德;奢侈是恶习中的大恶。(共,读洪,其意为"大"。)

（4）劳则思,思则善心生。(《国语·鲁语下》)

有了劳动的体验,就会想到节俭;想到节俭,就会产生善心。

（5）克俭节用,实弘道之源;崇侈恣情,乃败德之本。(唐·吴兢《贞观政要·规谏太子》)

力行俭朴,节省开支,实在是扩充自己的情操的根本;崇尚奢侈,放纵情欲,就是败坏德行的本源。

（7）不节,则虽盈必竭;能节,则虽虚必盈。(唐·陆贽《均节赋税恤百姓第二条》)

奢侈,财物虽多也必定枯竭;节俭,财物虽少也必定充足。

（8）历览前贤国与家,成由勤俭破由奢。(唐·李商隐《咏史》)

通看前代人的史事,成功的家庭与国家,都由于勤俭,而破国败家都由于奢侈。

（9）十户手胼胝,凤凰钗一只。(唐·于濆《古宴曲》)

十户人家辛勤劳动的收入,只抵得上富贵人家的一只凤凰钗。(胼胝:pianzhi,老茧。)

（10）谁知盘中餐,粒粒皆辛苦。(唐·李绅《悯农》)

谁知道盘中的饭食,颗颗粮食来之不容易。(清·朱柏庐《治家格言》曰:一粥一饭,当思来处不易;半丝半缕,恒念物力维艰。)

七、论公私

（1）无偏无私,王道荡荡。(《书经·洪范》)

国君大公无私,不曲从和偏袒少数人而违背原则,国家兴旺的制度就会顺利地推行。

（2）以公灭私,民其允怀。(《书经·周官》)

国君能用公平合理来消除徇私情、谋私利的心行,民众就会信赖和归顺他。

（3）禹八年于外,三过其门而不入。(《孟子·滕文公上》)

大禹八年在外治水,忙于公务,三次路过自己的家门都没有进去。

（4）杨子取为我,拔一毛而利天下,不为也。(《孟子·尽心上》)

杨朱主张为自己,连拔下自己一根汗毛那样对天下有利的事都不愿意做。(这与儒家、佛家舍身为天下、舍身为众生的精神完全相反,是极端的自私主义。)

（5）公生明,偏生暗,端悫生通,诈伪生塞。(《荀子·不苟》)

具有公平公正心,就能明察真伪是非,出自私心偏心,就会分不清美丑利害。正直诚实,就会事事顺利;欺诈虚假,就要到处碰壁。(端,正直。悫que,诚实。)

（6）智而用私,不若愚而用公。(《吕氏春秋·贵公》)

人虽聪明,但为自己谋私利,不如愚笨却把力量用来为大众办事好。

（7）一国尽乱，无有安家；一家皆乱，无有安身。故小之定也，必恃大；大之安也，必恃小。（《吕氏春秋·喻大》）

整个国家都乱了，就不会有安定的家庭；家庭乱糟糟的，就不会有个人的安宁。所以局部的安定，要依靠整体的稳定；整体的稳定，也有赖于局部的安定。

（8）公道达而私门塞，公义立而私事息。（《韩诗外传》）

为公的路畅通了，为私的门就堵塞了；为公的道理树立起来了，为私的事情就停止了。

（9）将天下正大底道理去处置事，便公；以自家私意去处置之，便私。（《朱子语类辑略》）

（10）大其牖，天光入；公其心，万善出。（明·方孝儒《杂铭·牖》）

把窗户开得大大的，太阳光就会照进来；排除私心，就会产生无数好念头，做出无数的善事。（牖 you，窗户。天光，阳光。）

八、论言行

（1）君子居其室，出其言善，千里之外应之，况其迩者乎？居其室，出其言不善，则千里之外违之，况其迩者乎？（《易·系辞上》）

君子即使在家里，说的话有道理，千里以外的人都会响应，至于在附近的，那还用得着说吗？尽管他是在家里说的话，如果是坏话，千里以外的人都会反对他，更何况他周围的人呢？（迩：近）

（2）君子以言有物而行有恒。（《周易·家人》）

有德行的人说话有根据，行为始终一贯。

（3）好言自口，莠言自口。（《诗·小雅·正月》）

好话从你嘴里说出来，坏话也从你嘴里说出来。（莠，丑）

（4）言顾行，行顾言。（《礼记·中庸》）

说话应考虑自己能否做得到，或已经做得怎么样；做事应该想想自己事先是怎样说的。

（5）口惠而实不至，怨灾及其身。（《礼记·表记》）

嘴上许诺给别人好处，实际上又不兑现，抱怨和灾祸就会降临到身上。

（6）君子寡言而行，以成其信。（《礼记·缁衣》）

君子不夸夸其谈，通过自己的实际行动使别人信任自己。

（8）言必信，行必果。（《论语·子路》）

说话必须算数，做事必须果断。

（9）可与言而不与言，失人；不可与言而与之言，失言。（《论语·卫灵公》）

可以与别人说的话不说，就会失去别人的信任；不可以跟别人说的话说了，就叫说得不恰当。

(10)赠人以言,重于金石珠玉。(《荀子·非相》)

用富有教益的话赠送别人,比送给黄金、珍珠、玉石还可贵。

九、论奋斗

(1)为山九仞,功亏一篑。(《书经·旅獒》)

堆积九仞高的山,由于只差一筐土而没有完成。(篑 kui,盛土之筐。)

(2)靡不有初,鲜克有终。(《诗·大雅·荡》)

人们做一件事情,开始总是很认真;但把这种认真态度坚持到最后的总是很少的。(靡,没有。鲜,少。)

(3)人一能之,己百之;人十能之,己千之。果能此道,虽愚必明,虽柔必强。(《礼记·中庸》)

别人一次就能学好的事情,我就以百倍的努力去学习它;别人十次就能做好的事情,我就以千倍的努力去对待它。能照着这个办法去做,虽然愚笨,也会变得聪明;虽然软弱,也会变得坚强。

(4)士不可不弘毅,任重而道远。(《论语·泰伯》)

士不可以不坚强而果断,因为只有坚强果断,才能担负重任,长期奋斗。

(5)锲而不舍,金石可镂。(《荀子·劝学》)

镂刻一件东西,一直坚持不懈,坚硬的金属和玉石也可以雕刻出来。(不怕困难,坚持始终。)

(6)有志者,事竟成。(《后汉书·耿弇传》)

有坚定志向和决心的人,做事最终会获得成功。

(7)丈夫为志,穷当益坚,老当益壮。(《后汉书·马援传》)

有志气的男子汉,处境困难更要坚定不移,年纪衰老,更加朝气蓬勃。

(8)鞠躬尽力,死而后已。(诸葛亮《后出师表》)

兢兢业业竭尽劳苦,为国家出力,一直到死才停止。

(9)天下之事,因循则无一事可为;奋然为之,亦未必难。(明·归有光《奉熊分司水利集并论今年水灾事宜书》)

人类社会的事情,不积极进取,就没有哪件事能办好,振奋精神去做,事情也不一定困难得束手无策。(因循,墨守成规,无所作为。)

(10)千磨万击还坚劲,任尔东西南北风。(清·郑燮《竹石》)

在千种磨炼万种打击面前仍然坚强有力,还怕你什么东西南北风?

十、论治学

（1）君子学以聚之，问以辩之。（《周易·乾》）

君子通过学习积累知识，通过请教讨论弄清道理。

（2）如切如磋，如琢如磨。（《诗经·卫风·淇奥》）

学习要像加工象牙、玉石的过程那样仔细反复地琢磨。

（3）博学之，审问之，慎思之，明辨之，笃行之。（《礼记·中庸》）

广泛地学习，详尽地询问，谨慎地思考，清楚地辨析，切实地实行。（审，详尽。笃，切实。）

（4）仕而优则学。（《论语·子张》）

当了官，有余力就要学习。

（5）敏而好学，不耻下问。（《论语·公冶长》）

天资机敏又勤奋学习；有疑难之处要向不如自己的人请教，而且不以此为羞耻的事。

（6）发愤忘食，乐以忘忧，不知老之将至！（《论语·述而》）

发愤学习，忘记了吃饭；乐道安贫，忘记了忧愁。那就会忘记衰老就要来到了。

（7）知而好问，然后能才。（《荀子·儒效》）

聪明而且喜欢向别人请教，然后才有可能成为人才。

（8）少而好学，如日出之阳；壮而好学，如日中之光；老而好学，如炳烛之明。（《说苑·建本》）

年少而喜欢学习，像刚升起的太阳那样光明灿烂；壮年而喜欢学习，像中午的太阳那样旺盛；老年而喜欢学习，像点着蜡烛那样的光亮。

（9）百川东到海，何时复西归？少壮不努力，老大徒伤悲。（汉·《长歌行》）

千百条河流流向东边的大海，什么时候才能回返？年轻时候不刻苦学习，到老了只好白白地悲伤。

（10）非学无以广才，非志无以成学。（诸葛亮《诫子书》）

不学习，无法发展自己的才能；没有志向，学习也无法获得成功。

十一、论交友

（1）二人同心，其利断金；同心之言，其臭如兰。（《周易·系辞上》）

两人同心协力，这股力量会把金属截断；朋友间推心置腹地交谈，像兰草那样芳香。（臭xiu，芳香。）

（2）益者三友，损者三友。友直、友谅、友多闻，益矣。友便辟、友善柔、友便佞，损矣。（《论语·季氏》）

朋友，三种人有益处，三种人有害处。结交正直的、诚实的和博学的，有益处。结交谄媚奉承的、当面说好话背后说坏话的和夸夸其谈的,有害处。

（3）与人善言,暖于布帛;伤人之言,深于矛戟。(《荀子·荣辱》)

对人讲有帮助的话,比布帛还温暖;伤害人的话,比矛戟造成的伤口更深。

（4）以财交者,财尽而交绝;以色交者,华落而爱渝。(《战国策·楚策一》)

因为钱财而结交的关系,钱财没有了,交情也就断绝了;因为美色而结交的关系,容颜衰老,感情也就改变了。

（5）以权利合者,权利尽而交疏。(《史记·郑世家》)

因为权力和利益而抱成一团的人,权力和利益不存在,团结也就崩溃了。

（6）人之相知,贵相知心。(汉·李陵《答苏武书》)

（7）古之君子,绝交不出丑言。(三国·嵇康《与吕长悌绝交书》)

（8）古之君子,重神交而贵道合。(唐·王勃《上郎都督启》)

古代有德行的人,彼此重视精神相通,以志同道合为贯。

（9）居必择邻,交必良友。(明·《名贤集》)

居住必定选择邻居,交朋友必须选择好人。

(10)结有德之朋,绝无义之友。(明·《名贤集》)

结交有道德的朋友,弃绝没有道义的朋友。

十二、论从善

（1）惟木从绳则正,君从谏则圣。(《书经·说命上》)

木材根据绳墨进行加工就能成为端正的材料,君主听从下属正确的批评建议就可以变得英明正确。

（2）言之者无罪,闻之者足以戒。(《诗·周南·关雎序》)

提出批评的人没有过错,但接受批评的人听其言至少可以引以为戒。

（3）闻过则喜,闻善则拜。(《孟子·公孙丑上》)

听到别人说自己的过失就高兴,因为可以藉此以认识自己改正过错。听到别人有益的劝告就拜而受之。(《尚书》曰:"禹拜善言"。孟子原文是:"子路人告之以有过则喜,禹闻善言则拜。"子路是孔子的得意弟子。)

（4）苦言药,甘言疾。(司马迁《史记·商君列传》)

刺耳的话像药一样可以治病,甜言蜜语只能使人致病。

（5）容直言,广视听。(唐·元稹《献事表》)

能容纳各种正直的话,能广泛地听取不同的意见。

（6）近贤则聪,近愚则聩。(唐·皮日休《耳箴》)

接近贤明之人,就分得清好话和坏话;接近愚昧之人,就会对好话充耳不闻。

（7）愚夫之计,择之者圣人。(五代·张昭远等《旧唐书·刘仁轨传》)

能够重视和采用那些平时并不聪明,缺少教育的人的建议,只有最有见识的人才能做到。(俗话说:智者千虑,必有一失;愚者千虑,必有一得。古人此言,旨在提醒:不要自以为是而忽视普通人的建议、策略,也许这个建议、策略恰恰是事关成败、改变命运、改写历史的。)

（8）乐闻警戒,不喜导谀,则听言用人之要子。(《朱子学归》)

高兴听忠告的话,不高兴听奉承讨好的话,这是听取意见和任用人才的关键。

（9）君子好誉,小人好毁;君子好与,小人好求。(宋·邵雍《君子吟》)

君子喜欢赞扬别人,小人喜欢毁谤别人;君子喜欢给予别人,小人喜欢向别人索取。

(10)圣贤非虚名,惟善为可勉。(宋·欧阳修《感兴诗》)

圣贤反对只务虚名,一心只勉励自己追求高尚的品德、言行。

佛家益生格言一百则

一、论因缘

（1）如来离二边，说于中道，所谓：此有故彼有，此生故彼生。此无故彼无，此灭故彼灭。（《杂阿含经》）

佛陀所讲的真理，离开了对"有"对"无"的执着，所以是中道。因此说：事物的产生，有相互依存的条件，当这些条件互相依存时（有缘），事物便产生、发展；当这些条件互相离散时（无缘），事物便衰落、消亡。

（2）不分别过去，不执着未来，不戏论现在。（《大宝积经》）

现在是过去的延续，过去虽已逝去，但影响依然存在于现在之中，所以对过去、现在不要割裂开来认识。对未来不要执着，因为它还没有到来；对现在不能游戏对待，因为现在是未来的因，未来是现在的果。

（3）若造善业者，则有乐果报；若造不善业，则受于苦报。（《僧伽吒经》）

如果做善事，就会有快乐美好的果报，如果做坏事，就会最终受苦，得到苦的报应。

（4）深入缘起，断诸邪见。（《维摩经·佛国品》）

如果深入地认识了一切事物都处在因果联系中，依据一定的条件和相互作用而产生、发展和消亡，没有独立存在、固定不变的本质，这就是缘起论，就会断除对事物的不正确的认识。

（5）我若以瞋报彼，则为大害。（《大智度论》）

别人仇恨我，我若以仇恨回应他人，这就是更大的对自我生命的危害。（以怨报怨，不但害彼，而且自害。所以圣人教导我们要"以德报怨"。）

二、论观心

（1）此身虽有患，当使心无患。（《增一阿含经》）

人的身体会生病，但不能使人的心灵生病。

（2）能观心者，究竟解脱；不能观者，永处缠缚。（《心地观经·观心品》）

能够观察、体会人的真心的人，会从烦恼痛苦中解脱出来，不会观心的人，总处在烦恼的纠缠之中。

（3）心垢故众生垢，心净故众生净。（《维摩诘经·弟子品》）

人的心灵不干净，有了污染，所以人们的心就变得有尘垢了；如果人的心干净无污染，众生的心灵也都就清净无垢了。

（4）身是菩提树，心如明镜台。时时勤拂拭，勿使惹尘埃。（慧能《坛经·行由品》引神秀大师偈。）

立身要像菩提树一样，扎根大地，茁壮成长。持心就像面对明镜一样，要经常拂去镜上的尘埃，清除心中的杂念妄想。

（5）心明一切明，心昧一切昧。（《汾阳禅师语录》）

心地光明了，处事则无处不光明，智慧的光明也就显现出来了。心若暗昧了，处事待人，自心就处处暗昧。

三、论智慧

（1）凡夫染习五欲，无有厌足。圣人智慧成满，而常知足。（《杂阿含经》）

平常的人，喜欢财欲、色欲、吃得好、睡得好，还拥有好名声，在这五种欲望中生活，没有满足的时候，而圣人很注重大智慧的成就与圆满，对生活方面，没有贪求，非常满足。

（2）一者为于自利，修集智慧；二者以是智慧转化众生；三者自利利他。（《大集经》）

一个人，为了自利，就学习获得大智慧；第二个方面，有了大智慧，可以帮助更多的人，使他们改正错误；第三个方面，有智慧的人做事，既利自己，又利他人。

（3）当以闻、思、修，慧而自增益。（《佛遗教经》）

一个人，首先要听闻老师传授的知识，有关宇宙人生真理的讲述，然后对这些听到的言论进行必要的思考，最后进行实践，这样，他的智慧会越来越多。

（4）能善分别诸法相，于第一义而不动。（《维摩诘经》）

人应当正确区别各种事物，乃至参与各类活动，但对于自己正确的信念不能动摇。（法相：事物各自不同的形象。第一义：最高的真理。）

（5）一切有为法中，智慧第一。（《大智度论》）

一切由因缘和合而成的世间事物中，人的智慧是最高贵的。

四、论清净

（1）净业以自净，是生于受持。不杀亦不盗，不淫不妄语。信施除悭垢，于斯而沐浴，于一切众生，常生慈悲心。

一个人行为的清净在于他自心的清净，而心的清净来自于他愿意接受圣人的教导，并且坚持。不杀害生命，不偷盗，不淫乱，不说假话，这都是圣人的教导。要相信一个人只要肯施舍自己的东西去帮助别人，就会清除自心中的吝啬习气，就好像心灵受到沐浴而洗去了尘垢一样。对于所有的人，要生出慈悲的心，就是看到别人痛苦，便能给他快乐，这就叫"慈"，看到别人生活在苦难之中，要帮助他脱离苦难，这叫"悲"。

（2）远离一切谄心、曲心、浊心、乱心，昼夜常行清净慈心。（《奋迅王问经》）

要远离一切诏媚讨好、扭曲事实、浊而不清、乱而不定的心念，一定要在白天、黑夜保持清净的慈悲心。

（3）惭是法门，内清净故；愧是法门，外清净故。（《方广大庄严经》）

"惭"，就是一个修行的法门，自惭于己，所以有了"惭己"心，内心就会清净。"愧"也是修行的法门，愧对于人。这样持心，人的外在的行为也会清净的。

（4）心清净故，世界清净；心杂秽故，世界杂秽。我佛法中，以心为主，一切诸法，无不由心。（《心地观经·厌舍品》）

由于人心清净的原因，世界也就清净；人心杂乱肮脏，世界也就杂乱肮脏。佛陀所教导的法门中，以人的心为主，一切行为，无不由心造作。

（5）妄想是垢，无妄想是净，颠倒是垢，无颠倒是净；取我是垢，不取我是净。（《维摩诘经·弟子品》）

妄想就是污染，无妄想就是清净；颠倒是非就是污染，不颠倒是非就是清净；执着于自我就是污染，不执着于自我就是清净。

五、论诚实

（1）至诚不妄语，亦无粗涩言。不离他亲厚，常说如法言。（《杂阿含经》）

做人要至诚而不说欺骗他人、违背自心的话，也不说粗俗的话。更不用话语挑拨离间，使他人的亲人之间产生矛盾。应该说合乎圣人教导，合理合法的话语。

（2）常以直心与人从事，离诸诏曲。（《大宝积经》）

日常要以正直、公直之心与人共事，远离诏媚歪曲之言行。

（3）凡所言说，口意相称。（《大集经》）

凡所说的话，嘴上讲的与心里想的要一致，心口无违。

（4）不以邪心诱诳于人，不以利养为他执役。（《大集经》）

不以邪恶的心引诱、欺骗他人；不因财利而为他人所驾驭役使。

（5）不覆藏罪，不显功德。（《思益梵天经》）

不隐蔽自己的罪恶，要经常用忏悔的方式发露自己的过错，不再重犯。不在别人面前显现自己的功行与道德，做人要谦虚。

六、论谦抑

（1）已离于我慢，无复我慢心。超越我、我所，我说为漏尽。（《杂阿含经》）

已经离开了以自我为中心的傲慢行为，不再有傲慢之心。已经超越了自我和我之所有。这样，就没有烦恼了。（漏：烦恼。）

（2）慎莫自赞誉，亦勿毁他行。（《大宝积经》）

要谨慎，不要自己赞美自己，也不要诋毁他人的行为。

（3）谦逊不自大，是则为智本。不计事有慧，是则慧之业。

一个人要谦虚和逊，把自己看得低，而不自高自大，这就是智慧的根本。不说自己有智慧，其实这种谦和的行为就是有智慧的表现。

（4）见有胜己，不生嫉妒；见己胜他，不生傲慢。（《优婆塞戒经》）

看见别人在能力、财富、地位、才智各方面胜过了自己，也不生嫉妒心；看到自己已胜过了别人，且不生出傲慢心。

（5）若修功德之人，心即不轻，常行普敬。心常轻人，吾我不断，即自无功；自性虚妄不实，即自无德。（《坛经》）

如果是真正修功德的人，心里不能轻视他人，而要经常不分亲疏、贵贱、贫富地尊重一切人。心里常轻视别人的人，由于对自我的执着没有断除，所以也就无功可言。自己的心性修养方面，虚妄不实，也就无德可言。

七、论坚忍

（1）千千为敌，一夫胜之，未若自胜，以忍为上。（《增一阿含经》）

有成千上万的敌人，一个人也可以战胜他们，但这一切也比不上一个人能战胜自我的伟大。战胜自我，以坚忍为上。

（2）诸变恶事，善能堪忍，为殖一切善业力故。（《大宝积经》）

在许多变事、坏事之中，能够坚忍地活下来、度过去，为的是建立一切善、美的事业。（殖：建立、产生。）

（3）乃至命难，重苦因缘，终不造作不善之法及诸恶业。（《大宝积经》）

以至于发生了危及生命的灾难、或使自己受到重大苦难的事件，但我决不会为了自己的安全而做坏事，更不会做那些恶事。

（4）忍为世间最，忍是安乐道……忍已降诸怨，亦能灭众恶；忍能息一切，非时风暴雨。（《大集经》）

忍辱之心是世间最宝贵的，能忍，就是获得安详快乐的法门。忍就能制伏各种怨恨之心，也能灭除掉所有的恶念恶行。忍能平息一切争斗、烦恼，哪怕像不时而至的暴风雨一样突然而来的事端。

（5）行者常行慈心，虽有恼乱逼身，必能忍受。（《大智度论》）

修养德行的人，要经常保持、拥有慈悲的心怀，这样，虽然在生活中会有许多烦恼来扰乱他的身心，逼近他，但是，由于他对人心怀慈悲，所以就能忍受。

修行的人，要心怀仁爱利人之心，虽然有烦恼、散乱逼近自己，但由于心怀仁爱的原因，也能承受得住,不因自己的烦恼而伤害他人。

八、论洞察

(1)虽诵千章,不义何益?不如一句,闻可得道。虽诵千言,不义何益?不如一义,闻可得道。(《增一阿含经》)

虽然能背诵千篇经文,不理解其意义,有什么作用呢?还不如真正理解了其中一句,听到这样一句就可以得道,成为对宇宙人生一切真理的觉悟者。

(2)一者自知,二者知他,三者知时。(《大集经》)

人生处世要做好三方面:一要自知,二要知他,三要知道时机。观察"时节因缘"如何而决定行事。

(3)多闻是法门,如理观察故。(《方广大庄严经》)

对佛陀的教导要广闻博记,依照佛法而观察世间万事万物。

(4)不应作而作,应作而不作,烦恼火所烧。(隋·智顗《童蒙止观》)

不应该作的事作了,应该作的事且没有作,就会被烦恼之火所烧伤。(烦恼很多,如火煎熬。)

(5)智不务多,必审其所知;言不务多,必审其所谓;行不务多,必审其所由。(唐·神清《北山录·异学》)

智慧不在多,但必须弄明白自己真正知道些什么;话语不在多,必须弄明白自己对事物的认识;做事不在多,必须弄明白自己做事的理由。

九、论勤勉

(1)如是一切善法,不放逸为其根本。(《杂阿含经》)

在佛陀所讲的一切善法中,以不放纵自己不贪图安逸享乐为根本。

(2)常勤修精进,犹如救头燃,勿得须臾懈。(《杂阿含经》)

一定要在断恶修善、追求真理的过程中不懈努力,这叫"精进",要珍惜时间,分秒必争,就好像头发起火,万分危急,必须赶紧去救灭,不容丝毫懈怠。

(3)瞋垢背忍辱,懈怠退正勤。(《大宝积经》)

愤怒恼火对于生命而言如同污垢,违背了做人要能忍受耻辱、苦难而向善向道的"忍辱"精神;松懈怠慢就会使"断除已生之恶、不生未生之恶、生未生之善、增长已生之善"的"四正勤"心志退失。

(4)复有四种精进,具足智慧:一者,勤于多闻,二者,勤于总持,三者,勤于乐说,四者,勤于正行。(《大集经》)

有四种精进,可以使你具足智慧:一种精进是:勤于听闻并接受正确的道理。第二种精进是:勤于持善不失,持恶不生。第三种精进是:听到真理,乐于宣传讲解,使听者得益而乐。第四种精进是:积极从事于正道。

（5）勤精进者,恒为有情,受大劳苦,但利益彼,无念己身。（《大乘理趣六波罗密多经》）

勤奋精进的人,永远为宇宙中一切生命(有情)而甘愿受劳受苦,只利益别人,而不为自己的利益考虑。(这就是毛泽东所讲"毫不利己,专门利人"的人。毛主席少年、青年时勤于学习佛教文化。)

（6）世间之事,虽无利益,为众生故,而亦学之。所学之事,世中最胜,虽得通达,心无骄慢。以己所知,勤用化人。（《优婆塞戒经》）

世间的一些学问技能,对自己虽然没有什么利益,但为了人类和万物,还是要学习,而所学的知识、技能达到了世间最高的境界也不骄傲,而是用自己所学知识技能,勤奋地用于服务大众。

十、论安宁

（1）少欲、知足、乐静之处,多诸方便,念不错乱。（《增一阿含经》）

做人要少欲、知足、喜欢安静的地方,做事待人要有更多的善巧(方便),而自己的心念绝不能错乱。(不产生错误的想法,不产生杂念。)

（2）心不贡高,亦不卑劣。（《大宝积经》）

心不骄傲自大,也不卑下陋劣。(这是修心、调心的功夫。)

（3）令心安住,无有能令移动散乱。

若人无定心,即无消净智,不能断诸漏。（《大宝积经》）

让自己的心安定下来,没有什么(如名利、酒色、权势)能令自己的心志移动、心念散乱。如果一个人没有定力定心,那么他会没有消除烦恼、清净自心的智慧,所以,他活在世上,就不能断尽烦恼,从而会生活在痛苦之中。

（4）八风吹不动,无忧无污染。宁静无烦恼,是为最吉祥。（《吉祥经》）

在人世间,不被利、衰、毁、誉、称、讥、苦、乐这"八风"撩动其心,引起苦乐爱憎等感受,心灵里没有忧愁也没有污染,安宁清静而没有烦恼,这是人生最吉祥的事。

（5）心无散乱,不起邪思。（《父子合集经·如来本行品》）

心里没有杂念妄想就不会有散乱,也不生邪恶的念头。

十一、论调适

（1）善护于身心,及意一切业。惭愧而自防,是名善守护。（《杂阿含经》）

要善于护持自己的一切行为,语言和意念,对一切过恶具有羞耻心,如果犯过,就自惭于己,愧对于人,以自心而设防,人就不会犯过失,这就是善于守护其身口意的行为。

（2）一切众生虽加尊敬而心不高，虽加轻侮而心不戚。（《大宝积经》）

一切人对你都很尊敬，但你一点也不骄傲；虽然人们把轻蔑与侮辱加于你身，但你也不忧伤。（戚：忧伤）

（3）不希美称，不犯恶名，善能观察，广大慧故。毁而不下，赞而不高，德善安住，不倾动故。（《大宝积经》）

不希求美好的名声称誉，也不冲犯某些规则而得恶名，这是由于善于观察事物的变化规律，而有广大智慧的缘故。别人抵毁他，也不觉得卑下，别人赞扬他，也不觉得高傲。这是由于他的心安住于德善的境界的缘故。

（4）忿怒不见法，忿怒不知道。能除忿怒者，福喜常随身。（《法句经》）

心中充满忿怒的人，看不见佛陀教导的正法，也就不能知道宇宙人生的真理。能除去忿怒的人，幸福和喜悦经常伴随着他。

（5）居住适宜处，往昔有德行。置身于正道，是为最吉祥。（《吉祥经》）

居住在非常适合自己生活的地方，这是过去积下了美好德行的善报。置身于人生正道，这一切都是人间最吉祥的事情。

十二、论对治

（1）身恶行者，当修身善行；口恶行者，当修口善行；意恶行者，当修道善行。（《增一阿含经》）

行为上有杀、盗、邪淫之恶者，当修身行善以止恶；语言方而有两舌、恶口、绮语、妄语者，要修口的善德以止恶；思想方面有贪、瞋、痴三恶者，要在意的方面修善以止恶。

（2）不怒胜瞋恚，不善以善伏。惠施伏悭贪，真言坏妄语。（《杂阿含经》）

用不发怒的修养制胜生气恼怒的情绪；用善的行为、念头制伏不善的行为、念头；用布施的心行制伏吝啬的习气，用真实的语言破除虚妄不实的话语。（悭：qian，吝啬）

（3）一者净身，二者净口，三者净意。（《大集经》）

做人，一要使行为清净无染，二要使语言清净无染，三者要使意念清净无染。

（4）于诸苦事有择慧力，于诸乐事有无常苦观解之力。（《大宝积经》）

对于所有的生老病死这些不可避免的苦难，要有善于分别的智慧力（择慧力），这些苦难的形成都是有因有果的，所以，观察一切事物均处在不断变化的"无常"状态，从而对于耽乐之事解去执着之心。（明白了人生变化无常的道理，因果相循的事实，就会"得不足喜，而失不足悲"，以平常心看待人间万象。）

（5）于诸有情，发起对治，于诸欲境，不生耽着。（《大乘菩萨藏正法经》卷二三）

对于所有的众生，要对症治病，对于所有的诱发人的贪欲之境，而不生出享受执着之心。

十三、论无私

（1）平等无二心，此是佛法义。（《增一阿含经》）

一切现象在本质上是同一的，一切众生在本性上也是平等的，不应有高下、怨亲等区分，这才是佛法的真义。

（2）执着我相，迷于真理。（《大宝积经》）

一个人如果对于自我、自身的不正确的见解、对自己由因缘合和而成的身心现象太执着，就会迷失真理。

（3）于怨亲所，其心平等。（《大宝积经》）

在处理问题时，对曾经结怨的人和自己的亲友，都要等量齐观，公平对待，不因私情而有所倾斜偏颇。

（4）福利众生不求报。（《大宝积经》）

为众生做有益的善事，使他们过上幸福的生活，但不求回报。

（5）自舍于己乐，令彼得解脱。（《大集经》）

能够舍弃自己的快乐，而帮助别人解脱人生的烦恼痛苦而获得身心的自由。（佛陀在《郁伽经》中还说："助他成务，无所希望"。一个人要能帮助别人成就事业，而自己则不希求报答，这都是对乐于助人、无私无我的教导。）

十四、论仁慈

（1）四维上下，一切世间，心与慈俱，无怨无嫉无有瞋恚。（《杂阿含经》）

对整个宇宙空间的一切世界的人，我的心与慈悲相伴，永远没有怨仇，没有嫉妒，没有愤怒。

（2）见瞋莫瞋报，于恶莫生恶。（《杂阿含经》）

别人以瞋怒对我，我且不以瞋怒对他；别人对我生恶念恶言恶行，但我不对他生恶念恶言恶行。

（3）慈能除断忿恚根栽，慈能永灭一切过失……慈能超越热恼所侵，慈能生长身语心乐。（《大宝积经》）

慈悲心能断除我们心中忿怒仇恨的苦根；慈悲心能永远灭除我们的一切过失，慈悲心能超越一切烦恼对我们身心的侵害，慈悲心能生长身心活动的快乐。

（4）慈爱众生如己身。（《大宝积经》）

爱天下一切人，有如爱自己一样。

（5）布施好品德，帮助众亲眷。行为无瑕疵，是为最吉祥。（《吉祥经》）

能给他人财物以帮助度过难关，能给他人讲示真理而使其不犯错误，能给他人勇气而产生无畏的精神,这三方面都达到了,才是布施的好品德。这样的人,乐于帮助所有的亲人、眷属,行为上没有任何缺点,这样的人生是最吉祥的人生。

十五、论利众

(1)为家忘一人,为村忘一家,为国忘一村。(《增一阿含经》)

为了家庭的整体利益,可以忘记个人的利益;为了一村的整体利益,可以忘记一家的利益;为了一国的整体利益,可以忘记一村的利益。(个人利益隶从集体利益,局部利益隶从整体利益。)

(2)布施及爱语,利益与同事,以此度众生。(《大宝积经》)

布施有施财、施法(使人明白宇宙人生的真理)、无畏施(使人内心无恐惧);爱语:对众生要以善言慰喻;利益就是做有利于众生的事;同事就是与众生同处同作。用"布施、爱语、利益、同事"四法,来帮助众生解脱烦恼。

(3)能为众生作大利益,心无疲倦。(《大宝积经》)

能够为众生做大好事,心里没有厌倦。

(4)自舍己乐,为众生故,利、衰、毁、誉、称、讥、苦、乐而不倾动。(《大宝积经》)

为了众生的利益,能够舍弃自己的快乐,面对"利、衰、毁、誉、称、讥、苦、乐"这八种人生境遇而心不动摇。

(5)善心相续,间无断绝。(《优婆塞戒经》)

善心连着善心,永不间断。

(6)见诸老、病及生产妇女,若一念间具大慈心,布施医药、饮食、卧具,使令安乐,如是福利,最不思议。(《地藏经》)

看见老人、生病的人、要生产的孕妇,如果在一念之间生出大慈悲心,并布施给他们医药、饮食、卧具等药品、食物、日用品,而使他们得到安乐,这样的福德利益,是不可思议的。(人先应具备仁慈之心,做好世间的善事,关心别人的疾苦。)

十六、论寡欲

(1)速灭贪欲火,莫令烧其心。(《杂阿含经》)

应该快速灭除贪婪的欲望之火,不要让欲火烧焦了自心。

(2)贪欲无厌,犹饮咸水。(《大宝积经》)

贪欲没有满足,不断增长,就好像饮下盐水以解渴一样,只会更渴。

(3)少欲少求而知止足。(《大宝积经》)

减少欲望、减少需求,而达到知止不殆,知足不辱的常乐境界。

(4)不以邪业而求利益,其心少欲常知足故。(《大集经》)

不以不正当的行业(赌博、贩毒、卖淫以及其他犯罪活动)谋生求利,是由于其人心中少欲知足的缘故。

(5)不乐诸欲乐,志慕于法乐。普世无所执,行如水莲华。(《宝女所问经》)

不以世间欲望满足的快乐为快乐,而志求领悟真理的快乐。对世上的事物没有执着贪爱的心,生活在尘世中,不为欲乐所污染,有如莲花出淤泥而不染。(唐代希运禅师曾说:"终日不离一切事,不被诸境惑,方名自在人"。)

十七、论言语

(1)不自誉,不毁他。(《杂阿含经》)

不自己赞美自己,也不诋毁他人。

(2)口出恶言,恒自伤害;如持利斧,自伐其身。(《大宝积经》)

用粗野的话骂人,是对自己的伤害,就好像手拿利斧,自砍其身一样。

(3)凡所出言恒哀愍,于憎爱人常含笑。(《大宝积经》)

凡是所讲的话,总要常存仁爱同情之心,对于自己憎恶的人与喜爱的人,都应面带笑容。

(4)常当守口,慎言少语。(《大集经》)

要经常守住自己的口,口不轻开,说话非常谨慎,要少说话。("守口、慎言、少语"是人生修养中很重要的一个方面。佛家"十善戒",口业戒有四种:妄语、两舌、恶口和绮语。)

(5)以柔软语而演教诲。(《大集经》)

用柔和温暖的话讲解道理。(《大衰经》说:"言不卒暴,亦无粗犷",凡言语,要温和,就是佛经上讲的"柔软语"。)

(6)不说人短,言某有罪。(《宝女所问经》)

不说别人的短处,也不说某人有罪过。(不谈论他人的是非长短,是一种人生修养。)

(7)舍无义语,住于义语。(《优婆夷净行经》)

要舍弃悖理无益的话,而要说合于道理、有意义的话。

(8)不作此语令他起瞋,不作此语令他起恼,不作此语令他无智,不作此语令他无益,不作此语令他无明。(《虚空藏经》)

不说令别人发怒生气的话,不说令别人生烦恼的话,不说令别人丧失理智的话,不说对他人无益的话,不说令别人愚昧的话。

(9)无衰弱语,无粗犷语,无炽然语,无不实语,无贪顺卑下语,无下劣语,无覆藏语,无瞋害语,无动乱语,无戏剧语,无对面斗诤语。(《海意经》)

一个人的言语之中,没有萎靡不振的话,没有粗野的话,没有激烈过分的话,没有不真实的话,没有贪婪卑下、逢迎他人的话,没有低下恶劣的话,没有掩藏真相的话,没有恼乱他人、伤害他人的话,没有使人动乱的话,没有嬉戏轻浮的话,没有使人面对面相争讼的话。(这是佛陀对人的语言方面的行为规范,至今仍有非常重要的指导意义。)

(10)常行至诚,未曾两舌,有诤讼者常和解之,终无骂詈,不为恶口。所以者何?常有惭耻,言常护口,不妄说事。

经常怀有至诚的心而做事,没有两面讨好而挑动是非,与别人之间有诤讼的事,经常使之和解,始终不会责骂他人,不出恶言。这是为什么呢?因为他经常怀着惭愧、羞耻的心(生怕自己的言行有损道德),出言谨慎,守口很严、不随便说事。

(11)不行恶口,常行爱语、软语、和柔语、不恶语、不粗语、有理语、安乐语、先意语、和悦语。(《自在王菩萨经》)

一个人口不说恶言坏话,经常要说使人心中生起善心和爱心的话,说温柔的话,说柔和的话,说没有恶意的话,说不粗俗的话,说有道理的话,说使人安详快乐的话,说对方心里的话,说使别人心平气和、心情快乐的话。(佛陀在语言方面的要求很多,以上十一则格言,如果能信、受、奉、行,一定会受益终生的。佛教即佛陀的教育,是指导人们完善自己品行的教育,从以上格言中就可以看出来。)

十八、论省过

(1)常习惭愧心,此人实希有。能远离诸恶,如顾鞭良马。(《杂阿含经·弟子所说诵品》)

经常修习能促使人改恶从善的"惭愧心",这样的人很少见。这样修心就能够远离所有的罪恶、恶行,就像良马受鞭策而奋发前进一样,不断进步。(惭:谓通过反省,对自己的过失产生羞耻心。愧:谓因犯过失而在别人面前感到羞耻,害怕议论和责罚。有此惭愧心,人就不会犯过错了。)

(2)自求己过,不说他短。(《大宝积经》)

一个人要搜求自己的过失,而不去评说别人的短处。

(3)作善业者无呵责故,无呵责者消过失故,消过失者不热恼故,不热恼者性真实故,性真实者无虚诳故。(《大集经》)

一个做善事的人不会被别人呵斥指责,由于不被他人呵责,所以也就没有过错;因为没有过错,所以他内心没有烦恼,由于内心没有烦恼,所以他的心灵很真实;因为他的心灵很真实,所以他内心没有妄想。

(4)愚者作恶不能自悔,故其殃大。智者作恶,知不当所为,日自悔过,故其殃少。(《那先比丘经》)

愚蠢的人做了恶,而不能自省忏悔,所以他的灾殃会很大;而有智慧的人,知道做了不该做的事,天天自省悔过,所以他的灾殃会减少。

（5）复有二法难作：一者常省己过，二者不观他过。（《海意菩萨所问净印法门经》）

有两件事比较难做到：一是经常反省自己的过失，二是不盯着别人的过失不放。（《诵戒序》中说："怖心难生，善心难发。勿轻小过，以为无殃；水滴虽微，渐盈大器。"是说畏惧因恶受罪的心念难以生起，所以善心也就难以生出。不要轻忽微小的过失，以为不会带来灾殃。就像一滴水虽微小，但一滴一滴不断地滴，会将很大的容器盛满。说明恶行可以导致苦果，人要早存止恶向善之念才行。）

十九、论善恶

（1）诸恶莫作，诸善奉行。自净其意，是诸佛教。（《增一阿含经》）

不做任何恶事，而要做一切善事，要清净自己的心意，这就是诸佛所教诲的真谛。

（2）未生恶、不善法，令不生，已生者令断；未生善法，令生，已生者重生，令增广。（《杂阿含经》）

没有生出的恶行、不善的心念，让这一切不再生出，已生出的恶念恶行令马上断绝。没有生出的善心善事要令它们生起来，已生出的令它们再生，令善事增加，令善行更广。

（3）一者夺命，二者不与取，三者邪淫，四者妄语，五者离间语，六者粗语，七者绮语，八者贪著，九者瞋恚，十者邪见。我见众生由是十种不善业故，乘于邪道。（《大宝积经》）

一是杀生（夺命），二是偷盗（不与取），三是与妻室之外的人发生性关系，四是说虚诳不实的话，五是说挑拨离间、搬弄是非的话，六是说粗俗的话，七是说杂秽的话，八是贪婪执着，九是心怀愤怒，十是心怀邪见。我看到众生由这十种不善业而走上了邪路。（从身、口、意三方面对人的行为作了规范。）

（4）身行善，口言善，心念善。（《大哀经》）

一个人的行为、语言、心念都要处处向善。

（5）但自持善根，险道充粮食。（《无常经》）

一定要保持住自己深入而长久的善心善行，这些善能作为自己在危险时的依靠。

二十、论名利

（1）如恒河驶流，一逝而不返。富贵亦复然，逝者不复还。（《杂阿含经》）

就好像伟大的恒河一样，一逝不返，人间的荣华富贵也是这样的，逝者就不能复返。

（2）于财起贪欲，贪欲所迷醉，狂乱不自觉。（《杂阿含经》）

在财物方面起了贪心，被贪心所迷有如酒醉了一般，理智丧失了而不自觉。

（3）无以利养垢，染污清净心。（《大宝积经》）

不要因利益、生活的欲求而染污了自己清净的心。

（4）积则虽千亿，贪着心不舍。智者说此人，在世恒贫苦。彼虽无一物，安住舍离心。

智者说斯人，世间最富贵。（《大宝积经》）

虽然积累了成千上亿的财富，但对财物依然充满着贪婪执着的心。有智慧的人说这种人活在世间，依然是贫苦的人。而那些虽然没有什么财物，但安心定念，能舍弃人间物欲的人，智者说这种人，才是人间最富贵的人。（有财富的人未必活得幸福快乐，因为幸福快乐主要是一种精神世界的享受。没有财富的人，照样可以自由安乐地生活在人间，因为他的身心解脱了一切名利的羁绊。）

（5）人随情欲求于声名，声名显著，身己故矣。贪世常名而不学道，枉功劳形。譬如烧香，虽人闻香，香之烬矣，危身之火而其后。（《四十二章经》）

人追随自己的情欲而求名声，当名声显著时，自身已经死亡了。贪恋世间的美名常存，但不学习大道，枉费平生功业，劳累自身，就好像烧香一样，虽然别人能闻到香气，可香本身变成了灰烬。危害自身的火，正在欲望的后面。（人要珍惜生命，不可汲汲于名利而伤害了生命。）

第四编 十 儒家训

　　中国是世界闻名的四大文明古国之一，文化遗产丰富多彩，思想宝藏博大精深。前贤留下的有关"家训"方面的种种家规、族法、诗文、范例，是这文化宝库中最有特色的部分之一。父祖对子孙与家庭其他成员的教育，除了包含一般的社会要求之外，还带上了家庭、家族的独特内容，并在世世代代延续、演进的过程中，不断沉淀下来，累积起来，形成了各具特色的家道、家约、家训、家法、家风、家范、户规、族规、族谕、庄规、条规、宗式、宗约、公约、祠规、祠约等等。从现在掌握的资料看，中国古代的家训，产生于西周，成熟于隋唐，完善于明清。清末酝酿着家训的革命。但其渊源可追溯到五帝时代。

———— 徐少锦（《中国历代家训大全》主编）

　　一个家庭应该有他的家风，如果家风断了，那么，这个大家庭也就衰落了。

———— 汤用彤（现代国学大师）

戒子益恩书

郑玄

郑玄(127—200),字康成,北海高密(今山东高密县)人。汉代经学家,世称"后郑",以别于郑兴、郑众父子。少时为乡啬夫,后拜张恭祖为师,习《古文尚书》、《礼记》、《左传》等。后两入关中,拜马融为师,博览群经。"党锢之祸"起,遭禁锢,后潜心著述,杜门不出。他"括囊大典,网罗众家,删裁繁诬,刊改漏失",遍注群经,被称为"通儒"。《后汉书》有传。有《毛诗》笺和《周易》、《禹书》、《三礼》等注本存世。顾炎武《述古诗》赞郑玄云:"大哉郑康成,探颐靡不举。六艺既该通,百家亦兼取。至今三礼存,其学非小补。"

原文　吾家旧贫,为父母群弟所容(1),去厮役之吏(2),游学周、秦之都(3),往来幽、并、兖、豫之域(4),获觌乎在位通人(5)、处逸大儒(6),得意者咸从奉手(7),有所受焉。遂博稽六艺(8),粗览传记(9),时睹秘书纬书之奥(10)。年过四十,乃归供养,假田播殖(11),以娱朝夕。遇阉尹擅势(12),坐党禁锢(13),十有四年,而蒙赦令。举贤良方正、有道(14),辟大将军、三司府(15),公车再召(16)。比牒并名,早为宰相(17)。惟彼数公,懿德大雅(18),克堪王臣,故宜式序(19)。吾自忖度,无任于此(20)。但念述先圣之元意(21),思整百家之不齐(22),亦庶几以竭吾才(23),故闻命罔从(24)而黄巾为害,萍浮南北(25),复归邦乡。入此岁来,已七十矣。宿素衰落(26),仍有失误(27),案之礼典,便合传家(28)。今我告尔以老,归尔以事,将闲居以安性,覃思以终业(29)。自非拜国君之命,问亲族之忧,展敬坟墓(30),观省野物,胡尝扶杖出门乎?家事大小,汝一承之。咨尔茕茕一夫,曾无同生相依(31)。其勖求君子之道(32),研钻勿替(33),敬慎威仪,以近有德。显誉成于僚友,德行立于己志。若致声称(34),亦有荣于所生,可不深念邪(ye)!可不深念邪!吾虽无绂冕之绪(35),颇有让爵之高(36),自乐以论赞之功,庶不遗后人之羞(37)。末所愤愤者(38),徒以亡亲坟垄未成,所好群书率皆腐敝(39),不得于礼堂写定(40),传与其人(41)。日西方暮,其可图乎!家今差多于昔(42),勤力务时,无恤饥寒(43)。菲饮食,薄衣服,节夫二者,尚令吾寡恨(44)。若忽忘不识,亦已焉哉!

　　　　　　　　　　　　　　　　　　　　　—《全后汉文》卷八十四

注释(1)为父母群弟所容:盖指得到父母兄弟的容许而去贱役以求学。有注者引原文作"不为父母群弟所容",释为"家里人口多,呆不下去",实误。钱锺书《管锥编》第三册论郑玄此书云:"按《后汉书》本传载此书,所言与《全唐文》卷三三〇史承节《郑康成祠碑》多不合;阮元《研经室一集》卷七《金承安重刻唐万岁通天史承节撰<后汉大司农郑公碑>跋》、俞正燮《癸巳存稿》卷七皆据《碑》以纠《书》中讹脱。《书》云:'吾家旧贫,不为父母群弟所容,去斯役之吏,游学周、秦之邦',《碑》无'不'字,一文之差,尤非等闲。《隋书·儒林传》刘炫自为《赞》曰:'通人司马相如、扬子云、马季长、郑康成等,皆自叙风徽,传芳来叶',亦'薄言胸臆',有曰:'家业贫窭,为父兄所饶,厕搢绅之末,遂得博览典诰',显为仿郑《书》语,可证'不为父母'之误衍'不'字也。"所言极是。(2)去厮役之吏:辞去低贱的差使。厮役,干粗贱活的奴隶,亦泛指为人驱使的奴隶。《公羊传·宣十八年》:"厮役扈养,死者数百人。"《郑玄传》:"玄少为乡啬夫……不乐为吏,父数怒之,不能禁。"李贤注:"掌听讼收赋税也。"……《郑玄别传》曰:玄年十一二,随母还家,正腊会,同列十数人,皆美服盛饰,语言闲通,玄独漠然,如不及。母私督数之,乃曰:'此非我志,不在所愿也。'"(3)游学周、秦之都:指到长安求学。周之都城为镐京,秦之都城为咸阳,均在长安附近,故言。(4)往来幽、并、兖、豫之域:指四处奔波求学。幽、并、兖、豫,均为古代九州之一。(5)获觐(jìn)乎在位通人:得以拜见身处官位、学问渊博之人。觐,见。《左传·昭十六年》:"宣子私觐于子产。"通人,《论衡·超奇》:"博览古今者为通人。"(6)处逸大儒:隐居不仕的大儒。处、逸,同义词连用,隐居。《易·系辞上》:"君子之道,或出或处,或默或语。"(7)得意者咸从奉手:向我敬佩的人拱手求教。得意者,中我意者。奉,同捧;《后汉书·郑玄传》作"捧"。(8)六艺:指《易》、《书》、《礼》、《乐》、《诗》和《春秋》六部经书。(9)粗览:浏览。乃谦词。(10)时睹秘书纬书之奥:时常参阅谶纬图篆一类书籍的玄奥之理。(11)播殖:播种栽植。《国语·郑语》:"周弃能播殖百谷蔬,以衣食民人者也。"(12)阉尹擅势:指宦官专权。阉尹,掌管宫室出入的宦官。擅势,专权。(13)坐党禁锢:因党锢之祸而获罪。禁锢,勒令不准做官。《后汉书·党锢传·序》:"于是又诏州郡,更考党人门生故吏父子兄弟,其在位者免官禁锢,爰及五属。"又《郑玄传》:"及党事起,乃与同郡孙嵩等四十余人俱被禁锢,遂隐修经业,杜门不出。"(14)贤良方正:汉科举名目。汉文帝二年诏举"贤良方正能直言极谏者"。有道:汉选举科目之一。(15)辟:征召。大将军:官名,位在三公之上,主征伐。三司府:太尉、司徒、司空三个府署。(16)公车再召:官府两次征召。公车:汉代官署名,卫尉的下属机关,设公车令,掌管宫殿中司马门的警卫工作。臣民上书和征召,均由公车接待。郑玄曾被公车两次征召为大司农。(17)比牒二句:与我在同一授官簿录上被征召的人,有的早就做了宰相。(18)懿德大雅:具有美德,颇具才华。(19)克堪二句:克堪,能够胜任。式序,按次第叙录功劳。语出《诗·周颂·时迈》:"明昭有周,式序在位。"(20)无任:不能胜任。无,通毋。(21)元意:犹原意。《春秋繁露·重政》:"是以春秋变一谓之元,元犹原也。"(22)百家:指诸子百家。(23)庶几:或许可以。表希望或推测之词。(24)命:指前文所述屡次辟召不就诸事。(25)萍浮南北:像水萍一样浮游南北。喻飘泊不定。(26)宿素:平素,一向。(27)失误:指注述当中的错漏。(28)案之二句:按照《曲礼》上七十岁传家事于子的规定,就应当把家事传你了。典礼,指《曲礼》。《曲礼》:"七十老而传。"(29)覃思:深思。覃,深沉。(30)展敬:省视祭扫。(31)咨尔二句:咨,发语词。

茕(qiong)茕,没有兄弟的人。《尚书•洪范》:"无虐茕独,而畏高明。"孔《传》:"茕,单兄弟也。"曾,竟。同生,指兄或弟。(32)其勖(xu)求吾子之道:其,犹尚,当。《左传•隐三年》:"吾子其无废先君之功。"勖,勉力。(33)勿替:不要废弃。(34)声称:声名。司马相如《难蜀父老》:"故休烈显乎无穷,声称浃乎于兹。"(35)绂(fu)冕之绪:做官的业绩。绂冕,这里喻指高官显位。绂,古代系印章的丝绳。冕(mian):天子、诸侯、卿、大夫所戴的礼帽。(36)让爵之高:辞让官爵的高风亮节。这里就前文所述屡次征召而不就言。(37)庶不遗后人之羞:或许不会把羞耻遗留给后人。(38)末所愤愤者:临终前我所憾恨的。末,终,最后。愤愤,憾恨不平的样子。(39)腐敝:朽烂破损。(40)礼堂:讲学习礼之堂。(41)传于其人:传给与我志同道合的人。语出司马迁《报任安书》。"仆诚以著此书,藏之名山,传之其人。"李善注:"谓与己同志者。"(42)家今差多于昔:家境现在略好于过去。差,略微。(43)无恤饥寒:不要忧虑饥饿和寒冷。无,通毋。恤,忧虑,顾惜。《诗•小雅•小弁》:"我躬不阅,遑恤我后。"(44)尚令吾寡恨:或许让我少一些遗憾。尚,或许。恨,遗憾。

译文 我们郑家旧日贫穷,我得到父母兄弟的容许,辞去低贱的差使,而到长安求学,往来于幽、并、兖、豫诸地,因此得以拜见身处官位、学问渊博的名人和隐居不仕、满腹经纶的大儒,向我敬佩的人拱手求教,所以从他们那里获益良多。于是我广博地钻研儒家的六部经书,浏览各种史传著作,还时常参阅谶纬图篆一类书籍的玄奥之理。年过四十,才回到家乡赡养父母,借播种栽殖来欢度时光。遇到宦官专权,我因党锢之祸的牵连而遭禁锢,十四年后,才得到赦免的诏令。后来,我多次被推举为贤良方正、有道之才,被大将军、三司府征召做官,公车也两次征召我做大司农。与我在同一授官簿录上被征召的人,有的早就做了宰相。我想那几位都具有美德,颇具才华,能够胜任皇帝大臣的职责,所以应该量才重用。而我自己经过衡量,没有能力担当这类大任。我只想阐述先辈圣贤的本旨,期望整理诸子百家学说的歧异,或许能在这方面发挥我的才智,所以接到征召的命令而不赴任。黄巾造反,使我像水萍一样浮游南北,后来再次回到故乡。到了这一年,我已经七十岁了。我旧时的学业已经荒疏,还有一些失误之处,根据《曲礼》的规定,我这样年龄的人就应当把家事传给儿子料理了。现在我告诉你我已老了,把家事交给你管理,我将闲居在家以修身养性,深思熟虑来完成我著述的事业。假如不是拜受国君的诏令,慰问亲戚宗族的忧愁,省视祭扫祖先的坟墓,观览省视野外的景物,我为什么要柱着拐杖出门呢?家中大小事务,你一人承担。可叹你孤独一人,竟无兄弟可以依靠。你当努力追求成为君子的修养,学习钻研不能废弃,慎重地注重态度仪表,以求亲近有道德的人。显赫的声誉虽然是由同事朋友们促成的,但要养成高尚的德行却得靠自己立志。如果获得了好的声名,对所生你的人也有荣耀,能不深思这点吗!能不深思这点吗!我虽然没有高官显位的业绩,但有多次辞让官爵的高风,我自得其乐整理经典的功业,或许不会把羞耻遗留给后人。生前我所憾恨的事情，不过是因为父母的坟墓尚未修成，所喜爱的群书大都朽烂破损，不能够在讲学习礼的堂内写成定稿，从而把它们传给与我志同道合的人。我就像太阳西下已近暮年，还能完成这些事吗！我们的家境现在略好于过去，只要勤力按时节耕种，就不必担心饥饿和寒冷。吃粗茶淡饭，穿简衣素服，在这两方面能够节俭，或许让我少一些遗憾。如果你忽视忘记不能记住这些话，那也就算了吧！

　　简评　《戒子益恩书》是郑玄晚年写给儿子郑益恩的一篇述志教子的文章，历来为人们所推重。在这封家训中，郑玄较详尽地叙述了自己的一生经历和个性喜好。述己为求学，游走四方，求教于通人大儒，旨在为儿子树立榜样；述己屡次辞绝做官，而潜心著述，其间不无对宦海风波的深刻领悟，旨在告诫儿子勿入宦途；而叙述自己遭党锢之祸被监禁长达十四年之久，既有对人生命途多舛(chuan)的感慨，又有对朝廷昏暗的不平。这一点更是对自己不慕名利、屡辞征召的高风亮节的良好注脚。文中饱含着郑玄自励自傲、耿介专一的激情。末尾，郑玄才从正面训诫儿子，须在学业上"研钻勿替"，持之以恒；须在生活上勤力务时，俭朴节约；力求建立好的声誉，以荣亲耀祖。文章虽为父亲训子之书，但口吻温和，似慈父又似严师，"可不深念邪！可不深念邪！"的反复令人不能不深思；而"若忽忘不识，亦已焉哉"的叮嘱，实能收到令子难以忽视忘记的效果。因此，刘熙载《艺概·文概》谓："郑康成《戒子益恩书》，雍雍穆穆，隐然涵《诗》、《礼》之气。"

　　郑康成为一代硕儒，著述等身，他本身的行为即是一本较好的家训。《戒子益恩书》可以看作郑玄一生行事的总结之作；后人不应仅仅把它看作一篇家训，把它看作做人的行为规范，何尝不可呢？书中的经典格言如"显誉成于僚友，德行立于己志"，应该诵记，能增益文采。

诫外生

诸葛亮

　　诸葛亮（181——234），字孔明，琅琊阳都（今山东沂南县）人，三国蜀汉政治家、军事家。《三国志》有传，有《诸葛亮集》传世，名篇主要是前后《出师表》《诫子书》。

　　原文　夫志当存高远，慕先贤，绝情欲，弃疑滞（1），使庶几之志（2），揭然有所存（3），恻然有所感。忍屈伸（4），去细碎（5），广咨问，除嫌吝（6），虽有淹留（7），何损于美趣（8）？何患于不济（9）？若志不强毅，意不慷慨，徒碌碌滞于俗（10），默默束于情（11），永窜伏于凡庸（12），不免于下流矣。——《全三国文》卷59

　　注释　（1）弃疑滞：抛弃阻挡前进的东西。疑滞，同凝滞，指受阻而停滞不前。屈原《九章·

涉江》："船容与而不进兮,淹回水而疑滞。"洪兴祖《补》云:"江淹赋云:'舟凝滞于水滨。'杜子美诗云:'旧客舟凝滞。'皆用此语。其作疑者,传写之误耳。"(2)庶几:《易·系辞》下:"颜氏之子,其殆庶几乎。"《正义》:"言圣人知己,颜子亚圣,未能知己,但殆近庶慕而已。"知己即察微。几,微也。后遂以庶几指好学而可以成才的人。王充《论衡·别通》:"夫孔子之门,讲习五经;五经皆习,庶几之才也。"《三国志·吴书·张昭传》附张承:"勤于长进,笃于物类,几在庶己之流,无不造门。"(3)揭然:显露的样子。(4)忍屈伸:忍受逆境和顺境的考验。屈,不得志;伸,得志。《荀子·不苟》:"与时屈伸,柔从若蒲苇,非慑怯也;刚强猛毅,靡所不信,非骄暴也。"即言随时而进退,殆为诸葛亮所本。(5)细碎:指琐碎的杂事。(6)嫌吝:怨仇和耻辱。(7)淹留:久留,这里指才德不显于世。(8)美趣:美好的志趣。(9)患:忧虑。不济,不成功。(10)碌碌滞于俗:碌碌无为地为世俗所牵累。碌碌:平庸无为。俗,指世俗。滞,滞留,引申为沉溺、牵累。(11)情:这里指世俗的情形,与前文"俗"字变文避复。(12)窜伏:逃窜伏匿,引申为沉沦不振。贾谊《吊屈原文》:"鸾凤伏窜兮,鸱枭翱翔。"伏窜、窜伏意义相近。凡庸:指平庸的人。

译文 一个人的志向应当高尚、远大,倾慕古代贤人,断绝私情邪欲,抛弃阻挡向上的东西,使自己高尚的志向清楚地存在于胸中,并不断地用它感动激励自己。要忍受逆境和顺境的考验,抛弃琐碎的杂事,加强向他人咨询和求教,丢掉与他人的仇怨和耻辱的心思,即使才德不显于世,又对自己美好的志趣有什么损害呢?又为什么要在没能成功方面忧闷不乐呢?如果志向不刚强弘毅,意气不激昂慷慨,只是碌碌无为地为世俗所牵累,默默无闻地为世情所束缚,长久地沉沦在平庸凡俗之人中间,就难免要落到卑下的地位了。

简评 早立志,立大志,是古代家训中常见的内容之一。诸葛亮的《诫外生》(生同甥)这篇家诫的核心内容也是树立志向,而且提出"志当存高远"。文章从正反两方面阐述了立大志和"志不强毅"所必然会有的不同结果:有了大志,即使不能显德于世,对一个人的美德毫无损害,他是真正的有志者,更何况"有志者,事竟成";如果不立志或志向不坚强弘毅,那么一个人必然没有成就。为什么人的志向"不弘毅"呢?乃是由于他被世俗的权势、利禄、享乐所牵累、所束缚,其结局必然是庸人凡夫。这是诸葛亮一生为人的总结,他的告诫值得后人借鉴。

据习凿齿《襄阳记》载,诸葛亮有小妹嫁与庞德公之子山民,山民为魏黄门吏部郎,早死,其子庞涣,晋太康中任牂牁(古代郡名,在今贵州境内。)太守,"外甥"或许即指庞涣。

与子俨等疏

陶渊明

陶渊明(365—427),字元亮;一说名潜,字渊明,浔阳柴桑(今江西九江)人。卒后颜延之等友朋私谥"靖节"。出身于没落贵族家庭,其曾祖据说就是晋大司马陶侃,其祖父和父亲均做过太守一类的官。至渊明时,家道已经衰落。他早年怀有建功立业之志,后曾任江州祭酒、镇军参军、建威参军、彭泽令等职。由于对当时黑暗现实的不满和对"真风告逝,大伪斯兴"以及勾心斗角、尔虞我诈的腐朽官场的憎恶,于四十一岁时辞官归隐,以后一直过着躬耕隐居的生活。《晋书》、《南史》、《宋书》都有传。其作品的思想和艺术价值很高,对后代文学的发展影响很大。尤其是宋元以后,人们推他为屈原以后、杜甫以前之一人,欧阳修甚至有"晋无文章,唯陶渊明《归去来兮辞》一篇而已"之评。有《陶渊明集》。

原文 告俨、俟、份、佚、佟(1):天地赋命(2),生必有死。自古圣贤,谁独能免?子夏有言(3):"死生有命,富贵在天(4)。"四友之人(5),亲受音旨(6),发斯谈者,将非穷达不可妄求,寿夭永无外请故耶(7)?

吾年过五十,少而穷苦,每以家弊(8),东西游走(9)。性刚才拙,与物多忤(10)。自量为己,必贻俗患(110)。僶俛辞世(12),使汝等幼而饥寒。余尝感孺仲贤妻之言(13),败絮自拥(14),何惭儿子(15)?此既一事矣(16),但恨邻靡二仲(17),室无莱妇(18),抱兹苦心(190,良独内愧(20)。

少学琴书,偶爱闲静,开卷有得,便欣然忘食。见树木交荫(21),时鸟变声,亦复欢然有喜。尝言:五六月中,北窗下卧,遇凉风暂至(22),自谓是羲皇上人(23)。意浅识罕(24),谓斯言可保(25);日月遂往,机巧好疏(26),缅求在昔(27),眇然如何(28)!

疾患以来(29),渐就衰损。亲旧不遗(30),每以药石见救(31),自恐大分将有限也(32)。汝辈稚小家贫,每役柴水之劳(33),何时可免,念之在心,若何可言(34)。然汝等虽不同生(35),当思四海皆兄弟之义(36)。鲍叔、管仲,分财无猜(37);归生、伍举,班荆道旧(38)。遂能以败为成(39),因丧立功(40)。他人尚尔,况同父之人哉!颖川韩元长(41),汉末名士,身处卿佐(42),八十而终,兄弟同居,至于没齿(43)。济北氾稚春(44),晋时操行人也(45),七世同财,家人无怨色。《诗》曰:"高山仰止,景行行止。"(46)虽不能尔(47),至心尚之(48)。汝其慎哉(49)!吾复何言。——《陶渊明集》卷 7

注释 (1)俨、俟(si)、份(bin)、佚(yi)、佟(tong):渊明五个儿子的大名,小名分别为舒、宣、雍、端、通。(2)赋命：给予人以生命。(3)子夏：姓卜名商，子夏是字，孔丘的弟子，春秋时卫国人。(4)死生：语出《论语·颜渊》。(5)四友：何孟春注："《孔丛子》：孔子四友，回、赐、师、由，非子夏，而此云然者，特谓其同列耳。"(6)音旨：要义。指孔子思想的精华。(7)将非二句：将非，岂非。穷达，偏义复词，着重指达。寿夭，偏义复词，着重指寿。外请，额外期求。(8)以：因。弊：贫乏。(9)游走：奔波。(10)物：除自己以外的物和人，这里指官场中人。忤：逆，抵触。(11)贻(yi)：留。俗患：官场中的祸害。(12)僶(min)俛(mian)：同"黾勉"，努力、勉力。僶俛辞世，指勉力自己顾全操守而辞官归隐。(13)孺仲贤妻之言：孺仲，指东汉王霸，孺仲是其字，太原人，少有清节，光武帝时连征召不仕。郡友令狐子伯为楚相，而其子为功曹。子伯使子奉书于霸。霸为子蓬头垢面而不知礼感到惭愧。其妻闻之，说："君少修清节，不顾荣辱，今子伯之贵，孰与君之高？奈何忘宿志而惭儿女乎！"霸起身而笑，遂共终身隐居。事见《后汉书》之《王霸传》及《列女传》。(14)拥：裹身。此句意为自己因为坚守节操，虽贫无愧。(15)何惭儿子：何必为儿子的不如别人而惭愧呢？(16)既：乃、是。(17)靡：没有。二仲：指汉代求仲、羊仲。汉代兖州刺史蒋诩，因王莽专权，辞官归隐，在竹林中开有三径，只与隐居的求仲、羊仲二人来往，时人谓之二仲。见汉代赵岐《三辅决录·逃名》及《高士传》。(18)莱妇：老莱子的妻子。春秋时，楚国人老莱子避乱，隐耕于蒙山之阳。楚王使人用璧帛为礼去聘，老莱子允。妻劝说："可食以酒肉者，可随以鞭捶；可授以官禄者，可随以斧钺。今先生食人之酒肉，受人之官禄，此皆人之所制也。居乱世而为人所制，能免于患乎？"于是老莱子改变了主意，与妻一起逃隐于江南。事见《高士传》、《列女传》。(19)兹：此。(20)良：甚、很。(21)树木交荫：树木枝荫交叉。(22)凉风暂至：凉风突然吹来。暂，突然。白居易《琵琶行》："忽听仙乐耳暂明。"(23)羲皇：伏羲氏。羲皇上人，伏羲氏之前的人。(24)罕：少。(25)谓：以为。斯言：指"五六月中"至"羲皇上人"几句话。保：持，保持下去。(26)机巧：投机取巧之事。好：很。疏：生蔬、远。(27)缅求在昔：怀念追忆以前的情形。(28)眇：同"渺"，远。(29)疾患以来：颜延之《陶征士诔》："年在中身，疢维痁疾"。(疢，病而常发。痁，有热无寒之疟。)(30)不遗：不弃。(31)药石：草药及石类药。石类药如钟乳、磁石等。(32)大分(fen)：犹大数，指寿命。(33)每：常。役：被驱使。(34)若何：如何。若何可言，意即有什么话可说呢？(35)不同生：不是一母所生。长子俨为渊明前妻所生，后四子为续弦翟氏所生。(36)四海皆兄弟：《论语·颜渊》："司马牛忧曰：'人皆有兄弟，我独亡。'子夏曰：'商闻之矣：死生有命，富贵在天。君子敬而无失，与人恭而有礼。四海之内，皆兄弟也。君子何患乎无兄弟也。'"(37)鲍叔二句：鲍叔，即鲍叔牙，春秋时齐国大夫，以知人著称；管仲，春秋时著名政治家。《史记·管晏列传》："管仲曰：'吾始困时尝与鲍叔贾，分财利，多自与，鲍叔不以我为贪，知我贫也。……生我者父母，知我者鲍子也。'"(38)归生二句：归生，又名声子，楚国大夫；伍举，楚国大夫。班，列、铺。荆，落叶灌木，此处指其枝条。

道旧,叙谈旧好。据《左传·襄二十六年》,楚伍举与归生友善。伍举因罪奔郑,又赴晋作官,归生作使臣去晋,与伍举遇于郑国郊外,坐在一起吃饭,谈起重温旧好的事。归生返楚,向令尹子木说,楚国人才,多为晋国所用,这样对楚国不利。子木遂准许把伍举从郑国召回,并增益伍举的爵禄,伍举终于回到楚国。(39)以败为成:管仲辅齐公子纠逃于鲁,齐公子小白先回到齐都做了国君,鲁国派军队护送公子纠攻齐,被齐打败,鲁君受胁于齐而杀公子纠,囚管仲。管仲靠鲍叔的推荐回到了齐国并任相,成就霸业。见《史记·管晏列传》及《齐太公世家》。(40)因丧立功:指伍举奔郑,本是一次失败,但后来竟协助公子围继承王位而立下功劳。事见《左传·昭元年》。(41)韩元长:名融,东汉人。其父韩韶,为县官,有德名。元长官至太仆,年七十卒。(42)卿佐:汉代太仆为九卿之一,掌管皇帝车马。(43)没齿:没有了牙齿,指年老。(44)氾(fan)稚春:名毓,字稚春,西晋人,世代读书,和睦相处,到毓时已七代了。见《晋书·儒林传》。(45)操行人:有操守洁行的人。(46)高山、景行两句:见《诗经·小雅·车舝(xia)》。止,句尾助词。景行,大道。原意为仰见高山,车行于大道。此处指应向先贤的美德善行学习。(47)尔:如此。(48)至心:至诚之心。尚:尊崇、崇慕。(49)汝:此处作多数,你们。其:助词,无义。

译文　告诉俨、俟、份、佚、佟:天地赋予人以生命,有生就必定有死。自古以来的圣贤,谁能够独自避免死亡呢?子夏曾说过:"死生有命,富贵在天。"他是与孔子四友同列的人,必定亲自接受了孔子的教诲,发表这样的言论,岂不是因为显达不可非分地追求,寿命也终究不能额外地去期求的缘故么?

我年岁已过五十,少年时穷苦,常常因为家贫而到处奔波。我秉性刚直而才能愚拙,与一起共事的人总合不来。自己替自己惦量,做官必然留下祸患。于是努力做到辞去官职过隐居生活,因此使你们从小就忍饥受冻。我常被王孺仲妻子的话所感动,既然自己也裹着破棉絮御寒,又何必为儿子的不如别人而感到惭愧呢?这是一回事嘛。遗憾的是邻居中没有求仲、羊仲那样的高士,家中又没有老莱子妻那样的妻子,怀抱着这样的苦心,内心实在惭愧。

我少年时曾学琴、读书,有时喜爱闲静,打开书卷,有所心得,便高兴得忘记了吃饭。看见树木枝荫交叉,随时节的不同,鸟鸣声也在改变,我也十分高兴。曾经说过:五六月中,在北窗下躺着,遇到凉风突然吹来,便自以为是生活在伏羲氏以前的人。我思想肤浅,见识不多,以为这样的自在生活可以一直保持下去。时光逐渐逝去,对那些投机取巧的事非常生疏,追念以往的情形,茫然不知如何。

我生病以来,日渐衰弱。亲朋好友不遗弃我,时常用药物石针给我医治,自己则担心在世的日子很有限了。你们从幼小时起即遇家中贫困,经常要承担打柴挑水的劳动,也不知何时才能免除,我心里想着此事,又有什么话好说呢?然而你们虽然不是一母所生,但仍然要想到"四海之内皆兄弟"的大义。鲍叔、管仲分钱财,谁多谁少没有猜忌;归生与伍举坐在铺在路边的荆条上叙谈旧情。因此管仲被俘而能靠鲍叔推荐得以成就事业；伍举奔郑，经归生推荐，得以返国并建立功勋。异姓之人尚能如此，何况是同父兄弟呢？颖川的韩元长是汉末名士，身处卿位，八十岁才去世，他们兄弟不分家在一起生活，直到去世。济北的氾稚春是晋代有操守的人，他家七代不分家，家中没有互相怨恨的表情。《诗经》里说："有德行的人，大家都仰慕；宽广的道路，大家都遵行。"虽然达不到那样的程度，也应该诚心诚意地尊崇学习他们。你们要谨慎啊！我还有什么话可说呢。

简评　晋义熙十一年(415年)，陶渊明五十一岁，痁疾发作，困于床，身体逐渐衰弱，自恐与大限之日不远，于是作《与子俨等疏》。俨，陶俨，陶渊明的长子。疏，文体的名称，内容是分析与说清道理。文章开篇即叙生死有常的道理，表现出委命、达观的思想，同时也暗蕴着一生贫困、理想没有实现的深深感伤。接着叙写自己的身世，对因自己的固穷守节而累及儿子，深表不安与内疚。接着写自己往昔生活的恬然自得。对大自然的陶醉，对自由安逸生活的热爱，以及洁净高雅的情怀，在清词丽句中表露无遗。"日月遂往，机巧好疏，缅求在昔，眇然如何"几句，似乎是对自己人生选择的疑惑，实则是对因贫而累及儿子的自愧。自己的美好生活体验与儿子们"幼而饥寒"构成了渊明疑惑自责的心理动因，而究其实质，依然是对儿子们的一片深切的爱心，而并不是如有人所说的对自己人生选择的否定。文章最后一段篇幅较长，以前代"兄弟同居"、"七世同财"的典型事例，劝戒儿子们应互爱互助、和睦相处。因俨与其他四子不是一母所生，渊明很是担心他们难以和睦，故详加告戒，体现了渊明对和睦幸福家庭生活的重视。

渊明曾作《命子》、《责子》二诗，分别从正面和反面来教育儿子。《命子》勉励长子俨继承祖辈的光荣家风，努力成材；《责子》表现出渊明对儿子的深深失望。从责备的内容上也反映了他对儿子的希望：勤快、好学、懂事、上进。而这篇疏，既没有劝勉儿子努力进取的话，也没有不满与责备，充满字里行间的却是对自己的深深自责。从"余尝感孺仲贤妻之言，败絮自拥，何惭儿子"及希望儿子和睦相处的劝戒来看，他对儿子们成就事业已不报什么希望了。有的只是眷眷父子之情，殷殷诚勉友爱之心，读来深切感人。明人张自烈说："与子俨一疏，乃陶公毕生实录，全副学问也。穷达寿夭，既一眼觑破，则触处任真，无非天机流行，末以善处兄弟劝勉，亦其至情不容己处，读之惟觉真气盎然。"渊明诫子循循善诱，平易可亲，推心置腹，诚然是一种可取的教育方式，而其希望儿子互助、友爱、和睦相处的训戒，也是值得今人去借鉴的。

颜氏家训·序致第一

颜之推

颜之推(531—590 以后),字介,琅琊临沂(今山东临沂市)人。年少即博览经传,为梁湘东王萧绎文士,年仅十九,即任东湘王国右常侍,加镇西墨曹参军,继在郢州治所夏口(今湖北武汉市)任掌书记。侯景叛军攻破郢州,被俘,为人救,免死罪。后辗转回到江陵,任梁元帝散骑侍郎,奏舍人事,奉命校书,得尽读秘阁藏书。西魏军攻陷江陵,他再度被俘,又辗转逃奔北齐,为大臣祖珽信用,参与机要。齐亡入周,任御史上士。隋灭北周,被太子杨勇召为学士。不久以病而终。《梁书》、《北史》、《北齐书》均有传。之推的代表作《颜氏家训》"篇篇药石,言言龟鉴,凡为子弟者,可家置一册,奉为明训,不独颜氏"(王钺《读书从残》);它是中国历史上第一部家训专著,历来为人们所重视,其影响之大,难以缕述。

原文　夫圣贤之书,教人诚孝(1),慎言检迹(2),立身扬名(3),亦已备矣。魏、晋已来(4),所著诸子,理重事复,递相模斅 (5),犹屋下架屋,床上施床耳(6)。吾今所以复为此者,非敢轨物范世也(7),业已整齐门内(8),提撕子孙(9)。夫同言而信,信其所亲;同命而行,行其所服(10)。禁童子之暴谑(11),则师友之诫,不如傅婢之指挥(12);止凡人之斗阋,则尧舜之道,不如寡妻之诲谕(13)。吾望此书为汝曹之所信,犹贤于傅婢寡妻耳。

吾家风教(14),素为整密。昔在龆龀(15),便蒙诱诲;每从两兄(16),晓夕温清(17),规行矩步(18),安辞定色(19),锵锵翼翼(20),若朝严君焉(21)。赐以优言,问所好尚,励短引长,莫不恳笃(22)。年始九岁,便丁荼蓼(23),家涂离散(24),百口索然(25)。慈兄鞠养(26),苦辛备至;有仁无威,导示不切。虽读《礼传》(27),微爱属文(28),颇为凡人之所陶染(29),肆欲轻言(30),不修边幅(31)。年十八九,少知砥砺(32),习若自然,卒难洗荡。二十已后,大过稀焉(33);每常心共口敌(34),性与情竞(35),夜觉晓非,今悔昨失(36),自怜无教(37),以至于斯。追思平昔之指(38),铭肌镂骨(39),非徒古书之诫,经目过耳也(40)。故留此二十篇(41),以为汝曹后车耳(42)。——《颜氏家训集解》卷第一

注释　(1)诚孝:忠孝。因避隋文帝讳而改"忠"为"诚"。(2)慎言检迹:说话谨慎而行为庄重自持。检迹,自持而不放纵。张华《游猎篇》:"伯阳为我诫,检迹投清轨。"王利器氏《颜氏家训集解》谓"检迹,六朝习用语"。(3)立身扬名:语出《孝经·开宗明义》:"立身行道,扬名于后世,以显父母,孝之终也。"(4)已:通以。(5)演递相模斅:后来的人模仿前面的人。斅同"效"。(6)屋下架屋,床上施床:二句为六朝、隋、唐时习用语,比喻重复他人的言行而无有创新。(7)

362

轨物范业：做世人言行的准则和规范。卢文弨曰："车有轨辙，器有模范，喻可为世人仪型也。"《左传·隐五年》："吾将纳民于轨物者也。"(8)业：《资治通鉴·梁武纪》三："国子博士封轨，素以方直自业。"胡三省注："业，事也，以方直为事。"(9)提撕：提醒教训。语出《诗·大雅·抑》："匪面命之，言提其耳。"《笺》："我非但对面语之，亲提撕其耳。""耳提面命"本此。(10)"夫同言而信"四句：同样一句话而有的人就相信，这是因为说话者是他们所亲近的人；同样一个命令而有的人就执行，这是因为发令者是他们所佩服的人。《淮南子·缪称训》："同言而民信，信在言前也；同令而民化，诚在令外也。"(11)暴谑：过分的玩笑。(12)傅婢：婢女。《后汉书·吕布传》："私与傅婢情通。"《三国志·魏书·吕布传》作"布与卓侍婢私通"。(13)"止凡人"三句：斗阋(xi)，争斗。《左传·僖二十四年》："兄弟阋于墙，外御其侮。"尧舜，传说中上古时代的两位贤王。寡妻，嫡妻。《诗·大雅·思齐》："刑于寡妻。"《传》："嫡妻也。"《笺》："寡有之妻。"(24)风教：犹门风家教。风、教义同。《毛诗序》："风，风也，教也，风以动之，化以教之。"(15)龆(tiao)龀(chen)：垂龆换齿之时，这里指幼童时代。《韩诗外传》一："故男八月生齿，八岁而龆齿，……女七月生齿，七岁而龆齿。"陶渊明《祭从弟敬达文》："相及龆龀，并罹偏咎。"(16)两兄：指颜之仪、颜之善。《南史·颜协传》："子之仪、之推"。又《颜氏家庙碑》(颜真卿撰)有之善，称之推为弟。(17)晓夕温清(qing)：语出《礼记·曲礼》上："凡为人子之礼，冬温而夏清，昏定而晨省。"《注》："温以御其寒，清以致其凉。"清，寒，凉。(18)规行矩步：比喻举动合乎规矩。《晋书·潘尼传》："规行矩步者，皆端委而陪于堂下。"(19)安辞定色：说话平和，神色安详。《礼记·曲礼》上："安定辞。"又《冠义》："凡人之所以为人者，礼义也。礼义之始，在于正容体，齐颜色，顺辞令。"(20)锵(qiang)锵翼翼：行走时毕恭毕敬。《广雅·释训》："锵锵，走也。翼翼，敬也，又和也。"(21)严君：父母。《周易·家人》："家人有严君焉，父母之谓也。"后多专指父亲。(22)恳笃(du)：恳切深厚。(23)便丁荼(tu)蓼(lu)：就遇到了艰苦的处境。这里比喻遇到父亲去世。丁，当，碰上。荼蓼，一种苦菜。喻处境艰苦。《后汉书·陈蕃传》："今帝祚未立，政事日惑，诸君奈何委荼蓼之苦，息偃在床？"(24)家涂：家道。(25)百口索然：全家人丁冷清离散。百口，指全家。《资治通鉴》卷二三五胡三省注："人谓其家之亲属为百口。"索然，冷清离散的样子。(26)鞠养：鞠育，抚养。《诗·小雅·蓼莪》："父兮生我，母兮鞠我，拊我畜我，长我育我。"(27)《礼传》：《颜氏家训集解》："《礼传》，所以别《礼经》而言，《礼经》早已失传，今之《礼记》与《大戴礼记》，即《礼传》也。"(28)微爱属文：有些喜爱作文。属文，联字造句，使之相属连，成为文章，即写作文章。(29)陶染：熏陶感染。(30)肆欲轻言：放纵私欲，信口开河。(31)不修边幅：不注意衣着、仪表。边幅，布帛的边缘。比喻衣着、仪表，《后汉书·马援传》："公孙(述)不吐哺走迎国士，与图成败，反修饰边幅，如偶人形。此子何足久稽天下乎？"(32)少知砥励：稍稍懂得要磨练品性。少，通稍。砥砺，磨刀石；引申为磨练。(33)大过：大的过失。(34)心共口敌：

谓心里想的与嘴里说的相敌斗,不致信口开河。《三国志·魏书·武帝纪》裴松之注引《魏略》载公上书曰:"口与心计,幸且待罪。""心共口敌",盖本于此。(35)性与情竞:理性与情感相互竞争。(36)夜觉二句:《淮南子·原道训》高诱注:"月悔朔,今悔昨。"此句即本此。(37)自怜:自己哀怜。(38)演指:通旨,意旨,意向。(39)铭肌镂骨:犹铭心刻骨。铭、镂,都是刻的意思。(40)经目过耳:比喻眼睛一看、耳朵一听就全忘记了。(41)二十篇:《颜氏家训》共有二十篇。(42)后车:语出《汉书·贾谊传》:"前车覆,后车戒。"

译文　古代圣贤的书,教导人要忠孝,说话谨慎而行为庄重自持,立身扬名,也已经说得很完备了。自魏、晋以来,一般所写的阐述古代圣贤思想的书,事理重复,后来的人模仿因袭前面的人,犹如屋子里建屋子,床上再放置床一样。我现在之所以又撰写这本书,不敢奢想以它来做世人言行的准则和规范,而只是想以整理自家门风,提醒教训子孙为己任而已。同样一句话有的人就相信,这是因为说话者是他们所亲近的人;同样一个命令而有的人就服从,这是因为发令者是他们所佩服的人。如果要禁止顽童的过分的玩笑,那么师友的规劝,还不如婢女的指挥有效;如果要阻止一般人之间的争斗,那么尧舜的教导,还不如他们自家妻子的诱导规劝有效。我希望这本书被你们所信奉,它要比婢女和妻子的话说得好一些。

我们颜家的门风家教,素来就整齐严密。还在幼童时代,我就受到了长辈的诱导教诲;经常跟着我的两位兄长,早晚侍奉双亲,驱寒送暖,举动合乎规矩,说话平和,神色安详,走路时毕恭毕敬,就像给父母请安一样。父母时常给我讲好话美言,询问我的喜好和志向,勉励我改正缺点而发扬优点,这一切莫不恳切深厚。我年龄刚刚九岁,就遇到了父亲去世的变故,家道一下子衰败了,全家人丁冷清离散。我慈爱的兄长抚养我们,艰苦劳辛莫不经受;然而兄长有仁爱之心而无威严之举,对我的教导提示不够严厉。我虽然读了《礼传》,也有些喜爱作文,但由于深受一般凡夫俗子的熏陶影响,所以放纵私欲,信口开河,不注意衣着、仪表的整洁。年龄到十八九岁时,才稍稍懂得磨练品性了,但习惯成自然,最终还是难以彻底改掉不良习惯。二十岁以后,我的大过失就犯得少了;时常心里想的与嘴里说的相互斗争,理性与情感相互竞争,夜里就醒悟到白天的过错,今天就后悔昨天的失误,自己哀怜那段时间没有得到良好的教育,以至于到了这种地步。追想往昔的意旨,可谓铭心刻骨,不仅仅像把古书上的训诫用眼睛一看,用耳朵一听而就忘了一样。所以,我留下这二十篇家训,把它作为你们的后车之戒吧。

简评　《序致》是《颜氏家训》的序言,"六朝以前作品,自序往往在全书之末,亦有在全书之首者,如《孝经》之《开宗明义》第一首章是,此亦其比"(王利器《颜氏家训集解》)。在序言中,颜之推主要交待了自己撰写此书的原因和目的。他有感魏晋以来文化人著述往往因袭而无补于人生的现象,结合自己的亲身感受,揭明自己撰写此书的目的在于"整齐门内,提撕子孙",教育颜家的儿孙,重正颜门家风,并"非敢轨物范世也"。由于这样的目的,颜之推的遣词用语就显得比较亲切和真挚,循循善诱的文气贯注于字里行间。可注意者,作者一点也不掩饰或讳言幼年时期所犯的过失,所走的弯路,相反,他以自己二十岁以前"不知砥砺"而与凡夫庸人交往不慎、以致于养成了一些"卒难洗荡"的坏毛病为例,从几个年龄阶段上详细解剖了自己的交友之失、言语之失和行为之失,颇具现身说法之效,旨在告诫子孙引以为戒。这种坦荡无私的胸怀本身就具有训诫意义,很值得为人长辈者借鉴。

作者还追忆分析了自己二十岁前养成不少毛病的原因,作者九岁丧父,家道中落,虽蒙兄长抚育,但兄长"有仁无威,导示不切",因此尽管兄长在鞠养自己方面"苦辛备至",令作者感激不已,但兄长毕竟是兄长,对自己的教诲则基本上失败了。这期间包含有这样的深刻启示:教子当靠长辈,同辈人教弟往往失败;而教育应从小抓起,一旦养成不良习惯,则卒难洗荡。常言说的长兄如父,大约主要是就抚育方面而言。这一点也足可引起后人的注意。

诲侄等书

元稹

元稹(779—831)字微之,河南河内(今河南洛阳市)人。生于长安,自幼丧父,家庭贫困,随母刻苦自学。贞元九年(793)明经及第。元和元年(806),举制科,对策第一,除左拾遗,历监察御史。因得罪宦官,贬江陵士曹参军,徙通州司马,改虢州长史。后交结宦官,逐日升迁。长庆二年(822)拜为宰相,数月后出为同州刺史,又为越州刺史、浙东观察使。大和四年(830)为检校户部尚书、兼鄂州刺史、御史大夫、武昌军节度使。因暴疾卒于武昌任所。新、旧《唐书》均有传。他长于诗,与白居易齐名,世称"元白",为新乐府运动倡导者之一。诗文成就在白居易之下,部分作品有独创性。其传奇《莺莺传》是"西厢故事"的蓝本。有《元氏长庆集》。

原文　告嵩等:吾谪窜方始(1),见汝未期(2),粗以所怀,贻诲于汝(3)。汝等心志未立,冠岁行登(4),古人讥十九童心(5),能不自惧?吾不能远谕他人(6),汝独不见吾兄之奉家法乎?(7)吾家世俭贫,先人遗训常恐置产怠子孙(8),故家无樵苏之地,尔所详也(9)。吾窃见吾兄自二十年来,以下士之禄持窘绝之家(10),其间半是乞丐羁游以相给足(11)。然而吾生三十二年矣,知衣食之所自,始东都为御史时(12)。吾常自思:尚不省受吾兄正色之训,而况于鞭笞诘责乎(13)!呜呼!吾所以幸而为兄者,则汝等又幸而为父矣!有父如此,尚不足为汝师乎?

吾尚有血诚将告于汝(14):吾幼乏歧嶷(15),十岁知方(16),严毅之训不闻,师友之资尽废。忆得初读书时,感慈旨一言之叹(17),遂志于学。是时尚在凤翔(18),每借书于齐仓曹家(19),徒步执卷就陆姊夫师授,栖栖勤勤(20)。其始也若此,至年十五,得明经及第(21),因捧先人旧书,于西窗下钻仰沉吟(22),仅于不窥园井矣(23)。如是者十年,然后粗沾一命(24),粗成一名。及今思之,上不能及乌鸟之报复(25),下不能减亲戚之饥寒,抱衅终身(26),偷活今日。故李密云:"生愿为人兄,得奉养之日长。"(27)吾每念此言,无不雨涕。汝等又见吾自为御史来,效职无避祸之心,临事有致命之志(28)。尚知之乎?吾此意,虽吾兄弟未忍及此。盖以往岁忝职谏官(29),不忍小见,妄干朝听(30),谪弃河南(31),泣血西归,生死无告。不幸余命不殒(32),重戴冠缨(33),常誓效死君前,扬名后代,殁有以谢先人于地下耳(34)!呜呼!及其时而不思,既思之而不及,尚何言哉?今汝等父母天地,兄弟成行,不于此时佩服诗书(35),以求荣达,其为人耶?其曰人耶?

吾又以吾兄所识,易涉悔尤,汝等出入游从,亦宜切慎(36)。吾诚不宜言及于此。吾生长京城,朋从不少,然而未尝识倡优之门(37),不曾于喧哗纵观,汝信之乎?吾终鲜姊妹,陆氏诸生,念之倍汝、小婢子等。既抱吾殁身之恨,未有吾克己之诚,日夜思之,若忘生次(38)。汝因便录吾此书寄之,庶其自发(39)。千万努力,无弃斯须。积付嵩、郑等。

——《全唐文》卷六百五十三

注释 (1)谪窜:贬官放逐。元和五年(810)元稹因得罪宦官,被贬江陵府士曹参军。《文稿自叙》:"……贞元以来,不惯用文法,内外宠臣皆暗鸣。会河南尹房式诈谖事发,奏摄之。前年暗鸣者叫噪,宰相素以劾判官事相衔,乘是黜予江陵掾。"(2)未期:难以预期具体时日。(3)粗以二句:粗,略。所怀,内心思想。贻(yi),留。(4)冠岁行登:就要到二十岁的成年男子了。男子二十而行冠礼,冠则列为丈夫(成年人)。行登,将及。(5)讥十九童心:语出《左传·襄三十一年》:"于是昭公十九年矣,犹有童心,君子是以知其不能终也。"童心,童稚之心。(6)谕他人:以其他人作比。谕,比。(7)吾兄:按元稹有兄三人:元沂、元秬、元积;按通例言,此处应指长兄元沂,元沂长元稹近三十岁,按之文中事亦合。奉家法:奉行家法。(8)置产息子孙:广置家产将使子孙懒惰。(9)故家无二句:樵苏之地,指薄田。《史记·淮阴侯列传》:"臣闻千里馈粮,士有饥色;樵苏后爨,师不宿饱。"《集解》引《汉书音义》:"樵,取薪也;苏,取草也。"尔,你。详,详细地知道。(10)以下士之禄持窘绝之家:以最低的俸禄来维持穷困至极的家庭生活。下士,指最低的官吏。窘绝,穷困至极。元稹《告赠皇考皇妣文》:"惟积泊积,幼遭闵凶。积未成童,积生八岁。蒙騃孩稚,昧然无识。遗有清白,业无樵苏。先夫人备极劳苦,躬亲养育。截长补败,以御寒冻。质价市米,以给晡旦。依倚舅族,分张外姻。奉祀免丧,礼无遗者。"可知元镇早年家庭生活十分贫困。又,元沂于贞元二年(786)任蔡州汝阳县尉,时元稹八岁。(11)乞丐羁(ji)游:为了生计向人乞求而奔波在外。羁游,犹羁旅,寄居作客。羁,同羇。(12)东都为御史：元和四年(809)年二月，元稹由宰相裴垍提拔，任监察御史；七月，分务东台；元和五年(810)，为东台监察御史。(13)鞭笞：用鞭子荆条抽打。诘责：用高声恶语追问斥责。(14)血诚：出自内心深处的诚意。《晋书·谢玄传》："臣之微身，复何足惜，区区血诚，忧国实深。"(15)歧嶷(yi)：峻茂之状。《诗·大雅·生民》："诞实匍匐，克歧克嶷。"本谓后稷渐能起立。后多借以形容幼年聪慧，见识不凡。《后汉书·马援传》："客卿幼而歧嶷，年六岁，能应接诸公，专对宾客。"(16)知方：懂得道理和礼法。《论语·先进》："可使有勇，且知方也。"(17)感慈旨一言之叹：母亲的一句话令我感叹。慈旨，母亲的意旨。一言，一句话。按，白居易《唐河南元府君夫人荥阳郑氏墓志铭(并序)》云："夫人为母时，府君既殁，积与积方髫龀，家贫无师以授业，夫人亲执诗书，诲而不倦。"元稹《同州刺史谢上表》亦云："臣八岁丧父，家贫无业。……幼学之年，不蒙师训。因感邻里儿稚，有父兄为开学校。涕咽发愤，愿知诗书。慈母哀臣，亲为教授。"可以参看。(18)凤翔：今陕西凤翔县。贞元三年(787)起，元稹寓居凤翔，时年九岁。(19)齐仓曹家：齐，姓。仓曹，郡刺史的管粮草的官吏。(20)徒步二句：陆姊夫，指陆翰。元稹长姊适陆翰。元稹《夏阳县令陆翰妻河南元氏墓志铭》："遂归于吴郡陆翰。翰，国朝左侍极、兼右相敦信之玄孙，临汝令秘之元子，魏出也。魏之先文贞，有匡君之大德。"栖(xi)栖勤勤，辛勤忙碌。(21)明经及第：科举制之一种。明经，即明于经书。唐代取士，以诗赋取中者叫进士及第，以通明经书取中者叫明经及第。贞元九年(793)，元稹登明经科，时年十五。据研究，元稹是通明两经擢第者。(22)钻仰：深入研究。语出《论语·子罕》："颜渊喟然叹曰：'仰之弥高，钻之弥坚。'"《疏》："言夫子之道，高坚不可穷尽。……故仰而求之则益高；钻研求之则益坚。"沉吟：深思。(23)不窥园井：谓专心致志，足不出户。《汉书·董仲舒传》载董仲舒下帷读书，"三年不窥园，其精如此"。(24)粗沾一命：免强做了一介小官。周代官制由一至九阶，称"九命"，一命最低。按，贞元十八年(802)冬，元稹应吏部考试；次年三月，登书判拔萃科第四等，授秘书省校书郎。元稹试判登科之日，相距明经及第之年，正十载。这十年，是元稹"钻仰沉吟"的十年。"粗沾一命"，乃指秘书省校书郎而言。(25)乌鸟之报复：旧称乌鸦有反哺之报，后喻侍养父母的情怀，取其能报本之意。(26)抱衅：犹抱憾。(27)故李密三句：李密(224—287)，又名虔，字令伯，西晋武阳(今四川彭山县)人。幼时丧父，母改嫁，与祖母相依为命。蜀汉灭亡后，被晋武帝征召为太子洗马，李密以祖母老多病，辞不应诏，上《陈情表》剖明心迹，武帝为其孝心所感，允其要求。其祖母死后，丧服期满，方出任太子洗马，官至汉中太守。《陈情表》有"臣密今年四十有四，祖母刘今年九十有六，是臣尽节于陛下之日长，报刘之日短也。乌鸟私情，愿乞终养。"诸句。元稹据此有所隐括。(28)致命：授命，舍弃生命。《左传·成十三年》："诸侯疾心，将致命于秦。"《注》："致死命而讨秦。"(29)忝(tian)职谏官：愧任谏官。忝，谦词。职，动词，任职。谏官，掌谏诤的官员，这里指元和四年二月由裴垍提拔任监察御史。(30)妄干朝听：胡乱干涉朝廷的听闻。这是激愤之语。按：元稹分务东台时，弹奏数十件事，惹怒了宦官权臣，被贬至江陵府士曹参军。(31)谪弃河南：在河南洛阳被贬谪。元稹任东台监察御史时在东都洛阳，故言。(32)不幸余命不殒：不幸，乃激愤之语。余命不殒，残余的性命没有殒落。(33)重戴冠缨：重新戴上官帽，即重新任职。这里指任江陵府士曹参军。(34)谢：告慰。(35)佩服：犹执书钻研。(36)切慎：非常谨慎。(37)倡优之门：指歌楼妓院。(38)生次：生存的处所，即不知身在何处。(39)自发：自强奋发。(40)无弃斯须：不要抛弃片刻时间。无，通毋，不。斯须，犹须臾，指片刻。

译文　告元嵩侄等：我被贬官外放刚刚开始，再见到你们的具体时间难以预期，现在我粗略地把想到的心思，留给你们作为教诲。你们的志向还没有确立，可是就要到二十岁的成年男子了，古人曾讥笑鲁昭公到十九岁还有嬉戏的童稚之心，你们能不自己警惧吗？我不能远以其他人作比，你们难道没见我兄长是如何奉行家法的吗？我们元家世代贫困节俭，先辈传下遗训常怕广置家产将会使子孙懒惰，所以家里没有薄田可种，这是你们所详细了解的。我私下见我兄长二十年以来以最低的俸禄来维持穷困至极的家庭生活，其中一半要靠奔波在外向人乞求才能供给家用的不足。然而，我生来已经三十二岁了，懂得穿衣吃饭的来源时，开始于我任东台御史。我常常自思：我还不知道接受我兄长严肃面色的教训是什么，而何况是用鞭子荆条打我，用高声恶语责问喝斥我呢！唉呀！我幸运地有了这样的兄长，你们又幸运地有这样的父亲！有这样好的父亲，还不足以做你们的师表吗？

我还有肺腑之言将告诉你们：我自幼缺乏聪慧的见识，十岁时懂得道理和礼法，父亲严厉弘毅的训导不得听到，师友的帮助一概没有。记得刚开始读书时，母亲的一句话令我感叹，从此就立志于学业。这时还在凤翔，每每向齐仓曹家去借书，徒步拿着书到姐夫陆翰那里拜师求教，辛勤而忙碌。我开始读书时的情景就是如此，到十五岁时，我考中明经科举，于是又捧着先人的旧书，在西窗下研读深思，几乎足不出户。像这样专心读书十年，之后才勉强做了一介小官，略有了一点名气。到现在想起这些，上不能像乌鸦反哺一样报答父母的养育之恩，下不能减少亲戚的饥寒之苦，抱憾终身，而苟且偷生到了今日。所以李密曾说："生来希望做人的兄长，可以得到奉养长辈的较长的日子。"我每想到这句话，莫不泪如雨下。你们又看到我自从做了御史以来，效命职守从无全身避祸的念头，遇到事情就有舍弃生命的心志。你们还知道吗？我的这些想法，即使我们兄弟之间也不忍心谈及。因为从往年愧任谏官之职，忍不住个人的小小看法，胡乱干涉朝廷的听闻，在河南洛阳遭到贬谪，我泣血洒泪西归，生与死无法向人告诉。不幸的是，我残余的性命尚能保全，重新戴上了官帽，常常发誓效纳死命于君前，播扬名声于后代，死后有用以告慰地下祖先的言辞了！唉呀！到那时而想不到这一切，已经想到而又来不及了，还有什么话可说呢？现在你们父母健在，兄弟成行，不在这时刻苦钻研读书,以求得荣宗显达,那还算人吗?那还可以叫人吗?

我又认为我兄长所交往的朋友,容易招致自我悔恨和他人的指责,你们与人交往,也应该非常谨慎。我的确不应该谈到这些。我生长在京城,朋友不少,但是我不曾知道歌楼妓院,不曾在喧哗的闹市放眼观看,你们相信这些吗?我少有姐妹,陆家的各位后生,我想起来超过你们和小婢女等。即使我抱有终身之憾,又没有我克己的诚心,日日夜夜想到这些,好像忘了身在何处。你们趁便抄录这封信寄给陆家诸位后生,希望他们自强奋发。你们千万努力,不要抛弃片刻时间。元稹写付于嵩、郑等。

简评 《诲侄等书》是元稹于元和五年(810)春天写给侄子元嵩等人的信,当时元稹因得罪宦官和内外权宠臣而遭贬谪,虽有白居易等人屡次上疏为元稹说情,但未能改变贬谪江陵判司的命运。这封信大约写于元稹赴江陵之前的春天,五月,他"负气而行",到达江陵。明乎此,我们可以粗略了解元稹写这封家信时的悲愤心情。在信中,元稹以长辈的口吻诚恳直切地向侄子回忆了家史和自己成长的艰难历程,着重讲述了兄长对家庭的贡献和对自己的爱护,对兄长感恩之情溢于言表。接下回忆自己如何备受艰辛,始得"粗沾一命"。借书而读,不窥园井一节文字写得宛在目前,催人泪下,颇具训诫内涵,乃精彩之笔。元家世代俭贫,元稹又早年丧父,其读书既靠母亲指教,又靠姐夫陆翰传授。因此,元稹对姐夫及诸外甥的情感亦颇深,在信的末尾,他还叮嘱侄子抄一份寄给陆家后生。因此,这封信既是"诲侄书",又是"诲甥书"。信的中心思想是劝勉侄子、外甥等人立志读书,以求显达,其间谈到如何遵守家法、爱惜光阴、洁身修德、谨慎交际等多方面内容,情真意切,很有感染力。元稹在信中还着重谈到了兄长交友不慎而引起非议一事,以此告诫侄子慎交游。他又以自己虽生长京城繁华之地,但"未尝识倡优之门,不曾于喧哗纵观"为例,教导侄子要特别留心交游和自身行为。质言之,元稹向侄子直言自己的生活很检点,以告诫他们向自己看齐。这一点对长辈教育下一辈亦很有借鉴意义。常言道:桃李不言,下自成蹊。又道:己身不正,又怎能要求晚辈身正呢?

诲学说

欧阳修

欧阳修(1007—1072)字永叔,号醉翁,晚年改号六一居士,江西庐陵(今江西吉安县)人。幼年孤苦,母亲以荻杆画地教字。二十四岁中进士,官至枢密副使、参知政事。死后谥文忠。他为人刚直敢言,注意拔擢后进,曾支持范仲淹的革新运动,但晚年趋于保守,和司马光一起反对王安石的"新法"。《宋史》有传。他是北宋第一个在散文、诗、词诸方面卓有成就的杰出作家,倡导古文革新运动,反对宋初的浮华文风,提倡效法韩柳,强调文学应有益于人生,强调内容重于形式。其散文平易流畅,清新自然,对后代散文的发展影响很大,是"唐宋八大家"之一。曾与宋祁合撰《新唐书》,又独自编撰《新五代史》。有《欧阳文忠集》。

原文 玉不琢,不成器(1);人不学,不知道(2)。然玉之为物,有不变之常德(3),虽不琢以为器,而犹不害为玉也。人之性,因物则迁(4)。不学,则舍君子而为小人,可不念哉?付奕(5)。——《欧阳修全集·笔说》

注释 (1)玉不琢二句:语出《礼记·学记》。琢,雕刻玉石。(2)不知道:不懂得道理。(3)有不变之常德:有它不能改变的固有的品德。(4)因物则迁:随着外界事物的影响就会发生变化。迁,变化。(5)奕:指欧阳修的次子欧阳奕。

译文 玉石若不经过雕刻,就不能成为器物;人如果不经过学习,就不懂得道理。但是玉石作为一种物质,有它不能改变的固有的品格,即使不加工雕刻而使它成为器物,但仍然无损于它那作为玉的本质。人的品性,随着外界事物的影响就会发生变化。如果不学习,就会舍弃成为君子的可能而变为小人,岂可不考虑这个道理吗?父付儿奕。

简评 自从《礼记·学记》概括出"玉不琢,不成器"这一名言后,人们常把它作为座右铭来看待,而继启蒙读物《三字经》的传播,它更为人们所熟知信奉。欧阳修则对玉与人的本性,尤其是玉不变而人可变这一特性作了精当的剖析,着重揭明了人性的弱点、优点:如果刻苦学习,可以成为君子;反之,则可以变为小人,君子与小人的差别不言而喻,而学习则是根本途径。这样,作者极巧妙地点明了题目,"付奕"二字则点明了写作本文的目的。大家手笔,真有鬼斧神工之妙。我们注意到,欧阳修特别偏爱"玉不琢,不成器"的名言,他不仅以此教孩子,而且早在天圣七年(1029)应试国子监时即以《监试玉不琢不成器赋》为题而名列第一。

370

与长子受之

朱熹

朱熹（1130—1200），字元晦，一字仲晦，号晦庵，徽州婺源（今江西婺源县）人。宋高宗绍兴十八年（1148）进士。历知南康军、秘阁修撰、焕章阁待制兼侍讲。淳熙十五年（1188），上《戊申封事》，主张皇帝要正心诚意，并力主抗金，反对和议。他是南宋著名理学家，一生讲学不倦，一生屡遭排挤。理宗时，赠太师，追封信国公。《宋史》有传。其理学学说，对后世影响颇大。其为文以穷理致用为宗，长于说理，反对浮华，语言简洁明白。一生著作宏富，传世颇广。有《朱文公全集》（亦称《晦庵集》）。

原文　早晚受业请益(1)，随众例不得怠慢。日间思索有疑，用册子随手札记，候见质问，不得放过。所闻诲语，归安下处(2)，思省切要之言，逐日札记，归日要看。见好文字，录取归来。

不得自擅出入，与人往还。初到，问先生有合见者见之(3)，不合见则不必往。人来相见，亦启禀然后往报之，此外不得出入一步。

居处须是居敬，不得倨肆惰慢(4)。言语须要谛当(5)，不得戏笑喧哗。凡事谦恭，不得尚气凌人(6)，自取耻辱。

不得饮酒，荒思废业，亦恐言语差错，失己忤人(7)，尤当深戒。不可言人过恶，及说人家长短是非。有来告者，亦勿酬答。于先生之前，尤不可说同学之短。

交游之间，尤当审择(8)。虽是同学，亦不可无亲疏之辨。此皆当请于先生，听其所教。大凡敦厚忠信，能攻吾过者(9)，益友也；其谄谀轻薄，傲慢亵狎，导人为恶者，损友也(10)。推此求之，亦自合见得五七分，更问以审之，百无所失矣。但恐志趋卑凡，不能克己从善，则益者不期疏而日远，损者不期近而日亲，此须痛加检点而矫革之。不可荏苒渐习，自趋小人之域，如此则虽有贤师长，亦无救拔自家处矣。

见人嘉言善行(11)，则敬慕而纪录之。见人好文字胜己者，则借来熟看，或传录之而咨问之，思之与齐而后已。不拘长少，惟善是取。

以上数条，切宜谨守。其所未及，亦可据此推广，大抵只是勤谨二字。循之而上，有无限好事。吾虽未敢言，而窃为汝愿之。反之而下，有无限不好事。吾虽不欲言，而不免为汝忧之也。

盖汝若好学，在家足可读书作文，讲明义理，不待远离膝下，千里从师。汝既不能如此，即是自不好学，已无可望之理。然今遣汝者，恐汝在家汩于俗务(12)，不得专意。又父子之间，不欲昼夜督责，及无朋友闻见，故令汝一行。汝若到彼，能奋然勇为，力改故习，一味勤谨，则吾犹有望。不然则徒劳费，只与在家一般；他日归来，又是旧时伎俩人物。不知汝将何面目归见父母亲戚乡党故旧耶？

念之，念之。夙兴夜寐，无忝尔所生(13)。在此一行，千万努力。——《朱子文集》卷八

注释　(1)受业：从师学习。业，大板。古代没有纸，用竹简木板作为书写的材料，故称知识的传授为受业。请益：已受教而更有所问。《礼记·曲礼》上："请业则起，请益则起。"这里指向老师请教。(2)下处：这里指住宿的地方。(3)合：应当，应该。(4)倨肆惰慢：傲慢放肆，懒惰冷淡。(5)谛(di)当：恰当，精确。朱熹《答吴晦叔》："其间精微处，恐尽有病在，且得存亡，异时或稍长进，自然见得谛当，改易不难。"(6)尚气凌人：盛气凌人。(7)忤人：得罪别人。(8)审择：慎重选择。(9)能攻吾过者：能够指责我的过失的人。攻，指责过失。《论语·先进》："非吾徒也，小子鸣鼓而攻之可也。"《疏》："使其门人鸣鼓以声其罪而攻责之。"(10)其谄谀诸句：谄谀，巴结奉迎。亵狎，行为放荡不羁。损友，对自己有害的朋友。《论语·季氏》："益者三友，损者三友。友直、友谅、友多闻，益矣；友便辟、友善柔、友便佞，损矣。"(11)嘉言善行：良言美行。(12)汩(gu)于俗务：为世俗杂务所扰乱。汩，扰乱。(13)夙兴夜寐，无忝尔所生：语出《诗·小雅·小宛》，意谓早起晚睡，勤奋不懈，不要辱没了生你的父母。无，通毋，不。忝，辱。

译文　早晚读书学习，要多向老师请教，随着大家平时的惯例，不能懈怠。平时思考时有疑难之处，要用小册子随时记下来，等候见到老师询问，不能放过。凡是听到老师教诲的语言，回到自己的住处，要思忖其中切中要害的部分，每天摘记，到时候要看。见到有好文章，要把它抄录回来。

不得擅自出入，与人来往。有人初来，要请问老师，有应当见的就见他，不应当见的就不必往来。平时有人来跟你见面，也要启禀老师后再回报他。除此外不得出入一步。

起居一定要敬重别人，不得傲慢放肆，懒惰冷淡。言语须要谨慎恰当，不能嘻笑喧哗。凡事要谦虚恭敬，不得盛气凌人，免得自取耻辱。

不能饮酒，免得精神空虚，荒废学业；也怕酒后言语差错，损己伤人。这些尤其应当深深警戒。不可背后议论别人过错，言说别人的长短和是非。有人向你谈这些事，也不要回答。在老师面前，尤其不能说同学的短处。

交朋友要慎重而有选择，虽是同学，也不能没有亲疏的区别。这些都应当向老师请教，听他教诲。一般来说，待人忠厚老实，能指责自己缺点和过失的，是好朋友；那些阿谀奉迎、出言轻薄、傲慢放荡、引诱人做坏事的，是坏朋友。假如按照这个标准来找朋友，自己也只可看清五至七分，再向老师请教，进一步审查，那就百无一失了。但是我担心你志向情趣卑下平凡，不能克制自己，不乐于接受别人正确的意见，这样益友虽不想疏远也自然而然地疏远了；损

友虽不想亲近却日益亲近了。这就需要严加检查约束，纠正革除自己的弱点。不要逐步染上这些坏习惯，自己进入小人的圈子。如果这样，即使有贤良的师长，也不能改变自己的处境。

见到别人有良言美行就虚心地把它记录下来，看到别人的好文章胜过自己，就拿来熟看，或者记载下来，进行探讨，一直到向他看齐为止。不论年纪大小，只要是好的，就一定要汲取。

以上几条，务必严格遵守。还有没谈到的，可以根据前面说的举一反三，其道理大抵不出勤谨二字。假如能遵循它，则会上进，会有无限的好事。我虽不敢说，但我暗自为你祝愿。假如不这样做，你就会一落千丈，有无限坏事在你面前降临。我虽不想说，但还是不免为你担忧。

其实，你如果好学，在家中就可以读书习文，讲明义理，不一定非得远离父母，于千里外求学。可是你已经不能这样，自己不好好学习，也没什么可期望了。然而我现在还是把你打发出去，是担心你在家中为世俗杂务所扰乱，不能专心。又因为父子之间，父亲也不能日夜对你督促责备，家中也不便于你接交朋友增广见闻，所以还是叫你出去走一走。假如你到那里，能奋发有为，努力改掉旧习，一味勤快谨慎，那么，我对你还是有信心的。要不然，我就是白费心思，你还是和在家里一样；将来回来以后，依然故我。如果真是这样，我不知你将有何脸面回来见你的父母亲戚、同乡、朋友呢？

记住，记住。希望你早起晚睡，不要辱没了生你的父母。就在于这一次了，千万要努力！

简评　这是南宋著名哲学家、教育家朱熹写给儿子的一封家书，其中包含有多种值得后人效法的教子方法：在学习上，要勤苦努力，尊敬老师，唯老师之命是从；要多思多问，多写多记。在交友上，要谨慎选择，交结益友，疏远损友。在修身方面，要求儿子谦恭敬人，不得傲慢放荡，甚至不得戏笑喧哗。更可注意者，朱子还要求儿子不得随便言人过失，"于先生之前，尤不可说同学之短"。我们认为，朱子的观点颇有参考价值。

寓慈于严是这篇家书的突出特点。可以明显看出，信中处处有严厉的指责和痛切的教导，也有恳切的期望和慈厚的宽宥，如此会收到比板起面孔教训人要好得多的效果，因为儿子易于、也乐于接受。末尾引《诗经·小雅·小宛》的诗句，犹如当头棒喝，警人心魄，催人自振，因为哪一个人愿意给父母脸上抹黑呢？

给子应尾、应箕书

杨继盛

杨继盛（1516—15555），字仲芳，号椒山，保定容城（今河北容城人。）嘉靖二十二年（1547）进士。授南京吏部主事，后改兵部员外郎。俺答南侵，大将军仇鸾请开马市，杨以为"仇耻未雪，遽议和示弱，大辱国"，上疏论互开马市"十不可、五谬"，为仇鸾、严嵩所诬，下锦衣狱，贬为狄道典史。仇鸾败，迁官兵部武选员外郎，因上疏弹劾严嵩十大罪、五奸，下狱，在狱三年，备受酷刑而不屈服，被刑部处死。嵩败，赠太常少卿，谥忠愍。《明史》有传。有《杨忠愍集》。

原文 人须要立志。初时立志为君子，后来多有变为小人的；若初时不先立下一个定志，则中无定向，便无所不为，便为天下之小人，众人皆贱恶你。你发愤立志要做个君子，则不拘做官不做官，人人都敬重你。故吾要你第一先立起志气来。

心为人一身之主，如树之根，如果之蒂，最不可先坏了心。心里若是存天理，存公道，则行出来，便都是好事，便是君子这边的人。心里若存的是人欲，是私意，虽欲行好事，也是有始无终，虽欲外面做好人，也被人看破你。如根衰则树枯，蒂坏则果落。故吾要你休把心坏了。心以思为职，或独坐时，或夜深时，念头一起，则自思曰："这是好念？是恶念？"若是好念，便扩充起来，必见之行；若是恶念，便禁止勿思。方行一事，则思之：以为"此事合天理，不合天理？"若是不合天理，便止而勿行；若是合天理，便行。不可为分毫违心害理之事，则上天必保护你，鬼神必加佑你，否则天地鬼神必不容你。

你读书若中举中进士，思吾之苦，不做官也是。若是做官，必须正直忠厚，赤心随分保国。固不可效吾之狂愚，亦不可因吾为忠受祸，遂改心易行，懈了为善之志，惹人父贤子不肖之笑。

吾若不在，你母是个最正直不偏心的人，你两个要孝顺他，凡事依他。不可说你母向那个儿子，不向那个儿子；向那个媳妇，不向那个媳妇。要着他生一些儿气，便是不孝。不但天诛你，吾在九泉之下也摆布你。

你两个是一母同胞的兄弟，当和好到老。不可各积私财，致起争端；不可因言语差错，小事差池（1），便面红耳赤。应箕性暴些，应尾自幼晓得他性儿的，看吾面皮，若有些冲撞，担待他罢。应箕敬你哥哥，要十分小心，合敬吾一般的敬才是。若你哥哥计较你些儿，你便自家跪拜，与他陪礼；他若十分恼不解，你便央及你哥相好的朋友劝他，不可他恼了，你就不让他。你大伯这样无情的摆布吾，吾还敬他，是你眼见的。你待你哥，要学吾才好。

应尾媳妇是儒家女，应箕媳妇是宦家女，此最难处。应尾要教导你媳妇，爱弟妻如亲妹，不可因他是官宦人家女，便气不过，生猜忌之心。应箕要教导你媳妇，敬嫂嫂如亲姊，衣服首饰休穿戴十分好的，你嫂嫂见了，口虽不言，心里便有几分不耐烦，嫌隙自此生矣。四季衣服，每遇出入，妯娌两个是一样的，兄弟两个也是一样的。每吃饭，你两个同你母一处吃，两个媳妇一处吃，不可各人和各人媳妇自己房里吃，久则就生恶了。

你两个不拘有天来大恼，要私下请众亲戚讲和，切记不可告之于官。要是一人先告，后者把这手卷送之于官，先告者即是不孝，官府必重治他。央及你两个，好歹与吾长些志气，再预告问官老先生(2)，若见此卷，幸怜吾苦情，教我二子，再三劝诱，使争而复和，则吾九泉之下，必有衔结之报(3)。

你堂兄燕雄、燕豪、燕杰、燕贤，都是知好歹的人。虽在吾身上冷淡，却不干他事。俗语云："好时是他人，恶时是家人。"你两个要敬他、让他。祖产分有未均处，他若是爱便宜，也让他罢。切记休要争竞，自有旁人话短长也。

你两个年幼，恐油滑人见了，便要哄诱你，或请你吃饭，或诱你赌博，或以心爱之物送你，或以美色诱你，一入他圈套，便吃他亏，不惟荡尽家业，且弄你成不得人。若是有这样人哄你，便想吾的话来识破他：和你好是不好的意思，便远了他。拣着老成忠厚、肯读书、肯学好的人，你就与他肝胆相交，语言必信，逐日与他相处。你自然成个好人，不入下流也。

读书见一件好事，则便思量：吾将来必定要行；见一件不好的事，则便思量：吾将来必定要戒。见一个好人则思量：吾将来必要与他一般；见一个不好的人则思量：吾将来切休要学他。则心地自然光明正大，行事自然不会苟且，便为天下第一等好人矣。

习举业，只是要多记多作。《四书》本经纪文一千篇(4)，读论一百篇，策一百问，表五十道，判语八十条(5)，有余功则读《五经》白文，好古文读一百篇。每日作文一篇，每月作论三篇，策二问。切记不可一日无师傅。无师傅则无严惮，无稽考(6)。虽十分用功，终是疏散，以自在故也。又必须择好师，如一师不惬意，即辞了另寻，不可因循迁延(7)，致误学业。又必择好朋友，日日会讲切磋(8)，则举业不患其不成矣。

居家之要，第一要内外界限严谨。女子十岁以上，不可使出中门，男子十岁以上，不可使入中门。外面妇人，虽至亲不可使其常来行走，一以防谈说是非，致一家不和；一以防其为奸盗之谋也，只照依吾行便是。院墙要极高，上面必以棘针缘的周密(9)。少有缺陷，务要追究来历。如夏间霖雨，院墙倒塌，必即时修起。如雨天不便，亦即时加上寨篱，不可迁延日月，庶止奸盗之原(10)。酒肉果面，油盐酱菜，必总收一库房；五谷粮食，必总收一仓房。当家之人，掌其锁钥，家人不得偷盗，衣服要朴素，房屋休高大，饮食使用要俭约。休要见人家穿好衣服便要作，住好房屋便要盖，使好家活便要买，此致穷之道也。若用度少有不足，便算计可费多少，即卖田产补完。切记不可揭债(11),若揭债日日行利,累得债深,穷的便快,戒之戒之！田地四顷有余,够你两个种了,不可贪心见好田土又买。盖地多则门必高,粮差必多(12),恐至负累,受县官之气也(13)。

与人相处之道,第一要谦下诚实。同干事则勿避劳苦,同饮食则勿贪甘美,同行走则勿择好路,同睡寝则勿占床席。宁让人,勿使人让吾;宁容人,勿使人容吾;宁吃人之亏,勿使人吃吾之亏;宁受人之气,勿使人受吾之气。人有恩于吾则终身不忘;人有仇于吾,则即时丢过。见人之善,则对人称扬不已;闻人之过,则绝口不对人言。有人向你说某人感你之恩,则云"他有恩于吾,吾无恩于他",则感恩者闻之,其感益深。有人向你说某人恼你谤你,则云"彼与吾平日最相好,岂有恼吾谤吾之理？"则恼吾者闻之,其怨即解。人之胜似你,则敬重之,不可有傲忌之心;人之不如你,则谦待之,不可有轻贱之意。又与人相交,久而益密,则行之邦家可无怨矣。

吾一母同胞,见在者四人:你大伯、二姑、四姑及吾。大伯有四个好子,且家道富实,你不必忧。你二姑、四姑俱贫穷,要你常看顾他,你敬他合敬吾一般。至于你五姑、六姑,亦不可视之如路人也。房族中人有饥寒者,不能葬者,不能嫁娶者,要你量力周济,不可忘一本之念,漠然不关于心。

吾家系诗礼士夫之家,冠婚丧祭,必照家礼行。你若不知,当问之于人,不可随俗苟且,庶子孙有所观法。你姊是你同胞的人,他日后若富贵便罢,若是穷,你两个要老实供给照顾他。你娘要与他东西,你两个休要违阻;若是有些违阻,不但失兄弟之情,且使你娘生气,又为不友,又为不孝。记之！记之！

杨应民是吾自幼抚养他成人(14),你日后与他村里房窠一所(15),坟左近地与他五十亩。他若公道便与他,若有分毫私心,私积钱财,房子地土都休要与他。曲钺他若守分(16),到日后亦与他地二十亩,村宅一小所。若是生事心里要回去,你就合你两个丈人商议告着他。原四两银子买的他,放债一年银一两,得利六钱,按着年问他要,不可饶他。恐怕小厮门照样儿行,你就难管。福寿儿、甲首儿、杨爱儿,都是监中伏侍吾的人,日后都与他地二十亩,房一小所。以上各人,地都与他坟左近的,着他看守坟墓,许他种,不许他卖。

覆奏本已上(17),恐本下急,仓促之间,灯下写此,殊欠伦序(18)。然居家做人之道,尽在是矣。拿去你娘看后,做一个布袋装盛,放在吾灵前桌上,每月初一、十五,合家大小灵前拜祭了,把这手卷从头至尾念一遍,合家听着;虽有紧要事,也休废了！——《杨忠愍公遗笔》

注释　(1)差池:差错。宋慈《颁降新例》:"获正贼,召到尸亲,至日画字,给付,庶不差池。"(2)问官老先生:审理案件的官员。(3)衔结之报:衔环结草而来报恩。比喻感恩戴德,至死不忘。《左传·宣十五年》:"初,魏武子有嬖妾,无子,武子疾,命(魏)颗曰:'必嫁是。'疾病,则曰:

'必以为殉！'及卒，颗嫁之，曰：'疾病则乱，吾从其治也。'及辅氏之役，颗见老人结草以亢杜回。杜回踬而颠，故获之。夜梦之曰：'余，尔所嫁妇人之父也，尔用先人之治命，余是以报。'"又干宝《搜神记》卷二十："汉时弘农杨宝，年九岁时，至华阴山北，见一黄雀，为鸱枭所搏，坠于树下，为蝼蚁所困。宝见愍之，取归，置巾箱中，食以黄花。百余日，毛羽成，朝去暮还。一夕三更，宝读书未卧，有黄衣童子，向宝再拜曰：'我西王母使者，使蓬莱，不慎为鸱枭所搏，君仁爱见拯，实感盛德。'乃以白环四枚与宝，曰：'令君子孙洁白，位登三事，当如此环。'"《续齐谐记》所载略同。(4)《四书》本经记文：《四书》，指《论语》、《孟子》、《中庸》、《大学》。本经记文，泛指经书和传注之文。下文《五经》，指《诗经》、《尚书》、《礼记》、《周易》、《春秋》。(5)读论诸句：论、策、表、判语，均为古代文体名。(6)稽考：考核。(7)因循迁延：守旧法而不知变更，拖延时间。(8)切磋：比喻相互之间研讨。语出《诗·卫风·淇奥》："如切如磋，如琢如磨。"(9)以棘针缘的周密：以带刺的草木围绕得严密。有如现代的铁丝网。(10)庶止奸盗之源：或许可以堵住作奸盗窃的本源。(11)揭债：举债，借债。(12)粮差(chai)：催促交粮的差使。(13)县官：指官府。《后汉书·刘矩传》："民有争讼，矩常引之于前，提耳训告，以为忿恚可忍，县官不可入，使归更寻思。"(14)杨应民：杨继盛的养子。(15)房窠(kē)：房屋。(16)曲钺：与下文福寿儿、甲首儿、杨爱儿都是杨继盛的家奴。(17)覆奏本：详审事情、重新上奏的奏本。(18)伦序：次序。

简评　在中国古代的历史长河中，有不少堂堂男儿以自己刚正的性格、高尚的操守、壮烈的行为、凛然的正气为后人、为子弟写下了一篇篇可以永传不朽的"家训"。杨继盛是其中的佼佼者。

杨继盛七岁失母，备受庶母的责妒，而他经过与父兄和庶母的激烈争辩，终于获得了牧牛读书的机遇。明乎此，我们即不难理解他三十二岁即中进士，敢于多次虎口拔牙而视死如归的个中原因了。如果说前次弹劾仇鸾而不死已属侥幸的话，那么死于严嵩之手就是非常自然的了。作为杨继盛来说，他熟读书史，掌握殷鉴颇多，自应学得明哲保身，把"方头"削得圆滑一些，还是有他的官可做，有他的俸禄可领，为什么要在复官刚刚一月之后，就要上疏弹劾严嵩的"十大罪、五奸"而引来杀身之祸呢？退一步说，被下狱后，如果他能"迷途知返"，认罪投降，庶可免于一死。但他没有这样做，而是至死不悔，慷慨赴义！其临刑所赋之诗是何等的雄壮："浩气还太虚，丹心照千古。生平未报恩，留作忠魂补！"怪不得为天下人争相传颂。《明史》本传还载：在杨继盛受杖打前，有人送给他一条蚺蛇(即蟒蛇)胆，因为蚺蛇胆可以疗病止痛，送者想让杨继盛受杖刑后疗止疼痛，而他却谢说："椒山自有胆，何蚺蛇为！"——椒山，是杨继盛的别号。他毅然不屈，视死如归，年仅四十岁！他用自己的壮举为后人、为子弟留下了一篇绝好的"家训"。

《给子应尾、应箕书》写于临刑前夕。他自料难免一死，于是细大不捐地写下了这篇教诲儿子为人做事的著名家训。说它细大不捐，是因为我们可以看到作者不怕絮絮叨叨、不怕语欠伦序，而是苦口婆心、面面俱到地提醒告诫二子，几乎涉及了为人处事的方方面面。明知自己是因忠受祸，他仍要求儿子不改其行，要敢于为民请命。至于谈到对家人的照顾安排、对奴仆的善后措施，同样可以看出杨继盛仁慈而严厉的个性之一面。人之将死，其言也善。这封家书所包含的内容非常丰富，是用来教育子弟的绝好教材，值得我们反复研读。

为学一首示子侄

彭端淑

彭端淑(约公元1736年前后在世)，字乐斋，四川丹陵人。清代雍正年间进士，曾任吏部郎中等职，多治绩。辞官后在四川锦江书院讲学，名重一时。著有《白鹤堂诗文集》、《雪夜诗谈》、《晚年诗稿》等。

原文 天下事有难易乎？为之(1)，则难者亦易矣；不为，则易者亦难矣。人之为学有难易乎(2)？学之，则难者亦易矣；不学，则易者亦难矣。吾资之昏不逮人也(3)，吾材之庸不逮人也，旦旦而学之(4)，久而不怠焉，迄乎成(5)，而亦不知其昏与庸也。吾资之聪倍人也(6)，吾材之敏倍人也，屏弃而不用(7)，其与昏、与庸无以异也。圣人之道，卒于鲁也传之(8)。然则昏庸、聪敏之用，岂有常哉(9)？

蜀之鄙有二僧(10)，其一穷，其一富。贫者语于富者曰："吾欲之南海(11)，何如？"富者曰："子何恃而往？"(12)曰："吾一瓶一钵足矣。"(13)富者曰："吾数年来欲买舟而下，犹未能也。子何恃而往！"越明年(14)，贫者自南海还，以告富者，富者有惭色。西蜀之去南海(15)，不知几千里也，僧富者不能至，而贫者至焉。人之立志，顾(16)不如蜀鄙之僧哉！

是故聪与敏，可恃而不可恃也；自恃其聪与敏而不学者，自败者也。昏与庸，可限而不可限也；不自限其昏与庸而力学不倦者，自力者也。——《白鹤堂诗文集》

注释 (1)为：做。(2)为学：求学，学习。(3)吾资之昏不逮人也：我的天资愚钝不如别人。逮，及，赶上。(4)旦旦：天天。(5)迄乎成：直到学成。迄，至，到。(6)吾资之聪倍人也：我的天资聪明倍超别人。倍人，超过别人一倍。(7)屏(bǐng)弃而不用：放弃而不使用。(8)圣人二句：圣人，这里指孔子。鲁，这里指孔子的弟子曾参。《论语·先进》："参也鲁。"是说曾参天资愚钝，但孔子的学说却由天资不高的曾参传给了子思，子思再传给了孟子，终于流传了下来。(9)岂有常哉：难道有固定的法则吗？(10)蜀之鄙：四川的边境。鄙，边远之地。(11)之南海：到南海

378

去。之,动词,去,往。(12)恃:凭借。(13)一瓶一钵(bo):一个水瓶一个饭钵。钵,和尚盛食物用的器具,与碗类似,但浅而大。(14)越明年:到了第二年。(15)去:距离。(16)顾:反而,难道。

译文 天下的事情有困难和容易的区别吗?只要做,那么困难的也就容易了;如果不做,那么容易的也就变得困难了。人求学有困难和容易的区别吗?只要肯学,那么困难的也就容易了;如果不肯学,那么容易的也就困难了。我的天资愚钝不如别人,我的能力平庸不如别人,天天学习,长期不松懈,直到学成,也就不知道所谓愚钝和平庸了。我的天资聪明倍超别人,我的资质灵敏倍超别人,如果屏弃而不使用,那与愚钝和平庸就没有什么差别。孔子的学说,终于由天资不高的曾参流传了下来。既然这样,那么平庸、聪敏的作用,难道有固定的法则吗?

四川的边境上有两个和尚,其中一个穷,其中一个富。穷的告诉富的说:"我想去南海,怎么样?"富的说:"您凭借什么前往呢?"穷和尚说:"我凭一个水瓶一个饭钵就足够了。"富的说:"我几年来想雇船而去,还没能实现。您凭什么去!"到了第二年,穷和尚从南海回来了,把这事告诉了富的。富的脸上露出了惭愧的神色。四川距离南海,不知有几千里啊,和尚中富的不能到达而穷的到了那里。人们立志求学,难道还不如四川边境上的那个穷和尚吗?

因此说,人的聪明敏捷,是既可以凭借而又不可以凭借的;凡是依靠聪明敏捷而不肯学习的人,是一种自己毁坏自己的人。愚钝平庸,是既可以限制而又不能限制人的;凡是不受自己的愚钝平庸所限制而能不知疲倦地努力学习的人,是一种自求上进的人。

简评 这是一篇劝告人们树立坚定的志向、勇于克服困难、努力求学的文章。作者一开始就提出了自己的见解:一切事情无所谓难易,关键在于是否有决心去做,求学也是如此。接着用两个和尚去南海的故事,生动而有力地证明了这一看似浅显实则深刻的道理。最后用辩证的观点重申题旨,意在劝勉人们立志求学,应该像那位穷和尚一样,不单纯依靠客观条件,不被困难所迫,充分发挥个人的主观能动性,努力去做,从而取得成功。文章说理浅显而寓意深刻,故清人李渔《闲情偶记》有言曰:"能于浅处见才,方是文章高手。"这一评语,用在《为学一首示子侄》上是比较恰当的。这篇文章强调非智力因素——意志、态度等——对学习的重要性,这是值得人们思考和重视的。

致纪鸿书

曾国藩

　　曾国藩(1811—1872)，字涤生，号伯涵，湖南湘乡人。道光进士。曾任四川乡试正考官、翰林院侍讲学士、内阁学士、礼部右侍郎，历署兵、吏等部侍郎。曾镇压太平军及捻军起义，并与李鸿章、左宗棠等创办江南制造局等军事工业。散文尊桐城派，论文于义理、考据、辞章之外，强调"经济"，志在用世，是"湘乡派"领袖；其诗，则为晚清诗坛宋诗运动的开创者，影响极大。有《曾文正公全集》。

　　原文　字谕纪鸿儿(1)：家中人来营者，多称尔举止大方，余为少慰(2)。凡人多望子孙为大官，余不愿为大官，但愿为读书明理之君子。勤俭自持，习劳习苦(3)，可以处乐，可以处约(4)，此君子也。余服官二十年(5)，不敢稍染官宦气习，饮食起居，尚守寒素家风，极俭也可，略丰也可，太丰则吾不敢也。

　　凡仕官之家，由俭入奢易，由奢返俭难。尔年尚幼，切不可贪爱奢华，不可惯习懒惰(6)。无论大家小家，士农工商，勤苦俭约未有不兴，骄奢倦怠未有不败。尔读书写字，不可间断。早晨要早起，莫坠高曾祖考以来相传之家风(7)。吾父吾叔，皆黎明即起，尔之所知也。

　　凡富贵功名，皆有命定，半由人力，半由天事。惟学作圣贤，全由自己作主，不与天命相干涉(8)。吾有志学为圣贤，少时欠居敬工夫(9)，至今犹不免偶有戏言戏动。尔宜举止端庄，言不妄发，则入德之基也(10)。

　　手谕(时在江西抚州门外)，咸丰六年九月二十九夜(11)。□——《曾国藩家书》

　　注释　(1)谕：告晓、告示。纪鸿：曾国藩次子，赏举人，在古代算学的研究上有成就，早逝。(2)余为少慰：我为此稍稍感到欣慰。(3)习劳习苦：习惯于劳苦。(4)约：节俭。(5)服官：作官。(6)惯习懒惰：养成懒惰的习惯。(7)考：父亲。(8)干涉：牵连、关系。(9)居敬：保持严肃、谨慎。(10)则入德之基也：就进入了道德修养的基础。(11)咸丰六年九月二十九日：即公元1856年10月27日，时曾国藩正在江西围剿镇压太平天国起义军。

　　简评　这是一封教育子女如何读书做人的家书。曾国藩虽官运显达，但一生以勤俭为本，"服官二十年，不敢稍染官宦气习，饮食起居，尚守寒素家风"，读书习字，"未尝一日间断"。他在政治、军事、文学、书法等方面取得的杰出成就，正有力地证明了他处世为人之道的正确。"勤苦俭约未有不兴，骄奢倦怠未有不败"，这是他总结历史经验教训，联系现实，比况自身得出的真理。因此，从个人成才、宏扬家风的角度出发，他告诫儿子"不可贪爱奢华，不可惯习懒惰"，而要"学作圣贤"。更为难得的是，他身为达官显贵，却不愿子孙为大官，"但愿为读书明理之君子",表现了他淡薄名利,重知识、重修养的人生观。

　　信开头以他人对儿子的称赞正面勉励,中间联系自己、联系家风,明事析理,提出谆谆教诲,结尾以自己的不足,教育儿子以己为鉴,"学为圣贤"。通篇语重心长,切实中肯,感人至深。

　　(注:以上十儒家训,由王人恩注译,选自《古代家训精华》,甘肃教育出版社 1997 年版,并得到译者与出版社的支持。在此,向王人恩先生及甘肃教育出版社致谢。)

第五编　蒙学经典解读

　　现在你们如果真正想有成就,要在根上扎根,扎根要在德行。德行在一般来讲是《弟子规》,很多人他不重视。《弟子规》要句句做到,我们的道德,根就扎稳了,你的毛病习气慢慢会淘汰掉。《弟子规》比什么都重要,《弟子规》一定要字字句句统统要落实,变成自己日常生活、行为、处世、待人、接物的原则,根扎在这个地方。《弟子规》跟《童蒙养正》,到老死,八十九十,你的思想、言行,都不会违背,那是你真的学会了。

—— 净空(当代高僧)

　　《治家格言》,世称《朱子家训》,是我国古代的家教名篇。它虽仅有五百多字,却以格言警句的形式,讲了许多为人处世、治家修身之道。其中有关勤俭持家、诚实待人、反对见利忘义、谄媚富贵等观点,今天仍可供借鉴。由于它通俗流畅、富含哲理,清代曾将它作为蒙学课本,故而流传甚广。

—— 徐少锦(当代学者)

《弟子规》解读

　　《弟子规》原名《训蒙文》，是清朝康熙年间秀才李毓秀所作。其内容采用《论语·学而篇》第六条："弟子入则孝，出则弟，谨而信，泛爱众，而亲仁，行有余力，则以学文"的文义以三字一句，两句一韵编纂而成，分五部分演述为人子弟在家、出外、待人接物、求学应有的礼仪与规范，特别讲求家庭教育、生活教育、道德教育和个人修养，提出了为人处世、言行治学的一般准则。后经清朝贾存仁修订名为《弟子规》，是启蒙养正、教育子弟敦伦尽份、防邪存诚、养成忠厚家风的最佳读物。

总叙

　　弟子规，圣人训，首孝弟，次谨信。泛爱众，而亲仁，有余力，则学文。

　　《弟子规》是依据至圣先师孔子对弟子的教诲而编成的生活、学习、修身规范。当学生的首先在日常生活中，要做到孝顺父母，友爱兄弟姊妹。其次在言行中，要小心谨慎，说话诚实，做诚实人，讲求信用。和大众相处时要平等博爱，并亲近有仁德的人，向他学习。这些都是重要、必行之事，如果做到了之后，还有多余的时间、精力，就应该好好学习其他有益的学问，努力做个有文化教养的人。

入则孝

　　父母呼，应勿缓。父母命，行勿懒。父母教，须敬听。父母责，须顺承。

　　父母呼唤你，应及时回答，不要慢吞吞地很久才应答，父母有事交代你，要立刻动身去做，不可拖延或推辞偷懒。父母教导我们做人处事、修身养德的道理，是为了我们好，应该恭敬地聆听。做了错事，父母责备教诫时，应当虚心接受，不可强词夺理，使父母亲生气、伤心。（"敬"、"顺"二字最难。）

　　冬则温，夏则凊。晨则省，昏则定。出必告，反必面。居有常，业无变。

　　侍奉父母要用心体贴，二十四孝里的黄香，是东汉时代的人，母亲早逝，九岁时与父亲相依为命，为了让父亲安心睡眠，夏天睡前会帮父亲把床铺扇凉；冬天寒冷时会为父亲温暖被窝，实在值得子女学习。早晨起床之后，应该先探望父母，并向父母请安问好。下午回家之后，要将今天在外的情形告诉父母，向父母报平安，使老人家放心。外出离家时，须告诉父母要到那里去，回家后还要当面禀报父母回来了，让父母安心。平时起居作息，要保持正常有规律，做事有常规，不要任意改变，以免父母忧虑。（这里主要讲"敬"的内容。对父母要体贴入微，方方面面都要关注到。）

　　事虽小，勿擅为。苟擅为，子道亏。物虽小，勿私藏。苟私藏，亲心伤。

纵然是小事，也不要任性胡来，擅自作主，而不向父母禀告。如果任性而为，容易出错，就有损为人子女的本分，因此让父母担心，这是不孝的行为。东西虽小，也不可私自藏起来，占为己有。如果私藏物品、钱财，你的品德就有缺失，因为子女对父母不真诚，瞒着老人自己享受，显得跟父母关系不亲，父母亲知道了一定很伤心。（从小事做起，培养敬老、无私的品德。）

亲所好，力为具。亲所恶，谨为去。身有伤，贻亲忧。德有伤，贻亲羞。亲爱我，孝何难。亲憎我，孝方贤。

父母亲所喜好的东西，应该尽力为他们准备，父母所厌恶的事物，要小心谨慎地除掉（包括自己的坏习惯）。要爱护自己的身体，不要使身体轻易受到伤害，让父母亲忧虑。（曾子曰："身体发肤，受之父母，不敢毁伤"）。要注重自己的品德修养，不可以做出伤风败德的事，使父母亲蒙受耻辱，感到生子如斯，实在丢人。当父母亲喜爱我们的时候，孝顺是很容易的事；当父母亲不喜欢我们，或者管教过于严厉的时候，我们一样孝顺，能够反省检点，体会父母的心意，努力改过并且做得更好，这种孝顺的行为最是难能可贵。（站在父母的立场上体会他们的心情与关爱，注重一个"顺"字。）

亲有过，谏使更。怡吾色，柔吾声。谏不入，悦复谏。号泣随，挞无怨。

父母亲有过错的时候，应小心耐心地劝他们改正，劝导时态度要诚恳，声音必须柔和轻缓，不可激烈、强硬，更要和颜悦色，不可使脸子（子夏问孝。子曰："色难。"）。如果父母不听规劝，要耐心等待，一有适当时机，例如父母情绪好转或是高兴的时候，再继续劝导；如果父母仍然不接受，甚至生气，此时我们虽难过得痛哭流涕，也要恳求父母改过，纵然遭遇到责打，也无怨无悔，以免陷父母于不义，使父母一错再错，铸成大错。（劝谏父母要讲究时节、方式，晓之以理，动之以情。）

亲有疾，药先尝。昼夜侍，不离床。丧三年，常悲咽。居处变，酒肉绝。丧尽礼，祭尽诚。事死者，如事生。

父母亲生病时，子女应当尽心尽力地照顾，亲自为父母尝一尝药是苦是甜、是热是凉。一旦病情沉重、卧床不起时，更要昼夜服侍，不可随便离开。父母去世后，守孝的生活起居必须调整改变，守丧三年，不能贪图享受，应该戒绝酒肉，一想起父母的养育之恩，就会因父母去世而难过哭泣。办理父母亲的丧事要哀戚合乎礼节，不可草率马虎，也不可以为了面子铺张浪费，才是真孝顺。（《论语》：生，事之以礼，死，葬之以礼，祭之以礼。）祭拜时应诚心诚意，对待已经去世的父母，要如同生前一样恭敬。（《论语》：祭如在。照顾病中的父母，才能体现孝心、真情，把孝与爱落在实处。）

出则悌

兄道友，弟道恭。兄弟睦，孝在中。财物轻，怨何生。言语忍，忿自泯。

当哥哥姊姊的要友爱弟妹，作弟妹的要懂得恭敬兄姊，兄弟姊妹能和睦相处，一家人和乐融融，父母自然欢喜，孝道就在其中了。与人相处不斤斤计较财物，怨恨就无从生起。言语能够包容忍让，多说好话，不说坏话，忍住气话，不必要的冲突、怨恨的事情自然消失不生。（言语为福祸之门，是君子之枢机，怎能不谨慎呢？孔门四科有：德行、言语、政事、文学。可见言语之重要。兄弟间的团结非常重要，人间可悲者，莫过于亲人间为了房产财货相争相斗相害相残。）

或饮食，或坐走。长者先，幼者后。长呼人，即代叫。人不在，己即到。

良好的生活教育，要从小培养；不论用餐就座或行走，都应该谦虚礼让，长幼有序，让年长者优先，年幼者在后。长辈有事呼唤人，应代为传唤，如果那个人不在，自己应该主动去询问是什么事？可以帮忙就帮忙，不能帮忙时则代为转告。（尊敬长者，言行如一。）

称尊长，勿呼名。对尊长，勿现能。路遇长，疾趋揖。长无言，退恭立。骑下马，乘下车。过犹待，百步余。

称呼长辈，不可以直呼姓名，在长辈面前，要谦虚有礼，不可以炫耀自己的才能；路上遇见长辈，应向前问好，长辈没有事时，即恭敬退后站立一旁，等待长辈离去。古礼：不论骑马或乘车，路上遇见长辈均应下马或下车问候，并等到长者离去稍远，约百步之后，才可以离开。

长者立，幼勿坐。长者坐，命乃坐。尊长前，声要低。低不闻，却非宜。进必趋，退必迟。问起对，视勿移。

与长辈同处，长辈站立时，晚辈应该陪着站立，不可以自行就坐，长辈坐定以后，吩咐坐下才可以坐。与尊长会话，声音要柔和适中，回答的音量大则让人觉得不礼貌，小让人听不清楚，也是不恰当的。有事要去见尊长，应快步向前，告退时要放慢步子才合乎礼节。当长辈问你话时，应当专注聆听，眼睛要看着长辈，不可以东张西望，左顾右盼。

事诸父，如事父。事诸兄，如事兄。

对待叔叔、伯伯等尊长，要如同对待自己的父亲一般孝顺恭敬；对待同族的兄长（堂兄姊、表兄姊），要如同对待自己的兄长一样友爱尊敬。

谨

朝起早，夜眠迟。老易至，惜此时。晨必盥，兼漱口。便溺回，辄净手。

为人子应早起，把握光阴及时努力，晚上不要睡那么早，应该睡得晚一点，但不是要你天天熬夜，而是尽量利用晚上清静的时光多学习一会。时光容易逝，老年容易至，岁月不待人，青春要珍惜。（《汉乐府诗》：少壮不努力，老大徒悲伤。晋·陶渊明诗：盛年不重来，一日难再晨。及时当勉励，岁月不待人。唐诗：劝君莫惜金缕衣，劝君惜取少年时。花开堪折直须折，莫待无花空折枝。）早晨起床后，务必洗脸、刷牙、漱口使精神清爽，有一个好的开始。大小便后，一定要洗手，养成良好的卫生习惯，才能确保健康。

冠必正，纽必结。袜与履，俱紧切。置冠服，有定位。勿乱顿，致污秽。

要注意服装仪容的整齐清洁，帽子要戴端正，衣服扣子要扣好，袜子穿平整，鞋带应系紧，否则容易被绊倒，一切穿着以稳重端庄为宜。回家后衣、帽、鞋、袜都要放置定位，避免造成脏乱，要用的时候，又要找半天。（大处著眼，小处著手，养成良好的生活习惯。）

衣贵洁，不贵华。上循份，下称家。对饮食，勿拣择。食适可，勿过则。年方少，勿饮酒。饮酒醉，最为丑。

穿衣服需注重整洁，不必讲究昂贵、名牌、华丽。穿著应考虑自己的身份及场合，更要衡量家中的经济状况，才是持家之道，也叫"得体"。（不要为了面子让虚荣心作主，无谓的开销就是浪费。现在的孩子好攀比，穿衣穿鞋讲名牌，且不知加重了父母的负担，养成了自己浮华的习惯。）日常饮食要注意营养均衡，不要挑食，不可偏食，以免营养不良；三餐常吃八分饱，避免过量，以免增加身体的负担，危害健康。饮酒有害健康，未成年人不可饮酒。否则，喝酒醉到，像醉汉疯言疯语，又呕又吐，样子难看，丑态毕露，非常丢人。（现在的许多儿童由于营养过剩而成了小胖墩，有的小孩还患有高血压、糖尿病，有的小孩经常挑食而营养不均衡，身体生病。）

步从容，立端正。揖深圆，拜恭敬。勿践阈，勿跛倚。勿箕踞，勿摇髀。

走路时步伐应当从容稳重，不慌不忙，不急不缓；站立时要端正有站相，须抬头挺胸，精神饱满，不可以弯腰驼背，垂头丧气。问候他人时不论鞠躬或拱手都要真诚恭敬，不能敷衍了事。进门时脚不要踩在门槛上，站立时也不要用一条腿支撑身体歪歪斜斜地靠着；坐的时候不可以伸出两腿，腿更不可以抖动。这些都是很轻浮、傲慢的举动，显得没有教养，有失君子风范。

缓揭帘，勿有声。宽转弯，勿触棱。执虚器，如执盈。入虚室，如有人。事勿忙，忙多错。勿畏难，勿轻略。斗闹场，绝勿近。邪僻事，绝勿问。

进入房间时，不论揭帘子、开门的动作都要轻一点、慢一些，避免发出声响。在室内行走或转弯时，行动的幅度要大，应小心不要撞到物品的棱角，以免受伤。拿东西时要注意，即使是拿着空的器具，也要像拿着里面装满东西的用具一样，小心翼翼，谨慎防跌或打破器物。进入无人的房间，也要像有人在家那样谨慎，不可以随便。做事不要急急忙忙、慌慌张张，因为忙乱中容易出错；不要畏苦怕难而犹豫退缩，当知难而进；也不可马虎草率，随便应付了事。做任何事都要认真对待。凡是容易发生争吵打斗的场所，如赌博、色情等是非之地，要勇于拒绝，不要接近，以免受到不良的影响。一些邪恶下流、荒诞不经的事也要谢绝，不听、不看，不要好奇地去追问，以免污染了善良的心性。

将入门，问孰存。将上堂，声必扬。人问谁，对以名。吾与我，不分明。用人物，须明求。倘不问，即为偷。借人物，及时还。后有急，借不难。人借物，有勿悭。

去别人家里，将要入门之前，应该先敲门，问一声："有人在吗？"，主人允许后才能进入，不要冒冒失失就跑进去。进入客厅之前，应先提高声音，让屋内的人知道有人来了。如果屋里的人问："是谁呀？"应该回答名字，而不是："我！我！"让人无法分辨是谁，心里犯疑。借用别人的物品，一定要事先讲明，当面请求允许。如果没有事先征求同意，不声不响地擅自取用，就是偷窃的行为。借来的物品，要爱惜使用，并准时归还，以后若有急用，再借就不难。别人来借你的东西用，如果你有，就不要小气不借。

信

凡出言，信为先。诈与妄，奚可焉。话说多，不如少。惟其是，勿佞巧。刻薄语，秽污词。市井气，切戒之。

开口说话，诚信为先，答应他人的事情，一定要遵守承诺，没有能力做到的事，不能随便答应。至于欺骗或花言巧语，更不能使用！（《论语》："与朋友交，言而有信。信近于义，言可复也"。约定的事情要合乎义理，才能实践。）话多不如话少，话少不如话好。要恰到好处，该说的就说，不该说的绝不说，立身处世应该谨言慎行，谈话内容要实事求是，不要花言巧语，好听却靠不住，否则别人会讨厌你。刻薄挖苦的话，下流肮脏的话，以及街头无赖粗俗的习气，都要避免不去沾染。（《论语》：君子欲讷于言，而敏于行。）

见未真，勿轻言。知未的，勿轻传。事非宜，勿轻诺。苟轻诺，进退错。凡道字，重且舒。勿急疾，勿模糊。彼说长，此说短。不关己，莫闲管。

任何事情在没有看到真相之前，不要轻易发表意见，更不能随便乱说；对事情了解得不够清楚明白时，或听来的没有根据的事，不可以任意传播，以免造成不良后果。别人要你做的事如果不合义理，就不要随便答应，如果轻易允诺，会造成做也不是，不做也不好，使自己进退两难。不论做与不做，都是你的错。讲话时要口齿清晰，咬字应该清楚，慢慢讲，不要太快，更不要模糊不清，让人听不明白。遇到他人来说是非，东家说长，西家说短，听听就算了，要有智能判断，不要受影响，不要介入是非，与自己的正经事没有关系的，不必多管。

见人善，即思齐。纵去远，以渐跻。见人恶，即内省。有则改，无加警。

看见他人的优点或善行义举、美好品德，要立刻想到向他学习看齐，纵然目前能力与他相差很远，也要下定决心努力学习，只要坚持下去，慢慢地总会赶上他的。看见别人的缺点或不良的行为，要反躬自省，检讨自己是否也有这些缺失，有则改之，无则加勉。（子曰：见贤思齐焉，见不贤而内自省也。子曰：三人行，必有我师焉，择其善者而从之，其不善者而改之。）

唯德学，唯才艺。不如人，当自砺。若衣服，若饮食。不如人，勿生戚。

每一个人都应当重视自己的品德、学问和才能技艺的培养,如果感觉到这些方面有不如人的地方,就应当自我惕励、奋发图强、迎头赶上。至于外表穿著,或者饮食不如他人,不是什么不光彩的事,则不必放在心上,更没有必要忧虑自卑。做学生的要把精力放在学习上。(颜回居陋巷,一箪食、一瓢饮,人不堪其忧,回也不改其乐。君子忧道不忧贫)

闻过怒,闻誉乐。损友来,益友却。闻誉恐,闻过欣。直谅士,渐相亲。

如果听到别人说你的缺点就生气,听到别人称赞你就欢喜,那么坏朋友就会来接近你,真正的良朋益友反而逐渐疏远了。如果听到他人的称赞,不但没有得意忘形,反而会心里不安,警觉自省,唯恐做得不够好,徒有虚名;当别人批评自己的缺点时,不但不生气,还能欢喜地接受,那么正直诚信、宽宏大量的人,就会渐渐喜欢和亲近你了。(人以群分,物以类聚。同声相应,同气相求。)

无心非,名为错。有心非,名为恶。过能改,归于无。倘掩饰,增一辜。

不经意间做了不好的事,就是无心之过,称为"错",还可以原谅;若是明知故犯,有意做坏事便是"恶",一定要受到惩罚。知错能改,是勇者的行为,错误自然慢慢地减少乃至消失,别人就当没有这会事,还把你当好人看待;如果为了面子,死不认错,还要去掩饰,那就是错上加错了。(子曰:知过能改,善莫大焉! 知耻近乎勇。)

泛爱众

凡是人,皆须爱。天同覆,地同载。

只要是人,就是同类,不分族群、人种、宗教信仰,皆须相亲相爱,和睦共处。因为大家同是天地所生万物所养,同在一片蓝天下,同在一块土地上,应该不分你我,互助合作,才能维持这个共生共荣的生命共同体。(博爱精神)

行高者,名自高。人所重,非貌高。才大者,望自大。人所服,非言大。

德行高尚的人,名望自然高远。人们所敬重的是他的德行,而不是外表容貌。有才干的人,处理事情能力卓越,声望自然不凡,人们所佩服的,是他的处事能力,而不是看他是否说过豪言壮语。

己有能,勿自私。人有能,勿轻訾。勿谄富,勿骄贫。勿厌故,勿喜新。人不闲,勿事搅。人不安,勿话扰。

当你有能力可以服务众人的时候,不要自私自利,只考虑到自己,舍不得付出。对于他人的才华,应当学习欣赏赞叹,而不是批评、嫉妒、毁谤,或表示不服气。不要去讨好巴结富有的人,也不要在穷人面前骄傲自大,或者轻视他们。不要喜新厌旧,对于老朋友要珍惜,不要有意去巴结有地位的新相识。对于正在忙碌的人,不要有事无事去打扰他,当别人心情不好,身心欠安的时候,不要唠唠叨叨地用闲言闲语干扰他,增加他的烦恼与不安。

人有短，切莫揭。人有私，切莫说。道人善，即是善。人知之，愈思勉。扬人恶，即是恶。疾之甚，祸且作。善相劝，德皆建。过不规，道两亏。

别人的短处，不要随便去揭露；对于他人的隐私，切忌去到处宣扬。赞美他人的美德善行，本身就是一种美德行善。当对方听到你的称赞之后，必定会更加勉励自己，努力进德行善。到处张扬他人的过错，本身就是一种恶行。如果对别人的过错一味地痛恨，指责批评太过分了，就会给自己招来灾祸。朋友之间应该互相勉励行善，共同建立良好的品德修养。如果朋友有错不去规劝，就会使两个人的品德都有缺陷。

凡取与，贵分晓。与宜多，取宜少。将加人，先问己。己不欲，即速已。恩欲报，怨欲忘。报怨短，报恩长。

财物的取得与给予，一定要分辨清楚明白，宁可多给别人，自己少拿一些，也要广结善缘，与人和睦相处。事情加到别人身上之前（或托人做事，或打算以某种方式对待别人），先要反省，问问自己：换作是我，喜欢不喜欢，如果连自己都不喜欢，就要立刻停止。（子曰："己所不欲，勿施于人"。要设身处地为别人着想。）受人恩惠要时时想着去报答，别人有对不起自己的事，应该宽大为怀把它忘掉，怨恨不平的事不要长久在意，过去就算了；至于别人对我们的恩德，要感恩在心，常记不忘，常思报答。这里教导我们，要把怨憎当做很短暂的事，事过即了，不再计较，而要把报恩当成长久的事，甚至一生要常怀感恩的心。

待婢仆，身贵端。虽贵端，慈而宽。势服人，心不然。理服人，方无言。

对待家中的婢女与仆人（现在可以看作自己的下属、晚辈，或家中保姆、家政服务人员等。），要注重自己的品行端正，以身作则，以端庄的品行态度让他们敬服。虽然品行端正很重要，但是仁慈的心地、宽大的胸怀更可贵，使人觉得你没有看不起他们。如果仗势强逼别人服从，对方难免口服心不服。唯有以理服人，别人才会心悦诚服，没有怨言。

亲仁

同是人，类不齐。流俗众，仁者希。果仁者，人多畏。言不讳，色不媚。能亲仁，无限好。德日进，过日少。不亲仁，无限害。小人进，百事坏。

同样在世为人，人心善恶、品行邪正、心智高低却良莠不齐。品行一般的人多，心怀博爱的人少，如果有一位品行高尚、心怀仁德的人出现，大家自然敬畏他，因为他说话公正无私，不会隐瞒事情的真相，不会去谄媚讨好他人。所以大家才会起敬畏之心。能够亲近有仁德的人，向他学习，对自己进德修身有莫大的好处，因为他会使我们的德行一天天进步，品质一天天提高，过错也会一天天减少。如果不肯亲近仁人君子，对自己有莫大的害处，因为品质恶劣的不肖小人会趁虚而入，跑来亲近你，日积月累，言行举止都会受他们的不良影响，导致整个人生的失败，不管什么事都会办坏。

余力学文

不力行,但学文。长浮华,成何人? 但力行,不学文。任己见,昧理真。

不能身体力行孝、悌、谨、信、泛爱众、亲仁这些本分,一味死读书,纵然有些知识,也只是增长浮华不实的习气,变成一个不切实际的人,如此读书又有何用?如果只是努力去做,不肯读书明理,就容易依着自己的偏见做事,蒙蔽真理,也是不对的。(知行合一、理事双圆,才是真学问、真智慧。)

读书法,有三到。心眼口,信皆要。方读此,勿慕彼。此未终,彼勿起。宽为限,紧用功。功夫到,滞塞通。心有疑,随札记。就人问,求确义。

读书的方法讲究三到:眼到、口到、心到。三者缺一不可,如此方能收到事半功倍的效果。研究学问,要专精才能深入,不能这本书才开始读没多久,又想着其他的书,这样永远也定不下心,必须把这本书读完,才能读另外一本。在定读书计划的时候,不妨宽松一些,实际执行时,就要加紧用功,严格执行,不可以懈怠偷懒,日积月累功夫深了,原先窒碍不通、困顿疑惑之处,自然会豁然贯通。(朱熹曰:用功日久,而一旦豁然贯通焉,则众物之表里精粗无不到,而吾心之全体大用无不明矣。)求学当中,心里有疑问,应随时笔记,一有机会,就向良师益友请教,务必确实明白它的真义。

房室清,墙壁净。几案洁,笔砚正。墨磨偏,心不端。字不敬,心先病。列典籍,有定处。读看毕,还原处。虽有急,卷束齐。有缺坏,就补之。非圣书,屏勿视。蔽聪明,坏心志。勿自暴,勿自弃。圣与贤,可驯致。

书房要清洁安静,墙壁要保持干净,读书时,书桌上笔墨纸砚等文具要放置整齐,不得凌乱,触目所及,井井有条,才能静下心来读书。古人写字使用毛笔,写字前先要磨墨,如果心不在焉,墨就容易磨偏。写出来的字如果歪歪斜斜,就表示你浮躁不安,心定不下来。经、史、子、集,排列整齐,放在固定的位置,读诵完毕须放回原处,下次阅读时就会很容易找到。读书人对书籍要爱惜,虽有急事,也要把书收好再离开。书籍是文化的载体、先贤的心血、智能的结晶,有缺损就要修补,保持完整。在日常的读书中,不是传述圣贤大道的著作,以及有害身心健康的不良书刊,都应该摒弃不要看,以免身心受到污染,智能遭受蒙蔽,心志变得不健康。遇到困难或挫折的时候,不要甘心落后而不求上进,否则就是自暴自弃。做人应该志存高远,发愤向上,努力学习,圣贤境界虽高,循序渐进,也是可以达到的。(孟子曰:舜何人也,予何人也,有为者亦若是!)

学问在性命　　事业在忠孝

——《朱子治家格言》解读

朱柏庐（1627—1698），清初著名学者，名用纯，字致一，自号柏庐，江南昆山（今属江苏）人。父集璜，明季以诸生殉难。他慕王裒墓庐攀柏之义，自号柏庐，后以号名世。用纯为明末生员，清初居乡教授学生。治学以程、朱理学为本，提倡知行并进。授学从《小学》、《近思录》入手，并仿《白鹿洞书院讲规》设讲约，从学者甚众。与徐枋、杨无咎称"吴中三高士"。康熙时曾征召博学宏词，坚辞不应。临终遗言弟子"学问在性命，事业在忠孝"。有《大学中庸讲义》、《愧讷集》、《治家格言》、《劝言》、《辍讲语》等行世，《清史稿》有传。三百年来，《治家格言》广为流传，影响深远。古人把齐家与治国平天下视为一体，因此，家政、家风与生活习惯的好坏直接关系到社会风尚和国家的文明水准。《治家格言》从衣食起居、邻里关系、长幼尊卑、教育子女、耕读修身等多方面立定规矩，劝人守分安命，勤俭持家，是一篇治家立身、训诫子女的童蒙读物，所反映的传统美德和治家原则、人生修养，今天仍有值得借鉴之处。

原文　黎明即起，洒扫庭除（1），要内外整洁；既昏便息（2），关锁门户，必亲自检点。一粥一饭，当思来处不易；半丝半缕，恒念物力维艰。宜未雨而绸缪（3），毋临渴而掘井。自奉必须俭约，宴客切勿流连（4）。器具质而洁，瓦缶胜金玉（5）；饮食约而精，园蔬逾珍馐。勿营华屋，勿谋良田。三姑六婆（6），实淫盗之媒；婢美妾娇，非闺房之福。童仆勿用俊美，妻妾切忌艳妆。祖宗虽远，祭祀不可不诚；子孙虽愚，经书不可不读。居身务期质朴，教子要有义方（7）。莫贪意外之财，莫饮过量之酒。与肩挑贸易（8），毋占便宜；见贫苦亲邻，当加温恤。刻薄成家，理难久享；伦常乖舛（9），立见消亡。兄弟叔侄，须分多润寡（10）；长幼内外，宜法肃辞严。听妇言，乖骨肉，岂是丈夫？重资财，薄父母，不成人子。嫁女择佳婿，毋索重聘；娶媳求淑女，勿计厚奁（11）。见富贵而生谄容者，最可耻；遇贫贱而作骄态者，贱莫甚。居家戒争讼，讼则终凶；处世戒多言，言多必失。毋恃势力而凌逼孤寡，毋贪口腹而恣杀牲禽。乖僻自是（12），悔误必多；颓情自甘，家道难成。狎昵恶少，久必受其累；屈志老成（13），急则可相依。轻听发言，安知非人之谮诉？当忍耐三思；因事相争，焉知非我之不是？宜平心再想。施惠毋念，受恩莫忘。凡事当留余地，得意不宜再往。人有喜庆，不可生妒忌心；人有祸患，不可生喜幸心。善欲人见，不是真善；恶恐人知，便是大恶。见色而起淫心，报在妻女；匿怨而用暗箭（14），祸延子孙。家门和顺，虽饔飧不继（15），亦有余欢；国课早完（16），即囊橐无余（17），自得至乐。读书志在圣贤，非徒科第；为官心存君国，岂计身家。守分安命，顺时听天。为人若此，庶乎近焉（18）。（选

自《训俗遗规》)

注释　(1)庭除：庭院台阶。(2)昏：天刚黑时。(3)未雨而绸缪：原指鸟在未下雨前即啄剥树皮修补巢窝。后比喻事前准备或预防。(4)流连：乐而忘返或依恋不舍。(5)瓦缶：瓦罐。(6)三姑六婆：分别指尼姑、道姑、卦姑和牙婆、媒婆、师婆、虔婆、药婆、稳婆。(7)义方：做人的正道。多指家教。(8)肩挑：指小商小贩。(9)乖舛：违背不齐。(10)分多润寡：富有的周济贫穷的。(11)厚奁：丰厚的嫁妆。(12)乖僻：指性情执拗怪僻。(13)屈志老成：屈身下志于老成之人。(14)匿怨：对人怀恨在心，面上却无表露。(15)饔飧(sun 孙)：早饭和晚饭。[16]国课：公家的钱粮课赋。(17)囊橐：装东西的袋子。(18)庶乎近焉：指差不多便近于是个好人了。

评点　《朱子治家格言》我小时候就听父辈们吟诵，我三伯父家还有清人楷书的《治家格言》中堂，已是百年旧物。我初编本书时，没有选此文，后接受国学大师南怀瑾先生秘书的建议，便重读此文，并翻看一些注解，有的注本中，把"处世戒多言，言多必失"、"守分安命，顺时听天"视为封建糟粕而要"摒弃"。其实，这恰恰是书中精华。从古至今，成大事者，尤贵"慎言语"，生活中，有多少事正是因言语不慎，或使功败垂成，或招来是非，或引火烧身乃至是杀身之祸。"处世戒多言"实是一种高贵的人生修养。中国古人讲的"分"、"命"、"时"、"天"，只有对人生有了极深感悟之后，才会认同，所以国学大师钱穆临终时，对中国文化感悟最深者有二，一是"天命"观，一是"天人合一"说。

经过细读《治家格言》，我发现这篇短文中讲了中国古代所传扬的主要的美德，如谨慎、勤俭、质朴、远非、寡欲、孝诚(敬祖)、好学(读经)、忠厚、公平、和睦、守操、慎言、精进、自省、仁慈、洁身、无私、立志、守分、顺时、听天诸多方面。难怪南先生的秘书建议收录此文。对于守分、顺时、听天，今人多以之为"封建说教或消极的人生哲学"，其实，这个"分"，指的是本分，有道德的本分，如孝悌忠信；有工作的本分，如勤俭惠敏。不越本分，才能做好自己的工作。这个"时"，是《周易》里"与时偕行"的"时"，如今，国家前主席江泽民发展为"与时俱进"，与朱子讲的"顺时"之"时"并无本质区别，根本见不到什么消极的因素。至于"天"，一指"天命"，一指"天道"，"天命"的最通俗、最现实的解释，就是每一个人与生俱来的人生使命；天道则包括了形而上的宇宙万有的运化规律，也包括了人与社会应遵守的某种自然法则。学习《朱子治家格言》，重点是学其修身言教，其次是学骈体文采。以下对修身之理作一分类讲述。

勤快："黎明即起，洒扫庭除，要内外整洁。"这句讲了做人要勤快，家里要讲卫生，要清洁。如今的孩子，周六周日，有哪几个会早早起来主动扫地呢？

谨慎："既昏便息，关锁门户，必亲自检点。"这句讲做人要谨慎，家门要锁好，以防盗贼入室。现代人生活在高楼大厦里，家家安有"防盗门"，可是入室盗窃之事经常发生。

俭约："一粥一饭，当思来处不易；半丝半缕，恒念物力维艰。""自奉必须俭约，宴客切勿流连。"这两句讲做人要俭朴、节约，反对奢华、浪费，古人称之为"惜福"，而如今党和国家领导人也在全社会提倡"建立节约型社会"，因为每一个国家，乃至全人类所拥有的资源总是有限的，特别是煤炭、石油、天然气、森林、水、矿藏……。

早谋："宜未雨而绸缪，毋临渴而掘井"。这句是说为人要对自己的人生大事早早筹划，哪怕是每天要办的事，也要先谋划。我家乡有一句民谚："吃不穷，喝不穷，筹划不好一辈子穷。"我经常和家乡同学谈起这句俚语，以警醒自己。

简朴："器具质而洁，瓦缶胜金玉；饮食约而精，园蔬逾珍馐。勿营华屋，勿谋良田。"这两句是说做人要质朴，不要奢华。生活中有一些善人，他们生活很简朴，但他们的人格很高尚，因为，他们把多余的钱，不是用于吃山珍海味、住豪宅别墅，而是用于慈善事业、公益事业。

寡欲："三姑六婆，实淫盗之媒；婢美妾娇，非闺房之福。童仆勿用俊美，妻妾切忌艳妆。"这几句是教人寡色欲，远是非。与"三姑六婆"亲近多了，是非也就多了。现代社会中，法律不许纳妾，也无"童仆"一说，但现代人的生活中，所谓"包二奶"、"婚外情"情形并不少见，而网络淫秽色情资料正在侵蚀青少年的身心。"淫盗"二字，仍要留心。许多人家中雇有家政服务人员，如何诚正待人、寡欲律己，主要在自身的道德修养。这一段所写，虽与今天的生活不同，但寡欲养心的人生修养还是要有的。

诚孝："祖宗虽远，祭祀不可不诚"。这句是说人当礼敬、思念先祖，追溯自己的生命本源，就会对父母、祖父母生出真诚的孝敬心。现代社会中，儿女遗弃病残老人的事并不少见，"孝文化"更须发扬。党和国家领导人倡导"构建和谐社会"，优秀的、与时俱进的孝道就是家庭社会和谐的元素。

读经："子孙虽愚，经书不可不读"。这句话对今人更有现实意义，真正的学问之道、修身之理、经世之用在传承数千年的中华圣贤经典之中。读经会使我们终身受益。读往古经典，做当代君子。

身教："居身务期质朴，教子要有义方"。这句是说为人父母者，一定要以身作责，用自己的德行、风范来教化儿女。

养生："莫贪意外之财，莫饮过量之酒。"这句是养心、养身之要。中国古人的养生学，包括养心与养身两方面，身心并重，性命双修。

忠厚、公平："与肩挑贸易，毋占便宜；见贫苦亲邻，当加温恤"。这句是说做人要公平、忠厚，能体恤他人的艰难与不容易，并能帮助他人。有一次，一位学者与妻子同去菜市场，学者从不讲价，妻子怪而问之。学者说："你看，天这么冷，大冬天的，这些人不容易，还讲什么价。他们在寒风中站一天，能挣几个钱？"这正是体恤之心。推广到城市里的人应该善待进城务工的农民工。

和睦："刻薄成家,理难久享;伦常乖舛,立见消亡。兄弟叔侄,须分多润寡;长幼内外,宜法肃辞严。听妇言,乖骨肉,岂是丈夫;重资财,薄父母,不成人子。"这段是说做人要厚道,不要刻薄,对父母要孝,对兄弟要和,对子侄要爱,对于家中犯了过失的人,要严肃管教,不使再犯,这样,就是爱与教并举,不会放纵子弟。有的评论家说"如'长幼内外,宜法肃辞严'等等,那是旧时代的东西,在今天已经行不通了。"我认为这是误解,父亲的严与爱并不矛盾,只有爱,没有家规(法),没有严教,难以使孩子在品德上升华,以成大器。

重德："嫁女择佳婿,毋索重聘;娶媳求淑女,勿计厚奁。"这句是说选择女婿或儿媳,要看重人品才学,而不看重金钱。

守操："见富贵而生谄容者,最可耻;遇贫贱而作骄态者,贱莫甚。"这句是说做人要有自己的节操、气节,要知道哪些行为是可耻的,不能做的,必须戒禁的,这样,修身也就有了方向。

宽容、慎言："居家戒争讼,讼则终凶;处世戒多言,言多必失。"这句是劝人要宽容,人能宽容,就能化解许多矛盾、争讼,而且要言行谨慎,因为许多争讼常因言行不慎而引起。虽然现代社会讲法制,讲"维权",其实有些争讼不必对簿公堂就可化解于宽容谨慎之中。

惜福："毋恃势力而凌逼孤寡,毋贪口腹而恣杀牲禽。"这句是说做人要善体人情,爱惜物命,仗势欺人会损德,贪吃杀生会损福。古人认为其他动物、飞禽与人类一样有生命的尊严。这种思想,更接近今人的"环保思想"与"保护动物"的思想。

良正："乖僻自是,悔误必多;颓惰自甘,家道难成。"这句话是说做人一定要走正道,要善良、健康,不可以坏了心态,坏了良心,而要奋发图强,才能振兴家业。

慎交："狎昵恶少,久必受其累;屈志老成,急则可相依。"这句是说交朋友一定要慎重,要交正人君子、老成忠厚之士,不可与沾染恶习的人为伍。如今,青少年范罪问题同艾滋病、吸毒、癌症一样,被列为"国际第四大难题","问题少年"各地都有,除了家教、学校教育的原因外,还有孩子本身没有"慎交"而造成的,常常是问题少年们结伴滋事。

自省："轻听发言,安知非人之谮诉?当忍耐三思;因事相争,焉知非我之不是?宜平心再想。"这句是说人要有反省精神,宽容胸怀,退一步想,也许真的是自己错了。

念恩："施惠毋念,受恩莫忘。"这句是说人要有善心,乐于助人,但更要有感恩心,受恩不忘。有了感恩的心,才会活得更阳光。

知足："凡事当留余地,得意不宜再往。"这句是说做事说话要留有余地,要把握好分寸,要知足常乐,获得心灵的安详。

仁慈："人有喜庆,不可生妒忌心;人有祸患,不可生喜幸心。善欲人见,不是真善;恶恐人知,便是大恶。"这两句是说人要有同情心,绝不可幸灾乐祸,不可忌人有庆,而要发自内心地去行善积德,并不是假仁假义,以之沽名钓誉。真正的仁慈就体现在同情心与善心中。

光明:"见色而起淫心,报在妻女;匿怨而用暗箭,祸延子孙。"这句讲了传统文化中的重要思想:因果报应观。现代人不相信报应的存在,常使修德的行为失去了根基。做人要光明正大,不见色起淫心,不暗箭伤人,胸怀坦荡,正气浩然。

和顺:"家门和顺,虽饔飧不继,亦有余欢。"这句是说家庭要和睦,儿女要孝顺长者。如今"和谐社会"已成时代主流,而家庭是社会的细胞,"家和万事兴",这个"兴"就是国家的兴旺发达。

无私:"国课早完,即囊橐无余,自得至乐。"这句是说为人要奉公无私,绝不假公济私。如今党和国家下力度治理腐败,就是因为当官的人中向公款国库下黑手的人多了,社会上还有银行里的工作人员监守自盗的情况,某银行的行长将10亿元人民币盗走,并潜逃国外;2007年4月,河北邯郸农业银行的一位职员盗了5200万人民币外逃,后被抓。想想古人"国课早完,即囊橐无余,自得至乐"的境界与教导,仍然有现实意义。

立志:"读书志在圣贤,非徒科第;为官心存君国,岂计身家。"这句是说从小要读圣贤之书,要立志成为圣贤一样的人,并能为国家利益不惜身心性命。时下有学者批评大学生考研究生,大多数人不是为了事业为了科研为了国家的发展,而是为了自己能更好地找份工作,或着仅仅为了职称,所以现代人读书,几乎与"读书志在圣贤"无关,社会文化的发展就少了良知。

安命:"守分安命,顺时听天。"这八个字的境界很深,只能在经历人生的诸多磨练后,才能真正有所体悟,故不讲。

如果能"与时俱进"地学习、应用这篇《治家格言》,相信会对构建"和谐社会"做出贡献,内用则修身齐家,外用则经世致用,成就完美人格与高尚事业。